T0246749

EL
ENJAMBRE

JOSE GIL ROMERO & GORETTI IRISARRI

EL ENJAMBRE

Editado por HarperCollins Ibérica, S. A.
Avenida de Burgos, 8B - Planta 18
28036 Madrid

El enjambre
© Goretti Irisarri Vázquez y Jose Gil Romero, 2023
Los derechos sobre esta obra han sido cedidos a través de Bookbank Agencia Literaria
© 2023, para esta edición HarperCollins Ibérica, S. A.

Diseño de cubierta: LookAtCia
Imagen de cubierta: Trevillion

ISBN: 978-84-9139-855-4
Depósito legal: M-28224-2022

A la memoria de mi madre, tan presente

J. G. R.

A Tere, en el noviembre más triste

A mi tío Juan, que me mostró una llavecita
de hierro metida en un sobre

Y a mis abuelos, que salen a escondidas
en alguna parte de esta novela

G. I.

Soy un hombre que antes prefiere perder, que ganar de manera injusta y despiadada.

PIER PAOLO PASOLINI
Dialoghi con Pasolini del semanario *Vie nuove* n.º 42 (1961)

Pero que el siglo XX es un despliegue
De maldad insolente, ya no hay quien lo niegue
Vivimos revolcaos en un merengue
Y, en el mismo lodo, todos manoseaos.

ENRIQUE SANTOS DISCÉPOLO
Tango *Cambalache* (1934)

Dejadme la esperanza.

MIGUEL HERNÁNDEZ
El hombre acecha (1939)

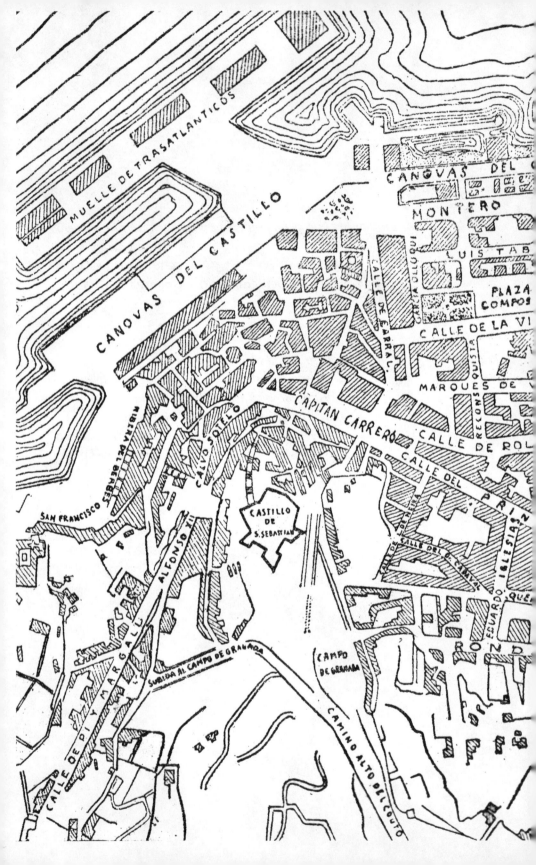

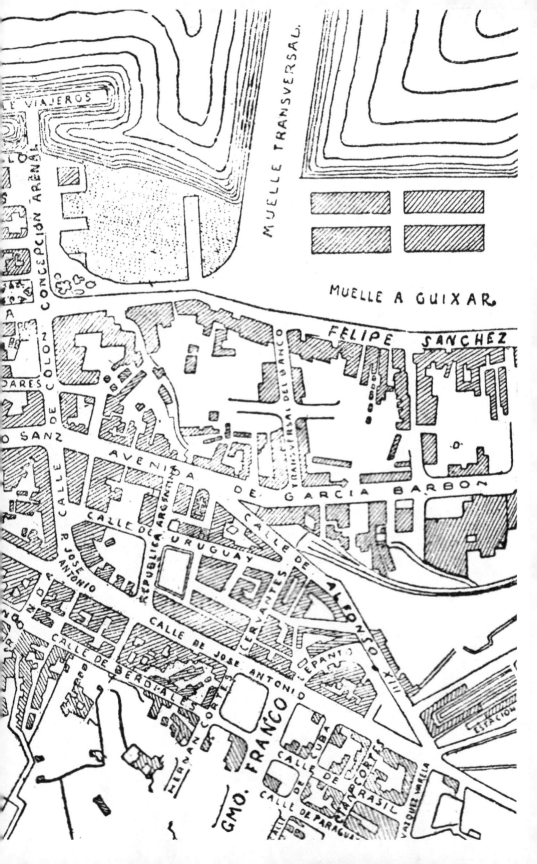

1941

Después de una cruenta guerra civil, España vive los primeros años de la dictadura que lidera el general vencedor Francisco Franco.

Más allá de los Pirineos la vieja Europa se halla en guerra: París ha sido aplastada por la bota nazi y Londres sufre severos bombardeos. Hitler es dueño de buena parte del continente.

Rusia y los Estados Unidos evitan intervenir de momento; y aunque España también se mantiene neutral, lo cierto es que favorece cuanto puede al Gobierno nazi.

En ese entorno hostil, la comunidad científica está a punto de vivir una revolución: el descubrimiento de algo tan pequeño que cambiará para siempre el mundo.

DIRECCIÓN GENERAL DE SEGURIDAD. Comisaría de Investigación y Vigilancia. ORDEN DE BÚSQUEDA Y CAPTURA

REQUISITORIA:

A todas las Autoridades y Agentes de los Cuerpos y Fuerzas de Seguridad del Estado procedan a la busca, captura y conducción de:

BRAUMANN, Elsa, hija de Friedrich Christian Anton y de Soledad. Natural de Köln, vecina de Madrid, de 34 años, traductora: habla alemán, inglés y español; pelo castaño, cejas al pelo, ojos negros, nariz regular, boca grande, color sano.

Se la llama, cita y emplaza a comparecer en el término de cinco días ante el Juzgado Militar de Madrid, a fin de ser indagada y conducida a prisión por los cargos de TRAICIÓN que se le imputan en el sumarísimo de urgencia número 4.534 de esta Auditoría, bajo apercibimiento de ser declarada rebelde y de incurrir en las demás responsabilidades legales de no presentarse la procesada en el plazo que se le fija ante el Tribunal que se señala.

Lo que traslado a Vds. para su conocimiento y cumplimiento de lo interesado.

Madrid, 23 de octubre de 1940
¡Arriba España!

PRÓLOGO

1

—Qué estupendo —se dijo Elsa Braumann—; qué magnífico este principio.

Y como si las hubiera conjurado, las más oscuras instancias atronaron los cielos, celosas de su felicidad.

Fue su hermana Melita quien primero se apartó de la barandilla del barco.

—Va a llover —dijo. Las olas rompían contra el casco del Quanza; el mercante a vapor se alejaba ya del puerto, con rumbo a la negrura del océano—. Vente, Elsa, vamos a resguardarnos un poco.

La traductora no se movió, sin embargo. Contemplaba la imagen que ante ella se mostraba en la madrugada: la figura de aquel hombre abajo, en la dársena, caminando sin mirar atrás y perdiéndose en la niebla que cubría Oporto.

—Ya no volveremos nunca —dijo Elsa.

—¿A España? Mientras dure la dictadura al menos —replicó Melita. Y atrapó las manos de su hermana entre las suyas—. Pero estamos a salvo, que es lo que importa. Unos días de viaje y en cuanto pisemos Argentina ya no podrán detenernos, por mucha orden que tengan.

La noche olía a queroseno y a algas. A medida que se alejaban del puerto iban dejando atrás los caminos que las habían conducido hasta aquel mercante; qué lejos resultaban ahora las últimas semanas, el robo de aquellos documentos secretos. Las dos hermanas se habían escurrido igual que agua, de entre las manos de nazis y franquistas: medio mundo parecía perseguirlas. Todos aquellos sinsabores, sin embargo, se volvían tan oscuros como la inmensidad que ahora las rodeaba: el humano espíritu sabe deshacerse de los recuerdos amargos. Nada quedaba ahora sino mirar hacia adelante.

Hacía rato que les iban detrás los nubarrones de una tormenta y, si el barco giraba a sotavento, las nubes se movían tras él.

—Ya está lloviendo.

Las dos hermanas corrieron por la cubierta tirando de la maleta y en busca de un techado.

Bastaron unos segundos para terminar empapadas: a salvo de la lluvia bajo un tejadillo, parecían recién salidas del mar. Una marejada en miniatura recorría la cubierta de acá para allá, al capricho de la ola de turno.

El aire frío las hacía estremecerse cada poco.

—¿Estás bien?

—Sí —respondió Elsa. El miedo le revolvía las tripas, dejó escapar un hilo de aire y añadió—: Estoy bien, pero tengo una sensación rara.

—¿Una sensación?

—De que está a punto de pasar algo malo.

Una sombra apareció tras ellas y, en el cielo, de lo más oportuno, estalló un relámpago teatral.

—*Venham comigo* —les dijo el marinero. Los patillones le llegaban a la quijada.

Recelaban Elsa y Melita; se habían agarrado la una a la otra.

—¿Nos-nos lleva con los otros pasajeros?

—¿Otros? *Não, não.* No más *passageiros* a bordo. Solo ustedes.

Las dos hermanas advirtieron que el mercante cambiaba de rumbo y les dio un vuelco el corazón.

—¿Volvemos a Oporto? —preguntaron casi a la vez.

—*Venham comigo, senhoras.*

El marinero abrió la puerta que estaba a su espalda y las conminó a pasar. Las dos hermanas obedecieron y siguieron sus pasos hacia los intestinos de aquella vieja mole quejumbrosa.

Iluminaban el interior del mercante unas bombillas encerradas en plafones de metal. La sal se estaba comiendo la vida de aquellas paredes de hierro. Resonaban los pasos de los tres bajando las angostas escaleras.

La maleta que Elsa arrastraba estaba abollada, y al bajar cada escalón volcaba hacia la izquierda. Se le resistía igual que se le resistía depositar esperanzas en esa nueva vida al otro lado del océano, lejos de todo lo que conocían, sin recursos ni amigos.

No era correcto protestar, sin embargo: en decenas de barcos parecidos, otros desesperados como ellas atravesaban la oscuridad del Atlántico, huyendo de la cárcel franquista y la muerte. Confiaban en que, terminada aquella guerra espantosa, las fuerzas aliadas mandaran a Franco al mismo pozo al que intentaban mandar a Hitler. Entonces ellas podrían regresar a casa.

—Señor, ¿se puede saber adónde nos lleva?

—*Sigam-me* —respondió el marinero.

Acabaron por llegar a una puerta oxidada, de donde colgaba un cartel: «*Proibido fumar. Não provoque chamas*».

El marinero abrió y encendió la luz de un cuartito atestado de cajas y sacos, estas serían sus improvisadas camas hasta que llegaran a destino; colgaba del techo una bombilla rodeada de telarañas, que, al calor, enseguida empezaron a deshilacharse. Olía a polvo chamuscado.

—*Seu quarto* —dijo el hombretón, riéndose—. *Primeira classe, só pra você.*

Las dos mujeres pasaron tímidamente al interior.

—Recuérdame que no deje propina —observó Melita.

A su espalda, el marinero cerró de golpe la puerta.

Elsa intentó abrir, pero el hombre había echado el pasador.

—¡Oiga, abra! ¡Abra, por favor!

El marinero se alejaba ya por el pasillo canturreando una cancioncilla.

—*Olê, mulé rendera… Olê, mulé rendá… Tu me ensina a fazê renda… Que eu te ensino a namorá.*

Nada se veía a través del pequeño ojo de buey, sino la negrura; fuera ululaba una brisa espeluznante. Las hermanas Braumann habían colocado la maleta sobre un montón de cajas, pero no la abrieron. Sentadas en el suelo y aguardando, no cruzaron palabra durante horas; en el silencio retumbaba el rumor de las olas rompiendo contra el casco, aquel parecía el *impasse* de una cuenta atrás.

—Tengo el miedo en el cuerpo —dijo Elsa. Contemplaba el ventanuco como si temiera que una presencia espantosa estuviera a punto de penetrar en el cuartucho.

Melita, por quitarle hierro al asunto, probó a hacerla sonreír.

—Esto no es un almacén sino una despensa: los marineros nos van a hacer filetes y se pasarán la travesía alimentándose de nuestras ricas carnes.

Tardó un instante Elsa en suspirar aliviada y darle un codazo a su hermana.

—Eres tonta, no se hacen bromas con eso. ¿No ves cómo estoy?

—Como un flan. Por eso te van a comer. Con caramelo por encima.

Sonrieron las dos, pero por lo bajo, igual que si temieran atraer sobre ellas más infortunios. Sonrieron entre tanta pena y tanta angustia, por encima de los temores, y Elsa juntó su frente sobre la de Melita y respiraron la una el olor de la otra, tan familiar.

—Hasta en las bromas que haces te pareces a papá —dijo Elsa—. Yo debo de ser hija del cartero.

Era un lugar común entre las dos que Melita tenía los exactos ojos de su padre, con aquel bonito achinamiento en el rabillo y un permanente punto burlón. El carácter de Elsa, sin embargo, era el de su madre; más reservada, más apegada a las responsabilidades de la vida. Habían hecho buena pareja aquellos dos, padre alemán y madre española; el cielo eran los dominios de él; la tierra los de ella.

—¿Me prometes una cosa, Elsa?

—Lo que quieras.

—Prométeme que no me vas a dejar sola nunca más.

Juntas, tan pegadas, se convirtieron en un bloque sólido; ni la más helada de las aguas podría ahora hacerles mella.

La sonrisa de Elsa Braumann se impuso sobre el miedo.

—No voy a dejarte sola nunca más, Melita. Te lo prometo.

*

Estaba oscuro cuando un mal sueño la hizo despertar. Elsa abrió los ojos y consultó la hora en el reloj de su madre. Eran las dos de la mañana.

Se descubrió recostada sobre los sacos; tardó un instante en reconocer el almacén del Quanza y le pareció mentira haber robado aquellos planos para el servicio secreto británico, haber escapado hasta Oporto y haber conseguido pasaje clandestino en un mercante.

Creyendo así que todo había sido un sueño, Elsa Braumann experimentó el tremendo alivio de quien despierta de una pesadilla, pero eso duró apenas un segundo: se hallaba todavía en esa frontera que bordea la vigilia cuando en el exterior escuchó el borboteo del mar embravecido y se asomó al ojo de buey.

Estaba soñando todavía, de esto estuvo segura: a unos metros del mercante se dibujaba contra la luz nocturna la silueta de una joroba gigantesca que emergía del océano. Soñaba todavía, se dijo Elsa al ver el lomo de la ballena chorreando agua y bramando; y todavía sobresalió más el cuerpo del kraken, hasta que ella comprendió por fin.

—Ay, Dios mío; eso no es una ballena.

Cumplido el proceso de emersión, el submarino quedó flotando, negro y lustroso. No tardaron ni dos segundos en abrirse las escotillas y de ellas salieron varios marineros; acudieron unos al cañón de 76 mm que apuntaba hacia el infinito, y lo dirigieron hacia el Quanza. Otros prepararon una balsa hinchable que botaron al agua; estos iban armados con metralletas.

Acaso buscando escapar de aquel mal sueño, la traductora giró el rostro hacia el interior del cuartucho: estaba a punto de despertar a Melita, que dormía más allá tapada con su abrigo, cuando, desde la puerta, una sombra se abalanzó sobre Elsa Braumann; la atraparon unos brazos que parecían de hierro, unas manos grasientas le sellaron la boca.

Trató de forcejear contra aquella mole oscura que se la llevaba consigo. Melita ronroneaba en el mejor de sus sueños, ignorante de la desigual batalla que Elsa presentaba intentando gritar para advertirle; sin embargo, poco podía chillar bajo aquella manaza.

El hombre que la sacaba del cuartucho olía a sudor y parecía fabricado de ladrillos, a Elsa le resultó imposible objetar su voluntad a la de aquella tanqueta: esta batalla estaba perdida y enseguida se vio conducida mercante arriba a través de pasillos y escaleras; desandaban el camino que antes habían hecho con el marinero.

Elsa se imaginó atrapada al fin por los nazis; o por los hombres de Franco, quizás; y conducida de regreso a Madrid en donde sería sentenciada a muerte. «Me obligaron —diría ella en su defensa—. Secuestraron a mi hermana Melita, señoría, y me obligaron a robar aquellos documentos; yo no entiendo de política, solo soy una traductora que se gana la vida honradamente; yo no tengo ideales ni me meto en nada. Yo solo quería vivir tranquila, señoría, pero ellos me obligaron».

El hombretón que la llevaba en volandas abrió una puerta y la empujó hacia cubierta, una ventisca marina la recibió sin contemplaciones.

*

—*Caminha* —le dijo el bruto. Se trataba de uno de los marineros que servían en el mercante.

En la barandilla, observándola de arriba abajo con desdén, la recibió un hombre negro tocado con una gorra de plato.

—Soy el capitán Katanga Basteira —dijo. Vestía un jersey de cuello alto en color crudo.

El curtido lobo de mar gustaba de usar pocas palabras; las que dijo en portugués, siendo escasas, fueron de lo más esclarecedoras:

—*Maldita la jodida hora en que permití que subieran a mi barco usted y su hermana.*

Elsa tragó saliva.

Observó el submarino salido de sus pesadillas; allí seguía, para

24

desconsuelo suyo. En lo alto de la torreta de la nave, un militar contemplaba al Quanza; la barba blanca resaltaba entre las formas oscuras del monstruo.

—*En Oporto* —añadió el capitán Basteira— *se pusieron en contacto con nosotros por radio.*

—¿Qué? ¿Los nazis?

Ya se aproximaba al mercante la balsa de goma, con seis marineros a bordo. Uno de ellos apuntó hacia el Quanza con un megáfono y resonó la voz metálica sobre la madrugada.

—*Quanza's tripulation!* —dijo—, *prepare to be boarded!*

Cruzó Elsa los ojos con los del capitán Basteira.

—¿Ingleses? —preguntó.

El capitán enseñó los amarillentos dientes.

—*Americanos. Van a subir a bordo: no intente usted nada.*

Elsa adelantó un paso.

—¿Que no intente nada? ¿Por qué iba yo a…?

Los de la balsa se colocaron junto al vapor y les fue echada una escala por la que enseguida ascendieron cinco de ellos. Al llegar a cubierta, se adelantó un teniente norteamericano y saludó al capitán Basteira llevándose la mano a la sien. Hablaba uno en inglés y el otro en portugués, pero parecían entenderse gracias al universal idioma de la mala leche.

—*Permiso para subir a bordo de esta bañera asquerosa, capitán.*

—*Haced lo que tengáis que hacer, muchacho, y salid de mi barco echando hostias.*

Asintió el teniente. Tenía la nariz chata de un boxeador.

Observó a Elsa con curiosidad científica y preguntó:

—*Elsa Braumann?*

La mayor de las hermanas Braumann alzó la barbilla.

—*Soy yo.*

—*Tiene que venir con nosotros, señorita.*

Elsa creyó que un dardo helado le atravesaba el corazón.

—*A qué se refiere con* irme con ustedes.

Se adelantó el teniente de la nariz chata.

—*Vamos. No tenemos mucho tiempo.*

Elsa retrocedió un paso.

—Mi hermana —le dijo a Basteira, como en una súplica—. Mi hermana está abajo.

—*Usted no lo comprende, señorita* —replicó el hombre negro—. Tiene *usted que acompañarlos a ese submarino.*

Dos de los soldados apuntaron hacia Elsa con sus armas.

*

Fue un rayo de luz lo que despertó a Melita Braumann; un rayo de luz de luna que, acaso para llamar su atención, atravesaba el ojo de buey. Melita se lo apartó de la cara como quien manotea un insecto y, al descubrir que allí no había nada, abrió los ojos.

Estaba oscuro en el cuartucho, todavía era de noche y en el exterior se escuchaba la rompiente contra una superficie metálica.

—¿Elsa? —preguntó en el silencio la menor de las hermanas.

Pero nadie dormía a su lado en el pequeño almacén, Elsa había desaparecido y, como sacudida por un latigazo, a Melita la incorporó un miedo terrible.

—¡Elsa! —gritó.

Para entonces ya lo había descubierto a través del ventanuco: el monstruo a cierta distancia, flotando negro sobre las negras aguas; y unos hombres en una balsa de goma que, como si regresaran del Quanza, se aproximaban al submarino. En esa balsa, amenazada por unas metralletas, viajaba su hermana Elsa.

—Pero qué es lo que...

Saltó Melita hacia el ojo de buey y gritó espantada a su hermana. Fue el cristal que las separaba y la distancia y el fragor del oleaje los que acallaron sus gritos: Elsa no la escuchó.

Para entonces, los de la balsa ordenaban ya a la traductora que subiera por la escala y accediera a la cubierta del submarino.

Melita Braumann corrió hacia la puerta del almacén y necesitó forcejear con las dos manos para comprobar que estaba cerrada por fuera; probó a abrir y tiró y tiró y la puerta de hierro permaneció firme.

—¡Socorro! —gritó—. ¡No me dejan salir! —Qué ridícula se sintió pidiendo el auxilio de quienes la habían encerrado allí.

Regresó corriendo, saltó sobre los sacos y trató de abrir el ventanuco, pero estaba soldado por fuera.

Ya se encaramaba Elsa hasta la húmeda superficie del kraken; descalza, sostenía los zapatos en una mano.

—¡Elsa! —gritó Melita; y el vaho de su respiración empañó el cristal del ojo de buey y le impidió ver más—. ¡Coño!

Frotó el cristal, fuerte, rápido, temiendo que cuando recuperara la visión del exterior hubieran desaparecido todos, esfumados entre la bruma y las olas.

—¡Socorro! —gritaba—. ¡Socorro, se están llevando a mi hermana!

En el sumergible sonó una sirena; cuando Melita recuperó la imagen, los marineros que aguardaban en la cubierta del submarino acudían a las escotillas; saltaban al interior con orden y precisión milimétrica.

Un teniente con aspecto de boxeador acompañaba a Elsa a través de la resbaladiza cubierta del monstruo; ella permanecía descalza. Llegados a la escotilla, le ordenaron bajar.

—¡No! —gritó Melita.

Su hermana Elsa contempló aquel pozo. Antes de obedecer, sin embargo, dedicó una última mirada al Quanza; buscaba quizás el rostro desesperado de Melita asomando tras uno de los ojos de buey. Melita le hacía señas desde detrás del ventanuco, golpeaba el cristal. Pero Elsa no la vio: ni siquiera pudo compartir con su hermana una última mirada de despedida.

Entregada a su destino, la traductora descendió por la escalerilla hacia la oscuridad.

—¡Elsa, no! ¡No bajes ahí, Elsa!

El último en entrar al submarino fue el capitán de la barba blanca. Cerró la escotilla tras él y quedó desierta la cubierta del sumergible.

Melita Braumann arañaba el cristal del ventanuco.

—Elsa… —musitaba, extenuada.

Las aguas se fueron tragando el submarino hasta que, aplacado el oleaje que había levantado y esfumadas las últimas burbujas, desapareció igual que si nunca hubiera estado allí.

Los ojos de Melita brillaban al contacto de las lágrimas.

—Elsa…

El vapor fue virando y la luna, que antes quedaba frente a Melita, fue poco a poco situándose a un costado: el Quanza retomaba su rumbo hacia Sudamérica.

Como atravesando las brumas de una pesadilla, Melita no hacía sino preguntarse qué iba a ser de su hermana y por qué se la habían llevado. Cómo haría Elsa para llegar hasta Argentina. Cómo harían para encontrarse. Poco podía imaginar entonces que el camino que su hermana estaba a punto de emprender habría de hacerlo sola; y Melita, sola también, lloró su desconsuelo.

Bajo el casco del Quanza, navegaba el USS Adventure a avante media y se alejaba, se alejaba, llevándose entre sus hierros a Elsa Braumann.

2

Caminaba sin prisa, pero le seguían mil fantasmas. Con sus propias manos había asesinado a tantos personajes que ya había perdido la cuenta; no habría de nacer nunca aquella apasionada dama del XVII embarcada en *affaires* prohibidos, aquel hombre al que la pobreza había convertido en criminal, el atormentado sacerdote que ya no creía en Dios..., tachados todos de la existencia, borrados para siempre.

José Luis Merinero acababa de llegar de Roma, donde había ayudado al régimen de Mussolini a perseguir al enemigo interno dirigiendo un programa de instrucción llamado *El Estado y el control sobre la información* para el Ministerio della Cultura Popolare. En Roma le habían puesto el apodo: Scorpione, pues se decía de él que su aguijón era implacable; para llevarse a alguien por delante no necesitaba más que su pluma de tinta roja.

Aparcó el Chevrolet en Montero Ríos. Arriba, en un cielo de sospechoso amarillo, se gestaban los nubarrones de la tormenta; la imagen se correspondía con la de aquella ciudad agrisada, que vivía atenazada por el miedo desde que comenzara la guerra y aún ahora, que ya había terminado.

Un aire marino barría la dársena; a lo largo del muelle no se veía un alma: se hubiera dicho que rondaba una manada de lobos.

El olor a quemado parecía venir de la terminal de pasajeros del puerto. Ascendía una columna de humo, cargado de volutas que eran

29

como avecillas en miniatura. Una de ellas se le posó en la manga, agotada del vuelo, y Scorpione se la sacudió de un manotazo.

—Coño —murmuró para sí.

Nada más llegar a Prensa y Propaganda le había dicho el bedel que no subiera a su despacho. «El inspector jefe le espera en la dársena, don José Luis —avisó desde detrás de sus gafas ahumadas—. Dice que vaya usted para allá ahora mismo».

No se estaba quemando el puerto: un grupo de camisas azules habían organizado una hoguera allí mismo, sobre el pavimento; rodeaban aquel fuego con la correspondiente mano alzada y entre vozarrones.

Merinero vislumbró la gorra de militar sobresaliendo por encima de las cabezas. El amigo Parra, inspector jefe de la Oficina de Censura Previa de Vigo, vestía el uniforme de comandante; llamaba la atención el largo mostacho.

Scorpione iba bordeando la hoguera cuando restalló un ¡ra-tatá! de chispas y saltó a sus pies uno de los rescoldos.

La cubierta del libro quemado mostraba la imagen de un Dorian Gray con un corbatín al cuello. Aquella edición barata había adquirido en aquel momento y lugar una belleza inexplicable: el derredor de la ilustración se hallaba ennegrecido, pero el fuego había respetado el rostro del chico, los labios rojos, la mirada melancólica. El cielo, pensó Merinero, juega a las ironías, a veces.

De un puntapié, devolvió el ejemplar a la hoguera.

Varios camisas azules sacaban de una furgoneta montones de cajas marcadas a brochazos con una *L*. Contenían cientos de libros, que después iban arrojando al fuego. Un Valle Inclán, un Goethe, un Dostoyevski… Al descubrir un Pardo Bazán, Merinero lo sintió por su adorado Galdós, cuánto habría lamentado él que quemaran el libro de su amante.

—No le habría jodido tanto si hubiera sido uno de Pereda —dijo por lo bajo.

—¿Qué?

—Nada.

Las quemas de libros ordenadas por el régimen eran ya viejas conocidas. El propio Merinero había organizado varias en Coruña, al principio de la guerra; también había participado de las organizadas en la Universidad Central de Madrid, con motivo del Día del Libro; suya fue la idea de que se leyera en alto aquel pasaje en que los amigos de Alonso Quijano queman los libros corruptores; «Tomad, señora ama, abrid esa ventana y echadle al corral, y dé principio al montón de la hoguera que se ha de hacer». Desde Ferrol a Tolosa, desde Mallorca hasta Cádiz…, de todas partes llegaba aquel viento de cenizas.

—Si viene a preguntar por lo de Emilia —le dijo el comandante—, todavía no sé nada.

—Está bien saberlo, pero no vengo por eso. Dejó usted aviso de que me acercara.

—Ah, coño, sí. Parece que tenemos entre manos una patatita caliente. Nos ha llamado Menchu Espinona, ¿sabe usted quién es?

—La dueña de Centauro.

Scorpione conocía a la editora y conocía la editorial, una de esas pequeñas, que vendía en los quioscos novelas rosa y del «Far West», melodramas, novelitas de tiros y hampones.

—Esa. Le ha llegado un manuscrito. Me ha contado la condenada trama y es una cosa delicada. Quiero que se encargue usted de él.

—¿Yo? Estoy metiéndole tijera al coñazo de los almendros.

—Esto tiene prioridad. Páseselo a ese tan antipático, el que es gilipollas perdido.

—¿Camilo? —Merinero conocía del tipo: por sacarse unas perras, el tal Camilo se había ofrecido como delator. No le bastaba con censurar libros al figura, también se llevaba dinero por meter rojos en la cárcel.

—¿Qué hace tan especial al dichoso manuscrito? —preguntó Merinero.

—Lo que cuenta —respondió el inspector jefe comandante—. Es una novela autobiográfica de trescientas páginas. Espionaje, intriga, aventura…

—¿Autobiográfica con todo eso?

Los libros se encogían según el fuego iba devorándolos: cobraban vida un instante, antes de morir del todo frente al inspector jefe Parra.

—Hace unos seis meses —dijo—, en diciembre del año pasado, para escapar de España, la traductora Elsa Braumann y su hermana tomaron un barco en Oporto, el Quanza, con destino Argentina. Elsa había participado en el robo de ciertos documentos secretos y se la buscaba por traición.

Merinero le observaba impasible, muy atento a cada palabra.

—Nada más comenzada la travesía del Quanza, la recogió un submarino americano en medio del océano y se la llevó. En ese manuscrito, Merinero, que quiero que usted analice, Elsa Braumann relata lo que ocurrió en los días siguientes a ser capturada.

A Merinero no le hacía mucha gracia dejar un trabajo a medias, pero arrugó la nariz como si apestara y dijo que bueno.

—Le echaré un ojo.

—Échele los dos y écheselos rapidito. Lo que cuenta ahí puede ser de mucha trascendencia para el devenir de la guerra.

—Suena a frase publicitaria.

—Es usted muy gracioso. Entre chiste y chiste vaya a recoger el manuscrito a Centauro y encárguese de él.

José Luis Merinero emprendió camino al coche.

Caminaba sin prisa y le seguían mil fantasmas, esto es lo que se decía de él. Por su culpa nadie pudo leer aquella novela estupenda donde se analizaba cierta revuelta obrera; ni aquella otra donde, entre tórridas escenas de amor primerizo, se hacían mayores un muchacho y su prima…, tantas y tantas historias que nunca serían leídas.

Era un tipo alto; la «i» que representaba su cuerpo delgado venía coronada por una melenita cuidadosamente despeinada, impropia de un hombre que había vivido ya media vida. Pasaba por elegante en el vestir y vestía siempre de negro. Las eternas gafas oscuras impedían descubrir lo que se le pasaba por los ojos; del rostro enjuto ya se encargaba Merinero para que expresara lo menos posible, pues era de carácter hosco; más que seco: sequísimo.

Ya se alejaba cuando el inspector jefe le dijo desde atrás:

—Merinero.

—Qué.

—No comente esto con nadie.

Sobre la hoguera, cientos de avecillas de ceniza se elevaban hacia lo alto, desprovistas de peso; volaban millones de frases, de palabras…, las ilusiones y los trabajos de tantos escritores.

*

En la editorial le dijeron dónde encontrarla: «¿La jefa? Estará desayunando en el Derby». Menchu Espinona no faltaba a su cita: el café era del bueno, traído en secreto de Portugal. Con él se regalaba a diario unos bollos de leche, unos churritos recién hechos o incluso unos huevos, si tenía el día inglés.

Merinero se asomó al interior del café. Había coincidido con la editora hacía años, en algún canapeo estúpido. Le preguntó a un camarero y este señaló a la mujer que desayunaba en una de las mesas del fondo.

Las nuevas directivas antiextranjerizantes habían obligado al Derby para que acomodara su nombre a El Imperial. La elegantísima terraza con mesas de mármol daba a la populosa José Antonio. Nacía un nuevo Vigo, tras la contienda: los rostros conocidos de la sociedad o la cultura venían al Derby a dejarse ver. Los recogidos de las señoras eran como de estrella de la Metro, con alambicados bucles: iban todas ellas *de boutique*: abundaban los nuevos vestidos «de cuatros», con el número «4» convertido en estampado. Una tropa de camareros con esmoquin iba y venía sirviendo *oranges*, grosellas con agua de Seltz, y Porto Flip.

Por allí habían mojado sus churros García Lorca, Castelao, Unamuno o Valle Inclán; hoy andaba aquel coruñés tan afín al régimen y de nombre rocambolesco, Wenceslao Fernández Flórez, regalándose un desayuno de órdago mientras repensaba el título de cierta novelita que tenía en mente; de este título solo tenía por cierta una cosa: debía incluir la palabra «bosque». En aquel café que era lugar de encuentro del vil metal con las viles letras no faltaba el todavía más vil cuarto poder. Es en los bares donde siempre se cuecen las noticias, esto es sabido entre los profesionales de la información, y en el Derby desayunaban periodistas del cercano *Faro de Vigo*, de *El Pueblo Gallego* y de Radio Vigo; cada mañana acudían correveidiles, fotógrafos y caricaturistas, caraduras de la pluma fácil, escritores de cuarta, poetas ramplones…, y todos, todos ellos eran morosos.

Mientras se acercaba a la mujer, Merinero observó que Espinona se había traído un portafolios marrón al que, entre cucharada y cucharada de café espumoso, le colocaba la mano encima como quien tranquiliza a una fiera.

—¿Menchu Espinona?

—Quién pregunta.

Al verla delante reconoció en ella a aquella a quien conociera aquella tarde. Ahora lucía el pelo cardado hasta la fantasía y, a pesar de que el tiempo no había tenido piedad en sus groseros ataques, conservaba todavía una belleza resultona: cierta noche y con una copa de más, un amigo le había dicho a Espinona: «Menchu, tú no tienes pinta de editora, tú pareces una actriz de cine». A juicio de Merinero, por desgracia, con los años había engordado y había menguado, ella misma decía que se había transformado en una aceituna.

—Soy José Luis Merinero, del cuerpo de Lectores de Propaganda.

Replicó ella al eufemismo con una sonrisa socarrona:

—*Lectores*.

—Me ha dicho el comandante Parra que tiene usted algo para nosotros.

Menchu Espinona conservaba su mano encima del portafolios marrón.

—Un manuscrito —dijo—. Llegó a la editorial, como tantos otros, escrito por una autora desconocida.

Con esa actitud de quien todo lo puede, Merinero alargó la mano y, sin pedir permiso, atrajo hacia sí el portafolios.

Al abrirlo encontró la primera página, en su desnudez:

EL ENJAMBRE
por Elsa Braumann

Espinona observaba aquella primera página como si fuera el filo de un abismo.

—¿Le han encargado a usted encontrar las notas?

—¿Las notas? —preguntó él.

De haber vivido en una novela de Kipling, Espinona habría sido encantadora de serpientes.

—¿No se lo han explicado?

—De momento me han encargado que me lo lea —dijo él. E insistió—: Qué notas.

Espinona dio buena cuenta de un *petit choux*.

—Léase el manuscrito —dijo.

*

Al salir del Derby se encontró que había empezado a llover: aquellos nubarrones feos como pecados se enseñoreaban de Vigo y asediaban la ciudad desde arriba. Merinero se detuvo en la puerta del café y, aprovechando la marquesina, aguardó a que escampara.

Pasaba corriendo un muchacho por la plaza, huyendo del aguacero, cuando se cruzaron sus miradas y el chico se detuvo. Observó a Merinero y comenzó a acercarse cada vez más ensopado.

—Usted es Merinero —le dijo. Caía tan fuerte el agua que debía alzar la voz sobre el pequeño estruendo—. Usted es el censor.

Nada respondió Merinero. Si apenas le gustaba hablar en general, mucho menos en particular; el ser humano le parecía poco interesante, despreciaba a la mayor parte de la gente que conocía y aquellos a quienes no despreciaba porque eran intelectualmente superiores a él le despertaban antipatía por eso mismo.

El muchacho se hallaba a dos pasos.

—Soy Ezequiel Pombo —dijo chorreando agua.

—¿Quién?

—El autor de *La sonrisa muerta*. El informe que entregó usted acerca de mi novela era tan demoledor que han decidido no publicarla.

Merinero recordaba la novelita, una primera obra pretenciosa y llena de inseguridades. Echó un ojo al cielo.

—El mundo editorial es duro, chico —dijo—. Mucha gente se queda por el camino. Y ahora las cosas están peor, el papel se ha puesto carísimo y se pretenden publicar solo cosas magníficas.

El chico dio un paso hacia él y sonó un chapoteo en el suelo.

—Mi novela era magnífica, coño.

Apretaba los puños mientras le observaba bajo el cortinón de agua y le dijo:

—Es usted un miserable. —Tartamudeó—: Me-me ha hecho usted muy infeliz.

Era poco más que un niño. Aquel era el primero de los muchos reveses con que la vida iba a golpearle. A Merinero le habría resultado sencillo animar al muchacho con cualquier cortesía; «Eres muy joven, chico, tienes por delante todo el tiempo del mundo para publicar. Tú sigue escribiendo, no desesperes».

De su boca, sin embargo, igual que si fuera otro el que hablaba, salió aquella voz tan suya, de color amarillo oscuro.

—No es nada personal, muchacho, pero no tienes talento. Tienes que dedicarte a otra cosa, no vales para ser escritor.

*

Era media mañana ya cuando José Luis Merinero pasó junto al coche y maldijo en arameo: había olvidado cerrar la ventanilla y estaba mojado el asiento. Lo había aparcado donde siempre, a la altura del 28 de Colón y frente al hermoso edificio de reminiscencias neoclásicas; el balcón recordaba a un templete griego, con su tejadillo y su frontón, sostenido por pilares. Allí se alojaban las oficinas del *Faro de Vigo* y justo encima, en el primer piso, tenía su sede la Delegación Nacional de Propaganda.

El censor cruzó la calle bajo la lluvia y penetró en el edificio; llevaba consigo su maletín, tan negro como su ropa, sus gafas y su bilis. Atravesó los mármoles de la entrada, cuyos ecos griegos, como cada mañana, parecieron perseguir sus pasos.

José Luis Merinero accedió por aquella puerta que, en su cenit, exhibía un cartel que rezaba: «*LECTORADO*».

En el pasillo reinaba un silencio de tanatorio y no era para menos: parecían cadáveres aquellos con los que Scorpione se fue cruzando a través de las puertas de sus despachos. Unos pocos eran sacerdotes de gafas oscuras y sotana —los llamados «lectores eclesiásticos»—, pero los más no dejaban de ser meros burócratas, funcionarios que habían sido contratados entre escritores depauperados, de los que Merinero ni siquiera conocía el nombre. Firmaban: *Lector núm. 2, Lector núm. 13, 24...* Escaseaban los afortunados que podían llamarse «fijos»; la mayor parte se trataba de «lectores especialistas», obreros de la tachadura contratados por obra. Entre unos y otros los había fanáticos, elitistas que ejercían la pasión del desprecio; los que trabajaban solo por dinero, sin miramientos partidarios; o quienes, más papistas que el papa, colaboraban por hacerse perdonar alguna depuración. Hombres vacíos de vida que, como él, cortaban las alas de personajes que se habían dejado llevar por pasiones desbocadas o ideologías torcidas. Los censores trabajaban todos barbilla al pecho, leyendo y tachando, leyendo y tachando, leyendo y tachando.

Al sentir pasar a Merinero, dio un gruñido un falangista de foto que ocupaba el despacho de enfrente, jesuita para más señas.

—Otra vez tarde, José Luis.

—Iré de cabeza al infierno de los censores, padre.

El padre Pascual era uno de esos enemigos íntimos que se hacen en la pecera que es toda oficina. El tipo despertaba en igual medida temor que repugnancia: las gemelas que atendían en el bar no se acercaban nunca por su lado de la mesa. Allí, donde todos almorzaban, el padre Pascual era admirado por sus diatribas. «¿Alejandro Dumas? —decía—. Un mal nacido, de malas ideas, inmoral y gran falsificador de la historia. ¿Melville? Puede pasar cuando deja de ser ampuloso, tenebroso y vulgarmente pretencioso».

El despacho de Merinero era tan gris como los otros, solo un cuadro colgaba en las paredes del cubículo, el sempiterno retrato de Franco, en esta ocasión pintado por José Aguiar, donde el caudillo victorioso se mostraba con aire preocupado. «Franco es la sonrisa —había escrito de él Giménez Caballero—. La sonrisa de Franco tiene algo de manto de la Virgen tendido sobre los pecadores. Tiene ternura paternal y maternal a la vez. Es cierto que Franco tiene momentos de gravedad infinita, de dolor, de seriedad amarga. Pero siempre es culpa nuestra. Y se debe pagar con fuerte castigo el poner serio a Franco». El cubil de Merinero contaba, además, con una silla para las improbables visitas; un escritorio, una papelera, un archivador tras la mesa. Carecía de ventanas que dieran a la calle, por las que uno pudiera asomarse a rumiar la miseria de una vida mezquina.

Merinero dejó el maletín sobre la mesa y de él extrajo el portafolios marrón.

—Buenos días —dijo en voz alta, pero nadie respondió.

Abrió el primer cajón del archivo y sacó la botella de Burnett's. Le echó un tiento a morro y dejó escapar un suspiro ronco de satisfacción. Devolvió la botella al cajón y lo cerró.

Recogió los papeles que había en la mesa: llevaba unos días trabajando en un manuscrito, una novela pomposa y mal escrita llamada *Verano de almendros en flor* que lo traía por la calle de la amargura. Cada vez que leía el paradójico título se le revolvía el estómago.

Merinero metió las páginas en la misma carpeta astrosa en que se las habían entregado. Añadió *el informe*, también, las cuartillas que siempre habrían de ir adjuntas al ejemplar en cuestión. En ellas, y según metódico procedimiento, se evaluaba el valor literario o artístico de la obra analizada, el valor documental y las inclinaciones políticas. Se anotaban también las tachaduras, citando las páginas en que se encontraban, y finalmente, de cara a denegar la publicación o darle vía libre, se añadían las observaciones que el censor tuviera a bien considerar: *Autorizada con reserva, Archívese sin tramitar, Pasa a la superioridad...* Eliminadas las blasfemias, el lenguaje procaz, hasta que los personajes, ya fueran carreteros o notarios, hablasen como señoritingas de buena familia. Nada de suicidios, nada de política si atentaba contra los Principios del Movimiento, nada de sexo. Cualquier descripción en ese sentido era desaprobada y así constaba en las cuartillas que ahora guardaba Merinero: «*Pornográfica*», «*Repugnante erotismo*», «*Exceso de imágenes lascivas*». De haber asomado cualquier viso de «homosexualismo» o «pecado contra natura» hubiera sido considerado «de la más grave peligrosidad social» y habría sido eliminado.

Descolgó el teléfono.

—Niño, pásate a recoger un manuscrito.

Del portafolios marrón sacó la novela de la tal Elsa Braumann;

las trescientas hojas habían sido escritas en un papel amarillento y finísimo, apenas abultaban.

*

Tomó asiento ante la mesa y ajustó los bordes de las hojas para que quedaran bien alineadas.

Asomó un botones, no tendría ni doce años.

—Buenos días, don José Luis.

Merinero señaló la carpeta roja con un gesto indolente.

—Llévale eso a Parra para que lo cuelgue en el gancho del retrete; el informe está a medio terminar. Y le dices que me acabo de poner con el nuevo manuscrito.

—A mandar. ¿Quiere algo más?

—Que te largues.

El botones tomó la carpeta entre sus brazos y, poniendo cara de mal huele, abandonó el despacho con ella. El censor no pudo por menos que sentir un pequeño alivio:

—Si llego a leer algo más sobre los almendros en flor me ahorco —murmuró.

Abrió la tapa de cuero del portafolios.

EL ENJAMBRE
por Elsa Braumann

De la novelucha no esperaba gran cosa; el título, sin embargo, le gustaba. Era fácil de recordar, evocaba una historia suculenta, con su drama y su choricito y su morcilla; y, esto era lo mejor, no decía nada de ningún almendro.

Igual que el cirujano que se dispone a abrir a su paciente, José Luis *Scorpione* Merinero colocó cada instrumento al alcance. La reina de la mesa era una Parker con un modernísimo sistema de émbolo llamado Vacumatic; las habían comercializado justo antes de la guerra y no cambiaba esta pluma de escribir por ninguna otra. Para las tachaduras, en cambio, usaba una vieja pluma de palanca que había sido de su padre.

En contra de lo que un lego pudiera imaginar, la mayoría de sus

39

compañeros realizaban las tales tachaduras en azul; él, sin embargo, era un enamorado del clásico: para tachar usaba el rojo, rojo sangre, rojo censor.

Por ahí se acordó Merinero de que en Roma le apodaban Scorpione y no le hizo ninguna gracia.

—*Va fan culo* todos ellos.

Merinero se puso las gafas de ver, que eran de pasta gruesa, negras; los cristales parecían dos lupas.

Ahora sí. Era llegado el momento de afilar las tijeras. Se disponía ya a trabajar cuando tropezó con la mirada acusadora del busto de Galdós, que lo observaba desde el otro lado de la mesa. Lo había comprado algunos años antes, durante la guerra, en Toledo, mientras los rojos asediaban el Alcázar y él trataba de entorpecerlos haciendo labores de quintacolumnista. Era uno de esos bustos pequeños que uno coloca encima del piano y representaba al Galdós último, ya mayor. Esa mirada estaba tan viva como la que hubiera exhibido el viejo en vida; más viva aún, porque Galdós terminó ciego y el condenado busto tenía ojos de lince.

Merinero cogió un sombrero que tenía por allí *ad hoc* y, antes de disponerse a censurar, lo colocó sobre la cabeza de bronce para taparle los ojos a Galdós.

—No mire, don Benito —replicó a la mirada.

Se pasó el dedo por la lengua para ensalivarlo y saltó a la siguiente página. Que el perfume de la autora permaneciera en las hojas del manuscrito pertenecía sin duda al ámbito de la fantasía, pero así imaginó él que era.

—Un momento —dijo antes de proseguir.

Se levantó a por la botella del cajón y se la trajo consigo hasta la mesa. Usó el taponcito a modo de vaso y se sirvió un sorbito.

—Ya sí —dijo.

Ya sí. José Luis *Scorpione* Merinero avanzó prólogo a través.

Leyó una página, dos.

Se trataba de una novela autobiográfica, en efecto: la protagonista ostentaba con descaro el mismo nombre que la autora. El estilo de la tal Braumann era fofo, infantil, trillado; un mal guion que ni siquiera llegaba a describir bien la escena. Simple absolutamente.

Los personajes bien. Solo bien. La trama estaba bien, también. No creía Merinero que recordase el libro pasado medio año.

Una cosa encontró curiosa: leía uno la novela y parecía que estaba en el cine, viendo una película de la London Films. Leyendo, Merinero escuchaba las músicas, las voces, el sonido de los pasos.

Llegaba el prólogo a su fin. Merinero agarró la botella sin levantar los ojos del manuscrito y tomó otro sorbito de ginebra.

«Bajo el casco del Quanza, navegaba el USS Adventure a avante media y se alejaba, se alejaba, llevándose entre sus hierros a Elsa Braumann».

Acabado el prólogo, el censor pasó la hoja y dio comienzo lo que la autora había dado en llamar «*Primera parte. Exposición*».

PRIMERA PARTE

EXPOSICIÓN

*Y los pueblos se salvan por la fuerza que sopla
desde todos sus muertos.*

1

Lo primero que a Elsa Braumann le llamó la atención del submarino fue el ambiente densísimo; apestaba a sudor y a queroseno, a ropa mojada. Aquí y allá, en improvisada despensa, colgaban del techo pedazos de codillo ahumado y salami, redecillas que sujetaban atados de carne. Los motores diésel resonaban de fondo y elevaban la temperatura en el interior hasta hacerla sofocante.

Acababan de acceder a una sala alargada, apenas un pasillo flanqueado por literas. Se encontraban allí algunos marineros, sentados en los camastros o de pie, perplejos ante aquella presencia nueva en su nave. Todos tenían barba de varios días.

—*Elsa Braumann, bienvenida a bordo* —dijo una voz.

Al girarse, Elsa encontró al teniente de la nariz aplastada. A ella le costaba pensar en español y hablar en aquel inglés suyo, que tenía de lo más oxidado.

—*¿Por qué me han traído aquí?*

—*Interceptamos una comunicación de los ingleses. Hablaban de usted.*

—*¿De mí?*

—*Los hombres de Franco la buscan* —añadió él.

—*Qué le importa eso a los americanos.*

—*En realidad nada* —respondió el teniente—. *Camine, haga el favor, y cuidado donde pisa.*

Había que sortear objetos a cada paso: cajas, baúles, barriles.

A Elsa le llamó la atención lo angosto que resultaba todo: si se cruzaban con otros marineros, estos debían pegarse al metal para que ellos pasaran.

—*Entre* —le dijo el teniente—. *Cuidado con la cabeza.*

Elsa tuvo que agacharse para traspasar la portezuela.

Accedieron a una antesala donde el fonografista, con auriculares y sentado ante un enorme indicador, permanecía atento a cualquier sonido.

—*Siga* —le dijo el de la nariz chata—, *es por ahí.*

Al atravesar otra portezuela accedieron a la sala de control. Tuberías de diferente grosor recorrían las paredes, y había manómetros por todas partes, medidores, palancas, ruedas de metal que accionaban ocultos mecanismos.

Cayeron sobre Elsa las miradas de oficiales y marineros; en particular la mirada azul del capitán. Llamaba la atención su barba, blanca en comparación a la de sus jóvenes subalternos.

El teniente sonrió.

—*Al capitán no le hace mucha gracia la presencia de una mujer en la nave.*

—*Menos gracia me hace a mí, créame* —replicó Elsa.

Parecía particularmente nervioso un tripulante pelirrojo que consultaba un mapa; tamborileaba en el suelo con la punta de la bota.

De malos modos, el capitán ordenó a todo el mundo que volviera a sus quehaceres; y él, manos a la espalda, se adelantó hacia Elsa.

—*Capitán Melville de la Marina de los Estados Unidos de América.*

Entre la rabia y el miedo, a ella le temblaba la voz.

—¿Van ustedes a entregarme? —Advirtió que se le había escapado en español y recuperó el inglés recurriendo a aquel proceso extenuante de traducir cada palabra—. *¿Van ustedes a entregarme? Yo..., yo no soy nadie, nunca tuve interés en la política. Solo quiero escapar de España, vivir tranquila en donde sea.*

—*Si la hemos traído aquí es por pura necesidad, señorita Braumann: nos hemos quedado sin tiempo.*

—*Sin tiempo para qué.*

En el fondo de los ojos del capitán Melville bailaba una luz burlona.

—*Pase ahí, se lo ruego* —dijo señalando la portezuela—. *Tenemos que hablar.*

*

Algunos hombres se hallaban acostados en el dormitorio de oficiales, que resultó ser una sección espejo de la de los marineros, pero menos larga y con menos bultos colgando de todas partes.

El capitán Melville hizo bajar una mesita plegada.

—*Tome asiento, haga el favor. ¿Quiere beber algo?*

Como en el caso de los oficiales, la zona del submarino donde se dormía era la misma en que se comía. En un elegante panelado de madera colgaba el retrato de Roosevelt. Junto a la botella, un marinero dispuso un platito con limones «en corona», que en la nave masticaban a todas horas para evitar el escorbuto.

El capitán se agachó para sentarse y de un armarito bajo sacó una carpeta con papeles y una botella que le entregó a ella. Contenía un líquido espumoso, muy oscuro.

En la botella, dibujadas con chiribitas, rezaban dos palabras desconocidas para Elsa.

—¿«*Pepsi-Cola*»? ¿*Qué es esto?*

—*Un refresco* —dijo el capitán Melville—. *Le parecerá mejor que el agua de la nave, créame.*

Abrió la carpetita y hojeó los documentos, releyendo lo que había ya leído mil veces.

—«*Elsa Braumann, traductora*». *Tengo que reconocer que nuestro servicio de inteligencia se ha mostrado admirado de su… labor en cierto tren. Admirados, se lo aseguro. Parece que los documentos que usted les consiguió a los ingleses tienen un valor inestimable. Un trabajo excelente. Excelente. Nos consta, además, que esto le ha ocasionado no pocos problemas.*

—*Maldita la hora: he tenido que escapar de España. Si participé en todo eso fue porque habían secuestrado a mi hermana. Créame, hubiera preferido mantenerme al margen.*

Melville cerró la carpetita.

—*Me lo puedo suponer. Yo preferiría estar cultivando alcachofas en Pensilvania que andar echando barba en esta lata de arenques.* —Señaló con el mentón el refresco y sacó una petaca del bolsillo—. *Si le apetece algo más fuerte también tengo.*

—*No me vendría mal.*

Melville tomó dos vasitos de una balda y sirvió de la petaca.

—*Lo que voy a contarle es confidencial; información reservada al máximo nivel.* —Alzó su vaso—. *Cheers* —dijo. Y se echó en el gañote el líquido ambarino.

Elsa Braumann miraba al marino con los ojillos expectantes.

Melville rebuscó en el bolsillo.

—*Hace algunos días, el servicio de inteligencia americano en Berlín descubrió cierta información referente a una mujer: Bertha von Harbou. ¿Le suena el nombre?*

—*Bertha von Harbou… La verdad es que no.*

—*Se trata de una científica alemana, muy prestigiosa, que lleva años enfrascada en una investigación importantísima para los nazis.*

Melville sacó una pipa.

—*Hace unos días, como digo, la doctora Von Harbou hizo un descubrimiento asombroso.*

—*¿Un descubrimiento?*

—*Me temo que no puedo contarle más. Baste decir que se trata de algo que no solo puede revolucionar el mundo, sino salvar de un plumazo muchas muchas vidas. Bertha von Harbou ha dado con una clave que los científicos de muchos países llevan años buscando.*

—Comprendo —dijo Elsa en español. Acababa de imaginar a una brillante bióloga descubriendo los fundamentos de una medicina; o acaso una vacuna—. *Bien, siga.*

Los ojos del marino habían adquirido un brillo intenso.

—*Como podrá imaginar, hemos intentado atraerla hasta nuestro bando. Lamentablemente Bertha von Harbou comulga por completo con las ideas de Hitler. La condenada de ella es una nazi convencida.*

Todavía no acababa de entender la traductora adónde pretendía ir a parar el capitán Melville.

—*Sin embargo…* —añadió el marino—, *se nos ha presentado una oportunidad.*

Señaló en derredor.

—*Este submarino se encontraba de maniobras en el Atlántico cuando nuestro servicio de inteligencia nos comunicó que Von Harbou iba a hacer un breve viaje a España, más concretamente a Galicia.*

—*¿A Galicia?* —preguntó la traductora.

El capitán Melville se encendió la pipa y aspiró unas caladas. A los hombres del submarino les gustaba aquel olor que de cuando en cuando lo impregnaba todo: el aroma del tabaco Briggs enmascaraba el hedor a sudor y a fuel.

—*La doctora ha sido invitada por el Hogar Alemán de Vigo para dar una conferencia el día 13. No contamos con poder convencerla para que se pase de bando, pero sí hemos obtenido una clave muy valiosa: existe un cuaderno.*

La entrenadísima intuición de aquellos que acostumbran a visitar mucho el cine le dijo a Elsa que aquella escena iba a terminar mal para ella.

—*¿Un cuaderno?*

—*Un cuaderno de color rojo donde la doctora Von Harbou toma nota de todos sus descubrimientos y que lleva siempre consigo. Un cuaderno que se ha traído con ella a España.*

El capitán se acodó en la mesa.

—*Me vino la idea a la cabeza al interceptar esa comunicación que se refería a usted, Elsa, una traductora que habla alemán, inglés y español.*

—*¿Qué idea, capitán?* —preguntó ella, temerosa.

El capitán Melville le acercó el vasito con güisqui como quien prepara una medicina.

—*Elsa Braumann, queremos que se haga pasar usted por alemana y se infiltre en el hotel donde se aloja la doctora Von Harbou. Queremos que acceda usted a ese cuaderno rojo, transcriba para nosotros la información relevante que encuentre y devuelva el cuaderno antes de que nadie lo eche en falta.*

2

Le faltó tiempo para decir que no, por supuesto. Dijo que no con la cabeza y de palabra; lo dijo en inglés y en español, que venía a ser lo mismo. Elsa Braumann dejó claro que no habría forma en la tierra de convencerla.

El capitán no ocultó su malestar.

—*Apelo a su sentido del deber, caramba. Se trata de una misión que puede evitar muchas muertes, señorita. Miles de personas; millones, quizás.*

—*Mi sentido del deber, capitán, quedó más que satisfecho cuando hace unas semanas robé esos documentos para los ingleses. No voy a volver a España y por supuesto no voy a convertirme en una espía para solucionarle una papeleta a los Estados Unidos.*

Elsa iba a insistir en que lamentaba volver a decirle que no, que no y que no, tres veces, cuando cambiaron las luces del submarino y se volvieron rojas. Como impulsado por un calambrazo, el capitán Melville plegó la mesa para dejar el pasillo libre, cayeron al suelo la petaca y los vasos, el refresco y el plato con las rodajas de limón.

—*Quédese aquí* —le dijo antes de acudir a la sala de control.

Alrededor de Elsa Braumann todo eran voces, los hombres corrían por el submarino a ocupar sus posiciones: tomaban asiento en los camastros los que no participarían del operativo a fin de no estorbar.

Avisaba el cuerpo de que la nave estaba sumergiéndose.

Pasó corriendo a su lado el teniente de la nariz aplastada y Elsa le preguntó qué ocurría.

—*Se acerca un submarino* —respondió él, sudoroso.

—*¿Alemán?* —preguntó ella en un hilo de voz.

—*La España de Franco no solo permite el paso de los submarinos nazis, sino que les abre sus puertos para que se abastezcan. Nadamos entre tiburones, señorita.* —Dicho esto siguió su camino.

Elsa Braumann se alongó para avistar la sala de control; allí, el capitán iba dando indicaciones a su segundo.

—*Estabilice la nave, señor Starbuck. Paren máquinas. Silencio total.* —Se le notaba en la voz que disfrutaba con aquel control meticuloso.

Adquirieron de nuevo la horizontal y se detuvo el ronroneo del USS Adventure.

Los oídos de los hombres estaban alerta a cualquier movimiento en las profundidades, que, ahora, sin pasos ni voces, habría de escucharse con claridad; todos pendientes del gran oído de la nave que manejaba el hombre de los auriculares, sentado en su pequeño puesto de control.

Con el dedo en alto y la mirada concentrada en el vacío, el fonografista avisó de algo que Elsa no pudo escuchar, pero que despertó las inquietudes de todos.

A los pocos instantes se escuchó una cierta cadencia mecánica que se iba acercando.

Pasito a pasito, Elsa había ido tomando posiciones hasta hacer suya una esquina de la sala de control. Tenía ante ella la espalda del capitán. El hombre la descubrió allí, pero no dijo nada.

Se iba aproximando el murmullo de unas hélices. Estaban cada vez más cerca.

—*A cien metros por babor* —murmuró el marinero de los auriculares.

*

El capitán Melville parecía hecho de escayola; debía ser el único en la sala que no sudaba de puro miedo.

—*No se atreverán a atacar un submarino de los Estados Unidos, ¿verdad?* —preguntó Elsa por lo bajo—, *ustedes son neutrales.*

—*Si nos encuentran atacarán primero y preguntarán después: no querrán correr el riesgo de que seamos un submarino inglés. Sshh, tenemos que estar en silencio.*

Gruñían hierros y tuberías, acuciados por la presión. Los ojos de todos, expectantes, se mantenían clavados en el techo; nadie hablaba. Solo una respiración sobresalía: la del marinero pelirrojo, que, allá en una esquina, se acurrucaba hecho un ovillo; apretaba los dientes aquel caldero lleno de agua hirviendo, parecía que fuera a estallar.

—*¿Y ustedes?* —murmuró Elsa—. *¿Atacarán?*

—*Un submarino americano atacando a uno alemán en aguas españolas sería del todo injustificable, señorita. Me temo que solo podemos esperar a que pase el peligro. Sssh, calle.*

El sonido de las hélices en el exterior se había hecho apenas audible, pero daba la impresión de que ahora se hacía más presente, de nuevo; los del otro submarino daban la vuelta para regresar, estaba claro. El sonido se iba acrecentando y la tripulación se agarró fuerte a tuberías y salientes.

—*Agárrese ahí, señorita.*

Así lo hizo Elsa. Apretaba tanto que le dolían los dedos.

—*Tengo entendido* —dijo el capitán— *que perdió usted a su madre al poco de llegar a España desde Köln, que murió enferma en una pensión de mala muerte.*

Todavía le parecía sentir la madera bajo sus rodillas; se apoyaba en la cama donde agonizaba su madre. En esos momentos últimos le regaló su madre el reloj que ahora Elsa llevaba en su muñeca. Allí fue donde su padre puso su mano sobre el hombro de sus niñas. «Dejémosla descansar, hijas». Las dos hermanas salieron al saloncito de la pensión; parecían observarlas varios cuadros minúsculos en la pared desconchada. Ella y Melita lloraron, sentadas en el suelo, y las horas pasaron, insoportables. En la memoria de Elsa se había grabado la expresión de su padre saliendo del cuartito, pálido y descompuesto, el gesto transformado en un rictus de dolor. «Ya está, hijas; vuestra madre descansa por fin».

Melville observaba los manómetros que tenía ante sí.

—*Lo que voy a contarle* —añadió— *le caerá encima como una losa, soy consciente. Le mintieron, Elsa.*

—*¿Que me mintieron? ¿De qué habla?*
—*Su madre no murió aquel día en aquella pensión.*
A la traductora le cayó una gota de sudor por la mejilla.
—*¿Qué?*
—*Su madre está viva.*
Tuvo Elsa la impresión de que el sonido de las hélices aproximándose se les echaba encima.

El capitán Melville, el gesto gravísimo, la miraba de soslayo con sus ojos azules; parecía que llevara el mar en ellos.

—*Soledad Peguero, de casada Soledad Braumann, está viva y el Gobierno de los Estados Unidos sabe dónde está.*

El sonido de las hélices nazis iba recorriendo el submarino en paralelo a la nave que, igual que un halcón, los sobrevolaba dentro del agua.

El marinero pelirrojo se levantó para correr hacia la torreta.

—*¡No puedo más!* —exclamó—. *¡Me ahogo, necesito salir!*

Se le echaron encima tres compañeros y lo tiraron al suelo; el muchacho pataleaba, estaba a punto de gritar de terror cuando entre varios le taparon la boca. Inmovilizado por manos y brazos y piernas, el muchacho lloraba su desesperación.

No era el primero ni sería el último: «Neurosis de la lata de sardinas», lo llamaban los nazis.

3

«Métase en el camastro y corra la cortina —esto fue lo que le dijeron—. *No pasee por el submarino, no hable con los hombres».* La noticia acerca de su madre le había caído encima como un mazazo: perdió las fuerzas y le entró fiebre, igual que les ocurría a aquellos personajes decimonónicos que tanto le gustaban en sus lecturas.

«Es mentira», le había replicado Elsa al capitán. *«Examine sus sentimientos, señorita. Sabe que es verdad». «No puede ser. No puede ser».*

Encogida sobre aquellas sábanas que apestaban a humedad, Elsa Braumann escuchaba los sonidos de los marineros yendo y viniendo tras la cortina de su cama. En esencia, la vida cotidiana dentro del submarino consistía en tratar de mantener la mente ocupada para no perder la chaveta. Había turnos para todo: para ayudar en cocina, para vigilancia en el exterior, para limpiar los suelos y para engrasar lo que llamaban «torpedos». No ayudaba el calor: era común que la temperatura en el interior del submarino alcanzara los 50°.

«Es mentira», se repetía a sí misma tras aquella cortina, sudando de fiebre.

Perdía la noción del tiempo dentro de aquel cubículo; le era imposible discernir si era de día o de noche.

Acudir al retrete le suponía un suplicio; había uno solo en la nave y casi siempre estaba ocupado. Elsa tenía que avisar a Melville: *«Capitán, necesito ir al baño». «Muy bien, señorita, espere en el camas-*

tro porque ahora hay alguien, yo la aviso». Los caballerosos marineros, nada más enterarse de su necesidad, le cedían el turno. Cuando Elsa se encerraba por fin dentro de aquella pequeña cabina, el hedor era indescriptible. Solo entonces, entre arcadas, agradecía no haberse echado nada en el estómago.

Los marineros, por su parte, cumplían su trabajo dentro de aquel infierno con una entrega digna de elogio. Esto despertó en Elsa una suerte de camaradería, que de manera misteriosa la unía con aquella tripulación de desconocidos.

A veces y siguiendo órdenes del capitán, el fonografista hacía sonar un disco por la megafonía de la nave. El más celebrado era siempre el *Sing, sing, sing* de Benny Goodman: animaba a la tropa y les hacía realizar sus tareas moviendo los pies.

Solo las visitas del capitán Melville la salvaban de aquella espantosa monotonía.

—*¿Se encuentra mejor?*

Un pensamiento la había atormentado desde que le diera aquella información:

—*Eso que dijo de mi madre... ¿Usted la ha visto?*

—*No, no la conozco en persona* —respondió el capitán—, *pero le aseguro que es verdad: está viva.*

—*No le creo* —insistió ella.

—*¿Vio usted su cuerpo, Elsa?*

—*¿Qué?*

—*Su cuerpo, señorita. El día que, en aquella pensión, su padre le dijo que ella había muerto. ¿Vio usted el cadáver de su madre?*

Elsa nada respondió. Cuánto había llorado, a gritos, luchando contra su padre para que la dejara entrar a la habitación. «No pases ahí, muchacha —le había dicho él—. Es mejor que no la veáis así. Que conservéis su imagen de cuando estaba viva».

A Melville no le hacía falta una respuesta.

—*¿El nombre* la Hilandera *le dice algo?* —preguntó.

—*¿Se refiere a un cuadro?*

—*Su madre le entregó a usted un reloj en su supuesto lecho de muerte, ¿no es así?* —dijo él, muy seguro de sí mismo.

—*¿Cómo sabe usted eso?*

La respuesta del capitán resultó de lo más críptica.

—*«Novus Ordo Seclorum», Elsa. Examine el reloj.*

Ella lo hizo, por supuesto: a solas y escondida tras la cortina de aquel camastro examinó el reloj de su madre. Como no encontrara nada llamativo en el exterior de la pieza, tuvo que valerse de las uñas y de cierta maña para tirar de la tapa. Al abrirlo encontró dentro una pastilla minúscula. *«No la toque* —le había dicho el capitán—. *Es cianuro».* *«Pero ¿cómo cianuro?»*, replicó ella. Si aquella había sido suficiente sorpresa, lo que Elsa encontró junto a la pastilla no fue menos asombroso: en el interior del reloj, recorriendo la esfera con letras delicadas y junto al símbolo de una pirámide con un ojo dentro, se hallaba una inscripción: *«Novus Ordo Seclorum».*

—*«El nuevo orden de los siglos»* —dijo el capitán, asomado al interior del camastro.

Elsa Braumann se veía incapaz de hablar.

—*Pero ¿cómo sabía usted…?*

—*Sé lo que sabe el Alto Mando americano, señorita.*

—*¿«El Alto Mando»? ¿Qué tiene que ver mi madre con…?*

El capitán Melville puso su mano sobre la de ella.

—*Cumplirá usted la misión sin problemas, ya lo verá. Y por desgracia estará usted de vuelta en España, es cierto, pero después le ayudaremos a reencontrarse con la Hilandera.*

—*Deje de llamarla así. Dónde. Dónde está.*

Melville suspiró.

—*Esa información la encontrará usted en el consulado americano de Vigo…, cuando cumpla su parte.*

La traductora aferraba el reloj.

—*Mi madre está muerta* —dijo.

—*Bien* —respondió el capitán—. *Llegados a este punto puede no creerme, desde luego. Pero piense una cosa, Elsa: ¿Y si lo que estoy diciendo es verdad?*

—*¿Qué?*

—*Si lo que estoy diciendo es verdad y su madre está viva, está desperdiciando ahora mismo la oportunidad de reencontrarse con ella.*

En ese momento se levantaron dos olas dentro de la traductora; rompían una contra la otra sin que, en semejante golpe, ninguna encontrara salida: el natural escepticismo luchaba contra el deseo enorme, enorme, de creer.

Para entonces, el capitán Melville sabía y ella sabía que las altas defensas de Elsa Braumann serían incapaces de resistir.

Quizás ella no creyera todavía al capitán, pero aquellas palabras vinieron solas. Rendida de cansancio, preguntó:

—*Qué es eso tan importante que ha descubierto la doctora Von Harbou.*

—*No le podemos decir más* —dijo el capitán—. *Créame que esta por la que va usted a luchar es una buena causa. Una causa noble y justa que merece la pena.*

Elsa Braumann ya no volvió a hablar. Ojalá hubiera tenido el abismo ante sí para dar un paso al frente. Poco le importaba, en realidad, si el descubrimiento de Bertha von Harbou se trataba de una vacuna o de un crecepelo: no necesitaba sino empezar.

La traductora le había dicho que no al capitán Melville; le había dicho que de ninguna manera y que de ningún modo y que de ninguna forma.

Le había dicho que no y, aun así, Elsa Braumann replicó entre dientes:

—*Cuando esto acabe, ustedes me lo contarán todo y me dirán dónde encontrarla.*

—*Tiene mi palabra.*

Nada más.

Ella asintió, solamente.

Nada más.

—*Vamos a emerger en unos minutos* —dijo Melville—. *Le vendrá bien tomar aire. Subamos y le daré los detalles de su misión.*

*

Apuntaba maneras aquel sol que comenzaba su andadura. Aquel iba a ser un día radiante.

A los marineros les gustaban los turnos de vigilancia en el exterior, a pesar de que eran peligrosos pues un embate podía arrancarlos de su puesto y lanzarlos al agua. Para evitar esto se ataban a la superficie del monstruo con unos cables cortos. Lo cierto es que, pese al peligro, les daba el sol y respiraban aire fresco; hasta el agua que los empapaba resultaba una bendición.

—*El mar está como un plato* —dijo el capitán.

Lo observaba todo desde lo alto de la torre, enarbolando unos prismáticos. A su lado, también Elsa contemplaba el horizonte. Una voz preguntaba en su interior si acaso pudiera ser verdad que su madre estaba viva. ¿Dónde quedaría Soledad Peguero-Braumann en este caso?, ¿a Naciente?, ¿a Poniente, quizás? La propia Elsa acallaba esa voz enseguida, recelosa, incapaz de creer. Y, sin embargo, pese a la incredulidad, todavía buscaba en el horizonte, sin advertirlo; en Naciente; en Poniente.

Eran cuatro en lo alto de la torre: a Elsa y al capitán los acompañaban el teniente de la nariz aplastada y un marinero. Cada uno debía encargarse de otear un punto cardinal, a la caza de periscopios, sobre todo, o de otro submarino que, como ellos, hubiera emergido para repostar aire.

El capitán Melville se apartó los prismáticos del rostro y señaló hacia un punto del horizonte.

—*Hacia allí nos dirigimos, hacia una cala perdida en el noroeste gallego. El submarino no puede atracar en una playa, de modo que uno de mis hombres la llevará en balsa para que usted pueda desembarcar en la orilla. Una vez se asegure de que está usted bien, él se volverá al Adventure.*

El rostro de Elsa había adquirido un tono cerúleo.

—*Estaré sola* —dijo atragantada.

Melville suspiró.

—*No, no tenga miedo. Hay una casucha abandonada en esa playa, al parecer. Mi hombre la acompañará hasta esa cabaña, en donde la esperará un enlace que la llevará hasta nuestro contacto en Vigo.*

—¿*Su contacto en Vigo?* —preguntó Elsa.

—*El cónsul de los Estados Unidos; su nombre es Ian Lancaster. Repítalo.*

*

El señor cónsul de los Estados Unidos en Vigo, Ian Lancaster, permaneció en el vehículo mientras salía su chófer y se asomaba por la ventanilla.

58

—*¿Entonces traigo al Gaditano?* —preguntó en inglés.

Los ojos del cónsul se hallaban inexpresivos, distraídos en sus nieblas interiores.

—*¿Patrón?*

—*Qué* —dijo al fin Lancaster.

—*Que si hago venir al Gaditano.*

—*Ah, sí, sí. Pero no le digas todavía lo que quiero encargarle.*

—*Muy bien, patrón.*

Se alejó el chófer en dirección a la taberna.

El cónsul salió del coche y resplandeció al sol la blanca indumentaria de finísimo lino; destacaba la pajarita occidental negra, de lazo largo, sobre la camisa blanca. La mañana se había despertado bochornosa y empezó a darse aire con el sombrero Panamá.

El puerto del Berbés apestaba a pescado podrido. No era solo el olfato y la experiencia lo que advertían al señor cónsul: allá en el horizonte asomaban unos nubarrones.

—*Esto no va a terminar bien* —dijo para sí Ian Lancaster.

*

Los ojos de Elsa se habían clavado en el horizonte, también; allá donde se suponía que estaba aquella playa.

—*Elsa* —dijo el capitán.

—*Qué.*

—*Está distraída. Repita el nombre que le he dicho.*

—*No, no, solo un poco abrumada. Lancaster. Ian Lancaster, el cónsul de los Estados Unidos en Vigo. ¿Es…, es un espía?*

Al capitán Melville le hizo gracia la palabra.

—*Lancaster la ayudará a conseguir su objetivo.*

—*El cuaderno rojo de la doctora Von Harbou, sí* —añadió Elsa—. *¿Cómo haré para llegar a ese cuaderno, copiarlo y devolverlo antes de que nadie lo eche en falta?*

—*Los detalles de su misión en tierra tendrá que resolverlos con Mr. Lancaster. Hay… otra cosa, Elsa* —dijo el capitán. Daba la impresión de que llevara un cierto tiempo dándole vueltas a aquello.

—*¿Sí?*

—*Cuando consiga usted infiltrarse en el círculo de la doctora…*

—¿*Sí?*

—*Hay una persona… Una mujer… Es una agente de la Gestapo que acompaña siempre a la doctora; una suerte de… tutora, de vigilante. Su nombre es Gulch. Irma Gulch. Fanática del nazismo hasta la obsesión: con trece años se afilió a la Bund Deutscher Mädel y no ha hecho más que escalar en el partido.*

Cuando el capitán clavó sus ojos sobre ella, Elsa los encontró llenos de preocupación.

—*Tenga cuidado con esa condenada loca; es un perro sediento de sangre que los nazis han colocado para que nadie se acerque mucho a la doctora.*

Elsa se había aferrado al hierro que hacía de quitamiedos.

—*Se podía haber ahorrado contarme esta parte.*

Melville apuntó algo parecido a una sonrisa.

—*Me gusta su sentido del humor. Recurre siempre a él como forma de escapatoria. Bien* —añadió—. *¿Tiene alguna pregunta?*

—¿*Alguna pregunta, capitán?* —respondió Elsa Braumann—. *Todo lo que tengo, todo, son preguntas.*

4

Al paso de la mujer rubia sonaron los acordes en fa de los músicos afinando sus instrumentos, igual que si una banda sonora la acompañara.

A su espalda, en la entrada del hotel, aguardaba el grupito de invitados, encogidos en sus abrigos.

Fräulein Gulch aspiró una bocanada de su pitillo y observó la calle. Se había adelantado para preparar la llegada de la eminencia nazi. El coche no venía y empezó a inquietarse.

El barón Reiniger la observaba a un par de metros como quien observa a esos gatos que siempre arañan: procuraba no acercársele demasiado.

—*¿Le habrá pasado algo?* —preguntó en un hilo de voz, no fuera a molestar a la rubia.

Irma Gulch apretó los dientes.

Contrastaba la palidez de su rostro con el rojo de aquellos labios, pero no era lo único que contrastaba en cuanto se la conocía: el deseo que su cuerpo esbeltísimo despertaba en los hombres era de inmediato congelado por su carácter distante y frío. Irma Gulch era una preciosa estatua de hielo esculpida por la Gestapo.

El barón le dio indicaciones a la pequeña banda de música cedida por el Saboya.

—Ustedes fuerte, ¿eh? —decía en español, con mucho acento e imitando con el brazo el batuteo—. Cuando llegue, toquen fuerte.

Se impacientaban los asistentes, encogidos de aquella humedad gallega que, aun con poco frío, te calaba entero.

Habían sido invitados los más conocidos empresarios alemanes y sus peripuestas esposas: la comunidad germana de Vigo llevaba afincada en la ciudad desde que en el siglo pasado instalara sus oficinas de telégrafo la Deutsch Atlantische Telegraphengesellchaft, a la que pronto siguieron el Consulado, las navieras o el Colegio Alemán para los críos. Los últimos años habían atraído sangre nueva: el Reich en guerra iba requiriendo de Vigo no solo el famoso «wolfram», sino también hierro y conservas, químicos, efectos eléctricos y farmacéuticos que en igual cantidad atraían a buscavidas, estafadores y aventureros.

Esta noche no faltaba nadie: los cerca de doscientos alemanes que residían en Vigo se habían afiliado en masa al partido nazi; los escasos disidentes eran detenidos y repatriados de inmediato a Alemania.

Tras ellos, en la fachada del más señorial hotel de la ciudad, el Moderno, colgaba el cartelón desde el segundo piso hasta el suelo y rodeado de esvásticas.

KAISER-WILHELM INSTITUT EN COLABORA-CIÓN CON EL HOGAR ALEMÁN. PRIMERAS JOR-NADAS CIENTÍFICAS HISPANO-GERMANAS DE VIGO. El ilustre Hogar Alemán se enorgullece en presentar a la eminente doctora Bertha von Harbou, que participará con la conferencia «El futuro es alemán» el 13 de diciembre a las 11 horas.

El barón Reiniger se aproximó a *fräulein* Gulch y murmuró:
—*No viene. Quizás no debió usted adelantársele y separarse de ella. Quiera Dios que no le haya pasado nada.*
Irma Gulch estaba a punto de espetarle una impertinencia cuando avistó el coche por el fondo de la calle, al fin. Adelantó un paso como el perro ante las ovejas; a su espalda, los asistentes prorrumpieron en un aplauso.
—*¡Ya viene! ¡Ya viene!*
—*¡Toquen, toquen!* —dijo el barón a la banda.

Apenas habían tenido tiempo para ensayar aquellos músicos españoles: desafinaban en el estribillo. La más gorda de las invitadas se lanzó a cantar a voz en cuello el *Horst Wessel Lied*.

> *Die Fahne hoch!*
> *Die Reihen fest geschlossen!*

La letra, atribuida a un joven mártir de la causa nazi, había sido bendecida por Goebbels y convertida por el *führer* en el nuevo himno extraoficial.

El vehículo se detuvo ante la fachada del hotel, el gentío y el cartelón. Irma Gulch abrió la puerta de atrás.

—*Estaba empezando a ponerme nerviosa* —susurró.

Del coche descendió la doctora Bertha von Harbou.

—*El incompetente del chófer se ha equivocado dos veces de calle.* «*Willkommen!*» —le gritaban enarbolando banderines nazis—. Uno de los niños del Colegio Alemán, que andaba hurgándose la nariz, recibió un capón de su profesor y el pequeño enseguida levantó la mano al estilo romano, emulando a sus compañeritos y sus padres. «*Willkommen!*».

En dirección a la doctora, se desmarcó el barón, ajustándose el monóculo.

—*Doctora* —le dijo en alemán—, *barón Reiniger, organizador del evento y presidente del Hogar Alemán de Vigo, estábamos todos deseando saludarla.*

Los ojos de la doctora pasaron por encima de los invitados.

—*Deseo comer algo y retirarme enseguida, barón. La última parte del viaje me ha dejado exhausta: las carreteras francesas estaban intransitables y las españolas recuerdan a un camino de cabras.*

Era alta, enorme, y detrás de la cabeza llevaba un moño que coronaba el pelo. Iba sin maquillar, según su costumbre, y a su rostro ya asomaban las arrugas de los cincuenta.

Se adelantó Irma Gulch y, como si la alejara de un incendio, la tomó del brazo.

—*Doctora cansada* —dijo en español. Llevaba meses aprendiendo el idioma en un curso por correspondencia. Nada se le ponía por delante: podría haberlo aprendido leyendo prospectos de medicina.

*

Al entrar al *hall* del hotel Moderno, la doctora Von Harbou apenas reparó en los carteles que le daban la bienvenida. Todavía la llevaba del brazo Irma Gulch, en dirección al ascensor, y todavía las perseguía el barón. A su lado caminaba a pasitos cortos, a la carrera, un muchacho.

—Doctora —dijo el barón adelantándose—, *le presento al que va a ser su intérprete mientras dura su visita en España.*

Observó de reojo la doctora Von Harbou a un gallego mofletudo de pelo rizado y replicó:

—*No pienso salir de mi habitación hasta mañana, barón, pero gracias.*

Al entrar en la *suite* que el Moderno había dispuesto para ella encontraron que, más allá de la entradita que conducía al cuarto de baño, se abría una sala de estar con escritorio, sofá y sillones, separada del dormitorio por unas puertas dobles. Sobre una mesa se había dispuesto un refrigerio al modo bufé, en sendas zonas de «fríos» y «calientes».

—Confío —dijo el barón— *en que todo le parezca apetitoso.*

Bertha von Harbou, repugnada, se acercó a oler la fuente de ensaladilla rusa, decorada con una esvástica de pimientos.

—*Disculpe, ¿podría decirme qué lleva esto?*

—*Ah, es la versión española de la Olivier:* «ensaladilla nacional», *la llaman aquí.*

Se adelantó una mujercilla diminuta, tan diminuta que ninguno se había apercibido de su presencia, a pesar de que los había acompañado desde la calle.

—¿Ensaladilla nacional? —dijo, burlona—. *De toda la vida* «ensaladilla rusa»; *pero hoy ese nombre está prohibidísimo.*

El barón hizo las presentaciones sin mucha gana.

—*Mi esposa, la baronesa, Ana Reiniger-Castro.*

La mujercilla se adelantó con la mano por delante.

—Encantada, querida —dijo en español, para añadir después

en alemán—: *Es un honor para mí conocerla. Pienso asistir a su conferencia, pero me temo que seré incapaz de comprender otra cosa que no sea el «Buenos días» del principio.*

Rio con bastante alboroto y el barón tragó saliva.

—*Es española* —dijo, como si eso fuera a disculparla.

La baronesa era una mujer menuda y delgada, pero sobresalían de su talle unos pechos tan voluminosos que desentonaban. Hacían juego con su persona, pues era ruidosa al reír y exagerada en sus manifestaciones. El barón la consideraba una cretina, pero todo lo que su esposa tenía de chabacana lo tenía de ardentísima amante.

—*¡Española de nacimiento y alemana de casamiento!*

—*Tanto gusto* —dijo la doctora con cierta frialdad. El buen humor que exhibía la baronesa resultaba incomprensible para ella, desacostumbrada a las reuniones de sociedad y, en general, a nada que no fuera trabajar en su laboratorio.

El barón, atento a todo, observó sobre la cama un cestito con flores, frasquitos de colonia y pastillitas de jabón.

—*Pero qué es eso* —murmuró espantado—, *¿jabón español?* —añadió, y enseguida acudió a llamar por teléfono a recepción para que retiraran de inmediato aquella asquerosidad.

Quedaron la baronesa y la doctora ante el bufé. Ana Reiniger-Castro observó con la ceja alzada:

—*Los cocineros han caído en un exceso de entusiasmo* —dijo señalando la verdulera esvástica—. *Puedo soportarlo todo, amiga mía, menos la vulgaridad. ¿A usted no le pasa lo mismo?*

—*¿Le parecen vulgares las esvásticas, baronesa?*

—*¿No se lo parecen a usted si van acompañando a una ensaladilla, doctora?* —replicó la Reiniger-Castro.

Volvió a reír y añadió:

—*No haga caso, solo estoy bromeando.*

Bajo la ventana, en la calle, prorrumpieron en aplausos los congelados alemanes, a quienes nadie había indicado que podían marchar. La baronesa se dispuso a retirarse.

—*Pruebe el vino, me matarían por decirlo, pero los blancos aquí son mejores que el riesling. Me bajo a despedir a su público.* —Levantó

la palma de la manita y, riéndose por lo bajo como una niña travie-
sa, añadió—: *Heil, Hitler.*

La sombra rubia se movió como en un siseo y adelantó su cuerpo esbelto.

—*Qué mujer más irritante* —dijo por lo bajo a la doctora—.
Acabaría con ella con mis propias manos.

Si *fräulein* Gulch hablaba de manera literal o figurada, fue algo
que la doctora Von Harbou no supo asegurar.

5

Cuando terminó de ultimar detalles con el segundo al mando, el capitán Melville se acercó desde el fondo del pasillo angosto.

—*Llegó el momento, Elsa. En unos minutos bajará usted a tierra, prepárese.*

Ganas no le faltaron a la traductora de encomendarse a medio santoral.

El capitán se sacó de los riñones una billetera abultada.

—*Aquí tiene una cierta cantidad, para sus gastos.*

Melville echó mano de un ligero carraspeo.

—*Elsa, quiero… Le diré que en mi profesión trato con hombres de todo tipo y creo ser un buen observador del animal humano. En fin, tengo que alabar de usted, señorita, su buen temple.*

Y antes de que aquel cumplido la terminara de ruborizar, Melville recuperó el tono imperativo:

—*Prepárese a desembarcar.*

Hizo llamar con un gesto al teniente de la nariz aplastada. A Elsa se le hizo raro verle vestido de civil; iba todo de negro y con jersey de cuello alto.

—*El teniente Stevenson la llevará a tierra. En cuanto se asegure de que está usted a salvo, él regresará al submarino.*

El teniente saludó llevándose la mano a la sien y Elsa tragó saliva: solo de pensar que en breve habría de adentrarse en la boca del lobo le entraban náuseas.

El capitán había hecho apagar cuanta lamparita hubiera en la nave.

—*Navegación silenciosa.*

Echó mano al periscopio y pegó allí los ojos. Allá al fondo se dibujaba la línea de unos islotes cercanos a una península.

Apenas dos kilómetros y medio separaban al submarino de tierra firme.

—*Llévenos a superficie* —ordenó.

Durante el proceso de emersión guardaron silencio todos.

—*En cuanto emerjamos* —susurró el capitán—, *el teniente la acercará a tierra.*

Stevenson se sacó de los riñones una pistola pequeña y, claclac, comprobó que estaba cargada.

Nada más ver el arma, Elsa palideció.

Stevenson la hizo pasar primero y Elsa Braumann echó a andar a través del largo pasillo que conformaba el submarino. Iban apartándose los marineros; aquellos que llevaban gorra se descubrían. Ella iba despidiéndose con una sonrisa, que ellos correspondían agachando la barbilla. Ninguno conocía su misión, sabían únicamente que la traductora iba a desembarcar en aquel terreno ignoto, peligroso, que representaba la España afín al nazismo. De ser capturada, la marina norteamericana miraría para otro lado, sin más, incapaz de admitir que uno de sus agentes se había infiltrado en tierra española.

Traductora y teniente accedieron a la sala de control, los de la tripulación la miraban como si estuviera a punto de acceder al patíbulo.

Igual que el maestro que reconduce a sus alumnos, el capitán ordenó que volvieran a sus puestos.

Dos marineros subieron las escaleras de la torre por delante de Elsa. Abrieron la escotilla y una corriente invadió el interior del submarino. La brisa gallega, helada, olía a tierra y a pino.

El capitán se acercó para estrecharle la mano.

—*Muchia suerhte* —le dijo en español. Fue aquella la primera y última vez que ella le vio sonreír.

La traductora agarró las escaleras y maldijo no llevar un calzado más adecuado para semejantes aventuras. Se encajó los zapatos en el escote y, descalza, comenzó a subir peldaño a peldaño.

*

A nortada había despejado el cielo de nubes y brillaba sobre ellos una cúpula de estrellas. En el horizonte, más allá del destello verde de un pequeño faro, no veían luz alguna que indicara casas habitadas ni en la base boscosa ni en aquella cima pelada.

—*Yo la ayudo.*

Sostenida por la mano que Stevenson le tendía, Elsa bajó hasta la balsa.

—*Le aviso, teniente, que mi experiencia marina se limita al estanque del Retiro.*

Costaba tomar asiento en aquel vientre hinchado y bamboleante. Los pies chapoteaban en un pequeño charquito que, ora a un lado, ora al otro, atravesaba el fondo de la embarcación.

El teniente subió a bordo de un salto y tomó asiento en la proa para apoderarse de los remos.

Se fueron alejando de la gran ballena y Elsa sintió esa inquietud de quien pierde el asidero.

Tenía el estómago revuelto; su imaginación, tan cinematográfica, visualizaba ya a su madre como en una película, viva y oculta desde hace años, llevando una vida paralela mientras ellos la creían muerta. Si lo que Melville había contado era verdad, entonces…, ¿qué intrincados caminos habían llevado a Soledad Braumann a abandonar a su marido y a sus hijas?

Navegaban en pura negritud: la luna allá arriba era un filo; aún debían alegrarse de que no estuviera llena. «*Cuanta menos luz, mejor*», le había dicho el teniente.

Atrás, fue sumergiéndose el submarino en un gorgoteo furioso.

En cuanto se fue acostumbrando a la negrura, Elsa Braumann pudo apreciar las grandes moles a las que se acercaban.

El capitán del submarino las había elegido como pantalla tras la que ocultar la nave. Eran, en efecto, dos islotes pelados y muy cercanos a la costa, de unas nueve hectáreas el mayor y siete el menor, habitados por gaviotas y percebes y permanentemente barridos por la nortada. Su fondo rocoso invitaba a no atravesarlas para llegar a la costa, pero el teniente Stevenson se conducía con pericia, aun medio a ciegas.

—*No se preocupe, señorita. Llegaremos.*

Ella se arrebujó en la chamarra y sonrió. «Llegar» no parecía un logro, a esas alturas, sino el más desafortunado de los traspiés. Llegar adonde con tanto esfuerzo había tratado de escapar; llegar adonde su cabeza tenía puesto precio. En este juego de la oca había vuelto a la casilla de salida. Abrazándose para retener el calor, la traductora trataba de convencerse de que si había escapado de España una vez podría hacerlo de nuevo. Ahora, por desgracia, no contaba con Melita. Elsa Braumann trataba así de dibujarse el horizonte cuando fue incapaz de contener las lágrimas calientes que le resbalaron por el rostro.

Quiso cumplir el encargo cuanto antes, terminar enseguida, enseguida, y no solamente verse libre, sino llegar al consulado norteamericano de Vigo y averiguar por fin qué sabían de su madre. Todavía se le antojaba imposible el hecho de que estuviera viva, respirando el mismo aire que ella en alguna parte del mundo; pero reunirse con ella, aun siendo una posibilidad tan remota, de pronto ya no le parecía tan inalcanzable. Dos olas rompían dentro de Elsa Braumann.

Dándole la espalda, remaba Stevenson. Tenían que rodear un último estrechamiento de rocas para dejar atrás las islas.

Advertido hacía rato de que Elsa estaba llorando en silencio, señaló hacia el cielo con la frente y murmuró:

—*¿Ve aquella estrella?, en medio de…, ¿cómo la llaman ustedes?, la Osa Mayor. Pues esa que está en medio de la cola no es una estrella, sino dos. ¿Se da cuenta?*

Elsa hubo de apartarse las lágrimas y sonrió asombrada.

—*Nunca me había fijado.*

—*Los árabes las nombraron Mizar y Alcor. Solo los arqueros con visión aguda conseguían diferenciarlas y eran aceptados como guerreros. A Alcor la llamaron también Suhā, que significa «la olvidada». Muy pocos se fijan en su existencia, porque están deslumbrados por el brillo de Mizar.*

Elsa las miraba todavía.

—*Alcor y Mizar* —murmuró pensativa—. *Eso de las dos estrellas me recuerda a alguien, una persona muy cercana a mí. Ella es muy dicharachera, en cambio yo... Bueno, durante años estuve convencida de que no tenía mi propio brillo.*

—*¿Y ahora?*

—¿Ahora? —respondió Elsa.

Se alegró de que su rubor fuera invisible en la oscuridad.

—*Mientras estuvo viva, una mujer se esforzó mucho para enseñarme a verlo.*

Sonrió Stevenson.

—*¿Su madre?*

Callaron los labios de la traductora y el teniente no quiso preguntar más.

Había hecho girar la balsa.

—*Busquemos un sitio donde desembarcar.*

La península hacia la que se dirigían resultó ser una lengua de tierra coronada por un monte de gran altura, rodeado de acantilados.

—*Tenemos que ser prudentes. Nuestros informes dicen que hay una batería militar cerca, artillada con tres cañones; su objetivo es proteger la ría de grandes barcos de guerra. A menos que quiera saludar a la tropa de Franco, manténgase en silencio.*

Elsa repasaba las instrucciones que le habían dado.

El teniente habría de conducirla hasta la playa y allí la acompañaría hasta una casucha abandonada donde los esperaría un enlace. «*Se llama Elpidio* —le había dicho el capitán— *y lo apodan el Gaditano, que no sé qué significa. Repítalo*». «*Elpidio el Gaditano* —dijo ella—. *Entiendo que no es un agente norteamericano*». El capitán se lo corroboró: «*Se trata de un habitante de la zona, un buscavidas. El cónsul lo ha arreglado todo con el tal Elpidio para que él la recoja a usted y la conduzca a la capital*».

Hasta la balsa llegaba el rumor de los árboles, agitados por el viento. Aquel era uno de esos quejidos que forjan los cuentos que asustan a los niños; solo que, esta noche, en vez de *lobisomes* y *santas compañas*, había una dificultad extra.

Más dispuesto a morder que a recibirlos, el litoral abría sus muchas bocas, llenas de filos amenazantes. A pesar de ser marino bregado, Stevenson manifestó muchos aprietos en rodear aquella costa escabrosa. A su alrededor se fue levantando un fragor: las olas rugían.

—*Se están poniendo bravas. Tome.*

El marinero se quitó la chamarra y se la entregó a ella, que andaba ya medio empapada.

—*No, por favor...*

Él continuó remando, pero la balsa parecía ir sola, baqueteada por un lado, por otro; ellos subían, bajaban. Elsa se encogió dentro de la chamarra. Las olas batían contra el casco de goma y entraban dentro, zarandeando la nave y salpicándoles la cara. El teniente trataba de resistir la ferocidad de la corriente, cada vez más empeñada en estrellarlos contra los peñascos.

—*¡Agárrese, señorita!*

Un golpe arrojó a Elsa contra un lado de la balsa.

—*¡Las agarraderas!* —gritó él.

Una pared de agua se alzó delante de sus ojos, medía dos veces la altura de la embarcación. A Elsa apenas le dio tiempo a apretar los párpados mientras aquella mole se le echaba encima.

Sintió un fuerte golpe que la aplastaba y en un segundo se descubrió chorreando agua.

Algo se le había caído: se palpó el cuerpo en un respingo de miedo; ya no tenía consigo la billetera que el capitán le había entregado.

—*¡El dinero!* —dijo entre dientes.

Desesperada, palpó el suelo de la balsa, buscando, buscando; el agua la empapaba.

—*¡Dios mío, he perdido el dinero!*

Oyó gritar a Stevenson.

—*¡Achique el agua!*

—*¡Teniente, se me ha caído la billetera!*

—*¡El agua, señorita! ¡O no llegaremos a la orilla!*

Se empleó la traductora sacando paladas con las dos manos,

mientras el teniente Stevenson se afanaba por reconducirlos fuera de aquella trampa. La oscuridad ocultaba los colmillos afilados de las rocas, pero ahí estaban, esperándolos.

En una de aquellas paladas de agua, Elsa Braumann estuvo a punto de echar por la borda la billetera.

—¡La encontré! —gritó.

Estaba encajándosela en el cinturón cuando advirtió algo allá afuera.

—¡*Mire ahí, Stevenson!* —Una segunda ola se levantaba hacia ellos, aún más alta que la anterior—. *¡Gire!, ¡gire a la derecha!*

Se afanó en ayudar a Stevenson a dar el giro que eludiera aquella pared negra, pero no hubo tiempo de encomendarse a Dios o al diablo, porque enseguida fueron devorados por el agua y la oscuridad.

6

Los antiguos griegos tenían la certeza de que los estornudos, por ser involuntarios, eran provocados por los dioses; pero también decían que la suerte era una cualidad; una cualidad inherente a algunas personas, como podía serlo la belleza física. Esa noche, dos mil años después, la traductora Elsa Braumann demostró que tenía suerte a carretadas.

Cayó sobre la arena, boca abajo. Tosía escupiendo agua, medio ahogada todavía, en aquella calita excavada entre acantilados. A su alrededor, llegaban las olas lamiendo la orilla.

Luchó por incorporarse, apenas le quedaban fuerzas para sostenerse a gatas. Chorreaba.

«Bienvenida a España —pensó—; ya estoy en casa».

Notó que se le habían quedado pegadas las piedrecitas a la mejilla y se las retiró como si fueran insectos.

—¿Teniente? —preguntó por lo bajo. Temía que estuviera cerca el puesto militar al que se había referido el norteamericano.

Descubrió que las olas traían a la orilla al joven Stevenson unos metros más allá, entre dos grandes rocas. No había rastro de la balsa.

Elsa Braumann fue capaz por fin de incorporarse. Tambaleándose, echó a caminar hacia él. Temblaba de frío y de miedo.

—¡Stevenson!

Las olas mecían el cuerpo del muchacho igual que si fuera un pelele, parecía relleno de paja. Estaba boca abajo.

Sacudida por una ráfaga que la hizo reaccionar, Elsa agarró al teniente Stevenson por las muñecas. Tiró de él valiéndose de todas sus fuerzas hasta que consiguió alejarlo del agua un par de pasos y le dio la vuelta.

Al girar el cuerpo escapó de la boca del muchacho un hilo de agua. Los ojos del chico, perdidos, miraban hacia las dos estrellas de la Osa Mayor. Todavía no había advertido ella que estaba muerto.

—Teniente… —decía por lo bajo, en español.

Solo entonces descubrió la brecha en la cabeza. El infeliz se había golpeado contra alguna de las piedras; ni siquiera había advertido que se ahogaba.

Las piernas de la traductora fueron incapaces de sostenerla y Elsa Braumann cayó de culo sobre la arena. Se tapaba la boca a fin de no chillar de miedo.

Quién sabe cuánto tiempo estuvo así, contemplando el cadáver por si de pronto recuperaba la vida.

La voz de su madre, a su lado, le hizo dar un respingo.

—Reacciona, Elsa.

La traductora miró en derredor y no halló a nadie. En la línea que juntaba mar y cielo, fosforecía esa luminiscencia azul que señala el cambio de la negritud a la alborada. Todavía habría podido jurar que la voz era real, que, durante un instante, su madre había estado allí, junto a ella.

Elsa Braumann reaccionó y acertó a ponerse en pie.

—Una cabaña abandonada —decía para sí—. Una cabaña abandonada.

Echó a caminar sin rumbo.

Habían desaparecido los zapatos, y las medias poco ayudaban en aquella arena pedregosa. Iba con la mirada extraviada.

—He perdido el condenado dinero —murmuraba.

Pero no, allí estaba la billetera todavía, encajada en su cinturón.

Lo que vio entonces la hizo tiritar.

Allá al fondo, en el monte que rodeaba la playa desde lo alto, se advertía la luz de una linterna aproximándose entre los pinos.

—La patrulla —musitó la Braumann, agotada. Allí estaba la temida patrulla del cuartel.

*

Avanzaba a zancadas por la arena. No sabía si la condenada casucha estaría allí mismo, en la playa, o más arriba, en las lindes.

Elsa se giraba de cuando en cuando. Ni rastro de la cabaña y, en cambio, allí seguía la luz de la linterna: bajaba hasta la playa, aproximándose.

Había cejado al fin el viento y la noche estaba tan calma que parecía mentira que el mundo estuviera en guerra y que ella anduviera escapando de un cadáver.

Entonces la vio.

Aquellas escaleras que ascendían, construidas en las rocas, la condujeron a un antiguo jardín donde las zarzas le arañaron las rodillas. Tampoco la casucha que la esperaba al fondo tenía mejor aspecto: buena parte del tejado lucía desmoronado.

Los nervios le habían borrado de la memoria el nombre de su contacto andaluz y, entre aquellos matorrales, Elsa murmuró entre dientes:

—¡Señor Gaditano! ¡Estoy aquí! ¡Soy Elsa Braumann, estoy aquí!

No hubo respuesta.

La casucha estaba lejos de haber sido cerrada con llave; alguien se había llevado la puerta y para entrar le bastó con apartar un viejo somier.

El panorama que ofrecía el interior de la casa era de lo más acogedor. Carecía de luz eléctrica, olía a pis y, a excepción de una silla volcada, no quedaba un solo mueble entero; los demás habían sido desmantelados para ser usados como leña; quedaba una pata aquí, un pedazo allá. La planta baja consistía en aquella estancia, que en su día debió ser la cocina y lugar de vida de la casa. Todavía conservaba un muestrario de viejas ollas sobre la *lareira*; en el lugar que debía ocupar el fuego alguien había encajado viejos calzados y basura de todo pelaje, en alguna torpe voluntad de quemarlos y procurarse calor.

Elsa tenía toda la impresión de que Stevenson había venido con ella, playa arriba; de que no le había ocurrido nada y estaba acompañándola ahora en aquella estancia desolada.

Lo primero que hizo fue buscar una ventana que diera al monte, recorrió la habitación hasta vislumbrar el destello anaranjado, allá lejos.

—Porque eso es una linterna, ¿verdad, Stevenson? —musitó, igual que si se lo contara al teniente—; probablemente dos o tres hombres. No más, ¿verdad?, no pueden ser más de tres, ¿no? Pero espero que no nos estén buscando a nosotros; que sea una patrulla haciendo la ronda para evitar contrabandistas.

La traductora acudió hacia la otra esquina de la sala, desde donde se divisaba la playa. Ni rastro de su contacto. Era andaluz, gaditano, y vivía en la zona, esto era lo único que recordaba; ningún nombre.

—Leocadio… Marcelino…

Una mano brutal había grabado a cuchillo unas letras en la pared: «*ROJO DE MIERDA*», decía.

—A saber qué le harían al que vivió aquí —dijo Elsa.

Había oído hablar, como todos, de las terribles purgas del rural. Si en las ciudades todavía se cuidaba un prurito de legalidad en las detenciones, en las aldeas nada detenía a ciertos indeseables que salían de caza para resolver con sangre lo que no eran sino rencillas personales.

Confió en que el condenado contacto no tardara demasiado y se apostó junto a la ventana a observar el puntito de luz de la linterna.

—Esperemos que se marchen —le dijo al teniente. Habría jurado que veía su sombra allí, junto a la *lareira*; esta era la noche de los fantasmas.

La Braumann tiritaba.

—De buena gana haría una fogata —dijo—. Y de buena gana asaría unas salchichas.

Se rio por lo bajo, estremecida, aterrada.

Tomó entre sus manos el reloj y lo observó con detenimiento; acaso su madre se lo había regalado porque, en el fondo, quería transmitirle la verdad, contarle por fin su secreto. «Acuérdate, hija, este relojito lleva mi pulso. No dejes que se duerma». Elsa analizaba ahora cada tornillito, cada detalle, como si esperara que de pronto la pieza rompiera a hablar. Observó entre sus dedos la pastilla de

77

cianuro y, temiendo envenenarse solo por tocarla, la devolvió al interior del reloj.

La tímida Elsa de hacía un año, parapetada tras sus diccionarios, abocada a la diaria rutina de una traductora, hubiera llamado a los loqueros si alguien le hubiera dicho que hoy estaría en una casucha de una playa perdida en el Atlántico, enfangada en plena historia de espías a cambio de información acerca de su madre.

Un motor la movía, sin embargo: qué oportunidad si fuera cierto, se decía Elsa Braumann como quien busca darse calor; qué oportunidad para volver a verla, tal como le había ocurrido mil veces en sueños. Jamás espera uno que le sea concedida la misma posibilidad que tuvo Orfeo de revivir a un espectro. ¿O no viajó Orfeo hasta las profundidades del inframundo para rescatar a su esposa muerta, Eurídice?

Ni rastro de su contacto.

Se hallaba inquieta y tenía prisa; prisa por vivir y por saber y por hacer.

Respiró aliviada, de momento: en el exterior había desaparecido la linterna; daba la impresión de que los soldados se hubieran ido a buscar a otra parte.

Estaba a punto de sonreír cuando, en la puerta de la casucha, se recortó la figura de un hombre y Elsa dejó escapar un gritito.

*

—*Cohone,* qué susto me ha dado *usté* —dijo la sombra, con acento andaluz.

—¿Elpidio? —replicó ella; acababa de recordar el nombre.

—A mandar.

El Gaditano resultó ser un tipo de nariz minúscula, cuyo rostro alargado recordaba a un lápiz. Llamaba la atención el cuello larguísimo, en donde asomaba una nuez que subía y bajaba como si estuviera viva. Era flaco y escurrido; era un espíritu, era un palo; recordaba a esos perros que uno encuentra por el camino, despeluchados; y a sus ojos asomaba el hambre que había pasado en la guerra y que pasaba todavía; daba la impresión de que al final de cada frase fuera a decir: «Tengo hambre». «Me muero de hambre».

78

Hablaron en susurros.

—Perdone *usté* el retraso —le dijo—, pero vi una linterna rondando y me dio miedo de que fueran los verdes. ¿No iban a ser dos?

Elsa tartamudeó la respuesta.

—E-el hombre que tenía que acompañarme está muerto.

—¿Muerto? Me cago en… ¿Lo ha *matao usté*?

—¿Yo? Por el amor de Dios, claro que no. Se dio un golpe en la cabeza cuando desembarcamos.

Ahí advirtió Elpidio que la mujer chorreaba agua entre tiritonas.

—¿Que desembarcaron? ¿Pero de dónde carajo viene usted, señorita?

—¿No lo sabe?

—Yo no sé nada; no me pagan por saber —replicó el Gaditano—. Me pagan por acercarla a usted hasta el consulado, en Vigo. Dónde está, dónde ha puesto *usté* el cuerpo.

—No lo he puesto en ningún sitio, se ha quedado en la playa.

Elpidio acudió corriendo hacia la ventana.

—¿Ha dejado *usté* un salchichón ahí en medio, coño, para que lo encuentren los verdes nada más amanezca?

Elsa sollozaba.

—Yo… No sabía qué hacer…

—Menuda inútil está hecha. —Elpidio corrió hacia la puerta—. Hay que esconderlo, no quiero que se me relacione con eso ni loco.

Bajaron a la playa. El Gaditano iba delante con mil ojos; el hambre y la miseria le habían embrutecido y caminaba igual que un raposo que olisquea. A dos pasos por detrás, luchando por mantener su ritmo, le seguía la traductora.

—Ahí —dijo.

Le sorprendió encontrar el cuerpo del muchacho donde lo había dejado; acaso pensó que lo había soñado, que la realidad no podía haberse transformado en algo tan espantoso.

Elpidio se aprestó a tirar del cadáver.

—Ayúdeme.

—¿Que le ayude?

—Cristo de los Gitanos —dijo el Gaditano entre dientes—, cójale de los tobillos. Ayúdeme, carajo, muévase.

Obedeció Elsa y lo arrastraron entre los dos playa arriba.

—¿Lo-lo vamos a enterrar en la arena?

—Pero primero traeremos a un cura y le haremos un funeral —replicó desabrido el andaluz—. No, señorita, no. Volvemos a la casucha.

Pesaba como un muerto el susodicho, era como tirar de un fardo cargado de agua. Con cada estirón manaba líquido del cuerpo hinchado.

—Ay, Dios mío, pobrecillo —musitaba la traductora—. Pobre hombre, Dios mío.

A los pocos pasos ya se había quedado sin fuelle, le sabía la boca a sal.

—No se pare, hostia, siga.

Pudiera ser zafio, el tal Elpidio, pero no le faltaba resolución.

Fue toda una odisea cargar con el muerto escaleras arriba.

A Elsa se le cayó la billetera de pronto: al topar contra los escalones de cemento sonó bien rellena.

—Espere, espere —dijo ella.

Detuvieron el ascenso para que Elsa pudiera recogerla. Cuando por segunda vez esa noche volvió a encajársela en el cinturón, los ojos de Elpidio el Gaditano, atraídos por aquel bulto, se habían tintado de amarillo. Tragó saliva y le zumbó la nuez de arriba abajo, se le había llenado la boca de agua; nunca, jamás en toda su vida había tenido tanta hambre, y ya es decir.

—¿Lo piensa esconder entre las zarzas? —preguntó ella.

—Lo pueden encontrar —dijo él. Evitaba mirar hacia la billetera encajada en la cintura—. No, ayúdeme. Levante esa tapa que hay ahí. —«Tengo hambre».

—Dónde.

—*Cohone*, muchacha, estás dormida, espabila de una puta vez; ¡ahí! —«Me muero de hambre».

Elsa descubrió la tapa de metal en el suelo, lindando con una de las paredes de la casucha. Costaba levantar aquella plancha; le entraron ganas de llorar. Esta vez, sin embargo, y temiendo la bronca del andaluz con cara de lápiz, se reprimió apretando los dientes.

El hedor que salía del agujero era insoportable; la traductora retrocedió un par de pasos.

—¿A qué esperabas que oliera? —dijo Elpidio—, ¿tú cagas flores?

—Es una fosa séptica.

—Cógelo de los tobillos.

Elsa palidecía por momentos.

—Pero…, pero no puede usted echar ahí dentro al teniente Stevenson, por el amor de Dios.

—Seguro que el teniente merecía algo mejor, *shosho*, pero ahí dentro no habrá cristiano que lo encuentre y aquí fuera es como una sirena de barco dando la alarma. ¿Me ayudas?

Elsa retrocedió otro paso; clavaba la mirada en el cuerpo de aquel joven y negaba, horrorizada; ni siquiera advertía los lagrimones que le bajaban por la cara, imposibles de retener.

—¿Pero estás llorando, *cohone*? —dijo el de la cara de lápiz; y, harto de ella, agarró por las axilas el cadáver del teniente Stevenson y fue arrastrándolo, arrastrándolo, hacia la fosa séptica.

Elsa Braumann no quiso ver más: atravesó la puerta de la casucha para esconderse dentro.

*

Dentro de la cocina se tapó las orejas para no escuchar los bufidos del andaluz alzando el cuerpo fuera, el ruido del cadáver al caer en la inmundicia, la plancha de metal que Elpidio volvía a cerrar para ocultar el rastro.

Elsa Braumann tuvo que hacer un esfuerzo para que en su cabeza no saltara el clic que nos separa de la locura. Bastaba una gota, era consciente, para que se desbordara todo allá dentro. A fin de encontrar un asidero con la realidad se repetía el nombre del cónsul norteamericano con quien tendría que tratar.

—Ian Lancaster en el consulado de Vigo —decía por lo bajo—. Él me dará información sobre mi madre. Ian Lancaster.

Temía olvidar el nombre.

Reapareció la silueta del Gaditano en el dintel y Elsa sorbió por la nariz y se apartó las lágrimas. Alzó la barbilla para encarar al hombre de la cara de lápiz; venía jadeando y de pronto olía tan mal como la fosa séptica.

—Ya está hecho —dijo—. Coño, ¿no hay donde sentarse aquí?

Elsa temblaba de frío, empapada todavía.

—¿Podemos irnos ya?

—Déjame que recupere el resuello, *shiquilla*, que ya no tengo veinte años.

No pudo sino apoyar el culo en el saliente de la *lareira*, las manos sobre las rodillas. Venía mascando un hierbajo que había arrancado junto a la fosa.

—¿Tú quién eres, *shosho*? —le preguntó.

—¿Yo? —respondió ella—. Nadie.

—Una Nadie que desembarca en la playa con un hombre muerto y que tiene prisa por ver al cónsul americano. No me encuentro todos los días a muchos Nadies como tú.

Elsa Braumann se asomó a la ventana; temía encontrar de nuevo la luz de la linterna.

—Deberíamos irnos. ¿Ha traído usted coche?

—Lo he dejado arriba del monte, entre la arboleda.

—¿Tardaremos mucho en llegar a Vigo?

—Media hora larga. No está lejos. —Parecía haber recuperado el fuelle, por fin; escupió el hierbajo y se incorporó—. Menuda nochecita, carajo; esto no se paga con dinero.

—¿Trabaja usted para el cónsul?

—¿Para Lancaster? A veces. Me paga de cuando en cuando para que le saque alguna castaña del fuego. La castaña de esta noche se la tenía que haber cobrado más cara. ¿A ti no te parece que este trabajito de hoy se merece un extra?

Había adelantado un paso hacia ella; se recortaba en la oscuridad su silueta delgada. La traductora retrocedió un metro y topó con la espalda en la pared.

—Deberíamos irnos.

El hombre con cara de lápiz se rio por lo bajo, la nuez le daba botes.

—Deberíamos —dijo.

Elsa escuchó cómo, en la oscuridad, el Gaditano abría su chaqueta de pana y sacaba algo despacito.

—Llevas mucho parné en esa cartera, yo creo que sería justo

82

compartir un poquito conmigo, ¿no? Yo te he ayudado, *shosho*. ¿Te he ayudado con el salchichón o no?

—Tenemos que irnos.

Adelantó un paso para cruzar junto a él y Elpidio el Gaditano la agarró por la muñeca.

—Hay sitio para ti en esa fosa, *shosho* —susurró—. Hay sitio de sobra.

Los antiguos griegos estaban convencidos de que si un hombre no recibía adecuada sepultura se vería forzado a vagar sin descanso allí donde había muerto. También decían que la suerte no es sino una cualidad; y, esa noche, Elsa Braumann había demostrado andar sobrada, de momento: acaso fue la suerte lo que la hizo esquivar aquel cuchillo con que Elpidio trataba de ensartarla; acaso un secreto instinto que le había advertido del peligro, hacía rato. El instinto que movería a una liebre frente al depredador que está a punto de zampársela.

*

Elsa Braumann dio un grito; le sorprendió escucharse a sí misma en aquel silencio. Por escapar de su atacante rodeó algunos de los muebles hechos astillas, recreando los juegos de su infancia en un pilla-pilla macabro.

—¡Qué hace! ¡Qué está usted haciendo!

El andaluz Elpidio lanzaba estocadas para pincharla.

—Estate quieta, condenada, no te muevas tanto.

—¡Le preguntarán por mí! ¡El cónsul, los americanos, le preguntarán por qué no llegó a recogerme esta noche!

—¿Por qué? —dijo él, por lo bajo—. Porque os ahogasteis los dos, el marinero y tú. Os ahogasteis.

Acertó por fin a empujarlo y Elpidio tropezó hacia atrás con una pila de maderas, cayó al suelo, se levantó una nube de polvo. Estaba revolviéndose y dando cuchilladas ciegas al aire, cuando ella cruzó a su lado y salió al jardín abandonado, donde las zarzas arañaron sus pantorrillas. Tuvo la impresión de que el teniente la animaba desde la fosa séptica. «*No se pare, señorita; corra, por su vida*».

Ya corría, ya; sin rumbo y por la playa; se hundían sus pies descalzos en la arena. Por encima de sus jadeos, escuchaba, atrás, los bufidos del andaluz; le pareció sentir el frío de aquella hoja afilada que buscaba sus riñones.

—¡Socorro! —gritó Elsa Braumann rompiendo el silencio; y el eco de sus gritos retumbó por la cala—. ¡Socorro!, ¡ayuda, por favor!

Acertó a divisar, al otro lado de la playa, la luz de la linterna. Le resultó tragicómico que hubieran acabado convertidos en salvadores aquellos que, hasta hace nada, eran su perdición. Para ella, desde luego, era fácil elegir: o los soldados de Franco o el cuchillo de Elpidio.

—¡Socorro, por favor, me quieren matar!

—¡Calla, pedazo de burra! —decía Elpidio entre dientes, atrás—. ¡Harás que nos detengan a los dos!

Elsa gritó con más fuerza.

—¡Ayuda!

La linterna se había detenido, a lo lejos: los soldados buscaban sin duda la procedencia de aquellos gritos. Elsa Braumann corría y corría hacia la luz.

—¡Aquí! ¡Estoy aquí!

La linterna estaba cada vez más cerca.

Hasta que también aquella luz comenzó a alejarse.

—¡No! —gritó la traductora—. ¡Esperen! ¡Esperen, por favor!

O se había vuelto loca o los soldados huían de ella.

—¡Por favor!

La luz se hacía pequeñita. Corrían como alma que lleva el diablo, por evitar encontrarse con ella.

—¡Que me quieren matar!

Y fue entonces cuando se apagó la luz de la linterna y la playa se transformó en un escenario de puras sombras; fue entonces cuando Elsa Braumann comenzó a pensar que nada sobre este mundo impediría que el hombre con cara de lápiz la asesinara.

*

—Ya eres mía, *shosho.*

Elsa todavía corrió unos pasos más, en la penumbra, hasta que unas nubes ocultaron la luna afilada. A su alrededor se hizo todo negro y la traductora cambió la estrategia.

Detuvo la carrera, se tapó la boca a fin de acallar el fuelle de sus pulmones y caminó de lado unos pasos para cambiar su trayectoria.

Escuchó que pasaban cerca las pisadas de Elpidio corriendo a pocos metros, iba rezongando, furioso.

—Dónde andas, *hihaputa*.

Se alejaba, se alejaba.

Elsa caminó de puntillas en la arena, incapaz de ver entre la negrura. Le servía el sonido de la rompiente como referencia para alejarse de la orilla: llegar al monte antes de que volviera a salir la luna era su única salida.

Y ya se las veía muy felices cuando tropezó con un bulto y cayó a la arena; fue a chillar pero alguien le tapó la boca.

—No grite —susurró una voz femenina.

La agarraron por la chamarra y alguien tiró de ella. Era una mujer, Elsa estaba segura, e iba palpando en la arena a medida que avanzaban; se arrastraron juntas.

A unas decenas de metros se escuchaban los gruñidos de Elpidio, que ahora buscaba en derredor; iba y venía.

—¡Coño! —decía entre dientes—. ¡Mierda! ¡Mierda!

La chica, de rodillas, se puso a cavar en la arena con las dos manos.

—¡Ayúdeme! —murmuró.

A esas alturas ya no cabían demasiadas preguntas y Elsa obedeció; acaso la chica pretendía ocultarse enterrándose. Juntas apartaban la arena a manotazos, procurando no hacer ruido, cuando al fin comprendió la traductora: tropezaron con una superficie de madera.

La desconocida abrió la trampilla.

—¡Baje! —le dijo en un murmullo. Escucharon cómo se acercaban los pasos del Gaditano.

Ni soldados de Franco ni su contacto andaluz tratando de destriparla: Elsa Braumann se metió dentro de un zulo oculto en la arena con una desconocida que bajó tras ella. La chica volvió a cerrar la trampilla, tiró de una borla que colgaba y, arriba en la superficie, eso hizo desplazarse una esterilla que arrastró la arena para esconder de nuevo la entrada.

7

Dentro del agujero, la escuchaba respirar y advirtió que, igual que ella, la mujer se tapaba la boca para acallar el resuello. Elsa sentía sus piernas, contraídas junto a las suyas; apenas cabían en aquella madriguera.

Fue a murmurar algo pero la mujer le chistó de malos modos.

Se acercaban unos pasos arriba, en la arena que tenían encima: el Gaditano merodeaba. Elsa apretó los puños allá en su boca.

Tuvo que acomodarse porque estaban sentadas sobre una pila de cajas diminutas, botes, frascos. Apartó uno que le molestaba en los riñones, sin hacer ruido.

En la superficie y al poco de caminar muy cerca, Elpidio se alejó de nuevo; era un raposo buscando carne.

La traductora y la mujer escucharon un silbato en la distancia. Pitó una, dos veces, y los pasos de Elpidio emprendieron la carrera para escapar.

—Los soldados —musitó la chica—. Salen siempre a esta hora.

Se alejó primero Elpidio y al poco pasaron los soldados, resonaban las botas sobre la arena; pitaban el silbato para darle el alto. También ellos se alejaron.

Todavía esperaron unos prudentes minutos la traductora y la desconocida, por si acaso.

La chica se rebuscó en un bolsillo y sus piernas tropezaron con las de Elsa. Encendió un mechero.

Era tal vez algo más joven que Elsa, aunque resultaba difícil asegurarlo en aquella penumbra.

—*Faltou un pelo* —murmuró en gallego—. Que estuvo a un pelo, digo.

El agujero en el que se encontraban apenas permitía cabida a un par de personas encogidas; y si cabían es porque los años de guerra y hambre habían incidido en el cuerpo de las dos: la mujer era nerviosona; en los movimientos recordaba a un gato belicoso y olía fuerte, a sudor y a brezo. El corte de pelo apenas sobrepasaba las orejas, a trasquilones: se lo habría cortado ella misma. Calzaba unas botas de hombre, que le llegaban al tobillo; la falda dejaba ver unas piernas delgadas pero fibrosas, con muchos arañazos.

Estaban Elsa y la chica rodeadas de cajitas a cientos y de frascos, en efecto, amontonados igual que si alguien los hubiera ido tirando allí dentro, sin orden ni concierto. «*Prontosil*», rezaban los nombres de las cajas; «*Sodiodine*», «*Persedon*».

Fue la desconocida quien preguntó primero.

—Quién es el *raposo*.

Elsa Braumann no quiso responder.

Nada lamentaría más que perder la vida ahora, cuando su madre acababa de recuperar la suya; llegar tarde a aquella cita del destino, al más imposible de los reencuentros, que de pronto era tan posible.

Elsa Braumann se tapó la cara y apretó los dientes por no gritar de desesperación: afloraban ahora los nervios.

La mujer la observaba sin saber qué decir. Echó la vista hacia la trampilla.

—Los soldados le perseguirán durante un rato, ese no vuelve.

—¿Estaremos a salvo aquí?

—Vamos a esperar —respondió la otra, seca—. En unas horas se hará de día.

Con el olor del mar cercano se entremezclaba aquel hedor medicamentoso: daba la impresión de que estuvieran refugiadas en la botica de un ratón de playa.

La traductora apuntó una sonrisa.

—Gracias. Si no llega a ser por usted… Vi la linterna, pensé que era la patrulla.

A la chica le hizo gracia. Se retiró de la espalda el hatillo y desató el nudo.

—Esos no llevan linterna, sino fusiles. Antes de que salga la patrulla no hay peligro por aquí. Alguna vez han estado a punto de pillarme, pero yo soy más lista que ellos de aquí a Padornelo.

Abrió su hatillo sobre el montón de medicamentos amontonados y empezó a sacar más cajas; tenían advertencias en alemán; más Prontosil, Dolantina. En alguna caja mal cerrada, Elsa vio asomar unas ampollas de color miel.

A nadie se le escapaba que en los hospitales faltaba lo más básico, desde algodón a medicamentos; y que había quien se aprovechaba, adquiriéndolos en el estraperlo y revendiéndolos a precio de oro.

La mujer le siguió la mirada.

—Qué miras.

—No, nada —respondió Elsa.

La mujer removió el montón y tapó las ampollas.

Ninguna de las dos dijo más. Se escuchaban las olas arriba, rompiendo con su cadencia machacona.

Aguardaron.

Elsa echó atrás los hombros, extenuada. Era la estampa misma de ese rubor agotado cuya languidez tanto atrajo a los pintores decadentistas; se veía incapaz de cerrar los ojos, y, con gesto soñador, se le iba la mirada hacia arriba, allá donde estaría el cielo.

Respiraban.

Respiraban.

El reloj de pulsera de Elsa cantaba su tictac, tictac, tictac… A la mujer le hizo gracia.

—Qué ruido hace ese reloj, *carallo*.

Elsa esbozó una sonrisa y lo tapó con su mano, igual que si estuviera reconfortándolo.

A unos palmos por encima de sus cabezas, en alguna parte de la oscuridad cantó un pájaro; se acercaba el amanecer.

—Me comía yo ahora unos chorizos asados —dijo la mujer.

—Y yo —replicó Elsa—. Mojando el pan.

Salivaron las dos.

—Pero pan del de antes, del blanco.

8

Quien quiera que hubiera encendido el alba, había colocado estrechas franjas de un rosa intenso que atravesaban el cielo. En el horizonte, los islotes pelados junto a los que había emergido el submarino dejaban de ser dos moles oscuras. Olía a campo, a estiércol.

Elpidio el Gaditano todavía no se había cruzado con nadie cuando llegó a la construcción de piedra. Detuvo el coche en la explanada; más allá era todo dunas y arboleda.

Para entrar en la taberna, tuvo que ir abriéndose camino entre unas cuantas ovejas que remoloneaban ante la puerta. Al entrar lo recibió la penumbra.

—*Buenah* —dijo.

El camarero, sentado y con los brazos cruzados, dormitaba tras la caja registradora; se escuchaban los ronquidos desde la puerta. Solo una de las mesas estaba ocupada, por un pastor que desayunaba pan duro mojado en vino.

—*Bo día* —respondió el pastor con la boca llena.

El Gaditano se aproximó a la barra dándose palmadas para quitarse la arena. Iba cojeando; se había resentido el tobillo cuando escapaba de los soldados.

—¿Tienen teléfono aquí? —preguntó.

El camarero se despertó con un respingo.

—*Perdoe* —dijo incorporándose—, *non lle escoitei entrar. Vai xantar?*

—¿Tiene usted teléfono? Quisiera hacer una llamada. No es larga distancia.

El camarero rebuscó bajo la barra.

—*Pois claro, home* —replicó—, *onde cre que está?, en África? Por suposto que teño un teléfono.*

Le puso delante al Gaditano un teléfono de vela del año 30, con el receptor separado del micrófono; la sal de la mar cercana había despintado la baquelita y en su lugar se había instalado una capa de roña.

Elpidio descolgó el auricular y, con cuidado de no pegárselo a la oreja, marcó para hablar con la operadora.

El tabernero se rascaba la barriga.

—*Quere algunha cousiña de xantar? Teño viño. E aínda teño café de onte.*

—Póngame un jerez —dijo el Gaditano.

—¿Jerez? *Teño augardente.*

—Póngame lo que sea.

En lo que Elpidio hablaba con la operadora, el tabernero le quitó el corcho a una botella y sirvió un vaso del orujo que preparaba su mujer allí mismo, en la trasera de la covacha.

—*Fale preto do teléfono* —le dijo al andaluz—, *que non vai moi ben.*

—¿Qué?

—*Achéguese* —le dijo el camarero, indicándole por gestos que se acercara al aparato—. *Achéguese ao teléfono para que lle escoiten.*

Elpidio rabiaba por dentro. No era ya haber perdido a la jodida boba, pensó; sino aquel gañán, que se empeñaba en hablarle en su jodido dialecto.

—*Cohone,* tengo la negra —murmuró—. ¿Operadora?

Pidió hablar con el cuartel que había por la zona.

—Es urgente.

Nada más escuchar del cuartel cercano, palidecieron el pastor y el tabernero; uno porque trapicheaba con tabaco y el otro porque no había cosa con la que no trapicheara.

—*A ver se este marmelo* —dijo el pastor— *vai estraga-lo noso choio, Casto.*

El tabernero analizó de arriba abajo al forastero y, encajando los pulgares en el cinturón, preguntó disimulando:

—*Para qué quere o cuartel, señor? Pasoulle algo?*

Elpidio tapó el auricular con una mano mientras con la otra sujetaba el aparato.

—No te entiendo, *pisha* —dijo de malos modos—. ¿Qué me estás preguntando?

Elpidio recibió por fin su comunicación con el cuartel.

—Sí, buenos días —dijo premuroso. Ahora que la muchacha estaba suelta por ahí era importante quitársela de en medio, que no consiguiera llegar al cónsul y contarle la jugadita que Elpidio le había hecho—. Quería informar de una mujer. Esa mujer es peligrosa, una *fuxida,* como los llaman por aquí; ha venido a preparar un asalto. Oiga, ¿está tomando nota? Ah, bien, bien. Avise a todos los cuerpos de seguridad, creo que va a armada, ¿entiende lo que le digo? Mejor disparar primero y preguntar después, es muy peligrosa.

El camarero y el pastor se miraban de reojo, mientras el Gaditano daba la descripción física de Elsa.

Elpidio se reía para sí.

—¿Mi nombre? —dijo de pronto, pillado en falta—. ¿Para qué quieres tú saber mi nombre, *cohone*?

Y colgó.

Le miraban los dos parroquianos con el semblante receloso.

Elpidio sacó un par de céntimos y los puso en la barra con un golpe.

—Cóbrese —dijo. Y de un trago acabó con el orujo.

Puso la misma cara de asco que cuando, de niño, le daban aceite de ricino. También el vaso lo dejó en un golpe.

Miró retador al tabernero y dijo:

—Sabe a *meao.*

El tabernero se acodó en la barra más ancho que Pancho y replicó en español:

—¿A *meao*? Me extrañaría. A usted le he puesto el orujo malo y ese lo hacemos con mierda.

*

91

Amoratado de frío, el mar intentaba en vano calentarse al amor de aquel rosa que ahora teñía el cielo.

Dos mujeres avanzaban entre los árboles aprovechando las primeras luces. Evitaban el sendero para no tener malos tropiezos.

A Elsa Braumann le hubiera gustado caminar más deprisa, pero, descalza y entre tierra y hojarasca, no le daban más los sufridísimos pies.

Se hacía incómodo el silencio y, por decir algo, comentó:

—Tiene mucha suerte de ver el mar cada día.

La mujer se encogió de hombros.

—No le tengo ningún cariño al mar.

—¿Y eso?

—Él no nos quiere: nosotros tampoco lo queremos a él.

Pateó una piedrecita que rebotó terraplén abajo.

—Este mar está lleno de gente muerta, *cajo na cona*. Entre ellos, mi padre.

Pasaron junto a un promontorio rocoso que llamó la atención de la traductora. La humedad nocturna se había acumulado formando charquitos en los agujeros.

—No son agujeros —dijo la mujer. Y apartó unas zarzas con la punta de aquella bota que calzaba.

Se trataba de formas labradas en la piedra por la inequívoca mano del hombre y que imitaban pisadas descalzas.

—Tienen que ser muy antiguos —dijo Elsa—. He visto algunos parecidos en libros de arqueología.

—¿Qué significan?

—Soy traductora, pero no sé decirle: este mensaje perdió su significado hace muchos siglos. Ah, pero mire —añadió Elsa señalando.

La lluvia, de naturaleza antojadiza, había inundado de agua el suelo de tierra y allí cerca se habían formado formas caprichosas e irregulares. Una en particular recordaba a una espiral.

—Solo sé que la espiral tiene siempre algo de secreto —dijo guiñando un ojo—; algo que hay que desenvolver hasta llegar a su centro.

La mujer no había comprendido una palabra, e iba a replicarle alguna hosquedad cuando el ruido de unas ramas llamó su atención.

—¿Será el Gaditano? —murmuró Elsa.

—El raposo o los soldados.

—Tampoco me gustaría que me pillaran esos, si le digo la verdad.

—Me va usted a complicar la vida —dijo la mujer dejándola atrás—. Yo me largo.

—Espere —replicó Elsa—. Espere, por favor. No le quiero complicar nada ni quiero que tenga problemas por mi culpa. Solo necesito llegar a Vigo.

La mujer la ojeó desde la chamarra a los pies descalzos pasando por el pelo empapado, la falda rota y los rasgones en las medias.

—Le costaría menos llegar a la luna. No lo va a conseguir.

—Lo conseguiría si usted fuera tan amable de ayudarme.

—¿Ayudarla yo? *Cajo na cona,* ¿por qué habría de hacer tal cosa?

—Ya lo hizo en la playa —dijo Elsa.

—No lo hice para ayudarla, *muller,* sino para que el raposo no descubriera mi zulo.

Elsa adelantó un paso.

—Puedo..., puedo pagarle —dijo retorciéndose las manos.

—¿Pagarme?

—Si lo que quiere es dinero..., le puedo dar dinero para que me ayude a llegar a Vigo.

—Pero, *carallo,* ¿por quién me ha tomado? ¿Cree que basta con ofrecerme dinero para que me arrastre a hacer cualquier cosa?

—Yo...

—Cuánto.

—¿Qué?

Fue la mujer, esta vez, quien adelantó el paso hacia Elsa.

—La puedo acompañar a casa de mi tía, que vive aquí cerca, para se lave y descanse un poco. Nada más. Luego se busca la vida y se marcha con viento fresco. ¿Estamos?

A Elsa le parecía que en cualquier momento fuera a salir el Gaditano desde detrás de un arbusto, aquí, allí, allí..., por todas partes.

—Bien, acepto.

—Qué cosa.

—Que me parece bien lo que me ha propuesto.

—Pues aquí como en el ultramarinos, *pombiña*: se paga por adelantado.

—Sí. Sí, claro.

Se dio la vuelta Elsa para que la mujer no viera el dinero que sacaba de la billetera. Contó uno, dos billetes y se guardó la billetera.

—¿Será suficiente?

—Para empezar —dijo la desconocida, y se los arrebató—. Vámonos, habla usted demasiado. Camine.

La mujer echó a andar de nuevo.

*

—Que quede claro que, si aparecen los soldados, cada una tira por su camino y que cada palo aguante su vela. —Daba unas zancadas que daba miedo y Elsa la seguía como podía.

—Sí, bien.

De cuando en cuando miraban hacia atrás, por si las seguían.

La mujer la observaba de arriba abajo, otra vez; se recolocó el morral que llevaba al hombro, ya vacío de medicamentos, y, por no ser menos, dijo:

—A mí también me buscan los soldados.

De estar siempre de acá para allá estaba morena; sorprendía la expresión inteligente, avispada a fuerza de golpes y sinsabores. A Elsa le hacía gracia aquel caminar decidido, más parecido al de un muchacho; pisaba con la fuerza de un militar.

—Todavía no le he preguntado cómo se llama —dijo Elsa.

—Trátame de tú, *muller*, que no soy el cura de tu pueblo. Me llamo Brasilina. Brasilina Lalín, pero por aquí me conocen por Lina.

Antes de que Elsa preguntara, puntualizó enseguida:

—Tú llámame Brasilina.

Entre jadeo y jadeo, Elsa todavía tuvo humor para esbozar una sonrisa.

Iban abandonando la arboleda; avistaron una casa aquí, una allá…, muy separadas todavía.

—Siento lo de tu padre —dijo la Braumann—. ¿Y tu madre?

—Murieron los dos —respondió la mujer—. Vivo con mi tía Evangelia. A su casa vamos.

—Oye una cosa, Brasilina... ¿Sabes dónde queda el consulado de los Estados Unidos en Vigo?

—*Mimá,* no me suena que haya nada de eso. Y aunque lo hubiera, la verdad, nunca se me perdió nada en semejante sitio.

Elsa Braumann se quedó pensativa.

Habían dejado muy atrás la calita, y también el monte, tras atravesarlo entero; el mar asomaba de vez en cuando su centelleo, entre árbol y árbol, mostrando una superficie todavía apegada a la noche, de un gris berenjena. En el horizonte se desplegaban las islas Cíes, una al lado de otra, formando una suerte de puerta que protegía aquel litoral de la bravura del océano.

—Yo me llamo Elsa.

—No te pregunté. No quiero saberlo.

Agachó el gesto la Braumann entre zancadas.

Y la mujer dijo:

—Elsa la traductora.

—Eso es.

El helecho y el tojo habían dado paso a unos hierbajos tumbados a ras de suelo; la tierra se hallaba cubierta por una capa de arena que el viento arrastraba desde la playa y que agradecieron los pies de Elsa.

Brasilina le había estado dando vueltas a eso del consulado.

Se rascó un momento la pelambrera y dijo:

—¿Sabes montar en bicicleta, *pombiña*?

*

Todavía tenía la ropa húmeda cuando tomó asiento ante la chimenea. El calorcillo devolvió cierta vida a su cuerpo. Las medias estaban hechas jirones, los bajos del vestido deshilachados; en su regreso a España solo había sobrevivido la resistente chamarra que le había regalado el norteamericano.

—Pero ¿y usted de dónde sale?

La tía Evangelia resultó ser una mujer oronda ya entrada en años. Padecía del corazón y tenía los tobillos muy hinchados; daba la impresión de que los muslos terminaran en los dedos de los pies, que, por cierto, calzaban sandalias abiertas porque no había zapato que abarcara aquella hinchazón.

—Me dirigía a Vigo cuando anoche me robaron unos ladrones —mintió la traductora. Y compartió con Brasilina una mirada cómplice.

No la delató la mujer, sentada a la mesa ante un tazón de leche de oveja recién ordeñada; todavía humeaba.

—La asaltaron cerca de la playa, tita.

—Válgame Dios —dijo la tía Evangelia persignándose—, ya no puede una salir de casa. Dígame usted si hemos ganado una guerra para esto; se ha convertido el mundo en un *ladronicio*. ¿Y no va usted a denunciar el robo? Hay un cuartel muy cerca. Brasilina, la podías llevar.

—Es que —replicó la sobrina, muy despierta— la señora tiene prisa por llegar a Vigo. Su marido la está esperando allí y ya tiene que andar muy preocupado, ¿verdad, Elsa?

—Er…, sí.

—Se me había ocurrido, tita —añadió la mujer—, que le podías prestar la bici del primo Facundo.

—¿La bicicleta, dices? Pues no sé…

—El primo está sirviendo en Canarias; no la va necesitar hasta que vuelva.

A la vieja no le hacía mucha gracia, desde luego, y miraba todo el rato a Elsa con cierto recelo, igual que si pretendiera desentrañar algún engaño.

—No sé… Y tú por ahí con el coso ese… No me gusta, no es propio de una señorita ir en velocípedo.

—Una señorita —murmuró la mujer—, y ya estoy para haber vuelto de la mili, *cajo na cona*.

—¡Niña, esa lengua!

Escucharon cómo alguien abría, fuera, la puertita azul de la valla del jardín; y llamó una voz.

—¿Alguien en casa?

Se asomó Brasilina por un resquicio de la ventana y el color abandonó sus mejillas.

—Sabía que ibas a joderme la vida, *pombiña*, lo tenías escrito en la frente —murmuró. Elsa ya se había puesto de pie, expectante—. Son los soldados.

Ante la atónita mirada de la tía Evangelia, su sobrina agarró a Elsa y se la llevó con ella escaleras arriba.

Llamaron a la puerta.

—Patrulla del cuartel, ¡abran!

Antes de entrar en el segundo piso, Elsa se volvió hacia la tía y susurró:

—Por favor, se lo pido, no me entregue usted.

Desapareció con Brasilina pasillo adentro.

La tía Evangelia se había llevado la mano al pecho, creyendo acaso que aquello sería demasiado para su pobre corazón.

Llamaron a la puerta de nuevo, esta vez con dos puñetes, y la vieja corrió a abrir.

*

Elsa y Brasilina se encerraron en el dormitorio de la tía, en el segundo piso. La traductora se veía ya apresada, conducida a Vigo y sentenciada a morir. Daba vueltas por la habitación como un animal desesperado.

Solo Brasilina parecía conservar la calma.

—Te va a delatar —dijo, corriendo hacia el ropero.

—Dios mío —replicó Elsa—. ¿Cómo lo sabes?

Brasilina sacó una vieja maleta de los bajos del mueble.

—El miedo obliga a la gente a hacer cosas asquerosas. Mi pobre tía le tiene miedo a todo. Te va a delatar, nos quedan unos pocos segundos, ayúdame.

Subieron el maletón a la cama. Dentro encontraron varios vestidos de cuando la tía Evangelia era Gelita y pesaba cuarenta kilos menos.

Les llegaba la voz de los soldados, en el piso de abajo: «Perdone que la molestemos, señora, pero alguien ha denunciado que está por la zona una *fuxida*».

—Te ha delatado el raposo —dijo Brasilina, más avispada que Elsa para atar cabos, que, sin detenerse, sus manos rápidas iban recopilando algunas ropas.

«¿Una *fuxida*? —replicó la vocecilla sobrepasada de Evangelia—. Pero qué me dice…».

Del fondo de la maleta, Elsa cogió también unos zapatos. Al quitarse la chaqueta del submarino dedicó una oración a aquel teniente de la nariz aplastada.

«Sabemos que está en los alrededores —dijo, abajo, el soldado—. ¿La ha podido ver usted por aquí?».

—Gracias, Brasilina, gracias por lo que estás haciendo.

—No lo hago por ti, infeliz; si te encuentran aquí me jodes el negocio.

La vieja Evangelia ya estaba cantando *La traviata*. «Yo no sabía quién era. La encontró mi sobrina en la playa. ¡Ella me dijo que le habían robado!». «¿Pero la ha visto usted, señora?». «¿Que si la he visto? ¡Está arriba!». «¿Arriba? —gruñó el soldado. Aferró el fusil y le dijo a su compañero—: ¡Conmigo!».

Los dos muchachos ya se veían condecorados y treparon por las escaleras como perros feroces.

Llegados al segundo piso, encontraron cerrada por dentro la puerta del dormitorio.

—¡Abran! ¡Abran la puerta o la echamos abajo!

Y se pusieron a darle patadas.

—¡Ay! —gritaba abajo la tía Evangelia—. ¡Ay, que me destrozan la casa!

Una última patada reventó la cerradura e irrumpieron los dos soldados en el dormitorio, fusil en mano.

Soplaba una brisa fría, la ventana estaba abierta.

El más lanzado de los militares se asomó a la ventana por donde ellas se habían descolgado, dispuesto a descerrajarles un tiro desde arriba.

Abajo, la puerta de la valla del jardín bandeaba, allí no había nadie.

Imposible para él saberlo, pero en el jardín había desaparecido la bicicleta del primo Facundo.

Asomó el muchachito bedel. Llevaba entre las manos una cazuelita con garbanzos.

—¿Da su permiso, don José Luis?

El censor Merinero levantó los ojos del manuscrito.

—Qué quieres.

—Le traigo el almuerzo.

Era la costumbre que el muchacho se acercara al bar de enfrente y le trajera la comida al despacho. La mayoría de los censores tenían un horario muy señorito que les permitía echarse hora y media de sobremesa en el bar, pero no Merinero, que era poco amigo de codearse con nadie.

—¿Y Parra?, ¿está en su despacho?

—El comandante ha salido —dijo el chico—, me dijo que usted tenía razón: han encontrado unos libros detrás de una falsa pared en el Instituto de Pontevedra y se ha ido para allá con la policía.

Merinero acudió a ponerse el abrigo y el sombrero.

—Devuélvesela al bar, no puedo quedarme a comer.

Se quedó el niño contemplando cómo el censor recogía los papeles del manuscrito y los metía en el portafolios marrón.

—A mí —dijo el chico por confraternizar— me dolería la cabeza si leyera tanto como usted, don José Luis.

—Seguramente —dijo él.

—¿Se marcha?

Merinero salió del despacho sin responder, llevándose consigo el portafolios y embebido en sus pensamientos. El niño imaginó nubarrones oscuros dentro de la cabeza de Scorpione y pensó que allí dentro siempre haría frío.

El censor reparó en que el sombrero todavía le tapaba los ojos al busto y volvió atrás.

—Usted perdone, don Benito —dijo Merinero quitándoselo—, que se lo dejé puesto sin darme cuenta. —No había cosa que le fastidiara más que negarle la visión a su adorado Galdós.

¿Se iba? ¿No se iba? Se fue, sí.

El joven bedel aprovechó para asegurarse de que no venía nadie por el pasillo. Cerró despacito y se encerró en el despacho.

Apoyada la espalda en la puerta para hacer tope, retiró el plato que cubría la cazuela y, con los dedos, a traguñones, se puso a devorar los garbanzos.

*

—No me importa si al final acaban todos en la hoguera. —El inspector jefe comandante asistía a todo desde un discreto segundo plano—. Me rellenan un informe sobre cada uno; título, autor, editorial…, todo.

A aquella hora, por fortuna, estaban en clase los alumnos del Instituto de Segunda Enseñanza de Pontevedra. Merinero conocía bien cada rincón de aquella sala que acumulaba libros hasta el techo: en aquella misma biblioteca había dejado volar días y días de su adolescencia.

Colgó en la puerta el sombrero mojado y se acercó a contemplar el agujero. Detrás de la capa de yeso y ladrillo, asomaban libros de todos los tamaños, protegidos con mantas. Un policía de paisano que tenía los dientes negruzcos iba sacando un libro, otro libro, otro libro…

—Juan Jacobo Ros… Rousseau. Sigmundo Fre… Fre-ud —decía antes de tirarlos en un montón. Leyó el título y se rio como un asno—. *Una teoría sexual y otros ensayos*. Sabe Dios el daño que estos libros habrían hecho a esos chicos. —Merinero había coincidido con él en alguna ocasión: no solo resultaba el perfecto botarate, sino que era confianzudo, impertinente, y tenía la insoportable costumbre de explicar los chistes.

Mostró a Merinero el agujero.

—Vaya ojo, chico; tenías razón, los habían escondido aquí.

En editoriales y librerías de Madrid o Barcelona, estaban en auge las incautaciones, pero Galicia llevaba ya cuatro años de depuración y si en los primeros tiempos no habían parado de hallar libros prohibidos en hermosas bibliotecas, ahora resultaba inusual localizar una presa tan golosa.

—Estamos en racha; primero la quema en la dársena y ahora este nido de ratones.

—Ratones de biblioteca —replicó Merinero, amargo.

Volvió a carcajearse el de los dientes negros.

—Ratones de biblioteca, ¿eh? ¡Por lo del nido de ratones!

—Ortiz, por tu santa madre, no me expliques los chistes.

El borrico estaba exultante.

—Hoy nos podemos felicitar, señores —decía—. ¿A que nos podemos felicitar, comandante?

Parra ni siquiera le había escuchado, pendiente de observar a Merinero.

Al censor le había llamado la atención uno de los libros, perdido en el montón. Se dispuso a hojearlo.

Buscaba entre las páginas cuando le cambió el gesto igual que si una flechita de hielo le hubiera atravesado el pecho.

—Madre mía —musitó para sí al encontrar cierta página.

No comprendía Parra qué podía haber afectado así al censor, pero Merinero tuvo que cerrar el libro de golpe.

Solo entonces, apretando los dientes, Scorpione se atrevió a enfrentar la mirada del viejo.

El bibliotecario había estado allí todo el rato, en una esquina, flanqueado por dos policías y engrilletado. Todavía se advertía la mano abierta marcada en la cara, roja como un latigazo; los ojos de quien está luchando por no llorar.

A Merinero le había costado amoldar la imagen de aquel hombre mayor con la del joven que tanto le había impresionado de muchacho.

Merinero aferraba todavía el libro misterioso.

—Ya me han dicho, don Miguel, que es usted parte de todo esto.

La voz de su antiguo profesor, sin embargo, era la misma; aquella que tan bien leía la aparición de Héctor Servadac, el primer duelo de los mosqueteros, la muerte de la Karenina.

—A los libros he dedicado mi vida —respondió el viejo encogiéndose de hombros—. Y a los muchachos sedientos de libros, como lo eras tú, Josiño.

—No me llame usted así —replicó el censor torciendo el gesto—, yo ya no soy aquel crío. —Señaló el agujero con el libro—. Esto no lo hizo usted solo. Ha tenido que haber otros implicados.

—Josiño, comprendo tu amargura, pero estos son solo libros. Ellos no tienen culpa de lo que te hicieron los hombres.

—Quién le ayudó.

Había un sufrimiento en los ojos del viejo; era al niño a quien hablaba y no al censor.

—Todo esto… —dijo muy despacio—, no te la va a devolver.

Como si le hubieran aplicado corriente, el censor reaccionó de pronto y le metió una bofetada con el libro cerrado.

—Viejo cabrón —le dijo entre dientes—. Para hablar de ella te tienes que lavar la boca.

Fue como si hubiera golpeado una estatua de escayola a la que hubiera venerado toda la vida, como si hubiera roto algo sagrado; pero todavía añadió con desdén:

—Parece mentira en lo que te has convertido, con lo que tú eras —y arrastrando las erres, añadió—: en un rojo de mierda.

Al viejo le sangraba el pómulo.

—Yo no cambié —le dijo—. Fuiste tú, Josiño, el que te convertiste en un fascista.

Ya se disponía Merinero a romperle los dientes con el canto del libro cuando le arrebataron al viejo de las manos.

—Vamos a calmarnos —le dijo el comandante—, que todavía se tiene que descubrir aquí mucho pastel.

Rumiaba Merinero en una esquina.

—Tiene razón. Ahora llegaremos al fondo de la cosa, ahora.

Dejó caer el libro entre aquel montón de Flauberts, Larras y Barojas y dijo:

—Usted se llevaba mucho con don Bibiano.

Cambió el gesto de su antiguo profesor.

—Qué dices…

—Digo que don Bibiano es amigo suyo y que tiene abierto un expediente. Y también don Jerónimo, del Instituto de Vigo; ese está sancionado y ya no ejerce.

El profesor parecía a punto de derrumbarse.

—Esas…, esas personas no tienen nada que ver con esto.

Merinero recuperó el gesto altivo y se dirigió al comandante Parra.

—Fueron ellos. Bibiano y Jerónimo le ayudaron a esconder estos libros.

»Y habrá más.

»Habrá otros.

»Siempre hay otros.

A una mirada de Parra, los dos policías agarraron al viejo y se lo llevaron a empujones hasta el coche.

—¡Ellos no tienen que ver! —gritaba la voz melodiosa que de crío le había contado los amores de Romeo, de Julieta; el despertar de Gregorio Samsa; la pelea de Ulises con el cíclope—. ¡Lo hice solo! ¡Los escondí yo solo!

Parra encomendó a otros dos hombres que fueran a detener a los mencionados.

—Llévense unos picos y rompan también sus condenadas paredes, por si tienen más libros escondidos. —El comandante y Merinero cruzaron las miradas—. Rómpanlos a ellos también, si hace falta.

*

Se fueron todos los hombres; solo quedó el cretino de los dientes negruzcos, revolviendo entre los libros prohibidos como un hurón.

No se le escapaba al comandante Parra que Merinero había quedado afectado.

—¿Se encuentra bien?

—¿Qué? Sí —dijo el censor.

Hizo de tripas corazón y aparentó reponerse de inmediato.

—Sí, perfectamente. —La mente de Merinero recorría ya los bares que pudiera haber abiertos por los alrededores del Instituto; conocía cierto figón, que servía un destilado de café que horadaba el estómago.

Recordó, sin embargo, la razón de su visita y añadió:

—Estoy leyendo el manuscrito. Elsa Braumann se cuidó mucho de no mencionar en su novela los nombres de ciertos sitios. Sin embargo, un lector fino sabe que…

Contempló el libro de Freud, abandonado sobre el montículo.

—Alguien que tiene un secreto está deseando revelarlo.

—No le sigo, Merinero.

—Usted sirvió en la marina.

—Tuve ese honor, sí; y todavía confío en volver al mar un día. ¿Por?

—Quiero revisar sobre el terreno los lugares que recorrió Elsa Braumann desde su desembarco en cierta playa —dijo el censor—. Busco dos islotes, mi comandante, dos islotes pelados, de unas nueve hectáreas el mayor y siete el menor, cercanos a una lengua de tierra.

Quedó Parra pensativo. Solicitó al de los dientes negros que le buscara un atlas.

Cosas de la venganza poética: el que se hubieran llevado al bibliotecario dificultó la búsqueda y al final hubo que coger del montón uno de los libros prohibidos, la *Geografía de España* de Santaló, que resultó tener unos excelentes mapas a color.

—Vamos a ver —dijo Parra buscando entre las páginas.

Recorría con el dedo la intrincada costa que rodeaba la ciudad de Vigo. No faltaban las islas, algunas tan reducidas que podían considerarse meros restos de barro esparcidos por la mano creadora. Los dos islotes que buscaban eran, sin embargo, de buen tamaño.

—Hay un cuartel cerca, también —dijo el censor.

Fue aquella península «coronada con un monte de gran altura, rodeado de acantilados» lo que les dio la clave. El comandante clavó su índice sobre un punto.

—Monteferro, sin duda; está a unos veinte kilómetros de Vigo.

Los islotes tendrían que ser estos, al lado de las Serralleiras: las islas Estelas. Y la playa donde desembarcó la chica, una de estas calas del lateral; hay tres o cuatro. Quizás Portocelo.

Las cercanas islas Cíes eran un territorio conocido de submarinos alemanes, lo que apoyaba los hechos relatados por Elsa Braumann, con los norteamericanos tratando de no ser detectados. En el propio Monteferro, además, había en efecto un cuartel; la llamada «Batería J3 Monteferro».

Merinero encaminó los pasos hacia la puerta.

—Nos vemos, mi comandante.

Fue la voz de Parra la que interrumpió su marcha:

—Merinero, ¿en qué le ayuda conocer los nombres reales de esos sitios?

—Quiero encontrar a cierta persona.

Parra arrugó el bigote.

—Me temo que no va a poder encontrar a esa mujer, amigo mío. La misión terminó de la peor manera para ella: Elsa Braumann murió el 14 de diciembre pasado.

Aquello inmutó a Merinero.

—¿Murió?

—La mató una agente de la Gestapo llamada Irma Gulch.

El censor recordaba ese nombre, de haberlo leído en el manuscrito.

Tuvo la misma sensación que sufriría un perro al que le arrebatan la presa. Había, sin embargo, algo más: una puerta secreta que ocultaba algo al fondo, en lo más recóndito del sótano; algo en lo que Scorpione ni siquiera quiso entrar.

El policía de los dientes negros levantó un ejemplar.

—Atención al espanto del poeta este, el muy maricón. —Aflautó la voz—. «La tarde loca de higueras / y de rumores calientes / cae desmayada en los muslos / heridos de los jinetes». Juntar mariconadas con gitanos…, lo que les faltaba a los rojos.

Merinero descolgó el sombrero.

—No estaba pensando en encontrar a Elsa Braumann —le dijo al comandante. Y añadió—: No se olvide de lo de Emilia, ya sabe que es importante para mí.

Salió al pasillo del instituto y Parra se agachó para recoger el libro que Merinero había dejado caer en el montón.

También él hojeó aquel *Fortunata y Jacinta*.

«Por entre los dedos de la chica se escurrían aquellas babas gelatinosas y transparentes. Tuvo tentaciones Juanito de aceptar la oferta; pero no: le repugnaban los huevos crudos.

—No, gracias.

Ella entonces se lo acabó de sorber…».

Y también Parra llegó hasta cierta página. También a él lo traspasó un dardo frío.

Había sido Merinero, sin duda, quien dibujara aquel garabato en uno de los márgenes; acaso recordaría el censor, como si hubiera sido ayer a pesar de que había transcurrido media vida, el momento en que había esbozado aquel corazón. Fue Josiño Merinero, muchos años antes de convertirse en Scorpione, quien escribió aquellas letras dentro de un corazón: *JL* y, debajo, *E*.

10

Atardecía cuando Merinero aparcó el Chevrolet donde siempre, frente a un cuartel de la Guardia Civil, porque le parecía que allí estaba más vigilado.

Cerraban a esa hora todas las tiendecitas de los alrededores de la Alameda; pasado Correos le saludó con la cabeza el joven navarro que solía atenderle los telegramas; se reunía con la novia a la salida y José Luis simuló no haberle visto: le ponían de pésimo humor los enamorados.

Al llegar a su edificio tuvo que rodear la moto Bianchi que algún cretino había dejado estacionada frente al zaguán.

Lo sabía de algún modo: la lectura del manuscrito había encendido una alarma en su interior y, al vislumbrar la puerta de su piso, un instinto avisó a José Luis Merinero de que algo acababa de ocurrir.

Introdujo la llave en la cerradura y, al descubrir que estaba abierto, aferró contra su pecho el portafolios con el manuscrito.

El salón se hallaba patas arriba, daba la impresión de que hubiera pasado un regimiento. Al intruso se lo encontró de espaldas, buscando en los armarios. La radio estaba encendida. Sonaba la voz de Miguel Fleta, a voz en cuello.

Amapola, lindísima Amapola
No seas tan ingrata y ámame

Amapola, Amapola
¿Cómo puedes tú vivir tan sola?

José Luis Merinero dejó abrigo y portafolios en el recibidor y adelantó un paso.

—La plata de mi abuela la vendí hace tiempo, no hay nada de valor.

El desconocido se giró hacia Merinero exhibiendo una sonrisa.

—¡Ah! ¡Usted —dijo con fortísimo acento extranjero— agarra yo manos masa!

Enarbolaba un cuchillo que había cogido de la cocina. Era pequeño y calvete; resaltaba sobre aquella piel tan blanca el pelo negrísimo, que moría encima de las orejas; era un cadáver a quien no le habían dicho que estaba muerto.

—Pero pase —dijo, sonriente, y ¡rrrrrrasss!, arrambló con los cuatro adornos que quedaban en una estantería. Quién sabe cómo habrían quedado los libros de la pobre Emilia si todavía hubieran estado allí—. No se quede recibidor.

—Quién es usted —preguntó el censor, frío.

—Me llamo Karl, soy alemán.

—Alemán mis cojones —replicó Merinero. Había escuchado otras veces ese acento como para distinguirlo bien. Y añadió—: Si cree que me voy a fiar de nada de lo que diga un espía ruso lo lleva claro.

En el rostro del desconocido asomó el gesto del niño pillado en falta. Lo aceptó con deportividad.

—Ah, usted listo y yo menso —replicó y, ¡rrrrassss!, arrambló con el interior de un armarito—. *Vozmozhno ya i russkiy, no razve eto imeet znachenie?* Yo acá muchos años, España, pero yo no espía, yo comerciante, yo son de paz, no quiere una problema. Yo solo preciso libro. *Enjambre.*

El censor ya se olía hace rato que el rusky venía a por el manuscrito.

Con escucharle cuatro palabras, Merinero había sido capaz de construirle toda una biografía. Agente de segunda, no había más que verlo: llevaría años arrastrando su cuerpo blancuzco por medio

108

mundo, recopilando información aquí y allá, mayormente en Sudamérica: le delataban aquellos modismos que usaba en su español incipiente. Soltero y sin amigos: nadie le había dicho que tenía manchada la chaqueta, la comisura de la boca; aquellos bajos del pantalón cantaban que no tenía quién le cosiera un triste pespunte.

—Tiene usted la boca manchada —dijo Merinero.

El ruso se echó a reír.

—Ah, yo guarro comiendo —replicó aproximándose, mientras se limpiaba con la manga—; mi padre decía: «Tú cerdo. No merece comer con familia, sal a comer con cerdos». —Acabó por quitarse los restos y asomaron unas arruguitas pequeñas en los labios negruzcos, de pescado muerto, que resaltaban sobre la piel pálida.

Estaban ya frente a frente, los dos, y volvió a señalarle con el cuchillo.

—Tú veinticuatro horas para darme *Enjambre* o yo corto cuello tuyo —dijo, y se echó a reír—. No, yo broma. Yo son de paz. Tú dame *Enjambre*. ¿*Da*?

Apenas un metro separaba al ruso del portafolios que Merinero había dejado en el recibidor; el censor puso buen cuidado en disimular.

—*Da, tovarich* —respondió Merinero—, lo que tú digas.

El ruso bajó el arma despacito y, sin apartar la vista del censor, abrió la puerta y dijo:

—Si tú das libro, yo vuelvo casa. Yo demasiados años España. Yo odia España. Odia españoles. ¿Real Madrid balompié?, mierda. ¿Olé?, mierda. Quiero morir en patria mía. Madre *Rus* soviética. Quiero morir casa. ¿Tú entiende?

Solo entonces reconoció Merinero la desesperación que antes había visto en esa mirada.

Asintió.

—Echa usted de menos comer donde los cerdos.

El ruso afectó el golpe bajo con estoicismo. Dejó ver una sonrisa amarga.

—Yo no importa tú insultas. Tú hombre triste. No amigos. Tú no esposa. Yo entiendo: tú —se señaló en el corazón— amargura. Entiendo.

Aquí vino el zambombazo, que dejó a Merinero clavado e inexpresivo.

—Tú muerto —le dijo el ruso—. Tú sombra que camina por mundo.

Al censor le hizo gracia en el fondo, pensar que aquel desecho podía no ser más que un espejo donde mirarse.

El ruso se puso serio y añadió:

—Veinticuatro horas.

Echó un vistazo al rellano y, tras asegurarse de que no había nadie, salió a la escalera y cerró tras él.

*

Merinero se asomó a la ventana y observó al ruso saliendo a la calle. El *tovarich* montó en la Bianchi y, entre petardeos, emprendió rumbo calle abajo hasta desaparecer tras una esquina.

Acabó la canción que sonaba en la radio y entró una cuña publicitaria:

> *Niña, para un buen regalo*
> *cuando el tío y el abuelo y el padrino y los papás*
> *te pregunten lo que quieres y no sepas contestar*
> *dile, dile lo que quieres, dile, di, se lo dirás.*
> *Lo que quiero es la muñeca que se viste de verdad.*
> *Tiene traje y zapatillas y pijama y delantal.*
> *Y maleta y uniforme y hasta un cuarto colosal.*

> *Mariquita Pérez* —dijo el locutor—, *¡qué elegante eres!*

Merinero apagó la radio. No se demoró ni dos segundos en acudir a revolver en los bajos del armario.

Encontró acartonada la vieja caja de zapatos y la sacó para ponerla encima de la cama.

Dentro, halló herrumbrosa la vieja Astra 300. Aquella pistola, tan oxidada como él mismo, sería incapaz de disparar. Allí la dejó, junto a la carta que Emilia había guardado con tanto cariño y que Merinero había escondido como si estuviera hecha de espinas.

A la atención de Emilia Valterra

Admirada señora:
Le escribo desde el exilio autoimpuesto para agradecer su valentía a la hora de exponer las inciertas horas que España vive ante la represión republicana. Su artículo me resultó tan certero que lo he convertido en una de mis piezas de cabecera.
En donde se me ha querido escuchar, ya he contado que el 88% del profesorado de Madrid, Valencia y Barcelona ha tenido que huir al extranjero, abandonar España, porque temían ser asesinados por los rojos, sencillamente, a pesar de que muchos de los intelectuales amenazados eran tenidos por hombres de izquierda. No soy el único de los «fugitivos de la España roja»: Menéndez Pidal, Ortega y Gasset, Pérez de Ayala, Baroja... No soy el único, pero qué triste consuelo para mí que hayamos tenido que escapar de nuestro país.
Me permito sugerirle que tenga cuidado, querida amiga, querida escritora. Sus palabras la pueden poner en peligro. La sandez rampante en que vive España es muy capaz de armarse contra quien solo dispone de la palabra como defensa. Cuidado, Emilia: vigile sus espaldas, estoy seguro de que esos canallas irán a por usted.
Le deseo lo mejor. Yo, por mi parte, continuaré atento a sus artículos: su sección Cartas para la República *es ya un imprescindible para mí.*
Su más ferviente admirador:
Gregorio Marañón

Merinero conocía la historia: el doctor Marañón no había sido el único en su huida de la España roja; Azorín y Juan Ramón Jiménez o Gómez de la Serna habían imitado sus pasos. Y su Emilia, que tanto admiraba al sabio, había guardado aquella carta como si se tratara de un valioso tesoro no tanto porque la reafirmara en sus críticas a la República, sino porque venía de un hombre cultísimo, tan amante de los libros como ella.

Sin pistola habría de ser, se dijo. Devolvió el cacharro a la caja junto con la carta, y decidió enfrentar el asunto a pecho descubierto. No le importó demasiado, había usado armas antes e incluso se llevó a algún rojo por delante, pero el verdadero campo de batalla donde sabía desenvolverse era el de las sombras y la retaguardia. Merinero fue a coger el abrigo del recibidor; con él envolvió el portafolios y, llevándoselo consigo, abandonó la casa.

Al llegar al cuartel de la Guardia Civil encontró su coche abierto a escasos metros de donde un número de la benemérita hacía guardia.

—¡Qué! —le dijo Merinero—. Sin novedad, ¿no?

—¿Perdone? —replicó el chico.

Merinero se asomó al interior del Chevrolet y encontró abierta la guantera, todos los papeles estaban desperdigados. Se veía que el *tovarich* estaba tomándoselo en serio.

El censor arrancó el vehículo y salió de allí con un acelerón.

Conducía muy decidido; de reojo contemplaba el portafolios escondido dentro de su abrigo en el asiento del copiloto.

No se detuvo hasta llegar. El palacete, rodeado de palmeras y escoltado por otros caserones de postín, se hallaba en una de las más señoriales zonas de Vigo, la «ciudad jardín» de la calle López Mora.

Había pertenecido a un político rojo hasta que, en el mismo día del levantamiento, lo sacaron de la casa a empujones y lo mataron en la acera, de un tiro en la cabeza. Muerto el perro, quedó libre la caseta. Ascendieron al capitán Parra a comandante, le ofrecieron el puesto de inspector jefe de la Oficina de Censura Previa y le entregaron el palacete, a donde se mudó *ipso facto*.

Brillaban las luces en todas las ventanas de la casa. Merinero estacionó el Chevrolet entre los muchos coches aparcados en el enorme patio de la entrada. Hasta allí llegaba la música de pasodobles.

Se aproximó un cabo, de uniforme.

—¿Tiene invitación, señor?

—Vengo a ver al comandante Parra —le dijo Merinero—. Dígale que es urgente.

Le hicieron pasar por la puerta de servicio y fue conducido hasta un despacho de la primera planta, de maderas nobles y grandes librerías sin libros, donde abundaban los trofeos de golf y fotos en marcos de plata: Parra en Ifni, el generalísimo estrechando la mano de Parra en una recepción…

—Enseguida aviso al comandante —le dijo el cabo.

Hasta que no le dejaron a solas, Merinero no desenvolvió el portafolios. Observó que Parra había estado haciendo los deberes: sobre la mesa había dos libros de poemas: *La formación de los Dioses* se llamaba uno y *Las joyas de Bellatrix* el otro; los dos escritos por Emilia Valterra.

De alguna sala cercana llegaba el rumor divertido de los invitados, la música de *Paquito el Chocolatero*, que Gustavo Falcó había compuesto en el 37 y que tanto sonaba en las verbenas valencianas, de donde Parra era oriundo.

Las puertas dobles del despacho se abrieron y, como si apareciera el secundario de lujo de una mala obra de teatro, hizo su entrada triunfal el comandante Clemente Parra vestido de uniforme de gala.

—Qué cojones es eso tan urgente.

*

Merinero dejó caer el portafolios marrón encima de la mesa baja de café y se salieron algunas de las páginas del manuscrito.

—Siento interrumpirle la fiesta, pero acaban de amenazarme con un cuchillo por culpa de esta…, ¿cómo lo llamó usted?, «patatita caliente».

El comandante cerró las puertas y se dirigió hacia el mueble bar.

—La fiesta es lo de menos. Mi mujer se aburre como una mona y cada dos meses monta una de estas reuniones benéficas a favor de no sé qué. Al final nadie pone ni un cochino duro y a mí me sale por un dineral. ¿Quiere beber algo?, tengo *bourbon*, güisqui americano.

Ofreció uno de los vasos a Merinero.

—Diga, qué le ha ocurrido.

—Se ha presentado en mi casa un agente ruso. Un patán con cara de pescado podrido.

Parra rompió a reír por lo bajo y, más tranquilo, respondió:

—Se ha encontrado usted con Krogem.

—¿Krogem? ¿Lo conoce?

—Siéntese, no se quede de pie. —Tomaron asiento uno frente al otro, en un sofá de cuero—. Es un infeliz; regenta una tienda de radios en la Piedra. Trata de conseguir información para Stalin, pero con pocos resultados. Las inteligencias de medio mundo afincadas en Vigo le dejan hacer por tenerlo controlado y porque es inofensivo.

—Puede que lo fuera. Inofensivo, digo; pero ahora ya no lo es.

—Qué le hace sospechar eso.

—Créame —dijo Merinero—, conozco a la gente.

Parra abandonó el asiento y fue a por la botella de *bourbon*.

—Estoy seguro de que usted sabrá lidiar con lo que sea. Precisamente por eso le elegimos, Merinero: porque conoce a la gente —dijo riéndose.

—Hablo en serio.

—Y yo también, amigo. Un poco, al menos.

Se trajo la botella hasta la mesa mientras rodaba el tapón para destaparla.

—No fue fácil, créame, encontrar a un hombre instruido, que pudiera desentrañar los secretos de ese manuscrito, pero, además, que no fuera un chupatintas, o se lo habríamos encargado a alguno de los curas de la Oficina de Censura. No. Hacía falta alguien con experiencia y cierta... desenvoltura.

Merinero agachó la cara. Mucha desenvoltura había demostrado, desde luego, como quintacolumnista del 36 al 38, pero sobre todo después, ganada la guerra, cuando vinieron los días negros de su venganza. Fueron tantos los operativos y fueron tan aciagos aquellos días que tenía la impresión de que esos desmanes los hubiera cometido otro. ¿O no había sido él quien participó en la detención de partidarios de la República, de anarquistas? ¿Acaso fue otro quien se infiltró en el PCE y el PSOE, o que contribuyó a la desarticulación del Socorro Rojo Internacional y de las JSU? Días negros que acabarían por llevarlo al pozo más profundo: fue entonces cuando solicitó a la DGS una licencia de armas por haber recibido «amenazas de muerte por correo y teléfono». Ojalá hubiera sabido lo que le esperaba, habría pedido dos licencias.

—Ahora soy lo que soy —murmuró.

Parra tomó asiento y sirvió otros dos vasos.

—Y qué es usted.

—Censor. Ni quintacolumnista, ni infiltrado ni pollas en vinagre. Censor.

—No deja de ser un sicario —replicó Parra; en sus palabras, sin embargo, no había ningún ánimo de ofender—, la diferencia es que ahora cobra de otro ministerio.

—Puede, pero el Estado no me paga tanto como para arriesgar el cuello. Y no, no me mire así, mi comandante, no estoy hablando de dinero. Usted sabe cuál sería mi incentivo.

Parra se adelantó hacia la mesa y reordenó las páginas que habían quedado desperdigadas, devolviéndolas a su cobijo en el portafolios.

—Emilia —dijo.

—Emilia —respondió Merinero.

—Un tema delicado, ese.

El comandante echó el cuerpo hacia atrás. Se le resbalaba el culo hacia el borde.

—Paciencia, amigo mío —añadió—. Paciencia. Un hombre inteligente sabe darse cuenta del momento en el que vive. La guerra ha terminado y hemos ganado, sí, pero ahora tenemos que construir un Estado. Y, entre tanto, estamos en el punto de mira internacional. Estos movimientos hay que hacerlos con discreción.

A Merinero se le fue el ojo a los elegantes panelados del salón. Qué pronto habían aprendido los militares, pensó, a convertirse en políticos.

Se había alzado entre ellos un silencio incómodo y Parra optó por beber un sorbito.

—Pero la encontraremos, no lo dude. Quién sabe dónde podrá estar, la pobrecilla. Nos esforzamos, bien lo sabe Dios, pero… ¿Sirve de algo mi palabra de que al final la encontraremos, Merinero?

Merinero se echó el *bourbon* al gañote y apuró el vaso de golpe.

—Me vale su palabra porque no tengo otra cosa.

Parra asintió, satisfecho.

—Estamos de acuerdo entonces —dijo. Señaló el portafolios y añadió—: Amigo mío, el destino le tenía deparado este encarguito desde el principio de los tiempos. Desentrañe los misterios de ese manuscrito y veré lo que puedo hacer respecto del asunto Emilia.

Si algo sabía el comandante es que poco iba a remover para cumplir su promesa. No tocaba desenterrar más muertos, sin más; no tocaba.

A Parra le dio por pensar lo mucho que Merinero amaba a su mujer, que estaba muerta, cuando él detestaba a la suya, que estaba viva. Se le puso amargo el pensamiento en la cabeza y quiso apartarlo de su mente. Tampoco tocaban sentimentalismos, en esta nueva patria que con tanto esfuerzo reedificaban.

Esbozó una sonrisa bajo el mostacho, levantó el vaso y brindó.

—Arriba España.

*

Cuando volvió a entrar en casa, le hacía ruidos el estómago y decidió comer algo. Echó la cadena a la puerta, por si las moscas rusas, cosa que nunca hacía, y se encaminó hacia la cocina.

Dejó sobre la mesa el manuscrito, sacó de un armario una botella de Burnett's y, como quien se apresura a tomar la medicina, Merinero bebió un par de tragos, hasta que tuvo la impresión de que el calor que bajaba por la garganta terminaba de llevarse el frío.

—Dios —musitó, extrañado—, estoy helado.

Recordó que el ruso le había dicho que estaba muerto y le entró un miedo infantil.

Le pareció buena idea poner algo de música para ahuyentar a los fantasmas y en el salón encendió la Lincoln del año 32.

Estaba todo desperdigado, los discos, los adornos… De haber estado allí los libros, también habrían acabado por los suelos. Los pobres libros de Emilia. Aquella había sido su verdadera religión; tenía predilección por los grabadores del 1800, en piel o percalina. Cuánto se enorgullecía de poseer las dos primeras ediciones de la *Ilíada* en castellano, la de 1788 y la de 1831, en preciosa holandesa;

y también la primera de *La República*. Por aquel entonces no era raro que Merinero pusiese el grito en el cielo ante ciertos desembolsos de su esposa. De todo aquel esplendor nada quedaba hoy sino las estanterías vacías, los huecos, el polvo sobre las baldas. Ningún libro. Ni uno solo.

En lo que se calentaba la radio, Merinero encaminó los pasos hacia la cocina a través del largo pasillo. Los meses que había estado fuera habían sumido el piso bajo una capita de polvo. El piso era tan grande como para que viviera en él una familia. Merinero nunca pisaba la mitad de las habitaciones.

Metió a remojo el cazo, sobre una torre de cacharros, sacó una taza usada y le echó un agua. De aquel juego de café solo usaba esa taza, siempre la misma, que iba y volvía del escurreplatos sin llegar a recalar en la vitrina. Cogió la botella de Burnett's y se sirvió un fondo en la taza.

Apenas había comido nada desde el desayuno y se encontraba sin fuerzas. Era de esas personas que comen cumpliendo un mero protocolo; no le encontraba disfrute y si llenaba la panza de cuando en cuando, casi siempre a deshoras, era por no caerse redondo. Agarró del cestito de mimbre una cabeza de ajos y desgajó un par de dientes. Mientras picaba finito los ajos sobre la encimera deslucida, le vino a la cabeza Elsa Braumann y su aventura disparatada, como echada a los lobos y para terminar siendo asesinada por una fanática de la Gestapo, ella, que solo era una mujer de libros.

Igual que Emilia. Dos recopilatorios de poemas, una obra de teatro; una de las escasas mujeres que tenían columna en la revista *Nós*; «académica correspondiente» de la Real Academia Gallega en el 33; premio Juan Vázquez de Poesía en el 35… Una mujer de palabras; esas mismas que la enfrentaron al Gobierno de la República y por las que el llamado Batallón Trotski la sentenció a muerte.

—Me cago en todos los rojos —masculló el censor.

Arrastrada de noche de su cama mientras él estaba fuera de Vigo; secuestrada. Ejecutada. Asesinada. Enterrada para siempre en algún sitio, a la espera de que su marido diera al fin con ella y le permitiera descansar en paz. Enterrada en alguna cuneta, quién sabe; bajo la tapia de algún cementerio; en lo profundo de un bosque. Y cada mañana su marido preguntando «¿Se sabe algo, comandante?». «Nada, Merinero, seguimos buscándola, tenga paciencia». Asesinada por hablar. Asesinada por escribir. Solo una mujer de libros.

Merinero no pudo por menos que ver reflejada a Emilia en Elsa Braumann y el solo pensamiento le provocó un dolor en el pecho.

Echó los ajos picados al aceite caliente y se pusieron a chisporrotear. En lo que los contemplaba, ensimismado, aprovechó para echarse al gañote otro traguito. Estaban deslucidos los azulejos valencianos, pintados con un motivo de nenúfares que evocaban un antiguo esplendor. Aquella cocina era ya vieja cuando se casaron sus padres. Si ellos nunca la habían reformado, Merinero y Emilia siempre consideraron que para qué iban a reformarla ellos. Todavía moriría él y le sobrevivirían los azulejos valencianos.

Retiró los ajos del fuego, antes de que se volvieran negros y lo amargaran todo; ojalá hubiera podido hacer lo mismo con su gesto.

Cascó un huevo en el borde de un vaso usado y abrió la cáscara encima de la sartén. La yema no se rompió, por fortuna. Lo mismo ocurrió con el segundo huevo.

—Esto hay que celebrarlo —dijo.

Y bebió otro par de tragos de la botella.

Cuando entró en el salón con el plato de huevos fritos, el portafolios y la botella de ginebra ya estaba borracho. Se había calentado la radio y sonaba el chotis de Chas.

> *DDT Chas, DDT Chas*
> *no hay quien te aguante;*
> *tú, como el gas, la muerte das*
> *en un instante;*
> *no hay ocasión de salvación*
> *donde tú estás:*
> *DDT Chas, DDT Chas.*

Tiró al suelo un par de adornos que habían caído en su sillón favorito y tomó asiento. Apoyó el plato de huevos en el reposabrazos y el portafolios en el regazo.

Al abrirlo y asomar las páginas, rompió a sonar el teléfono, Merinero dio un respingo y resbaló el plato con los huevos y se estrelló la cena contra el suelo.

—Coño.

Estaba muy borracho.

Bajó el volumen de la radio y respondió a la llamada con su habitual tono seco.

—Diga.

Conocía bien la voz femenina que sonó al otro lado.

—José Luis —dijo Adela—. Deberíamos vernos.

Nada respondió él. Apretaba el auricular.

—¿No vas a hablarme nunca más? —preguntó Adela—. ¿Ya no quieres saber de mí?

Merinero escuchó que allá, al otro lado del sonido metálico, la voz se quebraba; no fue un llanto dramático, sin embargo: las lágrimas escapaban de los ojos de la mujer.

Scorpione tragó saliva.

—Adela, estoy… —dijo—. Estoy ocupado.

Merinero colgó el auricular despacio: clllllllac, como evitando hacer ruido.

Contempló los huevos en el suelo, ya sin hambre, solo para constatar que había regresado aquel abatimiento que le había costado tanto tiempo sepultar; otra vez de vuelta aquella pena enorme, la inquietud que se lo iba comiendo por dentro y que poco a poco se convertía casi en terror. El fantasma de Emilia caminaba esa noche por la casa, igual que entonces. Leía su libro favorito sentada allí, en el sillón de orejas de la esquina, y le sonreía. «¿No piensas encontrarme nunca, José Luis?». Otro y no él, otro, que no hubiera tenido un higo chumbo por corazón, habría tenido ganas de llorar.

Quiso abandonar esos pensamientos y, de la misma manera en que sucede con tantos y tantos lectores, regresó a la lectura a fin de refugiarse en ella. Qué consuelo perderse entre las páginas y olvidar; olvidar como quien olvida bebiendo. Olvidar sus miserias, las ausencias que le asolaban; olvidar quién era y quién había querido ser. Olvidar a Emilia. Olvidar leyendo.

«El más lanzado de los militares se asomó a la ventana por donde ellas se habían descolgado, dispuesto a descerrajarles un tiro desde arriba.

Abajo, la puerta de la valla del jardín bandeaba, allí no había nadie.

Imposible para él saberlo, pero en el jardín había desaparecido la bicicleta del primo Facundo».

Terminaba el *planteamiento* de la obra de Elsa Braumann y comenzaba la siguiente parte, el *nudo*, que ella, en recuerdo de los griegos, había nombrado igual que la hubieran nombrado ellos.

SEGUNDA PARTE

PERIPECIA

1

Parecía que el aire estuviera hecho de agua, sentían la humedad entre los dedos, y hasta al respirar.

—Nunca había estado en Vigo —dijo Elsa Braumann.

Quién les habría dicho a los romanos lo importante que acabaría siendo aquel puertecillo. En su época, atravesada Gallaecia por la vía XIX, los pobladores se dispersaban a lo largo de la costa en villas y aprovechaban las ensenadas naturales para excavar salinas. De allí obtenían los romanos la rica materia prima con que fabricar su salsa de pescado, que llamaban *garum*. Nombraron Burbida a aquel discreto puertecito que luego vendría a ser el famoso muelle de pesca del Berbés.

En 1940 y a vista de pájaro, la ya señora ciudad de Vigo se hallaba asentada en un valle húmedo, protegida a sus espaldas por montañas y, a sus pies, por un lobo que dormía junto a ella: el Atlántico. De aquel mar le venía todo, el sustento y la amenaza. En sus altos quedaban restos de las fortalezas alzadas en vano contra vikingos y piratas ingleses, turcos, holandeses; en sus fondos, enterrados en lodo, descansaban los galeones.

Montadas las dos en la bicicleta, Elsa Braumann y Brasilina Lalín accedieron a la ciudad por Bouzas, habían tardado como una hora larga en llegar. Orillaban Vigo a través de una zona portuaria.

—¿Está por aquí el consulado? —preguntó Elsa.

Brasilina pedaleaba decidida.

—Necesito resolver unas cosas en el muelle, primero.

—Pero...

—Yo te he acompañado a ti, traductora. Acompáñame tú a mí, no será mucho tiempo. —Aquí refunfuñó según era su costumbre—: Si lo prefieres me paro, te bajas y sigues tu camino.

Mientras recorrían la larga avenida portuaria de Cánovas del Castillo, Elsa no hacía sino ver policías apostados en cada esquina, guardias civiles refugiados en cada sombra.

—No, no. Te acompaño.

Se adentraron en el muelle con forma de «T» que llamaban «de trasatlánticos»; olía muy fuerte, a quemado de máquina. Un grupo de gaviotas se lanzaba a picotear las cuencas de un martiño robado de la cercana plaza del pescado.

Brasilina detuvo la bici.

—No lo veo —dijo.

—¿A quién buscamos?

—A un canalla.

Elsa y Brasilina encontraron desierto aquel enorme muelle. No hacía tanto que los gigantescos vapores atracaban allí para recoger en sus vientres a cientos de emigrantes que partían en busca de fortuna a Río de Janeiro, Buenos Aires, La Habana... Debido a la guerra, sin embargo, aquel bullir inacabable de personas había desaparecido y se sumían en melancólica apatía las oficinas de la compañía de vapores la Mala Real Inglesa. El nuevo régimen restringía con mano de hierro los permisos y vigilaba el puerto de Vigo en busca de represaliados que tratasen de huir. Era cuestión de un par de años que volviesen los buenos tiempos, cuando las salinas gallegas acabaran de absorber toda la sangre, pero, entre medias, los vapores no podían sino dormitar en sus lejanos puertos de origen, cargando y descargando fantasmas en sus salones vacíos.

Brasilina acertó por fin a cruzar la mirada con la de un hombre que las observaba tras una esquina.

—El canalla —murmuró la mujer, señalándolo con el mentón—. No hables —le dijo a Elsa—, no digas nada.

A medida que se encaminaban hacia él, Brasilina bisbiseaba por un lado de la boca:

—Llega de cuando en cuando, como parte de la tripulación en uno de los cargueros, y me surte de género.

—¿De *género*?

El canalla era uno de esos tipos que cuando hablan parecen ahogarse en saliva; un hilillo blanco acudía a unir sus labios todo el rato. Para compensar el aspecto repugnante se había dejado largo una parte del cabello y se lo pasaba por encima de la cabeza, engominado, para ocultar la calva.

—Llegas tarde —le dijo a Brasilina con acento extranjero.

—La próxima vez quedamos en la puñetera farola de Urzaiz, doctor, como todo Cristo. ¿Lo trae?

—Claro —dijo el médico ensalivando la boca.

Después de mirar para todas partes, abrió el maletín para mostrar su interior. Había frascos, un par de decenas, al menos, llenos de píldoras blanquecinas.

—Muy bien —dijo Brasilina; y dirigiéndose a Elsa, añadió—: Págale.

—¿Que le pague yo?

—No pensarías que eres mi obra de caridad del día, ¿no, *pombiña*? Te he traído hasta Vigo. Págale.

Hizo de tripas corazón la traductora y allá que fue a rebuscar en la billetera cuando le cambió la cara.

—Ay, mi madre.

—Qué pasa.

Elsa se palpaba en la chamarra que ya no llevaba encima.

—Que no lo tengo. ¡Que he perdido el dinero!, ¡me quité la chamarra en casa de tu tía!

—Qué cojones dices, *muller* —le decía Brasilina, palpándole también, aquí, allá—. Busca. Busca bien.

—¡Si es que no lo tengo!

—Pues, criatura, si dejaste la chamarra a la vista de esos dos soldados, ya puedes despedirte de él.

El canalla perdía la paciencia, cerró el maletín.

—*No money, no honey* —dijo.

Brasilina le dedicó a Elsa una mirada furibunda.

—*Pombiña* —murmuró entre dientes—, eres tonta de capirote.

Brasilina hubo de pagar de su bolsillo el contenido del maletín.

—Vamos a buscar ese consulado, pero de camino tengo que parar en otro sitio —le dijo a la traductora.

Al adentrarse en la ciudad, la enorme cantidad de cuestas las obligó a bajarse de la bicicleta. La traductora siguió a la mujer calle arriba por el laberinto de callejuelas en torno a lo que llamaban A Pedra.

No era hogareño el ambiente: olía a vino revenido y los meados habían oscurecido los adoquines. Aquellas calles devoradas por el verdín formaban una excrecencia que nacía y vivía del puerto, pero lo que allí vendían estaba lejos de ser pescado: se traficaba con toda clase de mercancías escamoteadas de las bodegas de los barcos: cachivaches importados, preservativos de goma, remesas de ropa, de achicoria y café, de tabaco.

Brasilina se detuvo ante una casita baja. Una señorona en bata se asomó entornando la cortinilla. Para sorpresa de Elsa, Brasilina se dirigió hacia la señora y se dedicó a cuchichearle algo: «Gasas y algodón, nos hacen mucha falta», decía la mujer. «Sulfamidas»…, «La *pobriña*, ya sabes»…, «Dolor y calambres»… Brasilina sacó del macuto algunas de las ampollas que acababa de comprar al canalla y se las entregó a la mujer. La señora insistía e insistía, pero Brasilina se negó a aceptar ningún dinero a cambio.

—Ya podemos seguir —le dijo a la traductora.

Extrajo Elsa sus propias conclusiones, que iba mascando para sí mientras, después de hacer ciertas indagaciones acerca del consulado, su improvisada guía la conducía a la zona noble de la ciudad.

Tal y como ocurre en muchas ciudades, apenas había un paso entre lo sórdido y lo espléndido: las casas crecieron en altura y ahora lucían balcones acristalados de forja, hechos para robarle al invierno inacabable algo de luz.

Aquella cuesta que ahora subían, de nombre Carral, terminaba en la plaza más populosa de la ciudad: la antigua Puerta del Sol, o plaza del Capitán Carreró, como había que llamarla ahora.

Los edificios de la plaza escondían todavía agujeros de los tiros que aquel tal capitán Carreró había ordenado disparar a la multitud cuando el Alzamiento. De aquel primer momento de terror hacía ya cuatro años y cada una de las personas que recorría la plaza tenía todavía agujeros de aquellos, pero en el alma; nadie, fuera hombre, mujer o niño, había salido de la guerra como había entrado. El miedo, asimilado ya en sus sangres, había calado en los vigueses como aquel *orballo* tristón: estaban empapados de él y ni siquiera lo habían advertido.

Enfilaron hacia el este por Policarpo Sanz, una ancha calle de fachadas señoriales, contagiada del dinamismo de la plaza y recorrida por tranvías.

Frente a tanto gris, al pasar junto a un quiosco de prensa, a Brasilina se le fueron los ojos a unos libritos con feroces pistoleros en la portada, donde se destacaba al autor con hermosas letras amarillas: «*Gold Leds*».

Elsa se extrañó.

—¿Te gustan las novelas del Oeste, Brasilina?

—Me gustan las portadas. Dice mi tía que las señoritas no leen, que eso te seca la cabeza.

—Qué tontería —replicó Elsa.

—Eso le digo yo; que soy cualquier cosa menos una señorita, pero ella erre que erre, oye.

Brasilina todavía observaba los detalles de aquella cartuchera, del sombrero y la pistola.

—Pues a lo mejor sí que me gustaría —dijo.

Giró la cabeza hacia un lado y señaló.

—Es por ahí.

El edificio escogido por los estadounidenses para sus oficinas del consulado había sido diseñado a principios de siglo por la mano del exquisito Michel Pacewicz, cuando la pequeña ciudad de Vigo soñaba con ser París. La altura de los portalones, enmarcados por un arco, equivalía a dos Brasilinas.

Elsa se disponía a entrar en el edificio del consulado cuando Brasilina la retuvo.

—Aquí nos separamos, traductora; a partir de ahora yo vuelvo a lo mío y tú continúas sola.

Aquella aventura solo estaba comenzando, pero Elsa intuía ya que iba a tener que agradecer la ayuda de muchos desconocidos y, tras sentir que se le encogía un poquito el corazón, adivinó que este sería el primero de muchos adioses.

—Siento no haber podido pagarte más, Brasilina —dijo.

—Más lo siento yo.

Brasilina se rebuscó en un bolsillo y sacó el par de billetes que Elsa le había dado nada más abandonar la playa.

—Toma esto, desastre; lo vas a necesitar más que yo.

Sonrió Elsa, enternecida.

—Brasilina, eres como Robin Hood. Una buena persona.

—No lo soy y no sé quién *carallo* es ese señor —replicó la mujer—; cógelo antes de que me arrepienta.

Tomó Elsa los dos billetes, ruborizada.

—¿Vas a volver con tu tía Evangelia?

—Sí. Menuda me espera, me va a poner colorado el moflete.

—Dile que ha sido por una buena causa.

—Qué causa, *pombiña*.

—¿Qué?

—Estás metida en un lío *da cona*, no hay más que verte —dijo; y, mientras le asomaba al pecho un levísimo quejido, añadió—: Yo te conté un montón de cosas de mí; te conté lo de la muerte de mi padre, lo de mi escondite de los medicamentos…, pero tú no me contaste por qué te persiguen.

Y añadió:

—¿Por qué te persiguen?

Elsa Braumann tragó saliva.

—Tengo que… Tengo que robar una cosa. A ver, robar robar… No es *robar* realmente, pero… como si lo fuera.

—¿Tienes que robar una cosa pero no tienes que robarla?

—Como si fuera un medicamento de esos tuyos, hazte a la idea. Como si tuviera que robar un medicamento que puede salvar a mucha gente. Pero no es un medicamento, en realidad.

La mujer se sorbió los mocos.

—*Cajo na cona, pombiña*, tú no me quieres contar en qué andas metida. ¿Te persiguen por querer salvarle la vida a un montón de gente?

—Pareces el eco; no te puedo contar más porque no te quiero poner en peligro, ya está. Anda, dame un abrazo.

La mujer puso la misma cara que si le hubiera pedido una muestra de sangre.

—¿Un abrazo?

—¿Ni siquiera te vas a despedir de mí, Brasilina?

Acaso hiciera tantos años que nadie la abrazaba que Brasilina no supo cómo reaccionar. Temió quizás no recordar cómo se daba un abrazo, cómo se daba un beso. Hacía tanto que nadie le decía algo bonito que se había olvidado de lo que era el cariño.

De modo que, para sorpresa de la traductora y evitando mirarla, la mujer montó en la bicicleta sin más.

—Ya me puedes llamar Lina, si quieres —dijo.

Y echó a pedalear hasta desaparecer calle abajo, sin mirar atrás, allí donde Elsa Braumann, en silencio, se despedía de ella.

*

—Voy al consulado americano —le dijo al portero del edificio.

El hombre la escrutaba como si Elsa viniera a robar gallinas; vestía con uniforme de hombreras, largo hasta la rodilla, y gorra de plato.

—¿Tiene cita?

—¿Cita? —replicó ella—. Podría decirse que sí.

—¿Podría decirse o se dice?

—Estaba citada para hoy por la mañana —respondió al fin la Braumann.

Y el portero le dijo que podía subir.

No solo llamaban la atención las escaleras de mármol, sino aquel silencio; aquel silencio ominoso que parecía haberse apoderado del señorial edificio. Elsa Braumann subía los escalones de puntillas.

Al llegar a la puerta del piso donde se alojaba el consulado la encontró entreabierta. En la pared se anunciaba en una placa: «*CONSULADO DE LOS ESTADOS UNIDOS DE AMÉRICA*».

Asomó la nariz y encontró los viejos suelos de azulejo de la sala de espera. Al fondo, una secretaria rellenaba papeles tras un mostrador.

—Buenos días —dijo Elsa.

—Buenos días. Pase, enseguida la atiendo.

Se adentró Elsa en la salita y, sin tomar asiento, aguardó junto a dos sillas. La habitación estaba pintada de un crema asalmonado; dos ventanales daban al exterior enmarcados entre grandes macetones; allí crecían potos del tamaño de un adulto. La sala estaba presidida por una puerta doble, cerrada, junto a una bandera con barras y estrellas. Había dos carteles en una pared; en uno se anunciaban unas estupendas vacaciones en Florida; en el otro podía verse al famoso piloto Charles Lindbergh, posando con el Spirit of St. Louis. Junto al acceso por el que Elsa había entrado se abría otra estancia donde unos caballeros escribían a máquina. Uno de ellos, copiando en una machacada Hispano Olivetti lo que ponía en un papel, tarareaba un éxito de reciente aparición:

—Bésame... Bésame mucho... Como si fuera esta noche la última vez...

Elsa advirtió una cosa curiosa acerca del recibidor: se encontraba todo ordenado, pero si uno acertaba a mirar con detenimiento encontraba ciertos defectos aquí y allá: cierta grieta en la pared, oculta por el macetón; restos de suciedad en las esquinas, donde no había llegado la escoba; pequeños desconchones en el techo.

—En qué le puedo ayudar —dijo la secretaria. Y Elsa se aproximó hasta el mostrador.

—Necesito hablar con el señor... —dudó un momento—. Ian Lancaster.

—El señor cónsul no ha llegado todavía. ¿Tenía usted cita?

—Me esperaba esta mañana, sí.

Se abrió la puerta que daba a la escalera y apareció un hombre alto; vestía como si se hubiera dispuesto a viajar a La Habana, inasequible al frío y a la lluvia: de blanco lino y sombrero panamá, pajarita occidental negra.

—*Good morning* —dijo. Y ya se adentraba como si aquella fuera su casa.

—Ah, *Mr.* Lancaster —dijo la secretaria—. La señorita preguntaba por usted.

Elsa vio los cielos abiertos.

—¿Usted es el cónsul?

—En carne y hueso —respondió el caballero. Hablaba en español y apenas tenía acento si uno no reparaba en las erres.

—Soy Elsa Braumann —dijo ella, a bocajarro.

Al cónsul le cambió la cara.

—Dios mío —musitó. Y la pregunta, entre dientes, se le escapó en inglés—: *¿Dónde demonios estaba?*

La tomó del brazo con mucha sonrisa para atraerla hasta su despacho.

—Paddy —le dijo a la secretaria—. Que no me moleste nadie. Pase, señorita —le dijo a Elsa.

La hizo pasar y cerró tras él.

*

—¡Dónde estaba! —le dijo en susurros mientras colgaba el panamá—. Llevo esperándola desde las seis de la mañana, he tenido que salir a buscarla por las calles. ¿Y Elpidio? No he tenido noticias de él desde anoche, ¡qué ha pasado!

Como quien recita una letanía, respondió la traductora:

—El marinero que me acompañaba se mató al romperse la cabeza contra una roca y el hombre que vino a recogerme intentó asesinarme para robar mi billetera.

A Lancaster le había cambiado el gesto.

—¿El Gaditano trató de matarla? *What the fuck...*

A Elsa había comenzado a temblarle un pálpito dentro; tuvo la impresión de que en el vientre le hubiera salido un segundo corazón.

—Estoy un poco mareada, ¿me podría dar un vaso de agua?

—¿Y el cuerpo del marinero?, el que se abrió la cabeza.

—Oculto en una fosa séptica de la casucha abandonada. Por favor, necesito un poco de agua.

—Sí, perdón.

Lancaster le alcanzó una silla.

—Siéntese —dijo.

Y encaminó los pasos hacia la habitación contigua, que resultó ser un cuarto de baño. El cónsul era de esas personas fumadoras que van tosiendo por la vida, así, con la boca cerrada y por lo bajo, haciendo jum…, jum…, jum…, y expeliendo el aire a golpecitos.

Elsa tomó asiento. Se volvió para comprobar que la puerta del despacho estaba cerrada.

—¿Aquí estamos seguros?

—Tan seguros como pueda estarlo uno en la España del general Franco —respondió Lancaster desde el baño; se escuchaba correr el agua—. De momento nunca se han atrevido a molestarnos; y así será hasta el día en que descubran que estas puertas son igual de endebles que las otras si uno les pega una patada.

—Pero esto es una embajada; no pueden hacer eso, ¿no?

—No *deben*, señorita —puntualizó él—. En este país ellos pueden hacer lo que les viene en gana.

Lancaster regresó del baño con el vaso de agua.

—Hágame caso, para cuando dude: si teme que la estén escuchando, la están escuchando; si teme que la están viendo, la están viendo. Así es imposible equivocarse; ¿no dicen ustedes eso? «Mejor prevenir que lamentar».

Elsa bebió un sorbo, le costó tragar.

El cónsul norteamericano Ian Lancaster llevaba el pelo ondulado con raya al medio, a la antigua, y rapadas las sienes. La mandíbula poderosa hacía juego con la altura: era grandón, nada que ver con los escuchimizados y flacos españoles. Parecía que siempre estuviera sonriendo de medio lado, pues la boca le dibujaba una línea que hacía pasar por sonrisa lo que no era sino la mueca de un cínico.

—Con que el Gaditano la atacó para robarle…

Se aproximó indignado hasta una mesita en donde había una botella de *bourbon* y otra de anís Viso.

—No se puede uno fiar de nadie —dijo sirviendo un vaso—, pero menos de un español. A su gente, señorita, los persiguen quinientos años de picaresca; son un pueblo de sinvergüenzas. —Le ofreció el vaso de *bourbon* y ella se lo intercambió por el de agua—. Ese hombre, Elpidio, ya había cumplido algunos encargos para mí, pero según parece debía haberle pagado más. ¿Se encuentra mejor?

—Sí —dijo Elsa antes de tomar un sorbito. Tuvo la impresión de que le subía la fiebre—. Ni siquiera hemos empezado y ya estoy paralizada. No valgo, míreme: esto no es para mí, no va a salir bien. Ni se imagina lo que me ha costado llegar hasta aquí, hacer este simple camino desde la playa. Todo ha sido un error, nunca tenía que haber aceptado el trato que me propuso Melville. Nunca. Qué disparate.

Ian Lancaster la observaba en silencio, mientras rebuscaba en su pitillera de plata como quien asiste a un drama de la radio.

—¿Ha terminado de lamentarse? —preguntó.

—¿Qué?

El cónsul rebuscó en su mesa y, de debajo de un sobre del hospital, sacó una carpeta y se la echó en el regazo.

—Échele un ojo a eso —dijo.

—Qué es.

—La razón por la que usted aceptó, Elsa Braumann. Solo estoy recordándosela.

*

La traductora abrió la cubierta de aquella carpeta donde rezaba el texto «*For Your Eyes Only*».

Dijo Lancaster:

—Nos ha costado bastante conseguir este expediente. Y creo que lo encontrará muy valioso.

En el portafolios abierto, le miraron desde la fotografía aquellos queridos ojos que tan bien recordaba; el informe se hallaba atestado de tachones negros que impedían leerlo en su conjunto: todo el material comprometido había sido hurtado a ojos poco cualificados. Un nombre se repetía a menudo, el de Soledad Peguero-Braumann, junto a algunas frases que a Elsa, de puros nervios, le costó relacionar: «*Española residente en Alemania*»… «*Retornada a Madrid con marido y dos hijas*»… «*La Hilandera*», «*Información y seguimiento*», «*De toda confianza*», «*Hilandera*», «*Hilandera*», «*Hilandera*»…

—Dios mío —musitó Elsa Braumann—. ¿Este expediente es de mi madre?

—Estoy seguro de que usted siempre sospechó que su madre

estaba destinada a cosas más importantes. Lo de ocuparse de «sus labores» nunca fue con ella.

—¿Más importantes? ¿A qué cosas se refiere?

Lancaster aposentó el culo en el borde de la mesa.

—¿Sabe quién es Perséfone? —Sacó uno de sus cigarritos Henry Clay y le aplicó fuego con uno, dos, tres golpes de mechero—. Perséfone llevaba una doble vida: vivía la mitad de sus días en el inframundo, en el mundo de los secretos, y parte de sus días fuera, llevando una vida normal con su familia.

Adelantó el cuerpo hacia ella; el aliento le olía a humo.

—Nada más instalarse en España, su madre, Elsa, comenzó a llevar una doble vida. —La traductora fue a protestar, pero Lancaster se explicó enseguida—: No digo que lo hiciera para engañar a su marido, el padre de usted, no.

Todavía la observó un instante, antes de señalar un sobre amarillento que asomaba en el expediente.

—Seguramente lo mejor sea que ella se lo explique con sus propias palabras.

—¿Ella?

—Su madre escribió esa carta antes de fingir su muerte; una carta dirigida a usted y su hermana. Se suponía que su padre debía entregárselas antes de morir, pero nunca lo hizo. Nos la devolvió y prefirió quitarse de en medio; imagino que para protegerlas a ustedes del secreto.

—El secreto…

Elsa abrió el sobre despacito. Olía a naftalina, igual que si hubiera estado guardado largos años dentro de un cajón.

Con mucho cuidado sacó el papel, tan amarillento como el sobre. Descubrió en aquella carta una letra temblorosa, escrita en español y con premura.

—¿La puedo leer?

—Por favor. Era para usted.

Querida Elsa, querida Melita, queridas hijas:
Escribo estas líneas apresuradas con la esperanza y el encargo de que vuestro padre os las enseñe un día, cuando esta

pesadilla haya terminado por fin y el conocimiento de esta información no suponga un peligro para vosotras.

Lo primero que necesito hacer es pediros perdón. Perdón mil veces, por no contaros la verdad acerca de quién fui. No, no me arrepiento, fueron grandes pequeñas cosas las que hice, y siempre buscando el bien de una sociedad más justa. Si algo me reprocho únicamente es esto: haberos ocultado mi verdadero ser.

Yo nunca fui una heroína de leyenda; en esto no mentí a nadie. Me consideré siempre, esto sí, una mujer comprometida con su tiempo y con la Politiká. Tú, Elsa, puede que conozcas la etimología, que desde niña querías ser traductora y quizás lo eres ya, en el momento en que lees estas palabras: Πολιτικά, «asuntos de las ciudades». Toda la vida me interesaron los asuntos sociales y la labor que nosotros, como ciudadanos, minúsculas gotas de este mar que es el mundo, podíamos hacer para influir sobre el gobierno de nuestra minúscula existencia común.

Poco pude hacer hasta que huimos de Alemania, lo recordaréis, más que escapar del nazismo; procurarnos un destino seguro. En eso tuvo mucho que ver vuestro nacimiento, queridas hijas, porque mi existencia ya no importaba tanto como la vuestra, que pasó a ser, para vuestro padre y para mí, la razón primordial de nuestras vidas.

Nada más volver a España desde Kölhn se abrieron para mí grandes posibilidades, como seguro que recordaréis... Comencé a participar en la Unión de las Mujeres de España y la Liga Española para el Progreso de la Mujer, asociaciones que procuraban defender nuestro papel y darnos la importancia que siempre se nos había negado.

Dispongo de poco tiempo, me hallo acostada en la cama de esta pensión horrible, fingiendo una enfermedad que no tengo y manteniéndoos engañadas a mi pesar. Necesito contaros tantas cosas...

Una noche, hijas, en la Liga, después de una de nuestras reuniones más o menos clandestinas, se aproximó a mí una mujer que resultó ser americana y que me hizo esa proposición que habría de cambiar mi vida.

Hijas mías, mis queridas hijas, mientras yo escribo estas palabras, mientras vosotras leéis esta carta y la gente va al mercado o al cine o lee un libro, hay personas, hombres y mujeres a lo largo de todo el planeta, que mueven las fichas en el tablero. No son políticos, ni banqueros; y no imaginéis a espías de novela, sino a personas pequeñas, que llevan vidas encubiertas; pasteleros y recepcionistas, amas de casa y fruteros, héroes anónimos que velan por nuestra seguridad y que recaban información aquí y allá, vigilan la puerta de aquel edificio, siguen a cierto caballero para descubrir con quién se relaciona.

Interrumpieron la narración las palabras del cónsul norteamericano; sonaban como bajo el agua, lejanas:

—La apodamos la Hilandera porque tejía como nadie los tupidos hilos que relacionaban a unos con otros; era capaz de encontrar el nexo que unía a este con aquel y recabar además la información que lo probaba. Una mujer notable, según parece. Seria, entregada a la causa de la libertad, decidida. Solo tenía una debilidad.

Elsa Braumann agachó el rostro; sentía tal frío en el pecho que tuvo que llevarse la mano allí para confortarse.

—Ay, Dios mío…

—Eso es, querida.

Solo temía una cosa, hijas: y es que pudiera poneros en peligro a vosotras. Para resolver este dilema solo encontré la más difícil de las soluciones: decidí vivir mi colaboración en secreto. Nada le dije a vuestro padre, hasta que fue demasiado tarde; y por supuesto no compartí con vosotras ninguno de mis movimientos clandestinos, por que desconocierais todo lo que pudiera comprometeros.

Nunca fui una heroína, lo sabe quien me conoció; nunca fui arrojada ni valiente. Pero, decidida a cambiar el mundo, y en la pequeña medida de mis pequeñas posibilidades, me

convertí en una sombra que, por las noches, cada cierto tiem-
po y aprovechando ratos que le robaba a mi vida de ama de
casa, recababa información que ayudara a frenar a los nazis.
Quiero que seáis conscientes, que lo sepáis de mis labios: si
trabajé para los servicios secretos norteamericanos fue siempre
con este objetivo.

*

El cónsul norteamericano se giró hasta la mesita para hacerse con un cenicero. Iba tosiendo por lo bajo.

—Una doña Quijote, su madre. No se crea; esa actitud la he visto mucho en España: allá donde ustedes los españoles ven un altar donde sacrificarse, jum…, jum…, allí corren con singular entusiasmo.

—Pensaba —replicó Elsa— que éramos una raza de ladrones.

—También; eso no se puede negar y no me lo tome a mal, que no pretendía ofenderla: en la misma medida, es muy reconocida la valentía del español.

—Ladrones valientes.

Se rio Lancaster.

—Personalmente les envidio el quijotismo. Mi trabajo, señorita, es de una neblina moral agotadora; ojalá nuestro mundo fuera el mismo al que se enfrentó don Alonso Quijano; para él era más fácil.

Perdida en aquellos documentos, en aquella carta, Elsa hablaba más consigo que con él:

—No me lo creo —decía—. ¿Una espía del Gobierno estadounidense? No me lo puedo creer.

Lancaster desabrochó el reloj que llevaba en la muñeca.

—Yo tampoco lo creería —dijo—. A no ser que viera esto.

El reloj que le entregaba era idéntico al que le había regalado su madre antes de su supuesto fallecimiento.

—«*El nuevo orden de los siglos*» —dijo el cónsul—. Si lo abre verá que en el mío también hay una pastilla de cianuro. A todos nos proporcionan una, por si nos vemos capturados.

Fue como si toda ella se desmoronara; como si se vinieran abajo todos los recuerdos y todas las palabras y todo lo que sabía acerca de su madre: dentro de aquel reloj que ahora aferraba Elsa Braumann, junto a la misma inscripción en latín y la misma pirámide con el ojo, asomaba otra pastilla de veneno. Se desmoronaba la hija, en efecto, al descubrir la verdad acerca de su madre; y con ella, su vida.

—Se suponía que era un regalo de mi padre —musitó la traductora.

—¿Qué?

—Eso me dijo siempre ella: que el reloj era un regalo de mi padre; me contó incluso que él había tenido que ahorrar en secreto para poder regalárselo.

A Lancaster le hizo gracia.

—En nuestro ámbito son necesarias, me temo.

—¿Las mentiras?

—Lo que los moralistas denominarían *A noble lie*; yo mismo he tenido que recurrir a ellas en ocasiones.

Elsa apretó la carta en su puño y se negó a leer más. Ya se había tapado la cara cuando rompió a llorar.

El cónsul ni tenía la suficiente confianza con la recién llegada ni era hombre de consuelos. Se agachó junto a ella, sin embargo.

—Ea —le dijo—. No se lo tome así. Si su madre le mintió entonces fue porque protegía un secreto importante. Ella y personas como ella se embarcan en misiones pequeñas, pero cargan sobre sus espaldas grandes responsabilidades. Son llamados por sus gobiernos o por otros gobiernos, como es el caso de su madre, y deben asumir que, en alguna medida, está en sus manos el destino de la humanidad. Le ruego que se recomponga. Que sea fuerte. Igual que ese momento llegó para su madre, Elsa Braumann, ese momento ha llegado para usted. Hoy. Aquí. Ahora.

Elsa había descubierto ya su rostro; no lloraba. Dejó escapar una sonrisa descreída y dijo:

—Habla usted como en una película americana.

También él sonrió. Recuperó su postura erguida, algo estirada.

—¿Ha recordado entonces por qué aceptó el trato que le propuso el capitán Melville, señorita? —preguntó—. ¿Ha recordado lo que puede ganar si nos ayuda? ¿Quiere o no quiere saber el paradero de su madre?

Elsa cerró la carpeta, temblorosa.

—Sí —dijo.

—Pues entonces dejémonos de lágrimas. Esto es una partida de ajedrez, Elsa Braumann. Nosotros movemos ficha y usted... —le observó la cabeza—, usted se tiñe el pelo.

*

Salieron del piso del consulado y bajaron las escaleras de mármol.

—Hay que procurar que no nos vean los vecinos —susurró Lancaster.

Elsa le seguía. Accedieron al rellano de la planta baja que daba a un patio interior.

Lancaster se aseguró de que nadie los observaba e introdujo una llave en una de las dos puertas del rellano, altísima.

Entraron a una cocina por lo que resultó ser la puerta del servicio. No había fogones y los azulejos lucían agrietados.

—Venga por aquí, por favor.

En el piso no había muebles, se hallaba todo en abandono, las paredes tenían desconchones. Era grande, Elsa contó al menos cuatro habitaciones, varios cuartos de baño.

El cónsul la invitó a pasar con él a uno de ellos, cosa del todo inaudita; accionó un resorte en la pared y esta se abrió igual que si fuera una puerta. Y lo era, de hecho, porque Lancaster le indicó que pasara al interior.

Traspasaron los dos la puerta secreta. Él cerró tras ellos: Elsa observó que pasaba el fechillo no una vez, sino una, dos, tres veces, cumpliendo así satisfacer el impulso de una costumbre maniática.

Se encontraban en una antesala con paredes de ladrillo visto, iluminada por una bombilla que colgaba del techo. Había tanto polvo en el suelo que, al caminar, sonaba como si crujiera pan tostado.

—Cuidado al bajar —le dijo el cónsul.

Y descendieron por unas escaleras a través de un hueco angosto. De cuando en cuando encontraban una bombilla tan baja que debían apartar la cabeza para no tropezar.

Elsa había vuelto a tiritar. A medida que bajaban iba haciéndose presente la canción, desde la lejanía; sonaba con la impronta cascada de un disco largamente escuchado, la voz de John Serry Sr. con la orquesta de Shep Fields.

> *Thanks for the memory*
> *Of candlelight and wine, castles on the Rhine*
> *The Parthenon, and moments on the Hudson River line*
> *How lovely it was.*

—¿Adónde vamos, *Mr.*?

Aquello le recordaba a los accesos que tanto había usado durante la guerra, para escapar de los obuses franquistas en el asedio de Madrid. Solo que allí accedían al metro de la ciudad y en esta ocasión, tras mucho bajar y con fondo musical, penetraron en lo que parecía un sótano compartimentado en varias habitaciones.

Salía la música de un viejo gramófono.

En una esquina encontraron trabajando a un caballero, ante una mesa; varias lámparas iluminaban su trabajo. Usaba unas gafas de gruesísimos cristales, a las que, además, les había añadido dos pequeñas lupas. Ni se inmutó al escucharlos acceder a la habitación.

—Lancaster —dijo el hombre picando con dos deditos del bizcocho que tenía a su lado. No era español ni americano: le delataba el acento británico.

—Merlín —saludó el cónsul.

El tal Merlín era un hombrecillo que frisaba los sesenta. No se quitaba la gorra ni para ducharse; según le contaría luego Lancaster a la traductora, era superior a sus fuerzas aquella calva incipiente, que le avergonzaba hasta decir basta.

—Señorita —dijo el cónsul—, le presento al mago que va a hacer posible su transformación.

—¿Mi qué?

—De oruga a mariposa. Con perdón. —Al mago se dirigió en inglés—. *¿Pasamos al retrato, Merlín?*

—*Primero el pelo* —dijo alguien. El acento era el mismo que el del mago, y casi hasta la voz.

En una esquina, tricotaba una mujer bajo una lámpara de pie.

Resultó ser idéntica al que habían llamado Merlín, pareciera que fuera el mismo hombre pero disfrazado de señora, las mismas orejas enormes, el mismo cuerpo achaparrado, solo que en versión femenina.

—*Ah, el pelo, sí* —dijo Lancaster—. Señorita, le presento a la hermana de nuestro mago. Puede usted llamarla Morgana. Ella encuentra odioso el apodo y a nosotros nos hace una gracia terrible.

De una mesa próxima en donde se había dispuesto un montón de ropa, la tal Morgana rebuscó hasta extraer una peluca rubia.

—*Póngase esto, ¿quiere?*

—*La del moño alto* —dijo Merlín pellizcando otro poco de bizcocho.

—*Ni hablar* —replicó la hermana—; *la de media melena.*

Elsa obedeció y se encasquetó la peluca. De pronto era rubia.

—Ahora sí que me siento un poco Mata Hari.

Al cónsul le entró un ataque de tos.

—Quizás —replicó entre golpes de pecho— ella usara esa misma peluca; nunca lo sabremos.

—¿Mata Hari?

—Yo ni siquiera había entrado en el cuerpo diplomático, pero sabemos que Mata Hari estuvo en Vigo en varias ocasiones. Con su nombre holandés, claro. La ciudad de entonces era un poco como la de ahora, una suerte de nudo donde todos terminaban recalando. —Le asomó a la voz una melancolía, aunque era notorio que el cónsul se esforzaba en ocultarla—. Un nudo —añadió— hecho para ir envolviéndonos la garganta.

Morgana le señaló un espejito que colgaba de la pared.

—*Mírese ahí. Tiene que colocársela bien.*

La Braumann ajustó la peluca aquí y allá.

—*No pensarán que con esto voy a engañar a alguien.*

—*Es para el retrato* —dijo Merlín escribiendo algo en los documentos.

—¿*El retrato?*

El cónsul se asomó a una habitación y, en una nueva manifestación de su maniática pulsión, para encender un interruptor lo accionó una, dos, tres veces. De la puerta abierta escapó un chorro de luz que iluminó todo el sótano.

—Entre aquí, haga el favor.

El cónsul la hizo pasar al cuartucho, no era más grande que una despensa. Allí se había dispuesto una cámara en su trípode. La cámara apuntaba hacia un taburete alto que se alzaba ante dos pequeños focos.

—Siéntese, ¿quiere? —le dijo Lancaster.

Elsa Braumann rodeó la cámara y, recelosa, tomó asiento en el taburete. Tras ella se había pintado de blanco la pared.

—¿Me van a sacar una foto?

—*Póngase esto.*

Morgana le entregó unas gafas de montura ovalada. Antes de probárselas, Elsa pensó que sería incapaz de ver nada.

—*Ah, pero veo bien.*

—*Los cristales no están graduados.* —Morgana la observó de arriba abajo—. *Habrá que cambiarle esas ropas anticuadas, pero servirá para el retrato.*

—*¿Para qué es el retrato?*

*

Entró Merlín en el cuartito y se apostó tras la cámara, una fiable Contax II de Zeiss.

—*Al lío. Esta noche dispondrá de documentos; papeles nuevos acordes a su nueva personalidad.*

La traductora estaba abrumada.

—Entonces era verdad lo de la mariposa. ¿Pero quién se supone que voy a ser?

Lancaster rebuscó en su pitillera.

—La doctora Bertha von Harbou no habla una palabra de español y...

—*No me llene esto de humo, Lancaster* —interrumpió Merlín mirando por el visor—, *puede salir en la foto.*

—Perdón —dijo el cónsul, y guardó la pitillera—. Le decía que la doctora solo habla *Deutsch.* En España necesita valerse de un intérprete que, como usted, habla perfectamente alemán y español. Se trata de un gallego, un joven que cae mal a todo el mundo y que se pasa el día zampando; lo que aquí llaman un *lambón.* Nuestra idea, Elsa, es sacar a ese intérprete del tablero de juego y que la contraten.

Elsa se incorporó, ya estaba a punto de quitarse la peluca.

—No pienso participar en el asesinato de alguien para que ustedes...

—*No se levante* —dijo el mago—, *se sale del encuadre.*

—No vamos a matar a ese pobre infeliz, señorita, ¿por quién nos toma? —dijo el cónsul con la más cínica de sus sonrisas—. Bastará con que el pobre *lambón* sufra de gastroenteritis durante dos o tres días.

Elsa, más tranquila, volvió a sentarse.

—Bueno. Siendo así...

—*Está muy pálida* —dijo Morgana.

Lancaster y ella salieron un momento; quedaron solos el mago y la traductora.

Merlín le clavaba los ojos sin decir palabra. Elsa había empezado a sudar. Se despegó el vestido del cuello con un dedito.

—Hace mucho calor aquí.

—*No sude* —replicó el inglés—. *No puede salir sudando, en la foto.*

Cuando Lancaster y Morgana regresaron, la mujer traía consigo un estuche con varias barras de labios y colorete.

—*Píntese un poco. Algo suave, discreto.*

Mirándose en el espejo del estuchito, la traductora se acercó un carmín sin aplicárselo. No le convencía y probó otro. Poco ayudaban los dos Merlines, empeñados la una en un tono rosa coral y el otro en un burdeos muy oscuro; ojalá hubiera estado allí Melita para aconsejarla.

Merlín esperaba impaciente tras la cámara; la hermana del mago y el cónsul la observaban.

—Una vez la hayamos introducido a usted en el ámbito privado de la doctora Von Harbou tendrá acceso a sus habitaciones del hotel.

—Y copiaré el cuaderno famoso.

—Primero tendrá que encontrarlo: no sabemos..., jum..., jum..., jum..., dónde lo esconde la doctora —decía entre golpecitos de tos—. Pero «bástele a cada día su afán», ¿no dicen así los españoles? Ya llegaremos a eso cuando toque. Lo primero ahora es el retrato para sus nuevos documentos.

El británico maldecía por lo bajo.

—*¿Podemos acabar ya? Algunos tenemos cosas que hacer.*

Tuvieron que pasar unos cuantos *rouges* hasta que, al decidirse por uno entre rosa y violeta, el rostro de una desconocida, rubia, pintada y con gafas, sonrió a Elsa Braumann desde el reflejo.

—*Mire a la cámara* —le dijo el mago—, *póngase erguida; no sonría.*

Así lo hizo la traductora, punto por punto. Merlín le sacó un par de fotos.

—*Ya está. Que se tiña el pelo y se quite esa ropa ridícula.*

Sacó los negativos de la Contax y abandonó la habitación.

Elsa se bajó del taburete. Lancaster la observaba divertido, apoyado en el dintel, y aprovechó para sacar de nuevo aquel cigarrito.

—La mariposa está a punto de nacer —dijo—. ¿Tiene alguna preferencia con su nuevo nombre?, ¿cómo le gustaría llamarse?

Elsa se quitó la peluca.

—¿Cuál era el nombre real de Mata Hari?

Lancaster se encendió el pitillo, exhaló un buen chorro de humo y, sin dejar de sonreír, respondió.

*

—Margaretha Wagner —dijo Elsa aventando el humo.

Se hallaban estacionados ante el Gran Café Colón. Como presuponían que tendrían que esperar, habían venido en coche, a pesar de que hasta Velázquez Moreno apenas distaban cinco minutos caminando. Se habían servido de un Fiat 522 Torpedo del año 31 que, según el cónsul norteamericano, no estaba relacionado con el consulado. Toda precaución parecía poca: a fin de acceder al vehículo habían salido de aquel sótano por una puerta trasera, invisible a ojos indiscretos; a Elsa le pareció curioso que, a pesar de que el chófer había inspeccionado el vehículo, Lancaster se había agachado a examinar los bajos, por si hubiera algún explosivo.

Ella bajó la ventanilla.

—Oh, perdone —dijo el cónsul alejando el cigarrito—. ¿Le molesta el humo?

—No, ya está. ¿Entonces Margaretha Wagner?

—Me parece un nombre de lo más operístico —dijo Lancaster.

Elsa Braumann no solo había cambiado de nombre, sino de vestuario y de peinado. Morgana, la hermana del mago, se había encargado de cortarle el pelo a la traductora y de teñirla. Ahora Elsa se llamaba Margaretha, era rubia, usaba gafas y vestía como una institutriz. La ropa era la de una mujer rígida y poco amiga de expansiones, sin apenas colores, por no llamar la atención. A Elsa le pareció curioso que el estilo fuera tan suyo, en el fondo: de toda la vida había vestido como quien, sin más, se pone un uniforme.

Un rasgo, por cierto, que la diferenciaba por completo de su madre, a quien tanto le gustaba cambiar de apariencia: el lunes compraba un sombrero estrafalario y el martes se vestía más masculina o, al contrario, se cosía un modelito francés que, como por arte de magia, la convertía en otra mujer el miércoles. No dejaba de resultar particular aquel comportamiento en una persona que en ningún otro aspecto de su carácter se manifestaba voluble; la hija siempre achacó estos vaivenes a la aversión que su madre sentía por la rutina, pero, hoy, la traductora veía estos continuos cambios bajo otro foco. Acaso la Hilandera necesitaba tener siempre un aspecto diferente.

Elsa sostenía en sus manos la carta arrugada que ella le había dejado antes de desaparecer. La hija guardaba el momento en que reuniera al fin las fuerzas para continuar leyendo las palabras de la madre.

Lancaster le entregó al chófer la carpetita de color blanco.

—*Dáselo..., jum..., jum..., a uno de los camareros, Julius* —le dijo en inglés entre dos tosidos—, *y dile que se lo entregue a la jefa.*

Asintió el chófer y salió del coche con la carpetita. El amigo era todo un carro blindado, calvo como una bola de billar y con aspecto de gorila.

Contemplándole cruzar la calle en dirección al Colón, preguntó la traductora:

—¿Es de fiar?

—¿Julius? Por favor, es americano. Sordo, mudo y ciego: resulta milagroso que sea capaz de conducir. —Le hizo gracia su propia ocurrencia y se rio por lo bajo. Consultó la hora—. La dama en cuestión no puede tardar mucho, estará al llegar.

Elsa estaba hecha un flan. Se acordó de Melita, que habría bromeado con echarle caramelo por encima y también ella sonrió.

—¿A quién esperamos?

—A uno de nuestros más importantes contactos. Tiene total acceso a los nazis, se mueve entre ellos «como pez en el agua», ¿no dicen ustedes eso? Ella se encargará de que sus cartas de referencia como intérprete lleguen a donde tienen que llegar.

Aguardaron. Un viento salado, procedente de abajo, del mar, llenó de gotitas el parabrisas. Lancaster canturreaba un tango por lo bajo exagerando mucho el acento argentino. «*La rrrosa que engalana... se vestirá de fieeeehta... con su mejor colorrrr...*». Cantaba tal como fumaba: ensimismado; había en él una lentitud voluntaria, que recordaba a la apostura de un caimán.

—Me agrada pensar que esta ciudad fue lo primero que vio Gardel de Europa; llegó aquí, a este puerto hará casi veinte años, cuando era un completo desconocido.

Los ojillos vivos de Elsa Braumann evitaban a propósito encontrarse con la carta; escapaban recorriendo los detalles del vehículo, sabedores de que una vez se posaran sobre ella quedarían atrapados en aquella tela de araña formada por párrafos y frases.

> *Mis primeras colaboraciones con los estadounidenses fueron de poca importancia: ir al mismo puesto de pescado que la esposa de alguien, hacerme con la confianza de una portera, recoger rumores en cierta cola del cine... Para volverme invisible tuve que convertirme en muchas mujeres, que parecieran vivas, que tuvieran verdad. Un buen disfraz no consiste en vestir ropa o sombreros, sino en la forma de caminar y de hablar, los gestos que haces cuando has entrado en tu personaje; la forma en la que miras o no miras.*
>
> *Descubrí, para mi sorpresa, que se me daba bien.*

Regresaba el gorila del Colón, con sus andares pesados y sin la carpeta. Pasó junto a dos policías que bajaban, pero ni siquiera torció el gesto, frío como el granito. Elsa, por el contrario y en su línea, se lamentaba de aquella opresión en el pecho, tan asidua a sus últimos estados de ánimo que era ya casi natural. Hacía tiempo que, si no estaba nerviosa, le resultaba extraño.

—¿Qué hay en ese famoso cuaderno rojo? —preguntó—, el que tengo que copiar para ustedes. ¿Se trata de una vacuna?

La cosa hizo gracia a Lancaster.

—¿Una vacuna? ¿De dónde saca eso?

—Pensé que al ser «doctora» Von Harbou… El capitán del submarino no hacía sino decirme que esa investigación salvaría millones de vidas.

El cónsul mintió.

—Ni sé qué hay en el cuaderno ni quiero saberlo. La información es poder, señorita, y quien sabe de más corre peligro de que le corten los meñiques para sacársela.

Llevada por el puro instinto, Elsa se agarró la mano.

—Dios mío.

El chófer tomó asiento ante el volante; se resintió el coche con el peso y descendieron unos centímetros.

—¿Lo entregaste? —preguntó el cónsul.

El gorila afirmó con la cabeza; parecía mudo, en verdad.

Lancaster vio algo y se adelantó hacia la ventanilla de Elsa.

—Ahí está —dijo.

Una mujer se aproximaba al Colón por la acera de enfrente. Vestía de blanco, blanco toda ella, desde el sombrero hasta los zapatos; resonaban los taconazos sobre los adoquines.

—*Tan discreta como siempre* —murmuró el cónsul, divertido.

Alargó el brazo a fin de abrir la puerta de la Braumann.

—Es su turno, señorita. Reúnase con ella en el café.

2

A aquella hora volaban las bandejas de cafés y chocolates, los Cinzanos y las cervezas de barril de La Barxa, con su hielo y su gotita de *gin*. El salón del Colón era un festival de brillos: los espejos multiplicaban las bujías colgantes y los motivos vegetales de las columnas, los dorados de la barra y los relojes de pared. Pero aquellos dorados que a principios de siglo habían significado lujo, hoy cumplían la tarea de tapar la decrepitud; si uno rascaba el pan de oro asomaba enseguida la podredumbre. Aquí se desconchaba un enrejado, allá un picado devoraba el mercurio de un espejo...

Tanto o más sucedía con la clientela. Quienes habían conservado su estatus exhibían el lujo sin pudor, pero aquel poderío de posguerra resultaba tan descascarillado como el de los espejos y la verdadera vidilla del Colón se hallaba oculta, pasada aquella puerta del fondo.

La traductora había tomado posiciones ante el puestecito de prensa situado en el *hall* del café. Mientras trataba de localizar a la mujer de blanco se ajustó sus nuevas gafas y simuló interesarse en las noticias. *El Pueblo Gallego*, que en tiempos había publicado a Castelao o Lorca, pertenecía ahora a la Falange y glosaba lo mucho que había gustado en Estocolmo un discurso del *führer*:

> *«El canciller Hitler habló el martes en las fábricas Borsig*
> *de Berlín como un gran sociólogo y gran revolucionario, y*

148

que está en camino de transformar a su país de acuerdo con una nueva ideología revolucionaria (EFE)».

De la mujer de blanco no había rastro, pero entró un policía de uniforme que puso a Elsa del color de la pared. Ya creía que venía a por ella cuando se aproximó hasta el agente una camarera con un hermoso merengue de castañas.

—Esta semana ha venido tarde —le dijo la chica al del uniforme. Y, por debajo del plato de merengue, le pasó un sobre.

Saludó el policía y abandonó el local.

—Hasta el martes si Dios quiere.

Después de un suspiro, Elsa preguntó a la camarera por el segundo piso que había visto desde fuera, con una galería descubierta.

—Eso es el restaurante. Lo abrimos luego, a la *comidiña*.

Se aproximó un camarero hasta Elsa y se dirigió a ella en un susurro.

—Sígame, por favor —dijo—. La están esperando.

Escoltada por el camarero, sorteó columnatas y mesas de mármol, atravesaron la famosa puerta del fondo y dejaron atrás el café. Avanzaron por las tripas del Colón hasta llegar a otra puerta.

—Pase.

El salón de billares dejaba adivinar en la penumbra un espacio tan hermoso y excesivo como el resto del café, con aquellas mesas monumentales de billar y las paredes recubiertas de espejos; reclamaba el poder de una época que mereció el calificativo de *Belle* y que ya no volvería.

Hacía calor allí dentro. Estaba de bote en bote y Elsa se fue abriendo paso entre jugadores de billar, perdedores profesionales y borrachos de mirada melancólica. Pocos venían a tomar un combinado a los billares del Colón, sin embargo: allí se estilaba beber pura desesperación con gaseosa. No solo las miradas eran de reojo, también las palabras. El collar de perlas que se había guardado tanto tiempo servía para hacer desaparecer un expediente de depuración; los dientes de oro de la abuela para recuperar el perdido puesto en el Ayuntamiento. Más apremiantes eran los intentos de localizar a algún pariente que la policía franquista había detenido:

«Si encuentras dónde tienen encerrado a mi hermano *regáloche* un *porco*».

Pegados a las paredes se sentaban no solo los de la España de Franco, sino también los refugiados que seguían llegando y llegando desde Europa, atrapados en un Vigo de donde ya no salían pasajeros. Palabras italianas, alemanas, francesas y españolas se mezclaban en un todo mugriento, donde el dinero servía a modo de perfecto esperanto. Se dejaban los ahorros en hoteluchos infectos del puerto a la espera de sobornar a los guardias del puente de Tuy o pagar un barco de carga que admitiera polizones.

De cuando en cuando, sí, aparecía un corazón heroico que buscaba ayudar: cierto médico dueño de un embarcadero en Redondela, cierto taxista que paraba en el hotel Universal…, pero en su mayor parte los recién llegados eran presa fácil de hienas, comisionistas y estafadores.

—Es aquí —le dijo el camarero—. Pase.

Abrió la puertecita que asomaba el fondo de la sala de billares y la hizo pasar. No bien cruzó Elsa el dintel, el camarero cerró tras ella.

La traductora se encontró en un cuartito con un tocador y un espejo; arrinconados contra la pared colgaban en hilera los esmóquines y algún que otro traje de variedades con esas mangas de volantes propias de la samba. Sobre un par de sillas de tijera descansaban las fundas de los instrumentos de viento y, de pie, apoyada en un baúl, la del violonchelo.

Desde una esquina en penumbra se adelantó una pálida *aparecida,* como salida de algún cuento fantástico de la Pardo Bazán. Era la viva imagen de una dama pintada por Sargent; los encajes, el camafeo que sujetaba los volantes sobre el pecho voluminoso… Daba la impresión de que, al ponerse a hablar, saldrían gorgoritos de su boca; y en francés, seguramente.

—Me cago en el diablo —dijo sonriendo la baronesa Ana Reiniger-Castro—, creía que nunca llegaría.

*

—Encantada de conocerla, querida —añadió—. Me dijo el Alfil que vendría.

150

Elsa le tendió la mano a aquellos ojos inquisitivos, tan negros.

—¿El Alfil?

—Así es como lo llamo, me parece de lo más gracioso. ¿No lo encuentra apropiado?

—Sí, sí. Me ha parecido curioso porque ese mismo caballero se refirió a todo esto en términos de partida de ajedrez. En fin, lo que usted diga.

Se reía la baronesa, igual que si participara en un juego.

—Qué divertido. Para esa cierta doctora…, ¿qué nombre le parece pertinente? Supongo que la Reina, ¿no cree? Nadie podría quitarle ese papel.

—Sí, sí.

—¡Yo, sin duda la Torre! —Al reírse asomaban los perfectos dientes blancos—. Una torre es una fortaleza que resiste.

Era una mujercilla nerviosa y todo a su alrededor le llamaba la atención. Pareció que hubiera escuchado algo.

—¿Le han contado lo que voy a hacer? —dijo encaminándose hasta la puerta cerrada del cuartito.

—Por encima.

La baronesa abrió de golpe la puerta, igual que si esperara sorprender a alguien al otro lado; irrumpió de pronto en el vestuario el rumor de la sala de billares.

No había nadie escuchando y cerró de nuevo.

—Creen que soy idiota —dijo.

—¿Qué?

—Usted tiene pinta de inteligente. A los hombres les incomodan las mujeres inteligentes; por eso yo he decidido ser estúpida. Y no tener sino oídos: no decir jamás lo que pienso y solo abrir la boca para decir frivolidades. Es por eso que puedo participar en esto, ¿me comprende?

No había ni una sola gota de estupidez en aquellos ojos españoles; la expresión de la baronesa era la de una presa que se sabe acechada por el lobo.

—Tengo entendido que lleva usted años sin pisar Alemania. ¿Qué tal su acento?

—A mí me parece que perfecto.

—¿Cree que debo preocuparme, querida?

—Pues…

De la mesa del tocador, la baronesa recogió la carpeta que el chófer gorila había entregado poco antes.

—Pues me preocupo —dijo enarbolándola ante Elsa—, porque al falsear su biografía la hicieron pasar por alemana, no por española. Tiene usted que vigilar mucho su acento delante de ellos; sobre todo delante de esa mujer tan pérfida, el enlace de la Gestapo.

Ese nombre no lo había olvidado Elsa.

—Irma Gulch —murmuró.

—Es lista; lista como un ajo, que es todo cabeza. —De nuevo se le fue la mente a otra cosa y murmuró para sí—: Un ajo negro, en este caso; y tiene un palo metido en el culo. Ah, dispénseme, tengo la costumbre de hablar claro; ¿le ofenden mis modales?

—No, no.

—A todos esos cabestros sí les ofenden. Hipócritas, asesinos, cabezas cuadradas. No le van a pasar ni una, ¿me comprende? Esa mujer, la de la Gestapo…, la vigilará como un coyote.

Contempló los papeles que llevaba la carpeta. Se encogió de hombros y añadió:

—No toda la guerra se lucha en el frente. Creen que soy idiota y por eso puedo hacer lo que el Alfil me pidió. Meteré esto entre los informes de mi marido y él se lo encontrará allí. Así la entrevistará para el puesto de intérprete. Jamás consideraría un peligro dejar a mi alcance cajones abiertos o que pueda escuchar sus conversaciones mientras preparo los cócteles. —Señaló hacia la traductora con la carpeta—. Por eso sé lo que sé, ¿me comprende? No hay una maldita cosa que no sepa de sus planes repugnantes.

Se le habían encendido los ojos. Luchaba por no romper a llorar.

—Mi marido… Ah, ese hombre me hizo cosas horribles, señorita. Horribles, horribles, horribles.

Alzó la barbilla. Impresionaba aquella dignidad, casi egregia, en una mujer tan chabacana.

—Haré lo que sea por destruir a los nazis —dijo—. Pero emplearé todos los medios que tenga a mi disposición para hacerlo sin despeinarme.

*

Cerró la carpeta.

—Hendrick, mi marido, no la aceptará sin evaluarla en persona. El primer paso será que supere usted la entrevista. Yo calculo que él la llamará… —miró el reloj— dentro de hora y media a más tardar. ¿Dejó un teléfono de contacto entre sus papeles?

Elsa visualizó un tribunal de nazis juzgándola y no quiso otra cosa más que salir corriendo.

—¿Usted estará allí?

Negó la baronesa.

—Ya arriesgué demasiado, si nos cruzamos en el hotel recuerde usted que no me conoce. Tendrá que enfrentarse sola a la entrevista.

Sonó en el silencio del cuartito el estómago de Elsa, que protestaba allí abajo.

La baronesa cogió un antifaz de aire veneciano que descansaba sobre el tocador y se lo probó delante del espejo.

—¿Y usted, mi querida intérprete, qué pieza quiere ser en este ajedrez? Falta el caballo, que avanza con movimiento inesperado. A menos que prefiera el abnegado peón.

Elsa sonrió, atrapada en cierto recuerdo: estaba en una fiesta, rodeada de enemigos, y vestía de amarillo con un lazo negro que le había colocado su hermana Melita. Cierto caballero la había comparado con una abeja, lo que llevó a Elsa a preguntarle, con más coquetería de la que nunca hubiera esperado de sí misma, si era posible tomárselo como un piropo. «¿Por qué no? —había respondido él—. Las abejas son criaturas extraordinarias: capaces de hacer miel y de morir matando». «De acuerdo entonces. —Había sonreído la traductora—. *Die Biene*».

Elsa se acercó al oído de la baronesa y, haciendo pantalla con la mano, le susurró muy segura:

—Mi nombre en clave será *die Biene*. La Abeja.

A los ojos de la baronesa Ana Reiniger-Castro asomó de nuevo aquel brillo suyo, que parecía sonreír. Asintió.

—De acuerdo entonces. La Abeja entra en el tablero.

153

3

Las cosas ocurrieron de una manera precipitada, pero en perfecta sincronía.

Una camarera sobornada introdujo cierto tóxico en la comida del intérprete de la doctora Von Harbou. Estaban almorzando en el comedor del hotel Moderno, por cierto, la propia doctora, el muchacho mofletudo e Irma Gulch.

Irma Gulch se quejó a uno de los camareros porque había un gato rondando en el salón. «Es amigo de la casa», le dijeron. Y como ella manifestara que le parecía intolerable, acabaron echando del comedor al minino.

«Caramba —dijo el intérprete—, me parece que tengo que ir al…». Allí mismo hizo efecto el purgante y, delante de todo el comedor, se fue de vientre entero. Hubo que ingresarlo de urgencia porque la camarera le había endosado un chorrito y no cuatro gotas.

Tan en perfecta sincronía que, pocos minutos después, la baronesa Ana Reiniger-Castro se deslizaba en el despacho de su marido con cierta carpeta. Fuera, charlaba el barón con un alto cargo nazi que, al amparo de aquel gran invento que era Sofindus, visitaba Galicia a la caza de dinero fácil. La baronesa buscó premurosa entre los papeles de la mesa. Atrás, presidiendo la estancia, se disponían en perfecta exhibición la colección de fustas del barón Reiniger, de cuando practicaba la hípica en sus tiempos mozos.

Entraba su marido con el alto cargo cuando ella ya salía.

—*Hace calor, ¿has avivado tú el fuego, Ana?*

—Me pareció que estaba frío el despacho —dijo ella. Le hablaba siempre en español porque sabía lo mucho que esto le fastidiaba.

—*Pareces tonta: no lo hagas más, me has dejado esto hecho un infierno.*

—No sabía que vendrías al despacho, amor.

El barón se dirigió a su amigo del Reich.

—*Pasa, pasa, no te quedes en la puerta.* —Y le dijo a su mujer—: *Me acaban de llamar para decirme que han ingresado al intérprete de la doctora; hay que buscarle sustituto.*

—No entiendo, Hendrick. ¿Qué es un intérprete?

—*Ana* —le dijo su marido—, *eres una condenada estúpida.*

Ni se le pasó por la cabeza al barón que aquella estúpida hubiera deslizado cierta carpeta entre sus documentos. Ardían en la estufa los últimos rescoldos de los currículos de otros candidatos.

—*Qué raro* —dijo el barón—. *Creía recordar que tenía guardados más sustitutos.*

Solo había encontrado las cartas de referencia de una mujer, Margaretha Wagner, recién llegada de Alemania, bilingüe. Traía excelentes recomendaciones; entre ellas, unas particularmente elogiosas del coronel Gunter Schlösser, que al barón le parecieron impresionantes y eran más falsas que un duro de madera, por supuesto.

La baronesa estaba a punto de retirarse cuando el barón le dijo que se quedara.

—¿Que me quede?

El barón marcó el teléfono que se adjuntaba en los papeles.

—*¿Has visto las tetas que tiene mi esposa, Friedrich?*

El alto cargo nazi se reía contemplando aquellos pechos abultados, tan llamativos en una mujer tan pequeñita. Ana Reiniger-Castro había agachado la cara, roja de rabia y de vergüenza.

—*Estarás contento, Hendrick* —dijo el amigo nazi—, *menuda española te has agenciado.*

Fue a replicar la baronesa, pero una mirada de su marido la dejó muda, congelada. Ella conocía esa mirada. La conocía tan bien como la colección de fustas de Hendrick Reiniger.

—¿Me puedo ir? —preguntó la mujer en un hilo de voz.

—*En alemán, coño* —replicó el marido, teléfono en mano.

—*¿M-me puedo ir, Hendrick?*

—*No, no te puedes ir, estúpida.* —Le brillaba la calva sudorosa, el calor le había empañado el monóculo—. *Mi amigo quiere verte las tetas.*

Palideció ella; estaba helada, a pesar del fuego que ardía en la chimenea. El alto cargo nazi, copa de coñac en mano, se reía, se reía.

—*Hendrick, me quiero ir. Por favor.*

Al otro lado del teléfono respondió una voz.

—¿Diga? —dijo Ian Lancaster. Llevaba un ratito esperando la llamada.

—Buenos días. Querría hablar con la señorita Margaretha Wagner, por favor.

—No se encuentra ahora mismo —dijo el cónsul guiñándole el ojo a Elsa. Se hallaban en los sótanos del consulado y la traductora se mordía las uñas, expectante. Merlín acababa de mostrarle sus documentos, tan bien falsificados que se hacía imposible distinguirlos de un original—. ¿De parte de…?

La baronesa se deslizaba hacia la puerta, pegadita a la pared. Allí estaba el alto cargo nazi, la barrigona vuelta hacia ella y sonriendo.

—Le llamo del Hogar Alemán de Vigo —dijo el barón—. Tengo aquí unas cartas de recomendación de la señorita Wagner y querría proponerle un trabajo. Es urgente. ¿Podría decirle por favor que se presente en el hotel Moderno dentro de una hora? Quisiera entrevistarla antes de ofrecerle el puesto.

Ana Reiniger-Castro fue a salir y el amigo del barón le impidió el paso cerrando la puerta.

4

Un botones que no llegaría a los doce años la condujo hotel adentro. Elsa Braumann lo seguía; o, por mejor decir, lo seguía Margaretha Wagner.

La mujer detuvo los pasos para asegurarse una horquilla.

—Un momento, por favor.

En compañía de Lancaster y Morgana había repasado hasta la última de sus uñas y lucía unos zapatos tan lustrosos como no recordaba desde antes de la guerra. Las gafas terminaban de completar la mascarada.

—Ya —dijo. Y reemprendieron el camino a través de la primera planta del hotel, lo que se dice *el principal*.

El hotel Moderno había acordado con el Hogar Alemán colaborar con cuanto necesitaran. Aquellas condiciones tan satisfactorias no eran de extrañar; desde que el año anterior Vigo fuera elegida para despedir a los escuadrones de la Legión Cóndor, nada menos que seis mil soldados de la Wehrmacht y de la Luftwaffe; la comunidad alemana había fortalecido lazos con la sociedad *bien* viguesa. Qué felicidad la de aquellos pequeños Flechas y Pelayos cuando iban de excursión a las Cíes con sus compañeros de las Juventudes Hitlerianas. Lo alemán estaba de moda y la dirección del hotel, muy machadiana, colocaba la vela allí donde soplaba el viento.

Ya en el pasillo, los tacones nuevos de Elsa se hundían en la alfombra. Al final de aquellos arabescos, como en un decorado de pesadilla, esperaba una puerta en arco; allí se había dispuesto un cordón que impedía el paso a los inquilinos del hotel.

El muchachito retiró el cordón.

—Pase y espere ahí, por favor.

Así lo hizo Elsa y se quedó sola en aquel salón con sillones.

No le daban los nervios para tomar asiento. Permaneció de pie, mirando a través de una ventana. Se hallaba encima del chaflán redondeado del Moderno, que daba a unas hermosas vistas de la plaza del Capitán Carreró.

Tenía marcadas a fuego ciertas palabras de la carta de su madre: «Seguimientos», «Engaño», «La Hilandera»... No bien hubo recuperado las fuerzas para leerla, se había atrevido con algunos párrafos. En mala hora.

No tardaron demasiado en encargarme misiones más arriesgadas: llevarme los planos de cierto despacho de arquitectos, forzar un buzón de Correos y robar una carta... Confieso, queridas hijas, que aquello me daba vida. Por las noches escapaba de este mundo leyendo a Dumas y a Verne, en la cama; y por el día hacía seguimientos de turbios personajes con conexiones nazis.

Me ruborizaba cada vez que escuchaba que vuestro padre os aconsejaba que no os metierais en política, que no asomarais la cabeza. Y también yo os lo aconsejaba, por cierto, mientras, en pro de la libertad y de la democracia, buscaba las pruebas que delataran a cierto comerciante o relacionaba los negocios turbios de A con la hipócrita vida santurrona de B. Salía de casa y os mentía, era necesario que nadie de mi familia conociera mis tejemanejes. Mentía a todas horas; a vosotros y a aquellos a los que estaba persiguiendo. Confieso con vergüenza que descubrí en mí una desconocida habilidad para el engaño; se me daba tan bien mentir que empecé a tener miedo: ya no podía estar segura de que si era yo aquella que me miraba desde el espejo o si era la máscara que había pergeñado ese día.

La Hilandera, ese es el nombre en clave con que no solo empezaron a llamarme los que me contactaron, sino también sus enemigos. Poco podía yo imaginar que ese apodo, que en principio me llenaba de orgullo por todo lo que representaba contra el fascismo, sería el que arruinara mi vida.

Elsa Braumann advirtió que apestaba a tabaco el salón, dedicado sin duda a sala de lectura. Era luminoso y estaba decorado con sobriedad; colgaba en las paredes un cuadro de san Bartolomé leyendo. No hacía mucho que esta copia de una obra de Murillo había sustituido una escena de trabajo campesino.

—*Fräulein Wagner.*

Desde la entrada en arco se acercó un caballero calvo con monóculo que traía consigo la carpeta que Elsa y Lancaster habían elaborado: la Torre había hecho su parte. Y había pagado un alto precio, por cierto.

*

—*Barón Reiniger* —dijo adelantando la mano—. *Represento al Hogar Alemán; tengo el honor de organizar todo lo relativo a la conferencia de la doctora Von Harbou.*

Tras darse un apretón, Margaretha Wagner fue invitada a tomar asiento. También el barón se acomodó, apoyó la carpeta en la mesita baja y quedaron frente a frente.

—¿Le costó encontrar el hotel? —preguntó el barón en español, entretenido en repasar los documentos.

—No tuve ningún problema.

—Habla usted un español excelente. Mejor que el mío.

Aquí pasó de nuevo al alemán. Le preguntó por ciertos detalles de su formación a los que Elsa contestó como una alumna bien aprendida.

Releyendo los papeles, comentó el barón:

—*Veo que cuenta con unas magníficas credenciales, tanto en el ámbito privado como en el público. Fue usted intérprete de este tal... Miquel Arnau, industrial.*

—*Que la tierra le sea leve.*

159

—*Ah, falleció. Lástima no poder contactar con él. ¿Y con este otro, este coronel Schlösser?*

Al removerse Elsa, arrugó el tapete del reposabrazos y lo reajustó mientras respondía:

—*Puede intentarlo, desde luego. El coronel se halla ahora en algún lugar que desconozco; su labor tiene que ver con* —se adelantó para contarlo en un susurro— *la Oficina de Asuntos Extranjeros de la Abwehr.*

El barón asintió impresionado.

—*Debo entender que eso añade cierta experiencia, digamos...,* diplomática *a su trabajo como intérprete.*

—*En mi etapa con él trabajé en la Kolonialpolitisches Amt del NSDAP, como consta ahí, meras labores de oficina en Berlín, mi tarea era solamente administrativa.* —Elsa desesperaba por sacar los tacones de aquel campo embarrado. Un arranque de sinceridad hizo que el tono le quedase de lo más franco—: *No soy nada aficionada a las aventuras.*

El barón le dio la vuelta a uno de los papeles.

—*¿Y qué hace usted en España, señorita Wagner?, cuénteme.*

Aquí llegaba la respuesta que Elsa había repasado mil veces con sus compinches del consulado.

—*Vine a Vigo hará un par de meses como prometida de un empleado de la compañía de Ortopedia H. Künne y Cía.* —Aquí, en un alarde de virtuosismo teatral, Elsa consiguió que se le quebrara la voz—. *Dicho compromiso se ha roto, por desgracia.*

—*Cuánto lo siento. Entonces soltera y sin compromiso.*

—*Sí.*

El caballero parecía encantado con sus respuestas. A la propia Elsa le asombraba la sintonía que mostraba el barón cuando lo sorprendió en una mirada fugaz hacia la zona que Elsa tenía allá por el esternón.

—Estoy muy impresionado, señorita.

Fue informada acerca de las tareas que le serían asignadas y su sueldo.

—Horas libres no tendrá, me temo: debe usted estar en todo momento disponible para la doctora.

Ya se veía Elsa contratada cuando el viejo verde advirtió algo en la entrada del salón y alzó la mano.

—*¡Doctora! ¡Doctora, aquí!*

Pasaban dos mujeres por el pasillo en ese momento. Al descubrir al barón, se aproximaron.

Elsa y el caballero se pusieron de pie.

—*Doctora, precisamente estaba entrevistando a su nueva intérprete. Habla alemán y español a la perfección y cuenta con unas credenciales tan estupendas que parecen de mentira.*

Elsa y Bertha von Harbou se dieron la mano. Vestía a su manera característica: traje chaqueta algo masculino, grisáceo y rígido; sobre la camisa blanca se permitía un broche negro. Sin ser cordial, y para variar, la doctora no resultó especialmente fría.

—*Mucho gusto* —le dijo—. *¿Encuentra que le satisfacen las condiciones?*

—*Sí, no veo ningún problema* —respondió Elsa.

—*¿Cómo se llama?*

Elsa necesitó una milésima de segundo para pensárselo.

—*Wagner. Margaretha Wagner.*

—*Un apellido interesante.*

—*A que sí* —dijo el barón, muy sonriente.

—*¿Es familiar del músico?* —preguntó la doctora—. *Un artista brillante, en mi opinión.*

Una voz rubia se interpuso entre las dos mujeres.

—*Lástima que tuviera sangre judía* —dijo.

Ya la había enfilado Elsa de reojo, parapetada tras sus nuevas gafas, pero todavía no se había atrevido a mirarla.

Le llamó la atención la belleza de Irma Gulch, tan serena y altiva que sobrecogía. Al estar tan delgada parecía más alta de lo que era. *Fräulein* Gulch se había acercado a revisar las cartas de referencia de la nueva intérprete.

—*Su acento me resulta particular, señorita Wagner.*

—*¿Particular?* —Elsa Braumann tembló por dentro.

—*Hay algo poco «Hochdeutsch»… ¿Sus «g» quizás?, y sus diptongos.*

—*Ah, se refiere usted a mi deje a lo «Berlinerisch». A veces se me escapa algún «Icke», me crie en Köln, pero al irme a trabajar allí se me ha pegado el acento. Por supuesto, cuando trabajo solamente utilizo el más correcto «Hochdeutsch».*

Aquello le trajo evocaciones al barón y se puso soñador.

—*Ah, cómo me divierte Berlín. Uno ya no está para esos trotes, pero siendo joven les aseguro que no salía del Clärchens, el Katakombe... ¿Qué me dice, señorita Wagner?, ¿siguen estando en el Resi aquellos teléfonos que había en las mesas?, unos comensales hablaban con otros por todo el restaurante y se decían cosas picantonas.*

Las visitas de la niña Elsa a Berlín no habían incluido los cabarés y en tanto que rebuscaba una respuesta, ocurrió ese pequeño impulso que las actrices y actores conocen bien: fue Margaretha la que contestó.

—*Señor barón* —dijo guiñando un ojo—, *una joven alemana que se estime no acude a esos lugares.*

El barón celebró mucho la salida.

—*De hecho* —añadió *fräulein* Gulch—, *el doctor Goebels cerró hace años uno de los que ha mencionado, ese Katakombe; un repugnante antro de judíos.*

Comentaron todos lo penoso que resultaba lo que los judíos, *esa gente,* estaba haciendo con su hermoso país.

Desde el fondo asomó el botones acompañando a dos caballeros.

Elsa reconoció enseguida a los de su calaña; no hacía mucho que había tenido contacto con otros como ellos y todavía recordaba el aura que los rodeaba.

—Policía —dijo el más alto, enseñando la placa.

*

A estos, sin embargo, los distinguía el perfecto corte del traje, las calidades del gabán y el sombrero: no eran policías de barrio, precisamente.

—¿La doctora Von Harbou?

—*Das bin ich.*

—Tiene usted que acompañarnos.

Se había colocado Elsa junto a la doctora y le iba traduciendo en voz baja al alemán, cosa que la mujer agradeció enseguida.

Intervino el barón, ofendido.

—¿Puedo preguntar por qué se la llevan? Esta persona es ciudadana alemana.

También se adelantó Irma Gulch, chapurreando español y alzando su perfecto hocico de pantera.

—Soy de la Gestapo. Adónde llevan *Frau Doktor*.

Por toda explicación dijo uno de los policías:

—Estará de vuelta dentro de un rato. Vámonos.

Viendo que la situación no admitía escape, Bertha von Harbou se dirigió a Elsa.

—*Espero, Margaretha, que no tenga problemas para integrarse a su puesto sin mayor dilación.*

—*Er... Ningún problema, doctora.*

La doctora se dirigió a los policías, que no habían entendido palabra.

—Ella conmigo. Intérprete.

Con esto no contaban los dos gorilas, pero intervino el barón:

—La señorita es una intérprete recomendadísima.

Los dos policías la miraron de arriba abajo y, de malos modos, le dijo a Elsa uno de ellos:

—Documentación.

Elsa rebuscó en su bolso. Al sacar el pasaporte falso de Merlín, se le cayó y tuvo que agacharse para recogerlo de la moqueta. Se lo entregó al policía, que lo examinó con cuidado.

—Puede venir —dijo devolviéndoselo.

Ya se ponían en camino cuando se adelantó Irma Gulch para incorporarse a la comitiva. El policía la detuvo con un gesto.

—Usted no. Solo la intérprete, nadie más.

—Soy asistente personal *Frau Doktor* —replicó la rubia, poco acostumbrada a negativas.

—La Gestapo no está invitada a esta fiesta —dijo el policía; y, sin esperar respuesta, él y su compañero abandonaron el salón con Bertha von Harbou y su nueva intérprete, Margaretha.

5

Atardecía cuando arrancó el Mercedes azul marino. Delante se habían sentado los dos hombres malencarados.

De buena gana les habría preguntado Elsa quién tenía tanto interés en ver a Bertha von Harbou, pero prefirió no asumir ninguna iniciativa. Ya llevó la voz cantante la doctora:

—*Wohin gehen wir?* —preguntó.

Tradujo la Braumann en un hilo de voz.

—La doctora pregunta que hacia dónde nos dirigimos.

El conductor se acodó en su respaldo.

—Dígale a la doctora que hace muchas preguntas.

No le hizo falta traducción: Bertha von Harbou refunfuñó con cara de pocos amigos y se repantigó con los brazos cruzados.

Ascendían Vigo arriba a través de la calle de José Antonio.

Contemplaban las dos mujeres su lado del camino, abstraídas, cuando la doctora recogió de sus pies el bolso y sacó un cuaderno.

Qué esfuerzo terrible el de Elsa Braumann; de qué autocontención tuvo que hacer gala para disimular. Allí lo tenía, al alcance de sus manos, el condenado cuaderno, como el oro al que se enfrentara Hernán Cortés.

Elsa, que por el rabillo del ojo no perdía detalle, pudo observar que se trataba de un cuaderno con hojitas de cuadros y forro de cuero, aunque, en el interior, bajo el cuero, las tapas eran rojas. La doctora no había llenado aquellas hojas a la hora de escribir ni seguía orden o estructura; en algunas páginas asomaba una frase, en otras un par de párrafos; de cuando en cuando aparecían dibujos, también, que a la traductora le recordaron a los diseños magníficos de Da Vinci: aquellos y estos parecían representar maquinarias, cortes transversales de complejos mecanismos, con llamadas a ciertas partes del dibujo.

Elsa Braumann señaló con el mentón hacia el cuaderno y, a punto de hacer un comentario, sonrió. Temió mirar de más, sonreír de más y hasta respirar de más; el corazón le palpitaba, desbocado.

—*¿Es un diario?* —preguntó por lo bajo de la manera menos interesada que pudo.

La doctora escribía; respondió sin mirarla.

—*Jamás se me pasaría por la cabeza escribir un diario* —dijo—. *No, es mi cuaderno de trabajo. Se me ha ocurrido una cosa que puede ser importante y la anoto antes de que se me olvide.*

—*Yo también hago eso a veces* —comentó la traductora, incapaz de reprimir la sonrisa abobancada—. *En mi caso hago la lista de la compra.*

Si pretendía hacer sonreír a la doctora, su intención cayó en saco roto: Bertha von Harbou se hallaba embebida y escribía con premura, temerosa de perder aquellos pensamientos si no los inmortalizaba.

Unos segundos después releyó el párrafo que había anotado y cerró el cuaderno. Lo devolvió al bolso.

—*No sabría qué escribir en él* —dijo.

—*¿Qué?*

—*Si tuviera un diario. Mi mundo es el de la física pura, estamos un poco fuera de esas cosas.*

Acaso le pareció que el comentario era demasiado revelador y la doctora cambió de tema.

—*Me pregunto cuánto tardaremos.* —Señaló el reloj que la traductora acariciaba en su muñeca y preguntó—: *¿Es fiable? El mío marca cinco minutos menos.*

—*Cien por cien fiable, nunca atrasa* —dijo Elsa. Acarició la corona con melancolía—. *Es lo único que me queda de mi madre.*

La doctora evadió su mirada y retornó a la contemplación de la carretera.

—*Yo también perdí a mi madre* —dijo—. *Muy joven.*

En ese momento no supo decir Elsa si le faltaba la suya, si la había recuperado o si nunca la había perdido. Tuvo la impresión de que cuanto le había ocurrido desde el supuesto fallecimiento de su madre no había sucedido en verdad; que se trataba de una pesadilla de la que ahora despertaba, un paréntesis imposible, y que su vida cierta empezaba en ese momento.

La voz de la doctora destilaba pesadumbre.

—*El mundo se vuelve distinto, cuando uno se hace huérfano. Hasta los sabores, los colores, parecen diferentes.*

La miró y se llevó el dedo índice a la cabeza para señalar la sien.

—*Por desgracia para mí, lo único que me queda de mi madre es lo que tengo aquí dentro.*

Las miró de reojo el policía de delante, encabronado por no poder entenderlas.

—No hablen más —dijo, en su afán por reprimir todo lo que no pudiera controlar.

El coche fue aminorando la velocidad. Estaban llegando.

*

Irma Gulch todavía sostenía las cartas de referencia de la nueva intérprete cuando tomó asiento en uno de los sillones. Consideró que sería buen momento para revisarlas por quinta vez: el *hall* de entrada del hotel Moderno se hallaba desierto a aquellas horas de la tarde. Los viajantes dormían la siesta y los empresarios que habían acudido a Vigo, casi todos alemanes, dormían la mona, pues la mayor parte de sus tratos los sellaban tras abundantes comidas regadas por ricos caldos gallegos.

El enlace de la Gestapo se había abierto el abrigo para acomodarse en el asiento a leer y, cruzadas las piernas, infinitas, asomaban las medias negras, los zapatos de tacón de aguja. Se llevó a la boca uno de sus Constantin Cigaretten y la boquilla quedó impregnada de rojo.

Iba a encenderlo con sus cerillitas alemanas cuando un caballero español que pasaba con su maleta, muy caballero y muy español, acercó enseguida el mechero.

—¿Me permite, guapa?

Fue tal la mirada que le devolvió Irma Gulch que el caballero retiró enseguida el mechero, atragantado, y continuó camino.

La agente de la Gestapo sonrió para sí mientras sostenía el pitillo con dos dedos. Acostumbraba a despertar esta respuesta en los hombres, justo después de incendiarlos, y era para ella un placer contemplar cómo agachaban las caritas, achantados por sus ojos azules y sus tetas, que eran como dos melocotones, por sus justas caderas y sus piernas delgadas.

La primera vez que violaron a Irma Gulch, ella tenía catorce años. Hacía un año que se había afiliado a la Bund Deutscher Mädel en las Hitler-Jugend; conoció a Johan Höss en uno de aquellos campamentos militares donde se enseñaba a las chicas a desfilar y a convertirse en abnegadas esposas arias; era un muchacho apuesto, que con apenas veinte años era ya líder de su escuadrón. A pesar de que estaban separados por sexos, Johan e Irma se las apañaban para concertar encuentros furtivos de madrugada, fuera de los barracones. Ocurrió una de aquellas noches románticas: el joven Höss le dio una paliza a Irma Gulch bajo la luz de la luna y, después, la violó. Ella nada dijo a la mañana siguiente, llevó su dolor en secreto, rumiando ya su venganza. Algo, sin embargo, se apagó dentro de ella: desapareció para siempre todo rastro de impulso sexual; ya nunca más despertaría de madrugada empapada de deseo, nunca más se sentiría atraída ni por hombres ni por mujeres; esa llama se había extinguido para ella, y lo cierto es que nunca habría de echarla de menos. Con el paso de los años leyó en algún sitio que algo parecido les ocurría a ciertas personas, había otros casos en la historia: Leonardo da Vinci, por ejemplo, que nunca pareció manifestar deseos carnales. Irma se dirigió a su Reichsreferentin: «¿*Quién fue Leonardo da Vinci?*», le preguntó. «¿*Leonardo?* —respondió su superiora—. *Un gran artista del siglo XVI, inigualable; uno entre mil millones*». Y desde entonces así se consideró Irma Gulch: inigualable, una entre mil millones. Fue más o menos en esa época que empezó a pellizcarse hasta hacerse sangre, se arrancaba las pestañas pelo a pelo; más tarde vendrían las quemaduras en el pecho, los pequeños cortes. Tardó un par de meses en ver cumplida su venganza: seguía a Johan Höss allá donde iba, memorizando sus movimientos. Advirtió que cada noche, cuando ya dormían los barracones, el joven Höss acudía a la letrina que había tras el complejo; en todas esas ocasiones Irma Gulch le siguió hasta comprobar que el patrón se repetía. Una noche, la joven se aproximó a la letrina en el silencio de la madrugada y, al abrir de golpe la puerta, se encontró con que Johan Höss estaba masturbándose. Justo eyaculaba en el preciso instante en el que ella le sacudió con un ladrillo y le partía la cabeza. A la mañana siguiente se encontraron al joven líder de escuadrón con la cara metida en la letrina, muerto. La primera vez que Irma Gulch asesinó a un hombre, ella tenía catorce años.

Entraba la luz en tajos al vestíbulo del hotel Moderno. La Gulch leía muy interesada las cartas de referencia de Margaretha Wagner, que hablaban de ella como una profesional sobresaliente.

A través de las cristaleras que mostraban el jardín interior, observó que pasaba el dichoso felino, tan asiduo a merodear por el hotel. Uno y otra cruzaron las miradas, pero en la del gato no había asomo de miedo.

Irma Gulch acudió hasta la recepción.

—¿*Tienen servicio de telegrama en el hotel?*

Atendía un joven gordito con nariz de lechoncillo; daba la peor de las imágenes, en opinión de la asistente, y para colmo no sabía una palabra de alemán.

La Gulch insistió en español:

—¿Tú tiene servicio telegrama en hotel?

—N-no funciona, señorita. El año pasado los ingleses cortaron el cable alemán y los alemanes cortaron el cable inglés.

—Quiero mandar mensaje, tú lleva consulado alemán y que envíen allí. Dame algo para anotar.

Sobre el papel que le dio el muchacho escribió:

«*De Irma Gulch a la Kolonialpolitisches del NSDAP.*
Solicito información acerca Margaretha Wagner. Urgente».

Al lechoncillo se le habían colgado los ojos de aquellos dos melocotones; quién sabe por qué pensó el infeliz que alguien como él podría impresionar a Irma Gulch, pero lo cierto es que, cuando ascendió la mirada y tropezó con el rostro de la agente nazi, encontró que ella se reía. Se reía de él y en sus ojos nadaban bloques de hielo.

*

El monte del Castro era un cerro de cierta altura donde se habían refugiado los primeros pobladores de aquella tierra; a sus pies había ido creciendo la ciudad, siglo tras siglo, hasta rodearlo. Los antiguos habitantes de Vigo habían construido una fortaleza en lo alto, que llamaban «el castillo», y que hoy el ejército había transformado en cuartel. Había planes para el resto del monte: se pretendía convertirlo en parque. Los tiempos terribles que vivían, sin embargo, no invitaban al paseo de chachas con rorros y parejas de novios: se escuchaban tiros lejanos de tarde en tarde, pues las autoridades conducían a los presos hasta aquel cuartel, para colocarlos ante un pelotón y descerrajarles una andanada de balas.

—Llegamos —anunció el conductor.

El coche se detuvo ante el portalón del recinto amurallado y uno de los soldados que hacían guardia se aproximó. Agachó el cuerpo hasta la ventanilla y se llevó la mano a la sien.

El conductor bajó el cristal tirando de manivela.

—Ya hemos vuelto —dijo—. La doctora Von Harnu y su intérprete.

—Von Harbou —corrigió desde atrás la científica nazi, con dos palabras apenas, serenas y gélidas. A su lado, la traductora disimulaba el tembleque.

Soldados y policías intercambiaron saludo con un gesto seco de barbilla, les abrieron el portalón y los del Mercedes azul accedieron al recinto. La fortaleza parecía haber sido protegida y vuelta a proteger por sucesivos muros que, uno tras otro, iban cerrándose al paso del vehículo. Nadie podía recordar ya contra qué enemigos habían sido alzados, pero aquellos gruesos bloques de piedra desconfiaban todavía, envenenados de un profundo y antiguo rencor, y consideraban una amenaza a todo el que se atrevía a traspasarlos: observaban recelosos la pálida carita de la muchacha que asomaba en la ventanilla.

Se detuvo el vehículo azul marino a pocos metros de la entrada del edificio principal. El conductor abandonó su sitio y le abrió la puerta a la doctora Von Harbou.

Del cuartel salió un capitán muy decidido, le ofreció su mano y la ayudó a salir del vehículo.

—Bienvenida, doctora —dijo muy sonriente—, gracias por venir de esta manera tan precipitada. La recibirán enseguida.

*

Caminaba por entre las mesas del comedor. Irma Gulch acariciaba la tela de los manteles al pasar, ensimismada en sus cábalas. A esa hora, que para los españoles hubiera sido la merienda, comenzaban a cenar los inquilinos más europeos del hotel; por encima del delicado entrechocar de los cubiertos se escuchaba el murmullo de las conversaciones.

La agente nazi descubrió que una de las camareras era la misma que los había servido a ellos aquel mediodía, cuando el intérprete de la doctora se descompuso.

—*Se conoce al zorro por la cola* —se dijo la Gulch.

Y siguió a la camarera a través de las puertas batientes que conducían hasta la cocina.

Fue directa a por la chica, que, sirviendo un plato de consomé, cantaba para sí uno de los más recientes éxitos de la radio:

—¡Ay! ¡Ay! ¡Ay! ¡Ay! No te mires en el río… ¡Ay! ¡Ay! ¡Ay! ¡Ay! Que me haces padecer.

—¿Sabes quién soy? —le dijo Irma Gulch con fuerte acento.

La camarera se descompuso.

—La-la acompañante de la doctora alemana —respondió—. De la Gestapo.

No se apercibieron ni el cocinero ni los pinches, liados con las comandas; Gulch la agarró por el brazo y la obligó a acompañarla hasta un cuarto contiguo que resultó ser la despensa.

Cerró la puerta tras ella y arrinconó a la camarera entre estanterías que atesoraban quesos y embutidos.

—Intérprete —dijo—. Chico gordo con nosotras, hoy. Qué comió.

—¿Qué comió? —repitió la chica. Era incapaz de contar cuántas veces había maldecido la hora en que aceptara echar aquellas gotas en la sopa del mofletudo. Ni siquiera le habían pagado tanto. «Echa unas gotas de esto en la comida del intérprete y te ganarás estas cien pesetas», le dijeron, nada más que esto sabía. Ella nunca había sido mala persona, nunca se había visto metida en nada turbio; hasta iba a misa casi todos los domingos. Había sido el dinero, la tentación del dinero fácil. Fue ver descompuesto al intérprete, conducido en camilla hasta la ambulancia, y arrepentirse.

La Gulch se aproximó despacito. Caía sobre ellas la luz de una bombilla y las sombras transformaban sus ojos en un antifaz negro.

—Intérprete enfermo. Qué comió. Tú *Kellnerin*. Camarera.

—Yo-yo no me acuerdo. Sopa, creo. Sí, creo que el pobre chico se acababa de tomar la sopa.

—Yo también sopa —replicó la Gulch—. Yo no enfermo.

De sobra sabía la muchacha que aceptar su implicación, estando la Gestapo de por medio, terminaría conduciéndola a la cárcel o peor, que quizás acabaría en alguna cuneta.

—Hay gente alérgica —dijo.

—¿Alérgica?

—S-se ponen malos con algunas comidas. Vaya usted a saber si el chico no era alérgico a algo que llevaba la sopa.

La agente de la Gestapo le soltó tal bofetón que hizo que la chica se golpeara contra la estantería que tenía al lado.

—¡Ay! —gritó. Se había cortado y empezaba a caerle por la cara un hilillo de sangre.

—Qué había en sopa —insistió la Gulch.

—¡No había nada!

Otro bofetón la hizo estrellarse contra la estantería contraria; acertó a poner las manos, la pobre chica, y eso evitó que se rompiera los dientes.

Irma Gulch la agarró del pelo.

—¡Qué-había-en sopa! —Al hablar español parecía que ladrara las palabras.

—¡Yo no lo sé! ¡Solo soy camarera, cómo voy a saber yo eso! ¡No me pegue usted, por favor se lo pido!

La de la Gestapo decidió dejarlo. No del todo, pensó; solo por ahora. La soltó con desprecio, en un empujón, y la chica fue a dar contra la pared. Lloraba espantada, temblando de miedo.

—Yo no sé nada —decía—. No sé nada.

Fräulein Gulch agarró el bajo del mandil que llevaba la camarera y con él, igual que si raspara, le borró de la cara los hilillos de sangre.

—Tú no llora. —Le pasaba el mandil por la herida, de malos modos—. No llora, te digo.

Para acallarse, la chica se mordía los labios, incapaz de alzar el rostro y mirar a la mujer rubia.

—No llora. Te creo. Puedes ir.

—¿Me-me puedo ir?

—*Ja* —respondió la Gulch.

Y la chiquita pasó a su lado; abrió la puerta y escapó como alma que lleva el diablo.

Irma Gulch se quedó dentro de la despensa, pensativa. Intentaba atar cabos, pero todavía no tenía a dónde.

Andaba sacando de la caja uno de sus cigarrillos Constantin cuando lo descubrió.

El gato la observaba, receloso, agazapado entre dos estanterías.

—*Mira a quién tenemos aquí* —dijo Irma Gulch.

El gato le espetó un bufido.

La mujer rubia le aprisionó el cuello con el pie y retuvo al gato contra la pared. El animal, sorprendido y confuso, apenas era capaz de mover las patitas. Habían asomado las uñas y trataba de arañar a la agente de la Gestapo.

Irma Gulch apretó un poco más; el tacón de aguja se clavaba en la carne del minino. El pobrecillo lanzaba quejidos mudos y, cada vez que bufaba, la Gulch apretaba un poco más.

—*Pss, pss, pss, pss* —susurraba al gatito.

Acabó por aplastarle el cuello contra el suelo y allí se quedó el gato, inmóvil, con la lengua fuera y los ojos asombrados, una pata por aquí, una pata por allá, como si estuviera hecho de trapo.

Incapaz de reprimir el gesto de asco, Irma Gulch lo recogió por el cogote y lo alzó. Colgaba la cabeza como si no tuviera nada dentro del cuello.

No miró hacia atrás cuando, fumándose su Constantin, abandonó la despensa.

Había colocado al gato encima de una bandeja, entre quesos y embutidos, igual que si fuera parte del desayuno del día siguiente.

6

Al despertar encontró las páginas del manuscrito desperdigadas encima de la cama: se había quedado dormido leyendo.

José Luis Merinero las ordenó más o menos y las devolvió al portafolios con intención de continuar la lectura más tarde.

En el espejo del baño encontró a un hombre demacrado, ojeroso; esa noche había ido saltando de pesadilla en pesadilla hasta el amanecer.

No le ocurría igual desde que, en Madrid, vivía los días rodeado de rojos, haciéndose pasar por rojo; descifraba mensajes rojos en clave y se los entregaba a los nacionales que batallaban en la Ciudad Universitaria. Aquella fue una época extenuante; el miedo le hace a uno enloquecer y él vivía y dormía con miedo: facilitaba documentación falsa a personas afectas al Movimiento para que, a través de las embajadas, pudieran escapar de la ciudad; participaba en acciones encomendadas por la organización clandestina falangista, apoyando a derechistas que eran perseguidos, o hacía desaparecer fichas de los ficheros que tenían los rojos. Al caer el sol pagaba las consecuencias: al caer el sol le atormentaban las pesadillas.

No le ocurría igual desde entonces y volvía a ocurrir ahora: en medio de ese duermevela temible que te hace creer que estás despierto cuando en realidad duermes, Merinero había soñado esa noche que Emilia regresaba a casa y le llamaba desde el salón. Él se levantaba corriendo de la cama y, al entrar en la habitación, descubría que los libros de su esposa llenaban de nuevo las estanterías. Ni rastro de ella, sin embargo. Merinero soñó que arramblaba con todos aquellos condenados libros, los bajaba al patio y allí hacía una hoguera con ellos. Cuando regresaba a su casa, tiznado de hollín de pies a cabeza, los libros de Emilia volvían a estar allí, atestando las librerías del salón. Pero ni rastro de ella.

Al despertar, a José Luis Merinero le sabía la boca a humo; todo él olía a papel quemado.

Se dio una ducha de agua fría como era su costumbre, afeitó la incipiente barba y decidió hacerle una visita a Menchu Espinona.

*

Centauro era una de esas editoriales pequeñas que luchaba por sobrevivir en el mar donde imperaban Calpe, Sopena o la SGEL. Como a todos los sectores, la guerra había hecho mucho daño y ahora, con el encarecimiento del papel, mientras los gigantes trataban de sacar la barbilla por encima del agua, los independientes braceaban a la desesperada.

Menchu Espinona, la editora jefe y fundadora de Centauro, había apostado por libros baratos, impresos en papel de ínfima calidad, que se vendían en el quiosco; todavía no habías llegado a casa con el ejemplar bajo el brazo y ya estaba amarillo; libros de cien paginicas que costaban cinco pesetas, para gente que buscara entretenimiento en el tranvía, o leer por las noches algo que les permitiera evadirse de esta posguerra tan gris, tan fea. En ciertos puntos de venta se permitía incluso el intercambio de una novela por otra, a módico precio si el lector era poco exigente con el estado del ejemplar.

Centauro, cuarto derecha sin ascensor, se alojaba en un apartamento del centro de Vigo que había conocido días mejores, en la antigua Urzaiz, ahora José Antonio. En la salita de la entrada, de techos altos y paredes desportilladas, José Luis Merinero se detuvo ante el exhibidor donde se mostraban algunas de las novedades de ese año. Allí estaba *Violencia en el rancho* o *Dos balas para el muerto*; algunas incursiones en el género del terror, también, como *Sangre para Drácula*. Las cubiertas eran de tan pésima calidad que solo de estar allí, expuestas y sin haber pasado por la mano de ningún lector, ya estaban dobladas las esquinas.

Una voz le trajo de vuelta al mundo:

—¿A presentar su novela?

Un joven como de treinta años aguardaba sentado en la salita; sobre el regazo reposaba una carpeta.

Insistió señalando el portafolios que Merinero sostenía bajo el brazo.

—¿Una novela suya? Yo con una obra de teatro; de Santiago vengo, a traerla. Me ha citado doña Carmen Espinona.

Merinero conocía el fenómeno: pasaba a diario en todas las editoriales. Llegaban a entregar muestras de sus trabajos jóvenes y no tan jóvenes, a la búsqueda de una oportunidad. Acudía tanta gente que hasta se presentaban señoritas. Apenas un uno por ciento lo conseguiría; y, de esos, la gran mayoría no pasaría de sacar al mercado su ópera prima, casi todos acabarían cayendo por el camino y ya no volverían a publicar.

Merinero no le quiso contar la verdad, que aquella obrita que el joven sostenía ahora bajo el brazo, tan ilusionado, acabaría un día bajo el imperio de su pluma roja.

Acudió a la salita la secretaria.

—Don José Luis, dice doña Menchu que puede pasar.

Merinero no pensaba despedirse del chico, pero este se adelantó al mutis que ya iniciaba el censor y le estrechó la mano.

—Gonzalo. Gonzalo Torrente, mucho gusto. A lo mejor volvemos a vernos.

—Quién sabe.

El censor siguió a la señorita a través del pasillo; las pisadas resonaron en los viejos suelos de madera, que parecían huecos.

*

La secretaria abrió las puertas dobles del despacho y le hizo pasar. Sentada tras un vetusto escritorio de la Primera República, Espinona le hizo señas para que se acercara; hablaba por teléfono.

—Si nos lo han puesto muy clarito, Pepe —decía al aparato—: ni judaísmo, ni masonería, ni marxismo, ni separatismo.

Detrás del censor, la secretaria cerró las puertas. A través de los cristales esmerilados se advirtió cómo se alejaba su figura, deformada en piececitas.

—Nos aprietan las tuercas que ya no nos dejan ni respirar —añadió Espinona al teléfono—; precisamente, mira, estoy recibiendo ahora la visita de uno de los *lectores*. Marinero, se llama. Ah, ¿Merinero? ¿O sea que lo conoces? Sí, se lo digo de tu parte.

Espinona tapó el auricular con una mano y le dijo al censor:

—Que saludos de Pepe Ortega, de Calpe.

Merinero, tan poco afectuoso como de costumbre, respondió con un asentimiento.

Espinona seguía quejándose con su colega de profesión; iba contando con los dedos.

—Sí, sí, no se justificará la venganza... Prohibido mostrar el uso clandestino de drogas... Prohibido mostrar a sacerdotes, religiosas ¡o pastores! cometiendo un crimen...

Merinero tomó asiento ante la mesa y se repantigó como si estuviera en su casa.

—¡Uso mínimo de armas de fuego! —decía Espinona, furiosa—. ¿Con qué quieren que se defiendan nuestros vaqueros?, ¿a salivazos? —Por tener cerca al censor quiso contenerse y, mientras rebuscaba en el bolso, añadió—: Si yo lo entiendo, que no hemos pasado una guerra para caer ahora en el libertinaje, ¡pero es que quieren acabar con las cosas que nos hacen humanos! —Sacó la pitillera y le ofreció un cigarrillo a Merinero, que él rehusó—. El ser humano es débil por naturaleza. Y roba y mata y se venga y comete crímenes. ¡Incluso por amor! —Quizás quisiera contenerse, pero era de carácter explosivo y se embalaba—. ¿Así cómo va a escribir nadie una novela, coño? A este paso, con tanta prohibición acabarán con la aventura, con el misterio, con-con-¡con la vida!

Merinero se revolvió en el asiento y la editora jefe decidió que sería mejor continuar quejándose cuando no hubiera testigos.

—No te quito más tiempo —dijo al aparato—. A ver si nos vemos y me invitáis a comer. Dale recuerdos a la Rosa. Besos, besos. Colgó.

—Perdone que me haya puesto así, pero es que me tienen ustedes hasta el santo moño. ¿Y qué le costaría al ministerio establecer una relación de prohibiciones?, como hacen los americanos con el código Hays. Porque ahora se reduce todo al criterio caprichoso del censor de turno y lo que me pasan unos no tiene nada que ver con lo que me pasan otros.

A Merinero se le hacía tarde para ir a tocarse las narices y se adelantó hacia la mesa.

—Quería hacerle una pregunta sobre el manuscrito.

—Ah, sí —dijo Espinona.

Llamaron a la puerta. Entró la secretaria para entregarle a su jefa la carpeta del chico que esperaba fuera. Espinona la recogió sin mirarla, pendiente de Merinero.

—*El enjambre*, ¿se lo ha leído? —preguntó; y sin esperar respuesta, también preguntó a la secretaria—: ¿Esto qué es, Mari?

—La obra de teatro del chico ferrolano —dijo la chica antes de salir por la puerta—, que se ha tenido que ir porque perdía el tren; me ha dicho que la ha titulado *Lope de Aguirre*.

Espinona dirigió los ojos al techo.

—Dios bendito, no venderemos ni cuarenta copias. Las de su familia y las que compre yo.

Y, mientras iba a la caza del mechero, comentó con el censor:

—No llegará a nada, el infeliz. Se lo digo yo, y sé de lo que hablo, que me dedico a esto. ¿No sabemos en esta editorial lo que vende y lo que no vende?

Siempre que Menchu Espinona tomaba una decisión editorial, fuera cual fuera, aludía a un plural misterioso, en relación a cierto número de profesionales que andaban detrás de la publicación y que, en definitiva, no hacía sino responder a un gusto particular suyo, que era quien lo decidía todo.

Se detuvo en medio de la retahíla como si hubiera recordado algo:

—¿Ya se ha leído *El enjambre*? —Miró el reloj de pared—. ¡Jesús!, qué horas, me tengo que ir, que he quedado.

—Pero yo quería preguntarle…

—Pregunte, pregunte, venga conmigo.

Avanzaron juntos por el pasillo tras pertrecharse ella de abrigo, guantes y bolso, paraguas y sombrero, fular; él la seguía. Aunque Espinona le respondiera, daba la impresión de que anduviera siempre pendiente de cuatro cosas en el maremágnum que debía ser su cabeza.

*

—Lo he empezado, sí —dijo Merinero—. Usted le dijo a mi superior que el manuscrito había llegado a su poder, pero entiendo que no de mano de Elsa Braumann, porque, según me han dicho, ella murió.

—¿Se lo han contado? Le han estropeado el final.

—Da igual.

—Que conste que en cuanto me leí *El enjambre* este, los avisé a ustedes enseguida.

—Sí, sí, no me refiero a eso.

Salieron al rellano, Espinona comenzó a bajar las escaleras a buen paso. Merinero iba detrás.

—Lo que me interesa saber, señora, es cómo llegó a su poder el manuscrito. ¿Se lo mandaron por correo?

—No. Lo trajo a la editorial un sacerdote.

—¿Un cura, dice?

—Ya ve, habiéndolo bendecido la Iglesia…, cómo iba yo a decir que no.

Habían llegado ya al portal.

Saludaron a la portera, que estaba en su garita escuchando la radio.

La gran estrella de CIFESA, Estrellita Castro, presenta una canción casi recién salida del horno —decía el locutor—. *Letra de Jofre y música de Castellano. Con todos ustedes, queridos oyentes,* La morena de mi copla.

Julio Romero de Torres,
pintó a la mujer morena,
con los ojos de misterio,
y el alma llena de pena.

—Buenos días —dijeron ellos al pasar.

—Buenas —dijo la mujer, con ojos avizores y atenta a todo para contárselo luego a la policía. El gremio de porteros había servido a la República durante la guerra, delatando a muchos vecinos; a esos porteros los había apartado el régimen de Franco, pero el gremio seguía ahora sirviendo para lo mismo y con funestas consecuencias para los contrarios.

—Y ese cura que le entregó el manuscrito… ¿Qué le dijo? ¿Le dio algún mensaje de parte de Elsa Braumann?

Llegados a la calle, pasaron por la puerta de la librería Espinona, sita en los bajos de la editorial y que había fundado un tío abuelo.

—Ningún mensaje. A mí solo me dijo que era una novela autobiográfica, escrita por una amiga. Y su amiga la había escrito «porque el mundo tenía que saber la verdad». ¿Qué coño he hecho con los cigarrillos?

—¿Qué verdad? —preguntó él

—¿No ha llegado usted a la parte de las notas?

—No me suenan ningunas notas, no.

La editora se detuvo en una esquina y miró hacia los lados.

—Amigo mío, es usted, y perdone que se lo diga, lo que en círculos especializados llaman un pánfilo.

—¿Perdón?

—Sus jefes están usándole. Como si fuera el peón de una partida.

Le observó de arriba abajo y añadió:

—He oído que es usted el marido de Emilia Valterra. Sus poemarios son de lo mejorcito que he leído. ¿Se sabe algo de ella?

Merinero, apesadumbrado, tardó unos instantes en decir que no con la cabeza.

Espinona alzó la mano para llamar a un taxi y el vehículo se detuvo junto a ellos. La dueña de Centauro se disponía a entrar en el coche cuando el censor echó un paso atrás.

—Pero adónde vamos.

—Usted a donde le salga de las narices. Yo a comer rodaballo. Amigo Merinero, le han metido sin comerlo ni beberlo en una operación de espionaje. Lo que ellos quieren son las notas que escribió Elsa Braumann.

—Lo que quieren quiénes.

Espinona se rio.

—Me refería a los nuestros, pero en realidad a todos: a nuestros aliados y a nuestros enemigos; a los que creemos que son aliados, pero son aliados de nuestros enemigos; a los buenos, a los malos, a los peores. A todos. Adiós, Merinero, me ha gustado verle; ajusten ustedes los criterios de censura, ¿eh? Código Hays. —Dicho eso se metió en el vehículo y asomó la cara por la ventanilla—. Ándese con cuidado, usted aquí es el villano y ya sabe lo que les pasa a los villanos en las novelas.

Le dio la dirección al conductor y el taxi salió disparado, dejando a Merinero con los zapatos metidos en un charco.

7

Echó de menos no haberle planteado más preguntas a Menchu Espinona. A esas alturas, sin embargo, el censor tenía como principal empeño encontrar a la misteriosa Brasilina.

Iba ensimismado a los mandos de su Chevrolet.

Siempre le resultaba desagradable pasar frente a las arcadas ojivales de la decimonónica iglesia de Santiago de Vigo. Todavía le parecía escuchar las campanas de boda que sonaron en aquel lejanísimo 1938. Emilia Valterra, la afamada poetisa, la hermosa escritora baluarte de la crítica a la República, le daba el «Sí quiero» a un sombrío policía que cobraba un sueldo anual de siete mil doscientas pesetas.

José Luis Merinero ganaba menos ahora, de censor; y también era más sombrío si cabe: aquel día había representado el más alto pico en la gráfica de su vida, desde entonces todo había ido cuesta abajo.

Apartó los ojos de la iglesia y, como hacía siempre, miró hacia otra parte.

Al cruzar Colón coincidió la salida de los empleados del *Faro de Vigo* con el juego de muchachos que colgaban de los estribos de un tranvía: los críos aprovechaban las paradas para montarse en el parachoques y viajar «de gratis». En la esquina de García Barbón se vendía todo lo vendible; los brazos humanos se habían convertido en perchas para exhibir corbatas, en soporte de cestas con churros…, un espasmo nervioso, en realidad; el sálvese quien pueda de aquellos que han sido despojados hasta la entraña.

Fueron las ruedas del Chevrolet, o acaso la mala conciencia, las que le hicieron dar un rodeo para conducirle hasta la tienda. Cuando quiso darse cuenta, Merinero se hallaba enfrente del cine Tamberlick, desde donde podía otearse, un par de números más arriba, el cartelón que un día había sido lustroso: «*ATLÁNTICA ANTIGÜEDADES*».

Hubiera podido entrar. Se animaba a hacerlo, incluso, como quien se anima para pinchar una ampolla abultada. Habría bastado con «Hola, Adela». Un pinchazo, un dolor momentáneo y qué alivio después, se decía a sí mismo.

—Jodido cobarde —murmuró para sí el censor.

No entró.

Recuperó el camino original y, al pasar por delante del hotel Moderno, Merinero advirtió algo en lo que nunca había reparado. Una parte de la fachada que abarcaba varias ventanas se hallaba reparada: eran nuevas algunas hechuras de piedra y se hacía muy visible la diferencia de color con respecto de las originales.

Solo tuvo que cruzar de acera y andar unos pasos; se detuvo ante el moderno edificio que presidía la plaza y en cuyo chaflán curvo ondeaba la bandera de las barras y estrellas: allí se alojaba el consulado norteamericano.

Preguntado el portero, este le informó de ciertos detalles sorprendentes:

—No, no, pero usted pregunta por el otro consulado.

—Cómo el otro —replicó Merinero.

—Las oficinas del consulado americano se trasladaron aquí hace poco. El anterior se vino abajo.

—¿El consulado se vino abajo?

—Hubo una explosión de gas, voló medio edificio. ¿No se enteró usted?, fue la comidilla de todo Vigo, ¿dónde ha estado metido?

En Roma, se dijo Merinero.

Interesado en hablar con el señor cónsul, la amable secretaria del consulado le puso al día.

—Ahora mismo estamos esperando que se designe un cónsul, es una situación muy irregular.

—¿No hay cónsul? ¿Y el señor Lancaster?

—¿Quién?

—El cónsul, Ian Lancaster.

—Ese señor —dijo la secretaria— no ha sido nunca cónsul americano, caballero; yo llevo trabajando aquí nueve años y el nombre ni me suena.

Elsa Braumann había cambiado ese nombre también, era evidente.

Cuando el censor preguntó qué fue del anterior cónsul solo recibió evasivas; la secretaria olvidó su amabilidad y de pronto estaba demasiado ocupada.

Abandonó Merinero el edificio con una vaga sensación de inquietud.

Condujo sin mirar atrás, embebido en reflexiones. Estaba distraído y a punto estuvo de estrellarse contra un tranvía.

—¡*Cajo* en todo, estamos ciegos o qué! —le gritó el conductor.

Aquellos elegantes Siboney de color blanco, con sus asientos de madera, eran la memoria de un pasado optimista: Tranvías Eléctricos de Vigo Compañía Anónima llevaba en ese entonces casi treinta años en activo. Los viejos coches habían sufrido la escasez de la guerra civil y ahora rodaban chirriantes y faltos de tono.

A través de la ventanilla del Chevrolet se alejaban los querubines del mirador del paseo de Alfonso y enfilaba Merinero por la avenida del General Aranda, a la que nadie se acostumbraba a llamar así después de tres décadas con el nombre de Pi y Margall.

Desde el asiento del copiloto y con una vocecita algo diabólica, el manuscrito le preguntaba si no le apetecía seguir leyendo; «Son muchos los secretos que te quedan todavía por descubrir, Josiño».

Conocer de la muerte de Elsa Braumann había despertado en él unos sentimientos en los que, de momento, ni siquiera había querido reparar. De cuando en cuando se repetía aquella cierta sensación de pérdida.

—Qué me importa a mí —se decía al volante del Chevrolet. Qué podía importarle a él que aquella desconocida estuviera viva o muerta, que consiguiera hacerse o no con los secretos del cuaderno rojo—. Qué carajo me importa a mí nada de eso; es solo un libro.

Eso era, se dijo a sí mismo. Solamente un libro.

Le pareció escuchar la voz de Emilia a su lado, mirando por la ventanilla y contemplando el viejo Vigo, pensativa.

Una novelita nada más, habría replicado ella; que alguien había escrito con pasión, con toda su ilusión y todo su empeño; luchando contra las inseguridades que sacuden al escritor, contra miedos y fantasmas. Era solo un libro, Emilia se lo habría recalcado: con sus triunfos y sus miserias y sus subidas y sus bajadas, con sus erratas y algunas frases memorables, sus muchos fracasos y algunos aciertos orgullosos. Era un libro, con todo lo que eso significa. Y tú, Josiño Merinero, esto es lo que ella le habría dicho, de entre todas las personas de este mundo deberías saber lo que significa eso: *solo un libro*, porque estuviste casado con una escritora.

Empezó a llover: en el parabrisas se posaba una gotita, hacía su recorrido por el cristal y se dejaba caer; se posaba otra, hacía su recorrido, se dejaba caer. Unos trayectos cruzaban el cristal, otros se interrumpían, cortos y fugaces, pero todos acababan abajo, en la goma de la ventanilla. Aquella ventanilla era, pensó el censor, un poema de Manrique.

Scorpione reprimió las ganas de llorar y apretó los dientes.

—En mala hora, Emilia —dijo—, lo que te valieron a ti los putos libros.

Siguió conduciendo hasta abandonar Vigo.

*

Merinero recorrió las muescas con el dedo, igual que si leyera. Los dibujos, profundos y apreciables a simple vista, estaban labrados sobre una enorme piedra plana de granito.

Ni uno solo de los pasos que daba tras aquel fantasma resultaba fácil. Había tenido que echarse a los caminos para encontrar la calita de Portocelo, «excavada entre acantilados». La lluvia había dado paso a un cielo primaveral: la playa tenía más que ver con el paraíso que con aquel infierno que había vivido la traductora en la balsa. Un paisano que faenaba en la orilla le había advertido, sin embargo: «*A mar minte moitas veces, señor; non se fíe dela, é unha gran mentireira.* —Y añadió—: *Xa sabe o que din, "da muller e do mar non hai que fiar"*».

—Busco unos petroglifos —le había dicho Merinero. Y por la cara que puso, hubo de explicarse mejor—: Unos dibujos labrados en la roca. Tienen que estar por aquí cerca.

El pescador no había acabado de entender por qué podían interesarle a aquel tipo lo que por allí apodaban «*As penisas pequenas*». Gracias a sus indicaciones, sin embargo, Merinero se encaminó hacia los petroglifos que Elsa había descrito. Se desplegaba en aquel alto uno de esos horizontes en Technicolor que se gastaban por allí.

Había tardado un buen rato en apartar las zarzas.

Estremecía tocar la huella que otra mano había dejado en la roca hacía más de tres mil años y que parecía decir: «Labré aquí estos dibujos para dejar aviso de que estuve en el mundo. Fui como tú, tan pobremente cargado de temores y de culpas y de ganas de ser feliz como tú. Yo estuve vivo. Y mi huella permanecerá para siempre, aunque ya me haya ido».

A Merinero le hizo gracia el melodrama.

Elsa Braumann había puesto su mano en aquella misma piedra que ahora él acariciaba. Sonrió al recordar aquella frase de la traductora: «La espiral tiene siempre algo de secreto; algo que hay que desenvolver hasta llegar a su centro». Ella había guiñado el ojo, según recordaba; cualquiera hubiera dicho que aquel guiño de entonces estaba destinado a él.

Scorpione seguía el rastro: Elsa y Brasilina habían partido de la calita de Portocelo y pasado por los petroglifos; después, habían «atravesado el monte» y ese atravesar había tenido que ser a lo ancho, pues Monteferro no era sino una península que penetraba en el mar, con una forma similar a la de un dragón que se hubiera tumbado. En el horizonte relucían las islas Cíes, tan magníficas como en el manuscrito, lo que le confirmó que había descendido por el lado adecuado. La casa de la vieja tía Evangelia no debía quedar lejos, Brasilina lo había dicho. Como siguiendo las miguitas de pan de un camino misterioso, Scorpione seguía el rastro.

Encontró al fin algunas viviendas, dispersas sin orden en aquella gran extensión verde y salvaje que daba a las playas de Abra y Patos; la vegetación allí se componía sobre todo de cañaverales altos, capaces de resistir el viento norte.

Hubo de darse un buen paseo hasta que acabó topando con una cancela. La puertita que la cerraba estaba pintada de azul. También era del mismo azul la puerta de la casa y hasta las contras de las ventanas.

Merinero se aproximó hasta la cancela y observó a una mujer que, a gatas en el jardín, limpiaba de porquería un gallinero pequeño; las gallinas brincaban a su alrededor y trataban de picarla, molestas.

—¿Brasilina Lalín? —preguntó el censor.

La mujer se incorporó para enfrentarle.

—Depende de quien quiera saberlo —dijo secándose el sudor de la frente con el antebrazo. Estaba morena; a Merinero le pareció inconfundible la media melena despeinada, el aire fiero.

—Me llamo José Luis Merinero. Soy lector de la Oficina de Censura Previa.

—¿Lector? —preguntó ella limpiándose las manos en la falda.

—Censor —respondió él.

Le mostró el portafolios.

—*El enjambre* —añadió; nada más.

La mujer echó a caminar hacia la casa.

—No sé de qué me habla.

Brilló en los ojos del censor un punto de malicia.

—Entonces quizás le suene cierto escondite que hay en la playa, lleno de medicamentos.

Solo eso detuvo a la mujer, ante la puerta ya de la casa.

—*Cajo na cona* —murmuró para sí—. Qué *carallo* quiere.

Podría haberse esperado de su triunfo que Merinero sonriera. No había forma de apearle de aquel rictus amargo, sin embargo, y dijo:

—Quiero saber cómo murió Elsa Braumann.

8

A Merinero le pareció que entraba en el decorado de una obra de teatro que hubiera visto antes: reconoció la cocina descrita en *El enjambre*, el fogón, la mesa, la escalera que subía al segundo piso.

—¿Y su tía?

—Falleció no hace mucho —respondió Brasilina cerrando la puerta.

—Vaya. Recuerdo que en la novela se decía que padecía del corazón. Lo siento.

—No es verdad que lo siente, pero gracias. Diga lo que sea y márchese por donde ha venido.

Merinero puso el portafolios sobre la mesa.

—Estoy siguiendo los pasos de Elsa Braumann.

—Elsa Braumann está muerta.

—Eso he oído —dijo Merinero.

—¿Entonces?

—¿Tengo cara de andarme con jueguecitos, señorita?

—No me haga decirle de lo que tiene cara, amigo.

Le hizo gracia a Merinero toda aquella desfachatez; recordó que ya apuntaba maneras la joven, en la novela, y a fe que fuera de ella hacía honor a su fama.

El censor atacó por el flanco contrario.

—¿Puedo sentarme? —dijo mientras tomaba asiento—. Sé que alguien, un sacerdote, llevó este manuscrito a la editorial Centauro con la intención de…, ¿cómo era?, que «el mundo supiera la verdad».

—A mí qué me cuenta. No he vuelto a saber nada de esa mujer.

—¿Ah, no? Si no volvió a ver a Elsa Braumann ya me explicará cómo conoce usted la novela y, sobre todo, cómo sabe que Elsa Braumann está muerta.

Brasilina alzó la barbilla, recelosa y sin decir palabra, mientras Merinero continuó con las suyas:

—No he podido leerlo todo aún, pero hay unas notas, según me han dicho. ¿Las escribió ella?

—Sí —respondió, seca, la mujer.

—No soy el único que anda tras esas notas, ¿lo sabe?

Brasilina se adelantó y apoyó las manos en la mesa.

—Elsa Braumann murió. Sus notas desaparecieron. Fin.

—¿La respuesta está en el manuscrito, entonces?

Iba a responder la mujer cuando llamaron a la puerta.

Brasilina se quedó quieta, los ojos clavados en el azul de la entrada, y preguntó Merinero:

—¿No piensa abrir?

—No.

Fue él mismo quien se levantó y acudió hasta la puerta, dispuesto a descubrir quién llamaba al otro lado.

—No tiene derecho —dijo la mujer.

—Claro que no —respondió él.

Y abrió la puerta.

9

Dos cosas le sorprendieron. A saber: la sonrisa bobalicona y el gesto inequívoco de besugo muerto.

—Quizás —dijo el ruso—, yo no tan estúpido y tú no tan listo.

Mientras entraba el amigo Krogem, Merinero se vio obligado a retroceder.

—¿Hay salida por atrás? —preguntó a la mujer.

—Qué pasa, señor —replicó el ruso—, ¿entra por una puerta y sale por otra?

Movía la mandíbula mascando regaliz y, señalando a la mujer con el mentón, cerró tras él.

—¿Usted no presentarme?

—Esta señorita es pariente mía. Pariente de mi madre... Por parte de madre. —Brasilina callaba, quieta, quieta, mientras el censor proseguía—: Le prometí que la visitaría. Me cuesta comunicarme. Mi gallego no es muy bueno.

—Usted como yo —dijo el ruso, apoyada la espalda en la puerta—. Parientes todas partes. Tías, tíos..., y donde quiera que vaya, llevar regalos. ¿Dónde está regalo, señor?

Merinero dudó un instante.

—Iba a comprarlo en Vigo, pero me faltó tiempo.

El ruso sonrió.

—Lástima.

190

Brasilina adelantó un paso.

—*¿Pódolle quizais ofrecer un vasiño de sidra de casa, señor?*

El ruso se fue desabotonando el abrigo.

—Claro —dijo—, tomaremos sidra. Por qué no. *Grazas.*

Allá que fue Brasilina hasta un armarito, para sacar la botella y servir unos vasos.

Krogem el ruso cerró la puerta con llave ante la mirada inquieta del censor, y se acercó hasta la mesa.

—Venga aquí.

—Para qué —dijo Merinero.

—¿Para qué? Venga.

Se acercó Merinero hasta la mesa y, con toda la prevención, se puso a su lado.

Krogem señaló el portafolios y preguntó:

—Qué es eso.

—El qué.

—Eso.

Merinero, con cara de no saber, se encogió de hombros.

Mascaba con fiereza el ruso:

—Parece una carpeta —dijo ladino—. ¿Qué hay en la carpeta, señor? ¿Eh?

Le dio un toque a Merinero en el vientre.

—¿Eh?

—No lo sé.

—«No lo sé» —repitió el ruso sonriente.

Tardó un par de mascadas en ponerse serio.

—A lo mejor manuscrito.

Nada dijo Merinero y, como para espabilarlo, el ruso le dio otra vez en el vientre.

—Señor. —Alzó las cejas el amigo Krogem, de lo más inocente—. ¿A lo mejor *Enjambre?*

Merinero continuó aferrado a su hieratismo. Krogem proseguía:

—«Enjambre» es grupo abejas juntas, ¿bien?

—Veo que ha estudiado mucho, señor Krogem.

Abrió el ruso una amplia sonrisa, le brillaba la saliva en el labio.

191

—Yo escuela nocturna. Escuela especial: ellos contaron a mí todo sobre *Enjambre*.

Dio un par de pasos hacia Merinero.

—*Enjambre* buscan todos ahora: americanos, nazis y también nosotros…, pero *Enjambre* lo tiene usted… —empujó al sorprendido Merinero con los puños y lo hizo topar contra la pared—, ¡señor censor!

Merinero se recompuso, dignísimo, y Brasilina apoyó los vasos a su lado. El ruso se iba creciendo.

—Voy a llevarlo conmigo, señor. Yo uso nuevos métodos de Rusia, científicos: usted un tiempo encerrado y usted cuenta a mí todo sobre *Enjambre*. Tiene suerte, porque a esta muñeca… —Señaló a Brasilina con la mano imitando una pistola e hizo un «pop», como si la descorchara.

Brasilina se inmutó.

Krogem sacó un paquete de cigarrillos y se colgó uno en los labios, al modo de los tipos duros del cine, estilo Edward G. Robinson.

Sacudió el mechero, clic clic clic, no acababa de prender.

El cuenco, ¡craas!, acabó estrellándose a pocos centímetros de su cara y lo puso perdido de caldo. Brasilina retrocedió un paso, le había salido mal el lanzamiento y ahora Krogem entornaba los párpados, decidido a darle un escarmiento. Avanzó hacia ella cubierto de grelos.

*

No esperaba al censor, que le entró por detrás y se le colgó al cuello para aprisionarle con su brazo. Así debieron atacar los más decididos atletas griegos a sus contendientes, mientras estos se revolvían en todo su peso para librarse de ellos, tal como hacía ahora Krogem. El ruso tiró de gabardina para sacar la pistola y, con un gesto, Merinero la hizo salir disparada para caer encima de una cómoda. El ruso apretaba los dientes.

—¡No sea estúpido! —decía mientras se retorcía en una sonrisa ahogada—. Yo entrenado por expertos. Yo puedo ganarle…, ¿cómo se dice?, con brazo atado espalda.

Brasilina se adelantó a coger la pistola; a través de la ventana observó que por la carretera pasaba en ese momento un vecino con una vaca, obligados ambos a dar un rodeo por la moto que el ruso había aparcado allí en medio.

El estruendo de un disparo haría acudir a medio pueblo, de manera que la mujer abrió el cajón y dejó la pistola para tomar en su lugar el cuchillo más grande que encontró, aquel con el que por allí les cortaban el cuello a las gallinas.

Empuñando en alto aquella hoja, Brasilina se fue acercando hacia los dos hombres.

Merinero tenía inmovilizado por la espalda a Krogem, no aflojaba un milímetro y aferraba las mejillas de aquel animal, tratando de torcerle el cuello. El ruso, enrojecido, miró sin sombra de miedo aquella hoja afilada en manos de la chica y le bufó a Merinero.

—Diga al bizcochito que baje eso. Ella va a cortar a usted sus dedos.

En tanto se inclinaban los dos hombres enzarzados, ora un lado, ora al otro, Brasilina basculaba también con el cuchillo en un absurdo foxtrot, sin acabar de atinar dónde clavarlo.

El ruso, ensopado en sudor, todavía soltó una risita.

—*Khorosho*, ya se ha divertido. ¡Ahora deje usted juegos!

Fue la mujer quien decidió la batalla: apuñaló a Krogem sobre la clavícula.

Se partió la hoja y quedó la punta clavada en las blandas carnes del ruso. Sobre la tela blanca de la camisa de Krogem se extendió una mancha de un color rojo vivo y Brasilina dejó caer el arma.

Entendió el ruso que las tornas habían cambiado: tocaba luchar por su vida y, como si se hubiesen esfumado los enlaces químicos que los uníán, se lanzó sobre el censor, forcejearon frente a frente. Merinero le empujaba hacia atrás con el codo en su cuello.

Al son de las respiraciones fatigosas de los hombres, Brasilina buscaba con qué defenderse hasta que localizó la pala entre el grupo de aperos de la esquina, tan pesada que apenas pudo levantarla con ambas manos.

El primer palazo lo recibió Krogem en la pantorrilla, ¡clan! El solo ruido metálico ya hacía daño.

Brasilina, ¡clan!, hubo de darle todavía un segundo golpe, a las rodillas; el quejido gutural del ruso le hizo comprender lo exitoso del sitio elegido, pero todavía hicieron falta una tercera, ¡clan!, y una cuarta palada que derrumbara del todo al infeliz. ¡Clan!

Krogem cayó a plomo.

El censor y la mujer se espantaron: todavía les dedicaba el ruso una sonrisa desde el suelo. Con la capacidad de reponerse de una cucaracha, se incorporó para abrir la ventana y alertar a gritos. Merinero y Brasilina lo impidieron en perfecta sincronía: una se la cerró en las narices y el otro pasó el cerrojo.

A aquella máquina de sobrevivir le quedaba todavía aliento como para abalanzarse sobre Merinero y rodearle el cuello con sus manazas, apretando, apretando, apretando.

Brasilina paseaba la mirada por la estancia, impotente. Se empleó en liberar el cuello del censor, pero incluso entre los dos era inútil: aquel ejemplar de la Unión Soviética iba a morir matando. La muchacha trató, pues, de arrastrar de las solapas a aquel animal hacia la cocina de hierro. Merinero colaboraba en la medida que podía, con el ruso colgado de su cuello. Era aquel un movimiento lentísimo y espasmódico, orquestado en jadeos y bufidos.

Situado al fin el ruso, la mujer abrió la puerta del horno sobre él y el golpe en la cabeza resonó como una campanada. Krogem soltó al fin el cuello de Merinero.

El ruso, tirado en el suelo, estaba inerte. Su mano aferraba el cuchillo de la hoja rota.

El censor trastabilló hacia un lado, sin fuerzas. Solo apoyándose consiguió ponerse en pie. Se llevó la mano al vientre. Se miró la mano y, como si no acabara de entender, le enseñó la palma ensangrentada a Brasilina.

—El cabrón de él me ha rajado —dijo. Le bajaba por el vientre un líquido caliente y pastoso.

A continuación, se cerró el diafragma sobre el mundo y todo se volvió negro para José Luis Merinero.

10

Cuando recuperó la consciencia estaba tiritando; escuchaba cerca una gotera, picando cada poco contra una superficie de metal.

Al abrir los ojos descubrió las formas en penumbra de un sótano, viejos muebles amontonados unos sobre otros, aperos de labranza y baúles. Al fondo vislumbró una escalera que subía y por la que bajaba la luz anaranjada del atardecer.

—Yo conocí mujer suya —dijo el ruso.

Merinero incorporó la cabeza hacia donde había venido la voz y encontró al señor Krogem a un par de metros, sentado en el suelo con la espalda apoyada en una pared de ladrillos. La sangre le resbalaba por la cara desde lo alto de la cabeza; le caía el labio de abajo como si hubiera perdido las fuerzas y le miraba con aquellos mismos ojos de besugo, solo que ahora los tenía entreabiertos. Merinero había visto esa expresión antes, en la guerra; quizás Krogem no lo supiera todavía, pero estaba luchando contra el sueño que habría de llevárselo de este mundo.

—Conocí ella antes de guerra —añadió en un hilo de voz—. Esposa Merinero mujer guapa. Guapa. Ella compró a mí radio Lincoln. Yo vendí.

El censor se descubrió acostado en un viejo sofá polvoriento. Al descubrir que tenía manchada de sangre la camisa, sintió un dolor terrible. Merinero se palpó localizando el bazo y respiró algo más tranquilo cuando advirtió que Krogem le había pasado la hoja más abajo. La herida no era mortal, pero aquel flujo que le salía despacio por el agujero, espeso, hacía presagiar una muerte por desangramiento.

—Yo sentí lo que pasó a ella.

—¿Quiere callarse, *rusky*? Haga el favor de no nombrar a mi mujer.

Alzó los ojos el censor: en el piso de arriba crujían las maderas como si alguien paseara de un lado para otro, nervioso, y no estaba solo, había dos voces de mujer cuchicheando en la cocina. A pesar de que no pudo distinguir lo que decían, Merinero sí advirtió una frase, pronunciada en voz más alta.

—No puede descubrir que estás aquí —decía Brasilina Lalín apretando los dientes.

Merinero creyó advertir que la otra voz sollozaba y que Lalín la consolaba. Hubo unos segundos de silencio y la viva mente del censor imaginó el silencio de un abrazo.

El ruso, a su vez, trataba de alzar la voz y, derrengado, no conseguía sino un susurro:

—*Na pomoshch!* So-corro…

Caminaron juntas, allá arriba. Merinero escuchó la puerta de la casa que se abría y, tras otro cuchicheo, la puerta volvió a cerrarse. De nuevo el silencio.

Agachó los ojos para contemplar al ruso, que se había echado a toser; eran una toses pequeñas y secas, porque cada una le debía provocar un dolor terrible en la cabeza y Krogem hacía fuerzas por reprimirlas.

—Vamos morir… los dos acá —dijo.

Y Merinero, en un gesto de desprecio, añadió:

—Sobre todo usted.

*

El ruido de pasos descendiendo los escalones les hizo girar la cara. Bajaban las botas de Brasilina Lalín y con ella bajaba la tenue luz de un quinqué. Al llegar al pie de la escalera los contempló igual que quien está a punto de enfrentar una carrera de obstáculos.

El censor señaló hacia arriba con el mentón.

—Quién era esa mujer.

—Qué mujer —dijo ella.

Avanzó hacia ellos sorteando adornos, trastos, viejos marcos desportillados. Traía consigo una caja de lata y se arrodilló junto al sofá donde yacía Merinero. Puso el quinqué en el suelo; la luz de la llamita iluminaba sus rostros desde abajo. El ruso los observaba con los ojos entrecerrados; la respiración se le había vuelto cavernosa.

Brasilina levantó la camisa del censor; allí debajo había rodeado el abdomen con los jirones de una falda; apartó el improvisado vendaje para echarle un ojo al corte y no pudo reprimir un gesto de repugnancia.

Merinero le susurró:

—He oído que hablaba con una mujer en la cocina.

—Una amiga de por aquí.

—Unos cojones.

Brasilina apretó el corte, quién sabe si para hacerlo callar.

—¡Au! Coño.

—No tengo ni idea de cómo curarle eso; me imagino que debería coserle, pero no creo que quiera que lo intente. He avisado para que venga alguien, creo que él podrá remendarle ese espanto.

Merinero la agarró por la muñeca.

—¿Elsa Braumann está viva? —preguntó en voz queda.

La mujer se zafó del apretón con un gesto seco.

—*Cajo na cona*, qué tonterías dice.

—Estaba hablando con ella arriba en la cocina. Está viva, me lo dicen las tripas.

—Sus tripas se le van a salir si nadie le cose eso.

Brasilina se incorporó y acudió donde el ruso con el quinqué y la caja de lata. Nada más verla acercarse, Krogem encogió las piernas como si quisiera protegerse; apretaba la espalda contra la pared.

—*Net, pozhaluysta!... Pozhaluysta!*

Brasilina se arrodilló frente a él.

—No le voy a hacer nada, hombre. Solo quiero echarle un ojo a esa *herida*.

Algo se tranquilizó el ruso y, receloso todavía, la dejó hacer.

Brasilina levantó el quinqué para examinarle el alto de la cabeza, allí donde le había dado el golpetazo.

No era lo peor la sangre del corte, que era superficial: se advertía claramente el cráneo hundido hacia dentro, como si aquella fuera una superficie de barro y alguien hubiera apoyado una manzana. La mujer se echó mano al pecho.

—Madre mía de mi vida y de mi corazón —musitó.

—Usted asesina —le dijo el ruso, ronco. Había en sus ojos un odio cansado, avivado por aquellas fuerzas últimas que le mantenían despierto a duras penas—. Asesina a mí.

Intervino Merinero.

—No le escuche. Usted no hizo otra cosa que defenderse. ¿No llevabas tú una pistola, *rusky*?

Al ruso se le bajaba la barbilla hacia el pecho y la miraba alzando los ojos; a través de la boca entreabierta caía un hilo de saliva.

—Yo… iba… morir madre Rus —se lamentaba como un niño pequeño.

Brasilina retrocedió, asustada.

—Yo no quería esto. —Miraba a uno, a otro—. En unas pocas horas vendrá alguien que podrá ayudarnos. Seguro que puede ayudarnos.

—Yo no pocas horas, puta española —murmuró Krogem—. Ayuda ahora. Me muero.

—No sé qué más hacer.

—¡Ayuda!

—¡No sé qué más hacer, coño!

Enfiló hacia las escaleras sin querer mirar atrás. Allá que se fueron tras ella, en un grito ahogado, las fuerzas del ruso:

—*Pomogite mne*, ¡puta! *Pomogite mne*.

Desaparecieron las botas escaleras arriba, a la carrera, pompompompom… Corrieron a lo largo de la cocina, Merinero siguió la trayectoria en el techo; escuchó cómo se abría la puerta de la casa para cerrarse enseguida y regresó el silencio ominoso.

El ruso lloraba.

—Españolas zorras. Todas.

Merinero se agarró el vientre y, apretando la mandíbula, trató de acomodar la postura.

—Tú sí que sabes cómo pedir las cosas, *rusky*. Eso lo habrás aprendido de tu amo Stalin.

Krogem levantó el rostro hacia él; las lágrimas le habían dibujado churretones sobre las mejillas polvorientas.

—Yo sé dónde enterraron esposa tuya, cabrón.

*

Merinero le contemplaba desde el sofá, apoyado en los codos, medio incorporado.

—De qué carajo hablas.

El ruso jadeaba, se quedaba dormido.

—Yo sé dónde Batallón Trotski… enterraron esposa tuya… aquella noche.

—No te duermas, malparido, mírame. ¡Krogem, mírame!

Entreabrió los ojos el ruso, sonriendo por fin, ahora que había conseguido la atención del censor.

—Todavía —dijo— podemos ayudarnos. Tú y yo. Ayudarnos salir acá.

—Cómo sabes tú lo de mi esposa. Habla.

—Yo rojo. Yo sé. Nadie confía Krogem, pero Krogem ve y oye todo.

Merinero se aferraba el vientre, tenía la impresión de que el corte habría de abrirse de lado a lado y por allí se vaciaría entero. Pudo incorporarse.

—Di lo que sea, te escucho.

—No, tú ayuda Krogem. Ayuda escapar acá y Krogem dice.

—Es al revés, condenado, tú me cuentas lo que sabes y yo te ayudo a escapar.

El ruso se reía entre dientes.

—Púdrete —dijo.

Merinero rezongaba. Brasilina debía estar a punto de volver, no disponía de mucho tiempo. Notaba mojados los trapos con que la mujer le había rodeado el abdomen, el líquido pegajoso le bajaba por el muslo. Respiró por la nariz y, apretando la boca, consiguió ponerse en pie.

—Trato hecho, *rusky* —dijo—. Nos vamos.

El ruso le observaba hacer; eran insoportables las ganas de rendirse al fin, de cerrar los ojos y descansar. Un instinto dentro de él, primario, le decía que si se dormía ya no despertaría nunca. Para mantenerse despierto pensaba en la estepa blanca, el viento soviético, su casa en las montañas, donde podría pasar sus últimos días bebiendo vodka y pescando truchas del tamaño de un brazo.

—Yo sé dónde enterraron esposa tuya —decía, insistiendo, mientras Merinero iba aproximándose. El censor tenía que apoyarse aquí y allá, en un mueble, en un montón de baúles, a fin de no venirse abajo.

—Sigue —decía—. Dónde la enterraron. ¿La llevaron lejos de Vigo?

—Oh no, ella Vigo. Cerca. Todo este tiempo cerca.

—Dónde.

Al llegar a Krogem tuvo que apoyar el cuerpo contra la pared; eso le sirvió para liberar las manos, se agachó para agarrar al ruso por un brazo. Nada más tocarlo sintió como una arcada.

—No te pares, habla.

Krogem desvariaba:

—Yo conocí ella. Vendí radio Lincoln.

—Dónde la enterraron. Habla.

Tiró del ruso hacia arriba, a fin de incorporarlo. Era como levantar un peso muerto.

—No se te ocurra morirte ahora, hijo de puta, sigue hablando.

—Ejecutaron tiro en cabeza, aquella noche. Se la llevaron, Merinero.

Merinero conseguía ir levantándolo poco a poco.

—Dónde, cabrón.

—Esposa tuya enterraron cerca Castro Vigo.

—¿Cerca del Castro?

—Justo en fachada depósito aguas.

—¿Estás seguro? ¿Bajo la fachada del depósito de aguas?

—Yo seguro.

Habían quedado de pie y frente a frente por fin, exhaustos los dos y apretados junto a la pared; eran más que nunca un reflejo del otro.

—Cabrón —musitó Merinero—, se la llevaron unos como tú, tan rojos y mal paridos como tú, solo por escribir artículos contra la República.

El ruso se rio, sorprendido.

—¿Tú piensa eso, idiota?

—¿Qué?

—Se la llevaron —dijo el ruso— porque descubrieron lo que tú habías hecho en guerra. Que tú agente infiltrado.

Merinero sintió que se le rendían las piernas. La cadenciosa voz del ruso le resultaba hipnótica.

—La mataron —añadió Krogem— para hacer daño a ti.

Allí mismo se le fue la vida de los ojos de besugo, ante Merinero, que le contemplaba mientras se le rompía el corazón de arriba abajo; allí mismo exhaló el ruso su último aliento, mientras se extendía ante sus ojos la estepa blanca soviética; allá al fondo le esperaba la vieja cabaña de sus padres; humeaba la chimenea.

—Ah —dijo—. *Nakonets-to doma.*

Y se quedó muy quieto, muy muerto, apoyado contra la pared ante Merinero, tan quieto y quizás tan muerto como él.

Ni siquiera lo devolvió a la realidad el sonido de la puerta de la cocina, arriba, ni los zapatones de Brasilina acompañados de otros pasos más leves, aproximándose.

Bajaros dos personas. Una sombra seguía a Brasilina. La mujer descubrió dónde habían terminado el censor y el espía ruso.

—Pero Merinero, hombre.

Lo agarraron entre ella y la sombra y lo condujeron de vuelta al sofá. Merinero se dejaba hacer, tiritando febril; con los ojos espantados y muy abiertos, pero como si durmiera; no miraba, no escuchaba, vuelto hacia dentro e imaginando el momento tenebroso en que su querida Emilia, su amiga, su esposa, era empujada contra la pared del depósito de aguas de Vigo. «Esto, perra, es por el cabrón de tu marido». Y allí mismo, de rodillas, le pegaban un tiro en la cabeza.

—No, por favor —musitó el censor como si asistiera a la escena.

En lo más profundo de su mente contemplaba una y otra vez el momento. La pistola sobre la cabeza, el clic, el disparo; la pistola sobre la cabeza, el clic, el disparo… «Esto, perra, es por el cabrón de tu marido».

—No, por favor… —El disparo y el hermoso cerebro de Emilia saltando por el otro lado para perderse para siempre todo cuanto había sentido y cuanto había leído, todo cuanto había amado, que había sido mucho. «Esto, perra, es por el cabrón de tu marido». Y luego cavaban una fosa allí mismo, la tiraban dentro y comenzaban a echarle tierra encima. Enterraban a su Emilia querida, su adorada esposa, no por haber escrito en contra de la República, no por ser escritora ni por el premio Juan Vázquez de Poesía.

José Luis Merinero no veía, no escuchaba. Acostado boca arriba sobre el sofá polvoriento, se tapó la cara con el antebrazo para que el mundo no le viera romper a llorar.

—Por favor, por mi culpa no.

11

Las horas siguientes se las pasó Merinero en un duermevela febril; abría los ojos y descubría a Brasilina acompañada de la sombra misteriosa y examinando a Krogem.

—Está muerto... —se lamentaba la mujer.

La sombra la consolaba; solo que esta vez tenía voz masculina.

—Quien a hierro mata, a hierro muere, amiga mía —le dijo—. Quizás debió pensárselo dos veces antes de usar una pistola.

Cuando Merinero volvió a abrir los ojos, entraba por la escalera la luz del día; sentía las gotitas de sudor perlando su frente. La sombra se hallaba ante él, sentada en una banqueta, y le hurgaba en el vientre.

—Se ha despertado —dijo—. Dele más aguardiente.

Brasilina puso en los labios de Merinero la botella y allí derramó el líquido ardoroso. Merinero bebió y bebió, sediento. Cuando ella retiró la botella, el censor había recuperado el calor interior que le faltaba desde hacía mucho.

—Pero coño... —musitó.

Resaltaba el alzacuellos en la sombra que tenía delante, la sotana negrísima que se confundía con la penumbra del sótano; llevaba una bufanda y una boina.

Merinero balbuceó, borrachísimo.

—No me jodas que al fin apareció el dichoso cura.

—Alumbre aquí —dijo el cura a Brasilina—, no veo.

Brasilina acercó el quinqué y la llamita lo volvió todo de color anaranjado.

Al mirar hacia abajo, Merinero descubrió que el cura estaba cosiéndole el vientre; el costurón medía casi un palmo. No le dolía, por fortuna, sentía el cuerpo abotargado, igual que si perteneciera a otro y él no fuera más que un intruso allí dentro.

Merinero arrastraba las eses como los borrachos del teatro.

—Se puede ir por donde ha venido, padre, yo no doy limosnas.

—Mejor —replicó el cura—. No soy de pedir limosnas.

Con cada punto que le daba, pegaba un estirón del hilo y a Merinero le parecía que se le iba detrás el ombligo.

—Espero que sepa lo que hace; eso que está cosiendo no es una bufanda.

La sonrisa del cura era franca, limpia; representaba esa edad indeterminada de la que disfrutan ciertas personas; lo mismo podía tener treinta que cincuenta. Se quitó la bufanda y la boina, era rubianco.

—Remendé a muchos hombres durante la guerra, no te preocupes —dijo el cura—; sobre todo en Teruel. Allí cosí muchos vientres y muchas piernas, de un bando y de otro. ¿Estuviste tú en Teruel?

—No —dijo Merinero, adormilado—. Nunca participé en ninguna batalla durante la guerra. Lo mío eran las bambalinas.

El cura sonrió.

—Ah —dijo—, tú eres de los que nunca dan la cara. Déme las gasas —le dijo a la mujer.

Y cuando estaban empezando a vendarle, Merinero perdió otra vez el sentido.

*

Fue despertándole el calorcillo en el rostro, la penumbra amarilla.

Abrió los ojos poco a poco y lo primero que encontró fue el cuerpo de Krogem, sentado, allá donde había muerto, pero le habían ocultado el rostro poniéndole una tela por encima.

Merinero trató de incorporarse y le dio un tirón agudo en el vientre.

—No se mueva —dijo Brasilina Lalín—. Se le pueden saltar los puntos.

Merinero la descubrió sentada en el suelo. La mujer sostenía el portafolios y leía el manuscrito de Elsa Braumann. Tenía cara de cansancio: a saber cuánto llevaría allí, velando su convalecencia.

—Me muero de sed —dijo el censor.

La mujer dejó a un lado el portafolios y se aproximó.

—Ha estado dos días dormido —dijo recogiendo algo del suelo. Le pasó la mano por debajo de la cabeza y lo ayudó a incorporarse para darle de beber de un botijo pequeño—. Me parece que no es bueno que beba mucho de golpe, no beba más.

—Ah —dijo Merinero al terminar, satisfecho—. Está fresquita.

Ella le ayudó a acomodarse de nuevo.

—Descanse.

Merinero recostó la cabeza. Contemplaba los tablones del techo.

—He soñado que se presentaba la muerte y, en vez de llevarme, me cosía la barriga.

—No era la muerte, sino un amigo al que llamé. Un cura.

—Era menos raro que me cosiera la muerte. Es el mismo cura que llevó el manuscrito a Centauro, supongo.

—A lo mejor.

—No le pega a usted ser una ferviente católica, Brasilina.

—Y no lo soy —dijo ella tomando asiento de nuevo—. Que seamos amigos no tiene nada que ver con que él sea cura.

—Comprendo.

La mujer se mordía las uñas y, aunque evitaba mirar el bulto del cadáver, parecían irse solos los ojos, a por él.

Merinero señaló al ruso, con la nariz.

—No va a volver a la vida por mucho que usted espere ahí.

Brasilina era incapaz de dejar de mover la pierna inquieta.

—Ya lo sé.

—Ha matado usted a uno de los suyos, amiga.

—¿De los míos?

—Un rojo hijo de puta.

La mujer alzó la barbilla.

—Ni soy de unos ni de otros.

—¿No? ¿De quién entonces?

—De mí solamente —respondió Brasilina—. *Cajo na cona*, de mí.

Merinero dio por buena la respuesta.

—Qué piensa hacer con él.

—Chorizos —replicó la mujer; se levantó porque alguien bajaba por las escaleras.

Venía el cura, descendiendo escalón tras escalón con cuidado, por culpa de la sotana. Traía consigo un cuenco y en su interior humeaba algo caliente.

—¿Ya se ha despertado la bella durmiente?

—Ya me he despertado, páter. Contento de haber conservado el ombligo.

—Está mal que yo lo diga, pero me quedó de maravilla el remiendo. Ayúdele a sentarse —le dijo a la mujer.

Así lo hizo Brasilina. Al abrazar a Merinero para incorporarlo, se olieron los dos; él olía a sudor y a fiebre; ella a mar.

—Póngase derecho. Así.

El cura tomó asiento a su lado. Le daba vueltas al caldo con la cuchara.

—Es una tisana de tagarnina. Buena para el hígado, muy reconstituyente.

—Huele a demonios, ¿seguro que es usted cura?

El hombrecillo le metió una cucharada en la boca y Merinero tuvo que callar y tragar.

—Está que abrasa, coño.

—Así te hará entrar en calor.

El cura preparó otra cucharada, sopló en ella y se la ofreció al censor, que dijo enseguida:

—No haga eso, ¿quiere?, no sople en ella, ya me la tomaré yo ardiendo.

Se rio el cura.

—No pierdes oportunidad para demostrar que eres un jodido bocazas.

—Caray, padre, menuda lengüita. Si tropieza en esa escalera y se rompe el cuello, termina en el infierno de golpe.

Asomó una sonrisa triste en el rostro del cura.

—Créeme, ya he estado allí —dijo dándole otra cucharada.

Acaso buscaba cambiar de tema y preguntó:

—Por qué andas detrás de Elsa Braumann.

—Me encargaron censurar su novela. Me dedico a eso.

Intervino Brasilina, señalando el portafolios.

—No está censurada —dijo—. No tiene ni un tachón.

Merinero apartó la vista y se tomó otra cucharada.

—Estoy en la primera lectura todavía, ya caerá.

—¿Solo eso? —dijo el cura—. ¿Censurarla?

—Hay unas notas, al parecer. Unas notas importantes que han desaparecido. Es posible que la clave para encontrarlas esté en la novela.

El cura le metió la cucharada de malos modos.

—No hay notas —dijo.

Merinero tragó de golpe.

—Usted cómo lo sabe.

El cura dejó el cuenco sobre la mesita baja, a su lado, y se puso en pie.

—Me tengo que ir —le dijo a Brasilina—, he dejado sola a la cría.

También la mujer se incorporó.

—Muy bien. Ah, espere, llévele esto.

Rebuscó en uno de los baúles y sacó un par de cajas de medicamentos.

—No se le olvide.

—No se me olvidará.

El cura se volvió hacia Merinero sosteniendo aquellas cajas y lo miró desde arriba.

—Los voy a dejar ahora. No solo espero que se comporte usted como un caballero, sino que esté a la altura. No me haga tener que ir a buscarle.

—De qué habla —replicó Merinero, enojado por el tonito.

El cura señaló a Brasilina con el mentón y le dijo al censor:

—Ayúdela.

—¿Que la ayude?

—A deshacerse del cuerpo, coño —respondió el cura.

Calló el censor, contemplando el bulto del ruso.

—Vamos —dijo Brasilina al sacerdote—, le acompaño arriba.

Iban subiendo los dos por las escaleras y rezongaba Merinero, entre dientes:

—No tengo por qué ayudarla —decía—. Ni a ella ni a ninguna jodida roja como ella. No tengo por qué hacer nada y se pueden ir los dos a tomar por el culo.

Todo eso decía, febril otra vez, sin advertir que ni una sola de aquellas palabras había salido de su boca porque volvía a estar inconsciente.

*

Pasaron los días; Merinero no supo decir cuántos. Alternaba largas horas de sueño con una fugaz vigilia: aquellos momentos en que Brasilina le despertaba para darle de comer o practicarle las curas. Apenas hablaban; se hallaba él en un estado permanente de contrariedad.

—Está usted enfadado con el mundo —le dijo ella en cierta ocasión, dándole sopa.

—Con el mundo, no —replicó Merinero—, solo con usted, por darme esta mierda.

Cuando Merinero despertaba de aquella modorra la encontraba siempre sentada en el suelo, cerca, por si él pudiera necesitar algo. Solo aquella imagen enternecía algo el callo que encostraba su corazón.

—Váyase a descansar —musitaba él en el duermevela.

—Estoy bien —decía ella.

El cuerpo del ruso se hallaba ahora al fondo del sótano, bajo las escaleras. Brasilina había aprovechado alguno de los desvanecimientos del censor para envolver el cadáver en dos alfombras y ahogar el olor que empezaba a desprender.

Merinero abría los ojos, a veces, y la descubría leyendo el manuscrito, muy seria, muy concentrada.

—Sale usted, Brasilina —le dijo él.

—Lo he visto, sí.

—¿Le gusta cómo ha sido retratada?

La mujer se encogió de hombros.

—No me gusta mucho cómo soy. Ni en el libro ni fuera del libro.

Brasilina Lalín tenía la cara tiznada de haber trabajado en el jardín; y las piernas con raspones, y también las manos. El censor la contemplaba en silencio.

—¿No tiene novio?

—No.

—Por qué. No es usted fea.

—Usted sí. Feo como un diablo. Déjeme leer.

Se rio el censor.

—Por qué lo hace —preguntó al cabo de unos instantes.

—¿Leer?

—Cuidarme.

—Ah —dijo ella—. Se lo debo a la vida.

—¿A la vida? No le comprendo.

—Duérmase, tiene que descansar.

—Estoy bien ya —decía Merinero, harto de estar acostado—. Las sopabobas de cardo que me da a todas horas me han dejado como nuevo.

Brasilina apuntó una sonrisa sin levantar los ojos del manuscrito.

Merinero contempló aquella sonrisa y pensó que quizás pudiera haber salvación para el ser humano. Quizás no fuera demasiado tarde todavía.

*

—Cómo era —preguntó él.

—Quién.

—Elsa Braumann.

—Ah.

Brasilina alzó el rostro y se quedó pensativa.

—Una mujer triste, creo.

—¿Triste?

—Como que se movía por la vida pidiendo permiso. Como que no encontraba su sitio.

Merinero contempló el más que manido decorado en el que llevaba días encerrado; los muebles viejos, los tablones del techo.

—Eso nos pasa a todos. Nos cuesta encontrar nuestro sitio.

—Usted ha encontrado el suyo en Prensa y Propaganda.

—¿Yo? No he hecho otra cosa en la vida que dar tumbos —replicó el censor encogiéndose de hombros—. Dar tumbos para salvar el culo; hacer lo que hiciera falta.

Alguien se había tomado el trabajo de bajar a aquel sótano un viejo alambique, cuyo cobre bruñido le devolvía a Merinero su reflejo deformado.

Rompió a hablar absorto y despacio, como quien deja caer las palabras:

—Mi padre era católico, monárquico y de derechas, pero tuvo la mala suerte de ser secretario del Ayuntamiento. Era un hombre tímido y apocado, pero los putos republicanos decían de él que era un faccioso; todas las mañanas aparecían pintadas en la fachada de la casa: «*Fascista*», «*Meapilas*», «*Asesino*». ¡Asesino mi padre, que nunca en toda su vida levantó la voz, a no ser que fuera en el fútbol! Le hicieron la vida imposible hasta que lo amargaron y terminó abandonando su puesto de funcionario. ¿Qué tuvo que hacer mi padre para sacarnos adelante? Todo. Lo que hiciera falta. Invirtió el dinero que tenía ahorrado y montó una tienda de ultramarinos. —Aquí le brillaron los ojos con esa luz nostálgica que traen consigo los pensamientos de la niñez—. Ese fue mi primer trabajo.

»¿Y sabe usted lo que pasó entonces? Que los putos anarquistas le quemaron el ultramarinos y yo intenté congraciarme con aquellos cabrones afiliándome a la CNT. Y yo me hice de la puta CNT, sí. Me hice de la CNT y me habría hecho del Sindicato de Recogedores de la Fresa de Huelva, si hubiera hecho falta.

Ella hacía que leía, pero estaba muy atenta a sus palabras, en realidad; porque Merinero seguía y seguía:

—Toda la vida trabajando, mi padre, sacrificándose para sacar adelante a su familia… ¿Y cree que los putos rojos se contentaron con quitarle el trabajo y el negocio? Pero claro que no, carajo. No se contentaron con arruinarle, así que una noche le esperaron al fondo de un callejón, le dieron una paliza y tiraron su cuerpo al puto río. Lo encontraron una semana después, hinchado como un globo y podrido. ¿Sabe lo que le habían hecho? A mi padre le cortaron los testículos antes de echarlo al agua. Luego nos enteramos de que su asesino los había estado paseando envueltos en un papel y los enseñaba por bares y cafés, muy orgulloso.

Hacía rato que ella le observaba en silencio. Había abandonado el manuscrito y contemplaba la vena que a Merinero se le hinchaba en la cabeza, cómo toda aquella furia iba poniéndole colorado.

—Si he encontrado mi puesto en la vida, señorita, es porque no he hecho otra cosa que adaptarme y sobrevivir. Por eso el día del Alzamiento contra la República lo primero que hice fue presentarme en la 8.ª División de La Coruña para ofrecer mis servicios a los sublevados. Y me inscribí en el Centro de Investigación y Vigilancia; y luego me enrolé en el Servicio de Información de la Policía Militar; y trabajé en Biarritz para el Servicio de Información del nordeste, que no sé si sabe usted que es como llamaban a nuestro servicio de espionaje, el de los nacionales. Me hice quintacolumnista y me pasé la condenada guerra saboteando a la puta, puta, puta República desde dentro; estudiando libros de sociología, criminología y derecho; y le puedo asegurar que me hice un experto. Si la República me había convertido en un paria, en un desecho, sería el régimen de Franco el que me encumbrara, porque los dos compartíamos el mismo odio por los condenados rojos. Y no voy a contarle las cosas que hice para vengarme de todos aquellos comunistas asquerosos porque no quiero que se le revuelvan las tripas.

—¿Nunca le descubrieron?

—Claro que sí. Los rojos me capturaron en Barcelona, gajes del oficio; así funcionaba el juego y todos lo sabíamos. Fui conducido al centro de detención del número 1 de la calle Vilamajor y allí me torturaron. Un par de meses me pasé encerrado a oscuras, hasta que los míos acordaron un intercambio y volví a ver la luz del sol.

»Y si antes había sido un auténtico perro de presa, más tarde, cuando escapé de aquellas malas bestias, fui peor. Entonces fui mucho mucho peor. Y di más tumbos que nunca y estuve más perdido que nunca hasta que…

Se detuvo.

Agachó la cara y ya no quiso hablar más.

—Ya he hablado bastante, me parece a mí.

De fuera, soplaba un norte intermitente, a golpetazos, que aullaba en los cañaverales y que por allí llamaban «el lobo de Patos». Venía desde el horizonte cargado de sal y lo secaba todo, de manera que sobrevivían las plantas más rudas o las que sabían encogerse a ras de suelo. También secaba a la gente, por dentro; por allí estaba casi todo el mundo seco desde el año 36; e igual que ocurría con las plantas, solo sobrevivían los más recios o los que más se arrastraban.

Merinero contempló otra vez a Brasilina Lalín.

—¿Le gusta la novela?

—No está mal.

—¿Por dónde va?

Brasilina leyó en voz alta.

—«Del cuartel salió un capitán muy decidido, le ofreció su mano y la ayudó a salir del vehículo. "Bienvenida, doctora —dijo muy sonriente—, gracias por venir de esta manera tan precipitada. La recibirán enseguida"».

—Ah —dijo el censor—. Por ahí me quedé yo más o menos.

Habían cruzado las miradas, Brasilina Lalín y José Luis Merinero, contemplándose en silencio.

Dijo ella:

—No tiene que justificarse ante mí.

—¿Justificarme?

—Por lo que hizo. Por lo que hace; por ser quien es, o quien fue. No tiene que justificarse conmigo.

La mujer se miró las manos y añadió:

—Yo no voy a juzgarle.

A Merinero le parecieron las manos de una mujer de hierro hechas a fuerza de martillazos, un cañaveral que permanecía erguido todavía, pese a todos los vientos y todos los lobos.

—¿Quiere leer para mí, Brasilina?

—¿Yo?

—¿Quiere leer en alto para mí? Por favor.

También ella le observó. El censor había adelgazado en estos días y le había salido algo de barba; estaba despeinado y sucio. A pesar de la fragilidad de su estado conservaba todavía la fiereza en los ojos, y también aquel poso amargo.

—Usted, como ella —le dijo Brasilina—, es un hombre triste. Nada más.

Agachó el rostro y se puso a leer para él.

—«Después de asegurarse de que no portaban armas, les habían ordenado que aguardaran allí».

12

Después de asegurarse de que no portaban armas, les habían ordenado que aguardaran allí. «Aquí van a estar bien —les dijeron—, no hace ni frío ni calor, las paredes son muy gruesas».

El recinto acogía una serie de anexos, además del cuartel: un almacén de artillería, el polvorín, el aljibe y el cuerpo de guardia. Las construcciones de aquella cima se habían hecho y rehecho a lo largo de los siglos, a medida que iban variando las formas de ataque de los enemigos, pero había persistido el mismo propósito de defender la ciudad. Del castillo que hubo en tiempos no quedaba sino aquella ermita, que dominaba el alto del monte y se alzaba justo en el centro del complejo.

Resultaba sólida, en efecto, con sus contrafuertes medievales, y de lo más recogida: alcanzaba los veinte metros de largo y llevaba unos cuantos años apartada del culto y dedicada a almacén. En derredor de los bancos se extendía un desorden de cajas con fusilería y munición, bidones de combustible y hasta un gato de automóvil, apoyado en un santo de piedra. La luz que entraba en tajos a través de los estrechos ventanucos recordaba a unos filos que cortaran el ambiente.

La doctora Von Harbou y Elsa miraban pasar los minutos; la primera, sentada como una efigie impertérrita en uno de los bancos, ante el antiguo altar; la segunda, contemplando a través de una tronera el triste espectáculo que se desarrollaba en el patio.

Los soldados alineaban frente a un muro a un grupo de desastrados que, negros de mugre hasta arriba, se miraban unos a otros, tan inquietos como los cerdos que van al matadero. Formaba ante ellos el pelotón que iba a matarlos. Uno de los reos suplicaba que le dejaran irse con su mujer, que estaba recién parida. Los condenados se habían negado a confesarse al capellán castrense que asistía a la ejecución de sentencia allá, en una discreta segunda fila.

Uno de los presos llamó la atención de un militar y señaló a cierto chavalillo de pelo encrespado que era parte de su grupo.

—¡Teniente!, este chico no debería estar aquí. No tiene ni barba.

Los ojos del chaval, sin embargo, eran dos brasas.

—¡Viva la libertad, cabrones! —gritó—. ¡Viva el Frente Popular!

El teniente le soltó un bofetón del revés.

—Calla, hostia —dijo. Y espetó al que había protestado—: Si tiene suficiente edad para matar, la tiene para morir.

Ni se sabía a cuántos de estos menores se había fusilado. Los militares, por aquello de la mala imagen, evitaban consignar la edad en los registros.

Era la primera vez que Elsa Braumann presenciaba un fusilamiento. Se mordía las uñas.

—*¿Está nerviosa?* —preguntó la doctora.

—*No sé quién ha querido traernos aquí. Estoy nerviosa, sí.*

—*Alguien importante* —dijo Von Harbou sin inmutarse—. *Alguien importante que quiere proponerme algo.*

—*¿Y eso no le impresiona?*

Tronó la voz del teniente en el patio y Elsa volvió a mirar por el ventanuco.

—¡Pelotón, paso al frente! ¡Ar!

Los soldados prepararon los fusiles. Estaban pálidos como papeles, igual que si fueran ellos los muertos; llevaban bebiendo desde mediodía, en cumplimiento de un macabro protocolo nunca escrito y que servía para abotargar cerebros y conciencias.

—¡Carguen!

El sonido metálico resonó entre los viejos muros del Castro, ¡claclaclaclaclac!

Uno de los reclutas del pelotón apartó el arma hacia un lado y vomitó.

—¡Qué haces tú, coño! —gritó el sargento—. ¡Firme en tu puesto!

El capellán castrense, circunspecto, dibujó en el aire una cruz.

El chaval había sucumbido a un momento de debilidad y lloraba. «¡Mamaíña!», decía por lo bajo.

—¡Apunten!

Elsa y la doctora von Harbou dirigieron sus rostros hacia el portalón de la capilla: se aproximaban unos pasos sobre el suelo de tierra.

—*No me impresiona conocer a ningún hombre* —añadió Von Harbou.

La figura flaca y desgarbada abrió las puertas desde fuera y se plantó bajo el dintel.

—¡Fuego! —tronó el vozarrón en el patio.

Don Juan March irrumpió en la capilla justo cuando sonaba la descarga, ¡crrraaaaaaaaaa!, igual que si mil relámpagos hubieran caído sobre el cuartel.

*

—*Guten Tag*—dijo el banquero. Era en verdad la aparición en escena de uno de los secundarios importantes.

Del hombre más rico de España se decía que había empezado con modestos trapicheos en el contrabando de tabaco; ahora era dueño de varios monopolios: con la misma alegría compraba bancas, armamento, navieras, periódicos y hombres; jugaba a todas las bandas y lo mismo financiaba un levantamiento militar que negociaba con los ingleses el soborno de ciertos altos cargos franquistas. El generalísimo desconfiaba de él, pero sabía que a aquel depredador era preferible no solo tenerlo cerca, sino bien alimentado.

Vestía a la inglesa, impecable. La percha era mala, sin embargo, y los movimientos ortopédicos: pertenecía a ese tipo de hombres que nacen viejos. Los ojos, pequeños, se clavaban en el interlocutor como los de un pajarraco; profesor emérito de la universidad de la mentira, su único afán al conversar era rastrear el punto débil en el de enfrente a fin de atacar donde más efectiva pudiera ser la mordedura.

El caballero ofreció la mano a Bertha von Harbou. Era como estrechar una sepia.

—Me hubiera gustado recibirla en un lugar más señorial, doctora, pero se hará cargo de que este tenía que ser un encuentro discreto. —Hablaba despacio, con una voz melosa que daba miedo—. Le agradezco que haya aceptado reunirse conmigo.

Elsa Braumann iba traduciendo; tuvo la buena cabeza de poner acento alemán cuando traducía al español, ya que se suponía que Margaretha no era española.

—*No me dejaron mucha alternativa* —replicó Von Harbou. Él hizo que no escuchaba la traducción y, tomando asiento en uno de los bancos, dijo:

—¿Le gusta Vigo? —Llamaba la atención el perfecto cuidado de aquellas uñas. Era flaco y la ropa le holgaba como si dentro de ella no hubiera nada—. Se está volviendo una ciudad muy importante. Las conservas y las guerras se llevan bien: nuestro ejército compró mucha lata, mucha; y ahora los tres gatitos de Miau y las letras rojas de Albo viajan a su querido país; somos buenos amigos de nuestros aliados, doctora. Pero siéntese, siéntese.

La doctora permaneció de pie y los ojos del banquero fueron clavando las letras una a una sobre ella:

—Siéntese.

Elsa Braumann tragó saliva. Acercó una silla y la doctora aprovechó para sentarse.

El señor March se adelantó en el banco, como quien va a contar un secreto y, con toda la intención, dijo por fin:

—Estoy seguro de que le gustaría España, si un día decidiera usted… abandonar Alemania.

Tradujo Margaretha palabra por palabra. Y la Von Harbou debió entender muy bien lo que March le proponía, porque, en esta ocasión, ella sí sonrió.

—*No creo que abandone Alemania nunca, señor March.*

March alzó la barbilla y volvió a apoyar la espalda atrás. Algo había cambiado en su actitud, como si acabara de retirarse una máscara.

—Ya se imaginará usted que represento los intereses de ciertos caballeros. Personas influyentes, que cargan sobre sus hombros los pesados destinos de los españoles. Ellos me han pedido que hable con usted; confían en que será razonable. Créame, doctora, que esos caballeros están… inquietos con su descubrimiento.

—*¿Inquietos?*

—Usted sabe bien que tiene unas posibilidades armamentísticas que resultan cuando menos amenazadoras.

Elsa iba traduciendo, a uno y a otro; y, a medida que traducía, iba averiguando por fin los detalles que escondía el famoso cuaderno rojo.

Bertha von Harbou dijo algo en alemán y Elsa lo tradujo:

—«No es mi interés explotar la división del átomo con fines armamentísticos».

—Me alegra mucho que lo diga, doctora. Pero usted tiene que imaginarse que las intenciones del Reich tienen que ser otras.

—*Könnte sein* —dijo la doctora.

—«Quizás» —dijo la intérprete.

—Seguro —dijo el banquero. Y sonrió con aquella sonrisa suya que daba miedo—. Pero seguro.

Allí donde se había sentado, un particular efecto de la luz alargaba la sombra encorvada del señor March hasta pasar por encima del altar y plantarse allá donde un día estuvo la cruz.

Agachó los ojos y dijo algo por lo bajo. Quizás invocaba a Lucifer.

Lucifer no apareció y Juan March sonrió de nuevo y se dio una palmada en las rodillas.

—Bueno —dijo poniéndose en pie—. Ha sido una charla de lo más interesante. No tengo muchas oportunidades para hablar de ciencia y lo agradezco, lo agradezco.

Cuando escuchó que habían hablado de ciencia, la doctora no supo qué cara poner.

También ella se puso de pie; le hizo un gesto a Margaretha para que salieran de allí sin perder un segundo.

El caballero acompañó a la doctora hasta la puerta. Caminaba algo chepudo, le llegaba por el pecho a la alemana y se cuidaba mucho de no ponerse a su lado. Elsa iba detrás, traduciendo, traduciendo, las palabras de aquel pájaro.

—Insisto en que este sería un momento excelente para que usted se quedara en España. El sol es una maravilla, ustedes no tienen sol en Alemania. Y la comida... ¿Ha probado la paella?

—*He probado la condenada ensaladilla rusa* —respondió la doctora, y la traductora dijo:

—«He probado la paella y me encanta».

—Espléndido, espléndido. Lo dicho, Bertha. ¿Puedo llamarla Bertha? Prométame que se lo pensará, al menos. Si fuera cosa de establecer una cifra... —dijo arrugando la boquita.

—*¿Una cifra?*

—Cinco ceros, quizás.

—*Buenas tardes, señor.*

—Cómo. ¿Seis?

La doctora abrió la puerta de la capilla y se cuadró el militar que esperaba al otro lado. El banquero la señaló de refilón.

—La doctora se marcha ya, capitán. Haga el favor de avisar para que la lleven de vuelta a su hotel.

La doctora no esperó: salió al patio sin darle la mano al banquero; no veía la hora de escapar de aquella sombra.

Fue ese momento en el que March y Elsa Braumann quedaron frente a frente.

—Usted no es quien dice ser —dijo muy serio. El aliento le olía a marrón, a negro.

Elsa procuró no caerse redonda.

—No... N-no entiendo —respondió.

—Simula no ser interesante. Pero lo es. La boca la tiene bonita.

La traductora no tuvo tiempo para suspirar de alivio: tuvo que recurrir a todas sus fuerzas para mantenerse impertérrita, porque él ya estaba adelantándose.

—¿Y cómo es que habla tan bien el español?

—Tuve... una institutriz española, cuando era niña.

La doctora la llamó desde el patio.

—*Fräulein, wir haben noch zwei Stunden vor uns.*

—Tenemos que irnos, señor —dijo la Braumann—. Ha sido un placer. —Y encaminó los pasos hacia la doctora.

Mientras se dirigía hacia el coche que ahora les abría el capitán, Elsa Braumann sintió en su espalda los ojillos pequeños y podridos; la persiguieron esos ojos hasta que por fin salieron del cuartel.

13

Ruc ruc ruc...

Cuando el cónsul Ian Lancaster se asomó a la ventana del patio interior encontró a su vecino de enfrente, tendiendo. El viejo acomodaba la ropa y tiraba de la cuerda para hacer hueco. Ruc ruc ruc...

—Me he decidido a tender porque no lloverá —dijo el viejo—. Hoy tenemos un cielo muy veneciano.

Lancaster comenzó con los calcetines beis mientras le daba vueltas a la información que acababan de darle aquella misma mañana; a todas y cada una de las tareas de las que iba a tener que ocuparse. «Mala suerte —murmuraba ensimismado—. Muy mala suerte». Colgaba las prendas por colores. Sus predecesores en el consulado acostumbraban a alojarse en el hotel Continental, pero él había preferido cultivar la ilusión de tener un hogar.

—Yo diría... cof, cof, cof... Yo, en cambio, diría que tenemos un cielo de Albert Bierstadt.

A menudo usaba referencias rebuscadas para probar al vecino, que era un hombre de cultura extraordinaria.

—Bierstadt, ¿eh? —dijo el viejo—. Para mi gusto les mete demasiada emoción a sus paisajes. Estoy mayor para intensidades sublimes, prefiero a los italianos.

Hablando como solían, de ventana a ventana, Lancaster acostumbraba a sentir lástima por los alumnos del viejo, que ya nunca tendrían la suerte de asistir a sus clases.

—Querido vecino —le dijo—, a mi practicidad americana le asombra que España se permita el lujo de apartar del servicio a sus mejores profesores. De corazón se lo digo.

Asintió el viejo profesor con aquella sonrisa suya de quien todo se lo toma con filosofía y replicó colgando una pinza:

—Le agradezco el aprecio. Sin embargo, tengo que decirle que es el mismo desperdicio en el que cae su Gobierno cuando le retiran tan pronto a usted, amigo mío; es demasiado joven para jubilarse.

Aquella coincidencia de pensamientos le sacó a Lancaster una sonrisa.

—Mi trabajo se parece bastante al de esas mujeres que buscan longueirones y cadeluchas en estas playas de ustedes; consiste en remover constantemente el cieno con un palo. De hecho…, ¿recuerda ese dibujo de Doré, cuando Dante y su guía van en la barca? Ese en el que tratan de avanzar por un río de lodo donde se hunden miles de desesperados que se les agarran al bichero.

—*La travesía del Estigia.*

—Ni Dante ni nadie podría salir inmaculado después de haber pasado por aquel fango; se lo aseguro. Día sí y día también recibo noticia de colegas míos que se han pegado un tiro o se han bajado de la barca de cualquier otra manera. Uno dice a menudo que se ha acostumbrado a vivir entre la podredumbre, pero no es verdad. En la porquería sobrevives, pero eso acaba con el ánimo de cualquiera. Por eso nos retiran pronto los de arriba. Y hacen bien.

—Y qué hará —dijo el viejo—. Me refiero al volver a los Estados Unidos.

—Pues tengo mis planes. —Lancaster completó una hilera de cuatro calcetines de color caqui—. Pienso seguir los pasos de Jeremiah *Comehígados* Johnson. El buen trampero volvió una noche a casa y se encontró con que los *crow* habían asesinado a su mujer y a su hijo. ¿Cree que rellenó un formulario? ¿Que trató de entender los muchos grises del «problema indio»? No, cogió su rifle y cruzó los bosques hasta sacarle el hígado a cada uno de sus enemigos. Por eso es por lo que América le recuerda.

Al viejo le inquietó el argumento.

—Sin grises, ¿eh?

—Sin grises, querido vecino. Quizás necesitamos que todo vuelva a ser como antes, ¿no está de acuerdo? O blanco o negro, o bueno o malo.

—Quiere pasar su vejez asesinando indios.

Lancaster se rio de buena gana; reprimió una tos tapándose la boca con el puño.

—Adoro el frío. He adquirido una propiedad en Little Snake River; ahí es donde vivió Comehígados Johnson. Tengo intención de pasar los últimos años de mi vida bebiendo güisqui y pescando truchas del tamaño de un brazo; durmiendo y comiendo. Soñando, también, que hace tiempo que no sueño con nada. ¿Qué le parece, vecino?

—Me parece buen plan para usted y malísimo para las truchas.

Se había levantado una brisita y bandeaba la ropa. Olía a mar, a algodón mojado, y se instalaba sobre Lancaster una melancolía que él reconoció enseguida.

Un ataque de tos sacudió sus hombros y le dijo el vecino:

—Esa tos tiene una pinta fea.

—Cuando regrese a los Estados Unidos y viva en mi cabaña ya no tendré tos —replicó Lancaster. Y, suspirando, añadió—: Esta tos me ha salido porque llevo demasiado tiempo lejos de casa.

El viejo terminaba de tender unos pantalones y alzó la vista.

—«Nada hay más dulce que la tierra de uno y de sus padres», decía Odiseo.

Lancaster sonrió.

—Voy a echar de menos muchas cosas de España, profesor, pero una de ellas serán estos ratitos.

Era el viejo de esas personas humildes que no saben cómo reaccionar a un halago y, como si no le hubiera escuchado, replicó:

—Pásese luego a traerme las plantas, antes de irse, y le haremos una visita a mi mueble bar; tiene telarañas, pero algo encontraremos.

Cerró su ventana. Para entonces, Lancaster sabía ya que esta sería la última vez que se verían.

Estaban tendidos por fin los calcetines y su cuerda parecía preparada para una foto: calcetines beis seguidos de marrones, seguidos de los arena, crema y *shortbread*. Este último estaba solo y eso le provocaba al cónsul una desazón característica.

—Adiós, profesor —musitó Lancaster. Y también cerró la ventana.

Revisó el camino desde la ventana del patio, pero fue en vano: ya no encontró el otro *shortbread*. En el pasillo, sin embargo, le esperaba la melancolía aquella.

Buscó un disco en el mueble del salón. Eligió una grabación con la funda sobada y puso la cara A. Se alzaron la voz de Gardel, las guitarras de Riverol y Barbieri.

> *Verás que todo es mentira*
> *Verás que nada es amor*
> *Que al mundo nada le importa*
> *Yira…, yira*

Sabía que era mentira, no se lo tenía que recordar Gardel. Que no llegaría a los Estados Unidos y que nunca vería el Little Snake River ni esa cabaña. Al día siguiente se decidía todo, si es que aquella tos se lo permitía. Lo sabía y, pese a eso, murmuraba engañándose a sí mismo:

—*Cuando viva en Little Snake River podré descansar por fin.*

Debajo del sillón, olvidadito y cubierto de polvo, el calcetín desparejado soñaba que por fin lo encontraban.

14

Regresaron al hotel Moderno pasadas las ocho, entre dares y tomares.

Bertha von Harbou apenas tenía humor para dar las buenas noches y le dijo a Elsa que cenaría sola en su habitación. Elsa, por su parte, pidió la llave de la suya, que lindaba puerta con puerta con la de la doctora: el Hogar Alemán incluía entre sus emolumentos alojamiento y pensión completa en el mismo hotel, de manera que la intérprete Margaretha Wagner aprovechó para conocer sus nuevos dominios.

Le fue entregada la llave y comunicada la combinación de la caja fuerte que escondía el armario.

—«Cuatro, siete, cinco, cinco» —le dijo el botones.

Se trataba de un cuarto exterior, con vistas; cosa discreta, sin lujos, pero un palacio en comparación a los cuchitriles donde llevaba durmiendo los últimos días; más que de sobra para aposentar los huesos en la cama y descalzarse.

Se miró en el espejo del cuarto de baño y encontró a una desconocida. No era ya el pelo rubio, más corto, o las gafas: tenía mala cara y había adelgazado. Nunca había sido una mujer delgada, más bien entradita en carnes; era la primera vez en la vida que se le marcaba la clavícula. El pecho lo tenía algo más bajo; Melita, que siempre tuvo poca delantera, se habría burlado de ella.

Elsa Braumann sintió un frío por dentro de ese pecho y, estremecida, tuvo que sentarse en la taza del inodoro. Se preguntó cómo estaría Melita, a bordo del Quanza, y quiso creerla a salvo.

Respecto de su madre...

Bajo la luz de lo que ahora sabía, rastreaba en su memoria los detalles de las viejas fotografías de su infancia, como si tuviera que traducir algo en ellas: la madre en un mercadillo de Navidad, en Madrid; la madre con pañuelo en la cabeza y vestida de verano en una callejuela... La madre con las amigas de la ANME...

El mercadillo navideño... Se preguntó Elsa cómo no había reparado antes en aquel letrero del fondo, escrito en sueco. ¿Y aquella callejuela en la que de niña nunca reparó? ¿Asomaba por la derecha una mezquita?

Rastreaba en su memoria los detalles de las viejas fotografías de su infancia y, en efecto, traducía en ellas. Lo que la madre le había contado de aquellas fotos no era sino parte de un teatrillo, tan falsas como la foto de pasaporte que Merlín había falsificado para ella.

—Mentiras —dijo.

Era mentira, desde luego, cuando todas aquellas tardes su madre dijo que iba a la modista, al grupito de cartas. O todas aquellas largas estancias fuera de casa, que Soledad Braumann excusaba porque acudía a las reuniones de la ANME para reivindicar el voto femenino.

Todo mentiras, se decía la hija de la Hilandera.

Hacía ya que no solo se preguntaba dónde habría estado su madre, sino quién era en realidad. En aquel instante, Soledad Braumann se le antojó una desconocida.

—Cuántas mentiras. Como lo de salvar millones de vidas.

El enfado le hizo recordar que debía encontrarse con el cónsul Lancaster a las diez y se puso en marcha, a su pesar. Se echó agua fría en la cara y retocó un poco su nuevo peinado, más manejable ahora que era menos largo.

Volvió a calzarse y salió de su habitación.

El hotel se hallaba en silencio, desierto. Entregó la llave en recepción y fue objeto de la mirada extrañada del recepcionista.

—¿Va a salir a estas horas, señorita? —le preguntó.

—Me doy un paseo hasta la esquina —dijo ella—, necesito caminar.

Solo al salir a la negrura de la calle Policarpo Sanz advirtió que el cónsul no le había proporcionado un abrigo. Hacía fresco.

Suspiró, resignada, y encaminó los pasos hacia el punto de encuentro con Ian Lancaster.

*

Al ver el coche aparcado en el sitio convenido se lo imaginó; un Peugeot 401 del año 34 se hallaba en la penumbra, a pocos metros de una farola. Era aquella una calle ancha, con un enorme teatro de acabado señorial. La tal calle tomaba su nombre de un marqués, «de Valladares», y el teatro el de un apellido, «García Barbón»; prohombres que, en su tiempo, habrían construido la ciudad y de los que a la larga, *sic transit gloria mundi*, nada quedaba excepto sus nombres.

El chófer gorila salió del Peugeot y le abrió la puerta de atrás. Asomó desde el interior el cónsul Lancaster.

—¿No va muy fresca? Mañana le proporcionaré un guardarropa completo.

—¿Este es otro coche? ¿Cuántos tiene?

—En Vigo hay unos ciento sesenta automóviles; la mitad son míos.

—¿En serio?

—Por el amor de Dios, qué inocente es usted; no, claro que no. —Se hizo a un lado—. Entre. Ha llegado a mis oídos que esta tarde estuvo muy entretenida en el Castro, con cierto personaje. Yo creía que ya no volveríamos a verla —dijo, entre bromas y veras.

Elsa tomó asiento junto a él en la parte de atrás del vehículo. Todavía le duraba la indignación.

—Ni vacuna ni medicina, Lancaster —dijo enfrentándole—; lo que la doctora ha descubierto tiene que ver con un arma. Ustedes me mintieron; me contaron una milonga para convencerme de que gracias a ese descubrimiento podrían salvarse millones de vidas.

Apestaba a sus cigarritos, la atmósfera estaba cargada y él tosía. Ya no eran golpecitos de pecho, jum, jum, sino cof, cof... El cónsul, una, dos, tres veces, sacudió un pitillo contra el dorso de la mano, presa ya de aquel trastorno del que ni siquiera era consciente.

—En el siglo v antes de Cristo, hubo dos filósofos griegos, Leucipo y su maestro, Demócrito; quizás le suene el nombre. Leucipo y Demócrito sugirieron que la materia estaba hecha de pequeñas partículas. A estas partículas las llamaron ἄτομοι.

—Lancaster, ¿de qué narices me está hablando?

—Tenga paciencia, Margaretha, y no me estropee la introducción dramática. A estas partículas las llamaron ἄτομοι. Es decir, «átomos», cuya etimología viene a significar «Lo que no puede ser dividido».

—¿Yo le reprocho que me han mentido y usted me cuenta que los griegos dijeron que los ἄτομοι no podían dividirse?

—Estaban equivocados —soltó el cónsul.

—¿Qué?

—La doctora Von Harbou ha demostrado, cof, cof... que el átomo sí se puede dividir. Y cuando el átomo se divide, Elsa, ocurre una cosa fantástica: se libera de golpe una enorme cantidad de energía.

No hizo falta decir más para que la traductora llegara a la conclusión inevitable.

—Una bomba —musitó—. Los Estados Unidos quieren aplicar el descubrimiento de Bertha von Harbou en una bomba. Qué gran idea, ¿verdad? Soltarla en un campo de batalla y matar de golpe a treinta soldados.

—Más.

—¿Qué?

—Morirían muchos más de treinta, Elsa —dijo Lancaster despacio, grave—. Serían miles en medio de un fogonazo instantáneo que arrasaría con todo. La bomba de mayor poder devastador que haya conocido la humanidad.

Los ojos de Elsa se habían llenado de miedo.

—Por Dios, ¿saben ustedes en lo que andan?

—Se llama guerra —dijo el cónsul.

Elsa Braumann no hacía más que tragar humo. Abrió la puerta y salió al exterior para tomar una bocanada de aire frío.

—Están ustedes locos —dijo. Lancaster salió también.

—Ah, sigue pecando de inocente —replicó—. No somos los únicos. Nazis, americanos, japoneses, rusos... Y como ha podido ver, el propio Franco. A cualquier país le interesaría semejante poder de destrucción.

—¿Y esto es lo que se supone que iba a salvar millones de vidas?

El señor cónsul aplastó el cigarrillo contra los adoquines una, dos, tres veces, y siempre con ojos en la nuca, rodeó el vehículo.

—No entiende usted nada —dijo—, porque es una idealista. Cree usted en la matemática del firmamento. Allí arriba no hay nada de ese fango en que nos arrastramos aquí y todo funciona como debe porque es hermosamente mecánico. Pero aquí, abajo, en la tierra, somos los hombres quienes construimos nuestro destino con nuestros actos.

—También —dijo Elsa enseguida— quienes lo destruimos.

La traductora tiritaba; Ian Lancaster se quitó la chaqueta y se la pasó a ella por encima de los hombros.

—Elsa, ¿sabe usted lo que es el America First Committee?

*

—Deje de hacerme preguntas retóricas, se lo pido por favor. Sé que le encantan, pero no me las haga más.

Se rio Lancaster y concedió en corregirse.

—Se trata de un grupo que está teniendo cierto predicamento en mi país y que aboga por que los Estados Unidos no participen en la guerra europea. Yo mismo pertenezco a este grupo, porque me parece que... —Buscó las palabras, como dando a entender que para él era importante explicarse—. La vieja Europa pelea por trifulcas que arrastra desde hace siglos, mientras los americanos somos como un joven fuerte, libre, al que se le cuelgan de la chepa sus ancianos parientes. Solo que... yo, y muchos otros como yo, estamos convencidos de que antes o después nos obligarán a entrar en esta dichosa contienda.

»Permítame.

Lancaster retiró del rostro de Elsa aquellas ridículas gafas.

—Supongamos, amiga mía, que el ejército americano decide abandonar su neutralidad. ¿Cuántos estadounidenses morirían si entráramos en la guerra? No me mire así, no es retórica; cuántos morirían. Llegado ese punto, lo que preferiríamos yo y muchos otros americanos como yo es contar con una cierta ventaja. La ventaja que supondría un arma como la que posibilita el descubrimiento de la doctora Von Harbou. Evitaríamos la muerte de cientos de buenos americanos, jóvenes americanos temerosos de Dios, que caerían a siete mil kilómetros de casa por defender la paz, la justicia y la democracia.

—Sigue usted hablando como en una película americana.

La de Lancaster esta noche era una mirada oscura; en el fondo de los ojos, además, latía otra cosa que de momento Elsa no supo distinguir.

—Desde que el hombre es hombre y hasta hoy —dijo el cónsul—, la guerra siempre ha sido inevitable. Una bomba de esas características cambiaría eso.

Al cónsul le entró un ataque de tos. Se pasó el pañuelo por la boca hasta que pudo explicarse:

—La disuasión —dijo—. Nadie se atrevería a organizar una guerra, aunque solo fuera por miedo a ser pulverizado. Reducido a cenizas. Literalmente…, y perdone el chiste: atomizado. De modo, señorita Margaretha Wagner, que no solo serían vidas americanas las que terminarían salvándose. Con una bomba de esas características, el mundo sería un sitio más seguro.

Elsa Braumann apretó los dientes; se le había pasado el enfado y estaba, simplemente, asqueada.

—Todo eso son argumentos retorcidos para que los países puedan justificar sus tejemanejes, sus politiqueos repugnantes, en aras de no sé qué valores que, en el fondo, les importan un pimiento.

A Lancaster le persistía el ataque.

—No entiendo el saco en el que… cof, cof, cof… me está metiendo. En este mundo…, cof, cof, cof…, aunque usted no lo crea, cof, cof…, también hay clases. Y maneras.

—Empiezo a creer que en este mundo, como usted dice, están todos podridos, la verdad.

Lancaster recuperó el tipo.

—No como usted, ¿verdad, Elsa Braumann?, que es incorruptible.

—Procuro serlo, por lo menos.

—¿Sí? *Shit!* —El cónsul se enardecía y eso le provocaba tos—. Dígame: ¿a cuánta gente ha engañado usted desde que comenzaron

230

sus *aventuritas* hace algunas semanas? Cof, cof... A cuánta gente ha mentido y traicionado; a cuánta gente le ha ocultado información santa Elsa Braumann en pro de sus propios intereses; de cuánta gente se ha valido..., cof, cof..., para llegar adonde quería llegar; cuánta gente no habrá perdido un montón de cosas por el camino, cof, cof, cof, cof..., incluida la vida, para que usted pudiera cruzar al otro lado del *fuckin* puente.

La traductora prefirió no hacer el cálculo; ni siquiera quiso asomarse ahí, aterrada de lo que podía encontrar.

Ian Lancaster alzó la barbilla.

—Estoy ya un poco cansado... de sus lecciones de moral, señorita *Abeja* —dijo como si pretendiera apuñalarla con la palabra. Acercó un paso hacia ella y añadió—: Usted... es parte del enjambre.

—Tiene usted razón —contestó ella. También había algo nuevo en aquellos ojos: por primera vez, las pupilas de Elsa Braumann recordaban a dos carbones—. Por eso —añadió la traductora—, antes de caer en lo más profundo del pozo, me voy.

Se dio la vuelta y dejó al cónsul junto al Peugeot. Resonaron los pasos de Elsa en el silencio de la noche.

Atrás fue quedando Lancaster.

Pero al cabo sonó su voz.

—Soledad Braumann —dijo.

Elsa se detuvo.

Lancaster rebuscaba en su pitillera.

—La Hilandera, su madre, se encuentra en España.

Nada más dijo durante un instante, siempre tan amantísimo de las pausas dramáticas; hasta que añadió:

—Los *repugnantes tejemanejes* del Gobierno de los Estados Unidos han conseguido descubrir su paradero. Se halla a unos kilómetros. Disponemos de las filmaciones que lo prueban.

Alzó los ojos para clavárselos encima.

—¿La incorruptible traductora quiere verlas?

*

Ocupaban apenas una esquina del sótano, donde se había improvisado una cámara oscura: colgaban del techo unos cortinones negros

231

para formar un habitáculo de dos metros por dos. Elsa Braumann observaba en la negrura sin perder detalle. Todavía le parecía irreal que estuviera a punto de ver a su madre, aunque fuera así, de aquella manera fugaz y clandestina.

Le dijo Lancaster a su espalda:

—Estas imágenes fueron tomadas en el campo de concentración de Arnao, en Asturias.

Elsa palideció.

—¿Campo de concentración...?

El cónsul accionó el pequeño proyector de 16mm y un haz de luz iluminó la sábana blanca que colgaba frente a Elsa Braumann.

En la sábana se arqueaban evanescentes imágenes del recinto alambrado, tomadas desde algún altozano próximo y en secreto: barracones, mujeres macilentas y rapadas.

Elsa Braumann se llevó la mano a la boca.

—¿Está...? ¿Está mi madre... *ahí*?

Había escuchado los horrores que se comentaban sobre los campos de concentración franquistas: el hacinamiento, las muertes por el hambre y el trabajo esclavo, las torturas. Ese mismo año habían venido expertos nazis a dirigir alguno de aquellos campos. En la humillación del ser femenino, ciertas mentes se mostraban de lo más creativas y trataban a las mujeres con una rabia particular, como si quisieran castigar su roja maternidad a aquellas engendradoras de hijos rojos.

El cónsul, que siempre tenía una broma guardada, se mostraba taciturno.

—Ahí la tiene —dijo—. Soledad Peguero-Braumann.

El corazón de la traductora se paró durante un instante.

En la sábana temblaba un nuevo fantasma, una mujer de cierta edad, rodada desde la lejanía.

—Dios mío —musitó Elsa poniéndose en pie—. ¿Pero es posible?

—Fue capturada mientras guiaba a un grupo de judíos alemanes que trataban de cruzar la frontera desde Francia.

Elsa se aproximó a la sábana para escrutar de cerca aquel rostro, el óvalo de la barbilla que había sido tan redondo y que se mostraba ahora afilado. Estaba más delgada; se cerraba sobre el cuerpo un astroso abrigo negro, con gesto desamparado; y aun así mantenía cierto decoro, que la separaba del barracón repugnante que tenía a su espalda.

Una de las dos olas venció al fin dentro y se desbordó: su madre estaba viva, había estado viva todo este tiempo y era cierto lo que contaba aquella carta suya.

Queridas, queridísimas hijas mías. Esta es la noche en que finjo mi muerte para separarme para siempre de mi familia. Ya son muchos los que persiguen a la Hilandera; me he vuelto demasiado eficaz en mi oficio secreto: temo que, tras llegar a mí, lleguen a vosotras para hacerme daño.

He tomado la decisión más terrible. Para salvaros la vida debo perder la mía; y no hablo de fingir mi muerte con la ayuda de vuestro padre, al que por fin le conté todo hace unos días. Hablo de perder mi vida, que sois vosotras, mis hijas tan amadas.

Escribo estas letras apresuradas en esta pensión de mala muerte donde finjo mi enfermedad fatal, con la promesa de que vuestro padre os las hará llegar un día, para que perdonéis mi falta y mis mentiras.

Elsa, Melita, mis adoradas niñas, confío en que sepáis perdonar a vuestra madre. Ojalá, lo deseo más que nada en el mundo, podamos reunirnos un día y recuperarnos las unas a las otras.

Hasta que eso ocurra y por encima de mi dolor, os envío todo mi amor, todos mis abrazos.

Vuestra madre, que os quiere más que a nada en el mundo.

Sentía Elsa un ahogo inmenso, entre la alegría y el llanto; un calor que la impulsaba a besar aquella imagen de la filmación, a abrazarla mil veces.

—Dios mío, qué le han hecho…

Llamaba a compasión el pómulo hinchado, de algún golpe, el pelo rapado. Cuántos horrores habría vivido su madre antes de aca-

233

bar capturada y trasladada a aquel lodazal; cuántos estaría viviendo ahora mismo en aquel campo. Lo peor, sin embargo, era aquella mirada perdida y rendida a su destino.

—Cuándo se tomaron estas imágenes.

—Unas semanas, apenas. Ha dado un nombre falso y oculta el papel que jugó para nosotros, desde luego. No necesito explicarle lo que las autoridades franquistas le harían a la señora Braumann si se enterasen de que hace años fue la Hilandera.

La traductora, como si pudiera llamar su atención, acarició la sábana allá donde su madre se giraba para otear el horizonte.

Pero aquella era solo una imagen en una sábana, incapaz de acertar a ver a su hija que lloraba por ella.

Una lágrima le resbaló a Elsa mejilla abajo.

Como si esa lágrima la hubiera llamado, Soledad Braumann alzó la cara en la filmación y sus ojos se cruzaron con los de su hija. Quién sabe si en ese instante, más allá de la frontera cinematográfica que las separaba, fue capaz de reconocer en aquella mujer rubia y con gafas a su pequeña Elsina.

Terminó de golpe la filmación. La madre y la hija se perdieron de nuevo, separadas por un abismo de tiempo. Iluminaba aquel cuadrado blanco el oscuro cubículo, como una ventana fuera del tiempo y fuera también de cualquier lugar.

Lancaster no encendió la luz; tampoco dijo nada.

Elsa lloraba en silencio con la frente apoyada en la sábana. La vencía al fin todo el cansancio acumulado.

—Tienen que sacarla de ahí —dijo—. Se lo deben, después de todo lo que hizo para ustedes.

Lancaster tosió.

—Podemos acudir a cierto comodín diplomático, desde luego.

La ayudó a incorporarse. La mano de Lancaster acompañó a la traductora hasta que ella tomó asiento en aquella silla de tijera.

El cónsul le ofreció un pañuelo.

—Podemos sacar a su madre del infierno, Elsa…, si usted cumple su parte.

*

234

Ella nada dijo primero, cabizbaja.

—¿No es una maldad? —respondió al fin.

—¿Una maldad?

—Reservarse la posibilidad de ayudarla dependiendo de si colaboro con ustedes o no. Poner en peligro la vida de mi madre estirando el momento en que por fin la liberan, solo para presionarme a mí. ¿No es una maldad?

El proyector apagado emitía calor todavía. Con toda delicadeza, Lancaster retiró el rollo de película del aparato y lo guardó en una cajita redonda, metálica. Apretó la caja una, dos, tres veces, según era su costumbre con cada gesto.

—«Maldad»… Ni siquiera estoy ya seguro de lo que quiere decir eso; por desgracia me he desacostumbrado a moverme en esos términos. Mi país solo pretende conseguir su objetivo; y creo que es razonable emplear todos los medios a su alcance.

Lancaster la observó y por un momento sintió lástima por ella: Elsa asentía en silencio, derrotada.

La compasión duró poco, sin embargo, y el cónsul enseguida sacó un cigarrito de su pitillera. No hubo amenaza en sus palabras, ni rabia, sino una exposición fría.

—Quiero que esto le quede claro, señorita —dijo. La llama del mechero iluminó su rostro—. América primero. América… primero. Ni yo…, ni la doctora…, ni por supuesto usted o su condenada madre.

La traductora le sostenía aquella mirada helada. El cigarrillo humeaba en la comisura de Lancaster y dijo ella:

—Esa porquería acabará matándolo.

El cónsul miró su propio cigarrillo y se echó a reír.

—¿Esto? —dijo—. Por el amor de Dios, claro que no.

Elsa temió tardar demasiado en cumplir aquel encargo y que a su madre le diera tiempo a ser vencida por el hambre o la enfermedad; que volviera a desaparecer, para siempre esta vez. Temió que esta oportunidad única se le escapara entre los dedos.

Se puso en pie con aire cansado. Elsa Braumann parecía más alta ahora, cosa curiosa, cuando enfrentó al cónsul norteamericano, muy cerca de su nariz, y dijo al fin:

—Cumpliré con mi parte.

Lancaster recuperó su sonrisa ladeada.

—Lo celebro.

La traductora apartó la cortina que cerraba el cubículo de proyecciones y, sin despedirse, emprendió los pasos hacia la puerta del sótano.

—Tiene esta noche —dijo Lancaster, atrás—. Y unas horas de mañana. Averigüe dónde esconde el cuaderno la doctora Von Harbou. Y mañana a las 11:00, cuando ella esté dando su conferencia, encuentre la manera de colarse en su habitación y copiar esa información.

La traductora abrió la puerta dispuesta a salir.

—Su teoría de la disuasión tiene un fallo, Lancaster: solo funciona cuando todos tienen la bomba. Pero mientras solo la tenga un país, el mundo corre peligro. ¿Y si solo la tienen ustedes? ¿Y si los Estados Unidos tratan de ganar Berlín? O Japón. ¿Tirarían la bomba sobre una ciudad japonesa aun a costa de matar a miles de civiles inocentes?

Ya estaba saliendo a la trasera del edificio cuando dijo el cónsul a su espalda:

—Elsa.

—Qué.

—Comprometo la palabra de honor de los Estados Unidos para asegurarle que nunca usaremos *la bomba*.

15

Ni un alma en la noche; ni un ruido en la noche, excepto el sonido leve de sus pasos sobre la moqueta. Al atravesar el pasillo del hotel Moderno en dirección a su habitación, a Elsa Braumann la embargaba una sensación de laxitud. Ya se había descalzado y, sosteniendo los zapatos en la mano, caminaba como quien tiene por delante un desierto que recorrer.

Introdujo la llave de su habitación en la cerradura y al momento se abrió la puerta contigua.

Asomó la doctora Von Harbou en bata.

—*Ha vuelto* —dijo—. *Perdone que me entrometa: antes pasé por su cuarto y vi que no estaba; me tenía preocupada.*

—*Ah* —dijo Elsa, rendida—, *salí a dar un paseo, necesitaba un poco de aire.*

—*¿Demasiadas emociones hoy?*

Sonrió la traductora; los ojillos se le habían hecho pequeños bajo aquellas grandes gafas.

—*Demasiadas para mí, sí. Buenas noches, doctora.*

—*Había… Había pedido una botella de vino con la cena y… Me da pena devolverla casi entera* —dijo la doctora señalando al interior de su habitación—. *¿Se toma un vasito conmigo?*

—*Se lo agradezco, pero estoy rendida* —respondió la Braumann apuntando una sonrisa—. *Y mañana tenemos el desayuno informal con los periodistas, me gustaría estar descansada.*

Algo había cambiado en Bertha von Harbou; y no era solamente el rígido y gris atuendo. Elsa, muy versada en este campo, supo reconocer en ella una cierta sensación de miedo.

—*Estoy nerviosa* —insistió—. *Quizás sea la conferencia de mañana. Un vaso de vino le ayudará a dormir, Margaretha, y a mí... me vendrá bien un poco de conversación. No suelo hablar con mucha gente y a veces lo echo en falta.*

Vio Elsa la oportunidad de escudriñar dónde podría esconder el cuaderno e hizo de tripas corazón.

Asintió sin decir nada... y entró en la habitación de la doctora Von Harbou.

*

La *suite* era mucho más grande que la habitación de Elsa.

Sobre la mesita baja de la sala, Elsa Braumann encontró una bandeja con la cena a medio terminar y la famosa botella de vino. Procuró aparentar indiferencia, a pesar de que le dio un vuelco el corazón: encima de la mesita se hallaba también el cuaderno de la doctora.

Von Harbou cogió el cuaderno, lo puso sobre la bandeja y lo retiró todo para que no estuviera a la vista.

—*Discúlpeme* —dijo—, *no esperaba visita.* —Y lo dejó todo en una esquina, en el suelo. Elsa no perdía de vista el cuaderno.

La alemana acudió a un armarito bajo.

—*Por favor, siéntese. Si le molesta la ventana abierta la cierro. Soy muy sensible a los olores y me gusta que esté todo bien aireado.*

Allí se acuclilló, abrió una de las puertas, buscando, y luego abrió la otra.

—*Habla usted muy bien español. Me parece una lengua dificilísima, con esas jotas tan fuertes y esos femeninos que deberían ser masculinos y al revés.*

La doctora regresó con dos vasos que había encontrado en el armarito.

—*Por favor, no esté de pie.* —Elsa tomó asiento en una esquina del sofá y la doctora hizo lo mismo en la otra esquina; se dispuso a servir el Bodegas Palacio del 35—. *¿Hace mucho que vino de Alemania? ¿De dónde es usted?*

—*Vine hace poco. De Bremen.*

—*No lo conozco* —dijo Von Harbou—. *Es bonito, según creo.*

Elsa apretaba la mandíbula. Para acceder a la biografía de Margaretha en su cabeza, se veía obligada a activar un cierto mecanismo. Allí se abría un compartimento en donde rebuscaba los aconteceres de su *alter ego* rubia. Los detalles que no había acordado con el cónsul tenía que inventarlos sobre la marcha. Esto, como es natural, la ponía tensa, temerosa todo el rato de no encontrar la respuesta adecuada a según qué preguntas.

—*Es aburrido* —respondió riéndose, por decir algo. Y tomó el vaso que la doctora le entregaba—. *¿Y usted?*

—*¿Yo? Nací en Königsberg. A los diecisiete marché a estudiar a Berlín con una beca del Estado.* —Se encogió de hombros quitándose importancia—. *Estaba todo el mundo muy impresionado con un trabajo que hice sobre combustibles fósiles, pero supongo que lo que les impresionaba de verdad es que lo hubiera escrito una mujer. Nos consideran idiotas a todas. Me pagaron la carrera. ¿Había estado antes en España, Margaretha?*

—*¿En España? Nunca.*

—*Prost* —dijo la doctora alzando su vaso.

Brindaron entrechocando los cristales y bebieron las dos un sorbito.

Bertha von Harbou se repantigó en su esquina. Al cambiar de postura, por entre los pliegues de la bata asomaron unas piernas recias, muy blancas.

—*España es un país curioso. A los españoles les pasa lo contrario que a los ingleses: estos creen estar por encima de la humanidad. Nunca he visto a nadie tan crítico consigo mismo como los españoles; se valoran muy poco.*

A la Braumann se le iban los ojillos al cuaderno, que había quedado sobre la bandeja de la cena. Observaba la estancia de reojo, buscando dónde lo guardaría Bertha von Harbou cuando no lo llevaba encima. ¿Quizás en uno de los cajones del escritorio?, ¿en el armario de la entrada?

—*Está muy rico el vino* —dijo.

—*Muy rico.* —La doctora sirvió otros dos vasos—. *Nos lo vamos a terminar; hoy dormiremos como benditas.*

Rieron y brindaron de nuevo.

—*Prost.*

Estaba Elsa tan nerviosa que se le escapó el vaso de la mano y el vino fue a derramarse en su regazo y en la moqueta. Aquello la aturdió aún más; no acertaba a excusarse: que si perdón, que si lo siento…

La doctora, sin embargo, se reía.

—*Lástima de vino* —dijo, y se levantó para acudir al baño.

Al volver se arrodilló delante de Elsa y le frotó la falda con una toalla mojada. Se quejaba una de lo tonta que era, de cómo había puesto el suelo, de cómo había dejado el vestido…, y la otra la disculpaba.

—*No sea boba, Margaretha, si dicen que trae suerte.*

A través de la bata entreabierta la traductora atisbaba los grandes pechos alemanes; el devenir de sucesivos períodos de regímenes y comilonas habían dibujado en ellos algunas estrías.

Elsa le rogó que lo dejase, ya se limpiaría ella.

La doctora pidió perdón si es que la había molestado en algo.

—*Molestado. No, no.*

Estaba tan cerca que podrían haber compartido secretos al oído. Sonrió Bertha von Harbou.

—*Tiene usted unos ojos que parecen españoles.*

—*¿Sí? No me lo habían dicho nunca.*

—*Son unos ojos tristes. Me recuerdan…*

Bertha von Harbou contempló el vino sobre la moqueta como si allí estuviera dibujado un destino misterioso.

—*J'ai senti sous ses baisers* —susurró, tímidamente primero—. *Une ardente ivresse / Il avait un regard très doux / Il venait de je ne sais où…* —Calló, ruborizada.

La alegría del vino había dado paso a una nostalgia tan envolvente como el fresco que entraba por la ventana.

—*Son unos versos preciosos, doctora.*

—*¿Sería mucho pedir…?* —preguntó la Harbou, e interrumpió la pregunta igual que quien se detiene un instante antes de saltar del trampolín—. *¿Sería mucho pedir que esta noche me llamara usted Bertha?*

Nada supo responder la traductora y Bertha von Harbou insistió:

—*Esta noche solamente.*

Acercó su rostro al de Elsa y depositó en sus labios un beso; un beso cálido, delicado, que no acababa de despegarse de su boca.

Al retirarse, Elsa tenía los ojos muy abiertos; estaba tan quieta como si se hubiera transformado en mármol y escuchaba en el silencio de la *suite* su propia respiración entrecortada.

—*Yo... nunca...* —musitó—. *Yo nunca...*

—*Lo sé* —dijo la doctora Von Harbou—. *Pero yo sí.*

Y volvió a besarla. Cayó la toalla blanca sobre el vino que empapaba la moqueta.

*

Al despertar de madrugada no reconoció dónde estaba; pensó que se hallaba todavía en el submarino y su mente adormilada fue incapaz de asimilar el ventanal flanqueado por cortinas, la mesita de noche con ribetes. La luz de la luna iluminaba la habitación de aquella delicada manera en que las cosas son y no son. Elsa Braumann estaba desnuda.

Solo cuando un cuerpo se sentó a su lado en la cama, Elsa recordó lo que había pasado. Miró de soslayo y encontró acostándose a Bertha von Harbou, que regresaba del saloncito.

Elsa permaneció muy quieta, dándole la espalda a la alemana, haciéndose la dormida.

Pensando en lo que había pasado observó que no tenía remordimientos y esto la asombró. Hubiera podido negarse, horas antes; hubiera podido salir de la habitación para que no ocurriera lo que al cabo ocurrió. Elsa se había dejado hacer, sin embargo; se dejó besar y acariciar; dejó que la doctora nazi la condujera hasta la cama y Elsa probó de aquellas mieles que le eran del todo desconocidas. Hubiera podido evitarlo y no lo hizo. Mientras Von Harbou la besaba y masajeaba sus pechos, a la traductora no se le quitaban de la cabeza las imágenes de aquel rostro hinchado a golpes ante el barracón, aquella mirada que nada esperaba ya. Hubiera podido evitar los besos de la doctora y no lo hizo. Qué mejor oportunidad, se dijo, de averiguar lo que pudiera acerca del cuaderno rojo esta noche, cuando Bertha von Harbou estuviera dormida. Debería tener remordimientos por estar engañando a la científica, pero, cosa curiosa, no los tuvo. La senda de Mata Hari no le estaba resultando tan difícil de transitar.

La respiración de la doctora era más lenta ahora, más profunda.

Procurando no despertarla, la traductora echó mano al reloj de su madre: la manija pequeña estaba en las tres y la grande en el cuatro.

Apartó las sábanas a cámara lenta y fue poco a poco incorporándose. Abandonó la cama despacito y se movió la doctora, como si estuviera a punto de despertarse: Elsa se detuvo.

Von Harbou seguía durmiendo, por fortuna.

La traductora avanzó por la habitación, de puntillas sobre la moqueta, y, al pasar frente a los ventanales, su silueta se recortó al trasluz.

Cerró despacio las puertas dobles del dormitorio, muy despacio, y dejó dentro a la doctora nazi.

Elsa encendió la luz de una lámpara del saloncito. Las ropas de las dos mujeres se hallaban tiradas en el suelo, en un reguero que conducía al dormitorio. Recogió las bragas y el sujetador y se los puso.

El cuaderno rojo ya no estaba encima de la bandeja con los restos de la cena, en aquella esquina: Bertha von Harbou debía haberlo guardado.

Pero dónde, se preguntó Elsa.

En el armarito no había nada y lo descartó. Tras revisar los cajones, descartó también el escritorio. Descubrió que la doctora había estado escribiendo algunas postales; en una de ellas, a medio terminar, se dirigía a alguien con términos muy cariñosos:

«*Mi querido Johannes. Todavía no he podido ver Vigo. Aquí te mando una postal de las islas Cíes, que por lo visto…*».

A Elsa le pareció que debajo de los asientos del sofá pudiera ser un buen sitio. Los levantó y observó las cinchas sobre el armazón; el cuaderno cabría allí, desde luego, pero no estaba.

Se le ocurrió entonces mirar en el baño y estaba examinando los armarios bajos cuando cayó en la cuenta y la sobrecogió un estremecimiento.

Quizás, se dijo, no era tan mala espía. En el robo de los documentos ingleses había conseguido engañar a mucha gente. Ahora estaba traicionando la confianza de Bertha von Harbou. Esto sí que la sorprendió: saberse tan capaz de engañar llegado el caso. Nada más le era necesario, sino una motivación, y descubrió que era capaz, sí, de muchas cosas. Aquel rasgo de su personalidad le era del todo ajeno, del mismo modo que lo había sido para su madre; y Elsa Braumann se preguntó si sería algo nuevo que estaba naciendo o si, por el contrario, había estado allí siempre con ella, agazapado, esperando a salir. Herencia materna.

Abandonó el baño y probó con el armario empotrado de la entrada. Nada más abrirlo descubrió la caja fuerte, pequeña, enclaustrada en la pared. No podía haber mejor sitio para guardar el cuaderno, desde luego.

Escuchó cómo en la habitación contigua se levantaba de la cama la doctora nazi y a Elsa le dio un vuelco el corazón. Enseguida regresó de puntillas al saloncito, rápido, rápido.

Se le había quedado descubierto el sofá, sin los asientos. Corrió a recoger uno del suelo y le dio tiempo a colocarlo; estaba agarrando el segundo, sin embargo, cuando Bertha von Harbou abrió las puertas dobles del dormitorio y la sorprendió con el asiento en la mano y expuesto el armazón del sofá.

*

Margaretha Wagner se hallaba en sujetador y bragas ante el sofá y sosteniendo uno de los asientos.

—*Qué haces* —dijo la doctora.

—*Yo… Estaba buscando el reloj de mi madre.*

—*Lo tienes puesto.*

Elsa fingió un suspiro de alivio al encontrarlo en su muñeca.

—*Caray, soy de lo que no hay, estoy dormida.*

La doctora, riéndose, acudió a la entrada de la habitación. Llevaba puesta la bata, pero ya no le preocupaba mantenerla cerrada.

En el bolsillo de la bata asomaba el condenado cuaderno. A Elsa le llamaba aquel rojo igual que la lámpara maravillosa llamó a Aladino, en un susurro mudo que la obligaba a acercarse, a acercarse.

—*Yo sí que soy de lo que no hay* —dijo la doctora—, *dejo el cuaderno en cualquier sitio, con lo importante que es.*

Abrió el armario de la entrada.

—*De niña era de lo más despistada. Se me daban de maravilla los números, pero era una completa inútil para las cosas cotidianas. Ni sé cuántas veces se me quedó encendido el fuego de la cocina. Pensaba que se me iría pasando, pero con los años es peor todavía.*

Se arrodilló y abrió la caja fuerte. Elsa colocaba de nuevo el asiento en el sillón, pero no perdía detalle.

La doctora guardó el cuaderno en la caja.

—*Si ves que el cuaderno se me queda por ahí, te ruego que me avises.*

—*Sí, claro, doctora.*

Bertha von Harbou la miró enternecida.

—*¿Todavía me llamas así?*

—*Yo...*

Sonriendo aún, la doctora cerró la puerta de la caja fuerte y le dio un par de vueltas a la perilla de la combinación.

Elsa la observaba. Le dio pudor de pronto verse en ropa interior y recogió del suelo el vestido y con él se tapó el torso.

—*¿Qué hay en el cuaderno..., Bertha?* —preguntó Matahari.

—*Ya te lo dije. Mis anotaciones de trabajo.*

—*¿Alguna investigación importante?*

Bertha von Harbou suspiró.

—*Muy importante, en verdad: ya ves la lata que me dio esta tarde el señor March. Yo me había escondido todos estos años en mi pequeño mundo. Pensaba que allí dentro nada sucio podría tocarme y al final...*

Se quedó un momento pensativa y enseguida recuperó su habitual aplomo: decidió ponerse en pie. Regresó al saloncito.

Le hizo gracia ver cómo se cubría su intérprete y la condujo de la mano para llevarla al sillón.

Bertha von Harbou tomó asiento e hizo que Elsa se sentara a su lado.

—*Tienes un cuerpo hermoso* —le dijo la alemana—, *no deberías cubrirlo.*

—*Nunca… Nunca me gustó demasiado.*

La doctora sostenía su mano entre las suyas.

—*Es un cuerpo muy deseable.*

Elsa vino a reconocer que quizás hubiera ganado últimamente.

—*He adelgazado un poco.*

—*También eras deseable antes, tonta.*

Acarició su rostro, solo que esta vez Elsa fue incapaz de mirarla. La doctora fue muy consciente y, poco a poco, retiró sus manos de la mano de Elsa.

—*La actitud del señor March hoy no es extraña ni es la única* —dijo. Aprovechó que se acomodaba en el sillón para separarse unos centímetros de su intérprete y no incomodarla—. *Otros países me han pedido que abandone Alemania; los Estados Unidos, por ejemplo. Están todos muy interesados en el descubrimiento que he hecho.*

Elsa callaba. Temía que, si decía apenas una palabra, la doctora ya no seguiría hablando.

La doctora, sin embargo, preguntó:

—*¿Has leído* Frankenstein*?*

—*De joven. ¿Por?*

—*Es curioso que fuera escrito por una mujer: con esta investigación mía he hecho un poco lo que se cuenta en* Frankenstein.

—*No comprendo.*

—*He roto las leyes divinas, Margaretha. El átomo representaba lo indivisible, así lo heredamos de los viejos griegos, y yo, en mi ansia de saber, he roto esa verdad inmutable. Yo, amiga mía, como el doctor Frankenstein, he arrebatado para los hombres un poder que estaba reservado a los dioses.*

Se retorció las manos.

—*Este paso que he dado… entromete al ser humano en lo divino. De ahí la maravilla y el castigo. Ah, sí, el castigo, Margaretha: por culpa de lo que hay en ese cuaderno pagaremos un precio, estoy segura.*

»*Tú y yo somos mujeres; por tanto no somos en ninguna medida infantiles. En un mundo en paz la ciencia sirve para muchos aspectos de la vida, pero en el nuestro, una vez caiga en sus manos esa investiga-*

ción, solo puede ser utilizada para una cosa. *Yo no podía reconocerlo delante de él, claro, pero Juan March tenía razón: las implicaciones armamentísticas de mi descubrimiento son innegables, a pesar de que mi intención nunca fuera esa. La puerta que yo estaba abriendo conducía al infierno.*

—*¿Entonces no pretendías fabricar un arma?*

—*Por favor, no* —respondió la Harbou—. *Llevo toda la vida obsesionada con encontrar energías nuevas; el carbón y el petróleo tienen los días contados. ¿Un arma, yo, Margaretha?, ¿para que los asquerosos nazis conquisten el mundo? ¿Crees que estoy loca?*

Esto sí dejó descolocada a la traductora.

Viendo la respuesta que había despertado, Bertha von Harbou rompió a reír.

—*Dios mío, qué ojos se te han puesto; y los tienes preciosos.*

Fue adoptando un semblante nostálgico, a pesar de que sonreía todavía. Se acercó a Elsa y susurró:

—*Se me dan bien las máscaras, Margaretha. Con los años he conseguido que sea perfecto el disfraz que visto para los nazis.*

*

—*Pero..., pero yo pensaba...*

Bertha abandonó el sofá y, cerrándose la bata, acudió al escritorio.

—*Por favor...* —dijo indignada—. *Que Alemania recupere su dignidad humillada me parece bien; sin que sea algo que me quite el sueño, la verdad. Pero lo otro... Nacionalsocialismo... La raza aria... Todo eso me produce arcadas.*

—*Pero entonces... No entiendo. ¿Por qué no aceptas la oferta de los Estados Unidos?*

La doctora rebuscó entre las postales; encontró la que buscaba y la trajo consigo.

—*Ya había anticipado tu pregunta.*

Le entregó a Elsa la postal y volvió a sentarse a su lado.

Elsa reconoció la que había leído antes, dedicada al tal Johannes.

—*¿Tu marido?*

A ojos vista se dulcificaba aquel semblante.

—*Mi sobrino* —respondió la doctora Bertha von Harbou.

Su rostro, que siempre había distado mucho de resultar agradable siquiera, adquiría poco a poco una belleza serena. Llamaba la atención el brillo emocionado que acudía a sus pupilas.

—*Tengo una hermana en Berlín* —dijo—. *Una hermana pequeña. Es lo único que me queda de mi familia. Unos años antes de empezar la guerra se casó con un hombre maravilloso, que la quiere con locura y que a mí me trata como a una hermana.*

Señaló la postal.

—*Tienen un hijo. Se llama Johannes. Solo ocho años y ya es un pillo, listo como él solo.*

No había más que escucharla para darse cuenta y Elsa dijo:

—*Lo quieres mucho.*

—*Lo adoro. Él también me adora a mí. Con él puedo quitarme la máscara famosa y portarme como la tía cariñosa que soy, blandengue, romanticona. Lo tengo muy malcriado porque se lo consiento todo y su madre se enfada mucho conmigo* —añadió riéndose.

Poco a poco fue quedándose seria.

Los ojos se le habían llenado de miedo y, como temiendo atraer el infortunio, Bertha von Harbou habló en voz baja.

—*Mi hermana, su marido y mi sobrino, Margaretha, son lo más importante que tengo. Si les ocurriera algo malo, esta vida habría perdido todo el interés para mí. Si les pasara algo, yo ya no querría vivir.*

Elsa Braumann tragó saliva.

—*¿Por qué dices eso, Bertha?*

Allí seguía, la sonrisa triste, el gesto extenuado de quien lleva mucho tiempo batallando.

—*Mis compañeros nazis no son idiotas, querida. Temen que, en una de estas, yo acepte la propuesta de algún país y los abandone llevándome conmigo mis descubrimientos. Irma Gulch no es mi asistente, es mi carcelera. La Gestapo tiene amenazada a mi familia. Estoy obligada a permanecer en Alemania o mi hermana, su marido y su hijo serán trasladados a un campo de trabajo o directamente asesinados.*

16

Era tarde para llamar a la puerta del viejo profesor e Ian Lancaster dejó sus plantas frente a la puerta, en el rellano. Daba gloria ver a los ficus, a los potos, que eran apenas unos esquejes el día que cayeron en sus manos; hoy se alzaban altísimos, como hombres hechos y derechos. Este es mi legado, fue lo que pensó Lancaster; la huella que dejaba su paso por el mundo. Confió en que las sabias manos del viejo cuidaran de aquellas plantas que a él le eran tan queridas.

Regresó a su piso para terminar de prepararlo todo.

Ya no volvería al día siguiente. Nada podía llevarse, sino lo que pudiera traer encima; cualquier cosa le estorbaría.

Había dejado dispuestas algunas notas sobre las cajas con ropa: en ellas indicaba que una caja era para el asilo de Ancianos Desamparados; otra para el orfanato… La casa entera se hallaba vacía, eran todo cajas, aquí y allá. Por un momento se había planteado legarles algunas cosas a sus escasísimos amigos, pero finalmente no le dejó nada a nadie, para que eso no les trajera problemas. Nada peor que verse relacionado con él, con la que iba a caer al día siguiente.

Ian Lancaster se arrodilló junto a las cajas que contenían los discos. Música clásica, tangos casi todos; comprados la mayoría de cuando estuvo destinado en Argentina. Tiempos más dulces aquellos, cuando el mundo y él eran más jóvenes. Tiempos más claros, también, cuando a uno le resultaba fácil diferenciar entre estos y aquellos. Abrió su pitillera y asomó la pequeña esvástica oculta en el interior. Había sido grabada tiempo antes, en Norteamérica, regalo de ciertos amigos del Comité.

—*Buenos y malos* —murmuró.

Contempló el cielo estrellado a través de la ventana. Hacía tiempo que le era difícil saber en qué condenado punto del universo estaba situado él mismo; si era de los blancos o de los negros, o si también él se había tintado del más indeleble gris. Cómo saberlo ya.

Se preguntó quién acabaría apoderándose de sus discos. Los policías que echaran la puerta abajo, seguramente, cuando se descubriera lo del cuaderno. Al día siguiente, Lancaster era muy consciente, se decidía no solo el final de su carrera, ya que aquella sería su última misión, sino en particular su vida misma.

Le llamó la atención el firmamento. Nunca se había fijado en que allá, en cierta zona de la osa, eran dos estrellas las que brillaban y no una.

Esto era seguro: cuando se descubriera el robo de la información del condenado cuaderno, los nazis llamarían con el silbato a sus perros franquistas y abrirían las puertas del infierno para registrar dentro.

—*¿No es así como lo llaman?* La marimorena —dijo para sí; y repitió lo que ya temía un par de días antes—: *Esto no va a terminar bien.*

Hacía tiempo que la muerte se había hecho presente en su vida; hacía años que le acompañaba como nos acompañan ciertos rasgos de nuestro carácter que detestamos y que, de vez en cuando, se manifiestan y nos recuerdan su presencia. Hacía ya tiempo que lo sabía y que vivía empeñado en esquivarla: mirando detrás de cada esquina, escudriñando cada sombra, tomando asiento siempre de cara a la puerta, evitando salir tanto como le fuera posible. Hacía tiempo que jugaba al escondite con la muerte y la muy hija de perra estaba a punto de ganar el juego.

—*Voy a morir* —dijo.

Porque esta vez era distinto: ya no se trataba de una convicción íntima. En esta ocasión conocía los detalles, la fecha, casi la hora.

—*Voy a morir mañana.*

Nada se llevó consigo antes de salir por la puerta, era de madrugada; nada sino lo que podía llevar encima. Y de entre todos los recuerdos, eligió para guardarse en la chaqueta una vieja fotografía, tomada en Argentina, donde se veía a un Ian Lancaster de diecinueve años bebiendo mate y sonriendo, inconsciente de las miserias que le depararía la vida; inconsciente de en quién terminaría convirtiéndose; una vieja fotografía de cuando el mundo y él eran más jóvenes. Tiempos dulces.

*

Ian Lancaster llegó al burdel como hipnotizado. La señora de la casa, la que le abrió la puerta, sonrió al descubrirle en el jardín y, con acento argentino, dijo:

—Gringo, qué sorpresa.

Nada más verle la cara, sin embargo, supo que algo malo le pasaba.

Lancaster se adelantó y la luz del farolito que colgaba de la entrada del chalé iluminó un rostro lívido.

—Porteña —saludó él, sonriendo.

—Pasá, che, pasá.

En el saloncito que hacía las veces de recibidor le sirvió una copa de su mejor güisqui.

—Te va a sentar bien. Tomátelo de un trago.

Así lo hizo él, sentado en una de aquellas sillas de arrimo donde los clientes veían pasar a las chicas, a la espera de escoger una.

—Está tranquila la noche.

—Pocos clientes hoy, sí. Sos el primero. A partir de mitad de mes, a los gallegos no les sale a cuenta coger. ¿Aviso a las minas?

—No —dijo él contemplando el vaso vacío—. La verdad es que venía a verte a ti.

Sonrió la Porteña.

Era alta; vestía de azul marino esa noche, un vestido liso, ceñido a su cuerpo delgado, cuya falda terminaba allá donde la rodilla; no había mujer en Vigo más elegante. Se llamaba Irene, pero nadie la conocía por este hombre, para todos respondía solamente por el apodo, que le recordaba a su Buenos Aires querido.

La Porteña le retiró el vaso y se acuclilló ante él con las piernas de perfil, pues no le permitía más aquella falda estrecha.

—Qué sucedió, gringo. ¿Tuviste mal día?

—Mal día, sí —dijo él. Lancaster se solazó en contemplar aquel pelo recogido en lo alto; tan tenso que estiraba el rostro de la argentina y le afinaba los ojos, que eran grandes y negros.

Ian Lancaster suspiró.

—Bailemos, Porteña.

No hubo más palabras. Ella se incorporó despacio, como una planta que creciera, y sonriendo acudió a retirar un par de sillas con la misma elegancia con que lo hacía todo, morosa, para hacer sitio en medio del salón.

Mientras Lancaster hacía lo mismo y dejaba libre el espacio, la Porteña buscó entre los discos de su colección. Eligió uno de Gardel, una cancioncilla del 34 que a Lancaster le gustaba y que solía ponerle nostálgico.

En lo que sonaban los primeros surcos del disco y despacito, la Porteña aproximó los pasos hasta él, que la esperaba en medio del salón.

Diríase que ella disfrutaba en hacerse esperar, paso a paso, pendulando lentamente aquellas caderas como si quisiera hipnotizarlo con ellas.

—Bailemos, gringo.

La noche que me quieras
desde el azul del cielo
las estrellas celosas
nos mirarán pasar

Ofreció él sus brazos y ella se introdujo en medio, deslizándose. Tomó la mano de él con su mano y con la otra le rodeó a la altura del hombro hasta detenerse en su espalda, los dedos abiertos, estirados; pareciera que le acariciaba con el gesto.

Luciérnagas curiosas
que verán
que eres mi
consuelo

Comenzaron los pasos; era cada uno de ellos un gesto preciso, serenísimo, que terminaba en un suave latigazo. Un arco de la pierna de ella, lento, un paso atrás de él, lento.

Y el baile, que ella le había enseñado; el entrecruzar de los dos cuerpos, estrechados en su justa y perfecta distancia, a medida que, en avance cadencioso, iban dibujando pasos alrededor del salón.

> *El día que me quieras*
> *la rosa que engalana*
> *se vestirá de fiesta*
> *con su mejor color.*
> *Y al viento las campanas*
> *dirán que ya eres mía*
> *y locas las fontanas*
> *nos contarán su amor.*

En cierto momento, advirtió la Porteña que escondía él su rostro en el hombro de ella.

Lancaster la aferraba contra sí igual que si quisiera fundirse con el cuerpo de la mujer.

—Se me ha acabado la suerte, Porteña —murmuró—. Me ronda la muerte.

Ella sonrió.

—Sos un poeta, carajo.

> *La noche que me quieras*
> *desde el azul del cielo*
> *las estrellas celosas*
> *nos mirarán pasar.*
> *Y un rayo misterioso*
> *hará nido en tu pelo,*
> *luciérnagas curiosas que verán*
> *que eres mi consuelo.*

Despacio y rodeando las piernas de él, así lo hacía; con un arco por un lado, con un arco por el otro, la Porteña acarició aquella espalda con su mano abierta, de dedos estirados. Atrajo a Lancaster para que pudiera fundirse en su pecho, en efecto. Muy suave, muy suave.

> *El día que me quieras*
> *endulzará sus cuerdas el pájaro cantor,*
> *florecerá la vida,*
> *no existirá el dolor*

Acercó sus labios la Porteña y, muy segura de lo que decía, susurró:

—Serenate, gringo, quedate tranquilo. Esta noche no ronda la muerte: sos mío.

Bailaron alrededor de aquel salón como si flotaran; desapareció el mundo, desapareció la luz y quedaron ellos dos nada más, bailando paso a paso, elegantes y dignísimos. Enlazados así los rostros, la Porteña advirtió que una lágrima de él se deslizaba por la mejilla de ella.

17

Entraba ya la luz del sol a través del ventanal entreabierto cuando Elsa Braumann despertó. Sentía pastosa la boca, le dolía la cabeza.

Se hallaba sola en la cama de la doctora Von Harbou; encima de la otra almohada encontró una nota escrita en alemán.

> *«Anoche soñamos y hoy toca despertar.*
> *Gracias por esta aventura fugaz, Margaretha Wagner.*
> *Gracias por una noche preciosa.*
> *Adoro esos ojos tuyos, tan llenos de verdad.*
> *B.».*

Fue esa alusión a la verdad lo que dejó estremecida a Elsa Braumann, que no había hecho otra cosa que engañarla desde que se conocieron.

A través de las puertas dobles del dormitorio advirtió que tampoco había nadie en el salón.

Elsa tenía el cuerpo cortado y tomó asiento en la cama. Lo habían cambiado todo las revelaciones de la noche anterior. Con la pequeña resaca llegaban, ahora sí, los grandes remordimientos: le provocaba un enorme malestar continuar mintiendo a la doctora.

Recogió la bata del suelo y se la puso; olía a Bertha von Harbou. Se hacía de lo más urgente hablar con Lancaster para prepararlo todo. Elsa le dio cuerda al reloj de su madre; marcaba las siete y treinta.

—¿*Doctora?*

Asomó al baño por si estuviera allí, pero tampoco.

Ni rastro del cuaderno encima de la bandeja, allí fue donde primero acudió a mirar, al saberse sola. Recordó la caja fuerte.

Solo que ya no tenía tanta prisa por copiar el cuaderno dichoso.

¿Y si esta locura de misión salía bien, después de todo?, se preguntó. ¿Y si los Estados Unidos se hacían con aquella valiosa información y esto llegaba a oídos de las SS? ¿Qué consecuencias tendría no solo para Bertha von Harbou, sino para su familia?

—Dios mío —musitó Elsa Braumann—, pensarán de ella que lo sabía todo y que es una traidora.

No quiso ni imaginar lo que la Gestapo y las SS harían con la doctora y su hermana.

Robar la información de aquel cuaderno suponía poner en peligro de muerte a la familia alemana de la doctora.

Qué sensación tan espantosa, espeluznante, la de tener en tus manos la vida de unas personas.

Después de usar el baño, salió al saloncito y se puso a recoger su ropa del suelo.

Así estaba, cuando alguien introdujo la llave desde fuera y abrieron la puerta del cuarto.

*

La camarera del servicio de habitaciones dio un respingo al encontrarla.

—¡Jesús, María y José, perdón! ¡Vi a la doctora desayunando abajo y creí que no había nadie!

Ojalá fuera solo el pelo despeinado y la cara de recién levantada lo que delataba a Elsa; no ayudaba la bata y el cuerpo desnudo. Tuvo que reprimir el rubor que le subía hasta las orejas.

—Soy la intérprete de la doctora —dijo—. He tenido problemas con la ducha de mi cuarto y había venido a usar el suyo.

—Yo me salgo entonces —replicó la camarera retrocediendo—, ya volveré luego.

—No, no, tengo cosas que hacer, la dejo trabajar.

La Braumann se encerró en el dormitorio.

Miraba al techo maldiciendo, mientras se entraba las medias, sin perder un momento. Pensó que, allá donde estuviese, ya fuera el cielo o el infierno, Mata Hari estaría sonriéndose.

Del cuarto contiguo le llegó la voz de la muchacha.

—¿Entonces usted es la intérprete? —preguntó—. Ha tenido mucha suerte.

—¿Mucha suerte?

—De que el anterior intérprete de la doctora se pusiera tan malito.

Elsa se entró el vestido por la cabeza. La chica añadió:

—Si él no se hubiera puesto enfermo, no la habrían contratado. Los nazis pagan bien, le habrán solucionado a usted unos cuantos meses.

Elsa abrió las puertas dobles.

—Le agradezco su preocupación por mi economía.

Recogió los zapatos, echó un ojo en derredor por si se le olvidaba algo y enfiló hacia la puerta.

—Adiós, buenos días.

Estaba a punto de salir cuando, atrás, en medio del salón y en un hilo de voz, musitó la camarera:

—Yo no tuve que ver —dijo.

—¿Qué?

—Se lo dije a su compañera de usted, la de la Gestapo. Que yo no tuve nada que ver con que el muchacho se pusiera enfermo.

A la traductora no le hizo falta mucho más para sospechar que aquella era la camarera que los norteamericanos habían sobornado. La pobre pánfila no sabía cómo confesar, estaba deseándolo y lo pregonaba a los cuatro vientos aun sin hacerlo.

Elsa adelantó un paso hacia dentro del cuarto.

—¿Se lo dijo usted a Irma Gulch?

—A la señorita de la Gestapo, sí —dijo la chica, timorata—. Vino a preguntarme. Da un miedo… Menudo miedo da, qué ojos que tiene. ¿Se lo vuelve a decir usted, por favor?, que yo no tuve nada que ver.

Elsa Braumann se llevó la mano al cuello, allí donde sentía que iba apretándose la cuerda que Irma Gulch iba estrechando para atraparla.

Se adecentó la melena rubia ante el espejo de su cuarto de baño y repasó que no faltara detalle en su atuendo.

Ian Lancaster había cumplido su palabra: nada más entrar Elsa en su habitación encontró el par de maletas que el servicio de habitaciones había dejado dispuestas para ella esa mañana, temprano. Había de todo: zapatos, trajes, vestidos, un par de abrigos… No se andaban con miserias, los generosos norteamericanos, sabían cómo hacer las cosas.

Tras comprobar que estaba impecable con su traje sastre, Elsa Braumann abandonó su habitación, gabardina al brazo. Al salir se topó con la camarera, que andaba terminando la *suite* de la doctora, pero ni una ni otra cruzaron la mirada.

Bajó las escaleras rapidito. Pasaban las ocho en el reloj de pulsera; quedaban poco menos de tres horas para que Bertha von Harbou diera su conferencia. Tiempo no sobraba y todavía debía acudir donde Lancaster e informarle de todo.

Al cruzar delante de las puertas del comedor del hotel, atisbó a la doctora en la mesa del fondo disponiéndose a atender a los periodistas. No estaba sola.

Los antiguos griegos jamás hubieran aceptado la existencia de lo que Poe llamó «El demonio de la perversidad», que impulsa a las personas a lanzarse justo sobre aquello que las puede destruir. Incapaces de aceptar las enfermedades del alma, los griegos preferirían entenderlo como una cualidad y llamarlo ανδρεια, «valor». Elsa tragó saliva y, después de encomendarse al santo patrón de los espías primerizos, se adentró en el comedor.

El comedor del Moderno ocupaba uno de los tres lujosos salones de la planta baja, con salida a la calle Policarpo Sanz, donde se abría en una terraza a pie de calle y se convertía en café comercial. Aquellos salones, que, como el resto del edificio, habían sido decorados a principios de siglo, mantenían la llama parisina que arrebataba también al propio Colón, del que eran coetáneos. El tintineo de las cucharillas, las voces…, cada sonido resultaba acolchado por la tapicería de gobelinos que vestía las paredes.

Quedaban pocas horas para la conferencia de la doctora y la organización había dispuesto un encuentro informal con periodistas, a fin de que pudieran conversar con la afamada científica. A la llamada del desayuno gratuito habían acudido todos los medios gallegos; también algunos asturianos, castellanos y hasta unos pocos cántabros.

Ocupaban la mesa central el barón Reiniger, la doctora y, a su lado, Irma Gulch.

Caminando de puntillas, Elsa ocupó el asiento que quedaba libre. Reiniger le dedicó una mirada aviesa: había tenido que ocuparse él de las traducciones.

—Buenos días, *fräulein* Wagner —susurró—. *Sería muy de agradecer que cuide usted la puntualidad: el desayuno con los periodistas era a las ocho.*

Irma Gulch apostilló un refrán, muy propio de la Liga de Muchachas:

—*«El sol de la mañana tiene oro en los dientes».*

—*Por supuesto, discúlpenme ustedes* —dijo Elsa.

La doctora, sin mirarla, se llevó a la boca una cucharada del huevo escalfado.

—*Confío en que haya pasado buena noche, fräulein Wagner.*

Hasta el alemán que hoy hablaba la doctora era más *Hochdeutsch*. No cabía reprocharle a Von Harbou que hubiera vuelto a ponerse la máscara, cuando Elsa ni siquiera había llegado a quitársela.

Elsa pidió un té al camarero, muy del estilo alemán, aunque hubiera matado por un españolísimo café con leche. Ya se mataban por él, por cierto, los periodistas españoles, allá en sus mesas y a codazos.

De cuando en cuando, le hacían alguna pregunta a la doctora Von Harbou, que Elsa traducía de inmediato; cosas todas referentes a temas estúpidos: «*¿Qué le parece España?*», «*¿Está usted casada?*», «*¿Hay en Alemania muchas mujeres con carrera?*» o «*¿A qué altura se lleva la falda en Berlín?*». La doctora respondió parca en palabras.

No era cuestión de contestarles que, incluso ahora que era una de las más famosas mentes científicas de Alemania, como mujer tenía prohibido entrar en la universidad y su laboratorio permanecía escondido en el sótano.

Tanto les daba a los periodistas, más dedicados al huevo y las salchichas: les duraba poco la curiosidad y enseguida dejaban las preguntas y se aplicaban en el desayuno.

La sabueso Gulch, por cierto, untaba mantequilla sobre el pan.

—*Hoy he pedido con los ojos. Debe ser que España me da hambre.*

—Daba miedo aquel plato de huevos con beicon, tostadas y champiñones, inaudito en alguien tan delgado—. *Cuéntenos, Margaretha* —dijo—. *¿Cómo se enteró de este puesto?*

—*¿Yo?*

—*Por algún motivo enviaría sus informes al Hogar Alemán.*

—*Al Hogar y a todas partes, la verdad. Llevaba un tiempo buscando trabajo.*

—*Me extraña que no lo encontrara* —dijo la Gulch—, *teniendo esas referencias.*

—*Doy fe* —comentó el barón.

Llegadas las nueve, la doctora manifestó su intención de retirarse a preparar la conferencia y el barón anunció que daba por terminado el desayunito. Se lamentaron los periodistas y, mientras iban recogiendo libretas y cámaras de fotos, aprovechaban para echarse al buche huevos, pan, café y salchichas. Nada más dejar pelada la mesa, se marcharon al bar de enfrente.

Ni siquiera había probado su té, pero, no viendo la hora de escapar, la intérprete se dirigió a Bertha von Harbou con su tono más profesional.

—*Doctora, ¿tendrá necesidad de mis servicios durante un rato?*

—A punto estuvieron de soltarse las gomas que sujetaban su máscara.

—*No. Voy a repasar mi conferencia y necesito concentrarme. Pásese a las once menos diez, un poquito antes de empezar.*

Elsa abandonó su asiento.

—*Bien. Hasta dentro de un rato entonces, doctora. Irma. Barón.*

Todavía no había salido del comedor la intérprete y *fräulein*

Gulch abandonó su servilleta sobre el plato y se puso en pie. Echó mano a su bolsito.

—*¿También se marcha usted?* —preguntó la doctora.

La mujer de la Gestapo señaló con el mentón a Margaretha Wagner, que ya salía por la puerta, y respondió:

—*No me fío de la pánfila.*

*

Una vez fuera del hotel Moderno, *fräulein* Gulch atisbó la gabardina y el sombrerito de la intérprete, que bajaba a escasos metros. Margaretha Wagner giró hacia su derecha y desapareció tras la esquina.

La Gulch siguió sus pasos, la intérprete se alejaba a través de la zona de callejuelas, cuesta arriba.

Con el encanto de una sorpresa, surgió ante Irma Gulch una plaza y en la plaza una iglesia grande y bien construida. No le extrañó ver la gabardina de la intérprete entrando en el templo: *fräulein* Gulch creyó ver en aquel el sitio idóneo para mantener un encuentro clandestino.

Al acceder al interior de la Colegiata, *fräulein* Gulch encontró una larga nave central flanqueada de columnas y capillas.

Una de las hondas fisuras que separaban al pragmático Reich del Estado español era la sensibilidad pagana del primero y el dramatismo católico del segundo. Poco hecha a moverse en aquel intolerable magma de ángeles y vírgenes, el bello sabueso nazi acabó por perder la pieza: para cuando quiso darse cuenta de que la iglesia tenía una puerta lateral, Irma Gulch salió a la callejuela y de Margaretha Wagner no quedaba ni la sombra.

No hubo asomo de reacción en el rostro frío de la nazi; ni una mueca.

Abrió el bolso y se dispuso a fumar un cigarrillo. Usaba unas cerillitas que le encantaban, *souvenir* del famoso Bürgerbräukeller de Múnich, donde había peregrinado en una excursión de la BDM. En el cartoncillo aparecía representado un niño bávaro, con su peto verde, su sombrerito y sus cabellos rubios.

Dejó el cigarrillo humeando en la comisura y, guiñando un ojo a causa del humo, rebuscó en su bolso los papeles que la intérprete había presentado en su candidatura: allí, bajo el nombre de Margaretha Wagner, aparecía la dirección de su domicilio en Vigo.

«*Margaretha Wagner. Gran Vía del Generalísimo, 16*».

Fräulein Gulch no encontró mejor ocasión para acercarse a la que, hasta ayer mismo, había sido la supuesta casa de Margaretha. Nada le produciría mayor placer que descubrir que la dirección era falsa.

*

Al subir al taxi, *fräulein* Gulch señaló la dirección en el papel.

—Voy aquí —le dijo en su español primario al conductor—. Tú lleva.

—Muy bien —contestó el taxista. Andaba desenvolviendo el suizo que llevaba en una servilleta.

A la *fräulein* le sorprendía la habilidad con que se manejaba aquel patán, que a la vez que devoraba el suizo iba dando volantazos.

Alcanzado al fin el comienzo de la Gran Vía del Generalísimo, el conductor detuvo el vehículo.

—¿Estás segura de que es aquí donde vienes, guapísima?

Fräulein Gulch pagó con un billete y, sin esperar la vuelta, descendió del coche.

No era rara la extrañeza del taxista: todo el barrio se hallaba en construcción. Desde la calle Uruguay hasta la plaza de España, el Ayuntamiento se había dedicado a expropiar a diestro y siniestro. Las abandonadas casas de campo con aspecto de aguardar el derribo se alternaban con edificios de factura nueva y arbolitos recién plantados. Aquella Gran Vía del Generalísimo, que antes había estado dedicada al reconocido masón autor de *La barraca,* iba a ser una enorme avenida que se extendía hacia un alto. El nuevo nombre hacía prever que la ciudad esperaba grandes cosas de aquella arteria.

La dirección que Margaretha había consignado en su currículum resultó ser una casita de dos plantas, con las contraventanas vestidas de marrón desteñido. Ni una sola de las ventanas estaba abierta y un pequeño zarzal se extendía como una enredadera.

Irma Gulch llamó a la puerta con dos puñetes. Nadie acudió a abrir.

Insistió.

Se acercó a una casa próxima y al llamar al aldabón asomó un perro que, arrastrando la barriga, vio en ella a uno de sus congéneres.

De la parte de atrás de la finca asomó un viejo con la cara enrojecida y un sacho en la mano.

—*Se ven vostede de parte do concello, pódenlle ir dando moito polo saco, señorita* —le dijo a la mujer rubia.

Fräulein Gulch señaló hacia la casa de las ventanas cerradas.

—¿Ahí vive mujer *alamana*? —preguntó—. Rubia. Gafas. Margaretha Wagner. ¿Tú conoce?

—*Non che sei, rapaza, non sei. ¿Margarita, dis?*

—Ahí —insistía la Gulch señalando la casa en cuestión—. ¿Ahí vive mujer *alamana*?

—*Muller, vivir… Si andan aquí ou non iso xa non o sei.*

Resultaba asombrosa la capacidad del viejo para no decir nada definitivo.

Irma Gulch dio por perdidos al perro y al amo y, visto que se estaba acercando la hora de la conferencia, se alejó para tomar un taxi de vuelta.

Por el caminito volvió la vista atrás, hacia las contraventanas de marrón desteñido. *Fräulein* Gulch no pudo discernir si la supuesta casa de Margaretha Wagner estaba abandonada o respondía al descuido de sus dueños; si era o no una dirección falsa. Solo vino a reafirmarse en una idea: todavía era incapaz de distinguir la procedencia de la peste, pero a ella le olía a podrido.

*

A Elsa Braumann ni se le hubiera ocurrido acceder al consulado por la puerta principal; no había cruzado por allí desde que entró la primera vez, pareciera que de eso hubieran pasado varios días. Tras asegurarse tres veces de que no la seguían, fue dando un rodeo para llegar a la trasera del edificio. En el callejón encontró aparcado otro vehículo, se trataba esta vez de un Daimler Benz del 35, que Elsa no había visto antes.

Le sorprendió encontrar a la puerta del sótano a Julius, el chófer, que se fumaba un pitillo, apoyado en la pared.

—*¿Otro coche de la flota?* —preguntó la Braumann aproximándose.

—*Que no falten* —dijo el gorila. Impresionaba el tamaño, la mandíbula cuadrada bajo aquella nariz pequeña, ganchuda, que colgaba de dos ojillos. Las orejas eran grandes, sin embargo, de soplillo—. *¿Se ha asegurado de que no la siguen?*

—*Varias veces.* —Elsa señaló hacia la puerta cerrada—. *¿Está dentro?*

—*Está dentro.*

Se disponía a entrar cuando el chófer, sin mirarla, aplastó el cigarrillo contra el suelo.

—*¿Sabe usted lo que es America First Committee, señorita?*

—*¿Perdón?*

—*¿Lo sabe?* —insistió el gorila.

—*Me lo explicó anoche Mr... El Alfil.*

A Julius le hizo gracia el nombre en clave y sonrió aquella boca grande de labios finos.

—*Lo escuché, por eso se lo pregunto.*

El chófer echó un vistazo a la puerta, como si quisiera asegurarse de que contaban con intimidad para hablar y, en voz queda y contemplando la colilla, dijo:

—*El Comité América Primero es filonazi.*

Nada respondió Elsa Braumann, clavada en el sitio.

El chófer no había hecho más que empezar.

—*Son americanos, pero muchos de ellos descienden de alemanes. Abogan por que los Estados Unidos no entren nunca en la guerra europea; según ellos, porque ni les va ni les viene. Pero lo cierto es que son filonazis, comulgan con las ideas del Reich.*

—*¿Comulgan con...?*

—*En mi opinión son tan asquerosamente nazis y antisemitas como Goebbels o Himmler.*

También Elsa contempló la puerta, temerosa de que saliera alguien.

—*El Alfil pertenece a ese comité* —dijo.

Julius infló el pecho mientras contemplaba las hermosas líneas del Daimler Benz.

—*Lo sé* —respondió en un suspiro, con pesar—. *¿Es usted consciente, señorita, de que darnos la investigación de la bomba a los americanos es igual de malo que dársela a los nazis?*

Elsa temió por primera vez entrar en aquel sótano.

Sintió frías las manos con que se disponía a abrir aquella puerta, heladas.

—*¿Por qué me plantea usted eso?* —preguntó—. *Usted es americano.*

El chófer levantó al fin la mirada.

—*El patrón no lo sabe, pero mi nombre verdadero es Rosenberg* —dijo—. *Julius Rosenberg. Soy americano, pero antes… soy judío.*

*

Fue el mismo gorila quien, después de aquellas palabras, le franqueó las puertas del sótano. «Conviene que uno nunca se fíe de nadie», le dijo en un susurro.

Resonaron los tacones de la traductora. Elsa encontró, allá al fondo, al cónsul Ian Lancaster sentado en un mullido sillón de orejas bajo una lámpara alta; leía el *Faro de Vigo*.

Al verla aproximarse se puso en pie. El cónsul tenía mala cara; no debía haber dormido bien y la piel se le había puesto del color del papel de fumar.

—Buenos días, señorita Abeja. Veo que recibió el nuevo vestuario.

—Por cierto, ¿cómo sabe usted lo de la Abe…? Ah, se lo contó la baronesa. Buenos días, *Mr.* El ajuar completo, gracias.

El cónsul le enseñó el periódico que estaba leyendo.

—¿Ha visto esto?

Elsa leyó el anuncio.

«Si usted quiere ser actor, pero desespera porque su figura
disiente de la de Apolo, no desespere; si sus facciones están

regañadas con los héroes griegos y los patrones hollywoodien-
ses, no le importe demasiado; y hasta si tiene usted una pierna
escandalosamente más corta que la otra, no pierda las espe-
ranzas porque, si tiene usted una voz bien timbrada y agra-
dable, usted podrá ser el galán ideal en el que piensan muchas
cabecitas femeninas. Puede ser usted astro de la radio».

—¿Me tengo que reír, Lancaster?

—¿Qué? No, no digo el anuncio. Lea aquí.

En la página venía recogido el suceso: habían hallado muerto en su casa a Elpidio Fariñas, a quien llamaban el Gaditano.

—Degollado —dijo Lancaster—. La policía sospecha de un arreglo de cuentas entre contrabandistas.

Debió ver en la cara de la señorita un asomo de espanto, porque enseguida añadió el cónsul:

—Si no pregunta no tendré que mentirle. Baste decir que lo que más valora esta empresa es la lealtad.

Cambió de tema y se dispuso a buscar su pitillera.

—¿Tiene alguna novedad?

A Elsa no le daba la cabeza para sopesar en un instante cuánto contarle. La sacaba de quicio ver fantasmas y amenazas en todas partes, no saber de quién podía fiarse.

Solo encontró una manera de avanzar y fue recurrir al recuerdo de su madre, recordarse por qué estaba haciendo todo aquello. Se tragó remordimientos y conflictos morales, dudas y pesares, los apartó al último rincón de su pensamiento y dijo:

—La doctora esconde el cuaderno en la caja fuerte de su habitación.

—Vaya —dijo Lancaster, pensativo—. Nos hubiera ayudado mucho de haber usado el cajón de la mesilla; eso lo complica todo. —Se puso a toser y, en medio, sonrió—. Entre sus muchas habilidades, señorita, ¿no estará la de abrir cajas fuertes?

La traductora se disponía a contestar que no cuando se abrió la puerta trasera e irrumpió en escena el mago Merlín.

*

—*Merlín* —dijo Lancaster—. *Vamos a necesitar tu consejo.*

El hombrecillo colgó la chaqueta en un perchero, pero se dejó puesta la eterna gorra.

—*Soy todo oídos* —dijo. Y lo era, en verdad, pues los lóbulos de aquellas orejas le llegaban casi al mentón.

—*Necesitamos forzar la caja fuerte de una habitación del hotel Moderno.*

—*Shit. Así para empezar el día, ¿no?, forzar una cajita fuerte.*

—*No puede ser tan imposible* —dijo Lancaster—, *no hablamos de la caja de un banco. ¿Podrías enseñar aquí a la señorita?* —preguntó señalándola. Elsa permanecía atrás, cabizbaja.

Merlín la observó de arriba abajo.

—*Ni en un jodido millón de años* —respondió—. *Mírala: sería incapaz de forzar la jaula de un loro.*

Lancaster le reprochó al mago sus estupideces.

—*No ayudas,* cof, cof, cof…

Todavía se reía Merlín. Cogió del plato vacío el cuchillo de punta redonda con que había estado cortando el bizcocho.

—*No hace falta forzarla, es más sencillo conseguir la combinación. Atended. Cada caja fuerte de cada habitación de hotel tiene su combinación secreta. Siempre que un inquilino abandona su cuarto, se desecha esta combinación.*

—*¿Cada nuevo inquilino de ese cuarto elige una combinación nueva?*

—*No, eso entrañaría que, si un cliente olvida su combinación, el hotel se vería obligado a forzar la caja para que el cliente recuperara su contenido. Sería un pifostio. Al entrar un nuevo inquilino, el hotel le entrega la llave del cuarto y la nueva combinación de su caja fuerte.*

—*¿Pero quién elige cada nueva combinación?*

Merlín se giró como un *chef d'orchestre*; en lugar de batuta aferraba el cuchillo de cortar mantequilla.

—*El director del hotel* —contestó—. *Igual que existe una llave maestra que abre todas las cerraduras del hotel, los directores guardan en su despacho una hoja maestra, donde se recogen, actualizadas día tras día, las combinaciones de la caja fuerte de cada huésped.*

Señaló a Elsa y dijo:

—*Si accede usted a esa hoja maestra del despacho del director, conseguirá la combinación.*

Elsa sostenía la hoja, inquieta. Fue como si le hubieran pedido que completara las doce pruebas de Hércules.

—*¿Que acceda a ella?* —murmuró—. *¿Y si guarda esa hoja maestra en una caja fuerte de su despacho?*

—*Tendrá usted que forzar esa caja* —respondió Merlín muy divertido— *y habremos vuelto al punto de partida: cómo conseguir que alguien como usted fuerce una caja fuerte.*

Elsa optó por dejarse caer en el sillón de orejas.

—*Me rindo.*

—*No se rinda tan pronto* —dijo Merlín—, *solo estoy tomándole el pelo. No, no creo que la guarde en la caja fuerte. Quizás lo hizo así en tiempos, cuando era joven, pero o mucho me equivoco o esa es una costumbre que abandonó enseguida.*

—*¿Cómo está tan seguro?*

Intervino Lancaster, que creía saber por dónde iba el mago.

—*Porque en una caja fuerte se guardan cosas valiosas, pero a las que uno casi nunca accede. A esa hoja maestra tendrá que volver varias veces al día, no le resultará práctico tenerla ahí dentro.*

—*Eso es. Se va alguien del hotel y toca ir a la caja, introducir un número con la perilla, otro, otro, otro…, abrir la caja, sacar la hoja, ir hasta la mesa para escribir en ella…*

Siguió Elsa, que le encontraba mucho sentido a la cosa:

—*Cambiar la hoja, volver a la caja, meterla en la caja, cerrar la caja… Tiene usted razón.*

—*Demasiado trabajo* —concluyó Merlín—. *No. Apuesto mis orejas a que la guarda en un sitio con fácil acceso, pero ciertamente protegida. Un escritorio de su despacho, un armarito… Seguramente en un cajón de su mesa y bajo llave.*

—*Una llave que llevará siempre encima* —dijo Lancaster.

—*Tendré que forzar el cajón* —dijo Elsa.

—*Tendrá que forzarlo* —dijo Merlín.

—*¿Y cómo fuerzo el cajón de un escritorio?*

—*Ah* —respondió el mago—, *con esto, claro.*

Y le entregó el cuchillo de cortar mantequilla.

Con él en la mano, Elsa se volvió hacia el cónsul.

Lancaster echaba humo como un puesto de churros de la feria y escapaban por lo bajo los jum, jum, jum.

—*Bien* —dijo—; *está todo en marcha entonces.*

—*¿Usted cree?*

—*Quedan treinta minutos para que Von Harbou dé su conferencia. Necesitamos conseguir la combinación en esa hoja maestra y abrir la caja fuerte de la doctora para que usted copie el maldito cuaderno. Tampoco es tan difícil, digo yo.*

—*No, si dicho todo seguido parece facilísimo* —dijo Elsa.

Buscó en su corazón a quien pedir ayuda y rezó, como los antiguos, a sus dos lares protectores, su madre y su padre. Luego recordó que la madre seguía viva, y que debía recurrir solo al padre. Si Friedrich Christian Anton Braumann era en el cielo tan irresponsable como en la tierra, ya podía darse por muerta.

Se había acabado el tiempo de las vacilaciones, sin embargo: la hora había llegado.

—*Bueno, caballeros* —dijo.

Se puso en pie y se alisó el vestido; todavía aferraba aquel cuchillo de punta redonda.

Miró a uno, miró a otro y, con la voz trémula, Elsa Braumann murmuró:

—*A qué esperamos.*

18

Reina y señora de los acantilados, dueña de las costas y las playas, la nortada sobrevolaba esa tarde sus dominios y soplaba sobre el Chevrolet de José Luis Merinero. Venía desde muy lejos aquella brisa, del más norte de los nortes, y ahora moría en aquella esquina escarpada de la península ibérica. Volaba al viento la media melena de Brasilina Lalín cuando salió del coche. También él bajó del vehículo, con cuidado de no tocar nada con el vientre.

Paradojas de la vida, había sido un cura quien le había cosido el corte que le había hecho el ruso; el censor sentía tiernecita la zona, igual que si cualquier mínimo roce fuera a desbaratar el remiendo.

Sonaba la brisa como suenan los trapos de las banderas cuando ondean. Brasilina se sujetó el pelo con la mano.

—Si usted no puede por la herida lo bajo yo sola.

—No —replicó Merinero aproximándose al borde de la sima—. No quiero que haga nada sola, que luego vendrá el cura a patearme el culo por no ayudarla.

Se asomó al acantilado. Rompía con furia el mar, allá abajo. El Atlántico es un océano mosqueón, está casi siempre enfadado; día sí y día también se enfrenta contra las escarpadas rocas de su hermana, la tierra, por si se decide al fin aquel duelo que dura milenios. El mar gana la batalla de cuando en cuando, y consigue arrebatarle a la tierra un pedazo; la tierra, en venganza, hace brotar fuego en el fondo de los mares y allá que de pronto se alza un volcán, se pone a vomitar lava y esta al poco se solidifica para transformarse en nueva tierra, que le vuelve a robar sitio al mar.

—¡Hay mucha altura! —gritó el censor, por debajo del ventarrón.

—¡Mejor! —contestó ella.

La mujer se dispuso a abrir el maletero.

Antes, miraron hacia un lado y hacia otro, a fin de asegurarse de que no hubiera nadie cerca.

Habían dejado atrás la carretera para adentrarse en aquella extensión verde, más bien plana, corona de aquel acantilado. Nadie en kilómetros, apenas unas gaviotas allá arriba, desafiando a la nortada.

Al abrir la parte de atrás del Chevrolet les golpeó el embate de olor a podrido, volaron las mosquitas que ahora siempre acompañaban aquel bulto.

—Coja usted por ahí —dijo Merinero.

Entre los dos sacaron del coche el cuerpo del ruso, envuelto en la alfombra. No había sido ningún hombretón en vida, pero, muerto, pesaba como si estuviera lleno de piedras.

Lo cargaron paso a paso, caminando de costado en dirección al filo del abismo.

—¿Cómo va? —preguntó Brasilina, preocupada porque al censor se le abriera el corte.

—Pan comido —dijo él resoplando.

Al llegar al borde del acantilado se detuvieron.

—Déjelo caer aquí.

—¿Seguro?

—Sí.

Soltaron el bulto y cayó, en efecto, sobre el verde. Apenas unos centímetros lo separaban del abismo.

Merinero se pasó el antebrazo por la frente.

—¿Quiere decir unas palabras?

—¿Una oración, dice? —respondió Brasilina—. No soy mucho de oraciones, la verdad.

—Yo tampoco —dijo Merinero—. Tampoco creo que él las hubiera apreciado.

Desanudó el hatillo que rodeaba las alfombras. Al descubrir el cuerpo hubieron de retirar las caras, el hedor era terrible. El rostro hinchado de Krogem había adquirido un color parduzco amarillento, como si todo él fuera un moratón.

—Bendito sea Dios, tócate los cojones...

Tiró de la ropa y consiguió apartarlo de la alfombra que lo envolvía.

—Ponga el pie ahí, ¿quiere? —le dijo a la mujer.

Brasilina pisó la punta de la alfombra.

Se alzó el censor para decir unas últimas palabras y contempló el horizonte atlántico. No tardaría mucho en atardecer; enseguida se apoderarían del mundo las sombras.

—Krogem... —comenzó a decir, solemne, y se interrumpió—. Eer..., no sé su nombre.

—Llámelo Vladimir. Habrá muchas posibilidades de que acierte.

—Pero no me parece serio, ¿no?

—Sí, tiene razón, perdone.

El censor recuperó el tono solemne.

—*Tovarich* Krogem... —dijo alzando la barbilla—, que... allá donde estés ahora..., que allá donde estés ahora seas feliz.

No supo qué añadir. Consultó con ella por si quería decir algo y Brasilina dijo que no.

—Descanseenpaz, amén —concluyó el censor.

Y con la punta del pie empujó el cuerpo hacia el acantilado.

Asomaron los dos para contemplar cómo caía el bulto, haciéndose pequeñito en dirección a la rompiente.

A lo largo de toda aquella costa escarpada, desde la ensenada de la Bombardeira hasta Oia, camarillas de falangistas embrutecidos habían despeñado a muchos republicanos. Era más barato que pegarles un tiro, decían, porque se ahorraba uno la bala, y mucho más naturalista: los peces de aquella zona nunca habían estado tan bien alimentados. Por debajo del agua, el litoral marino se hallaba alfombrado de huesos.

Hubo una zambullida limpia, igual que el ruso si se hubiera lanzado de cabeza, con poca espuma, y el mar se tragó al señor Krogem, de quien nunca más se supo.

Todavía miraban desde lo alto el censor y Brasilina, que se apartó, estremecida; lo dejó solo ante el abismo.

—¿Irá usted ahora? —preguntó ella.

José Luis Merinero tenía por delante una de las labores más ingratas de su vida.

—Sí —respondió él—. Hay que organizar una excavación ante el depósito de aguas, para desenterrar por fin a mi esposa.

Calló de pronto el viento, se apaciguaron la melena y la falda, se hizo el silencio. Aquel hombre y aquella mujer asistían a ese momento excepcional en que moría la nortada y el acantilado gallego se hallaba durante un rato en calma.

—Vamos —le dijo Brasilina—. Voy con usted.

*

Llamaba la atención la panorámica: el monte, tan despejado de árboles, permitía divisar el limpio horizonte de la ciudad y la ría.

En el extremo del Castro que no daba a la ría se alzaban el depósito y sus oficinas, un edificio colonial de dos plantas, azul y blanco, despintado. No hacía ni cuarenta años que la Sociedad de Abastecimiento había gestionado la traída de aguas desde el manantial de Bembrive.

Cavaban con denuedo un grupo de soldados ante la fachada, allá donde Krogem había indicado. A poco menos de veinte metros, Brasilina observaba todo desde el coche de Merinero. Él y el comandante Parra asistían en silencio ante los soldados, expectantes. Si Merinero no se había puesto a cavar también fue porque Parra lo agarró del brazo y se lo impidió.

—Decoro, amigo mío. Ni se le ocurra.

Ni dos segundos había tardado el inspector jefe comandante en organizar una exhumación: nada más recibir la información de Merinero hizo un par de llamadas y en media hora estaban buscando el cuerpo enterrado de Emilia.

Los ojos del censor se clavaban en la tierra con cada palada. El comandante fumaba.

—¿Entonces fue aquí?, ¿ante el depósito?

—Eso dijo.

272

Llevaban como una hora cavando cuando Merinero, incapaz de estarse quieto, se puso a dar vueltas, igual que un león acorralado.

—A lo mejor si trajera más soldados...

—La encontraremos, Merinero; no se apure. Yo me tengo que ir para la oficina, pero usted puede quedarse.

Brasilina le observaba desde el interior del Chevrolet, preocupada por el pobre diablo. Cada poco se asomaba Merinero a aquella zanja que los soldados hacían más y más profunda. Ni rastro de su mujer.

Un sargento ordenó que pararan media hora para comer y los soldados abandonaron el agujero, llenos de tierra hasta las orejas. Merinero se quedó de pie, ante la fosa vacía. Qué espanto, se decía, que la felicidad se halle en encontrar el cadáver de alguien a quien se amó un día.

La mujer abandonó el Chevrolet y se aproximó hasta él.

—¿Nada? —le preguntó.

—Nada.

Merinero le había contado la historia, en el viaje de regreso a Vigo, con los ojos perdidos ante la carretera.

«Se llamaba Emilia —dijo el censor—. Nos conocimos en el instituto. En esa época ambos queríamos huir de nuestras vidas y devorábamos libros, los dos, y eso nos unió mucho; yo le escribía poemas, copiando a cada uno de aquellos autores que me fascinaban, y ella, que era la que realmente escribía, me los agradecía con un beso. No nos casamos hasta unos años después, en medio de la guerra; ella fue capaz de ver en mí lo que nadie había visto». Brasilina le tomó el pelo: «Es imposible que viera a una buena persona, Merinero». Hasta a él le hizo gracia. «No, no vio eso —dijo—; pero sí vio a alguien a quien podía salvar». La mujer abrió la ventanilla del Chevrolet: todavía olía al cuerpo corrompido del ruso. «¿Salvarle?», replicó, y añadió Merinero: «Usted no sabe cómo era yo. Si le parece que Elsa Braumann andaba perdida, tenía que haberme visto a mí. A lo largo de la guerra nos fuimos viendo de tapadillo, ella venía a visitarme allá donde yo estuviera destinado, trabajando en aquellas misiones de mierda que le conté, donde actuaba de infiltrado y hacía amigos entre los rojos solo para que confiaran en mí y luego entregarlos a las autoridades franquistas. Fue ella la que se empeñó en alejarme de aquello». «¿Y se alejó?». «Eso quería. Ya era hora de sentar la cabeza y formar una familia. Me estaba alejando cuando apareció el puto batallón Trotski. Así se hacían llamar, una camarilla de rojos fanáticos, asesinos, que iban sembrando el caos y llevándose por delante a quien pudieran. Nada más terminar la guerra enfilaron a la pobre Emilia. Yo creía que era por los artículos que ella había estado escribiendo en contra de la República, se significó mucho; escribía de maravilla y me consta que les hacía mucho daño con sus palabras. Una noche, encabronados por haber perdido la guerra, esos malnacidos del batallón la secuestraron, se la llevaron hasta algún sitio y le metieron dos tiros en la cabeza. La enterraron y nunca más se supo». Brasilina ni le miraba. «Por Dios. Lo siento». Merinero se encogió de hombros; tampoco él cruzaba la vista con ella. «Aquello acabó conmigo, como se puede imaginar. A los del batallón los capturaron a todos y los pasaron por las armas, pero yo causé baja y permanecí ingresado durante dos meses en el Hospital del Colegio de Jesuitas. Solicité la excedencia para dedicarme a trabajos burocráticos; a los que habíamos hecho ciertos servicios a la patria se nos facilitaba entrar en la Oficina de Censura. Ahora colaboro como profesor en la Escuela de Policía, a veces; imparto la asignatura de Técnica de Investigación Político Social». Daba la impresión de que se esforzara por que no expresaran nada sus ojos, pero la voz le traicionaba: estuvo a punto de quebrarse: «En fin —añadió—, estoy buscando sus restos desde entonces. Siempre había creído que castigaban a Emilia por lo que había escrito, y le juro que me he pasado un año teniendo arcadas cada vez que veía un libro. Arcadas». El gesto contraído dio paso a un abatimiento, fue como si se desfondara. «Pero el ruso me contó la verdad: me castigaban a mí con su muerte, porque habían descubierto lo que yo hacía».

José Luis Merinero permanecía un rato en silencio, contemplando a cierta distancia cómo aquellos hombres cavaban, cavaban, cavaban.

*

Acababa el día: se moría la luz y apenas quedaba un hilito de sol en el horizonte vigués cuando se les aproximó el sargento.

—Lo siento, caballero —dijo—. Nosotros vamos a irnos ya.

Merinero señaló la zanja.

—Pero tienen que seguir cavando —dijo.

Los soldados salían del agujero alargado, ayudados unos por otros, y recogían los bártulos. Hacía un momento que había empezado a chispear y, atrás, discreta, Brasilina Lalín observaba a pocos metros, estremecida, cómo insistía Merinero:

—No se pueden ir, mi esposa está ahí.

Como si fuera a dar un pésame, el sargento se quitó la gorra.

—Todos sabemos lo importante que es para usted, señor, pero... —Miró hacia la fosa excavada—. Nadie entierra tan profundo. Con todo el dolor de mi alma le tengo que decir que ahí no hay nadie. Su mujer no fue enterrada en este sitio.

Merinero se había puesto pálido.

—Pero...

—Lo siento.

Acabaron de recoger los soldados, palas al hombro y con tierra hasta en las pestañas. Al pasar junto a Merinero, ninguno de ellos se atrevía a contemplar el rostro devastado que observaba aquella fosa vacía.

—No se... pueden ir... —musitaba el censor.

Terminó partiendo el camión militar, se había hecho de noche por fin y a aquel hombre y a aquella mujer apenas los iluminaba el farolillo que colgaba de la puerta del depósito.

Merinero se había quedado clavado ante la fosa, los brazos caídos.

Brasilina Lalín se aproximó desde atrás. Fue a apoyar su mano en el hombro del censor, pero la retuvo cierto pudor y acabó por cruzarse de brazos.

—Mintió —dijo.

Merinero parpadeó como si despertara.

—¿Mintió?

—El ruso —añadió la mujer—. Mintió.

A Merinero no le entraba en la cabeza.

—Por qué habría de hacer algo así —dijo.

Brasilina se encogió de hombros.

—Por maldad… Por venganza… A saber. —Hubo una cierta amargura en su voz—. ¿No se supone que es eso lo que hace un agente secreto? Siempre mienten.

Con la llegada de la noche comenzó a llover; primero de una manera tímida y poco a poco con ganas; descargaba el cielo sobre ellos, con premura, igual que si la tormenta llegara tarde a alguna parte y allí quisiera acabar enseguida.

Merinero imaginó a la pobre Emilia bajo sus pies, a punto de ser descubierta bajo el fango que empezaba a formar el agua, y los huesos que gritaban: «¡Estoy aquí, Josiño! No me abandones ahora, ¡si estoy aquí!».

El censor se quitó la chaqueta, se la entregó a la mujer y se dispuso a bajar a la fosa.

—Merinero, qué hace…

—Tengo que encontrarla —dijo.

—Pero no está, se lo acaba de decir ese militar, que sabe lo que dice.

Merinero se puso a gatas en el fondo de la fosa y comenzó a arrastrar el fango con las manos.

—Tengo que encontrarla —musitaba. Volvía a tener fiebre.

Llovía más fuerte ahora, apenas se vislumbraba nada tras la cortina de agua. Brasilina Lalín se asomaba desde lo alto.

—¡Ella no está ahí! —gritaba bajo la lluvia.

Merinero retiraba el barro hacia un lado de la fosa.

—¡Sí que está!

—¡No está ahí, coño, el ruso le mintió!, ¡suba ahora mismo!

Merinero, entre jadeos, retiraba el barro hacia un lado de la fosa. Tiraban los puntos del vientre con cada paletada.

—¡Merinero!

Retiraba el barro hacia un lado de la fosa, a fin de aliviar su atormentado espíritu en guerra. Retiraba el barro hacia un lado de la fosa, ahogado de culpa. Retiraba el barro hacia un lado de la fosa, en dirección al infierno, para sacar a la luz a su particular Eurídice.

Brasilina maldijo al diablo y maldijo a Merinero. Tiró por ahí la chaqueta que él le acababa de dar y se dispuso a bajar también.

Cuando Merinero advirtió su presencia, la mujer estaba de rodillas en el otro extremo del agujero, apartando barro.

—¡Suba usted! —gritó él bajo el aguacero.

—Déjeme en paz y cave —respondió ella.

—¿Entonces usted cree que Emilia está aquí? Lo cree, ¿verdad? Brasilina se incorporó para mirarle.

—No, no lo creo —dijo—. Pero usted sí.

Y continuó retirando el barro hacia un lado de la fosa.

*

A las 21:00 horas de esa misma noche, el inspector jefe comandante Parra dio por concluida su jornada; lo primero que hizo fue hacer una llamada.

—Soy Parra. Cuéntame. (…) ¿Que no encontrasteis nada? (…) ¿Y Merinero?, ¿cómo se lo tomó? (…) Comprendo. ¿Se quedó allí? (…) Bien, bien, gracias, sargento, voy para allá. Un saludo.

Se puso el abrigo y, después de aguardar unos minutos bajo la lluvia, cogió el primer taxi libre que pasó.

—Vamos al depósito de aguas.

Al llegar se aproximó corriendo al edificio, chapoteando en el inmenso cenagal en que se había convertido aquello. Se tapaba la cabeza con un periódico que le había dejado el taxista. Para cuando el inspector asomó desde lo alto de la zanja, el periódico se había convertido en una pasta amorfa que se le deshacía encima.

—Por el amor de Dios, Merinero. ¿Qué hace usted ahí dentro?

José Luis Merinero se giró para enfrentarle, a gatas y exhausto, chorreando agua; la suya era la expresión misma de la derrota. Hubiera podido seguir cavando, él lo sabía; hubiera cavado hasta la condenada China y no habría encontrado a Emilia, a la que habían matado y enterrado muy lejos de allí.

—No está, Parra —dijo con el gesto tan roto como el de un niño que acaba de descubrir el más amargo secreto del día de reyes—. Emilia no está aquí.

Parra encontró a una mujer a su lado, una mujer que chorreaba tanta agua como el censor, y que se hallaba tan metida en la fosa como él, tan exhausta como él. Y la mujer se encogió de hombros.

—A ver si usted le convence —dijo.

A la media hora cruzaron aquella puerta. En la taberna donde Merinero, Brasilina y Parra entraron a resguardarse olía a vino y a pescado; el ambiente se hallaba impregnado de sal.

Apenas quedaba un parroquiano que, allá en la barra, departía con el dueño. A aquellas horas habían apagado casi todas las luces, solo quedaba encendida una lámpara encima de la mesa de la esquina.

Merinero caminaba como un autómata, pero allí tomaron asiento los tres, tiritando y empapados.

—Le vamos a encharcar esto —dijo Parra al dueño.

—Más se perdió en Cuba —respondió el dueño desde detrás de la barra—. Qué les pongo.

—Me tomaría una cunca de blanco, si es que no va a cerrar usted.

—Aquí, mientras haya un hombre sediento no se cierra, caballero —dijo el tabernero—. ¿Y a ustedes?

—Yo un café con leche. Calentito —dijo ella.

Parra le dio un codazo al censor.

—¿Qué quiere usted, Merinero? ¿Merinero? Sírvale un caldo, jefe. ¿Tiene caldo?

—De unto —respondió el hombre, y se dispuso a preparar la comanda.

Parra se echaba vaho entre las manos mientras se dirigía a un Merinero que estaba más en otro mundo que en este.

—Es usted un insensato. Qué insensato, Dios mío. Y aquí su amiga también, por no convencerle de dejar esa locura.

Merinero puso el portafolios de cuero encima de la mesa. El tiempo había encallecido las maderas, estaban oscuras y llenas de nudos.

El tabernero abandonó la barra para traer la tacita de vino, el café y el caldo.

—Qué le debo —preguntó Parra.

—No hay prisa, cuando marchen me pagan.

Daba la impresión de que la niebla que se había levantado aquella noche era incapaz de traspasar la puerta de la taberna. Hacía un calorcito de lo más agradable, reconfortaba el tugurio: allí dentro se sentía uno a salvo de mentiras y de sombras. Solo entonces advirtieron el nombre del local, pintado a brochazos en la pared de piedra: «*EL REFUGIO*».

Parra se bebió el vino de golpe y movió la mesa para hacer hueco y levantarse.

—Voy a ver si tiene teléfono. No creo que mi mujer se haya dado cuenta de que no he llegado, tenía una fiesta esta noche, pero la voy a llamar por si acaso.

Acudió hasta la barra y solicitó un teléfono.

Habían quedado solos en la mesa Brasilina y Merinero. Ella, soplando el café, señaló el cuenco de caldo.

—Tómese eso —le dijo—, que le va a sentar bien.

Merinero permanecía como ido.

—Estaba seguro —decía sin alzar el rostro—. Estaba convencido de que esta fosa era la buena. De que la encontraríamos por fin.

Brasilina miraba su taza.

—Es cuestión de tiempo. Tarde o temprano dará usted con ella, *home*.

—No sé.

—Ya verá que sí. Tómese el caldo, que está caliente.

El censor agarró el cuenco con las dos manos y se lo llevó a la boca; el primer sorbito ya le sentó bien. Reconfortaba aquel calor que le bajaba por el pecho. Ni siquiera era capaz de recordar cuándo había empezado aquel frío que siempre llevaba dentro.

El inspector jefe comandante regresó a la mesa, pero permaneció de pie.

—Me tengo que ir. Mi mujer ha servido una ensaladilla que estaba mala y están cagándose encima la mitad de los invitados.

Todavía tuvieron ganas para sonreír un poquito.

—Lo dejo en sus manos —dijo Parra a Brasilina—. Cuide de él.

—Haré lo que pueda, pero no creo que se deje.

Merinero todavía sonreía.

—Me dejaré. Tampoco es que lo vaya a poner fácil de entrada, pero me dejaré.

Parra le palmeó la espalda. Señaló la mesa.

—Esto ya está pagado. Me voy. Buenas noches.

Salió por la puerta de la taberna y al momento se había transformado en humo, tragado por la niebla.

—¿Pongo música? —preguntó el tabernero desde la barra.

Brasilina le cuchicheó al censor.

—¿Quiere música?

Merinero se encogió de hombros y ella le respondió al hombre.

—Bueno.

El tabernero acudió hasta una radio marca La Voz del Mundo y la encendió. Allá se quedó buscando la emisora.

Crrrrrrrrr… Por Dios, por la Patria y el Rey lucharon nuestros padres. Crrrr fijador Loras es el primer fijador, más barato que ninguno, más científico y… Crrrr

Ni Brasilina ni Merinero se miraban. Clavaban los ojos en el portafolios.

Merinero le pasó la manga por encima al cuero para barrer aquellas gotitas de lluvia.

—¿Cómo termina *El enjambre?* —preguntó.

*

—Léaselo y lo sabrá —dijo ella—. *Cajo na cona.*

—Me lo voy a leer, pero quiero saberlo. ¿Termina mal?

Brasilina tardó un instante en responder.

—Sí.

—Elsa Braumann muere.

—Sí.

Crrrr… Sin hogar y sin pan, no temas. Auxilio Social está contigo. ¡Auxilio Social es obra para…! Crrr

El tabernero encontró al fin una melodía, algo ligero, al piano.

Merinero contemplaba el portafolios, tan ensimismado como antes.

—Me he pasado los últimos días persiguiendo un fantasma. —Sonrió—. Y ahora no me refiero a mi esposa. He estado leyendo este manuscrito como si lo que cuenta estuviera ocurriendo ahora, a medida que yo lo leía. Quería salvar a Elsa Braumann y ella ya estaba muerta.

Brasilina observaba al censor; parecía algo mayor esta noche, como si aquel rato que habían pasado en la zanja le hubiera quitado años de vida.

—¿Salvarla? ¿De morir?

—No de morir —dijo Merinero—. A lo largo de todas esas páginas, ella iba convirtiéndose en otra cosa, ¿no se dio usted cuenta?

—No lo sé. En qué otra cosa.

—En alguien capaz de hacer lo que fuera por conseguir la información sobre su madre.

—¿Eso es malo?

Merinero abrió el portafolios, asomaron las páginas del manuscrito; daba la impresión de que les hablaba a ellas.

—A cuánta gente engañó. A cuánta gente mintió, estafó. Ahora estaba a punto de robar la información de ese cuaderno aun sabiendo que eso le complicaría la vida a la familia de la doctora. Va uno cometiendo pequeñas fechorías a medida que avanza por el caminito; traicionándose a sí mismo, bajando el listón acerca de dónde están los límites de hasta dónde puede llegar. «Hoy he llegado un poquito más lejos», «Hoy he traspasado esta línea que siempre dije que no traspasaría»... Va uno cayendo, hasta que un día es incapaz de mirarse al espejo.

Nada dijo Brasilina. Acaso pensaba en lo que habían vivido estos últimos años, las cosas espantosas que ella misma tuvo que llevar a cabo.

Contempló Merinero el rostro endurecido de la mujer; la media melena mojada, igual que si Brasilina acabara de salir del río.

—No sé si recuerda la historia de Sodoma —dijo.

—¿La ciudad que sale en la Biblia?

—Dios estaba decidido a quemarla porque todos sus habitantes eran miserables y corruptos, pero Abraham le suplicó que perdonara a la ciudad si encontraba a cincuenta hombres buenos. Dios aceptó; y Abraham, que no debía tenerlas todas consigo, bajó el número a treinta. «¿Perdonarás a Sodoma si encuentras a treinta hombres buenos?». Y Dios también le dijo que sí. Abraham le suplicó entonces que se redujese el número a diez. Y Dios aceptó: «Si encuentro a diez hombres justos perdonaré la ciudad». ¿Sabe lo que pasó, Brasilina?

—Conozco la historia: Dios mandó destruir Sodoma y Gomorra.

—Yo creo… —dijo Merinero pensativo— que a Dios le hubiera gustado encontrar al menos a uno en Sodoma: a alguien que todavía tuviera salvación.

A partir de ahí el censor mantuvo sus ojos clavados en la distancia, perdido.

—Al menos uno —murmuró—, que todavía pueda salvarse.

Iba a sonreír Brasilina pensando en Elsa Braumann cuando asomó el tabernero.

—¿Les pongo otra cosiña?

—Un caldo como el de él, que me dio envidia. Y usted, Merinero, ¿quiere otra tacita? Que sean dos, entonces.

—Calentitos, sí señora. Marchando.

Ahora fue Brasilina quien contempló aquella primera página. Se hallaba ya algo arrugada, del mucho manoseo; y estuvo unos instantes así hasta que el tabernero puso en la mesa los dos caldos. Se llevó la loza vacía.

—Servidos.

Brasilina suspiraba.

—Léase el final. Ya no le queda mucho. La mejor parte.

—Me gustaba cuando usted leía.

Brasilina sonrió.

Se levantó de la mesa y dijo:

—Yo también tengo que hacer una llamada.

—A quién va a llamar a estas horas.

—Al padre Albino. Al cura, para que venga a recogerme.

Acudió hasta donde estaba el teléfono y allí estuvo un ratito.

Ningún sitio le pareció a Merinero más apropiado para continuar con su lectura. La aventura de Elsa Braumann estaba a punto de llegar a su punto álgido, allá donde la traductora tendría que demostrar de qué pasta estaba hecha finalmente.

«—*Quedan treinta minutos para que Von Harbou dé su conferencia. Necesitamos conseguir la combinación en esa hoja maestra y abrir la caja fuerte de la doctora para que usted copie el maldito cuaderno. Tampoco es tan difícil, digo yo*».

No fue por la cantidad de páginas por lo que Merinero supo que le restaba poco para terminar, sino porque reconoció cierta melancolía anunciada: los personajes parecían saber que se aproximaba su destino y se comportaban agitados, temblorosos hacia ese hilo que tiraba de ellos, con la voluntad inexorable de lo que ya está escrito.

José Luis Merinero tomó un sorbito de aquel caldo tan rico; se reacomodó dentro de sus propias ropas, pasó la página allá donde lo había dejado y a las once menos cuarto de la mañana se abrieron las puertas del Salón Amarillo del hotel Moderno.

TERCERA PARTE
CATÁSTROFE

1

A las once menos cuarto de la mañana, se abrieron las puertas del Salón Amarillo del hotel Moderno. A su interior comenzaron a acceder los asistentes de la conferencia «*El futuro es alemán*», de la doctora Bertha von Harbou. Eran mayormente integrantes de la comunidad germana afincada en Vigo, además de una comisión del Partido enviada desde Berlín, y diversos periodistas de la enorme maquinaria de propaganda española: mañana, los diarios nacionales glosarían el enorme poder de la ciencia alemana. No faltaban tampoco representantes del consulado y de la Gestapo.

La sala fue llenándose mientras, muy cerca, en el llamado Salón Naranja, aguardaba la doctora como el artista que está a punto de salir a escena. Desde el desayuno no había vuelto a tener noticia de su intérprete ni de su carcelera rubia.

Al fondo, en la puerta que daba acceso a la sala, apareció una de ellas.

—*¿Nerviosa?* —preguntó Margaretha Wagner queriendo forzar una sonrisa.

Nada más verla, Bertha von Harbou suspiró aliviada.

—*Has venido, al fin.*

—*Me dijo que llegara poco antes de...*

—*No, no es eso.*

Estando a solas, la doctora creyó oportuno retirarse la máscara. Aparentaba de nuevo una gran fragilidad, pese a todo aquel tamaño.

—*Fräulein Gulch te siguió en cuanto abandonaste el comedor, antes. Me tenías preocupada.*

Elsa adelantó unos pasos, se encontraron en medio de la sala.

—*¿Me siguió?*

—*Dice que no se fía de ti.*

—*Pero por qué.*

—*No lo sé. Ha debido ver algo que… No lo sé.*

Elsa miró hacia atrás. Temía que la agente de la Gestapo hubiera visto cómo ella se infiltraba en la trasera del consulado norteamericano.

Quedaba poco para que terminara al fin su misión y pudiera desaparecer; para entonces ya daría igual lo que Irma Gulch sospechara.

—*Quería* —le dijo a la doctora— *desearle buena suerte. Seguro que sale de maravilla.*

Bertha von Harbou se encogió de hombros.

—*No es tan importante. Solo una conferencia.*

—*Yo… Bueno. La dejo tranquila para que prepare sus papeles.*

Asomaba a los ojos de la doctora, allá al fondo, un cierto brillo infantil.

—*¿Estarás?* —preguntó.

Elsa Braumann tenía que controlar su respiración; el corazón le latía fuerte.

—*Sí* —mintió—. *Sí, claro, me sentaré al fondo.*

Bertha von Harbou contempló durante un momento los labios de su intérprete, y los ojos.

Le dio un beso fugaz en la mejilla y se retiró enseguida.

—*Luego nos vemos* —dijo.

No sería así, Elsa lo sabía. Nada más copiar la información que hubiera en aquel cuaderno abandonaría corriendo el hotel y se la entregaría a Ian Lancaster para desaparecer. Esta sería, si todo salía bien, la última vez que ella y la doctora Von Harbou hablaran.

Hubiera podido decírselo entonces y ser honesta. Habría bastado, sin ser poca cosa, con: «No soy quien he dicho ser, Bertha; he estado mintiéndote y traicionando tu confianza. Estoy a punto de robar la información que guardas en tu cuaderno de trabajo. Y lo peor es que sé que esto te pondrá a ti y a tu familia en peligro, pero soy una egoísta y me importa más salvar a mi madre».

A ojos de la doctora, daba en efecto la impresión de que Margaretha Wagner no se atreviera a romper a hablar.

—*¿Quieres decirme algo?* —preguntó, extrañada.

—*No* —dijo Elsa al fin—. *No es nada. Luego nos vemos, sí.*

Elsa Braumann tragaba saliva mientras se daba la vuelta y encaminaba sus pasos para abandonar la sala. Sentía en su corazón los remordimientos y en su espalda los ojos inocentes de la doctora Von Harbou.

Un momento antes de salir se giró para contemplar a la doctora una última vez.

Bertha von Harbou le sonrió y alzó un poquito la mano para despedirse con un «*auf Wiedersehen*».

Ojalá, pensó Elsa, que los motivos por los que su madre había elegido bando fueran los correctos; ojalá, porque, a cambio de seguirla en aquel camino, ella iba a arriesgar la vida de varias personas.

Ya a punto de salir, se cruzó con el barón, que entraba.

—*Buenos días, señorita* —le dijo él. Levantó los ojos para contemplar la mesita en donde, al fondo, *fräulein* Von Harbou recogía sus papeles—. *Doctora, llegó el momento.*

*

Entraron en el Salón Amarillo y atravesaron la sala en dirección al estrado; iba primero el barón Reiniger. Detrás, caminaba dignísima la doctora Bertha von Harbou. Su aparición despertó los aplausos de los asistentes.

El salón estaba de bote en bote y la puesta en escena ofrecía un efecto suntuoso: a cada extremo de cada fila de sillas —y completaban casi dos docenas— había un ramo de rosas rojas y blancas, así como dos altísimos arreglos florales dispuestos detrás de la mesa de la conferenciante, cuya función era escoltar el banderón con la esvástica, enmarcado en el centro. Todo el salón favorecía ese sentido de lo imponente tan del Reich.

Tomaron asiento a la mesa el barón y la doctora. Compartieron unas palabras y el barón Reiniger se puso en pie y se dirigió a la concurrencia. Sostenía unos tarjetones en los que parecía haber traído apuntado el discursito.

—*Damas y caballeros. Bienvenidos. El Hogar Alemán, en estrecha colaboración con el Kaiser-Wilhelm Institut, se complace en inaugurar las Primeras Jornadas Científicas Hispano-Germanas de Vigo con la conferencia «El futuro es alemán».*

Aquello levantó murmullos de aprobación, lo que estimuló al barón, que llevaba una semana ensayando la introducción ante su sufrida esposa. Los nervios le habían secado la boca y aprovechó el punto y aparte para beber un sorbo de agua.

—*No hablamos de futuro aquí; es el presente. En Alemania, estamos dirigiendo la evolución humana con un método científico por primera vez en la historia. Para empezar, hemos impedido que puedan reproducirse borrachos, criminales sexuales, lunáticos y enfermos hereditarios. La higiene racial es nuestro nuevo objetivo.* —Se giró con cierto teatro y escogió una flor del ramo que tenía a su espalda. La levantó en alto y mostró aquella rosa roja—. *Pregúntenle ustedes al jardinero: para que esta criatura florezca así no hay más remedio que eliminar parásitos y microorganismos ajenos. La belleza nunca nace del caos. Y solo la ciencia puede apartarnos del caos.*

Esta vez hubo asentimientos. Reiniger agradeció la aprobación general con una sonrisa que también había ensayado.

—*Alemania, como he dicho, está ya viviendo el futuro. Hemos llegado allí por delante del mundo, que nos observa admirado. Una de las personas que ha permitido este viaje asombroso, este colocarnos en la modernidad, es sin duda la que hoy nos congrega ante nuestra querida, invicta bandera.* —Debió parecerle poco y añadió—: *Invictísima. Una mujer brillante cuyos descubrimientos han asombrado ya al mundo, y están a punto de asombrarlo aún más.*

Todas las miradas habían caído sobre la doctora.

*

El Berbés estaba hecho de ojos. Eran ojos aquellos arcos de los soportales; eran ojos los balcones y las cestas planas para el *peixe*; eran ojos las mujeres que las cargaban. Lancaster lamentó hoy el tono claro de su traje y del sombrero, que con tanta facilidad podían distinguirle en la distancia.

No le daba la paciencia para esperar en el sótano del consulado y se había lanzado a las calles; deambulaba sin más rumbo que aplacar aquellos nervios. El mundo exterior, sin embargo, era para él terreno peligroso: Vigo entero parecía espiar sus movimientos.

Vigilado también por los ventanales ojos del convento de San Francisco, bajó el cónsul norteamericano por aquella misma cuesta que un fraile había descendido una mañana, trescientos años atrás; entonces estaba la ciudad vacía, habían huido todos. Al desgraciado fraile se le caían los lagrimones de terror: entraba en la ría «el corsario enemigo Francisco Draque con viento próspero y su harmada de mas de doçientos vaxeles».

—Señoras, permítanme.

Lancaster atravesó el remolino de críos, pescantinas y cubos para mojar su pañuelo en el chorro de la fuentecilla. Bajo el caño, en una tina, le miraban los ojos abiertos de un pescado, todavía sorprendido de estar muerto. El cónsul apretó una, dos, tres veces el mango de la bomba: se le habían manchado los botines; la fina piel de becerro no se llevaba bien con aquel suelo de mugre y algas.

En aquel mismo punto del muelle, que trescientos años antes era todo playa, habían corrido dos mujeres en aquel día «de San Pedro del mes de junyo». La más joven se metió en una de las casas, pero la camarilla de corsarios la había visto esconderse: corrieron hasta alcanzarla y le clavaron varias cuchilladas.

El cónsul norteamericano recorrió el mismo camino que la muchacha y buscó la protección de un soportal. «Si crees que te están vigilando, es porque te están vigilando». El soportal acumulaba torres de cestas viejas y toneles del tamaño de un muchacho; allí nadie había barrido desde hacía tres siglos.

Consultó el reloj otra vez. Elsa Braumann, se dijo, estaría a punto de entrar al despacho del director del hotel, si todo había salido bien.

A pocos metros, un caballero parecía interesado en observar los trabajos de tres hombres que subían nasas a una barquita. A Lancaster le despertó una alarma su calzado: eran, junto con los de Lancaster, el único par de zapatos del puerto que no estaban sucios de brea.

El desconocido le sostuvo la mirada. Llamaban la atención los ojos claros; aquellos ojos no eran españoles.

El cónsul adelantó los pasos de soportal en soportal, con la intención de salir del Berbés. En aquella misma casa que ahora cruzaba Lancaster, trescientos años antes, los vecinos escondidos sorprendieron robando a un hombre de Drake que se había separado de la camarilla; entre todos lo estrangularon y después le cortaron la cabeza. Esa misma tarde y en represalia, los corsarios quemaron todas las casas de la ribera. Allí por donde caminaba el cónsul de los EE. UU., rápido, rápido, presintiendo al hombre de los ojos claros a su espalda, también corrían las llamas tres siglos antes: el convento de San Francisco, la iglesia colegiata con su coro, sus altares y sus bancos; el hospital de La Magdalena, la plaza. Vigo estaba edificado sobre cenizas.

Lancaster había subido todo el casco y rebasado la plaza de la Constitución; al pasar frente a una tienda con el nombre de Casa Estévez, a punto estuvo de tropezar con una parejita que salía del brazo. Ella llevaba el pelo recogido, muy bien arreglada, y él un bigotito de aire alegre; le decía algo al oído que la hizo reír. El cónsul evitó sus ojos y avanzó sin mirar atrás.

Nada más doblar la esquina se lo encontró. Lo contemplaba desde un rostro demacrado y sudoroso, tenía los ojos de un asesino; la sonrisa conmiserativa recordó a la que se dedica a un condenado a muerte. «*Dios mío* —pensó Lancaster—, *ahora es cuando este me dispara en la cabeza*». Adelantó el escenario que encontraría la policía: su propio cadáver atravesado sobre el escalón, la sangre empapando el suelo de cenizas.

Tardó un instante en darse cuenta. Era su reflejo en el cristal de un escaparate.

—*Damas y caballeros…, con ustedes, la doctora Bertha von Harbou.*

Los asistentes aplaudieron con mucha elegancia: tocaban las palmas de las manos con las puntas de los dedos.

Si en ese momento alguien se hubiese fijado en cierta mujer de la primera fila, le hubiera llamado la atención la manera en que se removía, incapaz de encontrar postura en el asiento. Los ojos vivaces de la baronesa Ana Reiniger-Castro contemplaban la sala de cuando en cuando, igual que si quisiera asegurarse de que todo marchaba como estaba previsto. El plan estaba a punto de dar comienzo.

Allá en el estrado y entre aplausos, su marido tomó de la mano a la doctora y la invitó a ocupar su puesto.

La doctora, vestida a su manera sobria y gris, alzó la barbilla un instante antes de hablar. Impresionaban su altura y la inteligencia de sus ojos.

—Damas y caballeros... —dijo en español; y continuó en alemán—: *Agradezco de corazón la invitación del Hogar Alemán de Vigo y del Kaiser-Wilhelm Institut, me siento muy honrada; esto no hace sino avivar mi intención de seguir trabajando por Alemania y por el Reich.*

Dicho esto, dio comienzo su conferencia.

En ese mismo momento, al otro lado del hotel, sonaba el teléfono en el despacho del director.

*

Esa llamada, este acontecimiento banal repetido mil y una veces a lo largo de cada día, fue el primero de muchos, que habían sido perfectamente orquestados por dos mentes maquiavélicas.

«*A las 10:30... Cof, cof, cof..., te inscribes en el hotel*».

—Diga —dijo el director al teléfono, en su despacho.

Al otro lado sonó alterado el murmullo de la recepcionista:

—Señor director —dijo—, el huésped de la 321 llamó diciendo que se sentía mal.

—¿Y me llamas para eso? Qué quiere, ¿una aspirina?

—Señor director, el caballero dijo que se estaba muriendo. —La muchacha añadió entre dientes, muy cerca del auricular—: ¡Fue un botones a su cuarto y no abre la puerta!

El director del hotel Moderno colgó de inmediato. Del bolsillo de su chaleco sacó un llavín y con él cerró el cajón de su mesa.

Abrió la puerta del despacho y salió a un largo, largo pasillo que, en el medio, conectaba con la administración donde trabajaban dos señores grises, mustios como dos plantas faltas de agua.

El director recorrió el pasillo a zancaditas y salió a recepción a través de una puerta donde colgaba un cartel que rezaba: «*PRIVADO*».

—¿Llamaste a una ambulancia? —murmuró junto a la recepcionista.

La chica estaba que no sabía dónde tenía las narices.

—N-no.

—Jodida inútil, llama —replicó entre dientes el director—. ¡Llama!

Allí mismo estaba apostado un botones con aire preocupado y el director lo agarró por el brazo y se lo llevó con él hacia la escalera.

—¿Pero tocaste fuerte?, a lo mejor está dormido.

—Fui a tirar la puerta abajo, señor director —replicó el crío—. O está borracho o está muerto.

—Calla, niño, no digas locuras —dijo el director. Por dentro se hacía cruces.

Acababa de perderse el director escaleras arriba cuando, a través de las puertas giratorias del hotel, irrumpió un caballero caminando con bastones. «*Tú te presentas con dos bastones*», había ordenado el cónsul Lancaster. El recién llegado daba la impresión de que estaba hecho de cristal, iba de lo más inseguro y sobre él cayeron las miradas de todos los que en ese momento estaban en el *hall* de entrada: miró a su espalda el portero, miró la recepcionista y otro botones, dos viajantes alemanes que se alojaban allí con sus dos amantes y miró Elsa Braumann, que, sentada en una esquina, leía el periódico ocultando el rostro como en una mala historia de espías.

El caballero renqueaba en dirección a la recepción, le temblaban los bastones. Vestía con gorra y tenía las orejas más grandes que hubieran visto aquellas ilustres paredes.

Elsa Braumann consultó el reloj y, acto seguido, el hombre de los bastones perdió apoyo y se vino abajo en mitad del *hall*.

—¡Ay! —gritó—. ¡Ay, que *io ruoto* algo! —Tenía un fuerte acento irlandés.

Acudieron en su auxilio el portero del hotel, el botones y los dos viajantes, y también acudió la recepcionista, a la carrera. No bien hubo quedado desatendida la recepción, Elsa Braumann saltó de su asiento y enfiló hacia la puerta con el cartel de «*PRIVADO*»; abrió sin mirar atrás y por allí se escabulló.

Junto a las puertas giratorias gritaba el mago Merlín en el suelo, un poco sobreactuado y rodeado de gente. Sus gritos, solo Elsa lo sabía, venían a significar que le daba cinco minutos para conseguir la hoja maestra de las combinaciones.

*

Se abrió ante ella un pasillo largo que conducía a una puerta cerrada, al fondo. En medio se cruzaba con una puerta abierta hacia la que Elsa se dirigía ya, igual que un autómata al que le hubieran dado cuerda: si se detenía un segundo para reafirmarse en su decisión acabaría escapando en dirección contraria.

Avanzaba deprisita; la moqueta, por fortuna, ensordecía sus pasos. Al cruzar frente a la puerta abierta lo hizo de un brinco y agachando la barbilla. Los dos administrativos que estaban dentro apenas vieron una sombra que pasaba y creyeron que se trataba del director, que volvía.

—Señor —llamó uno de ellos, para que viniera a refrendar una factura.

El administrativo no obtuvo respuesta; escuchó la puerta del despacho del fondo abriéndose y cerrándose y decidió que iría a consultarle en unos segundos, cuando terminara lo que tenía entre manos.

Elsa Braumann pegó la espalda contra la puerta que acababa de cerrar. Le latía el corazón en la garganta: habría bastado con abrir la boca y lo habría echado fuera.

Consultó el reloj; le quedaban cuatro minutos y medio para que Merlín finiquitara su pantomima y la chica de recepción ocupara su puesto de nuevo; Elsa ya no podría salir sin ser vista.

El autómata se puso en marcha rápido, rápido: acudió hasta la mesa del despacho, apartó la silla del director y encontró cerrado el cajón.

—Aquí está —se decía rebuscando en su bolso—, aquí está, aquí está.

Recorría el vano un mueble estantería, adornado con escasos

libros y algunas porcelanas; el despacho estaba forrado de un papel descolorido, que allá por principios del siglo se había considerado moderno. Al fondo, bajo la ventana, el director del hotel había dispuesto un armarito de bebidas; una de las puertas estaba entreabierta y asomaban dos botellas.

Del bolso sacó Elsa el cuchillo con punta redonda y se dispuso a hacer lo que Merlín le había enseñado. «*No tiene más que introducirlo así, en el resquicio* —le había dicho—, *y hacer palanca. Con un poco de maña acabará presionando la lengüeta de la cerradura y podrá abrir el cajón*». «*¿Cuánto poco de maña?*», preguntó ella. «*Un poco bastante*», respondió él.

En cuclillas, buscó el famoso resquicio, entre el cajón y la mesa y allá que introdujo el cuchillo. Le sudaban tanto las manos que tuvo que frotárselas en la falda. Agarró el arma blanca de la mantequilla y hurgó buscando la famosa lengüeta. Desde una foto, en la mesa, la observaba el señor director muy sonriente, posando con su mujer y sus nueve hijos en Maspalomas.

Elsa consultó el reloj: le quedaban tres minutos y medio.

Hubiera jurado que sería más sencillo; ya pensaba que no había forma de hacer saltar aquello cuando presionó la lengüeta dichosa.

Elsa tiró del cajón para examinar el interior.

Se le paró el corazón aquel, el que tenía en la garganta: ni rastro de hoja maestra en el cajón.

—¡No! —musitó entre dientes—. ¡No, no, no, no!

En el despacho del pasillo abandonó su puesto el administrativo; llevaba consigo unas facturas.

—Ahora vengo —le dijo a su compañero de trabajo—, que voy a ver si el director me firma esto.

Estaba a punto de salir cuando recordó que debía llevar los tampones con los que el señor director sellaría los papeles, y regresó a la mesa para buscarlos en el guirigay de su cajón.

Elsa rebuscó entre los papeles del cajón, revolviendo a la desesperada: una chequera, un talonario, una copia de la foto de Maspalomas con un teléfono apuntado detrás, varias libretitas de facturas...

Creyó que chillaría de nervios; maldijo las teorías de Merlín: «*Seguro que no la guarda en la caja fuerte* —había dicho—; *estará en un armario o en el cajón de la mesa de su despacho*».

Elsa corrió hacia el armarito de las bebidas que había bajo la ventana y rebuscó en él, pero solo encontró botellas.

Le dijo el reloj que le quedaban dos minutos y medio.

—Merlín —murmuró, cavilando qué hacer ahora—, te vas a comer la gorra.

Sabía que la caja fuerte tendría que estar detrás de un cuadro y rezó por que así fuera: se le estaban agotando las ocurrencias.

La halló detrás de una marina donde aparecía representado un faro entre dunas.

—Dios mío, si haces que la caja fuerte esté abierta te juro que voy de rodillas a Lourdes.

Estaba cerrada, por desgracia. Tiró de la manija en un torpe intento de violentarla, pero era como tratar de abrir una montaña.

En el despacho del pasillo, el administrativo estaba ya a punto de salir con facturas y tampones.

—¿Osasuna - Real Sociedad? —le preguntó su compañero.

El otro se lo pensó en la puerta.

—Equis.

El compañero, sentado a la mesa, iba rellenando la porra que hacía con los amigos.

—¿Sporting - Arsenal Ferrol?

—Uno. Ahora vuelvo.

—Espera. ¿Valladolid - Real Santander?

Elsa Braumann daba vueltas por el despacho.

—Qué hago —se decía—. Qué hago, qué hago, qué hago…

Creyó ver a alguien junto a la mesa y dio un respingo, pensando que había vuelto el director. No había sido él, sin embargo: el espectro vestía con la ropa de su madre. Elsa Braumann iba a romper a llorar, pensando en que ya nunca sabría de ella ahora que había fracasado, cuando un hálito de inspiración la iluminó.

—¡Por el amor de Dios! —dijo. Y corrió hacia la mesa del despacho.

Del cajón sacó la foto del director con su familia.

—No es un teléfono —dijo leyendo los números que había detrás: «*1 3 1 3*».

Se trajo la foto hasta la caja fuerte y, uno a uno, fue introduciendo los números dándole vueltas a la perilla. Le quedaban treinta segundos.

La caja fuerte se abrió y Elsa tuvo que reprimir un grito de alegría.

Dentro, entre unos cuantos fajos de dinero y unas monedas de plata, refulgiendo como si estuviera hecha de oro, había una hoja con una lista de las habitaciones del hotel y sus correspondientes combinaciones de caja fuerte.

Buscó la combinación correspondiente a la habitación 315 y la memorizó.

—9, 100, 59 —murmuró, grabándosela a fuego por dentro—. 9, 100, 59…; 9, 100, 59.

Volvió a guardar la hoja en la caja, cerró la caja fuerte, recolocó la marina con el faro, corrió al armarito y lo cerró dejando un resquicio por donde asomaba una botella, corrió a la mesa, cerró el cajón.

Elsa consultó la hora en su reloj, jadeando: se había quedado sin tiempo; sabía ya que Merlín se habría retirado y la recepcionista estaría ocupando su puesto de nuevo.

*

Lo habían colocado junto al mostrador de recepción para que pudiera apoyarse allí y que se callara más que nada. El portero había vuelto a su puesto, ya se habían marchado los dos viajantes. La recepcionista soltó del brazo a Merlín y emprendió la retirada.

—Quédese aquí, descansando un poquito, ¿sí? ¿Quiere que avise a alguien para que vengan a recogerlo?

—Sí, sí —dijo Merlín, que no comprendía una palabra de español.

«*No sale la condenada*», pensaba el mago mirando hacia la puerta con el «*PRIVADO*». Elsa no salía.

La recepcionista estaba ya en su puesto, dándole la espalda a la puerta dichosa, tan cerca de esa puerta que si Elsa saliera ahora mismo se toparían la una con la otra.

—Si me da un número de teléfono aviso a quien me diga. ¿A su hija?, ¿su esposa?

—Sí, sí —decía Merlín. Le caían los sudores mientras se aferraba al mostrador haciéndose el cojo, tembloroso. Le habían dejado los bastones a su lado, apoyados.

No salía la condenada.

Se entreabrió la puerta y asomó una nariz, Merlín alzó las cejas. Estaba a punto de volver a tirarse al suelo cuando, a su espalda, irrumpieron en el *hall* del hotel dos enfermeros con una camilla.

—Somos del Hospital Municipal.

La recepcionista abandonó su puesto y salió a recibirlos.

—Los llamamos nosotros. Al parecer hay un huésped en la 321 que no se encuentra bien.

Y estaba conduciéndolos hasta las escaleras cuando la puerta con el «PRIVADO» se abrió del todo y de ella se escabulló Elsa Braumann. A su espalda, en el pasillo, ah, la suerte de los griegos, salió el administrativo de su cuartito y se dirigió hacia el despacho del director del hotel y no logró ver a la traductora.

*

La diferencia de edad entre el botones y él era de cuarenta años y eso había de notarse a la fuerza: el director estaba resoplando cuando accedieron por fin al pasillo en cuestión.

—Es ahí —dijo el chico señalando—. La 321.

Se aproximaron juntos mientras el señor director rebuscaba en su bolsillo y sacaba la llave maestra.

Llamó con los nudillos. Toc toc toc.

—Caballero… —dijo pegadito a la puerta—. Soy el director del establecimiento, tengo entendido que se encontraba usted mal. ¿Está mejor?

No hubo respuesta al otro lado y el botones musitó:

—Está muerto.

—Cállate, imbécil —replicó el director. Y llamó de nuevo. Pom pom pom, esta vez.

—¿Sería tan amable de abrir?

Ni un sonido en el interior.

—Caballero, voy a entrar, nos tiene preocupados. Entro, ¿sí? Disculpe, tengo que asegurarme de que está usted bien.

Introdujo el llavín y, rompiendo la sacrosanta intimidad de una de las habitaciones, abrió despacito y asomó el bigote.

—¿Caballero?

La habitación se hallaba en penumbra, las persianas estaban a medio bajar y, sobre la cama, con los brazos en cruz y boca arriba, yacía un hombre enorme, todo un gorila, aparentemente muerto.

—¡Me cago en la leche! —dijo el director. Y acudió corriendo hasta la cama.

«Te haces el inconsciente, Julius…, jum, jum, jum…, hasta que se te lleven en ambulancia».

*

A Elsa Braumann le costó subir las escaleras del hotel algo más de lo que ella y Lancaster habían planeado. Se veía obligada a parar en cada rellano, pues en esquinas y sombras creía entrever a *fräulein* Gulch aguardándola; si se cruzaba, además, con algún huésped que bajaba, disimulaba agachando la cara, avanzaba por el pasillo mientras fingía tomar ese camino, o rebuscaba algo en el bolso.

Al llegar por fin al tercer piso lo celebró igual que Sylvère Maes al ganar el *tour* de Francia. El plan iba resultando a la perfección, contra todo pronóstico, y el cronograma que había pergeñado Lancaster se ajustaba como un guante: en sincronía con la aparición de Elsa en el pasillo, salían de la habitación los falsos enfermeros allá al fondo. Cargaban en la camilla a Julius el chófer, cuyas órdenes eran fingirse exánime hasta cruzar las puertas del hotel. Los enfermeros sudaban la gota gorda transportando al gorila y se les había tenido que sumar el botones. Aún habrían necesitado un cuarto hombre, pero el director del hotel echó mano a la excusa del lumbago y se limitaba a ir con ellos pasillo afuera a la manera española: dirigiéndolos sin mover un dedo.

—Disculpe, señorita —dijo cuando Elsa tuvo que apretarse contra la pared.

Pasó junto a ella la procesión con el chófer doliente y, caminando de espaldas, recelosa, la Braumann observó cómo conseguían meterse en el ascensor.

—Pongan la camilla de pie… Así… Cójanlo por debajo de los brazos… Eso es… Cierro las puertas, cuidado, ¿eh?

Nada más cerrar el ascensor e iniciar el descenso, la traductora se puso en marcha, reactivada. Buscó el cuartito del servicio.

Al encontrar la puerta cerrada temió que la camarera se hubiera echado para atrás.

Elsa llamó con los nudillos y susurró contra la puerta:

—¿Hola? ¿Está usted ahí?

Abrieron desde dentro con mucha prudencia. El rostro atemorizado de la chica asomó por el resquicio.

—¿Usted? —dijo la camarera al reconocer a Elsa.

—No tenemos mucho tiempo, ¿vamos?

—Tengo miedo —dijo la chica.

—Y yo —replicó Elsa sin quitarle los ojos a la escalera—. Vamos, por favor.

Salió la camarera del cuartito donde se almacenaban los trastos de limpieza y, juntas, echaron a caminar pasillo adentro. Llevaba consigo un manojo grande de llaves y le daba vueltas haciendo mucho ruido.

—No haga eso, por favor —dijo Elsa.

—Perdón, estoy tan nerviosa… Yo lo que querría es devolverles el dinero, ¿sabe? —respondió, pálida.

«*No subestime usted la ambición de un español, Elsa*», había dicho Lancaster cuando decidieron buscar a alguien para sobornarle. «*Lo llevan ustedes en la sangre: por dinero venderían a su padre. Todo estriba en saber por cuánto*».

Elsa avanzaba mirando hacia atrás. La tomó del brazo porque la chica aminoraba la marcha cada poco.

—No se pare, vamos.

—Me tiemblan las piernas, no lo puedo evitar.

—Me lo imagino. Siga, siga.

Llegaron por fin y se plantaron ante el 315 de la habitación de la doctora. Elsa intentó abrir, por probar, pero estaba cerrado.

—He cerrado yo antes —dijo la camarera—, después de limpiar.

—Sí, sí —replicó Elsa mirando hacia el fondo del pasillo—. Abra, por favor.

La chica se puso a rebuscar la llave; estaba tan nerviosa que no acertaba a encontrarla en el manojo.

—Si se enteran de que estoy haciendo esto me echan del hotel.

—No se van a enterar.

—Y yo tengo que mantener a mi padre, que perdió las piernas en la guerra, ¿sabe? No me puedo permitir quedarme sin trabajo.

—Abra, por favor.

—El dinero me viene bien, no le digo que no, pero…

Perdía Elsa la paciencia y le pidió el manojo de llaves.

—Deme, yo la busco.

La chica retrocedió como si le hubiera dado un calambrazo. Se quedó muy quieta.

—Qué le pasa ahora —preguntó Elsa.

—Ay, Dios mío —dijo la doncella, igual que si hubiera despertado—, pero qué estoy haciendo.

Dicho eso se dio la vuelta y echó a correr por el pasillo.

—¡Oiga! —murmuró Elsa entre dientes. Fue tras ella—. ¡Por favor, no se vaya!

—¡No puedo hacerlo! —decía la camarera sin detenerse.

—¡Pues déjeme las llaves!

La chica enfiló escaleras abajo a toda carrera; a medida que se perdía en el descenso iba atenuándose el ruido que hacía el manojo.

Elsa, mirando hacia abajo con los ojos muy abiertos, se preguntó espantada cómo haría ahora para acceder a la habitación de Bertha von Harbou.

Las primeras palabras que la doctora estaba pronunciando en el Salón Amarillo habían despertado la admiración de los asistentes.

—*Los alemanes* —decía— *nos hemos convertido ya en superhombres. Nuestros ojos, por ejemplo: los microscopios electrónicos que está desarrollando Siemens nos permitirán ver lo infinitamente pequeño; AEG y Zeiss, por su parte, están creando sistemas de luz infrarroja con los que ver por la noche; las novísimas películas en tres dimensiones nos abrirán el cine a una realidad más real que la que vemos a simple vista.*

En la primera fila, todavía se removía la baronesa. Confiaba en que Elsa se hallara ya en la habitación 315, copiando el cuaderno dichoso. Le era imposible permanecer inmóvil de común, tanto más ahora, con aquellos nervios.

Su marido, desde el estrado y como un padre severo, le mandaba miradas reprobatorias para que se estuviese quieta.

—*Ciencia, amigos míos* —decía la doctora—. *Fue la ciencia lo que permitió a los griegos convertirse en la nación puntera de su tiempo. Fueron las matemáticas de Pitágoras, la medicina de Hipócrates o la astronomía de Ptolomeo. Aun cuando aquellos sabios fueron conquistados por los romanos, la cultura griega, como una semilla, germinó en la cultura del invasor y todavía hoy está viva entre nosotros. Ciencia. La ciencia es la puerta a través de la cual los pueblos acceden al futuro. Y los alemanes ya lo estamos haciendo.*

No se le escapaba, sin embargo, la ausencia de una persona. La doctora buscaba con los ojillos por la sala: Margaretha no había venido.

Bertha von Harbou lamentó haber atemorizado a la muchacha con sus amores y sus deseos de la noche anterior. Echó en falta, quién lo diría, la presencia discreta de Margaretha Wagner, aquella forma de mirar asustadiza, como si el mundo siempre le fuera hostil.

Aquella, sin embargo, no era la única ausencia destacable esa mañana.

La baronesa Ana Reiniger-Castro se giró para contemplar la sala. Los asistentes permanecían atentos a las palabras de la doctora; también ella echó de menos a una persona: a la perra de melena rubia que debía estar allí, haciendo guardia como siempre, hierática y fría.

*

Fräulein Gulch se aferraba a la agarradera del tranvía, de vuelta al hotel; la mole traqueteaba por la avenida de García Barbón. Apenas cabía un alfiler, apretujados codo con codo los viajeros. Eran casi todo hombres: a pocas mujeres se les ocurriría subir al tranvía estando tan lleno. A la *fräulein,* maldita la hora, le había sido imposible encontrar un taxi y se había visto obligada a montar en aquel artefacto viejo que apestaba a sudor español.

En cada bache se le pegaba al culo un muchacho con gorra; primero poco a poco y luego con descaro.

Fräulein Gulch se giró de soslayo y le clavó los ojazos azules.

—Usted empujando —le espetó en español. Eso hubiera bastado con cualquiera.

El chaval se levantó la gorra.

—Usted perdone, guapa —dijo—. No se cabe y esto se mueve mucho, le juro que es sin querer. —Era todo descaro y sonrisa. Le hacía gracia al malnacido frotarse contra aquella fulana rubia.

También sonreían los caballeros que rodeaban a la Gulch, si es que pudiera llamárseles así. Casi todos ellos habrían hecho lo mismo que el muchacho, de haber tenido tan cerca aquel culo.

Por no armar un escándalo, *fräulein* Gulch lo dejó estar, refunfuñona, y volvió a darle la espalda al chaval.

No tardó en llegar el siguiente vaivén y el muchacho se le apretó de nuevo.

Irma Gulch se dio la vuelta y, acercándole el pecho, dijo entre dientes:

—¿Quieres besar tú?

La cara del muchacho se había puesto verde; apenas podía respirar porque se le cortaba la respiración. Pocos centímetros más abajo, la Gulch arrimaba el filo de su navaja allá donde el chaval guardaba el machito.

—¿Quieres besar? —repetía, furiosa.

—Po-por favor, señorita, le ruego que me perdone.

Ella apretó la navaja y el muchacho sintió el filo rasgando la tela de los pantalones, más cerca ahora de sus encogidos atributos.

—¿Quieres besar, *Arschloch?*

—Era-era una broma; por Dios no aprietes, muchacha, te lo pido por lo que más quieras.

—Shh, habla bajo tú —murmuró ella para no llamar la atención del resto de cabestros—. Besa en boca, ¿sí? ¿No quiere? *Hurensohn,* ¡besa! *Sau.*

No era solo una amenaza, le habría cortado allí mismo la ingle y lo que no era la ingle hasta desangrarlo como a un cerdo. No habría sido el primero. Le habría dado igual acabar los días en una cárcel franquista o que los otros asquerosos la hubieran pateado hasta matarla.

El tranvía, sin embargo, se detuvo en una parada y el muchacho aprovechó para escapar.

Salió a empellones del vehículo, entre otros viajeros que también se bajaron.

La Gulch dobló la hoja de su navaja con disimulo.

Solo cuando se alejaba el tranvía se atrevió a imponerse el gañán.

—¡Loca de mierda! —le gritó desde la parada—. ¡Puta!

Se le había escapado el pis, de puro miedo. Ahora era *fräulein* Gulch quien se reía.

*

Estaba la recepcionista explicándole a un huésped cómo cumplimentar una queja en el libro de reclamaciones.

—Yo le ayudo a rellenar la queja —le decía la recepcionista—, pero insisto en que nosotros no tenemos nada que ver con ese restaurante, caballero.

El viajante maldecía al restaurante en cuestión y todavía iba a insistir ella cuando observó la puerta de entrada y se quedó tan parada como en un retrato.

Una ambulancia se había detenido ante el hotel Moderno y, por las puertas giratorias, estaban entrando los enfermeros que acudían desde el Hospital Municipal.

—Buenos días —dijo uno de ellos cargando una camilla—. ¿Llamaron ustedes?

La recepcionista no acertaba a comprender.

—Pero…, pero si ya vinieron.

—¿Eh? ¿Que ya vinimos?

—Dos compañeros de ustedes —dijo ella señalando hacia arriba con el dedito—, hace unos minutos que subieron a la tercera planta.

Se miraron los dos enfermeros un momento y le dijeron a la recepcionista:

—Vamos a subir.

Decidieron no esperar a que bajara el ascensor y subieron por las escaleras.

No habían llegado a la primera planta cuando, un piso más abajo, en el *hall*, las puertas del ascensor se abrieron y asomaron las narices del director y de los dos enfermeros falsos. Junto con el botones, cargaban con el gorila sujetándolo por debajo de los brazos. Comenzaron a atravesar el *hall* del hotel en dirección a las puertas giratorias. Parecía que llevaran a un amigo borracho. El chófer, por ir más ligeros, ayudaba caminando con las puntitas de los pies.

La recepcionista se les aproximó.

—Señor director, vinieron los de la ambulancia del hospital.

El director la miró, miró a los enfermeros que iban a su lado, codo con codo, y replicó:

—Pero, coño, ¿no ves que voy con ellos?

—Que no, don Fernando. Otros enfermeros. *Otros.* Acaban de subir por las escaleras, se los cruzaron ustedes.

Hacia allá que miró el director, muy confuso. Los enfermeros falsos tragaban saliva.

—Este caballero está pajarito —avisó uno, improvisando; y eso que había tratado de emitir un dictamen lo más técnico posible.

—¿El hospital mandó dos ambulancias? —preguntó el director.

—Sí, puede ser, pasa a menudo —dijo el que había improvisado, ya muy cómodo en el papel. Era deshollinador y en su vida había visto una camilla—. Nos vamos, señor director, que nos da miedo que el caballero se nos quede en el sitio aquí mismo.

—Por el amor de Dios, no. Váyanse, váyanse corriendo.

Así hicieron los dos enfermeros de pega. El botones los ayudó hasta las puertas giratorias. Llegados a la frontera imaginaria, dejó solos a los caballeros que ya accedían al exterior. Habría jurado que el cliente inconsciente iba caminando.

—Voy a subir —dijo el director a la recepcionista—, a avisar a los otros de que sus compañeros ya se lo llevaron.

Para el ascensor que se fue, ligerito. Se las prometía muy felices, pensando que había resuelto el problema de una manera satisfactoria. «Escapamos por un pelo», se decía.

El botones, allá en las puertas giratorias, no comprendía nada. ¿Se estaba volviendo loco o, allá en la calle, el cliente inconsciente echaba a correr con los dos enfermeros hacia el coche que estaba aparcado en la esquina?

*

Elsa Braumann entró en su habitación, contigua a la de la doctora, y cerró por dentro.

Iba muy decidida hasta que llegó a la ventana y se detuvo, agarrándose las manos.

Escuchó en el silencio su respiración agitada.

Pensando en la locura que estaba a punto de hacer, contemplaba la ventana cerrada. Se le había pegado un frío al cuerpo desde hacía rato y tiritaba.

—No me lo puedo creer —murmuró—. Si me ve Melita se desmaya.

Abrió la ventana, esto sí podía hacerlo, de momento. Abajo se extendió ante ella la calle Policarpo Sanz.

Hubiera preferido estar en la primera planta y no en la tercera; se veían los coches demasiado pequeños, los viandantes, las farolas…; era todo como de juguete. La brisa marina que recorría Vigo le ondulaba el pelo.

—No me lo puedo creer —murmuró otra vez. Y, sin pensarlo, subió una pierna para asomar el cuerpo al exterior—. Dios mío.

Retrocedió y volvió a entrar para sacarse los zapatos; se rasgó las medias para que quedaran desnudas las plantas de sus pies. Estaba helada.

—Ayúdame, Dios mío —dijo para sí. Quizás le hubiera valido más haberles pedido ayuda a los griegos.

Si algo la movió fue aquella mirada de Soledad Braumann en la puerta del barracón. Acaso tuvo la culpa el miedo: para su sorpresa descubrió en ese momento que quería más que nunca a su madre, que la echaba de menos como a nadie antes. Si algo la movió fue la promesa de oír de nuevo su voz, ver aquellos ojos que se le estaban olvidando, agarrar aquellas manos que se le escapaban.

Elsa Braumann asomó el cuerpo por fuera de la ventana y con los ojos cerrados, poco a poco y agarrándose al marco de madera, terminó por incorporarse encima de la cornisa.

Se pegó a la pared, con los brazos extendidos; notaba el granito frío sobre su rostro congelado.

—No mires abajo —se decía apretando los párpados. Había arreciado la brisa y temió que el viento la desestabilizara—. No mires abajo.

Solo ahora, de pie y al abrir los ojos, a tres pisos de altura por encima de Policarpo Sanz, descubrió lo lejos que parecía la ventana de la habitación de Bertha von Harbou. Elsa Braumann creyó confirmar que la doctora la había dejado abierta, al menos, y eso le dio fuerzas para avanzar un pasito cornisa adelante, con las manos y el cuerpo muy pegados a la fachada del hotel Moderno. Apenas le cabían los pies en aquel espacio estrechísimo.

*

—¿La encuentras o no, coño?

Uno de los enfermeros falsos se rebuscaba en los bolsillos mientras el otro y Julius el gorila aguardaban junto al coche. No hacían sino mirar los tres hacia atrás, por si salía alguien del hotel Moderno a prenderlos.

—¡Si la llevaba encima! —decía aquel, rebuscando la llave del vehículo.

Un guardia urbano que hacía la ronda, allá en la esquina, se les quedó mirando. Debió parecerle un poquito sospechoso ver a dos enfermeros de uniforme y un caballero calvo y grande como un gorila rondando un coche en el que habían apoyado una camilla.

—Nos está mirando un guardia —farfulló Julius metiendo prisa.

—No las tengo. ¡No encuentro la llave!

—Viene para acá —dijo el otro.

Ya se aproximaba el guardia, dándole vueltecitas a la porra, con aires muy chulescos.

—Señores —preguntó a unos pasos de distancia—, ¿está todo bien?

—Sí, sí —dijo el que se rebuscaba—, no encuentro la dichosa llave del coche, señor guardia.

El susodicho se les plantó al lado, mirándolos de arriba abajo.

—¿Pero van ustedes al hospital así, en ese coche?

—¿Eh? No no —respondió el que tenía más inventiva—. Venimos. Venimos del hospital. Vamos a llevar a este caballero a la estación —dijo señalando al gorila.

—¿A usted? —preguntó el guardia.

Julius evitaba hablar para no evidenciar el acento extranjero.

—Es un doctor muy famoso —inventó el enfermero, y ahí estuvo muy despierto: por si acaso el gorila tenía que decir algo, añadió—: Un doctor sueco.

—¿Un doctor sueco? —replicó el guardia.

Señaló con la porra la camilla apoyada en el coche.

—¿Y la camilla?

—La-la llevamos siempre con nosotros, por si acaso. ¡Ah! —exclamó el enfermero sacando la llave del bolsillo—. La encontré.

El guardia se quedó mirando para los tres y dijo:

—Documentación.

Por encima de sus cabezas, en la cornisa de la tercera planta nada menos, los observaba Elsa Braumann, demasiado preocupada por no caer como para inquietarse por Julius y los enfermeros.

Sin despegar los brazos extendidos contra la pared, avanzó otro pasito, a pesar de que el miedo la tenía paralizada. Confió en que las piernas caminaran solas, aunque solo fuera por salvarse ellas. Apenas abría los ojos para descubrir cuánto le faltaba para llegar a la ventana de la doctora y enseguida volvía a cerrarlos. Apretaba tan fuerte la mandíbula que los dientes rechinaban.

—Dios mío —murmuraba—. Dios mío.

Abajo, el guardia urbano acababa de examinar los papeles falsos de los falsos enfermeros. Parecían en orden, a ojos del guardia, gracias a la pericia de Merlín y su magia. «*Con más tiempo me hubieran salido mejor, así no se puede trabajar, con estas prisas*».

—Sus papeles, doctor —le dijo a Julius. Y este fingió no comprender.

—*Papelen, doctoren* —tradujo el enfermero.

Se puso el gorila a rebuscar en los bolsillos mientras, allá en lo alto, las piernas de Elsa la conducían un pasito más cerca de la ventana.

Se trataba de un modelo de guillotina, de esas que se abren hacia arriba. La doctora, según su costumbre, la había dejado un palmo entreabierta, el suficiente como para que Elsa pudiera tirar y hacerse hueco para entrar. Ojalá, se dijo, pudiera mirar la hora en el reloj de su madre: la conferencia habría empezado ya y estaba perdiendo el tiempo precioso que necesitaba para copiar el cuaderno.

Estaba Julius observando cómo el guardia examinaba sus papeles cuando, por no parecer nervioso, se puso a mirar musarañas y alzó la vista hacia arriba. Fue incapaz de disimular la sorpresa que le produjo descubrir a Elsa Braumann avanzando por la cornisa de la tercera planta. Temió que el guardia acabara volviéndose y también él la descubriera, de modo que adelantó un paso el corpachón señalando sus documentos y preguntó:

—*Can I ask you a question, sir?*

—¿Eh? —respondió el guardia sin comprender una palabra.

—*If you allow me, I would like to ask you a question. Do you think the war could have been avoided if the Europeans had reacted earlier to the Sudetenland invasion?*

El policía se levantó la parte de delante del casco.

—Coño, señor, no entendí ni papa de lo que dijo.

Julius evitaba que el guardia se girase.

—*Many people have criticized Chamberlain' inaction, for example, at that time.*

—Caballero, que yo no hablo sueco. —Se puso a silabear, hablando muy alto—: Yo-español. ¿Me comprende? Lo que sea, en es-pa-ñol. —Se dirigió a los enfermeros, que habían palidecido—: ¿Se lo pueden traducir ustedes?

—Yo... La verdad es que llevamos un poco de prisa. Se nos marcha el tren.

Acababa de llegar Elsa a la ventana entreabierta cuando empezó a acuclillarse con intención de tirar de ella hacia arriba. Con un brazo extendido, pegado a la fachada, llegaron los dedos a la ventana. Tiró.

La ventana estaba medio suelta y se cerró de golpe, casi le pilla la mano y casi pierde pie.

—¡Coño! —exclamó furiosa. Qué habría dicho de escucharla alguien, a una señorita tan educada como ella.

Se agachó todavía más y rezó para que no hubiera saltado el pestillo por dentro. Jadeaba con la respiración entrecortada, tan tensa que le parecía estar hecha de madera.

—Dios mío, está abierta.

Elsa Braumann fue tirando, tirando, con los deditos primero, pues apenas llegaba, y luego con la mano. La madera chirriaba. Consiguió al fin abrirla y de golpe se abalanzó al interior.

Abajo, viendo por fin que la traductora había desaparecido de la fachada, Julius respiró.

El guardia le devolvió los papeles.

—Claro, claro, no vayan a perderlo —dijo—. Tenga, *doctoren*, está todo en orden.

—*Grazias* —decía Julius. Los enfermeros ya se metían en el vehículo—. *Grazias*.

Los saludó el guardia con el dedo al casco mientras el coche se alejaba. Media vuelta y contempló la fachada del hotel Moderno. Inspiró una bocanada de aire atlántico hasta llenarse los pulmones.

En la esquina, a su espalda, el coche derrapó unos metros y estuvo a punto de rozar con la pared del edificio, pero escaparon por los pelos.

Ajeno a todo y orgulloso del trabajo bien hecho, el guardia se puso a darle vueltecitas a la porra y continuó con su ronda.

—Que sí, que sí, que sí —canturreaba—. Que a la Parrala le gusta el vino… Que no, que no, que no… Ni el aguardiente ni el marrasquino…

*

Cayó sobre la moqueta desde la ventana abierta y ni siquiera esperó a reponerse del golpetazo: Elsa Braumann acudió a cuatro patas hasta la entrada de la habitación. El aroma de la doctora, que ahora ella conocía bien, impregnaba la atmósfera del cuarto.

De rodillas ante el armario, se apartó la melena rubia de la cara mientras abría las puertas.

Allí estaba la maldita. Contempló la caja fuerte igual que a un enemigo que tuviera que batir.

Tuvo que agacharse todavía más para acceder a la perilla. Murmuraba la combinación que había memorizado en el despacho del director.

—9… 100… —decía mientras iba volteando los números—, 59.

Dio un tirón muy ufana, resonó un ¡clanc! y la puerta no se abrió. ¡Clanc!, ¡clanc!, lo intentó otra vez y otra. Estaba cerrada.

—¿Qué?

La traductora creyó primero que la combinación que había anotado el director estaba mal y ya lo dio todo por perdido. No podría abrir la caja, no copiaría el cuaderno y no tendría nada que entregar a cambio de recuperar a su madre. Acabó sentándose en el suelo y dio con la espalda en la pared; le iban tan rápido los pensamientos que era incapaz de leerlos.

—No puede ser… —decía.

Y se lanzó de nuevo a por la perilla, a fin de reintentar la combinación.

Solo entonces dudó de haber recordado los números correctos y ahí sí fue cuando creyó volverse loca.

—Dios mío —musitó a punto de arañarse; y a medida que avanzaba en la frase fue subiendo la voz—, cómo puedo ser tan rematadamente ¡estúpida!

Observaba la perilla, esperando acaso que, por mirarla mucho, la caja le descubriera sus secretos.

—9… —murmuraba, estrujándose por dentro—, 100… 59… —Habría jurado que la combinación era esa.

Se levantó y corrió a la mesa, rebuscó en el escritorio, tomó un lápiz y, por ver si así se aclaraba, escribió tal y como lo había visto escrito en la hoja maestra del director: «*9 100 59*».

—Estoy seguro de que era esa. ¡No puedo estar más segura!

Se giró para contemplar la caja desde allí; y asomaba, la muy condenada, por entre las puertas abiertas del armario; parecía burlarse de ella a sus espaldas.

Elsa leyó de nuevo el papel.

—9 100 59 —dijo para sí.

Y esta vez fue ella quien se rio.

—La madre que me parió —dijo, corriendo hacia la caja.

Se arrodilló de nuevo, pero, en lugar de mostrarle pleitesía, la obligó a abrirse para ella.

—91 —dijo mientras iba dándole vueltas a la perilla—… 00… 59.

Tiró de la manija, ¡clac!, y la caja fuerte, rendida ante Elsa Braumann, se abrió.

Pero eso no fue todo. Estaba a punto de gritar de alegría la traductora cuando allí mismo, a su espalda, alguien introdujo una llave en la cerradura y también se abrió la puerta de la habitación.

*

—¡Usted! —dijo la camarera—. ¿Pero cómo ha…?

La agarró Elsa por el brazo y la obligó a entrar.

—¿No te habías ido, condenada? —Cerró la puerta.

La muchacha descubrió abierta la caja fuerte y se disponía a gritar cuando Elsa le tapó la boca y la arrinconó contra la entrada del baño.

—¡Sssh! ¡No hagas ruido! —le decía entre dientes—. ¡No grites!

La chica murmuraba por debajo de la mano, llorando aterrada, sabiéndose ahora cómplice de un robo y Elsa le susurró al oído, furiosa:

—Tengo una pistola —dijo. Y bastó eso para que la chica cesara en sus gritos.

Se quedó muy tiesa, mirando al infinito, con los ojos como platos.

Tapándole la boca todavía, preguntó Elsa:

—¿Vas a gritar?

La camarera dijo que no con la cabeza, muchas veces.

Elsa tiró de ella y la condujo hasta dentro de la habitación.

—No tengo tiempo para esto. Por qué demonio has vuelto.

La chica sollozaba, no hacía más que mirar a Elsa por todas partes, a ver dónde guardaba la pistola.

—Le iba a dejar la puerta abierta, para que pudiera usted entrar.

—A buenas horas —dijo Elsa colocándola contra la pared.

—Me supo mal dejarla tirada, antes, yo no soy una mala persona.

La traductora arrancó el cordón con borla que rodeaba la cortina.

—Ya sé que no lo eres —dijo—. Date la vuelta, pon las manos. —Se dedicó a maniatar a la muchacha con el cordón—. Estate quieta, no te resistas.

—Si no me moví.

—No te voy a hacer daño, pero tengo que hacer una cosa y no me puedo dedicar a vigilarte.

—¿Me va a matar?

—¿No te acabo de decir que no te voy a hacer daño?

—Sí, sí, usted perdone —dijo la chica, sollozando.

Elsa Braumann apretó el nudo allá en las muñecas de la camarera y la hizo ponerse de rodillas, mirando hacia la pared.

—Quédate ahí. ¿Tengo que amordazarte?

—No, por favor, le prometo que me estoy callada. ¿Me puedo sentar? Me está dando un calambre.

—Ponte como te dé la gana, pero no te vuelvas, quédate mirando a la pared.

Allí la dejó, mientras la chica iba sentándose. Obedecía la infeliz y no se atrevía a girarse para ver qué hacía Elsa.

Elsa retrocedió en dirección a la caja fuerte, sin quitarle ojo. Todavía le parecía increíble haber adoptado el rol de quien infunde miedo; a ella, que era la más miedosa del mundo. No quiso ni imaginar qué habría ocurrido de haber encontrado a una camarera que le hubiera hecho frente.

Eso, por fortuna, habría sido otra novela. En esta había funcionado el teatrillo que había aprendido de ver películas de gánsteres en el cine, los domingos, con James Cagney, con Humphrey Bogart. Echó un vistazo al reloj y calculó que la conferencia habría rebasado su ecuador; apenas le quedaba tiempo: así se dejara la muñeca habría de aplicarse mucho en copiar el cuaderno.

En ese instante, justo cuando Elsa sacaba de la caja fuerte el cuaderno rojo, una tormenta cruzó las puertas giratorias del hotel, dos plantas más abajo; una tormenta rubia de ojos azules. Sus piernas largas avanzaban por el *hall* cuando la recepcionista llamó su atención.

—*Fräulein* —le dijo—. Ha llegado la respuesta al mensaje que envió usted ayer.

—*Ja* —respondió Irma Gulch. La respuesta al mensaje en donde preguntaba por la intérprete Margaretha Wagner.

*

—*Es por eso que quiero anunciarles* —dijo la doctora muy orgullosa— *que he hecho importantes avances en el estudio de la división del átomo. Avances que en un futuro permitirán que Alemania sea capaz de fabricar centrales que, ellas solas, abastecerán de energía no solo a ciudades, sino a grandes regiones del país.*

La concurrencia, de lo más entregada, rompió en delicados aplausos. Al barón le parecía que, sentado junto a la doctora, algo de aquellos aplausos era también para él y sonrió.

Le distraía, sin embargo, que su esposa estuviera todo el rato echando la vista atrás. «Qué mira todo el rato esta estúpida —murmuraba para sí—. A quién busca». El barón, siendo objeto como era de la mirada de los asistentes, no podía expresarle con gestos que hiciera el condenado favor de estarse quieta.

La baronesa Ana Reiniger-Castro acabó por levantarse aprovechando los aplausos y encaminó los pasos salón afuera, en dirección a la puerta.

—*Centrales* —añadió la doctora cuando se acallaron los aplausos— *que abastecerán de energía no solo a casas y comercios, sino a fábricas enteras.*

La baronesa, cada vez más preocupada por la desaparición de la mujer de la Gestapo, había decidido echarse un cigarrillo en la puerta. Era buena la falta de noticias, sin embargo: si la Abeja no había bajado a la conferencia habría de estar ya copiando el cuaderno.

Se apostó en la puerta del Salón Amarillo. Andaba rebuscando la cajetilla en su bolso cuando observó la figura que entraba en el *hall*, allá al fondo; una figura rubia con cara de pocos amigos y enfundada en un abrigo de cuero negro.

—Vaya —dijo por lo bajo Ana Reiniger-Castro. Se avecinaba tormenta.

La recepcionista le entregó un papel a la agente de la Gestapo.

Hubo primero un gesto de sorpresa en *fräulein* Gulch, al que enseguida acompañó el mismo que pondría el perro que descubre a su presa.

La rubia releía el mensaje cuando la baronesa llegó hasta ella.

—*Fräulein* Gulip, ¿verdad? Nos conocimos la otra noche, en la recepción que…

La de la Gestapo le prestó la misma atención que a un insecto que cruzara frente a ella. Se dirigió a la recepcionista.

—¿Algún recado más?

—Solo ese, *fräulein*.

—*¿Tiene fuego?* —dijo la baronesa acercándole el cig…

La Gulch la hizo a un lado y emprendió camino.

—*Esa maldita es una impostora* —decía por lo bajo; la satisfacción había dejado paso a una máscara furiosa.

Sospechó la baronesa a quién se refería y temió que aquella sicaria echara a perder la operación.

Fräulein Gulch enfiló hacia el Salón Amarillo y la baronesa fue detrás; las piernecillas no le daban para igualar las zancadas de la rubia.

Irma Gulch se asomó al salón. Allá en el estrado continuaba su conferencia la doctora.

Como un coyote que olisquea, la *fräulein* observó la sala de arriba abajo rastreando, rastreando: buscaba a la intérprete, decidida a sacarla de allí por los pelos.

Dos plantas más arriba, la camarera del hotel Moderno permanecía maniatada en el suelo de la 315. Nada se escuchaba en la habitación sino su respiración. Imposible para ella saber que, a su espalda, acostada en el suelo, Elsa Braumann llevaba un buen rato copiando las anotaciones del cuaderno rojo, muy rápida, muy precisa a la hora de decidir qué trasladaba y qué desechaba.

Muchas de las páginas, como ya había visto Elsa en el coche que las conducía hasta el Castro, se hallaban empleadas en una o dos frases, pensamientos más o menos ocurrentes de la doctora, relativos a temas dispares o asuntos personales. Encontró recordatorios, «*Día 15 cumpleaños de Johannes*». Citas de libros, también, que la doctora inmortalizaba a fin de disfrutarlas un día, todas juntas. «*Era el mejor de los tiempos, era el peor de los tiempos; la edad de la sabiduría y también de la locura…*».

Solo algunas de las páginas del cuaderno, para su sorpresa, contenían anotaciones profesionales. Muchas de ellas estaban tachadas: daba la impresión de que la doctora avanzara por un camino y volviera atrás para desechar errores. Estas también las desatendió Elsa Braumann, disponía de poco tiempo y tenía que ser muy selectiva.

Muy pronto advirtió que los grandes descubrimientos que hacía la doctora quedaban resaltados en el cuaderno por flechas y subrayados; por notas, incluso, que en el borde de la página señalaban que ella los encontraba relevantes. «*¡Por fin!*», «*Muy importante esto*», «*¡A tener muy en cuenta!*», «*Recordar*»… Estos eran los que la traductora transportaba al papel que apoyaba en el suelo, a su lado.

—¿Está usted ahí? —preguntó la camarera.

—Sí —dijo la Braumann, pendiente de lo que escribía.

—Qué hace ahí atrás, tan callada. No oigo nada. ¿Me está mirando?

—No. Para qué iba a mirarla mientras está maniatada.

—Huy, no sabe usted la de cosas raras que se encuentra una con los clientes del hotel. Me vi cada cosa al abrir la puerta…

—Sí —dijo Elsa terminando de copiar una página—, ya me he dado cuenta de que tiene usted la costumbre de entrar sin llamar.

Se ruborizó la camarera.

—Si no veo el cartelito de «*No molestar*»… Yo soy Paqui —dijo.

—¿Qué?

—Mi nombre —respondió la camarera—. Que me llamo Paqui. Una vez, durante la guerra, una señora muy mayor nos aconsejó a varias mujeres que si nos topábamos con soldados enemigos y nos veíamos en peligro les dijéramos cómo nos llamábamos. Decía que, si los soldados nos veían como personas, con nombre y eso, ya no serían capaces de violarnos.

Elsa había dejado de escribir. La escuchaba.

La chica contemplaba los dibujos en el empapelado de la pared.

—Le cuento a usted que me llamo Paqui no porque piense que vaya a violarme, a ver si nos entendemos, sino por si piensa hacerme daño.

Elsa Braumann suspiró.

—No voy a hacerle daño, Paqui. Estoy aquí para hacer una cosa y en cuanto la termine, me iré y la dejaré a usted en paz.

—¿Seguro?

—Que sí —dijo Elsa. Pasó la página y siguió copiando.

Irma Gulch se encaminó hacia el fondo del Salón Amarillo. Nada la detuvo: subió los escalones del estrado y se aproximó a la sorprendida doctora para susurrarle al oído. Los asistentes creyeron que algo grave debía haber pasado y hasta el barón intentó acercarse, por si escuchaba algo entre los cuchicheos.

—¿Y el cuaderno? —preguntó *fräulein* Gulch.

—¿*El cuaderno?* —respondió la doctora, por lo bajo—. *En mi caja fuerte, como siempre. ¿Se puede saber por qué me interrumpe?*

—*Esa Margaretha, la pánfila* —dijo *fräulein* Gulch, desabrida—. *Nos ha mentido.*

—*Pero qué dice usted.*

—*Envié un mensaje ayer y hoy me ha llegado la respuesta. En la Kolonialpolitisches Amt no han oído de ella jamás. ¡Margaretha Wagner no es quien dice ser!*

Palideció Bertha von Harbou y tuvo que disimular mientras *fräulein* Gulch se retiraba en dirección a la puerta, tan decidida que solo le faltaba desenvainar un sable.

—*Disculpen* —dijo la doctora a la concurrencia—. *Como iba diciendo...*

Al salir de nuevo al *hall* del hotel, *fräulein* Gulch estuvo a punto de llevarse por delante a la baronesa.

—*Está usted siempre en medio* —le dijo con desprecio, rodeándola— *y eso que no sirve para nada.*

La baronesa se quedó muy quieta, igual que si acabara de rebasarla un viento frío.

Le habían cortado las palabras, a *fräulein* Gulch no le hizo falta la navaja.

Paqui la camarera pareció relajarse un poco.

Notaba cómo se le había aflojado el nudo que la maniataba y esto la ponía nerviosa, por si aquella mujer creía que trataba de soltarse.

—Se me aflojó el nudo.

Elsa no respondió, muy atenta a aquella página, una de las últimas, en la que daba la impresión de que la doctora Von Harbou hacía sus descubrimientos definitivos. «*Material fusible a utilizar: Uranio 235*», apuntó enseguida. «*Masa crítica del uranio mucho* MENOR *que la que creíamos. Basta con unos kilogramos*».

Después de esto, seguían una serie de datos técnicos, apuntes sobre elementos y fórmulas.

—No es que me esté intentando escapar —insistió la camarera—, se me aflojó.

—No tengo tiempo para maniatarla otra vez, Paqui, estese ahí y ya está. Yo estoy terminando.

—Está escribiendo algo. La oigo escribir muy deprisa.

—Mejor que no oiga nada.

Paqui tragó saliva.

Fräulein Gulch apretó varias veces el botón en el panelado de madera.

Hubiera podido apretar mil veces que nada habría hecho ir más rápido al trasto: aquel ascensor no conocía la prisa. Ahora, prisionera en la caja lentísima, se lamentaba la agente de la Gestapo de no haber usado las escaleras.

—*Impostora* —murmuraba por lo bajo—. *Asquerosa comediante santurrona.*

La carita hipócrita de aquella Margaretha Wagner se dibujaba encima del botón que *fräulein* Gulch apretaba y apretaba y apretaba en un vano intento de llegar antes a la tercera planta.

El cordón con borla que rodeaba las muñecas de la camarera acabó deslizándose hasta caer.

—Se me soltaron las manos, pero le juro que yo no hice nada.

—Por el amor de Dios —protestó Elsa Braumann. Se levantó de un salto, agarró a la camarera y la condujo hasta el dormitorio contiguo.

—Métase ahí dentro y cállese.

Elsa cerró las puertas dobles y regresó corriendo donde el cuaderno. Ya no quedaban demasiadas páginas. Era difícil, sin embargo: su excelente nivel de alemán le permitía discernir de inmediato qué era importante de lo que no, pero tenía que dar lo mejor de sí misma como traductora a la hora de copiar en el papel; se vio obligada a dejar en alemán algunos conceptos técnicos. ¿Cuánto llevaría con aquella labor?, ¿veinte, veinticinco minutos? Estaba exhausta, igual que si hubiera subido unas larguísimas escaleras, y le picaban los ojos.

*

Fräulein Gulch se bebía a zancadas el pasillo, el ansia le había dado alas y en un instante se halló ante la habitación 315; resonaban sus jadeos en el silencio del pasillo.

Le enseñó al mundo la navaja que escondía y empujó el manillar de la puerta: cedió a su contacto enseguida, no estaba cerrada con llave.

Irma Gulch ya sabía que iba a encontrarse a Margaretha Wagner registrando cajones y armarios; acaso se hubiera atrevido a forzar la caja fuerte de la doctora.

Al abrir, sin embargo, la *fräulein* solo halló una habitación vacía. Por la ventana entreabierta se colaba una brisa que agitaba las hojas del cuaderno, abierto sobre la moqueta de la entrada y exponiendo sus secretos a cualquiera que quisiera leerlos.

Fräulein Gulch lo abrazó contra su pecho igual que a un pajarito rojo, dándole calor y protegiéndolo.

Encontró cerradas las puertas dobles del dormitorio. Solo entonces le advirtió el perro que vivía dentro de su cabeza: pasada la entrada de la *suite*, una esquina quedaba oculta.

Avanzó un paso y al mirar allí encontró la constatación, por fin, de lo que tanto había sospechado.

—*Soy muy lista* —dijo entre dientes.

Margaretha Wagner se hallaba pegada contra la esquina de la *suite* como una niña que buscara esconderse.

—*Te pillé* —dijo la nazi alzando su navaja—. *Algo me olía mal en ti, estás podrida. ¿Cuál es tu verdadero nombre, Margaretha?*

La intérprete se retorcía las manos: era evidente que estaba aterrada, pero tragó saliva para hablar y, en un hilo de voz, rendida de cansancio, se quitó las gafas y respondió altiva:

—*La Abeja.*

Rio Irma Gulch. La suya era una risa sin sonido, un filo cortando una cuerda de aire.

—*¿Eres americana?* —preguntó.

Elsa alzó la barbilla.

—Española.

—*Española* —dijo la mujer de la Gestapo—, *entonces está en tu sino: tarde o temprano perderás.* —Y se abalanzó sobre Elsa.

La Gulch daba estocadas, tratando de pincharla; Elsa tuvo que subirse a la cama y pasar al otro lado para escapar; la *fräulein* a punto estuvo de agarrarla; se le escapó entre los dedos.

Elsa corría en dirección a la puerta cuando la agarró por una pierna *fräulein* Gulch y la hizo caer. Fue un buen golpe, a pesar de la moqueta, y cuando Elsa giraba su cuerpo para enfrentar el peligro boca arriba, ya tenía a la agente de la Gestapo de pie sobre ella, aferrando aquella hoja afilada y sonriendo.

—*¿Cómo se dice «destripada» en español, Abeja?* —le preguntó.

Ocurrió todo en un instante, un instante solo: iba a agacharse para cumplir su amenaza cuando, a su lado, se abrieron las puertas dobles, asomó la camarera y, al reconocer en ella a la pánfila a la que había golpeado en la cocina, la mano de *fräulein* Gulch saltó sola, en un instinto.

Paqui la camarera no tuvo tiempo ni de ver esa navaja que cortaba el aire. ¡Ziiip!, un pinchazo rápido y certero le atravesó la carótida.

Elsa dejó escapar un grito.

—¡No!

Paqui se echó mano a la papada y retrocedió un paso adentro del dormitorio con los ojos muy abiertos, muy abiertos. Todavía no tenía ni idea de lo que le estaba pasando. Advirtió el líquido caliente cayéndole por el pecho.

—Por Dios, no —murmuró. Pensó que el director del hotel la mataría por manchar el uniforme.

Se le llenaba la garganta de algo viscoso que sabía a hierro.

Fräulein Gulch se aprestaba a rematar la faena cuando quisieron los hados que cambiaran las tornas.

El golpe fue tremendo. Algo estalló en pedazos en su mejilla y su oído, en la sien, en el ojo.

Quedó de pie, pero se tambaleaba, como borracha.

Margaretha Wagner sostenía la base del jarrón que acababa de reventarle en la cara.

La mujer de la Gestapo retrocedió otro paso para alejarse de su atacante, le daba vueltas la habitación; se llevó la mano a la cara y descubrió los dedos embadurnados en sangre.

Giró la cabeza para observarse en el espejo: no solo media cara sino también el escote aparecían llenos de pequeños cortes que ahora empezaban a abrirse como flores de color carmín.

No la sostuvieron las piernas y cayó de rodillas.

—*Tú…, perra españo…*

Para cuando fue a dar contra el suelo, *fräulein* Gulch había perdido la consciencia.

Elsa la observaba recelosa, por si aquella demonia volvía a incorporarse.

Solo cuando se aseguró de que la alemana estaba desmayada, la traductora acudió al dormitorio, donde Paqui la camarera retrocedía hacia la cama, sosteniéndose el cuello con la mano y del color de la cera.

—No me haga daño —decía entre gorgoritos—. Por favor, no me haga daño. —A pesar de que se tapaba el pinchazo a la desesperada, los chorros de sangre brotaban con cada latido como si saltaran de su cuello.

Para impedir que un grito escapara de su boca, Elsa Braumann se la tapó con las dos manos.

—Yo no… —repetía—. Yo no quería…

También sus ojos estaban muy abiertos y Paqui la camarera se preguntó, confusa, qué era lo que estaba viendo aquella mujer que le daba tanto miedo.

Solo al tropezar de espaldas contra la cama y caer boca arriba en ella, la camarera fue un poco más consciente de lo que le habían hecho. Estaba segura, sin embargo, de que no sería grave, de que iba a salir de esta. Porque, se dijo, de otro modo…, quién iba a cuidar de su padre.

—Le hago mucha falta todavía —musitó mirando hacia el techo mientras la vida se le escapaba por el cuello.

Cuando Elsa adelantó un paso hacia ella, y después otro, para examinarla más de cerca, Paqui la camarera estaba muerta.

—*Estamos viviendo los inicios de una nueva revolución: la de lo pequeño* —dijo Bertha von Harbou—. *No puedo contarles todavía demasiado, pero cierta partícula solitaria y minimísima contiene un poder capaz de lo mejor y de lo peor. Puede darnos una maravillosa energía capaz de abastecer ciudades, carreteras, casas, fábricas…*

La confianza en su tímida intérprete se deshacía ya en mil fragmentos. Sucedía en el corazón de Bertha von Harbou lo que en su ámbito se hubiera denominado «reacción en cadena»: si Margaretha la había engañado y Margaretha no había acudido a la conferencia, la doctora temió por su cuaderno rojo. Todo estaba en aquel cuaderno: sus experimentos y las secretas claves de la fisión del átomo. No le importaba tanto que quien se hiciera con ello lo obtuviera todo, sino la segura consecuencia por parte de los nazis: que dudaran de ella, que esto pusiera en peligro a su familia en Berlín.

Buscó apresurar el final de su conferencia. Aferró las manos al estrado mientras hablaba de átomos y de ciencia, de futuro. Estaba a punto de perder eso precisamente, el futuro; con cada palabra de su discurso, se le escabullía entre los dedos mientras arriba, en su cuarto, se cumplía la traición de Margaretha Wagner.

Esto necesitaba Bertha von Harbou: subir a su habitación y descubrir con sus propios ojos a Margaretha con las manos en el cuaderno.

Lo primero que Lancaster había hecho tras alejarse del Berbés fue encender un cigarrillo. El ataque de tos le tuvo asfixiado media manzana.

La plaza del Capitán Carreró le quedaba a tiro de piedra. Al fondo de la calle esperaba el hotel Moderno; asomaba su cúpula bajo aquella mañana soleada: nada en el edificio indicaba que allí dentro se estuviese jugando semejante partida. Buena señal que no hubiera curiosos en derredor del hotel, ni coches de policía, ni un tropel de nazis. Hubiera deseado que el edificio fuese transparente y ver a través de sus paredes a Elsa Braumann, diminuta, copiando el cuaderno rojo en el cuarto de la doctora.

Lancaster miró a su espalda. A veces se preguntaba cómo reaccionaría al hallar a un matón a sueldo de los nazis a punto de abalanzarse sobre él.

Consultó el reloj mientras paseaba de acá para allá.

«He conseguido contactar con ellos, por fin —le había dicho Julius—. *Estaban dando vueltas, esperando. Confirmado: nos recogerán esta noche».* Eso le había dicho; el chófer se había encargado de la logística. Ian Lancaster volvió a mirar la hora.

El problemita que tenía entre manos no era sino un aspecto más de los muchos que esa mañana lo atormentaban. Hubiera deseado tener la cabeza más fría y el corazón más pequeño, de cara a resolverlo enseguida. No se atrevía, sin embargo. Acaso tiempo atrás hubiera resuelto aquel conflicto sin pestañear.

—Los años te han vuelto un blando —se dijo a sí mismo en español—. Pero algo habrá que hacer, digo yo.

Tras limpiarse la boca con el pañuelo caminó un par de manzanas, decidido a llegar donde los coches. Iba todo el rato mirando por encima de su hombro, temeroso. Estaba rendido, exhausto de caminar por la vida mirando para atrás. En una de estas se descuidaría y ahí aprovecharía alguien para clavarle el cuchillo en la espalda. Habría sido patético, pensó Ian Lancaster, que, después de toda una vida dedicada, terminaran asesinándolo unas horas antes de cerrar el asunto. Ahora más que nunca extremó las precauciones; para calmar los nervios se imaginaba a sí mismo a la puerta de la cabaña en el lago, con las truchas; ante el fuego en la chimenea, por las noches. Nunca llegaría, él lo sabía, pero qué placer recrearse en el calor de ese hogar, en el chisporroteo de las maderas.

Accedió por fin a la calle en donde tenían aparcados algunos coches de su flota. Se llevó la mano al bolsillo del abrigo para aferrar el revólver que guardaba, una, dos, tres veces, una, dos, tres veces, más maniático que nunca en su inquietud, una, dos, tres veces, y encaminó los pasos hacia el Mercedes que se distinguía al fondo. Los nervios le invitaban a encender un cigarrito, pero nada más pensarlo le entró otro ataque.

Sacó la llave del Mercedes, jum, jum, cof, cof, abrió y se metió dentro, ante el volante; pocas veces ocupaba este puesto ahora: acostumbraba a viajar detrás. Había sido diferente hace años, cuando empezó. Conducía mucho entonces, para diplomáticos norteamericanos destinados en países lejanos y con apenas diecinueve años; la primera Gran Guerra acababa de nacer y él tenía toda la vida por delante. En aquella época había empuñado, también, armas como aquella que ahora sacaba del bolsillo. Qué sencillo resultaba entonces distinguir amigos de enemigos, qué intereses movían a unos, a otros. Buenos, malos, blancos, negros.

Abrió la guantera del Mercedes y allí escondió el revólver.

—*Dios mío* —murmuró. Ojalá, cof, cof, se dijo, no tuviera que verlo de nuevo esa noche.

A esas alturas, y de cara a resolver su problemita, había pergeñado un esbozo de plan. Consultó de nuevo el reloj, miraba a la retaguardia de cuando en cuando.

—*La suerte de la humanidad* —dijo para sí— *depende de que la traductora haya copiado ya el cuaderno de Bertha von Harbou.*

Nada más decirlo, le pareció escuchar la risa de Elsa Braumann: «Lancaster, habla usted como en una película americana».

*

Elsa Braumann todavía se estremecía cuando salió al pasillo del hotel Moderno. Allí encontró el carrito de limpieza de la infeliz camarera.

Cerró despacio la puerta de la habitación 315 y, aprovechando que nadie la había visto todavía, iba a marcharse con intención de abandonar el hotel cuando reparó en que estaba descalza. Había dejado los zapatos en su cuarto, antes de salir por la ventana; y también allí había dejado su bolso con el pasaporte.

Acudió corriendo hasta la puerta contigua, la de su habitación, y al tratar de abrir la encontró cerrada. Maldijo su suerte, pues recordó haberla cerrado por dentro, en efecto.

—Por Dios...

Temiendo que alguien la encontrara allí, regresó enseguida a la habitación de la doctora, como cumpliendo una maldición griega que le impidiera abandonarla del todo, y se encerró dentro.

La traductora sudaba de miedo: *fräulein* Gulch permanecía inconsciente en el suelo.

A Elsa no le iba a quedar más remedio que volver a salir por la condenada ventana y pasar a su cuarto a través de la cornisa.

—No, no, no —decía por lo bajo, dando vueltas por la habitación como un animal acorralado—. ¡No!

Enfrentó la ventana.

Era inútil rebelarse y más le valía ir dándose prisa, pues la doctora estaría a punto de volver a su cuarto.

Elsa Braumann tomó aire hasta hincharse los pulmones. Contempló el vacío; daba la impresión de que fuera a saltar desde un trampolín. Y ya estaba encaramando el primer pie hacia el exterior cuando, al caer en la cuenta, se detuvo.

Acudió corriendo a donde yacía la camarera.

—Por Dios —musitó la traductora—, perdóneme.

Con dos deditos se puso a registrarla, a la búsqueda del manojo de llaves con que Paqui se valía para entrar en las habitaciones a la hora de limpiarlas.

No lo llevaba encima, sin embargo, y Elsa se revolvió, furiosa.

—Por el amor de Dios —dijo entre dientes—. ¿Pero es que nada me puede salir bien?

Rebuscó el manojo en el suelo del cuarto, por si se le hubiera caído a la chica con el revuelo, rebuscó en el dormitorio y hasta en el baño, en donde la camarera ni siquiera había pisado.

Ni rastro de las condenadas llaves.

—Pero entonces... —se dijo la Braumann—, cómo hizo para abrir esa puerta cerrada y entrar.

Le dolían las piernas igual que si las hubiera tenido en tensión varias horas; y así había sido, en verdad. Rendida de cansancio, se encaramaba por segunda vez a la cornisa cuando, por segunda vez, se echó atrás y regresó al dormitorio.

—Soy imbécil —dijo.

Y salió al pasillo.

Rebuscó en el carrito de la camarera y, en el bolsillo de un mandil que colgaba, encontró el manojo de llaves.

Cerró la habitación 315 y, tras buscar la llave adecuada, abrió al fin la puerta contigua, la de su habitación. Allí estaban sus zapatos, en el suelo de moqueta, y, sobre la cama, el bolso con su pasaporte.

Trataba de avanzar salón adelante, atravesando la red de manos empeñadas en estrechar la suya. «*Estupenda conferencia, doctora*». «*¿Me firma un autógrafo, doctora?*». «*¿Cree usted que la tierra es hueca, doctora?*». Bertha von Harbou había apurado el final de la conferencia, atropellando casi las palabras y torturada por aquellas sospechas, con un único pensamiento: llegar a su habitación, ver en persona el cuaderno.

Un caballero de corpachón enorme se interpuso, y el barón se lo presentó como *herr* Grünestraße, el señor cónsul alemán en Vigo.

—*Doctora Von Harbou, el consulado quisiera hacerle este presente* —dijo. Se volvió en busca de su esposa—. *Gertrud...*

Se adelantó la señora Grünestraße y le hizo entrega de un paquete en papel de seda. Al desenvolverlo, la doctora halló un coqueto sombrerito burdeos.

—*Una cabeza como la suya tiene que lucirse como merece. Por favor, pruébeselo.*

Bertha von Harbou retrocedió un paso; sudaba.

El barón Reiniger interrumpió.

—*Doctora, vamos a realizar algunas fotografías, para el álbum del Hogar.*

—*Si me permiten* —replicó ella—, *necesito ausentarme unos minutos, a mi cuarto; bajo enseguida.*

*

El cónsul de los Estados Unidos de América recorrió sombrío los últimos cincuenta pasos del callejón. Ian Lancaster llevaba el abrigo por encima de los hombros y traía el sombrero en la mano. Se le escapaban unas toses cada poco, iban con sus diálogos igual que si fueran puntos o comas.

Abrió la puerta trasera con su llave y penetró en el sótano.

Lo primero que encontró fueron los bastones, abandonados en el suelo.

Allá al fondo, junto a la mesa, el mago Merlín se echaba un lingotazo. Sonaba en la radio la voz de Carrere, loando *Cautivas,* el reciente libro de versos escrito por Pilar, la hermana del ilustre legionario.

> *Son estampas de los treinta y dos meses que pasó prisionera. Tienen un calor humano, de drama vivido. Sentimiento patriótico, pues no se aparta jamás de su espíritu el compromiso de honor que le impone el apellido Millán Astray; orgullo de dama española contra los bárbaros sicarios que la atormentaron...*

—*Dónde estabas* —preguntó Merlín.

Lancaster cerró la puerta a su espalda.

—*Ultimando detalles* —dijo sombrío—. *¿Y Morgana?*

—*En el hotel, esperando a Elsa. ¿Qué piensas hacer con ella?*

El cónsul se retiró el abrigo y, con cuidado de no arrugarlo, lo colgó de una percha junto a la puerta.

—*¿Con tu hermana?* —replicó riéndose—. *No me atrevería ni a tocarla con un palo.*

A Merlín no le hizo gracia; parecía inquieto.

—*Hablo en serio. Qué piensas hacer con Elsa cuando entregue los papeles. ¿Te la vas a llevar contigo, esta noche?*

Lancaster no respondió. Molesto con la cháchara, señaló la radio.

—*Apaga eso, ¿quieres?, cof, cof, cof...,* si ni siquiera comprendes una palabra, cof, cof, cof...

El mago había encendido el aparato por la pura necesidad de no sentirse solo en aquel sótano, con tanto nervio, y oía la voz igual que si fuera un arrullo, daba igual lo que dijera.

Le dio la vuelta a la ruedecilla y lo apagó.

Lancaster comenzó a acercarse.

—*¿Y Julius?*

—*Deshaciéndose del coche, me imagino.*

—*¿Salieron caros los que hicieron de enfermeros?* —preguntó el cónsul.

—*Más o menos como siempre.*

—*Se están acostumbrando a que paguemos bien. Para la próxima contratas a otros.*

—*¿La próxima?* —replicó Merlín descreído. Sudaba.

—*¿Pensáis abandonar la lucha?*

—*No* —dijo el mago—. *Eso nunca.*

Lancaster sirvió un trago para él y otro para Merlín.

—*Entonces habrá otras ocasiones, amigo mío. Muchas otras. ¿Seguro que tu hermana está en el hotel?*

—*Sí* —dijo el hombrecillo. Y bebió.

Lancaster lo miró por encima del vaso que se llevaba a la boca.

—*Grünestraße me ha citado luego, en Guixar.*

—*¿El gordo? Para qué.*

—*En un par de horas lo sabré.*

Merlín estaba tan inquieto que le temblaba la voz.

—*Lancaster, qué vas a hacer con Elsa Braumann.*

*

El agua fría con que Elsa Braumann se lavó la cara la hizo espabilar.

Desde que había entrado en su habitación del hotel Moderno se movía como embotada, apenas le daba la cabeza para hacer las cosas de una manera maquinal. Se había cambiado las medias por unas nuevas; también eligió otro vestido. Después de volver a calzarse comprobó que llevaba el pasaporte en su bolso.

A la Elsa que la miraba desde el espejo le caía el agua fría rostro abajo. Todavía no se reconocía bien en aquella mujer tan desmejorada, de pelo rubio.

Elsa Braumann resopló. No había acabado su aventura: le quedaba huir de aquel hotel, entregar sus notas de la transcripción y, sobre todo, encontrarse con su madre. Solo Dios sabía cuándo habría de conseguir esto último.

—Cada cosa a su momento —replicó a la del espejo. Y de nuevo se puso en marcha.

Cogió las notas y el abrigo, abrió la puerta de su cuarto y salió al pasillo.

Fue dejar el manojo de llaves en el carrito de la limpiadora y la vio aparecer por el fondo. Asomó la doctora Bertha von Harbou por la escalera y, al descubrirla ante la 315 con unos papeles en la mano, se quedó clavada.

Daba la impresión de que quisiera preguntarle algo, pero permanecía en silencio, hierática como una estatua colosal.

Era imposible evitarla y Elsa Braumann tomó aire y, sin respirar, encaminó los pasos hacia ella. En la expresión de la doctora fue instalándose una mueca de tristeza, de incomprensión.

—*Qué has hecho, Margaretha* —le preguntó.

—*Lo siento, Bertha* —dijo la traductora.

Y se disponía a pasar a su lado para enfilar las escaleras cuando la doctora la agarró por la muñeca. Fue más un gesto de súplica, sin embargo, que de violencia, porque ni siquiera la aferraba. Notó Elsa que estaba temblando.

—*Qué has hecho* —murmuró de nuevo.

La tristeza había dejado paso al miedo. La doctora no apartaba los ojos de las notas que Elsa apretaba contra su pecho. Bertha von Harbou fue incapaz de articular otra pregunta, lo que vino fue una constatación espantada:

—*Dios mío, qué has hecho.*

Aquel rostro sin máscara, el que dejaba ver cómo era por dentro en toda su extensión Bertha von Harbou, mostraba a una mujer frágil, expuesta; tan decepcionada que daba pudor sostenerle la mirada.

A todo aquel dolor respondió Elsa recopilando la mayor entereza de que fue capaz.

—*Lo siento* —dijo.

—*¿Que lo sientes?* —respondió la Von Harbou temblando todavía. Con cada sílaba fue apretando la garra que sujetaba a Elsa Braumann—. *¿Que lo sientes?* —rugió—. *¡Qué sientes, de todas las cosas que me has hecho!*

Trató Elsa de zafarse de aquella pinza, quiso apartarla, la doctora se interpuso en su camino.

—¡*Cuántas veces me mentiste!* —le dijo. Y aquella tampoco sonó como una pregunta.

Forcejearon. Elsa ponía todo su empeño en no perder sus notas. La doctora fue a aferrarla por el pelo, ella retrocedió y acabaron cayendo por las escaleras.

Rodaron los dos cuerpos en aquel primer tramo y fue al llegar al último escalón que Elsa terminó aterrizando sobre el corpachón de la doctora. De haber sido al contrario le habría roto varias costillas; Bertha von Harbou, sin embargo, quedó ilesa pero magullada, confusa por el golpe.

Temiendo que volviera a agarrarla, Elsa aprovechó para arrastrarse.

La doctora balbuceaba, se le nublaba la vista.

—*Mi familia… Mi familia…*

Elsa consiguió al fin desenredarse de aquellas fuertes piernas y brazos. Acertó a ponerse en pie, al fin, y reanudó el descenso por la escalera. Sus pasos se perdieron dos plantas más abajo. Todavía aferraba las notas robadas a la doctora Von Harbou.

*

Al llegar al *hall* se detuvo.

La recepcionista, allá al fondo, anotaba algo en su mostrador. Un viajante atravesaba las puertas giratorias con su maleta, recién llegado al hotel y echando un ojo en derredor. El resto de la humanidad continuaba su camino cotidiano, ajeno a cuanto Elsa Braumann acababa de vivir.

Ella, por su parte, estaba sudando y jadeaba. Se recompuso el pelo y el vestido antes de presentarse al mundo. Puso todo su empeño en disimular aquel miedo que tenía dentro, todos aquellos remordimientos, las náuseas, el cansancio.

Divisó a la hermana de Merlín en uno de los sillones de la entrada. Morgana disimulaba con su periódico abierto, su bolso encima del regazo. Con los ojos le preguntaba a Elsa si debía ir a su encuentro. Morgana observó que aferraba unas notas, al menos, y eso le quiso decir que la muchacha había cumplido su misión. Por qué permanecía allí quieta, como hipnotizada, era todo un misterio.

Las piernas de Elsa, siempre más decididas que ella, volvieron a conducirla y se dejó llevar. Experimentó esa sensación que algunos psiquiatras llaman «despersonalización», en que el sujeto cree asistir a una existencia que le es ajena, como si fuera otro el que la estuviera viviendo. Sentía la cabeza envuelta en algodón y creyó estar contemplando una película de la que ella no era protagonista, sino testigo.

La hermana de Merlín observaba de reojo cómo se le acercaba la traductora. Era su misión recoger los papeles que Elsa estaba a punto de dejar en la mesita que tenía al lado, donde se amontonaban los periódicos. Nada más fácil. Morgana los guardaría en su bolso y se los llevaría a Lancaster, que aguardaba en el sótano del consulado.

Hubo, sin embargo, una imposición última de Elsa a su cuerpo extenuado, un acto de voluntad.

Al pasar junto a Morgana no dejó los papeles encima de la mesa y a su alcance. Sabía que debía hacerlo, así lo habían planeado, pero no lo hizo, para sorpresa de la mujer; y, conscientemente, muy conscientemente, Elsa se llevó los papeles con ella mientras caminaba hacia la puerta.

Sintió cómo la hermana de Merlín se ponía de pie a su espalda y le clavaba las preguntas en el cogote: *Adónde vas, infeliz. Qué haces. Por qué no me entregas los condenados papeles.*

Sacudiéndose de encima todas aquellas preguntas, Elsa Braumann alcanzó por fin las puertas giratorias.

Descubrió a Ana Reiniger-Castro en las proximidades de la recepción, y que, junto a su esposo, charlaba con algunos de los asistentes a la conferencia. La baronesa la observaba también, de soslayo; acababa de darse cuenta de que algo inesperado ocurría, pero sin acabar de entender el qué.

Y Elsa Braumann accedió a la calle, por fin, y abandonó el hotel Moderno.

*

Cuando la doctora Bertha von Harbou abrió su habitación lo encontró todo arrasado.

Allá al fondo, bajo el escritorio, se revolvía Irma Gulch, confusa todavía y con media cara llena de cortes.

La Von Harbou recogió del suelo el cuaderno.

Revisó las páginas a la desesperada. No faltaba ninguna. Acaso Margaretha, esto fue lo que imaginó, se había encargado de copiarlo.

Al pasar ante las puertas del dormitorio, la doctora se detuvo, lívida.

Sobre la cama y boca arriba yacía una camarera del hotel, bañada en sangre. Parecía un Cristo.

Bertha encontró a sus pies la navaja ensangrentada de Irma Gulch.

La *fräulein,* en el suelo y confusa, se llevaba la mano a la parte de atrás de la cabeza. La doctora la ayudó a levantarse.

—*Pero qué ha pasado* —murmuró espantada.

—*Esa mentirosa de Margaretha* —respondió la rubia—, *la intérprete... Mentirosa traidora. ¿Le dio usted el cuaderno?*

—*¿Qué? ¡No! ¡Cómo se le ocurre!*

—*Lo había sacado de la caja fuerte. Usted le dio la combinación.*

—*Fräulein Gulch, no puede usted creer lo que está diciendo. ¡No puede creerlo de verdad!, soy fiel al Partido.*

A Bertha Van Harbou no le fue difícil levantar del suelo aquel cuerpo delgado y sentarla en la cama. *Fräulein* Gulch estaba furiosa, se acariciaba la cabeza dolorida.

—*Lo veremos* —murmuró—. *Dijo que era española, la muy zorra. ¡Es española! ¡Los hombres de Franco están metidos en esto, malditos sean! Por eso se la llevaron a usted ayer, ¿no es verdad? Para firmar la traición. Estamos rodeados de traidores. Cuando lo cuente en la Gestapo arrasarán esta ciudad asquerosa que apesta a pescado.*

Fue como si una ola de aquella costa escarpada le cayera encima a Bertha von Harbou. Un peso frío que la dejó calada desde la punta de su rígido moño hasta los dedos meñiques de sus pies enormes.

—*Mi familia en Berlín...*

Irma Gulch se puso en pie.

—*Pagarán* —dijo, furiosa—. *Pagarán por esto, desde luego; pa-*

gará todo el mundo porque pienso cortar cabezas hasta limpiar este desastre. ¡Usted mejor que nadie conoce la importancia de sus investigaciones, ha sido una estúpida! Lo fue desde el principio, mirándome con condescendencia, creyendo que su ciencia estaba por encima del Reich. ¡Bien, señora, pues no lo está!, ¿comprende? La bota nazi puede aplastarla a usted y a mil como usted, con todos sus conocimientos y sus estudios y sus carreras. ¡A todos!*

La doctora no la escuchaba. Contemplaba en silencio el cadáver tendido en su cama.

—*Tiene usted la cara cortada, Irma* —dijo sin mirarla.

Cayó en la cuenta la Gulch, al recordar. Encolerizada, se dirigió al cuarto de baño.

—*Esa puta española... Cuando la encuentre pienso sacarle la lengua de la boca tirando de ella y la ahorcaré con su propia jodida lengua.*

Ante el espejo del baño observó que por debajo de la clavícula sangraban los cortecitos, algunos todavía con astillas enterradas.

La voz de la doctora, desde el salón contiguo, sonaba ensimismada, como una súplica.

—*No tuve nada que ver* —decía.

—*Lo veremos, doctora* —replicó la Gulch.

—*No tuve nada que ver en esto, se lo juro. ¿Puede creerme?, ¡se lo juro!*

Lo peor, sin embargo, era la cara. Los caminos que las astillas de cerámica habían dibujado atravesaban la piel nívea de medio rostro. De pie ante el espejo, Irma Gulch se llevó los dedos a esa piel que hasta hace nada había sido perfecta y palpó los cortecitos.

Se sacó de la mejilla una afilada esquirla de cerámica.

Las palabras salieron de sus labios en un susurro. No hubo aspavientos ni drama.

—*Ya nunca más seré hermosa* —dijo.

Lejos de espantarla, aquel estropicio en que se había convertido su rostro no le resultaba del todo ajeno. Los cortes sanguinolentos acabarían convertidos en cicatrices y esas cicatrices se unirían con familiaridad a su piel; las cicatrices solo habían estado ahí debajo, esperando.

Irma Gulch tuvo la sensación de que este había sido su rostro desde siempre y que hasta hoy no había hecho sino llevar una máscara. Respiraba la piel, por fin, y ella misma se sentía más liberada.

Sorprendió a Irma Gulch una placidez, un descargo, que le llevó a cerrar los ojos. La *Reichsreferentin* le peinaba los cabellos, igual que hace años antes de acostarse. «*Irma, por qué odiar tu belleza* —decía entonces—, *si es un regalo*».

—*Ya nunca más seré hermosa* —repitió Irma Gulch ante su reflejo.

*

Al salir del baño, encontró a la doctora Von Harbou sentada en el borde del sofá, cabeza gacha. Se miraba las manos.

La Gulch rebuscó en el escritorio.

—*Mataría por un cigarrillo* —dijo—. *¿Tiene por aquí?, no sé dónde he puesto los míos.*

—*Por favor, Irma* —replicaba la doctora sin levantar el rostro—. *Le ruego que no cuente usted lo que ha pasado. Que quede entre nosotras.*

—*¿Que quede entre nosotras?, ¿de qué habla?*

A Bertha von Harbou se le habían puesto rojos los ojos, de luchar para no llorar.

—*Le juro que no he tenido que ver en esto. Podemos decir que sorprendimos a la camarera intentando robar en el cuarto, que hubo un forcejeo.*

Fräulein Gulch apartaba papeles de la mesa, rebuscando.

—*Su actitud parece cada vez más sospechosa, doctora. ¿Pretende que no le cuente a la Gestapo que la española nos ha traicionado y que, además, mienta para cubrirla a usted?*

—*Se lo ruego. Se lo suplico, Irma. Tenga en cuenta… Tenga en cuenta que lo pagarán con mi familia, allí en Berlín. Mi sobrino apenas tiene unos pocos años, es muy pequeño.*

La Gulch terminó tirando la postal, cayó sobre la moqueta ante los pies de Bertha von Harbou.

—*Qué tonta soy* —dijo la mujer de la Gestapo—, *si llevo el bolso encima.*

Del bolso en bandolera sacó la cajita de Constantin y se colocó uno en la punta de los labios. Encendió una de aquellas cerillitas de la caja pintoresca, con su niño bávaro que sonreía ante montañas de picos nevados.

—*Quizás tuvo usted que haber pensado en ese pequeño cerdito antes de conchabarse con la puta española.*

Fue una tenaza, lo que sujetó por el cuello a la mujer de la Gestapo; una mano de hierro que, unida a un cuerpo de un metro ochenta y noventa kilos de peso, apretó de pronto su garganta con intención de quebrársela.

Cayó la cerilla encendida, sobre la moqueta.

Irma Gulch fue conducida en volandas por el cuello hasta topar contra la pared.

—*No va a contar usted nada* —decía la doctora entre dientes. Ardía en sus ojos una llama desconocida, de pura locura. Hasta ahora se había refugiado en el universo impoluto de la ciencia, tan por encima de las bajezas y las pasiones humanas. Bertha von Harbou se alejaba por primera vez en su vida de la tan ordenada matemática del firmamento y acababa embarrada: estrujaba aquella garganta como si fuera de papel.

Irma Gulch balbuceaba, sin aire, se le iba la lengua fuera, igual que si tuviera vida propia y pretendiera escapar de aquel cepo.

—*No vas a contar nada, malnacida* —decía la doctora, apretando, apretando. Bastaba apretar un poco más, estaba segura, y rompería aquel cuello delgado.

Entonces sintió el calor, el humo.

Dejó caer a la rubia, espantada: el fuego había llegado a los bajos de la cama y ardía buena parte de la habitación.

—*Oh, mein Gott!*

Bertha von Harbou corrió a retirar la manta en llamas, la apartó poniendo cuidado de que el fuego no tocara las cortinas, pero ya se habían incendiado las sábanas, las almohadas.

Mientras *fräulein* Gulch tosía medio asfixiada, en el suelo, y retiraba los pies para que no la alcanzara el fuego, Bertha von Harbou descubrió entre las llamas la postal que iba a mandar a su sobrino. Metió las manos en aquellas zarzas ardiendo y recogió la postal.

Le daba manotazos para apagarla, sentía a su espalda el calor ascendiendo por la pared.

Era tarde ya para luchar contra aquel infierno: había que escapar. Bertha von Harbou corría hacia la puerta cuando se topó con *fräulein* Gulch y su navaja; fue la propia doctora quien, con el paso hacia adelante, se hincó el filo en las tripas a través del ombligo. Perdió el aliento durante un segundo.

Las llamas iluminaban de rojo el rostro de Irma Gulch.

—*Me aseguraré* —dijo— *de que tu sobrino acabe en un campo de concentración, separado de su madre.*

Dicho eso le dio un empujón a la científica y la hizo caer en la hoguera que ahora era la cama: las llamas engulleron a la mole, aquella cerilla de casi cien kilos de peso ardía y ardía mientras daba manotazos ciegos y tomaban trágica forma las viejas palabras de Mary Shelley: «*Ascenderé triunfal a mi pira funeraria y exultaré en la agonía de las torturantes llamas*».

Irma Gulch se protegió del calor con el antebrazo. Retrocedió escapando de las llamas hasta que salió al pasillo, por donde ya venían corriendo otros huéspedes, alarmados, algunas camareras del hotel, algún botones.

—¡Fuego! —gritaban avisando al resto de habitaciones—. ¡Fuego en la 315!

La *suite* Von Harbou se había convertido en una caldera.

Solo entonces, jadeando y medio asfixiada todavía, Irma Gulch cayó en la cuenta de que allí dentro estaba ardiendo el cuaderno que guardaba uno de los más importantes descubrimientos de la historia.

2

Había arreciado aquella *airexa* de mediodía; recogían velas las barcas de pesca, amedrentadas: se les venía encima una de las buenas. Las mujeres recogían el pulpo seco de las cuerdas, como se hace con la ropa antes de una tormenta. El cielo, visto desde la playa de Guixar, vestía un color azafranado que, incluso a ojos poco marineros, indicaba peligro. En la orilla los críos habían arrastrado arena arriba el cuerpo de un pequeño arroaz, de esos que en la mar saltan junto a los pescadores; algún barco lo había atrapado en sus redes sin querer. Todavía respiraba.

Grünestraße no llegaba y el cónsul de los EE. UU. Ian Lancaster receló de que le hubiera convocado allí por alguna razón oscura. Era el peor de los momentos para tener que acudir a una cita. Oteó en derredor.

Una fila de mujeres removían el cieno en busca de *croques*. Lancaster sacó la pitillera de plata y al abrirla para coger un cigarrito, jum, jum, cof, cof…, brilló la pequeña esvástica. Se puso a toser, como ocurría de costumbre cada vez que respiraba el humo, solo que esta vez fue más fuerte y el ataque no se marchó tras uno, dos, tres golpes de pecho. La calada le supo a cenizas guardadas en una urna, muertos calcinados, convertidos en polvo.

El hombre que lo había citado tardó todo el cigarrillo en llegar; venía arrastrando aquel tonelaje entre los tendidos de pulpos y cada paso le suponía tirar de ciento cincuenta kilos.

338

—*Boas*, Lancaster —le dijo el cónsul. Sonaba particular el gallego con aquel acentazo germano.

—*Boas*, Grünestraße.

A escasos cinco metros, oculto en la oscuridad de un galpón, permanecían atentos los oídos de Julius el chófer, dispuesto a no perder una palabra de la conversación que iba a tener lugar.

El cónsul alemán en Vigo, Kaspar Grünestraße, se apoyó sin resuello en uno de los palos que sujetaban el curadero de cuerdas. Era hombre afable y cuando se reía decía «¡jo, jo, jo!» y se le achinaban los ojos. Bajo toda aquella bonhomía, sin embargo, latía otra persona: los que le conocían sabían de él que era implacable.

—Mal día para salir sin paraguas —dijo. Él llevaba uno negro, de mango veteado.

—Ah, yo acostumbro a tener suerte, casi siempre consigo no mojarme.

Grünestraße sacó un pañuelo y se dio unos toquecitos en el cuello.

—Algo decían los griegos de que la suerte es una cualidad más, como cualquier otra. ¿Usted, Lancaster, qué tal anda de eso?

—Dígamelo usted. Tendrá que ver con que me ha citado aquí con tanta insistencia. ¿He tenido suerte?

El cónsul alemán Kaspar Grünestraße, a quien en Vigo apodaban Porco, se quedó mirando cómo los niños atormentaban al arroaz con palitroques que le introducían para comprobar que todavía estaba vivo.

—Van a por usted, Lancaster —lo dijo usando ese cierto tono que hombres como él y Lancaster reconocían enseguida, una forma de poner grave la voz y cadenciar las palabras, que daba la impresión de que, en vez de hablar, estuviera uno leyendo un epitafio.

—¿A por mí? —dijo el norteamericano rebuscando en la pitillera.

—Los míos. Sospechan de usted. Según parece nos han saboteado unos documentos importantes. Algo de un cuaderno rojo. ¿Usted sabe algo de eso?

La sonrisa de Lancaster nació forzada y recordó a una mueca.

—No sé de qué me habla, Kaspar, pero…, de haber estado implicado, usted sabe que habría sido defendiendo los intereses de mi país. Como usted, supongo.

El gordo se rio sacudiendo los hombros.

—Jo, jo, jo. Admiro a los hombres que no se andan con rodeos. —Al ir poniéndose serio, los párpados adquirieron el aire de dos pequeñas papadas—. Sería bueno que nuestros dos países tomaran posiciones en la parte correcta del tablero.

—Y qué parte es esa.

—La parte contraria en donde se sitúan los condenados comunistas —dijo el hombre gordo.

—¿América y Alemania aliadas?

—Por qué no. Americanos y alemanes son primos hermanos, como bien sabe su Comité, y tienen un problema común: demasiados judíos comunistas dentro de casa.

Escondido en el galpón, Julius apretó los dientes.

Grünestraße fue a decir algo y se contuvo. Pareció pensárselo mejor y por fin añadió:

*

—Hitler es un loco. —Le hizo gracia la cara que ponía Lancaster y no le permitió replicar—. No se me desmaye, hablo en la confianza de quien se mueve entre colegas. —Con aquel barrigón le costó un mundo agacharse a recoger un viejo bichero caído en el suelo—. Insisto: el *führer* está llevándonos al precipicio. Es difícil verlo ahora que está en lo más alto y dejando Europa hecha unos zorros. Pero no le queda sitio para continuar su expansión y su próximo movimiento será invadir la Unión Soviética.

—Le recuerdo que Von Ribentropp y Molotov firmaron un pacto de no agresión —replicó el norteamericano.

El alemán se rio entre dientes y le quitó al bichero unas algas secas.

—Hitler se limpiará el culo con ese pacto y se lo mandará a Stalin dentro de una valija diplomática. Hágame caso: Hitler invadirá Rusia y eso le hará perder la guerra. Cuando la Unión Soviética despierte temblará el mundo. ¿Y qué cree que ocurrirá entonces?

—Confieso que soy incapaz de anticiparlo, Kaspar; antes era todo más sencillo.

El gordo se sonrió.

—Cuando Rusia gane a Alemania, ustedes descubrirán quiénes son los verdaderos enemigos de América. Las dignísimas democracias mundiales estarán deseando que los alemanes volvamos al tablero. Los gobiernos acostumbran a tener mala memoria: olvidarán enseguida las atrocidades nazis. —Puso boquita de piñón y se encogió de hombros—. Organizarán algún juicio, muy publicitado, quizás; una condena pública a un par de chivos expiatorios entre las SS y la vista gorda para todos los científicos que les sean útiles. Nos colocarán ustedes un cojín para que aposentemos el culo. Y otro a nuestro buen amigo Franco, sí, del que enseguida olvidarán las veleidades hitlerianas.

También sonrió Lancaster.

—Le veo muy seguro de lo que dice.

El gordo Grünestraße no solo era cónsul, poseía una boyante firma de aceros y carbones: España le parecía una tierra llena de posibilidades para alguien que supiera verlas; un país con grandes riquezas naturales aún por explotar, lleno de ignorantes y gestionado por una administración corrupta: el paraíso del inversor desalmado.

—Porque sé la verdad.

—¿La verdad, Kaspar?

—Lo que mueve el mundo. Usted y yo, aquí, ahora, estamos en este juego y lo jugaremos. Pero, después, cuando la partida termine solo quedarán los dueños del dinero. Y al dinero le dan igual las fronteras, solo teme una cosa: el comunismo. «*Wer jetzt kein Haus hat* —añadió—, *baut sich keines mehr. Wer jetzt allein ist, wird es lange bleiben*».

—Y eso —replicó el norteamericano tosiendo— qué carajo significa.

—Versos de nuestro poeta más grande, que vaticinan tiempos otoñales. «Quien ahora no tiene casa, no la construirá. Quien ahora está solo, seguirá estándolo largo tiempo». ¿Envió usted a esa mujer?

—Qué mujer.

—La que robó la información del cuaderno rojo.

Lancaster observó el Atlántico, ya vacío de barcas; algunos jirones de nubes se unían sobre el mar en una lenta llamada de guerra, la pantalla de lluvia crecía en el horizonte, anunciando la inminente tormenta.

Nada sabía de Elsa Braumann desde que abandonara el hotel Moderno, horas atrás.

A Grünestraße le hizo gracia el silencio de su homólogo norteamericano.

Transportó el tonelaje hasta la orilla y empujó con el bichero el cuerpo del arroaz; el cuerpo se dio la vuelta y se mostró un instante boca arriba antes de hundirse en un breve chapoteo.

—Consígase un paraguas, Lancaster —dijo. Y, pivotando como una boya de trescientos kilos, emprendió el camino de vuelta—. No se puede confiar en la suerte: uno tiene que protegerse.

*

El alambicado sombrero de paja de la baronesa, adornado con una cinta verde, era de todo menos práctico; fue gracias a él que Elsa Braumann pudo reconocer su figura en la distancia: solo Ana Reiniger-Castro llevaría un sombrero como aquel para trabajar en el jardín.

Era mediodía, le había costado localizar la villa y acercarse a pie. La mayoría de las viviendas alemanas se encontraban en el barrio de Peniche, pero la mansión de los Reiniger estaba a las afueras de la ciudad, en la Guía, un monte arbolado y con apenas casas, que sobresalía en el mar una vez terminado el puerto, hacia dentro de la ría. La finca de los Reiniger terminaba encaramada sobre el mar; allá abajo, la espuma golpeaba los peñascos. No faltaba quien rumoreaba que el barón había edificado allí su vivienda, tan alejada de todo, porque cerca recalaban submarinos nazis que buscaban abastecerse de combustible, armas y víveres; y también que aquel monte ocultaba un entramado de túneles, construidos años antes para esconder armamento.

El jardín había sido excavado sobre el monte en grandes terrazas de hierba, con un ordenado diseño geométrico *à la française*. La señora se ocupaba personalmente de aquel camelio, con flores blancas jaspeadas de rosa. Le preocupaba haber visto huellas de ratas en el parterre, a las que detestaba, y estaba determinada a avisar al servicio para que pusieran más veneno por todas partes.

Elsa adelantó unos pasos en el caminito ciego que desembocaba en la mansión. En previsión de que alguien pudiera reconocerla, la traductora se había cubierto la cabeza con una pañoleta. Salió de detrás de los árboles para que la baronesa pudiera verla.

—¡Pst! ¡Pssssssssst!

Al reconocer a la intérprete, Ana Reiniger-Castro dejó caer las tijeras.

Miró en derredor para asegurarse de que estaba sola y, fiel al movimiento de la torre, fue directa a por Elsa. Descendió hasta la cancela, disimulando su ansiedad, por no alertar a quien la pudiera estar viendo desde el torreón. En él tenía su estudio el barón, al que le gustaba dominar todo el jardín.

—¡Baronesa! —murmuró Elsa angustiada.

La mujercilla la cogió del brazo como quien agarra a una vecina.

—Sssh, cállese y disimule —dijo riendo mucho—. Sígame, Abejita. Vayamos de paseo.

Nada dijeron durante unos minutos; aquí y allá se juntaban pequeños remolinos de hojas, y largas sombras de nubes se deslizaban sobre los arbustos; los tojos agitaban sus flores amarillas: sabían que se acercaba la tormenta. El camino las llevaba hacia el pintoresco rincón del faro, que no quedaba lejos de la mansión.

—¿No le parece curioso? —comentaba la baronesa en voz muy alta como si nada, y mirando de reojo hacia todas partes.

—¿E-el faro?

—Hace muchos años, antes de que erigieran ese precioso faro blanco, las mujeres de los pescadores encendían hogueras ahí, en ese alto, a fin de guiar a sus hombres en el retorno a tierra firme. —Miró al cielo—. En días como hoy, haría falta.

A la baronesa le palpitaba el corazón de nervios; se moría por saber qué había ocurrido.

—Dígame —dijo entre dientes—. ¿Y el cuaderno, señorita?, ¿pudo copiarlo?

—Pude copiarlo, sí —respondió la Braumann—. Iba a entregárselo al Alfil cuando me asaltaron las dudas.

—¿Las dudas? ¿Por eso ha acudido a mí?

Igual que si eso fuera la losa que caía sobre ella, la traductora resopló y dijo al fin:

—Entregarles a los Estados Unidos el arma más devastadora de la historia…

Estaban a punto de llegar al faro. Más allá terminaba la tierra y solo quedaba la interminable extensión, el mar picado.

—Empiezo a odiar ese horizonte —dijo Elsa—. Ojalá hubiera conseguido llegar ahí, al otro lado del mundo, con mi hermana, y no haber vuelto atrás, a todo este desastre.

—Querida, es inútil que rumiemos culpas: ni usted ni nosotros buscamos jamás esta carnicería, se ha dado sin nuestra intervención.

La miró de reojo.

—Porque usted —dijo— no tiene nada que ver con esos dos cadáveres, ¿verdad?

Elsa palideció.

—Qué dos cadáveres. ¿*Fräulein* Gulch está muerta?

—¿Qué? No, esa perra estirada está viva. ¡Me refiero a la camarera y la doctora, querida!

*

Elsa se detuvo en seco.

—¿La doctora Von Harbou? —murmuró—. Muerta…

—¿No lo sabía usted?

Elsa dijo que no con la cabeza, la mirada perdida.

Una vez que la baronesa le hubo relatado lo del incendio y la muerte de Bertha von Harbou, continuó explicándole cómo ella y su marido habían tenido que esperar a que la policía se llevara los cuerpos, calcinado también el de una camarera.

—Esa mujer horrible, *fräulein* Gulch, la acusó a usted de todo, abejita. A usted y a la doctora, de quien dijo que era su cómplice.

Elsa pensó en la familia de Bertha von Harbou.

—Dios mío…

A su imaginación peliculera habían acudido ya mil imágenes terribles: la Gestapo presentándose de madrugada en casa de la familia de la doctora, llevándoselos en un coche oscuro. Se detenía el coche y en una cuneta le pegaban un tiro al marido, ante los ojos de su esposa y del pequeño Johannes. A ellos los conducían a un campo de concentración, los obligaban a separarse. Los gritos de la hermana de Bertha von Harbou resonaban por todo el campo; ya nunca más volvería a ver a su hijo. Imposible para Elsa, sin embargo, saber que la verdad habría de ser mucho más cruel.

La baronesa encontró que la traductora se hallaba muy lejos y, para devolverla a la tierra, la tomó del brazo.

—Las autoridades están buscándola a usted. El disfraz ya no sirve.

Elsa Braumann hubo de alejarse unos pasos y asomarse al abismo. Entreverada con el aire marino, le llegó una pestilencia y temió que se tratase de olor a quemado.

La baronesa la abanicó con el sombrero.

—Tranquilícese; está usted cansada y nerviosa. Como final de la misión es un éxito.

—¿Un éxito? Pero cómo puede decir… —Elsa comprendió por fin.

—La muerte de Von Harbou es el peor de los golpes que podían haber recibido los nazis. La doctora se ha llevado sus secretos consigo y ya no podrán desarrollar ningún arma atómica.

Elsa se dejó caer sentada; la brisa le agitaba aquel cabello teñido de rubio; un deseo de llorar, que no se realizaba, le enrojecía la mirada.

La baronesa proseguía:

—Ya no hay cuaderno, se quemó en el incendio. Esas notas suyas son todo lo que queda de la investigación de Bertha von Harbou.

A Elsa le costaba asimilar lo que eso suponía, pero la baronesa se estaba encargando ya de traducirlo en voz alta.

—Imagine cuántas facciones están ahora buscando esa información que solo usted posee: los nazis, los americanos, quizás los rusos. ¡Los rusos, sí, querida, no podemos olvidarnos de ellos! Incluso Franco. Corre usted un gravísimo peligro.

Le tendió la mano.

—No se quede ahí. Hop, arriba. Me pide usted mi opinión,

que nunca podría ser otra más que la de una superviviente. Mi consejo es que aparte de su mente fantasías morales y dilemas: haga lo que le conviene, sin más, que esa sea su única guía, por encima de cualquier cosa. Créame que sé de lo que hablo: más vale que digan «Aquí corrió» que «Aquí murió». ¿Teme entregárselas al Alfil? ¿Qué otra solución le queda, señorita, más que apartarse usted de la ecuación? Dele esas estúpidas notas y quítese de en medio, que sean otros los que carguen las responsabilidades.

—Pero… —Elsa todavía dudaba.

La baronesa le tomó las manos; la suya era una mirada llena de ternura.

—Ah, se resiste todavía. Es usted una idealista.

—Vaya. No es la primera vez que me lo dicen.

—Será por algo.

Sobre ellas se acumulaban, uno sobre otro, densos nubarrones dispuestos a negarle la luz al mundo.

—Por su propia seguridad, deshágase de esas notas y déselas a Lancaster: son un auténtico dolor de muelas. Una abeja está especializada en buscar miel, señorita; lo suyo no es pelear. ¿Sabe lo que le pasa a una abeja cuando pica?

3

Estaba yéndose el día cuando Elsa Braumann se presentó en la trasera del consulado norteamericano con la ropa y el pelo empapados. Caía con saña un aguacero sobre Vigo, igual que si pretendiera acabar con una ciudad a la que odiara. La traductora notaba las piernas pesadas y tenía hambre: apenas había comido nada en todo el día, sino unas garrapiñadas que le había comprado a un vendedor ambulante.

Encontró a Julius durmiendo en el asiento del conductor; esta vez en un Citroën del 34 aparcado en el callejón.

Elsa le dio unos toquecitos en el cristal y el gorila dio un respingo. Enseguida salió del coche y abrió un paraguas para guarecerse los dos.

—*Elsa. Nos tenía muy preocupados, ¿dónde estaba?*

—*Necesitaba pensar un poco.*

—*¿Pero salió todo bien? Lo de la habitación resultó una matanza. Las autoridades la han acusado de doble asesinato.*

—*Sí* —dijo Elsa, pesarosa.

—*¿Y el cuaderno, señorita?, ¿pudo copiarlo?*

Elsa, rendida, tuvo que apoyarse en el Citroën.

—*Pude copiarlo, Julius. Tengo varias anotaciones con información clave para conseguir la bomba.*

—*¿Las tiene encima?*

—*No* —mintió ella, a pesar de que las llevaba encajadas en los riñones, entre la falda y la camisa, a buen recaudo. Había aprendido las reglas de este juego y prefería mantenerlas ocultas de momento: aquella partida, visto lo visto, no era de ajedrez, sino de caza.

Julius estaba inquieto.

—*¿Se las va usted a entregar a Lancaster?*

—*Creo… Creo que sí.*

El gigante tragó saliva.

—*El America First Committee podrá construir la bomba.*

Elsa Braumann tomó su mano.

—*Lo sé, amigo mío: hay riesgo de que mis notas acaben en esas manos. Y sé lo que eso significa para su pueblo, Julius, y lo mucho que tiene usted que haber sufrido siendo judío y manteniéndose fiel al cónsul. Lo sé, pero no puedo hacer otra cosa. La vida de otra persona está en juego y necesito arriesgarme. ¿Lo comprende? No me queda más salida que arriesgarme.*

Agachó la cara el gigante calvo.

—*La vida de esa «otra persona» puede suponer la pérdida de otras muchas vidas.*

A la traductora se le encogía el corazón en el pecho.

—*Yo…*

Lo sabía, desde luego. Imaginaba las consecuencias que sufriría el mundo si las notas acababan en manos inadecuadas.

Cierto tipo de figuras, anteriores a Cristo y que llamaban Hermas, solían colocarse en los cruces de caminos, a modo de poste de piedra. Eran dobles, con dos cabezas enfrentadas unidas por la nuca.

Elsa Braumann creyó ser de piedra y haber tomado la forma de una Herma que miraba hacia dos caminos opuestos.

En uno le entregaba los papeles a los Estados Unidos, los Estados Unidos construían la bomba, aplastaban al mundo y ella conseguía reencontrarse con su madre.

En el otro camino, destruía los papeles, eso aseguraba salvar a un montón de gente y ella terminaba sus días sin poder reencontrarse con su madre, que sin duda moriría pronto en aquel campo de concentración inhumano.

Elsa Braumann tomó aire, pensativa, y al cabo dijo:

—*Si su familia estuviera en peligro, Julius... ¿No sacrificaría usted a quien fuera, por salvarlos?*

*

Humeaban varias colillas en el cenicero. En la radio sonaba su canción preferida.

> *El día que me quieras*
> *la rosa que engalana*
> *se vestirá de fiesta*
> *con su mejor color.*

La puerta del sótano se abrió poco a poco y bajo el dintel, recortada contra la luz de la tarde y la lluvia, se dibujó la silueta de una mujer.

Al otro lado de la estancia se pusieron en pie lentamente el mago Merlín y su hermana Morgana, expectantes.

En la mesa fue girándose el cónsul de los Estados Unidos Ian Lancaster. Apagó la radio, se deshizo del cigarrito que estaba fumando y también él se puso en pie para enfrentarla.

Elsa entró y cerró la puerta tras sí. Sonaron sus pasos lentos como campanas de madera dando la hora.

—¿*Copió usted el cuaderno?* —preguntó Merlín.

Ella nada respondió, al encuentro del cónsul. Las últimas horas de espera habían tintado la piel de Lancaster de un tono cerúleo, como de cadáver, y los ojos se hallaban inyectados en sangre: daba la impresión de llevar varios días sin dormir.

—*Señorita* —insistió Morgana—, ¿*consiguió usted copiar el cuaderno?*

Elsa Braumann se detuvo ante el cónsul Lancaster.

Él la encontró distinta en cierto modo casi imperceptible. No se debía a que estuviera empapada ni a la desmejora física; Lancaster fue incapaz de discernir qué era hasta que cayó en la cuenta: los ojos de la muchacha habían perdido el brillo inocente y había tomado su lugar una cierta oscuridad.

A la traductora le temblaba la barbilla de nervios, pero mantenía el tipo.

349

—Elsa. ¿Lo consiguió usted?

A su espalda adelantaron dos pasos el mago y su hermana.

Elsa Braumann asintió.

Alzó la barbilla.

—Lo conseguí —dijo—. He transcrito a unas notas el cuaderno de Bertha von Harbou.

Ian Lancaster sonrió. Una, dos, tres veces. Parecía muy feliz, se le había quitado un peso de encima.

Arreció el cansancio de pronto, en medio de la sonrisa; estaba sudando. Asomaron unos dientes amarillos y con la risa vino una tos acuosa, igual que si por dentro se le hubiera derretido algo y el líquido se esforzara por salir garganta arriba. Lancaster sonreía y tosía, sonreía y tosía; se llevó el pañuelo a la boca, incapaz de contener la tos rota, y con la mirada le preguntaba Elsa Braumann por qué no podía dejar de toser. Solo que los dos sabían ya la respuesta.

Ahí advirtió Elsa qué era lo que ella había visto al fondo de los ojos del cónsul, agazapada entonces. Era la muerte, que asomaba en aquel momento, ya crecida: se lo estaba comiendo por dentro.

Lancaster dejó de toser, rendido, asfixiado. Al retirarse el pañuelo de la boca encontró un esputo de sangre casi sólido, como si por la boca se le hubiera escapado un trozo de algo que tenía dentro.

El cónsul alzó los ojos ante Elsa y ante los hermanos Merlín; ante Julius, que acababa de aproximarse y contemplaba el pañuelo sanguinolento, donde parecía haberse pintado una flor.

Ian Lancaster sonreía todavía.

—Oh… —musitó—. *La rosa que engalana.*

Y cayó desmayado.

4

—*Tiene que verle un médico* —le dijo Elsa sentada en el borde del sofá, mientras enjugaba su frente con un paño húmedo.

—*¿Un médico para qué? Jum, jum, cof, cof... Estoy perfectamente. Jum, jum, cof, cof...*

Lo habían descalzado y acostado en el sofá, apoyada la cabeza sobre dos cojines. Cuando el cónsul respiraba se escuchaba un quejidito en lo profundo del pulmón, como un silbido.

—*Alcánceme la pitillera de la mesa, ¿quiere?*

—*¿Es usted idiota, Lancaster? ¿Tiene los pulmones hechos cisco y todavía quiere fumar?*

—*Qué tendrá que ver una cosa con otra* —replicó el cónsul tratando de incorporarse.

Morgana agarró de un zarpazo la pitillera.

—*Condenado veneno* —dijo—. *Si vuelvo a ver un cigarrillo por aquí, yo creo que asesino a alguien.*

Encendió la luz del cuartucho y lanzó los cigarritos al inodoro.

Solo cuando Lancaster escuchó que tiraba de la cadena relajó el cuerpo, en aceptación de la derrota, y dejó caer la cabeza sobre los cojines.

—*Traídos expresamente para mí, jum, jum..., desde los Estados Unidos* —se lamentó—. *Te los descontaré del sueldo, maldita bruja.*

Merlín estaba sentado algo más allá; recordaba al pariente que viene de visita al hospital. Ver así a Lancaster le había inquietado tanto que se había quitado la gorra y le daba vueltas y vueltas entre las manos. No era calvo en sentido estricto, para sorpresa de Elsa, sino que se le abrían calvas en el pelo, aquí y allá. De los nervios.

De entre las sombras del fondo del sótano emergió el gigante Julius. También él parecía preocupado.

—*Patrón* —dijo—, *es la hora. Deberíamos ir yéndonos.*

Lancaster consultó su reloj de pulsera.

—*¿Ya? Dios mío, cof, cof, cómo se han ido los días. Ayúdeme, Elsa.*

—*Pero adónde va. Tiene que verle un médico. No debería levantarse.*

—*Tengo una cita a la que no puedo faltar, me temo.*

—*¿Una cita?* —replicó Elsa mirando a Julius, a los dos hermanos.

Julius ayudaba ya a levantarse a Lancaster. Nada más ponerse en pie, el norteamericano trató de recuperar su apostura, se estiró el chaleco.

—*Y usted, señorita, se viene con nosotros. ¿Estoy bien? No quiero parecer un impresentable.*

—*Está muy bien, señor cónsul* —dijo Julius. Y terminó de recomponerle las hombreras.

—*¿Mejor?*

—*Sí.*

Elsa los enfrentaba a todos igual que si asistiera al último acto de la función.

—*¿Me puede explicar alguien qué está pasando?*

Ian Lancaster extendió hacia arriba la palma de la mano.

—*Cof, cof… Los papeles, por favor. Las notas que copió del cuaderno rojo, cof, cof. Necesito que me las dé ahora, cof, cof.*

Elsa Braumann retrocedió un paso, recelosa todavía de entregárselas. Le clavaban todos los ojos, igual que un tribunal; solo Julius evitaba mirarla.

Por ayudarla a decidir, dijo el cónsul:

—*Siempre olvida por quién está haciendo esto. Entrégueme esas notas, Elsa, y podrá reencontrarse con su madre esta noche.*

A punto estuvo la traductora de perder la voz.

—*¿Esta noche?*

—*Ya la hemos sacado del campo de concentración de Arnao.*

A Elsa le temblaban las manos.

—*¿Lo han conseguido?* —dijo en un murmullo.

—*Esta noche tenemos una cita en una playa de lo que, según creo, llaman* Costa da Morte. *A nosotros nos recogerá una balsa que nos llevará hasta el USS Adventure, Julius se ha encargado de todo.*

Dirigió una mirada inquieta a su chófer.

—*Estará todo en orden, ¿verdad?*

—*Sí, patrón.*

Lancaster volvió a dirigirse a Elsa:

—*A usted la esperará su madre.*

Elsa temblaba.

—*Lo han conseguido* —decía por lo bajo—. *¿Cómo está?, ¿está bien?*

—*Está débil, pero bien. Ya sabe que se va a reencontrar con usted y todavía no se lo puede creer. Está feliz de volver a verla, Elsa.*

Elsa Braumann retenía las lágrimas en la garganta.

—Lo han conseguido —decía por lo bajo.

Todavía le ofrecía él la palma hacia arriba.

—La palabra de los Estados Unidos es solo una. Pero todavía debe usted cumplir su parte.

Elsa Braumann se llevó la mano a los riñones y de allí sacó las notas que había copiado.

Brillaron admirados los ojos de todos.

—*Confieso* —dijo Merlín— *que jamás pensé que lo conseguiría.*

Lancaster recogió aquellos papeles. Los observó como si entre sus manos sostuviera algo muy valioso.

—*Pues lo consiguió* —dijo por lo bajo, para sí.

Acudió a la mesa donde trabajaba Merlín y sacó de un cajón una carpeta muy curiosa, de piel de cocodrilo y que se abría con una cremallera para ofrecer otra carpeta, a su vez. Allí dentro metió Lancaster las notas que Elsa había copiado y cerró primero una de las carpetas y luego la otra, donde quedaban tan protegidos los documentos como en una pequeña caja fuerte.

—Lo consiguió.

Un ruido en el techo llamó su atención y alzaron las miradas, un golpe terrible en la puerta del piso franco que tenían encima, unos gritos. Daba la impresión de que, arriba, hubiera entrado una manada de jabalíes.

—*Dios mío* —dijo Morgana—, *nos han descubierto.*

*

Se escuchaban golpes, portazos, pasos por todas partes.

Los del consulado se activaron, igual que piezas de un engranaje.

—*Tenemos que irnos* —murmuró Julius.

Lancaster se enfrentó a los dos hermanos.

—*Ya saben lo que tienen que hacer.*

Merlín y él se estrecharon la mano. Sobre todo, el mago parecía emocionado. El cónsul apretaba fuerte, a pesar de su debilidad.

—*No ha habido un solo día en que no hayas sido un grano en el culo, Mortimer* —le dijo—, *pero ha sido un honor trabajar contigo. Todavía me tienes que invitar a ese restaurante irlandés.*

—*Delo por hecho, Ian. Mucha suerte, buen viaje.*

Elsa iba retirándose, al sonido de los golpes arriba. Parecían soldados, no había duda; y eran españoles, por las cosas que decían a gritos. «¡Busca ahí!», «¡Has mirado en esa?». Golpeaban las paredes en todas las habitaciones, a la caza de la puerta secreta que habría de conducirlos hasta aquel sótano.

Lancaster se despedía de Morgana con otro apretón de mano.

—*Lo mismo digo respecto de usted…, Margaret. Ha sido un honor para mí.*

La mujer se alargó para darle un beso en la mejilla.

—*No fume usted, Ian. Cuídese mucho. Váyanse ya.*

El mago Merlín le entregó a la traductora un pasaporte.

—*Me habría salido mejor de tener más tiempo* —le dijo—. *Le será muy útil cuando se deshaga de Margaretha Wagner, que ya no le sirve para nada.*

Morgana sonreía.

—*El nombre lo elegí yo* —dijo señalando los nuevos documentos.

Elsa abrió el pasaporte. Allí aparecía su rostro con el pelo oscuro de nuevo, que Merlín el mago había conseguido retocando la imagen. Su nueva *alter ego* se llamaba Olivia Sterling.

—*Gracias, mis queridos amigos, seguro que me serán muy útiles. Créanme que voy a echarlos de menos. ¿Estarán ustedes bien?*

—*Estaremos juntos* —dijeron los dos hermanos. Y eso les bastaba.

Arriba golpeaban ya la pared del baño donde se hallaba la puerta secreta. Lancaster tiró de la mano de Elsa.

—*Tenemos que irnos, cof, cof.*

*

Salieron a toda prisa al callejón. Todavía temía Elsa por la suerte de los dos hermanos a quienes dejaban atrás.

—Estarán bien —dijo Lancaster entre toses. Aferraba la carpeta de cocodrilo donde llevaba las notas.

Señaló al chófer, que iba dos pasos por delante en dirección al Citroën.

—*El Mercedes, Julius.*

—*Está un poco lejos* —replicó el chófer.

—*No pienso abandonar España en nada que no sea un Mercedes.*

Salieron del callejón, Julius, delante y decidido, parecía que fuera a meter un gol. Le seguían Elsa y Lancaster, el cónsul tenía que apoyarse en ella; a aquella locomotora escacharrada le faltaba el resuello y tosía, jum, jum, cof, cof, cof...

El mago y su hermana llevaban a cabo el dispositivo largamente ensayado, antes de huir. En cada recoveco de aquel sótano infecto se había dispuesto un pequeño bidón cargado de queroseno. Los dos hermanos fueron pasando de habitación en habitación y, tras destapar los bidones, los volcaban dándoles una patada. El olor que iba apoderándose del sótano se les pegó a las ropas.

—*¡Una chaqueta nuevecita, damn!*

Arriba, los soldados acababan de descubrir la puerta secreta en el baño y se abrían paso a culatazos; estaban a punto de irrumpir en las escaleras que descendían al sótano.

Morgana derribó el último de los bidones. Su hermano arramblaba con todo lo que tenía en la mesa y, arrastrándolo con el brazo, lo dejó caer en un saco.

—*Tenemos que irnos* —dijo ella, fría y profesional.

—*Voy* —decía él, jadeando, mucho más acobardado.

Los soldados, arriba, echaron abajo la puerta y penetraron en la escalera. Merlín y Morgana habían apagado las luces y más de uno de aquellos jóvenes rodaron por unos cuantos escalones.

—*Mortimer* —insistió ella.

Corrieron hasta la puerta trasera del sótano, él tirando del saco. Al abrirla fue como si una ventisca les congelara el rostro: dos coches militares se posicionaban en el callejón y de ellos, entre gritos, salían más soldados con metralletas.

Merlín y su hermana cerraron la puerta y se quedaron dentro.

—*Dios mío* —murmuró él, paralizado por el miedo.

Morgana, fría y resuelta, acudió a una mesa y de un cajón sacó una pistola. La amartilló enfrentando el sótano; allá al fondo, atronaban los pasos de los militares bajando a por ellos.

—*Todavía no nos han cogido* —dijo la bruja.

Su hermano la tomó de aquella mano con que sujetaba el arma.

—*Margaret* —dijo en un murmullo—, *no somos soldados.* —El rostro, compungido, parecía habérsele descolgado desde la frente como si se hubiera derretido.

También ella parecía más vieja ahora. Eran menos mellizos que nunca, sin embargo; la mujer no parecía tener miedo y preguntó a su hermano:

—*¿Estás seguro?*

A su espalda, los soldados golpeaban la puerta trasera desde el patio, dispuestos a entrar. Gritaban, pero daba la impresión de que dieran ladridos y los dos hermanos imaginaron en ellos a monstruos de dientes afilados que vinieran a devorarlos.

—*¿Estás seguro?*

—*Sí* —dijo él—. *Hasta aquí llegó nuestra pequeña batalla contra el fascismo, hermana.*

Morgana la bruja asintió despacio. Bajó el arma.

—*Siempre fuimos unos ilusos.*

Los soldados penetraron en el sótano a través de las escaleras, los descubrieron allá al fondo, abrazados, la cara de una escondida en el cuello del otro.

—¡Alto! ¡Alto o disparo! —les gritaron, a pesar de que estaban tan inmóviles como un árbol enraizado.

—*Estos españoles son unos ridículos* —musitó ella, recogida entre su hermano y sonriendo.

—*Adiós, Margaret* —musitó él.

—¡Alto! ¡Alto!

Dispararon con sus metralletas sobre los dos hermanos; dispararon como locos que no supieran hacer otra cosa más que gritar y disparar. Dispararon y dispararon, y solo uno de ellos, el más listo, uno solo de entre los quince que habían bajado, chilló entre el estruendo alzando los brazos:

—¡No disparéis, coño!, ¿no oléis a querose…?

—*Adiós, Mortimer.*

Bastó una chispa y la violentísima deflagración, como una ola de fuego instantáneo, se llevó por delante el sótano, a los soldados que había dentro, a los que había fuera, en el callejón, y al mago Merlín y a Morgana la bruja.

La explosión atronó medio Vigo. Un resplandor anaranjado se alzaba hacia el cielo allí, a su espalda, a un par de manzanas.

Elsa fue a decir algo, espantada, pero Lancaster la obligó a seguir.

—No mire, Elsa —dijo sobrecogido—. No se pare.

De una larga fila de coches aparcados en la calle adyacente, Julius eligió el más grande y robusto de todos, el Mercedes negro. Abrió la puerta de atrás y por allí se metieron el cónsul y la traductora.

Al sentarse, jadeaban. Elsa no le quitaba ojo a la carpeta con las notas del cuaderno, que Lancaster aferraba como si fuera un lingote.

Entró Julius delante, se hizo con el coche y partieron a toda velocidad en medio de la noche. Atravesaron García Barbón rumbo a Teis, bordeando la margen derecha de la ría a fin de abandonar Vigo.

Preocupada por la suerte de los hermanos Merlín, Elsa miraba por el cristal de atrás, entre traqueteos; allá donde estaría la trasera del consulado y recortada sobre la negrura de la noche, se alzaba hacia el cielo una columna de humo.

—No mire —dijo Lancaster otra vez. Julius conducía a toda velocidad y añadió—: *Despacio. No llamemos la atención.*

El gorila aminoró la marcha, pero a ningún ojo avisado se le escaparía que el coche marchaba tenso, tenso.

—Pensaba —dijo ella— que el submarino se había ido la noche en que me dejó a mí.

—Y así fue —replicó Lancaster. Boqueaba como un pez moribundo; se aflojó la corbata—. De no ser porque nos pusimos en contacto con el Alto Mando y se decidió que volvieran, a la espera de que cumpliera usted su parte y yo pudiera llevarme sus notas. Mi estancia en España se halla ahora demasiado comprometida, me temo. Se le cayó la máscara al personaje que representaba en este teatrillo. Se nos ha caído a todos, la verdad.

El silbido de Lancaster se había pronunciado; le costaba respirar y estaba demacrado. No quedaba ni rastro de aquel gesto socarrón, el miedo se lo había comido.

—*Dios mío* —murmuró abriéndose el cuello de la camisa en busca de una gota de aire.

*

Nada se veía en la carretera, excepto el asfalto inmediato y la arboleda que, a su paso, iban iluminando los faros del Mercedes. Llevaban como cuatro horas de coche, habían dejado atrás Vigo y Santiago, también La Coruña.

Apenas habían hablado. Lancaster clavaba los ojos en aquella carpeta de piel de cocodrilo que sostenía en el regazo. Los árboles que los flanqueaban se empastaban en una única mancha negra; en el cielo se abría una cúpula que debiera haber ofrecido miríadas de estrellas; la noche, sin embargo, se hallaba encapotada.

Traspasada una curva, el chófer frenó de golpe con un volantazo.

Fue poco a poco aposentándose el humo, el polvo. El coche había quedado atravesado en medio de la carretera, ocupaba los dos carriles.

Se adelantaron Elsa y Lancaster, atrás, para observar el exterior.

A unos metros por delante, no más de veinte, los aguardaba un control que había cortado la carretera. Allí los observaban unas sombras, recortadas contra los faros de varios coches.

—*Demasiados para ser un control rutinario* —dijo el gorila.

Había soldados con metralletas y guardias civiles, armados también; flotaban a la brisa nocturna los capotes. Detrás de la barrera se hallaban los coches, negros todos ellos. Sus faros, como flechas, apuntaban hacia el Mercedes.

En su interior nada se escuchaba sino la respiración pesada del gigante calvo, la angustiada respiración de Elsa, entrecortada, y el silbidito ahogado que Lancaster tenía dentro de los pulmones.

—*Quizás subestimamos a los agentes de Franco* —dijo apuntando una de sus sonrisas—. *¿Podemos retroceder, Julius?*

El chófer acababa de descubrir unos motoristas aproximándose por detrás.

—*No podemos, patrón.*

Elsa y Lancaster los vieron hacer, asomados al cristal: detuvieron las motos y pusieron pie en tierra más soldados con metralletas.

Completó Lancaster el adagio que hace tiempo había hecho suyo; se lo había dicho a Elsa nada más conocerla.

—*Si temes que te estén escuchando, te están escuchando. Si temes que te están viendo, te están viendo. Si temes que están a punto de atraparte…, están a punto de atraparte. Amigos* —dijo el cónsul—, *hasta aquí hemos llegado.*

Elsa temblaba aferrada al cuero del asiento.

—No puede ser… —decía—. No puede ser… Si casi lo habíamos conseguido…

De detrás de la barrera asomaron un grupo de militares y una mujer.

Un capitán les habló haciendo pantalla con la mano.

—¡Ian Lancaster! —gritó—. ¡Date preso tú y los que van contigo! ¡Tenéis diez segundos para salir del coche con las manos en alto o dispararemos!

Aferraron sus soldados las metralletas.

—¿Serán capaces? —murmuró Elsa.

Las caras de Julius y del cónsul eran un poema. O, por mejor decir, una elegía.

—Muy capaces —dijo Lancaster.

Ofreció la palma de la mano a Julius.

—*La guantera* —dijo—. *Dámelo.*

—*Patrón...* —respondió el otro. Le brillaban los ojos.

—*Dámelo, cof, cof, cof, cof, cof. Dámelo.*

El gigante calvo abrió la guantera con muchas reservas, agarró el colt que había dentro y se lo entregó despacio.

—*Patrón, no haga locuras.*

El cónsul de los Estados Unidos aferró el revólver y, mientras se aseguraba de que estaba cargado, sonrió cansado.

—*Aquí..., cof, cof, nos separamos.*

—Lancaster, escuche...

—No, escuche usted, querida. Hace unos días me dieron el dictamen. Las pruebas son concluyentes, no me queda mucho tiempo. Tengo un cáncer de pulmón.

Podía distinguirse cierta satisfacción en la voz, que hasta ahora Elsa nunca le había conocido. Empuñaba la pistola como uno de esos aventureros dispuestos a atravesar las Rocosas: era en la muerte, él lo sabía hace tiempo, donde vivían los lejanos bosques, las truchas, y se alzaba el retiro soñado y la cabaña de troncos; era en la muerte.

Lancaster agarró el hombro del gorila. Apretaba. En sus ojos, tras la inmensa tristeza, se hallaba una determinación ciega.

—*Si no cuidas de ella volveré del infierno para llevarte conmigo.*

El capitán se impacientaba, allá en la barrera.

—¡Salid del coche ahora mismo o disparamos, coño!

Julius, espantado, evitó mirar a su patrón. Le señaló a Elsa la puerta del lado contrario al que veían los de la barrera.

—*Abra la puerta sin hacer ruido, señorita, y salga por ahí. Nos vamos.*

—¿*Que nos vamos?* —replicó ella, aterrada; y le dijo a Lancaster—: ¿Pero y usted?

El cónsul había recuperado la sonrisa socarrona: daba la impresión de que aquello le hubiera revivido.

—Yo me dispongo a comer unos cuantos hígados.

Allá en la barrera comenzaban a acercarse varios soldados, metralletas por delante, encabezados por el capitán franquista y su pistola.

—¡No intentéis nada, hijos de puta, u os freiremos a todos ahí dentro!

Lancaster le entregó a Elsa la carpeta de piel de cocodrilo.

—Haga como quiera, pero que no llegue a manos de los nazis —dijo.

Y todavía añadió:

—Cuando todo esto acabe, Margaretha Wagner, procure usted no salir muy maltrecha.

A Elsa le cayó una lágrima por el rostro.

—Creía que había dicho que éramos los españoles: los del altar donde sacrificarse, digo.

—Eso tendrán ustedes en común —dijo él— con los americanos.

Los soldados estaban ya muy cerca. Trataban de atisbar a quienes estaban dentro del Mercedes, y apuntaban las metralletas.

Desde el asiento del conductor, escuchaba Julius cómo respiraba su patrón, con los pulmones silbándole. A través del espejo retrovisor contempló, quién lo hubiera dicho, que Ian Lancaster acercaba su rostro al de Elsa Braumann, pegaba su mejilla contra la de ella y le daba un beso. Fue el beso cálido y largo, largo, de quien se despide del mundo; el cónsul, estremecido, le susurró a Elsa unas últimas palabras.

—*Váyanse ya.*

Iban a obedecer cuando Lancaster agarró a Elsa y estrechó sus manos. Ella no comprendió entonces lo que él intentaba decirle:

—Tiene que perdonarme —musitó Lancaster.

Ella hubiera querido preguntar, pero el señor cónsul la apremió para que se fuera.

Elsa y Julius se escabulleron por el lateral, en efecto, abriendo apenas un resquicio; al gorila le costó un poco más salir. Se arrastraron por la carretera oscura, protegidos por la mole del Mercedes. Elsa aferraba la carpeta contra su cuerpo.

Cuando el capitán franquista y sus soldados estaban a un par de metros del coche, Ian Lancaster sacó su mechero.

El capitán no distinguía a nadie en la oscuridad del vehículo.

—¡Salid de ahí! —gritó—. ¡Salid de ahí o abrimos fuego!

Hubo un fuego, sí, una chispa minúscula, que restalló en el interior del coche, ¡clic!, ¡clic!, ¡clic! El cónsul de los EE. UU. se disponía a encenderse uno de sus Jack Clay cuando advirtió que no le funcionaba el mechero.

El capitán adelantó la mano que no llevaba armada y agarró la manija de la puerta.

—¡Que nadie se mueva! —gritó.

Abrió de golpe la puerta, al fin. Ian Lancaster le apuntaba con su colt del .38.

—¿Me dan fuego, caballeros?

Una, dos, tres veces, las balas que le disparó al capitán le entraron por un ojo, por la mejilla, por la frente, y le salieron por el cogote. Los soldados acercaron las metralletas a la puerta y vaciaron los cargadores en el interior del Mercedes. Sonaron los disparos como los tambores de Calanda, ¡Papapapapampapam! ¡Papapapapampapam! ¡Papapapapampapam! Cien, doscientas balas hicieron picadillo el cuerpo de Ian Lancaster y dejaron el Mercedes como un colador.

*

A pocos metros por delante y desde detrás de la barrera se adelantó una mujer diminuta envuelta en una elegantísima capa de marta cibelina.

—¿Pero han disparado? —preguntó boquiabierta la baronesa Ana Reiniger-Castro.

A su espalda salieron más soldados, corrieron entre gritos hacia el coche.

—¡Han disparado! —aulló la mujercilla—. ¡Mirad a ver si tiene las notas, imbéciles!

Los soldados se asomaban al interior del Mercedes, recelosos todavía. Del vehículo salía humo, parecía que dentro estuvieran asando carne; y así era un poco, en verdad.

—¡Aquí solo está el cónsul! —dijo un soldado—. ¡La chica y el chófer escaparon por un lado!

—¡Pedazo de cretinos! —gritaba la baronesa—, ¡teníais que esperar para comprobar que tenía las notas!

El soldado revisó las ropas de Lancaster.

Delante, se abrió la portezuela de un reluciente Wanderer W4 y descendió de él un caballero gordísimo, adelantó la barrera y se acercó por detrás a la baronesa. Contemplando el desastre en que había quedado el Mercedes e imaginando el estado de Lancaster, al hombretón le fue imposible disimular el rictus de lástima.

—*«Solo la muerte callada* —dijo Grünestraße en alemán— *sabe lo que somos».* —Ahora le daba un poco más igual el desenlace de la guerra: ya fuera en el triunfo o ya fuera en la derrota, Ian Lancaster ya no estaría en este mundo para brindar con él.

Se dirigió a la baronesa.

—*Confío en que Lancaster tenga encima las notas como usted dijo, frau Reiniger, o estos condenados imbéciles habrán asesinado al cónsul de los Estados Unidos sin pruebas.*

—*Tenían que haber esperado para asegurarse* —decía ella, inquieta.

El soldado asomó de nuevo.

—¡No tiene las notas!

—¡Animales! —gritaba la mujercilla—. ¡Se las ha llevado ella! ¡Ella las tiene, encontradla!

Alejada ya unos metros de la carretera y arrastrándose entre la arboleda junto a Julius, escuchaba Elsa Braumann, espantada. No hacía sino preguntarse por qué los había traicionado la baronesa, qué habría de ganar ella con todo esto. A rastras, entre jadeos, recordaba la insistencia de la mujercilla en que le entregara las notas al cónsul norteamericano. «Por su propia seguridad, deshágase de esas notas y déselas a Lancaster —le dijo—. Son un auténtico dolor de muelas». Fue la baronesa quien terminó de convencerla. «Una abeja está especializada en buscar miel, señorita; lo suyo no es pelear. ¿Sabe lo que le pasa a una abeja cuando pica?», «Deshágase de esas notas y déselas a Lancaster», «Déselas a Lancaster»…

La respuesta vino enseguida: acompañada de unos gritos lastimeros.

—*¡Yo no he hecho nada!* —chillaba el barón Reiniger—. *¡Les juro que yo no tengo nada que ver!*

Lo traían del brazo dos caballeros vestidos de oscuro. Lo plantaron delante del cónsul alemán y de la baronesa, frente a los faros de los coches.

—*¡Ana, díselo!* —gritaba el nazi, maniatado—. *¡Yo contraté a la intérprete, sí, pero fui víctima de un engaño! ¡Yo no sabía que ella pretendía hacerse con el cuaderno de la doctora! ¡Ana, díselo tú!, ¡diles que soy fiel al partido!*

La baronesa Ana Reiniger-Castro contemplaba a su esposo en silencio. Había en sus ojos un abismo. Se aproximó hasta él, despacio, paso a paso.

—*¡Ana! ¡Diles que yo no he tenido nada que ver en esta conspiración!*

Esta, a entender de Ana Reiniger-Castro, debía ser la primera vez que contemplaba así a su marido. Se solazó en verlo llorando aterrado.

—*¡Ana!, ¡por el amor de Dios, díselo!*

¿Qué habría de decirles?, se preguntó la mujercilla. ¿Tendría que contarles las palizas, las humillaciones, las vejaciones?, ¿todas las veces en que su marido la trató como si fuera un despojo?, menos todavía que un animal: un objeto, una cosa. ¿Debía contarles las veces en que había soñado que su marido desaparecía de su vida para siempre?, ¿la de veces que había fantaseado con caminar por el mundo sin sentir a su espalda la presencia oscura de Hendrick Reiniger, el miedo, la amenaza constante?

Sonó en aquel silencio la voz de la esposa, rota en apariencia por el dolor y la decepción.

—*Qué horror, Hendrick, cómo has podido traicionar así a nuestro führer.*

—¿*Qué?* —replicó él, confuso.

La mujercilla era esta noche un coloso.

—*Lo planeaste todo con el cónsul americano. Contrataste a esa mujer que él te envió para que os ayudara a robar la información de Bertha von Harbou. Eres un traidor asqueroso y mereces morir fusilado.*

Se quedó él boquiabierto; y, aun maniatado, aun vencido, tronó contra ella:

—*¡Condenada estúpida!* —dijo—, *¿cómo te atreves, zorra?*

Tuvieron que separarlo porque se abalanzaba sobre su mujer. Lo sujetaron.

El cónsul agarró a la baronesa y se la llevó aparte.

—*Tenía que habernos contado de esta operación si sabía usted lo que se estaba cociendo* —le susurró—; *haber informado a la Gestapo.*

—*Tardé en saberlo* —mintió la baronesa entre sollozos—. *La intérprete las copió, se lo aseguro; copió el cuaderno de Bertha von Harbou en unas notas y se las entregó a Lancaster* —decía muy insistente—. *¡Y el hijo de puta de mi marido colaboró con ellos, fue él quien la contrató aun sabiendo que era una espía!, ¡tiene que fusilarle! ¡Tiene usted que pegarle un tiro ahí mismo!*

El cónsul alemán replicó pesaroso:

—*El cadáver de Lancaster no tiene esas supuestas notas.*

Ahora fue ella quien palideció.

—*Pero ella las tenía, se las iba a dar a él, ¡ella misma me lo dijo!*

—*Lo que usted diga, Ana, pero sin pruebas no puedo condenar a su marido.*

La mujercilla lloraba por lo bajo. La rabia fue dejando pasar al miedo, que se abría paso en su pecho.

—*Pero él…, él la contrató. Mi marido lo sabía todo. Tiene usted… Tiene usted que acabar con él… Tiene…*

Grünestraße el cónsul puso su mano en el hombro de la mujer.

—*No tenemos pruebas.*

Se giró hacia sus sicarios y señaló con el mentón al barón Reiniger.

—*Suéltenlo.*

Los hombres liberaron por fin al barón, que respiraba entre el alivio y la indignación.

—*Esto…, esto ha sido… ¡un ultraje!* —dijo, pero no se atrevió a protestar mucho más ni muy alto por si lo ataban de nuevo.

Fue hacia su mujer, eso sí, y la agarró tan fuerte por el brazo que nada más tocarla ya le había hecho unos cardenales.

—*Y tú, furcia…* —dijo llevándosela consigo—. *No volverás a* ver la luz del día. *Pienso encerrarte en el sitio más oscuro de la jodida casa y allí te pudrirás para siempre.*

—*Espera. Espera, Hendrick… Espera.*

La baronesa, conducida por aquella garra, miraba hacia atrás, al cónsul alemán.

—*Tiene que acabar con él* —murmuraba horrorizada—. *Por favor, acaben con él…*

—*Voy a darte tu merecido, Ana* —le decía el barón, rumiando las mil venganzas a las que iba a someterla—. *Te juro que te voy a meter en vereda.*

Allá en el grupito volvió a suspirar el cónsul nazi. Ya no se le sacudían los hombros, ni decía jo, jo, jo.

Se dirigió a alguien que esperaba allá atrás, entre otros caballeros, y, con un gesto, ordenó que se acercara. De entre el grupo de hombres se adelantó una figura delgada que vestía tan de negro como ellos.

—*Acompañe a los soldados españoles a la cacería, ¿quiere?* —le susurró el cónsul alemán—. *Encuentre a esa mujer, quítele esas condenadas notas si es que las tiene y acabe con ella.*

—*Jawohl* —dijo Irma Gulch.

Sacó una linterna y la Luger del .9 y se adentró en la arboleda. No le costó ni dos minutos encontrar el rastro de Elsa Braumann.

5

Avanzaban agachados y, a pesar de que ponían toda la intención en no hacer ruido, hasta sus propios jadeos y pisadas se les hacían ensordecedores; sobre todo las del gorila, que era enorme, y cada paso era un martillo pilón contra el suelo.

Procuraban ceñirse a la zona boscosa, aquel plantío de eucaliptos cuyo olor descendía de las copas en vaharadas; allá donde corrían los dos, los helechos le llegaban a Elsa más arriba de las rodillas. Escapaban de las linternas y de los gritos españoles que les iban detrás, como perros de presa. Los soldados les tenían ganas: el capitán al que Lancaster había matado era un falangista muy querido por todos ellos, hombre de familia y de comunión diaria, borrachín, chistoso y putero como él solo.

—*¿Queda muy lejos el submarino?* —susurró Elsa a la carrera.

—*En coche no, pero ahora, a nuestro paso, mínimo un par de horas. Hay que llegar a la* praia do *Picón.*

Elsa lo agarró del brazo y detuvo al gigante.

—*Pero no podemos ir hacia el punto de encuentro. ¡No con esos soldados detrás, Julius!*

—*Dios mío, tiene razón, los estamos conduciendo hasta el submarino.*

—*Hay que llevarlos al sentido contrario. Alejarlos hasta que los distraigamos y podamos encauzarnos de nuevo.*

—*Vamos hacia Ortigueira y trataremos de perderlos allí. Tiene las notas, ¿verdad, señorita?*

—*Sí, sí.* —Elsa aferraba contra su cuerpo la carpeta que le había dado Lancaster.

—*No hablemos más* —bisbiseó el chófer—, *procuremos hacer el menos ruido posible.*

Sobre ellos, las densas nubes habían abandonado el cielo y jugaba en su contra la luna llena.

—*Por lo menos se ve algo.*

Pasado el primer kilómetro de bosque, los soldados acortaban cada vez más la distancia; Elsa habría dado por bueno que estaban hechos de hierro.

—*Vea, señorita, allá se ven luces. Estese atenta a algún cobertizo donde podamos meternos.*

Comenzadas las agrupaciones de dos o tres casas y su hórreo, que allí llamaban «lugares», comenzaron también los ladridos de los perros. Donde quiera que Elsa y el gorila Julius trataban de esconderse, un concierto de ladridos alertaba de su presencia hasta agotarse la garganta: en aquellas soledades no había casa sin perro y los soldados seguían su rastro de puro oído.

El pueblo de Ortigueira era un acordeón de casitas que bordeaban la ría; el único edificio que rompía el perfil de los tejados era su iglesia, y hacia allí arrastraron sus cuerpos Elsa y el gorila.

Continuaba la caza a través de las callejuelas del pueblo. Aquí y allá, más de una sombra entornaba la persiana al alboroto de los extraños; en cuanto los del pueblo veían los uniformes, volvían a cerrarla. Los pasos de Elsa y el gigantón resonaban con mil ecos en las callejas. Si en algún momento creían haber despistado a los soldados, enseguida volvían a divisar las dichosas lucecitas. Llegado un recodo en que las linternas quedaban fuera del alcance de su vista, Elsa tiró del brazo del gorila.

—*Pero eso es el cementerio, señorita.* —La voz de Julius expresaba cierta prevención.

—*Los muertos no ladran. ¡Vamos!*

El cementerio municipal resultó ser un lugar dotado de cierta atmósfera poética, situado en un alto que dominaba la ría de Ortigueira. Las siluetas de Elsa y su enorme acompañante avanzaban entre las cruces.

Junto a las lápidas humildes de los pescadores se levantaban los elaborados panteones de los indianos; un día se habían marchado a hacer fortuna y sus cuerpos habían vuelto a donde fueron echados al mundo. Entre los panteones hallaron uno, de ornamentado tejado piramidal, que estaba entreabierto.

La traductora se hizo con un hierro oxidado y nada más acceder al interior se lo entregó a Julius.

—*Tome, atranque la puerta.*

Así lo hizo Julius y, a fin de servir de parapeto, se sentó apoyando el enorme peso de la espalda.

El pelotón de soldados rebasaba ya la tapia del cementerio; Elsa y el chófer norteamericano escuchaban sus gritos, un entrechocar de pertrechos. «¡Vosotros peinad el puerto! Nosotros volvemos atrás». «¡Vosotros dos, un ojo al cementerio!».

Los pasos recios fueron aproximándose. Dos soldados venían rezongando. «Todavía querrá el sargento que levantemos las tumbas». «Oye, ¿no tendrás un cigarrito?».

Elsa y el gorila se miraron en la oscuridad. Resonó en el silencio la yesca, prendiendo el cigarrillo muy cerca, al otro lado de la pared; cuando les llegó el aroma del tabaco.

Escucharon cómo uno de los soldados llamaba la atención del compañero. «Mira —le dijo—, ¿esta puerta está abierta?».

Un halo de linterna penetró por las vidrieras con forma de cruz, dibujando manchas verdiazules por encima de la traductora.

«Dale una patada», dijo el otro.

La bota del soldado la tomó a puntapiés con la puertecilla, mientras, al otro lado, la espalda del gigante resistía los empellones.

Un cristal saltó y reventó contra el suelo a pocos centímetros de Elsa.

«Nada, tú, está cerrada».

Los escucharon remolonear por las tumbas, una patada aquí y otra allá, hasta que las voces se fueron perdiendo en la distancia.

Solo cuando volvió el silencio, Elsa y Julius se atrevieron a recuperar la respiración.

El gigante se había puesto en pie y se frotaba los maltrechos riñones.

—*Tenemos unas cuantas horas de camino hasta el punto de encuentro. Hay que llegar antes de que amanezca: el submarino no esperará.*

—*Confío en que mi madre esté bien* —murmuró Elsa.

*

Al abandonar el pueblo, emprendieron camino hacia el lado correcto esta vez, el que habría de conducirlos hasta la *praia do* Picón.

Tomaron por guía la línea de costa y la siguieron, agotados de frío y de cansancio; miraban hacia atrás en busca de las temidas linternas.

Al cabo de un par de horas que a Elsa le parecieron interminables, la luz subió un par de tonos en el cielo, señal de que se aproximaba el amanecer.

Ante Elsa y Julius se extendía un paraje de acantilados agrestes, pelados por la fuerza de un viento malintencionado. La alborada reveló la verdadera dimensión de aquella costa arrancada de cuajo por los dientes de un gigante. Una espuma tan tozuda como el viento había ido arrebatando trozos a la roca hasta crear altísimas escarpaduras verticales. Aquella costa era una guerra de voluntades: el mar luchaba contra las rocas, el viento luchaba contra el mar, y todos luchaban contra el humano ser, que, de entre todas las voluntades, resultaba la más frágil.

Pocos se adentraban a comprobar semejantes detalles en aquellas soledades: Elsa y el gorila no atisbaron una sola casa.

—*¿Quedará mucho para la playa?*

—*Está a un tiro de piedra. Vamos, señorita.*

Llamaba la atención que Julius tuviera fuerzas todavía; eran tan grandes sus zancadas que casi dejaban atrás a Elsa.

Apuró el paso la traductora y a duras penas le alcanzó al extremo del acantilado.

Amanecía por fin y los contornos rosados mostraron, allá abajo, una playa de arena fina, barrida sin pudor por el viento, golpeada y maltratada por aquel oleaje incansable y belicoso: la *praia do* Picón.

—*Mire, Elsa.*

Abajo, diminuta a causa de la distancia, se advertía en la orilla una balsa de caucho; una balsa de submarino que a Elsa Braumann le trajo amargos recuerdos. En ella, fumando, aguardaba un marinero vestido de oscuro. Miraba el reloj, nervioso.

—*Está a punto de irse* —dijo Julius—. *Todavía tenemos que dar gracias: ha esperado, pero le ha pillado la luz.*

Agitó los brazos.

—*¡Aquííííííí!* —grito desde lo alto.

Ella se unió a los gritos.

—¡Aquíííí! ¡Eeeh!

El joven se incorporó en la lancha y agitó una mano conminándolos a bajar enseguida. Dio un silbido largo, perentorio.

Elsa buscó con los ojos a lo largo de la playa brumosa.

—*¿Y mi madre?* —preguntó—. *¿No la han traído todavía?*

—*Tenemos que bajar, señorita.*

A la búsqueda del sendero que les permitiera ganar la playa recorrieron aquella terraza de piedra que daba al abismo, con mil ojos y ya sin resuello. Buscaban, buscaban, buscaban.

Fue la buena vista de la traductora la que encontró un caminito que, picado entre el roquedal, serpenteaba en su descenso a la playa.

—*Vamos.*

Iba él delante, con los pies ladeados porque el sendero era bastante empinado.

Ella se quitó los zapatos. Él le ofreció su mano.

—*¿La ayudo? Se puede caer, tenga cuidado.*

—*Espere, sosténgame la carpeta* —le dijo ella.

Libres al fin las manos, a ella le fue mucho más fácil sostenerse. Bajaba él a saltitos mientras Elsa se atropellaba en el resbaladizo descenso.

—*Todavía me romperé la crisma* —dijo—. *Pero no: puedo, puedo, sí, voy bien.*

Y juntos, levantando un reguerillo de piedrecitas fueron cumpliendo la bajada hacia la *praia do* Picón y la balsa que habría de sacar aquellas notas de España.

*

Los pulmones de Elsa Braumann ardían de frío mientras corría por la playa en dirección a la balsa; buscaba con los ojos a su madre.

—*¿La traerán desde el submarino, Julius, o vendrá por tierra?*

El chófer iba delante, siempre en el sitio del conductor incluso cuando no había coche de por medio; era bastante más pesado que ella, pero aquellas zancadas daban miedo. Las respiraciones de los dos reverberaban a lo largo de la playa, solapándose con el rumor del oleaje. Allá en la balsa, el marinero les hacía señas de que corrieran más, y Elsa apretaba la carrera en una mueca de dolor. A su espalda sentía el mundo entero persiguiéndola.

Sus pensamientos, sin embargo, no corrían con ella a través del arenal: iban por otro camino, siguiendo aquel beso en la mejilla que le había dado Lancaster en su despedida, aquellas últimas palabras que susurró en su oído, perentorias, espantadas.

Julius llegó el primero a la dichosa lancha; el marinero hacía gestos para que se diera prisa. Elsa temió desmoronarse.

—Llegamos —dijo sonriendo, asfixiada; llevaba los zapatos en la mano y las piernas metidas en el agua hasta la rodilla. Dirigiéndose al marinero, añadió en inglés—: *Mi madre tiene que estar a punto de llegar, un momento, por favor.*

Iba a apoyarse en el caucho, cuando el gorila señaló a su espalda.

Entre las brumas de lo alto del acantilado se aproximaba la figura; bajaba sola por la pared de roca y mostraba cierta dificultad para el descenso. Elsa apretó un instante el brazo al gigante norteamericano, de pura alegría.

—*Han cumplido ustedes, Julius. Me la han traído.*

Adelantó unos pasos al encuentro de su madre. Se le hundían los pies en la arena, bajo el agua; su madre, allá en lo alto del promontorio, la había visto ya y se detenía en su descenso, alzando el brazo.

Elsa lo alzó a su vez. Solo pensaba en abrazarla, al fin. Abrió la boca para llamarla en una voz y sonó como un trueno.

Elsa aterrizó de culo en el agua. Se tuvo que arrastrar hacia atrás, removiéndose. La mujer en la lejanía disparó otra vez, zumbó muy cerca la bala incandescente.

La traductora, espantada, se giró hacia Julius y le preguntó con los ojos.

—*Fuckin bitch...* —murmuró el gigante.

Los observaba la muerte, detenida a mitad de descenso. La bruma del amanecer arrancaba pedazo a pedazo, como un disfraz, aquella imagen que Elsa había querido ver: caía el gesto delicado con el que la mujer se ataba el abrigo, los pómulos afilados del hambre pasada en el barracón. En su lugar, el sol hizo refulgir el pelo, recordaba al casco de oro de una valquiria sobre el abrigo de cuero, tan recto y del color de los cuervos.

Tardó Elsa un segundo en asimilar lo que tenía delante. Entreabrió los labios, espantada, y brotaron dos palabras de su boca:

—Irma Gulch —murmuró.

Irma Gulch no se detuvo a recuperar el aliento, emprendió el descenso como si aquella fuera una pared vertical y ella una araña oscura, deslizándose entre el polvo y la arena.

Julius Rosenberg empezó a empujar la lancha hacia el océano. El oleaje era fiero y se resistía a dejarlos marchar. Elsa recordó las palabras de Brasilina y pensó que aquel era un océano malvado, en efecto, y que no los quería.

Vino otro disparo y zumbó la bala por encima de sus cabezas.

Elsa ayudó a empujar la balsa; empujaba con todas sus fuerzas, pero tenía la sensación de que a cada paso que los alejaba de la orilla, la siguiente ola volvía a devolverlos a tierra. Elsa Braumann empujaba junto al gorila, y giraba la cabeza tras cada empujón: *fräulein* Gulch había concluido el descenso y, renqueando, asfixiada también, se detuvo a recuperar el aliento.

La lancha estaba ya libre, flotaba; vencido el mar, Elsa gritó de miedo.

—¿Pero y mi madre? ¡Y mi madre!

Julius encaramó el enorme corpachón hacia el interior del caucho, cayó dentro de la lancha y esta dio un bote. Había que ser rápidos en subir, el marinero recogió los remos, dispuesto a emprender la retirada.

Elsa lloraba como una niña; ofreció la mano a Julius.

—*Está en el submarino, ¿verdad? ¡Lléveme con ella, Julius, por favor! ¡Por favor, lléveme con ella!*

Ocurrió en un momento, bastó una sola mirada.

Quedó abierta hacia el vacío la mano de la traductora. Julius no la agarró. No la ayudó a subir. La sonrisa de ella fue transformándose en una mueca.

El marinero tomó asiento en la proa.

—*My uhodim, amerikanec!* —gritó—. *Derzhis' za chto-nibud'!*

Ni aquello era inglés ni el marinero era norteamericano.

El rostro de Julius Rosenberg, incorporado en la balsa, era el de un hombre rendido. Mostró la carpeta que ella misma le había entregado antes de descender a la arena.

—*Lo siento, Elsa.*

—*Pero...* —decía ella.

Irma Gulch comenzaba a adentrarse en la playa, hacia ellos.

El mar iba llevándose la balsa hacia sus dominios, alejándola de Elsa. Ella y Julius todavía se miraban. La voz del gorila se superpuso al rumor de una ola rompiendo y sonó como si estuviera hecha de espuma.

—*Le dije que no se fiara de nadie.*

No podía decir que Elsa no lo esperara, sin embargo.

Con el agua por las rodillas, una ola la empujó y la hizo trastabillar hacia un lado.

—*Pero Julius...* —murmuró—. *¿A los rusos?*

Julius Rosenberg se encogió de hombros.

—*No voy sino a equilibrar un poco la balanza* —dijo. Y añadió—: *La disuasión hará que todos se lo piensen un poco antes de atacar.*

—*¡Pero a los rusos!*

—*¿Le parece mejor que el arma atómica acabe en manos de los nazis, señorita?* —dijo el coloso—. *¿En manos del Comité América Primero?*

El marinero ruso gritaba al gorila para que tomara asiento, estaba desestabilizando la lancha.

No podía decirse que Elsa no lo esperara, pero qué dolor allá dentro, qué decepción.

También la del gorila, por cierto, cuando abrió la carpeta de piel de cocodrilo y descubrió que estaba vacía.

Ni rastro de las notas que Elsa había copiado desde el manuscrito.

—*¡Qué ha hecho con ellas!* —exclamó Julius, furioso, desde lo alto de la balsa. También el marinero preguntaba, no menos indignado.

Elsa no comprendía nada.

—¿*Las notas?* —respondió—. *¡Estaban ahí!, Lancaster las metió en esa car...*

Resonó el estampido de un disparo y una bala que venía de detrás silbó junto a su cabeza. Elsa metió medio cuerpo en el agua, igual que si se protegiera.

Irma Gulch caminaba decidida a su encuentro, el arma extendida hacia adelante como si fuera una extensión macabra de su mano. Disparó otra vez.

Julius se acuclilló en la balsa, sacó su arma y devolvió el fuego, bramaron los zambombazos.

Se disparaban el uno al otro y Elsa Braumann estaba en medio. Zumbaban las balas y, dentro de todo, todavía tuvo la traductora ganas de encontrarle la gracia: los disparos volaban igual que abejas.

Metió la cabeza dentro del mar helado para ocultarse del enjambre. Los tiros, matizados por el agua, tronaban por encima de la superficie como cañonazos lejanos.

Cuando asomó de nuevo, uno de los disparos del gorila acertaba a Irma Gulch en el vientre.

Eso no la detuvo, desde luego. Tras recibir el impacto y poner cara de susto, la *fräulein* se recuperó enseguida: con los pasos de un robot siguió avanzando hacia donde ellos estaban y siguió disparando, ¡bom!, ¡bom!

El último de esos dos tiros atravesó a Julius y lo dejó allí sentado. En el gesto, congelado, aún se preguntaba qué estaba pasando. El marinero ruso, remando, remando, agachaba la cabeza entre los hombros e insultaba en ruso a la mujer que les disparaba.

En la orilla, *fräulein* Gulch se detuvo y bajó el arma, el agua le llegaba a los tobillos. También en su rostro se dibujaba el gesto de quien no sabe lo que está ocurriendo: la ropa se hallaba empapada en sangre a la altura del vientre y el rojo resbalaba por su pubis y sus muslos.

Todavía retrocedió un paso más, trastabillando; perdía fuerzas en las piernas. Antes de caer de espaldas y morir allí mismo, todavía le dio tiempo a hacer un último disparo.

Los antiguos griegos tenían la certeza de que los estornudos, por ser involuntarios, eran provocados por los dioses; pero también decían que la suerte era una cualidad; una cualidad inherente a algunas personas como podía serlo la belleza física. A lo largo de esos días, dos mil años después, la traductora Elsa Braumann había demostrado que tenía suerte a carretadas.

Esa mañana, sin embargo, la suerte la abandonó.

Sucedió en aquel lugar que no había visitado nunca antes, la *praia do* Picón, en los acantilados gallegos.

Era una playa de atardeceres, el sol se hundía cada noche en su mar provocando un fastuoso encuentro de naranjas y malva; los amaneceres, en cambio, eran poca cosa: apenas un asomar de luz cuando el sol salía en el este, al otro lado de los árboles.

El 14 de diciembre de 1940, día de San Nicasio y San Justo, una bala atravesó la cabeza de Elsa Braumann.

El 14 de diciembre de 1940, día de San Nicasio y San Justo, una bala atravesó la cabeza de Elsa Braumann.

Sintió solo una punzada, un dolor penetrante que duró apenas un momento y que apagó todas las luces y todos los sonidos y todos los pensamientos. Un momento bastó para que Elsa Braumann perdiera la vida.

Las últimas sombras nocturnas se desplazaban morosas por la pared del acantilado.

Empalidecida por el alba, todavía permanecía la luna en el cielo; la traductora, que flotaba boca arriba arrastrada por la corriente, reflejaba su discreto contorno en la abiertísima pupila.

En ese momento del disparo, infinitesimal, a Elsa Braumann le dio tiempo a comprender que acababa de perder la vida. Estaba muerta, ahora, y trató de recordar qué hacía allí. Pasado ese momento, sin embargo, no hubo respuesta: las olas ya se habían apoderado de su memoria.

En la cubierta de cierto barco portugués, a muchas millas de distancia, Melita Braumann sintió una corriente de frío y se cerró el chal sobre los hombros, sabedora de que algo terrible le había pasado a su hermana. Rompió a llorar sin venir a cuento y nadie fue capaz de consolarla, de confortar aquel llanto desgarrado. Melita alzó la vista hacia el cielo. Le pareció ver que, en la cola de la Osa Mayor, había una sola estrella donde siempre solía haber dos: Mizar estaba allí, pero Alcor había desaparecido.

El 14 de diciembre de 1940, día de San Nicasio y San Justo, la marea de la *praia do* Picón depositó en la orilla el cuerpo muerto de Elsa Braumann, la traductora. Lo hizo lamiendo su cuerpo, así, suave, suave, con empujones delicados, como lo hacía tantas veces con los cadáveres delgaditos de ciertos insectos; los mismos que se confiaron en lanzarse a volar sobre aquel campo marino, convencidos de que allí encontrarían la colmena.

ANAGNÓRISIS

1

José Luis Merinero pasó la última página y alzó la mirada, descompuesto.

—Pero qué cojones de final es este…

Ahí advirtió que en la taberna faltaba Brasilina.

—Señor —dijo Merinero—. ¿Y la señorita que estaba conmigo?

—Se marchó hace rato —respondió el tabernero—. Vino un cura a recogerla en un Ford T del año de la Tana y salió por la puerta sin querer distraerle. Parecía usted muy interesado en eso que lee. ¿Quiere una *cunca*, jefe? Que le veo ahí *ensimismao*; no lea usted tanto que se va quedar metido ahí dentro.

Fue para Merinero como dos malos tragos, uno tras otro; el final inexplicable de la novela, primero; la marcha precipitada de Brasilina después. Qué ocasión perdida para preguntarle por aquel final, al menos. Qué ocasión para resguardarse de aquella sensación de soledad y sentir la mirada de la mujer, que tan cómplice se había hecho para él.

—Póngame un coñac y le pago.

Se abrió la puerta y entraron dos hombres flacos, de piel morena y recios; pescadores seguramente.

—Buenas noches —dijeron. Traían consigo esa confianza de quien ya conoce el sitio y al patrón.

Se aproximaron hasta la barra. Calzaban alpargatas y llevaban mil remiendos en las ropas, parches en el culo, en las rodillas.

El tabernero se aproximó con el vaso de coñac y, mientras lo ponía en la mesa del censor, preguntó a los pescadores:

—¿Está fresca la noche?

—Fresca y solitaria. No hay un alma en las calles, parece que los hayan arrestado a todos. —Este se rio entre dientes, pero los otros permanecieron serios.

Los dos hombres se acodaron en la barra. Uno de ellos, observando a Merinero, le preguntó con un gesto al tabernero: «¿Y ese?». El tabernero se encogió de hombros, ya les estaba sirviendo un aguardiente; también él se puso un vasito.

—Para que entréis en calor.

Tomaron un sorbo a la vez y soltó el bocazas:

—¿Sabéis el último? Esto es un español que ha pasado varios años fuera de España por la guerra y vuelve por fin a casa. Charla con un hermano y le pregunta: «Bueno, y con Franco qué tal van las cosas, ¿cómo estáis?». El otro se encoge de hombros y responde: «No nos podemos quejar». «Entonces, bien, ¿no?». «No, no», le dice el hermano, «que no nos podemos quejar». —Y soltó una risotada.

Su compañero le dio un codazo señalando de reojo a Merinero. El tabernero no sabía dónde meterse.

—Hala, vamos a brindar —dijeron.

Alzaron su vaso y, por lo bajo, murmuraron:

—Salud.

Merinero observaba callado. No había que ser muy listo para advertir en qué bando habían luchado aquellos tres. Ahora, por fin, se le antojaba al censor que el nombre del tugurio adquiría más de un significado.

Se dispuso a recoger los papeles del manuscrito cuando el bocazas, aguardiente en mano, comenzó a aproximarse.

—Tú y yo nos conocemos —dijo.

—Luis, deja tranquilo al señor —espetó el tabernero.

—Por qué, si no le estoy diciendo nada malo. Nos conocemos, ¿verdad?

Merinero ya se había puesto en pie, cerraba el portafolios.

—No lo creo.

—Estudiamos juntos. Soy Luis Panzosa, ¿no te acuerdas de mí?

Panzosa el del instituto, pensó Merinero. Se acordaba de él, por supuesto; había sido un mataperros, un zopenco. Ya entonces tenía demasiado grande la boca.

—Nos dio clase a los dos don Miguel —añadió el bocazas—, el profesor de literatura. —Se giró hacia la barra y explicó a sus compadres—: Buen tío. Republicano. Me enteré de que el otro día le encontraron un zulo lleno de libros en la biblioteca del instituto. Cuando iban a interrogarlo en comisaría se tiró por la ventana, el pobrecillo.

Merinero se había quedado quieto, sin mirarle. Un sudor frío acababa de agarrarle el corazón.

El charlatán advirtió que se inmutaba.

—Ah, veo que te acuerdas de don Miguel. Gran tipo, ¿eh? Yo después de aquel curso ya no estudié, mi padre me metió en la barca y me puso a faenar, pero lo poco que sé de libros lo sé gracias al bueno de don Miguel. Brindo por él —dijo alzando el vaso.

Merinero puso dos monedas sobre la mesa y caminó hacia la puerta sin mirar atrás, rápido, rápido, igual que si huyera.

*

Los días siguientes los pasó el censor en una pura inquietud.

Lo primero que había hecho, desde luego, fue acudir donde Brasilina, a la casa de la cancela azul. La casa se hallaba cerrada ahora, como si hubiera sido abandonada. Y no le extrañó al censor que Brasilina hubiera huido, quién sabe adónde. Todavía volvió un par de veces, para no encontrarla.

Lo segundo fue pedirle a Parra que le consiguiera un encuentro con cierta persona. «Qué quiere usted de ese», preguntó Parra, extrañado. «Le quiero vender unos sellos», dijo Merinero. El comandante le advirtió de que le iba a resultar complicado: «Me han llegado informaciones de que está en Lisboa. Haré lo que pueda, Merinero».

El domingo, el censor se aplicó en investigar; Vigo era una ciudad pequeña y todo el mundo conocía a todo el mundo. Nadie había vuelto a saber de la baronesa Reiniger de la novela, que resultó llamarse Schroeder; decían las malas lenguas que su marido la tenía encerrada en casa. Tampoco se había vuelto a tener noticias de la agente de la Gestapo, *fräulein* Gulch, desaparecida desde el 13 de diciembre, día de la conferencia. Nada acerca de la noche de autos, nunca mejor dicho, en que, según se contaba en la novela, fue tiroteado el coche del cónsul norteamericano con él dentro; para todo el que no hubiera leído *El enjambre,* sin embargo, se trataba de un asunto turbio: el régimen lo había silenciado y ni los estadounidenses supieron qué había pasado en realidad; solo que el cónsul estaba tan desaparecido como su Mercedes. Respecto del consulado, como él mismo había podido comprobar, habían cambiado sus oficinas a Capitán Carreró y todavía aguardaban la inminente llegada de otro diplomático; por ahí tenía poco que rascar Merinero.

El lunes, Merinero le dio un repaso a la censura de *Verano de almendros en flor,* que volvió a caer en sus manos, y al final terminó compartiendo un vaso de ginebra con el busto de Galdós. Los ojos del busto parecían cada día más tristes.

—¿Se lo ha terminado? —preguntaba el comandante Parra—. El dichoso *Enjambre.* La tal Braumann copió el cuaderno en unas notas, al parecer. ¿Se le ocurre alguna pista de dónde están, después de leer el manuscrito?

—No —replicó Merinero—. ¿Se le ocurre a usted dónde pudieron enterrar el condenado cuerpo de mi esposa?

Nada más escuchar de aquellos huesos perdidos, a Parra le cambiaba la cara.

—Están en ello, Merinero, pero tiene que pensar... Ponerse a rebuscar ahora en las cunetas, andar desenterrando cuerpos... España tiene que pasar página, no es bueno ir reabriendo las heridas.

Nada respondió Merinero a aquella inmundicia. Se quedó mirando para su superior con una expresión tan helada que el comandante Parra tuvo que soltar un suspiro.

—Tenga paciencia.

—¿Me arregló el encuentro que le pedí?

Este diálogo vino a repetirse un par de veces hasta que Parra hizo llamar al censor a su despacho y le dijo por fin:

—Me debe una, Merinero. Para concertar la cita he tenido que tirar de los ingleses; parece que su *amigo* tiene ahora mucho trato con ellos.

*

El complejo, sito en Vista Alegre, calle García Barbón, tenía el noble propósito de dotar de esparcimiento a las clases pudientes de Vigo. Disponía de merendero al aire libre y de salones de brillante caoba; al Club de Campo se acudía para celebrar bailes y pedidas de mano; se acudía para jugar al mus y al *bridge*, que estaba muy de moda; allí se practicaban varias actividades deportivas, pero, por influencia inglesa, las reinas de la fiesta eran el *hockey* hierba y el tenis. Lo usual era ver las gradas de la pista rebosantes de alhajas y sombreros. Las señoritas casaderas se agolpaban en primera fila, de pie, para contemplar a los jugadores y también para ser contempladas. La intención era equiparar el boato de este club con el de los ingleses. Nada que ver, por cierto, aquellos tules y sedas con estos vestidos y estos sombreros: hasta la clase alta española se había depauperado con la guerra, solo ahora florecían las fortunas incipientes, casi siempre con chanchullos y siempre al calor del régimen.

Aquella mañana, sin embargo, el Club de Campo estaba cerrado al público; cualquiera diría que lo habían reservado para el disfrute privado de algún gerifalte.

Merinero no era socio del club, ni falta que hacía: fue mencionar el apellido del caballero que lo esperaba y le recibieron con reverencias.

El susodicho se refrescaba bajo el terradillo con una limonada. Se dieron la mano y fue, en efecto, como si Merinero estrechara cinco pescadillas.

—¿Es usted deportista, José Luis?

—En mi vida he pisado una pista de tenis.

—A mí me espanta. Yo no juego a nada que no esté seguro de ganar. Aquí…, vengo a mirar solamente.

En la pista y ante ellos jugaban un conocido empresario de la conserva y el que fuera director del desaparecido cable inglés. De este *mister* se decía que informaba al S. I. S., el Secret Service Intelligence. Los tratos que el señor March pudiera tener con aquel inglés permitían intuir que el aire comenzaba a soplar muy al oeste de Berlín. Las urracas siempre son las primeras que huelen el cambio del viento.

Merinero pidió una ginebra y el señor March se excusó de acompañarle.

—Jamás bebo cuando se trata de hacer negocios. Porque si ha concertado usted esta cita conmigo es para eso, ¿no es cierto? —El pico del pájaro se inclinó hacia delante—. ¿De qué se trata?, ¿tabaco, alcohol?

Merinero paladeó aquel trago transparente y se lanzó a hablar.

—Hay una partida que usted cree haber perdido.

—¿Yo? Me parece que se equivoca: yo nunca pierdo.

—¿Tiene usted, pues, el cuaderno rojo de Bertha von Harbou?

Calló el hombrecillo, pero una cierta furia le ruborizó los mofletes descolgados. Lo miraron con atención las pupilas amarillas.

—¿Lo tiene usted?

—Tengo unas notas —dijo Merinero.

—¿Unas notas?

—Varios papeles. Copia de la información que aparecía en aquel cuaderno antes de que se quemara. Según tengo entendido, estas notas son muy valiosas para usted y sus amigos.

—No sé a quién se refiere; yo no tengo amigos —dijo March—. ¿Están en su poder esas notas?

—Lo estarán dentro de poco.

El banquero rebuscó en su bolsillo.

—Bien, de cuánto estamos hablando —dijo sacando una chequera.

—No quiero su jodido dinero, señor March. Lo que le pido es otra cosa.

A Juan March pareció interesarle aquello: le gustaban los retos y era todo un reto comprar a un hombre a cambio de algo que no fuera dinero.

—Qué cosa.

—Mi mujer se llamaba Emilia Valterra.

—La poetisa, la escritora —dijo March—. Lo sé.

—¿Lo sabe?

La urraca sonreía satisfecha.

—Lo sé todo de todo el mundo; sobre todo si me citan para proponerme algo. La asesinó el llamado Batallón Trotski, ¿no es así?

Sé que busca usted sus restos desde entonces, porque los muy canallas la enterraron y nunca contaron dónde.

Merinero se adelantó en la mesa.

—El Alto Mando español no pone mucho empeño en encontrar los restos de mi esposa; se ve que no quieren sacar a los muertos del fango, ahora que todo comienza a apaciguarse.

A don Juan March le nació una sonrisa afilada, que le cortaba la cara en dos.

—Quiere que yo presione para que los militares pongan más empeño en encontrar el cuerpo de su esposa. Pero usted me halaga, señor, me atribuye una influencia que en realidad no tengo, pobre de mí. Si alguna vez he hecho mía la frase *L'état c'est moi*, de Luis XIV, ha sido en broma.

Merinero arrugó el hocico, le salió más grave que nunca la voz.

—El militar que está ahora mismo sentado en el Pardo se lo debe todo a su influencia, señor March; de no ser por usted todavía estaría jugando al golf en Canarias. Estamos entre amigos, usted y yo somos dos hienas, no hay razón para la falsa modestia.

Todavía sonreía el banquero, aquella comparación le hizo gracia.

El señor Juan March bebió un trago de limonada y degustó la belleza privilegiada de las vistas.

Cuando habló lo hizo con lenta suavidad.

—El trato me parece aceptable y sí, creo que podré darle lo que quiere, señor Merinero. Usted me consigue esas notas y yo… humildemente… me ocuparé de que localicen los restos de su esposa.

*

Procuraba pasar poco por casa y paseaba a menudo por la zona del puerto. Era allí donde, de la desbordada imaginación de hombres buenos, malos y regulares, nacían cada día maneras nuevas de trocar aquel mar en oro. Algunas de estas maneras no habían cambiado desde la época del *garum*, como la de detener el paso del tiempo para que no se pudriese el pescado.

Allá que se iba Merinero, a beber tinto y coñac en tugurios de mala muerte. Así se pasaba las horas, por no volver a su piso: acodado en una mesa o en la misma barra, releyendo el manuscrito, a la caza de una posible pista.

Una cosa estaba clara para él, desde luego: había poca posibilidad de que Elsa Braumann hubiera escrito aquella novela toda vez que había muerto en la playa aquella mañana de diciembre.

—Quién cojones escribió *El enjambre* —murmuraba ante el vaso de coñac.

Fuera quien fuera el autor, además, había puesto buen cuidado en omitir y cambiar nombres, de cara a no comprometer a ciertos personajes o a proteger a otros.

Las tripas del censor, sin embargo, le decían que la pista estaba allí, en alguna condenada página. En lugar de llenarlo de sus acostumbradas tachaduras, Merinero dividió el manuscrito por escenas, por localizaciones, por personajes, anotó pensamientos en sus márgenes; aquello que le iba evocando la relectura. Pero no halló hilo del que tirar para rearmar la madeja ni respuesta a otra de las preguntas claves:

—Qué carajo hizo Lancaster con las notas que Elsa copió del cuaderno Von Harbou.

—¿Me habla usted a mí? —espetó el camarero.

El comandante Parra le preguntaba todos los días. Asomaba a la puerta del despacho del censor.

—¿Se le ha ocurrido algo? Hay quien presiona desde arriba; parece que esas notas son muy importantes para el Alto Mando.

—Más importante es mi jodida esposa, Parra.

Merinero abandonaba cada día su despacho con pesadumbre; sentía que perdía el tiempo; y no solo en referencia a su trabajo, sino a su propia existencia. Se afanaba en el manuscrito como el pirata que se afana en el mapa de un tesoro; lo repasaba a todas horas; los márgenes de la novela eran un batiburrillo de notas donde apenas quedaba espacio. Una mañana se descubrió abandonando su trabajo de corrección en la Oficina para dedicar su tiempo al manuscrito. Le era cada vez más ajeno el oficio y, a medida que se alejaba de todo, le encontraba un sinsentido a cada cosa que planificaba el régimen, igual que si hubiera despertado en una sociedad desconocida. Escuchaba las noticias que transmitía la radio y aquella propaganda se le hacía bola en la garganta:

Es la cruzada de la salud y de la alegría, nuestra finalidad: que todos los españoles tengan la tranquilidad de un hogar sano y confortable; estas necesidades apremiantes e ineludibles, que son el agobio de los seres más débiles e indefensos de la sociedad, van a ser perfectamente atendidas por un Estado que velará por todos con constante solicitud.

Era de lo más burdo el lenguaje paternalista y relamido, tan falso, por lo demás, que Merinero se preguntaba cómo había quien pudiera escuchar aquello sin sucumbir a las arcadas.

—Es todo mentira —solía murmurar borracho, ante la botella de Burnett's—. Lo de unos. Lo de otros. Todo mentira.

A la vuelta una tarde, de camino a casa, se encontró de pronto ante el cine Tamberlick. La función de hoy era *El cura del penal*; «El film de la superemoción», rezaba la publicidad. «Directa en español».

José Luis Merinero giró la cabeza y contempló desde la distancia el cartel de la tienda de antigüedades.

—Algún día tendré que dar el paso —musitó. Lo cierto es que esto se lo había dicho a sí mismo mil veces.

Abrió la puerta de la tienda, sonó un ¡ting! y pasó al interior.

*

No había nadie atendiendo y le extrañó.

—Enseguida salgo —dijo una voz de mujer.

José Luis Merinero paseó entre chimeneas de hierro y mapamundis, espejos y tallas religiosas.

Salió de la trastienda una mujer mayor de aspecto aristocrático, que había sido guapa un día y todavía lo era; peinada de peluquería, con los ojos pintados tan de negro como el vestido que llevaba. Llevaba entre los brazos un historiado frutero del siglo XVIII.

—Perdone —dijo—, ya le atien…

Al descubrir a Merinero se quedó parada; a punto estuvo de dejar caer el frutero.

—¿Apareció?

Merinero negó con la cabeza.

—No, todavía no —dijo. La señorona dejó escapar un suspirito de resignación—. Hola, Adela.

Adela llevó al frutero al escaparate y lo devolvió a su sitio original, de donde se lo había llevado aquella mañana, cuando la avisaron de la visita de doña Carmen Polo: al anuncio de aquellas visitas de la Collares se echaban a temblar anticuarios y joyeros y se apresuraban a esconder los objetos de valor, pues doña Carmen tenía buen gusto y gustaba de llevarse gratis lo mejor de cada casa; ya podía uno luego enviar facturas al Pardo.

—Tienes el pelo más largo.

—¿Van bien las ventas?

—Regular —dijo ella. Su antigua suegra se acercó hasta el mostrador, apretó un botón en la caja registradora y del cajetín de los billetes grandes, que siempre estaba vacío, sacó una cajetilla de Ideales—. A la gente no le llaman las antigüedades. Todo el mundo huye del pasado.

Aspiró una calada achinando los ojos y, al expulsarla, le clavó esa mirada.

—Ya te daba por perdido: hará más de un año que te niegas a hablar conmigo.

Asintió Merinero.

—Vengo a pedirle perdón —dijo de golpe.

—¿Qué?

—Eso. Vine a pedirle perdón.

A su alrededor los observaban las tallas del XVII de tamaño natural. Miraban como espectadores un san Sebastián con dos flechitas clavadas y un san Pancracio, que había perdido el dedo.

Era más grave que nunca la voz de José Luis Merinero.

—¿Me perdona, Adela?

Nada respondió la mujer, allí quieta, contemplando al que había sido su yerno y al que no veía desde que había muerto la niña.

Merinero avanzó un paso hacia ella.

—Todavía ahora no sabría hacerlo de otra manera, lo reconozco, ya ve que estoy siendo sincero. Admito que no lo hice bien.

—Tierra quemada —musitó Adela.

—¿Qué? —dijo él, que no la había escuchado.

Continuaba siendo una mujer ojerosa, pero le pegaban a su cara aquellas ojeras, en opinión de Merinero. Emilia con el tiempo hubiera acabado teniendo las mismas.

—Eso hiciste. Mataron a mi Emiliña y elegiste la tierra quemada: destruir cada cosa que te rodeaba y cada persona que estaba a tu lado, para no tener a donde volver. Apartarte de mí, que era lo único que te quedaba de ella.

Apagó el cigarrillo sobre el cenicero.

José Luis Merinero buscó las palabras y no encontró otras mejores que estas:

—No tuve fuerzas —dijo. Y añadió—: Nunca fui un hombre valiente. La vida nunca debió exigirme tanto. Nunca fui un hombre valiente.

Y quiso decir más, pero ya no le quedaba resuello y se encogió de hombros.

Se dio la vuelta entre jarrones y sofás, entre cómodas y percheros y vitrinas, para encaminarse hacia la puerta.

Sonó la campanilla cuando abrió la puerta, ¡ting!

—Nos vemos —dijo antes de salir—. A ver si me paso más por aquí.

Merinero salió al exterior. El sol de la mañana se había puesto calentón, agradable.

Estaba a punto de cerrar cuando fue ella quien, junto al mostrador, adelantó un paso.

—No me coges el teléfono desde hace dos años —dijo—; y apareces ahora para pedirme perdón. ¿Qué te dio?

Merinero sonrió encogiéndose de hombros y se caló las gafas oscuras, que por primera vez cobraban sentido bajo la luz solar.

Cerró la puerta despacito, ¡ting!, y echó a andar calle abajo, hacia Príncipe.

Adela contempló cómo entraba la luz a través de los cristales de la tienda y cerró los ojos al sol. Era una luz anaranjada y melancólica, como de otoño, pero todavía faltaba mucho para eso. Permaneció así, con los ojos cerrados, hasta que empezó a temblarle la barbilla y se apoderó de ella aquel mismo frío que le atormentaba a él.

Esa noche, y tras un par de visitas a sendos bares, regresó a casa algo achispado.

Estaba bebiendo de más y poco le importaba: daba su suerte por ya escrita y asistía a su propia caída a los infiernos como un testigo externo, perdido. José Luis Merinero no hacía sino avanzar a través del camino enfangado que había comenzado un par de años antes, cuando la muerte de Emilia.

Acababa de poner la radio y había comenzado a sonar *Granada* en sus últimos versos.

> *Granada,*
> *tu tierra está llena*
> *de lindas mujeres*
> *de sangre y de sol.*

La había compuesto en el 32 Agustín Lara, que era mexicano y que nunca había pisado la ciudad andaluza.

Merinero volvió a leer *El enjambre*; volvió a perderse en sus diálogos, algunos se los sabía ya de memoria. A medianoche, ebrio de ginebra y de vino, se contempló desnudo en el espejo del baño y encontró a un desconocido; era él, pero más delgado, más viejo, barbudo. ¿Cuándo se había dejado barba? De vuelta en el salón, estalló en una carcajada ebrio, ebrio, ebrio, y lanzó al aire el manuscrito y volaron las trescientas páginas y se llenó la estancia de aves amarillentas que flotaban un momento para ir cayendo en zigzag.

El suelo del cuarto de estar quedó alfombrado de páginas y Merinero quedó de pie en medio, contemplándolas con aire absorto. Una babilla de saliva colgaba de su boca en dirección al pecho.

Aferraba una sola de todas aquellas hojas, el resto había volado.

PRIMERA PARTE
EXPOSICIÓN
«Y los pueblos se salvan por la fuerza que sopla desde todos sus muertos».

Fue como una tos, primero. Después, Merinero rompió a reír.

Se dolía en la soledad de su casa, borracho como una cesta y más perdido que nunca, cuando lo había encontrado, al fin.

—El hilo —murmuró—. El hilo del que tirar.

*

Sacó de un bolsillito las llaves para abrir el sótano; el «caballero mutilado» que hacía las veces de bedel tenía una sola mano, tan escuálida como la que Merinero hubiera imaginado en el viejo Caronte.

Merinero conocía la existencia de los *infiernos,* como se los llamaba en el gremio, pero nunca había entrado en ninguno. Igual que en los círculos de Dante, aquellos *infiernos* pertenecían a los subsuelos más profundos del régimen, lugares olvidados cuya existencia apenas era conocida. Las bibliotecas suelen oler a los químicos del papel o al cuero de las cubiertas, pero en aquella, donde jamás corría el aire, sorprendía ese hedor terroso que uno esperaría de un campo de champiñones.

El bedel dio a un interruptor y se encendió una bombilla colgada del techo. Señaló al fondo.

—Mire usted en esas dos de ahí, a la derecha. En la letra H, HER.

Los ejemplares que guardaban en el *infierno* de la biblioteca provincial de Coruña se habían incautado de una disparidad de bibliotecas por toda la región; algunas privadas, pertenecientes a conocidos republicanos como el señor Casares Quiroga; y otras que procedían de las Misiones Pedagógicas o de sociedades recreativas de todo tipo.

Lejos de marcharse y dejarle hacer, el tipo esperó junto a la puerta.

Nada de haches ni de «HER». La biblioteca secreta carecía de ninguna organización y Merinero tuvo que buscar a las bravas.

Grosso modo, uno podía tropezar con dos grandes grupos: clásicos peligrosos, aquellos a los que sus compañeros eclesiásticos les habían tenido ganas de toda la vida; y obras recientes, publicadas en zona republicana en los años finales de la guerra. Merinero conocía bien aquellos autores, que habían huido de España como conejos: Castelao y Machado, Gómez de la Serna y Alberti... Entre estos últimos libros había ejemplares muy particulares, poemarios impresos por los soldados rojos, con el papel hecho a mano.

Merinero hubiera jurado que, mientras recorría el laberinto, sentía en su hombro el ligero peso de Emilia, asomándose. Mucho hubiera disfrutado ella de esta visita. «¿Has visto, José Luis?, tienen los *Episodios* prohibidos de tu amigo Galdós».

Lo encontró por fin, en medio de la «DUR». Del autor, Merinero había leído en el expediente que era un comisario comunista muy joven y que estaba preso.

—HER. Hernández, Miguel: *El hombre acecha.*

Merinero era de los escasos hombres en todo el país que conocía la existencia de aquel libro de versos, pues ni siquiera había llegado a salir a las calles; el asunto había ocurrido en Valencia, haría un año largo, y dentro del gremio había sido muy sonado. La tirada enorme de varios miles de ejemplares había sido requisada en imprenta; miles de libros de *El hombre acecha* destruidos antes de pisar una librería. Allí estaba, entre sus manos, el único superviviente de la quema de Valencia: no era extraño que, cuando se trataba de obras de cierta calidad, algún ejemplar acabara siendo apartado. Este era el caso de aquel inédito *El hombre acecha*: había sido enviado para ser encerrado bajo siete candados en este *infierno*, condenado para toda la eternidad a no ser leído.

Merinero buscó entre sus páginas hasta encontrar la fuente de la cita que Elsa había elegido para abrir su manuscrito; allí rezaba, al final del undécimo poema:

> *«Un hombre desarmado siempre es un firme bloque:*
> *sabe que no es estéril su firmeza, y resiste.*
> *Y los pueblos se salvan por la fuerza que sopla*
> *desde todos sus muertos».*

A Merinero le había llamado la atención la cita, cuando la leyó al principio del manuscrito, solo que en aquel punto no le dio importancia. La reconoció entonces, pero no cayó en la cuenta: conocía el libro. En su momento, un año atrás y por su condición de censor, había echado un vistazo a aquel mismísimo ejemplar cuando pasó por la oficina, de camino a su destino final. Lo cierto es que, mal que le pesase a Merinero, se le habían quedado grabados aquellos versos; tenían esa cualidad memorable de los que, con la tinta todavía fresca, se ven prontos a convertirse en clásicos.

Quedaba, pues, averiguar cómo había podido aquella cita, y por tanto aquel ejemplar, llegar a las manos de Elsa Braumann. Eran contadas las personas que tenían acceso a estos *infiernos*: solo ciertos doctos de probada limpieza política, ciertos religiosos..., o ciertos funcionarios, por ejemplo, un censor de Prensa y Propaganda.

Merinero se dirigió al bedel, que se estiraba la manga sobre el muñón. Lo cuidaba como si fuera una parte valiosísima de su cuerpo: gracias a aquel muñón disfrutaba de ciertos beneficios que otorgaba el Benemérito Cuerpo de Mutilados de Guerra por la Patria; gracias a aquel muñón no tenía que guardar colas y disfrutaba de aquel tranquilísimo puesto de bedel en la administración estatal.

—¿Cómo puedo saber quién ha consultado este libro?

—La ficha. Tiene que tener una ficha ahí en medio, en algún sitio. Todo el que consulta el libro tiene que apuntar sus datos.

Merinero buscó la ficha de préstamo y la halló inserta en medio del libro.

—¿Tienen teléfono aquí?

—Tiene uno en esa mesa. Si no es conferencia lo puede usar.

Y Merinero lo usó.

Releyó la ficha en donde constaban las personas que habían consultado el libro. Comprobó el último de los nombres y marcó el teléfono escrito junto a ese nombre.

Sonó la llamada. Aguardó. Se le había acelerado el pulso. Aguardó.

—¿Sí? —respondió al fin una voz que Merinero reconoció enseguida.

2

Resonaban las maderas al ascender peldaño a peldaño. El hombre bajito subía receloso aquellas escaleras. Al llegar a cierta puerta se detuvo.

Llamó con los nudillos y la puerta se entreabrió sola.

Asomó la cara al interior de la vivienda de José Luis Merinero. Encontró un recibidor y un largo pasillo, flotaba en el ambiente un olor a café requemado.

—Si viene a pedir limosna se ha equivocado de sitio, páter —dijo una voz.

Resaltaba el alzacuellos, la sotana negrísima que se confundía con la penumbra; llevaba una bufanda y una boina.

A través de las puertas dobles el cura descubrió el cuarto de estar contiguo. Allá le esperaba Merinero sentado, vaso en mano.

—No soy de pedir limosnas, hijo —respondió el padre Albino. Cerró tras él—. ¿Cómo diste conmigo?

—*El hombre acecha* —respondió el censor.

El cura se rio, como pillado en falta, y se dio una palmadita en la frente.

—Ah…, el registro en el *infierno*. —Se quitó la bufanda y la boina y lo dejó todo en el banquito del recibidor—. Un libro estupendo. Ahora veo que no tenía que haberlo sacado de allí.

Merinero se puso en pie.

—¿Quiere beber algo?, ¿qué beben los curas?

El cura descubrió la botella de Burnett's sobre la mesa de comedor y la señaló con la nariz.

—Te acepto un vasito de eso.

Merinero acudió a la cocina a por un vaso. Al regresar, en la radio terminaba otra canción y se quejaban unos mariachis:

¡Ay ay ay! ¡Ay ay ay!
¡Ay ay ay! ¡Ay ay ay!
¡Guadalajara! ¡Guadalajara!

Descubrió al padre Albino cotilleando en las estanterías vacías.

—¿Dónde están los libros? —preguntó.

Merinero sirvió un culín de ginebra.

—Eran de mi esposa. Los tiré.

—No seas tacaño, hombre —dijo el cura, por que sirviera más ginebra—. ¿Los tiraste?

—Me recordaban a ella. Tome y no se atragante.

—Gracias —dijo el cura cogiendo el vaso con dos deditos.

Lo apuró trago a trago y se lo devolvió a Merinero.

—Aaaaah —dijo—. Muy rico.

—Carajo, dos como ese y no lo cuenta, amigo mío. Dígame una cosa: qué hace un cura metido en todo esto. Usted no sale en la novela.

—¿Me sirve otro? —respondió el cura.

—Si Elsa Braumann está muerta, ¿quién carajo escribió *El enjambre*?

El cura cogió el vaso de nuevo; le ardía todavía el lingotazo que se acababa de meter e hizo un par de muecas con la boca, como quien reacomoda algo allá dentro.

—No te creas todo lo que escribe un escritor —dijo.

—¿Entonces Elsa Braumann no murió?

—Yo no he dicho eso.

—En realidad no ha dicho nada —replicó Merinero—. Cojones: cura y además gallego, el colmo.

El cura apenas dio un sorbito, esta vez.

—¿Van a publicarla? —preguntó.

—¿*El enjambre*? Imposible. Ni con todas las correcciones y censuras y arreglos del mundo pasaría el visto bueno de Propaganda.

Cualquier censor podría pasarle tijera, sí, esto fue lo que le explicó; sería tan despiadada la censura que quedarían vacías de personajes las escenas, como decorados fantasmales; al abrir la boca los protagonistas resultarían mudos o deambularían por la novela sin nada que hacer, sin objetivos. Nunca sería suficiente con quitar de aquí y allá, con cambiar esto y aquello o disimular ciertos pensamientos.

El hombrecillo se dispuso a emprender la retirada.

—Entonces qué importa todo lo demás.

—A qué se refiere.

—Esa novela se escribió para que el mundo supiera la verdad acerca de esa bomba que quieren fabricar. Si *El enjambre* no va a ver la luz, todo lo demás da igual.

—Todo lo demás soy yo —dijo Merinero.

—¿Qué?

—Todo lo demás soy yo. No me da igual: necesito saber.

El curilla recordó una cosa y se rio.

—Ah, sí, me contaron que últimamente alimentas fantasías heroicas; necesitas *salvar* a Elsa Braumann.

Merinero alzó la barbilla.

—Fantasioso hasta la mamarrachada…, ese soy yo. Le contó Brasilina nuestra conversación.

—No como un cotilleo, entiéndeme. Si lo hizo fue para defenderte.

—¿Defenderme?

—Yo —explicó el cura— decía que tú eras un canalla miserable y ella te defendía.

Nada dijo Merinero, contemplando su vaso. La ginebra le había revuelto el estómago.

El hombrecillo le miraba y remiraba.

—Conozco esa expresión.

—Qué expresión.

—Esa —dijo el cura—. La del hombre que, si no hace algo con esto, ya no podrá hacer nada el resto de su vida.

Merinero alzó la barbilla.

—Qué sabrá usted.

—Lo mismo que cualquiera que esté hecho de carne y hueso. A ti no te interesa Elsa Braumann —añadió—. Hasta el más cretino se daría cuenta acerca de a quién quieres salvar de verdad.

El censor permaneció en silencio.

El sacerdote observó a Merinero, como preguntándose algo. Tuvo que ser positiva la respuesta porque dejó escapar aquella risa amplia e infantil. Recogió de la entrada la boina y la bufanda.

—Coge algo de abrigo —dijo—, vamos lejos.

*

Fue en aquel Ford T del 27, que el sacerdote se llevó consigo a José Luis Merinero. Abandonaron Vigo y atravesaron carreteras y montañas y más carreteras y más montañas. El cacharro traqueteaba como un carro de mulas; era tan antiguo que había que darle a la manivela en el frontal, para arrancarlo. De cuando en cuando metía un petardazo y daba la impresión de que fuera a desarmarse.

—Para dejarme seco no sé si prefiero que vuelva a remendarme la barriga —dijo Merinero, aferrando el reposabrazos de la puerta.

—Era de mi padre —replicó el cura—. Nunca me dejó tirado y no va a dejarnos tirados ahora. Usted le cae bien.

—Ah, ¿le caigo bien a su cochecito?

—Se llama Leslie.

—¿El coche se llama Leslie? ¿Como el actor?

—Como el actor. Leslie Howard; me gustó mucho en *El agente británico*.

—Joder, qué cachondo es usted, páter.

Tuvieron que hacer el viaje con unas mantas de abrigo por encima porque no había Dios que levantara la capota, a pesar de que el cura había tirado y tirado poniendo en ello mucha fe.

—Antes —comentó Merinero— dijo usted que la novela se había escrito para que el mundo supiera la verdad acerca de esa bomba que quieren fabricar.

—Eso es —dijo el cura—. Bien clarito, blanco sobre negro.

—Es al revés, pero da lo mismo. ¿Usted cómo lo sabe? ¿Cómo

sabe las intenciones de Elsa Braumann?, ella no le menciona en la novela. Y si Elsa está muerta ahora, poco pudo contarle.

—No se atormente más —dijo el cura, burlón, y señaló hacia adelante con la barbilla—. Ahí podrá encontrar usted muchas de sus respuestas. No todas, quizás, pero sí muchas.

Bajo las luces del atardecer iba adivinándose allá al fondo una pequeña villa, con sus casitas y su torre de la iglesia. Olía a mar, no debían estar lejos de la costa. Cuatro horas les había llevado concluir el camino desde Vigo. El coche iba dando tirones, ya muy cerca de su meta; respiraba raro y Merinero recordó los jum, jum, cof, cof, de Ian Lancaster.

El Ford T del año 27 terminó deteniéndose ante una iglesia espigada. Como el atleta que acaba el esfuerzo, el vehículo dejó escapar un estertor largo, agónico, y al cabo quedó en silencio.

—Llegamos.

Nada más bajar del vehículo, el preocupadísimo padre Albino abrió la capota. También descendió Merinero, entumecido; estiró la espalda con las manos en los riñones, ante la iglesia.

Examinando el motor, dijo el cura:

—Esta es mi parroquia y esa es la iglesia de San Julián de Loiba. Ahí detrás están sus respuestas, señor Merinero. Ahora, si me disculpa, me gustaría atender al pobre Leslie.

El censor dejó al cura junto al vehículo, tan volcado en los cuidados de su automóvil como si acompañara a un viejo caballo que agoniza.

La iglesia tenía adosado a su espalda un cementerio chiquitito. Hacia allí encaminó los pasos Merinero, siguiendo la indicación del padre Albino.

Empujó la cancela herrumbrosa que daba al camposanto. Se hallaba todo en silencio; soplaba una brisa fresca que cuando uno la respiraba sabía a sal.

A Brasilina la descubrió allá, al fondo y desbrozando las malas hierbas que, por todas partes, cubrían cruces y lápidas. Junto a Brasilina, tan en silencio como ella, la ayudaba una niña.

Fue la niña quien primero escuchó llegar a Merinero.

La niña tiró de la manga de Brasilina y dijo:

—*Cajo na cona*, ya está aquí.

Merinero se había puesto pálido. Tardó unos instantes en comprender, observando a la mujer. Había imaginado mil veces los ojos de Elsa Braumann; la fragilidad que encontraría en ellos, el miedo, la incertidumbre; pero también la valentía y el arrojo. Había imaginado mil veces aquellos ojos y resulta que ya los conocía.

—Supongo, *Brasilina* —dijo el censor remarcando el nombre—, que eso tienen en común los espías con los escritores: que los dos son unos mentirosos.

La mujer sonrió.

—Siento haberle engañado —dijo Elsa Braumann. Y, dirigiéndose a la niña, añadió—: Brasilina, déjanos hablar un momento.

—*Cajo na cona* —respondió la cría—, no me llames así.

Marchó la cría hacia la trasera de la iglesia y por allí se quedó, dándole patadas a las piedras con sus botazas y sus piernas flacas pero fibrosas.

Merinero la observaba.

—Fue ella quien la salvó en la playa; quien la escondió en el zulo.

Elsa Braumann asintió.

—En la novela no podía describirla tal y como era. Si en la vida real era una chiquilla, en la ficción la transformé en mujer.

—Supongo que ni siquiera se llama Brasilina.

—También le cambié el nombre, sí. Cuando me encontró usted en la casa de la cancela azul acababa de morir su tía, pocos días atrás; me estaba quedando con ella para acompañarla.

Merinero sonrió para sí.

—Y entonces me presento yo y la veo donde las gallinas y la llamo por el nombre de la novela: Brasilina Lalín.

—Solo alguien que había leído la novela podía conocer ese nombre —dijo la Braumann encogiéndose de hombros—. Tuve que hacerme pasar por ella para protegerla. Confieso que hasta a mí me sorprendió usar el gallego y las expresiones de la cría, necesitaba parecerme al personaje que usted conocía. Perdóneme por haberle engañado, señor Merinero, no era nada personal contra usted.

Merinero tomó aire, pensativo. Le encontraba gracia a la mascarada, de todos modos.

—La tarde en que desperté en el sótano y oí pasos arriba en la cocina y que usted hablaba con alguien... Yo creía que era usted Brasilina y que hablaba con Elsa Braumann. Es gracioso que fuera Elsa Braumann hablando con Brasilina.

—La chiquilla acababa de volver a su casa, de hacer unos recados y se encontró aquel desastre. Le dije que avisara al padre Albino para que viniera a ayudarme con usted y con el ruso.

—Comprendo.

Sopló una ráfaga de viento. Levantaba polvo y tierra a su paso: el bajo de la falda de la mujer bandeó igual que una bandera.

El censor la encaró.

—No se le da mal mentir, Elsa Braumann. Se ha vuelto usted una experta en engañar a la gente.

La mujer agachó el rostro.

—No me diga usted eso.

—¿Es mentira?

—Es verdad —replicó la Braumann—. Pero me hace daño que me lo diga.

*

Cuando Merinero traspasó aquella puerta encontró una cocina recoleta. La casita donde vivía el cura se hallaba anexa a la iglesia y había que penetrar en ella a través del camposanto.

—¿Quiere un café? —le preguntó Elsa encendiendo la luz. Fuera, había llegado la noche—. Tengo de ese café tan bueno que dicen que viene de un regalo del presidente de Brasil a España. Cuentan que Franco ha tenido las narices de vendérselo a su propio ministerio.

—Un café me vendría de miedo.

—Lo preparo enseguida, siéntese.

Merinero evitó poner los brazos sobre la mesa porque el mantel estaba algo pegajoso y todavía quedaban algunos restillos de azúcar.

—Perdone —dijo ella como si le hubiera leído la mente. Le pasó un paño a la mesa y arrastró las migas para recogerlas antes de que cayeran al vacío—; no me había dado tiempo a recoger.

—No importa.

La observaba mientras Elsa, de espaldas, llenaba un pote con café y lo colocaba en uno de los hierros de la cocina. A Merinero todavía le parecía increíble tener delante, en carne y hueso, a quien hasta ahora había estado fabricada de palabras.

—Es una sensación extraña —dijo—, porque de alguna forma la conozco, Elsa Braumann. Y no me refiero a haberla conocido en su disfraz de Brasilina.

—Me lo imagino. Me imagino lo que yo diría si me encontrara con…, no sé, Otto Lidenbrock. Y le contara que yo estuve allí, a su lado, mientras él viajaba al centro de la Tierra. Sería curioso.

Ella encendió la punta de una astilla y la aplicó al batiburrillo de papeles y maderas que se amontonaban dentro del mueble de hierro.

—Qué ocurrió, Elsa. Con los papeles, con usted. La novela termina…

—Con mi muerte.

Ardían ya las maderas de la cocina de hierro y Elsa cerró la portezuela.

Las suyas eran unas formas redondeadas, tan agradables que Merinero encontraba algo placentero en dibujarlas con los ojos, igual que si estuviera recorriendo las líneas de una venus de mármol. No estaba gorda en absoluto, que era lo que Elsa parecía pensar de sí misma con tanto reproche. Y de haberlo estado, pensó él, qué más habría dado.

Rompió a hervir el café y acudió a retirarlo del fuego. Cogió dos tacitas y las puso delante de Merinero. Sirvió el café humeante. Olía rico.

—Así está bien, gracias —dijo él con un gesto.

—A mí me gusta un poco más largo. ¿Leche, quiere?

—No.

Acudió la traductora a una alacena; sacó una botella de aguardiente, se echó un chorrito y dejó la botella entre las dos tazas.

—Por si quiere animarlo un poco —le dijo a Merinero.

Se sentó al otro lado de la mesa, arrebujándose dentro de la rebeca como si le hubiera entrado frío.

Nada se dijeron, no se miraron.

Al cabo terminaron diciendo a la vez:

—Terminé así la novela porque…

—¿Por qué terminó así la historia de la Abeja…?

Se rieron.

Él hizo un gesto para que hablara ella y ella probó el café.

—Cambié los nombres y cambié los lugares, pero casi todo lo que cuento en el manuscrito es fiel a la realidad. Las cosas que eran importantes de mi historia lo son; fieles a la realidad, digo. Me permití fantasear con la intimidad del cónsul norteamericano y de algún otro secundario, porque poco a poco fueron estando vivos por su cuenta, a medida que escribía sobre ellos, y se volvían diferentes a sus modelos reales, como si quisieran imponer su personalidad, su existencia misma. Los dejé hacer. Pero, en lo esencial, lo que usted leyó fue lo que pasó.

—Excepto su muerte.

—Excepto mi muerte —dijo ella y asintió—. La historia de la Abeja es lo de menos; por eso hice terminar así la novela: daba igual si yo sobrevivía o si me tragaba una zanja.

—¿Entonces? —preguntó Merinero.

—Puede que la humana sea una raza mezquina que merece a los gobernantes que la quieren aplastar. ¿Me comprende? Puede que merezcamos a Franco y a Hitler y a Mussolini. Puede ser, pero que al menos podamos conocer la verdad para poder decidir. Merecemos saber lo que pasa entre bambalinas mientras asistimos a una obra que, al final, nos tiene reservada la muerte.

Merinero se levantó a coger un vaso.

—La baronesa y el cónsul tenían razón: es usted una idealista.

Ahora fue más amarga que nunca la sonrisa de la mujer.

Merinero trajo el vaso hasta la mesa y se echó un par de dedos de aguardiente. Volvió a sentarse y chocó la esquina de su vaso con la taza de ella.

—Salud, Elsa Braumann. Me alegra mucho descubrir que sigue viva.

—Lo fui —dijo ella.

—¿Lo fue?

—Idealista. Lo fui una vez.

Merinero bebió de su vaso sin apartar los ojos de aquella mujer que no era especialmente guapa ni especialmente inteligente; una mujer de tantas, una persona como tantas otras, a las que la vida había obligado a avanzar por un sendero.

—Usted no lo sabe —dijo él—, pero si esto fuera una novela, usted sería la heroína.

Elsa se había quedado pensativa, echada hacia atrás en la silla y con los brazos cruzados sobre la rebeca cerrada.

—¿La heroína, yo? —musitó.

Ocurrió un silencio y, de una manera serena, Elsa Braumann contó lo que había ocurrido de verdad el 14 de diciembre en la *praia do* Picón.

3

«Julius el chófer acababa de subirse a la balsa donde le esperaba el marinero ruso.

»Yo, metida en el agua hasta la cintura, le imploraba con los ojos que me dejara subir, acababa de descubrir su traición; el gorila sostenía la carpeta de cocodrilo que yo misma le había entregado para poder descender aquel sendero. Estaba vacía, sin embargo, para sorpresa de los dos.

»Detrás, en la orilla, se aproximaba Irma Gulch, armada de una Luger, apuntando hacia nosotros.

»En honor a lo que cabía esperar de ella empezó a dispararnos; una vez, otra.

»Julius sacó su arma y devolvió los disparos; una vez, dos, tres.

»Se disparaban el uno al otro y yo estaba en medio. Zumbaban las balas y, dentro de todo, todavía tuve ganas de encontrarle la gracia a que volaban igual que abejas veloces. Metí la cabeza dentro del mar para ocultarme del enjambre. Oía los tiros matizados por el agua, como cañonazos lejanos.

»Las cosas sucedieron de manera diferente a como las conté en mi novela.

»Asomé la cabeza justo para contemplar cómo uno de los disparos del gorila acertaba a Irma Gulch en el vientre.

»Eso no la detuvo, desde luego. Tras recibir el impacto y poner cara de susto, la *fräulein* se recuperó enseguida: con los pasos de un autómata siguió avanzando hacia donde estábamos y siguió disparando, ¡bom!, ¡bom!

»El último de esos dos tiros atravesó la cabeza de Julius a través del ojo y lo dejó allí sentado; en el gesto, congelado, creo que aún se preguntaba qué estaba pasando. El marinero ruso, remando, remando, agachaba la cabeza entre los hombros e insultaba en ruso a la mujer que les disparaba.

»Cuando saqué la cabeza del agua encontré que la lancha se alejaba.

*

»En la orilla, *fräulein* Gulch se detuvo y bajó el arma, el agua le llegaba a los tobillos. También en su rostro se dibujaba el gesto de quien no sabe lo que está ocurriendo: la ropa se hallaba empapada en sangre a la altura del vientre y el rojo resbalaba por su pubis y sus muslos. Me imagino que ahí recordó que le habían pegado un tiro en la barriga y ella misma emitió el dictamen: muerte segura después de una larga agonía que podría durar días.

»Todavía retrocedió un paso más, trastabillando; perdía fuerzas en las piernas. Cayó de espaldas.

»Se echó a reír. Medalla al valor, caída en acto de servicio. El féretro cerrado para que nadie pudiera ver los cortes en su hermoso rostro.

»Yo abandonaba el mar avanzando a trompicones hacia ella, recelosa, sin apartar la vista de la mujer nazi. Reprimía las ganas de escapar de aquella pistola y salir corriendo: era más fuerte la necesidad de mantenerme digna.

»Irma Gulch me observó, recostada en el suelo.

»Apuntó con la Luger hacia mí y, en un gesto instintivo, me protegí encogiendo la cabeza entre los hombros.

—¡No!

»El 14 de diciembre de 1940, día de San Nicasio y San Justo, Irma Gulch me apuntó con su pistola y me atravesó con la última bala de la recámara. Sentí un pinchazo terrible, ardiente, un intenso dolor de quemadura muy localizado que de momento me dejó inmóvil.

»Ese día, de nuevo, hice honor a esa cualidad que los griegos habrían visto en mí: tenía suerte a carretadas; incapaz de sostener el peso del arma, Irma Gulch me había disparado un tiro bajo.

»Abrí los ojos y me descubrí viva. Dolía el condenado muslo; había sentido cómo me lo traspasaba la bala al rojo vivo. Todavía era capaz de andar, pese al dolor, pero no sabía si terminaría cojeando el resto de mi vida.

»A la Gulch le salió de la boca una baba sanguinolenta.

—*Solo me queda un consuelo* —dijo la *fräulein*—: *puede que los nacionalsocialistas ya no tengamos los papeles, pero tú también has perdido. Has perdido, Abeja.*

»Irma Gulch dejó caer el arma descargada, era ya incapaz de sostener la cabeza en alto. Se vaciaba por el vientre como un tonel que perdiera el vino.

—*Hure* —dijo. La marea, en oleadas, mecía su cuerpo recostado.

»Aproximé mis pasos hacia ella; insegura primero y más confiada después, cuando me aseguré de que la *fräulein* ya no llevaba el arma.

»La contemplé desde arriba.

»Se había convertido en un guiñapo aquella mujer esbelta, rubísima, que yo había conocido un par de días antes. Irma Gulch luchaba por incorporarse igual que un títere que hubiera perdido las cuerdas.

—*Sácame del agua* —me ordenó.

»Contemplé cómo la marea iba engullendo su cuerpo; a cada ola que llegaba, incapaz de incorporarse, la mujer nazi estaba más y más metida en el agua.

»Por primera vez atisbé un asomo de miedo en los ojos de la Gulch.

—*¡No has oído?, ¡sácame del a…!*

»Irma Gulch fue a ladrarme un insulto, pero la ola que llegaba engulló su cuerpo y golpeó su cara, tragó agua, tosió, escupió. Para cuando la ola quiso retirarse y darle un respiro, yo estaba ya alejándome en dirección a la arena. Cojeaba.

—*Hure!* —gritó *fräulein* Gulch—. *¡Haz el favor de sacarme del agua, condenada estúpida!*

»Yo avanzaba sin mirar atrás, despacio a causa de la herida, decidida, en dirección al sendero que habría de sacarme de la playa.

»A mi espalda, como en graznidos, chillaba Irma Gulch:

—*¿No oyes, perra? ¡Sácame ahora mismo de aquí, no puedo moverme y me va terminar cubriendo el agua! ¿Oyes? ¡Zorra, tira de mí y sácame a la arena! ¡No te estoy pidiendo que me salves!, ¡déjame morir en la arena, pero sácame del agua!*

»Yo avanzaba sin mirar atrás, despacio, decidida, en dirección al sendero que habría de sacarme de la playa.

—*¿Vas a dejarme aquí, Abeja?*

»Primero recibió un golpe de una nueva ola, el agua la cubrió entera esta vez; estuvo unos instantes sumergida y solo cuando la ola acabó por retirarse, consiguió sacar la barbilla tosiendo.

—*¿Es que eres una asesina?* —gritó espantada—. *¿Vas a dejar que me ahogue? ¡No puedes dejar que me ahogue así! ¡Sácame del agua!*

»Lo último que escuché de *fräulein* Gulch, a mi espalda, fue un ladrido lastimero, aterrorizado.

—*¡Te lo suplico, no me dejes morir así!*

»Rompió una ola allá atrás y ya no volví a escuchar los gritos: la playa quedó tan serena como antes, tan solitaria como antes.

»La mujer que ascendía por el sendero escarpado no era la misma Elsa Braumann que, unos minutos antes, había bajado por allí.

—Ahora —dijo Elsa en la cocina de la iglesia—, nada diferenciaba a esta heroína de los canallas que la perseguían.

4

José Luis Merinero se había quedado observándola en silencio. Una mosquita revoloteaba sobre las migas del mantel. Fuera de la casita del padre Albino pasó un afilador anunciando sus servicios con el pífano, titurirurí, tirurirurá. Tampoco Elsa dijo nada; contemplaba la taza mientras era incapaz de sostener la mirada del censor.

—Me imagino lo que piensa de mí —dijo en un hilo de voz.

—Y qué pienso.

—Que aquello fue una crueldad terrible.

Merinero se encogió de hombros.

—No hace mucho, fue usted quien me dijo algo parecido después de una confesión mía: créame que me considero la persona menos apropiada para juzgarla, Elsa. No voy a juzgarla.

Elsa tomó un sorbo de café. Se había quedado frío y optó por servirse un poco de aguardiente.

—De alguna manera sí que morí en aquella playa: la Elsa que yo era se quedó allí. Sea como sea, ahí terminaron las aventuras de Elsa Braumann.

—Ah, pero no todas —replicó él—. Hay una cosa que omitió a propósito en su novela.

—¿La omití yo?

—No llegó a contar qué había sido de sus notas, los papeles que copió del cuaderno Von Harbou.

La sonrisa que exhibió entonces Elsa Braumann pareció iluminar la cocina.

*

»Tras dejar morir a Irma Gulch, anduve por aquellos parajes un buen rato, cojeando y perdida, pero sobre todo desnortada. Nada más sentía sino que iba sucia, sucia, a pesar de que estaba recién salida del agua y empapada.

»Le confieso que durante esos momentos, después de la muerte de Irma Gulch, sola de nuevo y herida, sentí que me faltarían las fuerzas. Fue entonces que caí en la cuenta, que siempre me ocurre algo parecido: siempre pienso que no seré capaz, que no podré… Pero siempre puedo. Siempre se puede.

»Acabé por encontrar una iglesia espigada que tenía adosado a su espalda un pequeño camposanto. Un cura que andaba barriendo la entrada me divisó desde lejos y, en lugar de avisar a los guardias civiles de aquella mujer sospechosa y ensangrentada, corrió a mi encuentro y me ayudó a entrar en la parroquia.

»El cura resultó ser el párroco de esta iglesia de San Julián de Loiba. Aquí me dejó calentarme ante la estufa y me proveyó de ropas secas, que habían sido de un ama que le había cuidado hasta que, en sus últimos días, tuvo que ser él quien la acompañara.

—Gracias —le dije, sentada ante un buen tazón de leche caliente.

»No tenía que ser muy listo el cura para darse cuenta de que aquella muchacha escondía algo: poco a poco se me iba manchando de sangre la falda.

—Eso es un tiro, joven.

—¿Cómo lo sabe, padre?

—Vi muchos en la guerra. Está usted herida. Habría que sacar la bala y suturarla.

—La bala entró y salió —respondí yo—. Tengo frío.

»Y el cura echó más madera a la estufa.

»No me interrogó acerca de lo que me había ocurrido; tampoco sobre aquella mirada espantada que traía conmigo.

—*Rapaza*, ¿tienes casa? —me preguntó.

—No tengo casa ni tengo a nadie, padre —dije yo.

»Nada más decir eso, perdí el conocimiento».

*

El padre Albino entró en la cocina y encontró serios a Elsa y a Merinero. Le pareció muy apropiado el ambiente de velatorio, por cierto, porque nada más cerrar la puerta dijo:

—Al Ford T de mi padre no le queda mucho tiempo; se está muriendo.

—Vaya —dijo Elsa, apenada—. Lo siento, Albino.

El cura se encogió de hombros, incapaz de disimular toda aquella inquietud.

Se acercó a coger un vaso.

—¿Le contó la *rapaza*?

—Justo me había quedado en la parte en que usted y yo nos encontramos —dijo ella.

El padre Albino tomó asiento a la mesa, entre los dos, y se sirvió un trago de los suyos, generoso.

—Durante muchos días temimos que pudiera perder la pierna.

Elsa Braumann alzó el vaso y brindó por el cura.

—Me costó unos buenos meses reponerme. Si no hubiera sido por el padre Albino, yo no sé qué habría sido de mí.

—La habrían encontrado los guardias civiles —dijo el cura riéndose—. Seguro que la hubieran llevado a un hospital en El Ferrol y seguro que, después de salvarle la pierna, le habrían dado garrote vil.

Merinero sirvió un culín a cada uno y acabó la botella.

—¿Y su madre? ¿O lo de su madre también se lo inventó usted en la novela?

—No no, eso es muy real, por desgracia. Fui hasta aquella playa pensando que iba a reencontrarme con ella.

—Julius el traidor también la engañó en eso. ¿Pero entonces…?

Elsa se encogió de hombros.

—Me temo que, después de todos estos meses, mi madre sigue recluida en el campo de concentración de Arnao.

El cura intervino.

—Aquí donde la ve, durante su convalecencia la señorita se planteó en serio presentarse allí y rescatarla a sangre y fuego, pegando tiros.

Hasta Merinero se sonrió.

—Pero locuras aparte —añadió ella—, lo que comprendimos enseguida es que, para salvar a mi madre, necesitaba esa moneda de cambio que ya no tenía.

Merinero comprendió.

—Los papeles que usted copió del cuaderno Von Harbou: sus notas.

—Mis notas.

—Bien —dijo Merinero—, ¿y dónde están? Porque, según lo que leí, Julius encontró vacía la carpeta cuando ya estaban en la playa. Las notas ya no estaban.

Elsa y el cura se sonreían.

—Nos costó bastante atar los cabos. Abrimos los ojos cuando llegó hasta nosotros cierta *información*.

—¿Entonces —dijo Merinero—, han descubierto ustedes dónde terminaron sus notas?

Sonrieron Elsa Braumann y el padre Albino.

—Lo hemos descubierto.

5

Al despertar por la mañana, José Luis Merinero se descubrió acostado en un sofá. A través de la ventana del saloncito entraba un tajo de luz anaranjada, que impregnaba todo del aspecto bucólico de una pintura de Rembrandt.

La niña, a la que fuera cual fuera su nombre él había decidido seguir llamando Brasilina, le observaba desde el sillón de enfrente y Merinero dio un respingo.

—Coño —dijo, y se llevó la mano al pecho encabritado—. Eso no se hace, niña.

—Le vigilo.

—¿Me vigilas?

—No me fío de usted —dijo Brasilina achinando los ojos.

—De qué hablas.

—Elsa me lo ha contado todo: está usted buscando sus notas porque quiere usarlas como cambio para encontrar el cuerpo de su mujer.

Merinero se incorporó en el sofá; no eran lo peor aquellas náuseas, sentía unos cuantos clavos taladrándole la cabeza, aquí y allá; eran las palabras de la cría:

—Sabe usted que Elsa necesita encontrar esas notas. ¿Lo sabe o no lo sabe? Que quiere usarlas como cambio para liberar a su madre.

Merinero rezongó por lo bajo.

—A ver si te queda claro, mocosa: a lo mejor en su novela Elsa

Braumann era la heroína, pero aquí y ahora, en mi vida, en mi novela, la antagonista es ella y el protagonista soy yo.

—No entiendo lo que dice, habla muy raro.

—Lo que digo es que mirándome mientras duermo no vas a descubrir ninguna de mis intenciones secretas.

—Pues a lo mejor sí. A veces la gente habla en sueños.

—No es mi caso —dijo Merinero—, yo solo ronco.

—Como un cerdo, además.

Merinero se puso en pie.

—Me gustabas más en la novela, eres una maleducada.

En el salón creaban un triángulo una cómoda, dos sillones orejeros y una mecedora a la que le faltaba el reposabrazos derecho; ningún mueble pegaba con el otro y todos parecían próximos a su final, pero había que admitir que el conjunto tenía cierto encanto hogareño. Olía bien, como a mandarinas secas y a nueces; Merinero las descubrió amontonadas en un cuenco, sobre la chimenea.

—Dónde está Elsa —preguntó.

—No entiendo por qué ella se fía de un censor fascista que le quiere quitar sus papeles.

El censor fascista se rascó la barriga y emprendió camino hacia la puerta.

—Yo tampoco lo entiendo.

Atravesó la puerta que daba a la cocina y salió al camposanto. Aunque era muy temprano se notaba la cercanía del verano; estaba ya amanecido el día. Apenas pudo dar unos pasos antes de vomitar un buche oscuro y amargo.

Se pasó la mano por la boca, respiraba jadeando.

Por el camino, más allá de la valla que rodeaba el camposanto, pasó un labriego tirando de su vaca.

—*Bos días*, señorita —dijo.

Elsa Braumann se hallaba en el camposanto, retirando malas hierbas con la hoz.

—*Bos días*, Román.

Al descubrir a Merinero se vino para él.

—«Quien tiene buena noche no puede tener buen día» —dijo riéndose—. ¿Ha dormido bien?

—Como si me hubieran atizado con la culata de una escopeta. ¿Usted?

—Casi siempre duermo poco y mal, ya estoy acostumbrada.

Merinero señaló al labriego de la vaca, que se alejaba calle arriba.

—¿Amigo suyo de los billares?

—Creen que soy el ama del cura, que ha enviado el Arzobispado. Buena gente. Algunas de las mujeres del pueblo hemos montado una timba y jugamos al cinquillo los jueves.

Subiendo por el lateral de la iglesia se aproximaba el cura. Traía una cesta de mimbre cargada de provisiones.

Al ver el estado de Merinero, se rio y dijo:

—«Quien tiene buena noche no puede tener buen día».

—Otro gracioso.

El cura venía tan sonriente como siempre; daba la impresión de que los males del mundo no hacían mella en él.

—¡*Dum vivimus vivamus*, que decía aquel!

—Habla usted muy alto, páter —dijo Merinero. Y, doliéndose de la cabeza, tomó asiento en uno de los escalones que daban acceso a la cocina.

El cura echó mano a la cesta de mimbre y le ofreció una botella.

—Ten, desayúnate esto, es mano de santo.

—Por el amor de Dios, si veo más aguardiente me saco los ojos.

Se rio el cura. Sostenía la botella todavía cuando dijo Elsa:

—Nos vamos, padre. Tenemos trabajo.

Al cura se le agrió el vino del desayuno.

—¿Te lo vas a llevar contigo?

—Me voy a llevar al señor Merinero, sí.

El censor saltaba con los ojos de uno a otro.

—¿Les importa no hablar como si yo no estuviera?

Sonrió Elsa y replicó el sacerdote:

—Conste en acta que nos acompaña en contra de mi voluntad.

Merinero se puso en pie.

—Usted también cree que no soy de fiar.

—No lo es —replicó el cura—. Y perdóneme.

Elsa Braumann contempló a José Luis Merinero. A pesar del aspecto severo y del gesto grave de aquel hombre que parecía un palo con melena, traía con él un halo de abatimiento, una cierta fragilidad, como un poso que solo aparecía si uno miraba bien en el fondo de la taza.

Y dijo ella:

—Hemos descubierto dónde están mis notas, las que Lancaster hizo desaparecer. Hemos descubierto dónde han estado todo este tiempo, invisibles para todo el mundo.

Ocurrió que en el transcurso de las últimas palabras se abrió el cielo y cayó sobre el pueblo un tajo de luz; lo coloreaba todo de un amarillo intenso.

—Necesito esas notas, señor Merinero.

—Ya sabe que yo también, Elsa.

—¿Me va a traicionar usted?

La traductora no le dejó responder.

—Porque yo creo que no —dijo—, que no me traicionará. Que me ayudará usted a recuperar esos papeles para poder entregarlos y liberar a mi madre.

Ya había ocurrido antes: Merinero, alto y flaco, sombrío y grave, más que nunca le recordó a un Quijote.

—Hubo una vez, cuando pensaba que yo era Brasilina, en que me dijo que usted buscaba salvar a Elsa Braumann.

—Se lo acabo de decir a la cría, precisamente: esta ya no es su novela, señorita.

—Por eso mismo lo decía. Nunca lo fue. Mi novela, digo. Esta fue siempre su historia, Merinero. Y lo que en ella se contaba era su salvación y no la mía. ¿Finalmente encontrará su redención y me ayudará?

Se alzó una brisa que bandeó las ropas de todos. Observaba el cura en silencio, tratando de escudriñar una respuesta en los ojos fríos de aquel antiguo sicario; de aquel censor al servicio del régimen, remedo del rey Midas, que todos los libros que tocaba los convertía en cenizas; que lo había perdido todo y solo una cosa le quedaba por recuperar ya: el cuerpo enterrado de su esposa asesinada.

Tampoco Elsa le permitió responder esta vez:

—Nada de palabras —dijo—. Si van solas, las palabras casi siempre mienten. Habrá que descubrirlo.

Clavó la hoz en la tierra del cementerio y concluyó:

—Andando, señor Merinero. Vamos a recuperar mis notas.

6

Al Ford T del padre Albino le costó la mañana entera lo que en términos normales habría llevado cuatro horas. El Leslie arrastraba sus ruedas a rebufones, por caminos y carreteras. Dentro, viajaban Brasilina, Elsa y el sacerdote; Merinero iba detrás.

Habían comido algo antes de salir hacia Vigo, apenas un poco de pan con queso, ninguno tenía hambre para más. No faltó, eso sí, el vaso de vino.

La traductora iba inquieta. Fue en el transcurso del trayecto que contó cómo había empezado todo, meses atrás; le parecía que hiciera siglos de aquello. Elsa Braumann le relató a Merinero cómo había sido contratada para traducir las resoluciones del encuentro entre Franco y Hitler en Hendaya, el secuestro de su hermana Melita a manos de monárquicos resentidos y el servicio de espionaje inglés, y cómo la chantajearon para robar unos documentos de aquel tren.

—Carajo —dijo Merinero—, todo eso da para otra novela, señorita.

—¿Usted cree?

En la cocina, durante la comida, le habían contado a Merinero dónde estaban las notas y cuáles eran sus intenciones.

Tras un primer momento de estupor, fue él quien discurrió la auténtica mejora del plan.

—Vamos a tener que dar un rodeíto, eso sí.

A la traductora y al cura les pareció mejor que el plan que ellos tenían, y que en esencia consistía en un poco de Apenas y un mucho de Nada.

Merinero hizo un par de llamadas de teléfono, se concretaron algunos detalles y perfeccionaron la idea.

—Que Dios nos asista.

—No diga más eso, páter, haga el favor; que trae mal fario.

Era casi mediodía cuando, siguiendo la primera parte del plan, los tres intrigantes llegaron a su destino en Vigo.

Dejaron a la niña en una mesita de Las Colonias, con un suizo y un tazón del famoso *cocoa* de la casa, más grande que ella.

—Hay que recuperar el manuscrito de Elsa, que dejé sobre mi mesa —le dijo Merinero—. En cuanto anochezca y cierre la oficina de Censura te tienes que colar. A una rata como tú le resultará fácil.

—Si le soporto a usted el aliento podré con cualquier cosa —replicó Brasilina—, no hay problema.

—Eres una maleducada.

La despedida de Brasilina, si bien resultaba imposible una gota de emotividad, fue al menos intensa. La niña había aprendido por fin lo que era un cariño y solo con Elsa se manifestaba de esa forma, abrazando de aquella manera suya, a empellones. «Ten cuidado», le dijo la chiquilla al oído. Del cura no se despidió: como si no existiera; y con Merinero cruzó un par de palabritas: «Le juro que, si a ella le pasa algo por su culpa, lo busco y le saco las tripas».

Dejaron a la niña en aquella esquina, con la misión bien aprendida, y ellos siguieron camino a preparar su parte.

Aparcaron el coche cerca del cine Tamberlick, hablaron lo que tenían que hablar, hicieron lo que tenían que hacer y emprendieron camino de nuevo.

Iban abandonando las afueras de Vigo y, comenzado el estrecho de Rande, rebasaron una enorme fábrica de salazón. En el estrechamiento de la ría, como una libélula metálica, se extendía sobre el agua la estructura del cargadero que habían instalado los nazis para pasar el wolframio de los trenes a los barcos. En los cartelones de la carretera se anunciaba dirección Pontevedra.

—Otras tres horas no nos las quita nadie.

Echaron un tiento del vino que había traído el cura y celebraron el comienzo de la segunda parte del plan. La tarde se fue poniendo oscurona, a punto estaba de llover: no dejaron que aquello los deprimiera, favorecía a sus propósitos el ambiente gris, penumbroso.

Lejos ya de Vigo y tras varias horas de coche, en los caminos desiertos apenas se veía nada que no fuera lo que iluminaban los faros del automóvil. De cuando en cuando surgía fantasmal una casuca, algún muro de aldea que se caía a pedazos; la niebla que se estaba levantando traía consigo los olores intensos del rural, a tierra, a campo sin pisar.

Los flanqueaban los árboles espesos, por ambos lados del camino. Ya estaban cerca.

—Saldrá bien —murmuraba el cura—. Serenidad y calma, que no os vean esas caras de pasmarotes que estáis poniendo los dos.

Iban a protestar los pasmarotes cuando el cura los hizo callar con un gesto de la barbilla: señaló hacia adelante en la pequeña carretera.

—Estamos llegando —dijo.

—Ahora el plan no me parece tan bueno —musitó Merinero entre dientes.

Se aproximaban a un muro alto, de piedra, en el que destacaba un enorme portalón. Antes recibían al viajero dos hermosas garitas de piedra, de apariencia muy antigua. Alrededor de esta entrada se hallaban apostadas dos motos, un coche y varios hombres haciendo guardia.

De entre ellos se adelantaron dos motoristas armados con metralletas y los obligaron a detenerse.

Mientras uno de los guardias les apuntaba con la metralleta, el otro se echó el arma a la espalda para aproximarse al vehículo. No hizo falta bajar la ventanilla pues el Ford T iba por el mundo sin capota y allá que asomaban las cabezas de los tres viajeros.

—Buenas —dijo el cura—. Venimos de la tienda.

El soldado los observó de arriba abajo.

—Los estábamos esperando. ¿Está en el maletero?

—Sí —respondió el cura—. ¿Salgo?

—No, quédese en el coche.

El soldado le hizo una seña a su compañero para que fuera a comprobarlo y añadió la palabra mágica:

—Documentación.

Elsa rebuscó en su bolso. No encontró el pasaporte falso y se puso lívida.

—Documentación —insistió el soldado.

—Un momento. Lo tenía aquí…

Lo encontró al fin y se lo entregó al guardia, que lo añadió a los documentos de los otros dos pasajeros y se puso a examinarlos.

—¿Está, Remigio?

Al abrir el maletero el tal Remigio y encontrar la pieza, el soldado se admiró de que aquel viejo Ford pudiera soportar semejante peso.

—Es un campeón —dijo el cura.

—¿Consiguieron ustedes solos subir esto al coche?

—Los tres y con mucho esfuerzo, sí señor.

Nada decían el censor y la traductora, pendientes de la cara inquisitiva que ponía el militar que examinaba sus documentos.

—¿Usted trabaja para Prensa y Propaganda?

—Sí, señor —dijo Merinero—; soy el yerno de la dueña. —Señaló a Elsa en la parte de atrás—: La señorita viene a ayudar a descargar, pero si ustedes se ofrecen es menos trabajo.

—¿Nosotros? —replicó el soldado husmeando en el pasaporte de Elsa—. No, no, estamos aquí de guardia, no nos podemos mover.

Se llevó consigo el documento hasta donde vigilaba un oficial, a pocos metros. Le enseñó el pasaporte y el oficial lo examinó también. Cuchichearon.

El oficial accedió al interior de la garita y allí descolgó un teléfono de pared.

—Ya llegaron —dijo.

Dio por buena la respuesta, volvió al vehículo y por fortuna les devolvió sus papeles.

—Pueden continuar. Los volverán a parar ahora, no los guarden.

Elsa alabó de nuevo el buen hacer del amigo Merlín; el oficial hizo una señal a sus hombres y estos les abrieron la cancela, chirriaron los goznes.

421

El padre Albino metió corta y traspasaron la puerta para acceder a un elegante camino arbolado. Suspiraron, algo más aliviados.

—Dios mío —musitaba Elsa.

—Todo va a salir bien —murmuraba el cura.

—Despacio, páter —dijo Merinero—, a ver si la vamos a liar.

El cura aminoró la marcha; avanzaban muy despacio: parecía que el coche no quisiera molestar con el ruido de su motor.

Al fondo, a medida que se aproximaban, fue apareciendo de entre la niebla una casona. Recordaba a un castillo, con sus paredes de granito y sus torreones, pero enseguida advirtieron el estilo romántico, que le daba ese carácter algo más moderno.

—Que Dios nos ayude —dijo el cura.

*

La Señora se había pasado media hora contemplándose al espejo, contándose arruguitas y evitando mirar los dientes prominentes, la nariz ganchuda. Se creía guapa todavía, a pesar de que tenía la impresión de que se le estaba poniendo cara de bruja. La mujer flaca que la miraba desde el espejo acababa de llegar a la cuarentena.

La Señora tomó con dos dedos un pellizco de la crema Elizabeth Arden que le habían traído de los Estados Unidos y, elevando el mentón, se la extendió por las mejillas.

Llamaron a la puerta del dormitorio y asomó el jefe del servicio.

—Doña Carmen, le van a pasar llamada de su excelencia.

—Ya era hora.

Carmen Polo acabó de extenderse la crema deprisita. Justo cuando cerraba el frasco sonó el teléfono de la mesilla de noche.

Abandonó la silla del tocador y tomó asiento en la cama. Descolgó el auricular y, antes incluso de saludar, dijo:

—Paco, en esta casa hay fantasmas.

Al otro lado respondió una voz aflautada.

—Qué dices.

—Lo que oyes. ¿Tú sabías que, nada más empezar la guerra, unos rojazos de la FAI asesinaron al hijo y al nieto de la escritora? He escuchado voces y ruidos por los pasillos, te digo yo que el pazo está lleno de fantasmas.

Lo llamaban «pazo», a pesar de que, en vida, su propietaria lo había denominado siempre la Granja de Meirás. Emilia Pardo Bazán había vivido y escrito allí, en el torreón que llamaba «de la quimera», hasta que murió en el 21. Fue un grupillo de autoridades coruñesas, la Junta Pro-Pazo del Caudillo, quienes no dudaron en recabar donaciones forzosas para el noble fin de regalarle al generalísimo aquella residencia de vacaciones.

—Mujer, *fantasmas*... —dijo Franco al otro lado de la línea—, será la gente del servicio. Te avisé de que te llevaras la mano de santa Teresa, que eso protege mucho. Cuando vaya para allá te la acerco, que todavía me quedan unas cosas que resolver aquí. ¿Has cenado?

—Un tomate y una tortilla francesa —dijo la esposa del dictador. Estaba flaca como ella sola y así le gustaba estar. A su marido lo tenía a régimen perenne—. ¿Y tú? ¿Has comido mucho?, mira que luego no te cierra el cinturón y lloras.

—He cenado acelgas otra vez, estate tranquila; estoy de comer acelga hasta los galones. ¿Qué es eso que me han contado de una pila bautismal?

—Hijo, te enteras de todo.

—Soy el caudillo.

Doña Carmen Polo hacía hueco en la mesita de noche, imaginando ya dónde colocaría la mano incorrupta de santa Teresa.

—Pues que me han llamado de la tienda esa de antigüedades a la que voy tanto, en Vigo, que nunca me regalan nada. Y mira tú por dónde la dueña se ha ofrecido a enviarme una pila bautismal del siglo XV.

—¿Gratis?

—Gratis, gratis. Se llama Adela y me ha llamado para decirme que «nada haría más felices a los de Atlántica Antigüedades que hacerme este regalo». Yo lo acepto por no hacerles el feo.

—Por cierto —replicó el dictador. Se revolvía incómodo, en su teléfono, sin saber cómo atacar el tema—. Que han mandado una factura de un collar del que te encaprichaste en una joyería de Madrid.

—Qué sinvergüenzas, tendrán cara dura... Así te agradecen que les hayas salvado del comunismo. Este país no te merece, Paco.

—Te tienes que comedir un poco con las visitas a las joyerías, Carmen, que luego te quejas de cómo te llaman. Y la pila bautismal esa…, ¿tú para qué la quieres?

—Pues para tenerla. Me hace ilusión.

—No será como aquello de los dos santos en piedra, los dos mamotretos.

—Será o no será; a ti qué más te da. ¿Te decía yo nada cuando tú te empeñaste con Toledo? A ver si con todos los sacrificios que he hecho por España no voy a poder tener una pila del siglo xv si me apetece. La voy a poner en la biblioteca. Como tú apenas entras allí la verás poco y no te molestará, ¿te parece bien?

—Lo que tú quieras. Mientras no sea pecado…

—Qué va —dijo la Señora—, si hasta me mandan un cura los de la tienda, para que la bendiga. Antes de que se me olvide: tienes que destituir a Ramón.

—¿A tu cuñado?

—Lo quitas de ministro de Exteriores y lo mandas a las Chimbambas. Me han llegado rumores de que está engañando a mi hermana con otra.

—Mujer…

—Ya sé que son cosas de hombres, Paco —añadió doña Carmen—, pero lo malo no es que sea un charrán; lo que no tiene perdón es que sea indiscreto: va por ahí enseñando a la golfa como quien enseña un trofeo; lo sabe media España y mi hermana está abochornada del marido que tiene. —Negó con el dedo largo, larguísimo—. Nunca me gustó y ya sabes el olfato que tengo yo para esas cosas. ¿O no te advertí de José Antonio?

Se vio reflejada en el espejo del tocador y, tras mirarse la nariz, lamentó haber dicho lo del olfato. Se le estaba poniendo ganchuda, era evidente.

Escuchó que se aproximaba un coche por el camino.

—Te dejo que me parece que ya llegan los de la tienda. No comas más esta noche, que te conozco, nada de huevitos encapotados.

—No, Carmen. Que descanses.

Doña Carmen Polo colgó el teléfono, pendiente de acudir a la ventana.

Por allí se asomó, justo cuando se detenía en la puerta un viejo Ford T descapotable con tres figuras dentro. «¡No, no! —les decía un soldado—. Aquí no pueden parar, vayan ustedes por la puerta de servicio. Por la puerta de servicio. Den la vuelta». Y les volvieron a pedir la documentación.

La Señora repasó ante el espejo que no le quedaran pegotes blancos en la cara y se dispuso a bajar para recibir la pilita bautismal del siglo xv.

*

El cura detuvo el vehículo ante la puerta de servicio; el Ford T, igual que si al fin pudiera descansar las doloridas rodillas, dejó escapar un suspiro.

—¿Tenemos todos claro lo que tenemos que hacer?

—Lo dice por usted, Elsa.

A ella le hizo gracia.

—Claro que lo tengo; lo que no sé es cómo me saldrá.

—¿Te acuerdas del camino?

Habían revisado los planos mil y mil veces, se lo sabía de memoria.

—Rodeando por ahí, sí.

Estaban a punto de decir «Pues en marcha» cuando se abrió la puerta del servicio y asomó el mayordomo de la casa, un viejo mal encarado al que la Señora había sacado de la cama para atender la entrega. En lugar de decir buenas noches, protesto:

—¡Vaya horitas, coño!

Había atardecido a toda prisa, igual que si las sombras quisieran favorecerles, y era noche cerrada. Ya salían del coche el cura y el censor, diligentes, en dirección al maletero.

—¿Nos ayuda usted, buen hombre?

Este pertenecía también al gremio de los gandules con lumbago y replicó enseguida:

—¿Yo? Yo no puedo, tengo mal la espalda.

Mientras el cura abría la trasera del vehículo, rezongó Merinero:

—Cretino y gilipollas, hemos tenido suerte.

Impresionaba la pila bautismal del xv, labrada en tosca piedra; irregular, hermosa y pesada como un regimiento de muertos.

—Usted por ahí, páter; yo levanto por aquí.

Sentados a la mesa de la cocina, se lo habían explicado: «Nos enteramos hace unos meses de dónde lo tenían oculto». «¿Dónde tenían oculto a quién?». «A quién no, Merinero: el qué». De aquello a esto habían pasado apenas unas horas; y aquí estaban.

Merinero y el padre Albino alzaron la pila de piedra y entre los dos, pasito a pasito y resoplando, la condujeron hasta la entrada de la casa.

Asomó por la puerta la Señora, mano sobre mano, adoptando cierto talante que ella creía regio.

Entre los conspiradores cundió el pánico; antes hubieran deseado encontrarse allí con el generalísimo que con doña Carmen Polo.

—Ah, ya está aquí —dijo la Señora—. A ver que la vea…

Ladeó la cabeza hacia un lado y hacia otro, para recorrer la pila con aquellos ojillos ladinos; Merinero y el cura sudaban la gota gorda sosteniendo la pieza de piedra.

—Qué maravilla. Pásenla, pásenla.

Era tarde para echarse atrás.

Segundos antes de entrar sin remedio en la boca del lobo, al censor y el cura se les escapó una miradita de reojo hacia el Leslie.

Allí esperaba muy encogida Elsa Braumann. Nadie reparó en ella: una mujer en el asiento trasero de un coche resultaba dotada de una perfecta invisibilidad.

Aprovechando que los hombres y la Señora penetraban al fin en la casa, la traductora abrió la puerta por el lado contrario y se deslizó fuera del vehículo.

*

—Con cuidadito, váyanme ustedes despacio, por Dios, que me la desastran.

—No se preocupe, doña Carmen. —Al censor le tiraba todavía el remiendo del corte ruso.

—Pero levántenla más, no me vayan a rascar el suelo.

Jadeaban los dos hombres con el mamotreto en brazos. Atravesaron el pomposo vestíbulo, decorado con una dudosa mezcolanza de bodegones de armas, cabezas de ciervos y figuras de santos. Al padre Albino, que era quien cargaba la pila por el frente, no le ayudaba la sotana. De Merinero podía decirse que tenía buena voluntad, pero le faltaba brazo y le sobraban noches de Burnett's.

Los seguía un comandante falangista, jefe de servicio de la casa. La raya, bien marcada con el peine, le cruzaba el pelo pajizo, a un lado. Cierta forma desagradable de entreabrir los labios le había valido entre el servicio el apodo de «el Colmillo».

Lo cierto es que no se llegaba a aquel puesto sin ser un mal bicho retorcido; la mirada que les echó al recibirlos rebosaba desconfianza.

—Usted no trabaja en Atlántica Antigüedades —dijo—, es censor.

Cargando la pila y resoplando, Merinero tuvo que tragar saliva.

—Sí, mi comandante, pero soy familiar de la dueña.

Asomó el famoso colmillo.

—Eso me han dicho los de la entrada. ¿En la tienda no tienen a un muchacho que haga estas cosas?

—Está malo —replicó el censor enseguida.

—Deme el número de su jefe en Propaganda. Me quiero poner en contacto con él.

Merinero alzó una ceja.

—Tendrá que ser mañana por la mañana, mi comandante; a esta hora tenemos las oficinas cerradas.

En el exterior del pazo y caminando de puntillas se deslizaba Elsa Braumann muy pegada a las paredes con enredadera; atravesaba la niebla como un tiburón, nadando y a la caza; el ojo puesto en todas partes, por si aparecieran los soldados.

Si no le fallaba la memoria, los planos que le había conseguido el cura señalaban muy cerca el acceso. Y no le costó descubrirlo, en efecto.

Hubiera pasado inadvertido a cualquier desavisado, pero allí estaba si uno sabía mirar: la entrada a lo que parecían unas catacumbas, una boca oscura con una reja de hierro.

—Pero qué leches guardan ahí —musitó la traductora.

Un hombrecillo vestido con un mono de trabajo se liaba un cigarrillo allá fuera, como si aprovechara la niebla para salir del agujero a respirar un poco. Era mayor y tenía el aire algo ausente.

Apostada tras aquel seto, espiaba una figura en la oscuridad; un personaje imposible que parecía sacado de otra novela y colocado allí, donde menos pertenecía. La noche neblinosa resultaba ideal para llevar a cabo la misión de Elsa Braumann. Aguardaba la Abeja el momento de colarse en aquel subterráneo. Aguardaba. Aguardaba.

El viejo se colocó el cigarrito en la comisura, miró hacia ambos lados y, tras comprobar que nadie venía, decidió cruzar al otro lado del camino y, entre los matorrales, se dispuso a orinar.

Este fue el momento en que reaccionó Elsa: se dijo «Ahora o nunca» y, caminando agachada, se deslizó a través de los setos y enredaderas hasta penetrar la puerta con la verja de hierro.

Dirigiendo el trayecto hacia la biblioteca, la Señora no tenía ojos sino para su querida pila bautismal.

—Mire qué preciosidad, Sido —le decía a su jefe de servicio—. En Madrid no me regalan nada y en cambio los gallegos… Luego dicen que son raros. —A ellos dos ni los miraba; a la pila, en cambio, le dirigía una sonrisa que era todo carmín y dientes—. Por ahí. Cuidadín. Así.

Ambos porteadores dieron gracias a Dios cuando vieron que, en vez de subir las escaleras, les indicaban torcer a la izquierda. Dejaron a un lado el despacho y la capilla; al otro los llamados salón verde y salón azul. La puerta de la biblioteca también tenía un marco de piedra.

—¿La entrada no resulta un poco justa para pasar, Señora?

—Entra de maravilla, no me sean tiquismiquis. Es como cuando me hice cortar aquellas telas de la reina Victoria Eugenia. ¿Se acuerda, Sido?, todos asustadísimos y empeñados en que eran una antigüedad y que no sé qué. Y lo bien tapizado que quedó el sofá.

La biblioteca había sido creada por los nuevos ocupantes. Poseía un techo artesonado y una ampulosa chimenea. De suelo a techo la recorrían estantes y estantes de libros que pertenecieron a la Pardo Bazán.

La Señora señaló una leyenda en gótica que recorría la biblioteca.

—Los letreros parecen de la escritora ¿verdad?, pero son cosa de mi marido: «*Triunfe el libro sobre las amistades y pasatiempos vanos*».

Entrando ya a la sala, cura y censor rozaron la pila con el quicio y sonó un crac. La Señora chilló como una rata y las caras de los dos culpables blanquearon como el papel.

—Ay, ¿le hemos dado a algo?

—¡No me diga usted eso! —gruñó doña Carmen.

Merinero y el padre Albino posaron en el suelo la pila con la misma lentitud que si estuviese hecha de explosivo.

—Ustedes esto lo hacen poco, ¿no? —dijo el comandante.

Doña Carmen acarició el minúsculo desportillado de la base.

—Mira que se lo estaba diciendo: con cuidado. ¡Con cuidado! Me la han descascarillado toda. Ahora mismito llamo a doña Adela.

Acudió hasta el teléfono, allá en una mesita de la biblioteca.

—Ponme con Atlántica Antigüedades —dijo al aparato.

Elsa Braumann cruzó aquel arco de piedra aprovechando que la cancela de hierro estaba abierta. La esperaba la penumbra, rota de cuando en cuando por una bombilla que colgaba de la pared.

El acceso daba a una rampa que descendía hasta un amplio sótano con paredes enladrilladas en bloques de piedra. Aquí y allá se amontonaban cajas y objetos de variado pelaje; de cada uno de ellos colgaba una etiqueta.

Elsa miraba a su espalda cada tanto, no sea que regresara el hombrecillo del mono de trabajo. Era consciente de que apenas tendría un par de minutos.

No fue él quien se presentó, sin embargo. La traductora escuchó cómo se aproximaba un vehículo para detenerse ante la entrada del almacén.

—Aquí no se puede estar —dijo el viejo saliendo de entre los setos.

—Tengo papeles —respondió la imposible voz de Eurídice que

regresaba de entre los muertos; la voz que Elsa había dejado a su espalda en una playa, ahogándose entre las olas que se la tragaban.

A la traductora se le entrecortó la respiración al reconocer la voz.

*

Le pasaba mucho que, en medio de la noche o al despertar, se sobresaltaba por la falta de aire. Daba un salto en la cama y se incorporaba mojada en sudor, jadeando. «*Es ansiedad* —le había dicho un médico alemán—. *El recuerdo de aquellos instantes que pasó usted bajo el agua*».

Nada más levantarse abría la ventana en busca de aire, ya hiciera frío o diluviara, y aún necesitaba de unos minutos para reponerse, expuesta a la brisa. Recuperaba el aliento poco a poco.

No fue diferente esta mañana. Enfrentada al relente en su ventana, se apartó una lágrima con el antebrazo, igual que si le molestara. Y le molestaba, de hecho; nada le era más incómodo que pasarse el día con el pañuelito, secándose las lágrimas que de cuando en cuando le resbalaban por la mejilla. «*¿Y esto, doctor? ¿También es por ansiedad esta mierda?*». «*No, fräulein* —respondía el médico—. *Es el lacrimal. Lo tiene dañado*». Irma Gulch dedicaba cada una de esas lágrimas a Elsa Braumann, cada gota de odio que se le escapaba por el condenado ojo averiado; y también le dedicaba cada respingo en la cama, cada respiración ahogada tras cada pesadilla, cada jadeo. Se miraba al espejo y, en vez de contemplar su medio rostro cubierto de pequeñas cicatrices, se le aparecía Elsa Braumann y Gulch hablaba con su reflejo. «*Queda menos para que te encuentre, por fin, Abeja* —le decía—. *Queda menos, ya lo verás*».

Lo que sí fue distinto esa mañana fue la epifanía. Le sobrevino justo antes del respingo en la cama, justo antes de esa bocanada de aire que la devolvía a la vida. Le vino la revelación como si el puzle se hubiera armado de pronto en su agonía.

—*Malditos*... —murmuró asombrada, en la cama.

Todavía jadeaba cuando se vistió, como si aún estuviera en la orilla de aquella playa, engullida por las olas y malherida; todavía le palpitaba el corazón, acelerado, como cuando, en aquel último instante, la mano de un pescador tiró de ella y la incorporó en la orilla para que pudiera aspirar un soplo de aire. «Si no me ayudas —le dijo Irma Gulch, atragantada y sangrando por el agujero de la bala—, los míos te buscarán y ante tus ojos matarán a tu esposa y a tus hijos». Tosió entonces, asfixiada, y añadió mientras el pobre pescador la contemplaba aterrado: «Si me salvas, en cambio, te daré el mundo».

Esta mañana, la de la epifanía, la del puzle revelado ante sus ojos, Irma Gulch acudió al cónsul alemán Grünestraße, entró en su despacho sin llamar y le dijo:

—*Necesito que me consiga un permiso. Sé dónde están las notas que Elsa Braumann copió del cuaderno rojo.*

Amenazaba lluvia el cielo que sobrevolaba el pazo de Meirás. *Fräulein* Gulch descendió de su vehículo y, sin mirarle apenas, le entregó al hombrecillo los documentos.

—Yo permiso —dijo Irma Gulch.

El viejo se calaba las gafas en la punta de la nariz y leía con atención.

—Es verdad, que me habían dicho que usted vendría. Pero pensé que sería mañana.

Fräulein Gulch no le escuchaba; contemplaba la entrada oscura al almacén igual que la plaza que ha de ganar un regimiento; el enclave que ha de decidirlo todo.

—Voy a entrar —dijo.

—Un momento, caramba —respondió el viejecillo—, que lea el permiso.

No era sencillo para Elsa avanzar en aquel caos de estanterías y mesas: solo de rozarla al pasar tembló una mesita donde se había dispuesto un mono azul con manchas de sangre; entre dos agujeros de bala asomaba una estilográfica verde y una anotación que decía «*José Antonio*». Elsa buscaba, buscaba, el maldito no podía resultar invisible, con todo lo que abultaba. Todo eran trampas en aquel juego de las tinieblas: tuvo cuidado de no rozar un piano Strauss cuyas teclas estarían deseando volver a la vida, y que, según rezaba en la etiqueta, debía haber pertenecido a un viejo enemigo: «*Doctor Negrín*»; sobre él se disponían variopintos *souvenirs* que habían viajado en el Dragon Rapide: una cajita con pelos de bigote, un paquete de tabaco vacío o un turbante.

En el fondo del almacén improvisado y bajo una tela enorme de paracaídas, descubrió por fin los volúmenes redondeados de su objetivo.

Mientras la Señora aguardaba en el teléfono con ese aire de quien no tiene por qué aguardar, se miraban el padre Albino y Merinero; el censor rezaba porque su suegra supiera torear a doña Carmen Polo.

Sentados a la mesa de la cocina, Elsa y el cura se lo habían explicado a Merinero: «Nos enteramos hace unos meses de dónde lo tenían oculto». «¿Dónde tenían oculto a quién?». «A quién no, Merinero: el qué». Aquí Elsa puso especial hincapié: «Al despedirse esa última noche, antes de que lo mataran, me sorprendió aquel beso largo que Lancaster me dio en la mejilla: nunca habría dicho de él que era un hombre sentimental». «Ahora que lo dice —replicó Merinero—, a mí me pasó lo mismo cuando lo leí en la novela: me pareció que aquel beso no pegaba con el personaje». Elsa asintió. «No estoy segura —dijo— de cuándo había comenzado Ian Lancaster a sospechar de su chófer. Solo en el último momento, cuando nos emboscaron los soldados, Lancaster vio que estaba todo perdido. No podía estar seguro de que Julius le hubiera traicionado, pero tampoco podía arriesgarse. Cabía la posibilidad de que, si escapábamos juntos, el chófer intentara matarme, sí —recalcó Elsa—, pero había algo mucho más importante en juego». Fue Merinero quien concluyó: «Sus notas con la investigación de la doctora». Elsa dijo que sí. Y añadió: «El caso es que cuando el cónsul se acercó a mí para despedirse, no lo hizo por darme aquel beso, sino para susurrarme algo al oído. Lancaster me dijo: "Ya no confío en Julius. Me temo, señorita, que no puede usted llevarse los papeles"». Todo esto lo hablaron los tres en la cocina, unas horas antes ese mismo día, antes de pergeñar el plan que los había conducido hasta la biblioteca del pazo de Meirás.

Doña Carmen consiguió por fin su conferencia con Vigo.

—¿Hola? ¿Atlántica? Soy doña Carmen Polo y Martínez-Valdés. ¿Eh? Esa misma, sí. Ya, ya, buenas noches, pero no tan buenas —dijo desabrida—. Los dos señores que me ha mandado usted con la pila… ¿Eh? Sí, el cura y el otro. Mira que les he dicho que tengan cuidado, pero le han dado un golpe a la pieza y me la han destrozado.

El cura y el otro cruzaron una mirada preocupada.

—No, desde luego que quiero la pila —replicó la Señora—, pero claro, ahora ya no vale lo mismo. De alguna manera me tendrá que compensar usted, digo yo.

También Gulch había estado dándole vueltas al asunto de las notas, toda vez que ella había sido testigo en la playa: la propia Abeja y el chófer del cónsul americano se habían sorprendido al no encontrar las notas en la carpeta.

Por alguna razón, Lancaster se había encargado de darles el cambiazo, esto parecía evidente, y entregarles una carpeta vacía. Y así se lo había transmitido *fräulein* Gulch al cónsul alemán, antes de pedirle que hiciera aquel par de llamadas.

Al fondo del almacén, deprisa, deprisa, Elsa retiró la tela del paracaídas y salió a la luz la enorme masa negra.

«Lancaster no me dio las notas», le había contado a Merinero, en la cocina. «¿No se las dio? —replicó el censor—. Pero en la novela cuenta usted que él le entregó la carpeta de piel de cocodrilo». «Y lo hizo —dijo Elsa—. Acuérdese: los Merlines quemaron el sótano del consulado. Lancaster, Julius y yo huimos en el Mercedes que habría de llevarnos al norte, donde habríamos embarcado en el submarino si Julius no nos hubiera engañado». «En consecuencia —había replicado Merinero—, si Lancaster no sabía de la traición de Julius e iba a escapar, Lancaster debía llevar, por fuerza, la carpeta con sus notas. —Perdía la paciencia—. ¡Pero no las llevaba! La carpeta estaba vacía». Intervino el cura: «Señor Merinero, ¿cuándo hay y no hay unas notas en una carpeta?». Acaso fue el aguardiente que Merinero tenía en la sangre lo que le ayudó a enjuagar las ideas en alcohol: el censor tuvo clara la respuesta esta vez. Suspiró y respondió, sombrío: «Cuando hay dos carpetas».

Irma Gulch estaba segura. Lancaster había dejado preparada otra carpeta en el Mercedes, esa tarde; otra carpeta de piel de cocodrilo y cremallera, pero vacía. Tuvo que ocurrir así, no había más explicación. Ahí fue donde el hijo de perra anticipó el cambiazo.

Había sonreído Elsa mientras se lo contaba a Merinero: «Cuando el condenado zorro fingía darme un beso, le bastó meter bajo el asiento del Mercedes la carpeta buena, con mis notas, y entregarme a mí la carpeta vacía, por si a Julius le daba por hacerse con ella; solo que yo entonces no caí en la cuenta». Elsa Braumann dejó asomar una tristeza en su sonrisa. «Antes de despegar su mejilla de mi cara, Lancaster todavía me susurró una cosa más, que yo no entendí en ese momento: "En esta carpeta que le entrego, Mata Hari, no están los papeles", eso dijo. "Confío en que usted encontrará la forma de recuperarlos"».

A la luz de la conclusión a la que Irma Gulch había llegado, el cónsul Grünestraße se hallaba pensativo. «¿*Usted sospecha que cambió las carpetas?* —repitió, no sin cierta admiración—. ¿*Las notas de Elsa Braumann se quedaron dentro del Mercedes?*». Suspiró Irma Gulch. «*Esa es la conclusión a la que he llegado, sí, señor cónsul. Confío en que los de Franco no les devolvieran el coche a los americanos*».

Los del consulado norteamericano reclamaron el Mercedes durante varios meses, pero los franquistas habían recurrido siempre a trabas burocráticas: ¿cómo mostrarles lleno de agujeros de bala el vehículo del cónsul Lancaster? «Ha estado incurso en un enfrentamiento con la policía —decían a los gringos—; no es tan fácil». Desde que asesinaran dentro a Ian Lancaster, habían ocultado el vehículo en un viejo almacén del puerto. «Ahí estuvo unos meses —le había dicho el cura a Merinero—. Pero era demasiado peligroso tenerlo tan cerca del consulado norteamericano y finalmente decidieron llevárselo lejos de Vigo; esconderlo». Fue gracias al padre Albino y a sus contactos que consiguieron seguirle el rastro. Ningún servicio secreto supera a la red eclesiástica, capaz de acceder a los secretos de todos los hombres. «Lo custodian en un pazo donde veranea Franco, en Meirás, junto con artículos y material delicado que el régimen prefiere mantener oculto».

Elsa y el cura habían pasado semanas estrujándose la cabeza para descubrir cómo asaltar aquel sótano, acceder al Mercedes y recuperar la carpeta. «Me han llegado noticias de que los franquistas quieren deshacerse del coche esta semana, señorita: les quema en las manos y, antes que devolvérselo a los americanos, preferirán tirarlo dentro de la ría o hacerlo cachos. Tenemos que hacerlo pronto».

«Ese Mercedes está bajo custodia, bien escondido a ojos americanos» —respondió el cónsul alemán. La mujer de la Gestapo venteaba ya el olor de su presa. *«Custodiado dónde»*, preguntó. *«Eso es lo que pretendo averiguar ahora mismo* —dijo Grünestraße descolgando el teléfono—. *Tengo algunos amigos, voy a hacer un par de llamadas».* Y nada más enterarse de que estaba escondido en un almacén del pazo de Meirás, le consiguió un permiso a *fräulein* Gulch.

La forma de pasear del comandante falangista en la biblioteca, algo chulesca, recordaba al deje de aquellos antiguos interrogatorios suyos, cuando salía de expedición a casa de algún vecino.

Se dirigió a Merinero.

—Ya que las oficinas están cerradas ahora, deme el teléfono particular de su jefe. Le voy a llamar a su domicilio.

Merinero no se inmutó.

—Si tiene papel y lápiz…

Se apoyó en un saliente, entre dos cañones en miniatura, y escribió en un papel. Le entregó el número al comandante: *«1566».*

—Ahora vengo.

Cuando el comandante salió por la puerta con el papel en la mano, el padre Albino se inclinó preocupado hacia el censor.

—¿Crees que es buena idea?

—Mi jefe no va a estar en casa —susurró el zorro de Merinero—. El número que le he dado es el mío.

Elsa Braumann retiró la tela y salieron a la luz las formas magníficas del automóvil; le habían disparado tantas veces al pobrecillo que, como picaduras, resaltaban sobre el negro los agujeros plomizos. Recordaba en algo a Lancaster, sin embargo: el Mercedes era tan elegante como él.

Acuclillada, vigilando todo el rato la entrada que se vislumbraba al fondo, abrió despacito la puerta de atrás del coche.

Para no dar un grito tuvo que taparse la boca.

En el asiento y el espaldar, en las ventanas, quedaban todavía manchones negros, de la sangre de Lancaster. Había agujeros de bala en el suelo, en el tapizado, en la puerta del fondo, donde habían reventado los cristales…, por todas partes.

La traductora comenzó a temblar como si hubiera cogido mucho frío; y estaba helada, en verdad, pero de miedo.

Metió los dedos por debajo del asiento, allí donde había estado Lancaster, y encontró una amalgama podrida y grasienta, de lo que un día había sido la sangre que por allí había chorreado. Elsa apretó los dientes para no echarse atrás y palpó allí debajo, a ciegas y desesperada; rascaron sus uñas el cuero y, cuando ya iba a darse por vencida, encontró un resorte.

—Dios mío…

—Todo en regla, señorita —dijo el viejo intendente a Irma Gulch—. Puede usted proceder.

Harta de esperar, la mujer de la Gestapo encaminó los pasos hacia la entrada del almacén.

Bajaron la rampa sus botas negras, flotaba el bajo de su negro abrigo de cuero.

Elsa accionó el minúsculo resorte y se abrió la tapa que, bajo el asiento, ocultaba un compartimento secreto. Allí estaba la condenada carpeta de cocodrilo y cremallera.

—Ay, Dios mío.

A su espalda, sonaron unos pasos entrando en el almacén.

—Disculpe —decía el intendente encargado—, no hay mucha luz; hace meses que tenían que venir a poner unos focos, pero yo creo que no vendrán nunca.

Doña Carmen Polo seguía discutiendo al teléfono el valor de una pieza por la que ni siquiera había pagado.

—No, no me interesa; para qué quiero yo un escritorio. ¿Un crucifijo de oro no tendría? Ah, pues me parece muy bien como compensación: un par de crucifijos austrohúngaros, perfecto. A ver con quién me los envía, que estos dos señores son muy manazas. Sí, buenas noches, buenas noches.

La Señora colgó el teléfono, satisfecha.

—Si no se impone una con los de las tiendas te roban hasta la peluca. ¿Eh? ¿Qué hace ahí la pila todavía? Pónganla ahí. Ahí, hagan el favor.

Viendo que el cura y el censor cargaban de nuevo con el monstruo, los santos de piedra se cogían de la mano los unos a los otros.

—Vamos, padre; usted mejor por detrás.

El comandante regresó a la biblioteca.

—No hay nadie en casa; ya volveré a llamar luego a su superior.

—Seguro que está en misa —dijo Merinero—, es un hombre muy pío.

En el asiento trasero del Mercedes y aferrada a la carpeta que acababa de encontrar, Elsa Braumann hacía un ovillo de su cuerpo. Se aproximaba el poderoso haz de la linterna del intendente, iluminando el contenido de los estantes y las mesas.

—Venga por aquí —decía el viejo—; el coche está al fondo.

La silueta delgada de *fräulein* Irma Gulch acabó por colocarse bajo una de aquellas bombillas y quedaron en sombras las laceraciones que le cruzaban media cara. Le había llamado la atención un óleo desechado contra una esquina, el retrato de cuerpo entero de un apuesto piloto.

—Ah —dijo el viejo— ya ha descubierto usted a don Ramón; a mí me hace gracia que lo hayan relegado ahí, por eso que se dice de «no querer ver a alguien ni en pintura», ya sabe. ¿En Alemania no se dice eso?

El viejo compartía con los objetos la misma pátina de polvo y era famoso entre los guardias porque resultaba un soberano plomo.

—Esto es casi un museo. Ahí hay una caja más reciente, que tiene de todo: pistolas, metralletas…, las usaron unos maquis asquerosos que llegaron a parar el tren que iba a Hendaya.

Elsa asomó la nariz por la ventanilla del Mercedes: de bóbilis, bóbilis, el viejo e Irma Gulch iban aproximándose.

En un último esfuerzo situaron la pila en el centro de la biblioteca, bajo la foto con la imagen del santo padre abandonando el palacio presidencial alemán tras celebrar el ochenta cumpleaños de Hindenburg.

Doña Carmen dio unos pasos en derredor de la pila bautismal y pidió que la desplazasen un par de centímetros. A la derecha primero. Ahora a la izquierda.

—Ahí está perfecta. No la toquen más, que la pueden romper otra vez.

El teniente torció el gesto.

—Si son tan amables, caballeros, doña Carmen tiene que descansar.

Merinero asomó el reojo y vislumbró desde la ventana al Leslie: Elsa no había regresado. El censor cruzó con el cura una mirada de preocupación que Albino comprendió enseguida.

—Pero falta la bendición —soltó el cura muy presto.

—Es verdad —dijo la Señora, ilusionada—. Falta la bendición, Sido. —Se volvió hacia el sacerdote con aire beatífico—. Padre, ¿sería tan amable…?

—Pero de mil amores. ¡Para eso he venido!

Fingió caer en la cuenta de algo y se dio un toque en la frente.

—Ay, qué tonto, ¿pues no me he dejado el hisopo en el coche?

—Sido —dijo la Señora a su jefe de servicio—, mande a alguien a por él.

—¡No! —replicó Albino, y todos le miraron—. Perdone, doña Carmen, pero los sagrados instrumentos son cosa delicada; solo los puedo tocar yo. Si les parece vayan ustedes rezando juntos un misterio del santo rosario. Hoy tocan gozosos.

—Por supuesto, por supuesto. —La generalísima clavó los ojillos de águila sobre el censor y dejó muy claro lo siguiente—: Yo guiaré.

El padre Albino emprendió camino hacia el jardín.

Irma Gulch y el viejo tuvieron que alzar el pie para pasar por encima de los restos de la bomba de Mateo Morral; sobre los cuatro cachos de la antigualla todavía se distinguía la sangre de la gente y de los caballos.

El haz de luz amarilla iluminó los guardabarros, la tela que cubría el Mercedes estaba por los suelos.

Elsa apretó los labios para no permitirse ni respirar.

—Se le ha caído la lona —dijo el intendente—. Ese de ahí es el coche, *fräulein*, todo suyo.

—Apunte con linterna.

Al iluminar el vehículo, la Gulch se volvió sorprendida hacia el viejo.

—Tiene la puerta abierta.

—¿Abierta? No puede ser —dijo el intendente adelantándose.

—Pues está abierta, *Scheiße*. Apunte linterna —insistió la Gulch.

Adelantó un paso, dos, recelosa.

El estruendo, a su espalda, le hizo dar un bote.

—Ustedes disculpen —dijo el cura tras haber tropezado con un montón de trastos—, ¿tendrían un poco de agua?

—Qué hace aquí, padre —replicó el intendente. Le hacía gestos para que se diera la vuelta, temeroso de que viera algo que no debía—. Haga el favor, aquí no se puede estar.

—Solo pido un vaso de agua.

Al cura se le iban los ojos allá al fondo y acertó a ver el Mercedes; Irma Gulch no tenía ninguna intención en quedarse a ver cómo terminaba aquel esperpento. Señaló los documentos que había dado al intendente.

—¿Papeles bien?

—¿Eh? —dijo el viejo, atento a dos cosas por primera vez en su vida—, ¿los papeles? Ah, sí, sí, está todo en orden.

Ya estaba la Gulch metiéndose en el Mercedes; cerró de un portazo y arrancó el vehículo.

El cura, desde la entrada, no atinaba a ver a Elsa.

—Un vasito de vino también les aceptaría.

—Se tiene que ir, padre. Andando.

Rugió el motor de la bestia y el Mercedes, como un león que se prepara para salir a la pista, emprendió el camino hacia la salida; iba rodando mesas y estanterías a fin de hacerse hueco y pasar.

—¡Oiga, cuidado! —espetó el viejo.

El cochazo negro arramblaba con el piano del desventurado doctor Negrín, apartaba reliquias y *souvenirs*, mesas y estanterías.

El cura obstaculizaba la salida, de manera que cuando la Gulch estaba ya a pocos metros le metió un arreón al coche y el padre Albino tuvo que apartarse para no ser atropellado.

—¡Señora!

El Mercedes ya atravesaba el portalón; y, dentro, Irma Gulch, grave y decidida, aferraba el caucho del volante como si pretendiera no parar hasta llegar al infierno.

Nada más esperaba el viejo párroco, mirando y mirando hacia el fondo, sino que allá en las sombras estuviera parapetada Elsa Braumann.

Solo que no estaba. No estaba, por desgracia y para espanto del cura, que sospechaba ya dónde se encontraba la traductora. Era cosa de salir de inmediato y avisar como fuera a Merinero.

*

Dentro de la biblioteca, la Señora enumeraba las letanías y Merinero respondía, manos en la espalda y observando el jardín de refilón:

—Rosa mística.

—Ruega por nosotros.

—Torre de David.

—Ruega por nosotros.

El solitario Leslie, bajo la luna y visto desde el interior del pazo, parecía un óleo demodé; Merinero, inquieto ya por la tardanza, no acertaba a ver en el jardín al cura ni a Elsa.

Se acrecentó el sonido de un rugido aproximándose. Temblaron los parterres cuando pasó a buena velocidad el Mercedes negro; parecía recién salido del averno, con las puertas agujereadas por las balas. Conducía una mujer rubia entre bellísima y monstruosa, según le diera a uno por mirar y a la que el censor le puso nombre al instante.

—Torre de marfil.

—Ru-ruega por nosotros.

Detrás del Mercedes iba el padre Albino corriendo a duras penas y agarrándose la bamboleante barriga. Descubrió a Merinero en la ventana y, señalando al Mercedes, vocalizaba abriendo mucho la boca: «¡El!», «¡Sa!», «¡El!», «¡Sa!»...

Merinero echó un ojo al portabultos del Mercedes que se alejaba y comprendió espantado.

Abrió la ventana.

—¿El corazón? —exclamó muy alto.

El cura puso cara de no entender nada y Merinero insistió:

—¡Aguante usted, padre! ¡Túmbese, que ya voy!

Echó a correr ante la atónita mirada del Colmillo y la Señora y salió de la biblioteca.

—¡Es un infarto! —gritó.

Cuando accedieron todos al exterior, el padre Albino había comprendido la pantomima que se esperaba de él, por fin, y se doblaba de dolor junto a su automóvil. Además de la Señora y el jefe de servicio habían acudido unos cuantos soldados. Había un médico dentro de cada uno de ellos: «Hay que hacerle la respiración boca a boca», «Hay que darle golpes en el pecho», «Lo mejor es ponerlo en posición fetal».

Merinero, de rodillas, tomaba la manita regordeta del cura.

—Se nos muere... —decía con mucho teatro.

—¿Aquí? —replicó doña Carmen estremecida. Ya se imaginaba otro fantasma rondando el condenado pazo.

—Necesita sus pastillas. ¿Tiene la medicación en el coche, páter? ¿Se ha traído las pastillas para el corazón?

Negó el cura, tendido en el suelo y musitó dolorido:

—Se me olvidaron.

Merinero se puso en pie de golpe, heroico, y lo dejó caer contra el asfalto.

—Cojo el coche del cura y marcho enseguida al pueblo, a por las pastillas. Si no se las toma puede morir aquí mismo.

—¡Aquí mismo no! —replicó la Señora. Ya maldecía la hora en que se había encaprichado de la pila maldita. Y ahora se quedaba con un muerto de regalo y la pila ni siquiera estaba bendecida.

El padre Albino musitaba algo en un estertor, tiró del pantalón de Merinero.

—¿Qué, padre? ¿Quiere decirme algo?

Merinero acercó la oreja a los labios amoratados del cura.

—Te suplico que tengas mucho cuidado con Leslie —musitó Albino. El temor que expresaba su voz era cierto esta vez—. Es lo único que me queda de mi padre.

—¡Claro, claro! Las pastillas de color rosa, me acuerdo perfectamente.

Apretó la mano del padre Albino para que confiara en él y ahí fue cuando se arrepintió el cura en verdad.

Merinero accedió al vehículo.

—¡La manivela! —dijo, señalando.

Acudieron un par de soldados a darle vueltas para revivir al cacharro. Una vuelta, de golpe. Otra vuelta.

El vehículo parecía inconsciente.

—Trasto del demonio —musitaba el censor, al volante—, no te puedes morir ahora. —Con cada manivelazo, el coche daba como un atragantón: parecía que iba a volver de entre los muertos, pero no, permanecía callado—. Arranca, Clargable, ¿no te da vergüenza?

El vehículo dio un tosido y, para ponerse en marcha, expulsó por atrás una bola de humo negrísimo.

Ronroneó al fin.

La Señora comentó con su jefe de servicio:

—En ese trasto no llegará ni a la cancela: verá usted que el cura se nos muere.

Un acelerón y el coche salió disparado a la fulgurante velocidad de veinte kilómetros por hora. Traqueteaba mientras Merinero, al volante, movía el cuerpo igual que si cabalgara, como si con aquel

442

movimiento fuera a meterle prisa. Aceleraba poco a poco el armatoste, entre toses y quejidos.

Viendo cómo se alejaba su querido automóvil, con las luces iluminando el camino y entre petardeos, el padre Albino se acordó de las muchas veces que en el confesionario se hablaba de promesas y él mismo les decía a las muchachas: «Bien mereció papilla quien se fio de Mariquilla».

Una lágrima le resbaló moflete abajo. Tenía el pálpito de que no volvería a ver a su querido Leslie.

—No llore usted, padre, que ya verá que se repone enseguida. Sido, vamos a rezar unos misterios hasta que vuelva ese hombre.

*

Lo habían vuelto a trasladar a la biblioteca, alzado en volandas. «Señor —pensó el padre Albino mientras se hacía el exánime—, algunas veces me asombra tu Justicia»: todos los que no habían querido ayudarlos a llevar la pila, los guardias, el mayordomo, el Colmillo, sudaban ahora la gota gorda cargando con aquellas alegres carnes que tanto se beneficiaban del laconcito con cachelos con que las gentes de San Julián de Loiba convidaban a su párroco.

Doña Carmen Polo iba detrás, haciéndose cruces.

—Virgen Santa, cuidado con el marco de la puerta que me van a hacer un bollo por el otro lado. Sido, tuerza usted primero.

Nada preocupaba más al cura en ese momento que la suerte de su coche querido; le dio vergüenza pensar que Merinero era poco más que un ser humano; el Leslie, en cambio…, se decía Albino, el Leslie era irreemplazable.

Llevaron al sacerdote hasta un sofá y allí lo tendieron. Se fue retirando el ejército de porteadores. Doña Carmen le observaba retorciéndose las manos.

—¿Quiere un vaso de agua, padre?

—Un licor de hierbas sí que le acepto.

—¿Eh?

No veía la hora el padre Albino de salir de aquel castillo de los horrores.

Se puso en pie.

—Me encuentro mejor. Me voy a ir retirando si ustedes me lo permiten. Esto han sido gases, como si lo viera.

Doña Carmen retrocedió un paso.

—Sí, sí, váyase, padre, aproveche ahora, no le vaya a dar otro jamacuco.

Algo escamaba al comandante en todo aquello, aunque la escasa inteligencia no le diera para saber qué: era todo instinto, como un perro de presa.

—Señora —dijo por estudiar la reacción del cura—, ¿no quería bendecir la pila?

—Bendita Virgen de Covadonga —dijo la generalísima, mano al pecho—. Tiene razón, Sido. Figúrese, padre, dejar aquí esa pila fuera de suelo sagrado y sin bendecir.

Al cura se le notaba una cierta prisa.

—Bien, bien, haremos el rito corto.

—Pero el hisopo se lo llevó su amigo en el coche.

—En casos como este puedo bendecir cualquier agua. Comandante, con que nos traiga usted un vasito y un poco de sal de la cocina será suficiente.

—Sido, espere —dijo la Señora.

Acudió a un secreter y, con dos dedos, igual que si temiera mancharse, sacó un manojo de cartas amarillentas.

—Tenga. Ya que va a la cocina llévese esto y las quema todas.

La caudilla le explicó al cura señalando en derredor:

—Son de la escritora, un montón de cochinadas que le escribió ese que ni siquiera estaba casado con ella, el tal Galdós. Solo de leerlas tuve que confesarme, padre, con eso le digo todo. ¿No le parece que si las hubiéramos dejado aquí nos habrían estropeado la bendición?

*

Unos cuantos latinajos más tarde, hacía unas cruces el padre Albino en el vasito de agua, vueltos los tres hacia la pila.

Arrullados por el bisbiseo del cura, cada uno andaba rumia que te rumia sus propias inquietudes. Las de ella andaban en unas telas que quería comprar aparte para ahorrarse las de la *maison* Balenciaga.

Hubo un momento de distracción: en su reflejo del cristal doña Carmen descubrió una anciana de mandíbula descolgada que llevaba ya años sola; una de esas viejas glorias cuyo trato incomoda y a las que no quiere visitar nadie. Tuvo miedo de estar contemplando su más temido futuro y apartó la mirada. «Castigo de Dios por no estar pendiente de la bendición», se dijo.

El padre Albino había optado por el rito corto, en efecto. Agitó los dedos sobre la pila de piedra, salpicando dos o tres gotitas.

—*In nomine Patris, et Filii, et Spiritus Sancti*. Ya está.

—Amén —replicaron al unísono doña Carmen y el comandante.

El padre Albino dio una palmada.

—¡Bueno!, pues yo me voy a ir yendo. Qué tarde tan estupenda hemos pasado; me da una pena…

Se levantó la Señora para darse unas palmadas en las medias.

—No le acompaño hasta la puerta, padre, que ya conoce el camino.

Se marchaba el cura en dirección al salón de entrada cuando asomó Satanás por la ventana y susurró en la oreja de doña Carmen Polo.

—Padre —dijo de repente la caudilla.

Albino se hallaba ya en la puerta.

—¿Sí?

—¿Cuál es su parroquia?

—¿Mi parroquia? San Julián de Loiba, ¿por?

El gesto de la Señora se convertía en el de una rata; adelantó un paso, las dos manos huesudas entrelazadas.

—¿Cómo es que le mandan a usted de la Atlántica, si su parroquia está tan lejos? —preguntó. Y, con toda la intención, añadió—: ¿No hay curas en Vigo?

Palideció el padre Albino, le apretaba el alzacuellos los testículos que se acababan de instalar en su garganta.

—Soy…, soy amigo de la familia. Doña Adela no quería mandar a un sacerdote cualquiera.

—¿Es que su bendición vale más que la de los otros?

También el Colmillo se aproximaba, le iban rodeando entre los dos.

—¿La bendición de los otros? No, claro, valen todas lo mismo, desde luego. Me refiero por mandar *aquí* a alguien de confianza.

Se hallaba la Señora a dos pasos apenas; era más ganchuda que nunca la nariz.

—Sido —dijo—, acérquele usted al pueblo.

El padre Albino sintió un apretón en el pecho, esta vez real.

—No es necesario, doña Carmen. Puedo ir yo mismo, me va a venir bien dar el paseo.

—Faltaría más.

Doña Carmen Polo y Martínez-Valdés giró el rostro hacia el comandante y no hizo falta más que decir:

—Haga lo que le digo.

7

Desde el primer minuto había escuchado cómo la rondaban, tiqui-tiquitiquitiqui. La baronesa Ana Reiniger-Castro se había negado siempre a subir al desván: la sola mención de aquellos animalitos la alteraba hasta robarle la respiración.

Había gritado en vano la noche que el barón la arrastró escaleras arriba. Cuando su marido la encerró, Ana Reiniger-Castro se aferró a aquella puerta que la comunicaba con el mundo de los vivos. «Por favor —sollozaba—, por favor, Hendrik».

Transcurrieron en un duermevela aquellos días primeros que tardó en recuperarse de la paliza. Por las noches oía los correteos en el silencio, tiquitiquitiquitiqui, las patitas yendo de acá para allá en el desván; la baronesa gritaba de miedo y golpeaba a ciegas en el suelo para alejar a las ratas.

No era mucho mejor al llegar el día: una penumbra tímida apenas permitía distinguir las formas de las vigas.

A cierta hora, un único tajo de luz entraba reconcentrado a través de una abertura menor que una manzana y terminaba dando contra una pared.

Allí, boca abajo y como en una película del cine, se reflejaban el jardín que había ante la casa, el cielo con sus nubes y el faro blanco. «Cámara oscura», murmuraba ensimismada la baronesa, que conocía el efecto.

Durante un tiempo, Ana no podría decir cuánto, vivió como

un ser sin voluntad. Las uñas le crecían negras, el pelo la invadía de picores.

Una vez al día, el barón entraba y colocaba un plato en el suelo. Balanceaba una herramienta de campo que le hacía especial gracia, una suerte de palo rematado por un gancho. *«Esto es un pincho de heno, Ana* —le dijo la primera vez que apareció con él—. *Se usa, digamos, para separar el grano de la paja».* Fue tal el miedo que infundió aquel palo en ella que el barón decidió llevarlo siempre que subía a visitarla. Aparecía sonriendo, sabedor del espanto que le provocaba y con ánimo de utilizarlo en aquellos juegos que tanto le agradaban.

Así transcurrió una semana, la primera de muchas, aunque ella entonces no pudiera ni imaginarlo. Sus torpes intentos de llamar la atención de algún criado recibieron respuesta por parte del dichoso pincho del barón. *«He despedido al antiguo servicio y mandado traer gente nueva de Berlín».* Los del servicio la creían una pariente enferma de locura y Reiniger les pagaba bien para que no hiciesen preguntas. Llegaban a mediodía y, una vez preparada la cena, se marchaban y le dejaban campo libre al barón. A menudo, y con una risita, se valía de la misma expresión: *«Das Feld überlassen».*

«Ninguno de tus conocidos pregunta por ti, Ana. No le importas a nadie». Ana Reiniger-Castro llegó a esa misma conclusión cuando llevaba dos meses encerrada. Por la noche la rodeaban las ratas, tiquitiquitiquitiqui; por el día se topaba a veces con una caravanita de hormigas que recorrían el desván en busca de alguna migaja. «Nadie va a ayudarme —murmuraba a las hormigas—. En eso Hendrik tiene razón».

Durante los siguientes meses nada cambió en la penosa situación de la baronesa Ana. Contemplaba cada mañana, durante unos minutos y siempre a la misma hora, el pequeño milagro, las imágenes invertidas reflejadas en la pared; el queridísimo jardín, el faro. A veces las hormigas detenían su avance y, junto a ella, parecían observar también el fenómeno. «Ahora —les decía la baronesa Ana— soy como la dama esa del poema, aquella que solo podía ver el mundo exterior en un espejo. ¡Ah!, ¿que no lo conocéis? ¿Es que no os enseñan nada en la escuela para hormigas?», añadía en una sonrisa.

«Conviene conocer la poesía, señoras mías: dentro se esconde la venganza».

Había ocurrido unos días antes, cuando entre los mil cachivaches del desván descubrió el saco. Tuvo el valor de una semilla aquella idea; el desecho en que Ana Reiniger-Castro se había convertido ideó por fin una manera de escapar.

*

Era un muchachuelo de nuevo, un pimpollo recién salido de la fábrica Ford en Michigan; el Leslie avanzaba por la carretera solitaria dándose mucho pisto.

Iban sin capota y el viento azotaba el rostro del censor. Merinero oteaba en la distancia oscura. Acertó a ver las luces del Mercedes, allá al fondo.

—A por él, chatarra, no lo pierdas de vista.

El coche eructó otra bola de humo y mantuvo el curso; traqueteaba entero, temblaba hasta el último de sus tornillos.

Quince, veinte kilómetros después, Merinero tenía los labios cortados y las manos agarrotadas; el coche se portaba todavía: perseguía al Mercedes a cierta distancia, por no despertar los recelos de la Gulch.

A Merinero le llamó la atención aquella moto que se acercaba en dirección contraria y, anticipando el problemón, aferró el volante.

—Coño, lo que faltaba.

Nada más ver los agujeros de bala del Mercedes, el guardia civil motorizado le picó las luces a la Gulch y esta se vio obligada a ir deteniendo el coche. Estacionó en el arcén y la moto se detuvo a pocos metros, detrás.

Para cuando el guardia civil se acercaba a interrogar a la sospechosa, el viejo Ford T de Merinero rebasaba a los dos vehículos. Se cruzaron las miradas de la Gulch y del censor. La de él dijo: «Yo no sé nada»; la de ella: «Lo sé todo».

Merinero observó por el retrovisor cómo la agente de la Gestapo entregaba los permisos al policía, en efecto. Nada más sencillo, imaginar que algún altísimo gerifalte nazi había firmado aquellos documentos que abrían todas las puertas.

Pasada la primera colina y fuera ya del campo de visión de la rubia, Merinero aminoró la marcha. Confiaba en que la cosa acabara pronto allá atrás y *fräulein* Gulch reemprendiera camino hasta rebasarle de nuevo y poder él continuar.

—Cojones de persecución, con ella a mi espalda y yo por delante.

Acabó deteniendo al Leslie en el arcén y se puso a esperar en medio de la noche cerrada. Se echó vaho en las manos congeladas.

De cuando en cuando observaba por el retrovisor, expectante, al momento en que volvieran a aproximarse los faros del Mercedes.

—No se habrá metido ahora por otro camino, la hija de perra…

Echó de menos meterse un trago entre pecho y espalda. Conocía al cura y abrió la guantera.

—Que Dios lo bendiga, Albino.

Sacó la petaca de plata y olió el contenido. Le valía tanto el coñac como cualquier otra cosa, de modo que se echó un trago largo al gaznate.

Para cuando volvió a bajar la cabeza ya era tarde: el Mercedes acababa de detenerse frente a él e Irma Gulch le observaba por el retrovisor.

Si algo le sobraba a Brasilina Lalín era coraje. Un punto de inconsciencia, también; fruto quizás de su juventud. A ninguna cosa le tenía miedo, de manera que cuando se le encargó colarse en la Oficina de Censura Previa y recuperar *El enjambre,* se lo tomó como un soldado que solo tiene en miras cumplir su misión.

Se había acercado hasta el edificio de Prensa y Propaganda dando un paseo: restaban unas horas todavía para que cerrara la oficina. Todavía no había planeado cómo se colaría en el interior, pero esto en nada perturbaba su confianza: si algo le sobraba a Brasilina Lalín era insensatez.

Al llegar al edificio de corte neoclásico lo analizó por fuera. Sabía que arriba tenían las oficinas los del *Faro de Vigo*; allí, a las puertas, parloteaban por cierto unos cuantos caballeros con pinta de periodistas, ojerosos, con los bajos de las gabardinas manchados de barro. Brasilina había resuelto un plan; para llevarlo a cabo solo necesitaba una carpeta.

El elegido resultó ser el maletín de uno de aquellos periodistas del *Faro* que charlaban en la puerta. Brasilina se aproximó hasta el grupito a hurtadillas, entre los coches. A esto estaba acostumbrada: cada vez que visitaba el zulo de medicinas en la playa se convertía en una sombra.

—¿Pero vosotros habéis oído lo que canta esa mujer? —decía uno de los plumillas entre risas—. La van a meter entre rejas, con esas canciones.

—Yo le he escuchado la de la hormiga.

—¿Cómo es? —replicaron todos—. ¡Cántala, cántala!

Se reían a carcajadas los periodistas cuando Brasilina Lalín, en cuclillas entre dos coches, estiraba el brazo para agarrar el maletín que su dueño había dejado en el suelo.

Este precisamente, un joven de pobladas cejas negras, imitaba a la cantante sosteniéndose con las manos dos pechos imaginarios:

—Pues así, contoneándose, va y dice: *Una hormiga sin pudor / me recorre sin cesar / por arriba, por abajo, por delante y por detrás.*

Brasilina ya tocaba con los deditos el asa del maletín, ya casi lo tenía.

—¡*Arredemo*, tú —exclamó uno de ellos—, que esa cría te va a robar!

Y el dueño del maletín agarró a Brasilina por la muñeca.

—¡Coño, qué haces, *rapaza*, qué haces! —dijo atrayéndola de un tirón—. ¡Guardias!

—¿Por aquí se va al pueblo?

Dentro del automóvil, a buena marcha, el comandante ofrecía al padre Albino un perfil de nariz afilada; aquel mentón rígido avisó al cura de que las intenciones del Colmillo estaban tan marcadas como la raya de su pelo.

—Aquí podemos hablar —dijo el falangista.

—A qué se refiere.

—Con la Señora presente…, es mejor no tocar según qué temas.

—No entiendo, comandante.

El padre puso atención a cierto giro de volante en la oscuridad.

—¿Seguro que por aquí se va al pueblo?

—Padre —respondió el militar—, usted no se preocupe.

Se internaban en la foresta; pronto quedaron atrás las últimas luces de las casas. A ambos lados de la carretera los viejos robles tendían las ramas hacia el automóvil, como avisando a los ocupantes de que aquel era un territorio en el que no debían entrar. Traqueteaban los haces de los faros al iluminar el camino.

El comandante fue frenando poco a poco.

—Hay un problema con el coche.

Detuvo el vehículo en un margen de la desierta carretera.

Se bajó ante la mirada inquieta del padre Albino, que perseguía con los ojos al Colmillo mientras este iba hacia atrás, abría el maletero, sacaba una linterna y regresaba para revisar el capó.

En busca de alguna pista, Albino trató de vislumbrar qué era lo que pasaba por el rostro del comandante. Las luces de los faros iluminaban al joven desde abajo y recordaba a Boris Karloff.

Asomó el cura la cabezota.

—¿Será algo del carburador?

El comandante cerró el capó.

—A saber —dijo encalomándose un pitillo a la comisura—. Es un poco como lo suyo, padre.

—¿Como lo mío?

—Ese ataque tan raro que le dio antes… Parece que al coche le haya dado lo mismo.

El padre Albino sudaba la sotana.

—Sí que es raro, sí. —Se encogió de hombros—. En fin, estamos en manos de Dios.

—¿También el coche o solo nosotros? Usted. Y yo. Aquí en medio del páramo, solos.

—Bueno…

—Igual si se pone a rezar… Para que el coche se recupere igual de rápido que lo hizo usted.

A fin de tragar saliva, el cura tuvo que encogerse en el asiento.

Se le atragantó el alcohol al censor y se puso a toser.

La rubia de la Gestapo, desafiante, preguntó bien alto desde el Mercedes:

—¿Tú problema?

Merinero observó que se entreabría el maletero del Mercedes y asomaban los ojitos de Elsa Braumann, escondida dentro.

Recurriendo a toda la sangre fría de que era capaz, dijo el censor:

—Me ha dejado tirado el coche. No arranca.

No debió resultar demasiado convincente: Irma Gulch abrió la puerta del Mercedes y salió del vehículo.

—Me cago en todo —murmuró Merinero.

Elsa escondió la carita tras la ranura del maletero entreabierto.

También el censor iba a salir cuando advirtió la Luger con que Irma Gulch le apuntaba.

—Tu siguiéndome hace rato —le dijo la rubia.

—¿Y-yo? —Aunque ella abrigase sus sospechas, el de Merinero era en eso un rostro parecido al suyo: difícil de leer.

—Qué pasa coche tuyo.

Merinero alzaba las manos, enseñándolas. Había visto antes esa mirada, en la guerra; sabía que la mujer estaba a punto de tirar del gatillo.

—Es un coche viejo —respondió—, se fue quedando sin fuerzas y terminó por pararse. Qué hace con esa pistola, ¿va a robarme?

La Gulch observó el vehículo y, sin dejar de apuntar al censor, abrió la capota. Echó un ojo aquí y allá; revisó aquel manguito, aquella válvula.

—¿Será algo del carburador? —dijo Merinero.

—Coche tuyo bien. Viejo, pero bien.

—Muy viejo, sí, era de mi pa…

Irma Gulch disparó sobre el motor del Ford T varias veces; Merinero apretó los párpados.

Brasilina se retorcía para soltarse de aquella garra. El periodista de las cejas negras la tenía bien agarrada.

—Demonio de cría, ¿qué eres tú?, ¿un tornillo?

—Por favor, déjeme, no quería robarle. Buscaba una carpeta.

Se rieron los amigotes.

—Anda, coño, ¿qué escondes tú en ese maletín, Alvarito?

—Yo qué voy a esconder. ¿Una carpeta dices, mocosa?

—Para *a escola*; no tengo dinero y no me la puedo comprar. Todos los demás niños tienen carpeta y yo no.

Puso tal expresión de desconsuelo que no hubo uno solo de aquellos bravucones que no se conmoviera.

—Hala, Alvarito, deja marchar a la chiquilla.

El periodista gruñó.

—La chiquilla es una Shirley Temple —dijo—. Y vosotros unos lilas, ahora mismo llamo a los guardias.

La llorosa Brasilina tenía muy claro lo negro que iba a ponerse su futuro en cuanto la Benemérita le echase la mano encima: era mucho el percal que podían encontrar en cierta playa a nada que tiraran del hilo.

Brasilina sorbió fuerte, puso ojitos y se pasó el antebrazo por la nariz.

—Bueno —dijo—. Llámelos. Si lo que quiere es que me encierren…

El hombre la contempló un instante.

—*Cagüen* el demonio Cobillón —dijo.

La soltó.

Y sujetando el maletín sobre la rodilla, sacó los papeles de un portafolios de cartón y lo vació.

—A ver si esto te sirve.

—¿Y no podría ser esa otra, la verde? —Señalaba Brasilina la carpeta de al lado, que tenía estampado un sello de los tribunales de justicia.

—Ah, *carallo*, aún por encima con exigencias.

Los amigos le metían prisa.

—Termina y vámonos de una vez, Cunqueiro, que aquí en la puerta corremos peligro.

—Cierto.

Uno menos avisado preguntó de qué peligro hablaban.

—Hombre, de que aparezca una noticia. ¿Savoy o Derby?

Fue perdiéndose el eco de los disparos en aquella desolación verdosa.

Tres agujeros asomaban ahora en el frontal del Leslie; los tres balazos que lo habían matado. Siempre pensó todo el mundo que aquel Ford acabaría sus días de la manera más plácida: dormido una mañana mientras aguardaba a que su dueño se presentara para sacarlo a la carretera. No así, tiroteado a sangre fría.

Merinero ni respiraba.

A Irma Gulch le cayó una lágrima por el rostro; el ojo afectado por la metralla iba perdiendo color, acabaría quedándose blanco, inservible.

—Ahora sí —dijo—. Ahora coche tuyo averiado.

Enseñó los dientes y le apuntó con la Luger.

—Quién eres —dijo.

Todavía humeaba el cañón de la pistola que acababa de matar al Leslie.

Merinero balbuceaba pensando en una respuesta convincente, muy sabedor de que le quedaban cinco segundos de vida.

Fräulein Gulch silabeó la pregunta:

—Quién… eres…

Observó Merinero que tras la rubia de la Gestapo se alzaba la portezuela del maletero: comenzaba a salir Elsa Braumann con toda la intención de sorprender por detrás a Irma Gulch para ayudarle. A él le quedaban dos segundos de vida y a Elsa tres: aquella era mala estrategia, la peor de las ideas; de modo que Merinero hizo lo único que podía ya hacer, lo más insospechado:

—Soy censor. Trabajo en Prensa y Propaganda. Me llamo José Luis Merinero y estaba siguiéndote porque Margaretha Wagner se ha escondido en el maletero del Mercedes para recuperar sus notas.

A la Gulch le bastó una milésima, lo que dura una centella, para girar la cabeza y sorprender a la mujer que se deslizaba fuera del Mercedes; una centella, un instante: era la Abeja asquerosa, la mentirosa traidora; un regalo del cielo enviado por los dioses Wodan y Freia, que le servían en bandeja a su presa más codiciada. *Fräulein* Gulch volvió la pistola hacia Margaretha con ganas de vaciarle el cargador y ahí sí, ahí aprovechó Merinero que ya no le apuntaba: una centella, un instante, una milésima para abrir su puerta de golpe y machacar la muñeca de Irma Gulch.

—¡Ay!

Salió volando la pistola, salió volando Merinero, agarró a Elsa Braumann y tiró de ella.

—¿Tiene las notas?

—Sí.

Corrían juntos, de la mano, escapando del Mercedes y de Irma Gulch, que rebuscaba su pistola a gatas en el suelo, con la muñeca partida y gritando maldiciones, jurando por todos los diablos del infierno que iba a matarlos a los dos.

Al acceder Brasilina a la planta de Prensa y Propaganda, la asaltó una voz:

—Oye, tú, *alcrique*, quieta ahí. —La estirpe de los porteros y los conserjes era enemiga declarada de la chiquilla. El enorme escritorio de nogal le daba a este el aire de un ministro.

—¿Yo?

—No, le hablo a Juanín Cadete, si te parece. ¿Dónde vas?

—Traigo esta carpeta para entregársela a mi padre —dijo Brasilina—. A don José Luis Merinero.

—¿Eh? A ver, a ver, *carapuchiña*. El señor Merinero no tiene hijos.

Brasilina, cariacontecida y teatrera, repitió el gesto que tantos éxitos le había traído y se pasó el antebrazo por debajo de la nariz.

—Don José Luis nos abandonó a mi madre y a mí cuando yo era pequeña, *cajo na cona*, y nos dejó *al arbitrio de la caridad*.

—¿Adónde, dices?

—Le traigo a mi padre unos papeles de los juzgados de aquí, de Príncipe, que le mandan pagar mi manutención, porque no hay manera de que el hombre se responsabilice. Mi madre quiere que se los dé en persona.

—Válgame Dios, no me imaginaba yo que el señor Merinero… Qué ignominia —dijo el conserje. Y señaló la puerta de acceso a las oficinas—. Hala, pasa, pasa, *rapariga*, no se hable más. Segundo pasillo, quinta puerta por la derecha.

Hacía mucho que José Luis Merinero y Elsa Braumann ya no creían en Dios; esta vez, sin embargo, se hacían cruces mientras atravesaban aquel maizal de altísimas plantas que les sacaban una cabeza; era insoportable el calor allí dentro, en aquella negrura, pero no era esto lo peor: escuchaban a su espalda las pisadas presurosas de Irma Gulch, sus jadeos de perra de presa y hasta los espumarajos que, entre insulto e insulto, echaba por la boca.

—¡Creía que estaba muerta! —dijo él sin detenerse.

Y lo estaba, se decía Elsa. La había dejado agonizando en aquella playa; a Irma Gulch se la tragaron las olas. No era eso, sin embargo, lo que contaba su presencia allí, ni el tiro que zumbó entre sus cabezas.

Qué sentimiento tan curioso el que experimentaba Elsa, aquel terror a perder la vida combinado con un cierto alivio; qué sensación de ligereza, saber viva a la condenada Irma Gulch, aunque estuviera a punto de matarlos.

Salieron a un camino entre dos parcelas de maizales y vislumbraron a un hombre al fondo, con una garrota y un farolillo. Allá que corrieron hacia él, de la mano y jadeando, con la esperanza de que pudiera ayudarlos.

—¡Socorro! —gritaba Elsa.

El cuadro no pudo dejar más extrañado al paisano: se aproximaban a la carrera un hombre y una mujer, escapando de una rubia que los perseguía en medio de la noche; no había visto cosa igual.

—¡Qué pasa! —exclamó. Sonó un disparo y el tiro que estaba dirigido a la Abeja Margaretha atravesó certero el corazón del labriego; ni siquiera advirtió que lo había matado una bala perdida, a él, que en la guerra esquivó tantas balas.

Puso cara de susto y cayó desplomado ante Elsa y Merinero, que ya llegaban hasta él.

—¡No!

Acostumbrado a la retaguardia y las bambalinas, Merinero se quedó clavado. Apestaba a pólvora y a sangre. Ahí supo que Irma Gulch no se detendría hasta matarlos; mataría al mundo, si con eso pudiera acabar con ellos.

Un nuevo disparo los obligó a entrar de nuevo en los maizales. Elsa Braumann tiraba de él mientras en la carrera y a oscuras iba apartando plantas, respirando tierra, sudando, sudando; nunca había sudado tanto. Él se dejaba llevar, espantado todavía ante la mirada pasmada del campesino, ante aquel agujero en el pecho; le había salpicado la sangre en la cara. Ella iba llorando asfixiada, apretaba los dientes y, sin terminar la frase en la que se animaba a seguir y seguir y seguir, por lo bajo repetía: «No, no, no, no».

—¡Corra, Merinero!

Brasilina entreabrió una puerta y se enfrentó al laberinto de pasillos de la Delegación de Prensa y Propaganda. La niña se escurrió en busca del que había señalado el conserje.

Pedía a gritos una mano de pintura; las puertas se hallaban todas entreabiertas: en el interior de cada una asomaba un funcionario envuelto en humo. Brasilina contó cinco puertas a la izquierda y cinco a la derecha; solo la de Merinero aparecía cerrada a cal y canto.

Si la estirpe de los conserjes le resultaba antipática a Brasilina, la de los curas representaba el siguiente y más temido escalón; con permiso del padre Albino, era ver la muchacha una sotana y ponerse en guardia; y aquellos pasillos de Prensa y Propaganda estaban tan salpicados de botones negros como un arzobispado.

Había localizado ya el mejor sitio donde ocultarse hasta que aquel montón de curas y señorones despejasen el terreno.

Como todos los servicios de este mundo, el de las oficinas de Prensa y Propaganda quedaba al fondo a la derecha. Hacía años que no cerraba bien el grifo del lavabo y caía una gotita de agua; plic, plic, plic.

Ni oído oyó, ni olfato olió lo que la chiquilla tuvo que sufrir en el mal rato que estuvo allí, encerrada por dentro.

En cuanto el reloj dio las ocho, la desbandada en la oficina fue general. El pequeño claqué que bailaban las censoras almas, libres por fin, tuvo su espejo en el ejército de zapatos que abandonaban la planta.

A las ocho y diez minutos Brasilina asomó la carita. En aquellos pasillos interminables resonaba el eco de la gota de agua.

Avanzó la chiquilla con tiento. Palpó dentro de su bolsillo el tacto metálico de la llave.

Se disponía a introducirla en la cerradura de Merinero, al fin, cuando la detuvo a su espalda uno de esos retumbares estomacales que en las consultas llaman «borborigmos»: gloglogloglo...

Brasilina fue girando la cabeza poco a poco, los ojos aterrados.

El ruido provenía de un sujeto cuya contemplación hacía juego, por desagradable: estaba gordo como un trono y exhibía en el entrecejo una verruga abierta, con forma de flor. Merinero ya había mencionado al sacerdote que se sentaba en el despacho de enfrente: «Esperemos que no esté el cabronazo del padre Sapo. —Así lo apodaba, por la cabeza con forma de almendra y el rostro hinchado—. Asegúrate de que no te eche la vista encima».

Brasilina se encontró, llave en mano, delante mismo del susodicho y expuesta a su punto de mira.

Al apartar la última planta de maíz dieron con los listones de una valla destartalada; cada pocos metros se abría un hueco en el alambrado, desatendido desde hacía años.

—¡Pase! —le dijo Elsa; estaban cerca las zancadas de Irma Gulch, ya sentían el cañón ardiente de su pistola.

Traspasaron la valla y corrieron hacia el edificio rectangular que se alzaba a unas decenas de metros. Sobre la oscuridad resaltaba la alta, altísima chimenea, los ladrillos rojos en las paredes; hacía mucho que habían estallado los cristales de los ventanales: cien ojos, abiertos y negros, parecían observarlos desde arriba. A través de aquellos huecos, llegaba desde dentro una luminiscencia anaranjada.

—Es una fábrica —dijo Elsa entre jadeos—, ahí podrán ayudarnos, no se rinda ahora.

Una fuerza ciega la conducía; la determinación más férrea.

La traductora pensaba en aquella buena cantidad de personas que todavía seguirían vivas si ella no hubiera pasado por sus vidas; no se le quitaba de la cabeza Bertha von Harbou, por supuesto, pero también actores secundarios de aquella tragedia y que habían caído por el camino: el teniente norteamericano de la nariz chata, Lancaster y los Merlines, la camarera del hotel, aquel pobre campesino con quien acababan de cruzarse... Recordó cierta conversación en el coche que la conducía hasta San Sebastián, no hacía mucho, cuando ella misma protestaba de la influencia que ciertos personajes como Franco o Hitler tenían sobre nuestras vidas, aun tan lejanos, tan desconocidos. Qué triste, pensó Elsa Braumann, las consecuencias que su paso por el mundo había tenido para esos pobres infelices.

Pero seguía corriendo, determinada no a salvar su vida, sino las notas del cuaderno.

Quiso pensar que todo se debía a una buena causa: rescatar a su madre. Quiso pensar que la vida de Soledad Peguero-Braumann merecía sacrificar todas aquellas vidas, pero no encontró consuelo en este pobre argumento y se sintió más miserable y egoísta que nunca, porque en el fondo hacía mucho que había aceptado aquellas víctimas colaterales. Merinero le había hablado de eso pocos días atrás, cuando ella se hacía pasar por Brasilina: «Va uno bajando el listón acerca de dónde están los límites de hasta dónde puede llegar… —le había dicho—. Hasta que un día es incapaz de mirarse al espejo». Si hoy salvaba la vida, Elsa Braumann lo sabía…, si conseguía por fin rescatar a su madre de aquel campo de concentración y rehacer sus vidas juntas, si conseguía al cabo reunirse en Argentina con su hermana Melita, ya sería otro el reflejo que encontraría en el espejo durante el resto de su vida: nunca más Elsa Braumann, sino la Abeja. La Abeja para siempre. Qué frío, al darse cuenta, y qué miedo, descubrir que esta aventura suya la había ido transformando en el villano de la historia.

—¡Corra más deprisa, Merinero!

Alrededor de la fábrica, por todas partes, se alzaban en montañas las piezas de hierro, material bélico imposible de recuperar y a la espera de ser desguazado. De entre los pedazos, Merinero reconoció piezas de los carros blindados T-26B, donde él mismo había viajado tras liberar Toledo de los rojos; descubrió también las del contracarro M1932. Aquí se fundirían y el material habría de ser aprovechado para construir nuevas armas.

Merinero advirtió que se habían dispuesto varias botellas sobre unos bidones y que, detrás, en la pared, resaltaba un ingente número de agujeros de bala. Se preguntó qué clase de edificio sería aquel que, en uno de sus laterales, alguien había montado un improvisado campo de tiro.

Elsa echó la vista atrás y descubrió a la furia cruzando la valla destartalada; los perseguía todavía Irma Gulch, aferrando la pistola con la izquierda y apretando contra su pecho la mano derecha, que colgaba lacia, la muñeca partida; en los ojos de la *fräulein* ardían ascuas incandescentes, y a Elsa se le vino a la cabeza uno de los cuatros jinetes del apocalipsis que hubiera abandonado su caballo.

—¡Corra, por el amor de Dios!

Allí, ante los faros, el comandante Colmillo se rebuscaba en los bolsillos mientras señalaba con el mentón en derredor.

—Es curioso, padre Albino, el sitio donde nos hemos parado: Abeleiras. Aquí mismo, en ese claro que tenemos delante, *alguien* le dio lo suyo a un galleguista.

El padre Albino se removió en el asiento mientras el comandante no encontraba lo que buscaba, ni en el pantalón ni en la guerrera.

—El tiparraco había huido a Coruña y lo perdimos, pero, luego, un primo suyo nos avisó de que había vuelto; los muchachos lo tuvieron que ir a sacar de los brazos de la madre, al muy cobarde. —El colmillo se dejó ver por encima del labio—. Allí empezó la paliza que le dieron, a la puerta de su casa; y luego ya se lo trajeron para acá, hecho mierda.

Al cura le pareció que aquellos árboles mecidos por el viento se estremecían horrorizados al recordar la escena; hubieran salido corriendo de aquella tierra las hayas, los robles, si no estuvieran atrapados por las raíces.

Albino dio un respingo: el comandante había metido la cabeza por su ventanilla y lo tenía a tiro de beso.

—¿No me pregunta por qué lo sé, padre?

—Q-qué hace...

El comandante abrió la guantera delante del cura y encontró el mechero que buscaba. Se incorporó de nuevo para darse lumbre y la llama le iluminó el careto: no había arrugas que crearan sombras, era más joven de lo que Albino creía.

461

—Qué somanta le dimos, padre, que ensalada de hostias. No es nada fácil matar a golpes a un hombre, ¿sabe? La muerte tarda. Se cree uno que todo habrá terminado enseguida, pero...

—Quizás deberíamos salir a la carretera a buscar ayuda.

—La muerte tarda; es poco formal y aparece cuando le sale del santo coño, pero..., ah, claro que llega, llega siempre. Y ahí viene lo peor, ¿sabe, padre? Cuando llega. Cuando le ves los ojos al que le quitas la vida, ese hombre se convierte en tu compañero. Así los llamamos, ¿lo sabía?, a esos que apiolamos: *compañeros*. Sus ojos se quedan contigo.

El padre Sapo, por fortuna y gracias a Belcebú, estaba sumergido en la lectura de *El Pueblo Gallego*, ajeno a cuanto pasaba alrededor de su despacho.

Brasilina se dispuso a mover un pie.

Al cura le incomodó la grasa de las gafas y se las retiró para limpiarlas con la sotana; asomaron unos ojos pequeños y cegatos, de topo gordo. Fue el momento que aprovechó la chiquilla.

El padre Pascual tenía un radar antipecadores en la verruga aquella con forma de coliflor, y levantó el rostro.

—¿Quién va? —preguntó; era gravísima la voz.

Brasilina se pegó a la pared, muda, inmóvil; creía cierto que el escándalo con que bombeaba su corazón habría de llegar hasta la última puerta del pasillo.

Escuchó un refunfuño en el despacho del interfecto sapo y escuchó rascar la silla sobre el suelo.

—Cago en san Patrás —decía el monstruo—, quién está ahí.

El padre Pascual se asomó a los pasillos desconchados, miró a derecha y también a izquierda y dio una voz.

—Merinero, ¿es usted?

Respondió el silencio. Después, gloglogloglo...

El cura iba a volver al periódico cuando, enfrente, descubrió abierta la puerta de Merinero.

—¿Eh? ¿Trabajando a estas horas ese gandul?

Llamó con los nudillacos.

—Merinero... —dijo. Y aguardó—. ¿José Luis?

Al empujar la puerta le extrañó que el despacho estuviese a oscuras.

—Qué hace usted aquí sin luz, hombre.

Le dio al interruptor.

—Ah —dijo el cura—, mira tú quien está aquí.

Fräulein Gulch lo había aprendido cuando todavía se hacía trenzas Gretchen, al echarse el agua helada cada mañana repetía la consigna: «*Disciplina. Domina tu cuerpo. Tu cuerpo también pertenece al führer*». Tanto entonces como ahora, *fräulein* Gulch se agarraba al odio para evitar el dolor; y era insoportable, en verdad, aquel dolor en el corazón, de entonces, y el dolor de la muñeca, que aquel malnacido le había partido hoy. «*Disciplina. Domina tu cuerpo*». Con cada zancada de la carrera le daba un latigazo allá donde los huesecillos pinzaban el nervio; pero Irma Gulch se aferraba al odio, recreaba en su imaginación cada tormento que habría de infligir a la pánfila y esto distraía un poco aquel dolor espantoso de su muñeca.

—*Dreckskerle!* —gritaba desgañitándose, en pos del hombre y de la Abeja—. *Ich werde euch aufschlitzen und eure Därme rausholen!*

Advirtió que, allá al fondo, en la entrada del edificio, la Abeja y el cretino asaltaban al vigilante de la fundición, gritaban, señalaban hacia ella.

Irma Gulch caminó decidida hacia los tres, rumiando su dolor y su odio. «*Disciplina*». «*Disciplina*».

El vigilante se hallaba confuso todavía, contemplando extrañado aquel cuerpo delgado que se aproximaba, los melocotones, las caderas discretas; y al llegar al rostro lacerado de Irma Gulch no pudo por menos que persignarse.

—Qué es eso que me dicen estos señores de que estás persiguiéndolos, moza —exclamó.

A no más de veinte pasos, la mujer de la Gestapo aferró la pistola y, pronunciando mucho la erre y silabeando, dijo:

—Fuera.

Nada más ver el arma, al vigilante se le pasaron las ganas de melocotón y salió de allí en mucho menos de lo que tardó el gallo de san Pedro: no le pagaban tanto.

Menos de veinte pasos los separaban; dio la impresión de que las dos mujeres fueran a lanzarse fuego por los ojos; sostenía una un arma y la otra una carpeta de piel de cocodrilo; en su interior guardaba el destino de la humanidad.

Merinero agarró a Elsa, penetraron el portalón de la fábrica y se perdieron allá dentro.

—*Hure!* —gritó Irma Gulch.

«*Disciplina. Domina tu cuerpo*», se decía para olvidar el dolor que le producía cada zancada.

Encerrada durante meses en el hueco ciego del *faiado* era preciso aprender de la lentitud de las arañas: los hilos vinieron de viejas cortinas allí acumuladas, de su propio traje, de la manta sobre la que se tendía. La baronesa Ana los recolectaba con la misma tenacidad que las hormigas que día tras día recorrían el desván. Fue guardando hilos y cuerdecillas en secreto, en los rincones, bajo las cajas. Es bien sabido que, para una fuga, el arma ideal es la paciencia.

Aquella noche, Ana Reiniger-Castro lo dispuso todo nudo a nudo. Sabía bien que, si fallaba, su marido la mataría.

Distinguió a través del agujero la raya naranja que anunciaba el fin de la jornada.

—Llegó la hora —dijo.

Y comenzó a chillar. Qué liberador fue aquel grito, qué bueno para su alma.

Acudió el barón, hecho una furia y en pijama; llevaba en una mano el sempiterno pincho y en la otra la linterna, cuya luz dirigió a la figura de su mujer.

—*¡Para de gritar, loca!, ¿qué quieres?*

Al acercarse a grandes zancadas se le enredaron los pies en aquella trampa, recordaba a ese juego que las niñas llaman «la liga»: le hizo caer boca abajo y estrellarse contra el suelo.

Al revolverse, dolorido y confuso, con la nariz partida y la cara llena de sangre, el barón Reiniger entró en una suerte de niebla. Su esposa le contemplaba con la mirada extraviada.

—Ahora no es cosa de dormirse —les dijo a las hormigas—. Atémosle de una vez.

A ojos del padre Sapo no había nadie sentado al escritorio ni tampoco en la silla arrimada contra la esquina.

Metida entre el archivador y la pared, Brasilina se encogía cuanto podía.

Se acercó don Pascual a la mesa y enfrentó el busto de Galdós.

—Vaya a quién tenemos aquí.

Del viejo Galdós había dicho Ladrón de Guevara: «Es defensor de ideas revolucionarias, irreligiosas, dominado del espíritu de odio a sacerdotes y frailes».

—Ya me olía a mí a azufre —dijo el padre Pascual—. Satanás mismo.

Llevado por una inspiración, dio la vuelta a la mesa. Cerró los ojos Brasilina cuando la sombra de aquel corpachón pasó delante de ella haciendo ruidos: gloglogloglo. El padre Sapo tomó el mismo frasquito de tinta que Merinero usaba para las tachaduras. Brasilina vio llegado el momento de salir a gatas hacia el pasillo. Y allá que fue, *prestissimo*.

El cura abrió con dos dedos el frasco de tinta y, despacio, despacio, lo fue volcando sobre el busto de Galdós. Los chorretones resbalaron sobre el pelo y los bigotes egregios.

—Así ardas en el infierno, hotentote.

Al darse cuenta de que la tinta alcanzaba la mesa, el sacerdote censor bajó la mirada y sus ojos se encontraron con los de una chiquilla que se arrastraba a gatas.

Dentro del complejo se entremezclaban el calor y la penumbra: metales retorcidos, restos de aviones esperando, apilados para ser procesados; aquí los Polikarpov Natacha; ahí Tupolev SB-2... Impresionaba, en efecto, ver allí, aunque fuera en piezas, aquel material de guerra soviético, requisado a los republicanos tras la guerra. Todo aquel contingente rojo que pudiera aprovecharse había venido a servir al mismo ejército contra quien había luchado. A partir del 39, el ejército y la Guardia Civil franquistas habían sido pertrechados con escopetas y fusiles rusos, con blindados y camiones rusos, con el Maxim-Tokarev M1925. El resto, el material irrecuperable, acababa en este desguace triste y gris, donde llovía cada día.

Merinero y Elsa Braumann pasaron corriendo junto a una cubeta enorme, de quizás dos pisos de altura, en cuyo interior burbujeaba el incandescente metal derretido; recordaba a la lava.

A fin de recuperar el aliento, se parapetaron tras una estantería que almacenaba restos de antiguas Degtyarev DP 1928.

Allá en la puerta asomó el rostro cortado de Irma Gulch; el ojo sano recordaba al de Polifemo; era como un faro que examinaba el infierno de metal que se extendía ante ella, el laberinto de pasajes elevados y escaleras, tuberías y desechos. Ni rastro de la Abeja ni del abejorro.

—*Scheiße* —murmuró entre dientes.

Dejó atrás un montículo de aviones desguazados; cazas italianos CR-32; I-15, que llamaban Chatos; los Mosca I-16.

—¡Las notas, zorra! —gritó. El eco de su voz se perdió entre los mil rincones del hangar—. ¡Dame las notas cuaderno y a lo mejor permito vivir a ti!

El barón Hendrick Reiniger no tardó demasiado en volver en sí; el dolor de la nariz partida le hizo rugir.

Se descubrió tumbado boca arriba en medio del desván y envuelto en aquellos ridículos hilos; eran buenos los nudos, entrelazados a puro temple durante meses, con paciencia, con paciencia.

Distinguió la silueta de su mujer al fondo. Daba un paso hacia él.

—Cuando era niña —decía la baronesa Ana—, me contaron una cosa sobre las ratas; yo creo que fue entonces que les cogí tanto miedo. Ocurre cuando encierras demasiadas crías recién nacidas en un espacio reducido, como esta caja.

Sostenía, en efecto, una caja de zapatos cerrada. Algo se removía dentro, rechinaban mil chillidos diminutos.

El barón descubrió, muy cerca y en el suelo, su pincho de heno.

—*Ana, suéltame* —decía inmovilizado, conciliador—. *Todo esto es una locura, hemos hecho los dos un montón de estupideces. Acepto que estés… disgustada, pero todavía podemos hablar.*

Ana siguió acercándose. Andaba descalza, las plantas de sus pies conocían cada nudo de aquel suelo, cada fisura.

—¿Disgustada, Hendrick? —Le hizo gracia y se rio por lo bajo. Fue poniéndose seria a medida que, mostrando la caja, hablaba de nuevo—: La suciedad, los excrementos y también la sangre de sus propias mordeduras va pegándose a su cuerpo, a sus colas asquerosas. Al crecer tan juntas, esa especie de pegamento las entrelaza unas con otras y surge una rata hecha de ratas. Este fenómeno, Hendrick, monstruoso si quieres, tiene un nombre: Rey de las Ratas, lo llaman.

El barón se giró hacia el pincho; colocó las muñecas de tal forma que pudiera rozar las ataduras contra el filo del arponcillo.

—*Ana, podemos hablar. Te perdono, ¿sí? Te perdono el haberme acusado. Te lo perdono todo y te levanto el castigo.*

—¿Que me levantas el castigo, Hendrick?

—*Eres libre de bajar de nuevo. Prometido.* —Frotaba a su espalda las ataduras contra el pincho filoso. Frotaba, frotaba hasta desgarrarse la piel—. *¿No te apetece disfrutar de nuevo del jardín? Di. Volver a las fiestas, vestirte con tus trajes de seda. ¿No te apetece?*

—El castigo —repetía ella, ensimismada, sosteniendo la caja.

El barón notó cómo, entre la sangre de las muñecas, saltaban las ataduras; vio llegado el momento.

—*Lo tienes todo, esposa querida* —dijo liberándose—. *Mujer, española e imbécil.*

A hurtadillas se metieron en la oficina del supervisor de la fábrica, un habitáculo elevado, en una esquina, con listones de hierro y paredes de cristal, desde donde se controlaba buena parte de la fundición. Allí se acuclillaron Merinero y Elsa Braumann, en su escapada de la rubia que los perseguía. De cuando en cuando se escuchaban los gritos recorriendo la nave, como los de un espectro que vagara: «¡Dónde estás tú, Abeja! ¡Deja que yo vea!, ¡sal!».

—Avise si se acerca —cuchicheó el censor.

Se habían metido allí por algo que él había descubierto desde fuera: sobre una mesa yacía un buen número de piezas junto a una caja. En la caja asomaban armas recién montadas; la mano habilidosa de un operario las había traído a la vida a partir de aquellos restos muertos.

Merinero examinó con atención un viejo fusil ruso: el arma se hallaba despintada y como herida, pero dispuesta a ser reutilizada. De una caja llena de balas fue picando aquellas que le pudieran valer a aquel modelo; trataba de recordar cuál, de sus días en la guerra.

Elsa observaba a través de los ventanales polvorientos. Se apoyó en un escritorio y puso cuidado de no pincharse en un clavo alto donde se clavaban los albaranes resueltos.

—Dese prisa, me parece que la veo venir...

—Esto es otra cosa —dijo Merinero, aferrando el arma entre sus manos—. Ahora se puede presentar batalla.

—¿Nos vamos?

—Un momento solo.

El censor dejó el fusil sobre la mesa; había reconocido el viejo modelo Astra 300, idéntica a la pistola que guardaba en el armario de su casa y que antes había usado en la guerra, no demasiadas veces, pero sí con buenos resultados; pareciera que aquella arma se hubiera teletransportado allí, desde una caja a la otra.

Merinero encontró dos balas y sonrió.

—Tenemos que movernos —dijo Elsa.

Se dio cuenta nada más darse él la vuelta para encararla: algo había cambiado en la mirada de José Luis Merinero; había estado pensando.

—Elsa —dijo él señalando la carpeta con la Astra—. No se ofenda si le digo que esas notas estarán más a salvo conmigo.

La traductora aferró la carpeta contra su pecho.

—¿Con usted?

—Démelas, por favor.

—¿Puedo negarme? —dijo Elsa—. Lo digo porque me las pide con un arma.

Él pareció sorprenderse.

—No pensará que iba a usarla contra usted.

—Se me pudo pasar por la cabeza.

—A mí no. Ni en un millón de años. Usted se equivoca conmigo.

Allá afuera, en el laberinto de pasillos de hierros y escaleras, tronaba la voz nazi:

—¡Si no sales es peor a ti! ¡Sal ahora y yo perdona vida tuya!

Elsa Braumann aferraba la carpeta todavía. El censor extendió su mano.

—Deme las notas, Elsa.

—No puedo.

—Está cometiendo un error. Démelas.

—Con el mismo respeto que usted a mí le digo, Merinero, que sé lo importante que es encontrar los restos de su mujer. Lo sé bien, la falta que le hacen mis notas para cambiarlas por ella.

Nada decía el censor, escuchándola muy serio.

—Pero —añadió la traductora— también lo son para mí. Necesito rescatar a mi madre de ese campo de concentración.

—No conseguirá rescatarla de ningún sitio si Irma Gulch la mata.

—Estoy dispuesta a intentarlo. Y sé que me comprende, José Luis, porque usted haría lo mismo.

Sonrió la voz de Irma Gulch en una exclamación.

—¡Ah, puta! —dijo—. Ya sé dónde tú estás.

Desde lo alto y a través de la cristalera, advirtió Merinero que la rubia se aproximaba, sonriendo en una mueca de dolor y rabia que deformaba aún más aquella expresión suya.

—Coño, viene hacia aquí, nos ha visto —dijo el censor—. Elsa, ¿me ha oído?, viene para…

Al darse la vuelta descubrió abierta la puerta de la oficina; había desaparecido el fusil y había desaparecido Elsa Braumann; ahora también estaba escapando de él.

Ana Reiniger abrió la caja y vació su contenido sobre el barón. Cayeron mil ratillas sobre su rostro ensangrentado, moviendo locas las patitas como si pretendieran nadar en el vacío y raspándole la carne abierta. Reiniger gritó de espanto y de dolor y de asco; reculaba tratando de librarse de ellas.

—*¡Quítamelas! ¡Quítamelas de encima, jodida loca!*

La baronesa Ana contemplaba cómo los animalillos, libres por fin, corrían a esconderse por el desván.

—¡Mira, Hendrick! Oh —dijo sorprendida—. No se han quedado pegadas. Ya ves, querido: no era más que una leyenda.

El barón se removía, quitándose aún de encima las que trataban de agarrarse a aquella herida abierta y comerse su nariz.

—*¡Te voy a matar! ¡A matar!*

Ella no se movía.

—¿Tú solo? —replicó—. ¿A mí? No me hagas reír, Hendrick.

Reiniger se alzó al fin. No era un hombre alto, no era especialmente fuerte ni especialmente amenazadora su presencia. Era, sin embargo, más alto que ella, más fuerte que ella, y eso bastaba.

—*Jodida estúpida, ¿creías de verdad que podrías detenerme con tus ridículos hilos y tus ratas asquerosas?*

—No, Hendrick, claro que no —respondió la baronesa.

Allá que se abalanzó el barón, las garras extendidas hacia el cuello de su esposa; ya no más juegos crueles, no más rodeos ni más pinchos: estaba decidido a robarle el aire que hinchaba su pecho.

—*Ahora me respetarás, Ana* —dijo apretándole la garganta con las dos manos—. *Muerta me respetarás.*

El padre Pascual iba a acudir a la Virgen santísima para expresar su asombro y, en lugar de eso, al descubrir a la cría dijo entre dientes:

—Pero qué cojones…

Brasilina juzgó que no sería bueno para ella quedarse a conversar y echó a correr hacia la puerta. El padre Sapo mostró una agilidad inesperada y, ¡blam!, se la cerró en las narices.

—Quieta ahí, ratona.

—Déjeme salir.

No gustaba al padre Sapo aquel mechón rebelde que a la niña le temblaba en la frente, y tampoco le gustó la mirada desafiante.

—Qué hacías ahí abajo, ¿estabas robando? —La zarandeaba por un brazo—. ¡Confiesa! Ahora mismo llamamos a la autoridad.

—No robaba nada, estoy aquí de parte del señor Merinero. Él me dio su llave. ¿Lo ve?

A la vista de la llavecita se alzaron las cejas del monstruo.

—Y qué se supone que hacías aquí —replicó, agitándola como un guiñapo—. ¡Habla!

Brasilina, en su inocencia, ni siquiera fue consciente de que, en lugar de mentir, decía la verdad:

—Vine a por unos papeles que se le olvidaron al señor Merinero.

—¿Unos papeles? Dónde están.

—Ahí. Ahí, están ahí, en el segundo cajón.

«Privacidad» era una palabra que no existía para Pascual. Otra era «cortaúñas», pero para qué seguir. Al abrir el cajón, el padre Sapo encontró un portafolios marrón que contenía el típico manuscrito, uno más de los que a él mismo le adjudicaban todos los días para pasarle tachaduras. Tendría unas trescientas páginas.

Lo puso sobre la mesa. Abrió la tapa de cuero y quedó expuesta la primera página.

EL ENJAMBRE
por Elsa Braumann

A Brasilina le subía un calor a la cara.

—*Cajo na cona.* Eso no es suyo.

—Cállate, niña —dijo el cura. Temblaban los petalitos de la verruga—. ¿Quieres que te friegue la boca con jabón? ¿Eh?

La chiquilla, la cabeza encogida entre los hombros, agachó los morros.

El cura se sacó del bolsillo unas gafas.

—Estate quieta ahí —le dijo.

Brasilina replicó, temerosa.

—Qué va usted a hacer.

—¿Hacer? Nada, solo…

El padre Pascual acercó la coliflor hacia la página y empleó el que, durante aquellos años ominosos, por desgracia se había convertido en un verbo oscuro:

—*Leer.*

—*Qué estupendo —se dijo Elsa Braumann—; qué magnífico este principio.*

Llamaban la atención las notas que el censor Merinero había ido tomando en los márgenes del manuscrito; a lápiz unas, otras a bolígrafo…

«La protagonista me parece una mujer particular. De momento es una mosquita muerta, no está preparada para todo el lío en el que va a meterse, pero se adivina ya que es capaz de mucho más de lo que cree. También a mí, como al capitán del submarino, me gusta su sentido del humor».

Elsa Braumann no sabía adónde huir y escogió el único camino que le quedaba: se cargó al hombro la bandolera del fusil, agarró con las dos manos la escalera metálica y comenzó el ascenso. A no más de veinte metros hizo lo mismo Irma Gulch, observándola, y subió por una escalera paralela. La traductora casi echó de menos a Merinero, al que no acertaba a divisar desde lo alto.

El padre Sapo iba encontrando, página tras página, las anotaciones de Merinero:

«Personalmente creo que la madre de Elsa Braumann está muerta y que la están engañando, pero me veo arrastrado por la capacidad de fe que manifiesta la traductora. La fe es la cualidad principal de Elsa Braumann. Ella no es consciente».

«La curiosa transformación de Elsa en Margaretha me parece una transformación en sí misma. Una versión potenciada. Se ha colocado una máscara con su mismo rostro y es cada vez más ella».

«Me he reído cuando ha dicho que no es nada aficionada a las aventuras. Será que las aventuras son aficionadas a Elsa Braumann».

Al llegar al siguiente nivel, Elsa echó a correr por el entramado de pasarelas de hierro mientras la *fräulein* hacía lo mismo allá, a quince metros; daba la impresión de que estuvieran en un mal sueño y que, cuanto más corrían para alejarse una de la otra, más cerca estaban.

Y se acercaban, por cierto, ya se encargaba Irma Gulch de acceder a las pasarelas que la conducían hasta la Abeja y su carpeta.

«Me hace gracia que la traductora sea un poco torpe. Cuando se requiere de ella cierta reacción, se trabuca y la mayor parte de las cosas le salen mal».

«Esta mujer no hace sino correr y esconderse».

Llegadas a una plancha que descendía de nuevo, a la Abeja y a la carpeta no les quedó más remedio que aumentar la apuesta y se encaramaron a una viga que subía en 45°. Rodeándola con brazos y piernas, Elsa Braumann se arrastró por el travesaño hacia lo alto; hacia ninguna parte, en realidad, nada más pretendía que alejarse de la *fräulein*. Pesaba a su espalda el fusil, parecía que tirara de ella hacia el vacío.

«Me hizo daño el episodio del fusilamiento en el Castro. Es verdad que siguen cargándose rojos allí arriba; y nosotros, a pocos metros, haciendo como que no nos enteramos. Empiezo a estar agotado de odiar; harto. Es para preguntarse si no se cansan ellos también».

«Qué cierto eso que dice la Braumann: "Argumentos retorcidos para que los países puedan justificar sus politiqueos repugnantes, en aras de no sé qué valores que, en el fondo, les importan un pimiento". Desde hace unos días, cada vez que enciendo la radio o abro un periódico me dan ganas de vomitar».

Sonó un disparo que atronó toda la nave y la bala incandescente pasó rozando la cabeza de la traductora; Elsa no estuvo muy segura de si le había disparado la rubia o el censor.

Y tanto daba en el fondo quién terminara siendo dueño de su cadáver.

—¡Por favor, no! —chilló.

Se recordó a sí misma describiendo su propia muerte en el manuscrito, solo que en esta ocasión no habría segundas oportunidades ni resurrecciones a la vuelta de la página. A punto estuvo de perder asidero y caer al abismo que ya se abría a sus pies. Aferró aquella madera nudosa y persistió en su ascenso, persistió, persistió, mientras, atrás, llegaba Irma Gulch al pie de aquella viga y le apuntaba con el arma.

—¡Quieta, Abeja! ¡Yo mato a ti si tú sigues!

«"Usted… es parte del enjambre". Esa frase parecía que me la decía a mí».

«También yo podría decirlo: "'Maldad'… Ni siquiera estoy ya seguro de lo que quiere decir eso; por desgracia me he desacostumbrado a moverme en esos términos". Nos hemos vuelto todos unos cínicos y unos amorales».

«Reconocí esa senda hacia la mentira de la que hablaba Elsa, porque yo mismo tuve que aprenderla. E, igual que ella, yo podía decir: "Debería tener remordimientos por estar engañando, pero, cosa curiosa, no los tuve"».

Nada más lejos en sus intenciones que detenerse: Elsa Braumann accedió a lo alto de la viga y se perdió en el entramado que se extendía bajo el techo a dos aguas de la nave. Sonó un disparo a su espalda, y un grito de rabia.

—*Halt!*

«Todos en este enjambre llevan máscaras. Mientras leía me he tocado la cara para comprobar que también la mía estaba bien puesta. Y lo está».

«En esta historia todo el mundo traiciona a todo el mundo».

Caminaba la Abeja por encima de las vigas, haciendo equilibrios; corría, jadeando, corría, el pelo empapado en sudor cayéndole sobre la frente, perseguida por el ángel de la muerte; la peor parte llegaba cuando Elsa accedía a una intersección de vigas y tenía que aferrarse a la que subía para rodearla y continuar camino al otro lado. Lo hizo un par de veces y a la tercera no le resultó tan difícil: era como si llevara escapando toda la vida.

«La muerte de Elsa Braumann había sucedido mucho antes de su muerte en la playa. Lo sé porque yo mismo estoy

muerto desde que apreté por primera vez el gatillo: "¿Sabe lo que le pasa a una abeja cuando pica?"».

Elsa se encontró de pronto en el centro de la estructura, punto de intersección de vigas y travesaños. Colgaban del techo cadenas y cadenas, que terminaban en ganchos; y a sus pies, a medio camino en una caída de veinte metros, bullía el metal derretido en la olla enorme. Ascendía tanto calor que a la Abeja le caía el sudor por la frente como si se le estuviera derritiendo el rostro.

—*Ya eres mía* —dijo a su espalda Irma Gulch.

«*Qué enjambre repugnante es este en el que todos nos mentimos y nos asesinamos por casi nada. En qué nos han convertido los que nos han llevado a esta guerra: ese Juan March, ese Hitler, ese Franco. Nosotros nos metemos en el lodo a picarnos los unos a los otros con nuestro aguijón, pero ellos son los verdaderos monstruos*».

La flor del entrecejo del padre Sapo se comprimió como previa a una explosión.

—Válgame Cristo, pero qué es esto... Ese camándula de Merinero, siempre mirando por encima del hombro...; pues ahora se ha metido en una de tres pares. Vamos, niña.

—Qué piensa usted hacer.

—¿Hacer yo? No yo, sino la policía. Aquí —dijo señalando las notas de Merinero— tenemos un delito de *excitatio ad rebellionem* de libro; pero de libro, vamos.

—¿Lo va a denunciar? —replicaba la niña—. ¡Merinero es su compañero!

—Y me va a doler, muchacha, no sabes cuánto. Pero no puedo permitir una manzana podrida aquí, entre nosotros. Y el caso es que a mí algo me daba: los *lectores* tenemos el instinto muy hecho. En fin, obremos.

No dudaba el caballero Roldán y no dudó Brasilina: le arrancó el manuscrito de las manos y rugió el cura.

—Qué haces, mocosa, trae eso para acá.

475

La niña ni siquiera había apoyado un pie en el pasillo cuando una pinza agarró su oreja. El cura tenía práctica: había hecho suyas muchas orejas de bedeles, recaderos y monaguillos de la misma manera que ahora hacía con Brasilina.

—Suélteme, me hace daño.

El cura le arrebató el manuscrito.

—De mí ya no te escapas, doña Intrigas. Vamos.

Cruzaron el pasillo en dirección a su despacho. Esta vez eran lágrimas verdaderas las de la niña y no solo por lo que dolía la pinza; ni siquiera por lo que se decía por Patos y por Panxón y por Sabarís, que todo el mundo comentaba: eso de que nadie, nunca jamás, sería capaz de atrapar a aquella niña. No era por eso, sino por aquella sensación primera en su joven vida, la primera de muchas y que abría la puerta a su madurez: la amarga sensación de fracaso. La misión, al garete; *El enjambre,* en manos de aquel demente: daba la cría unos hipiditos que partían el alma. A quien la tuviera, que no era el caso en aquel pasillo.

Entrados en el cubil del cura y viendo que levantaba ya el teléfono, la chiquilla le dio una patada en la espinilla.

—¡Ay! ¡Quieta, fiera!

Brasilina iba a darle otra patada cuando la mole del cura la cogió por un brazo y la lanzó contra la pared: la niña dio un topetazo y cayó al suelo de culo.

El padre Pascual le apuntó con el dedo índice; se le enterraba en la carne abotargada un anillo que parecía que iba a reventar.

—Si no te estás quieta, condenada, saco el cinturón.

Nada hizo ella para detenerle, sino dejarse embestir; y el barón Hendrick Reiniger, príncipe del Sacro Imperio Germánico, caballero de cuarta clase de la Roter Adlerorden y Placa Dorada del Partido, aplastó contra la pared del desván a su esposa Ana Castro, baronesa por casamiento y española de nacimiento. En ese momento ella pesaba cuarenta y dos kilos y él noventa y siete. Hasta al barón Reiniger le sorprendió lo fácil que resultaba aplastar aquel cuellecito; le impedía respirar.

—*Ramera española* —farfullaba él entre dientes.

Ella, ahogada, sin respiración, parecía reírse; decía algo ininteligible.

—*¡Qué dices!* —rugió el barón.

Ana silabeaba, perdía el conocimiento; y gritó él:

—*¡Que qué dices, imbécil!*

Aflojó un momento para permitirle hablar y la baronesa Ana aprovechó para tomar aire y meterse la mano en el bolsillo.

—*C-castigo...* —decía entre toses, medio ahogada todavía.

—*¿Qué? ¡No te entiendo, cretina, qué cojones dices!*

La baronesa Ana Castro alzó los ojos para enfrentarle y, en alemán para que su marido no perdiera una palabra y sonriendo aún, dijo en un susurro:

—*Que el castigo comienza ahora.*

Sacó la mano del bolsillo y, hecha un puño, se la metió a su marido en la boca para dejar dentro el contenido.

Hendrick Reiniger retrocedió. En un primer momento creyó que le había llenado la boca de tierra y tosía masticando arenilla y tosía y tragaba polvo y tosía, amenazándola con los ojos.

Ana Castro, apoyada en la pared y derrengada, contemplaba su triunfo, exultante.

No era tierra lo que tragaba el barón y le ardía esófago abajo, ni polvo, ni arena; la arena no le quema a uno así por dentro, se decía, espantado, tosiendo aquella porquería amarilla.

Su mujer sonreía.

—*Las ratas, Hendrick* —dijo señalando el saco de veneno.

También Elsa le apuntaba con el fusil. Irma Gulch se iba acercando despacio, como hacen las arañas cuando se aproximan a una presa; no apartaba de Elsa Braumann ni el cañón de la Luger ni el ojo sano; el otro, el alfileteado por varias esquirlas, lloraba una lágrima espesa, muerto ya.

—Dame —dijo señalando la carpeta.

Elsa alargó el brazo y, sin dejar de apuntarla con el fusil, amenazó con dejar caer la carpeta sobre la cuba de metal incandescente; Irma Gulch la detuvo con un gesto:

—No.

Elsa temblaba. La bravata le salió en alemán.

—*Apártate, Irma, y déjame ir. Cuando esté abajo dejaré la carpeta en la puerta y yo me iré y tú podrás recogerla.*

Apenas las separaban tres pasos.

—*¿Crees que soy idiota, Abeja?* —preguntó la mujer de la Gestapo—. *Dame la carpeta ahora. Aquí y ahora. O te disparo.*

Elsa amenazó con dejarla caer.

—¡Eh! —gritó de nuevo la Gulch; solo eso la detuvo.

—*Llegados a este punto* —dijo la traductora apretando la mandíbula—, *soy capaz de perderlo todo,* fräulein. *Disparas y pierdes la carpeta, tú decides.*

Irma Gulch bajó el arma, conciliadora.

—*Bien. No la tires, Abeja; acepto. Acepto, voy a dejarte ir.*

—*Retrocede.*

—Tú no miedo —decía la Gulch con la más melosa de sus voces—, yo te deja ir.

—¡Retrocede, coño!

La mujer de la Gestapo hubiera podido retroceder y bajar, acceder; dejar escapar a la Abeja y recuperar las notas de la investigación Von Harbou: Alemania hubiera ganado la guerra, el mundo entero habría sido ario. Hubiera podido hacerlo, pero, igual que el escorpión que picó a la rana, Irma Gulch fue incapaz de resistirse a su naturaleza. Aferró la Luger, tan excitada como no creía haberlo estado desde que Johan Höss la palpó aquella noche de sus catorce años. Era muy consciente de tan mala decisión, la peor de las ideas: sabía que al disparar a la Abeja esta dejaría caer la carpeta en la cuba de metal incandescente; sabía que al disparar a la Abeja ya no habría ni carpeta ni III Reich. «*Disciplina. Disciplina. Disciplina*». Pese a ser muy consciente, fue incapaz de resistirse y apretó el gatillo y disparó hacia la cabeza de la pánfila y odiosa Abeja.

El padre Albino nada había dicho; mantenía la mirada fija en la oscuridad del claro.

—Es curioso lo que dice, comandante.

—¿Curioso?

El cura hablaba muy despacio.

—Eso de los ojos que ya no te abandonan. Esos que estarán contigo cuando lees un libro, cuando paseas por el campo. Siempre ahí. Siempre. Compañeros. Y entonces descubres que nunca se olvidan.

El comandante lo contemplaba de reojo.

Sonrió con largura aquella sonrisa que el padre Albino había conservado desde niño.

—Digo que me parece curioso, porque usted, Isidoro —añadió—, no tiene compañero.

—¿Cómo?

—Usted nunca ha matado a nadie.

—Oiga, usted qué carajo sabe.

El cura no le dio importancia.

—Uno no sabe lo que no sabe…, y sabe lo que sabe.

—Pero qué dice —replicó el Colmillo. Hacía un par de frases que aquello le parecía menos divertido.

—Digo que lo sé bien: usted nunca ha matado a nadie.

Sido el Colmillo aspiró una calada larga y la expulsó hacia el cielo alzando la barbilla.

—Es verdad, yo no estaba aquí; la historia me la contaron solamente. Pero me habría gustado estar.

—No le habría gustado, se lo aseguro.

—Coño, por qué dice eso.

—¿Estuvo en el frente, comandante?

—¿Yo? Pues claro. Qué cojones es lo que…

Pese a la voz serena, en absoluto agresiva, el cura no le permitió terminar:

—Usted nunca estuvo en primera línea.

—¿Lo sabrá usted mejor que yo?

—No estuvo.

El joven iba a insistir en que sí y algo en aquella mirada de Albino le dijo que podía relajarse, que no encontraría ningún sitio mejor para descansar.

—¿Estamos en confesión? —preguntó el Colmillo.

—No, pero puede hablar en confianza.

—Nunca estuve en el frente, no.

—¿Este es su primer destino? —preguntó el cura.

Todavía recelaba el comandantín, pero salieron solas las palabras.

—Sí. Mi madre y doña Carmen son primas. Pero oiga, se supone que aquí las preguntas las iba a hacer yo.

Asintió el cura; siempre resulta satisfactorio el camino de la verdad.

—Comprendo. Su madre de usted le pidió a doña Carmen que le consiguiera este destino. Es un buen destino.

El Colmillo fumaba.

—Sí que lo es.

No fue el sonido del ¡clic! del arma descargada o el hecho de que la Abeja permaneciera como si tal cosa, viva y más que viva. No fue eso lo que cambió el rostro de *fräulein* Gulch: contemplaba algo tras Elsa que la hizo palidecer. Ahí ya sabía la traductora lo que estaba mirando y, sin necesidad de volverse, la Abeja dijo:

—¿Me va a disparar, señor Merinero?

El censor, a su espalda, le apuntaba con aquella Astra vieja, idéntica a la que tenía en casa y con la que había matado antes, no mucho, pero sí bien.

—Solo si me obliga, señorita. ¿Me va a obligar?

El censor había avanzado un paso a espaldas de la traductora, dos: se acercaba. Elsa Braumann casi podía sentir, en su nuca, la premura de él por tirar de gatillo.

Merinero se dirigió a Irma Gulch y le señaló abajo, a la cuba con metal ardiendo:

—Tú, loca. Tira ahora mismo la Luger.

La rubia temblaba de rabia, no lo podía disimular.

Merinero insistió.

—¿No me has oído? Tira el arma y desaparece. No quiero volver a encontrarme tu feo careto nunca más. Si vuelvo a verte, no seré tan compasivo.

Iba a comenzar el retroceso Irma Gulch y Elsa dio un paso al frente.

—Quieta —dijo aferrando el fusil.

—Qué hace —replicó Merinero—. Que se vaya de una puta vez la condenada.

El gesto de Elsa Braumann se oscurecía por momentos: el pelo le caía como una cortina sobre los ojos e impedía ver si había luz en ellos o si los había conquistado la negrura.

—Si se marcha ahora —dijo despacio—, será para aparecer más tarde. Nunca nos libraremos de ella.

El censor no comprendía.

—¿Qué?

—¿Tiene idea de lo que nos espera si la dejamos marchar? Créame, los dos acabaríamos en una fosa común. ¿Verdad, *fräulein*? Nos perseguirá allá donde vayamos, durante el resto de nuestra vida.

Irma Gulch fue a retroceder otro paso, Elsa aferró el fusil a la altura de su vientre y apuntó al corazón nazi. Acaso se lo decía a sí misma:

—No podemos dejarla ir.

José Luis Merinero tuvo tanto miedo de la sombra que se alzaba ante él que se sintió de nuevo con catorce años, escondido en la biblioteca del instituto mientras, fuera, le buscaban los de la CNT para darle una paliza.

—Usted no quiere hacer eso —le dijo.

—No se trata de lo que yo quiera.

La Gulch tiró el arma a la cuba.

—Yo no persigo. Yo marcho. Tu amigo razón. Tú no me vuelves a ver.

Elsa iba a disparar, el censor lo sabía. Se lo habían enseñado años y años de codearse entre sombras: anticipaba bien esos momentos. Josiño Merinero temió agarrar a Elsa del brazo por miedo a que se le disparara el fusil y destripara a la mujer de la Gestapo.

—Elsa, escúcheme, por favor. Esa es una puerta que usted no quiere cruzar. Se lo digo yo que he estado al otro lado, ¿me oye? Usted no quiere pasar por ahí, hágame caso.

—Crucé al otro lado en aquella playa, señor, usted leyó el manuscrito.

Merinero se adelantó.

—Elsa, va a convertirse usted en una cosa que no quiere ser. Le aseguro que no quiere.

—¿No se fusila a un enemigo? Cargo, apunto…

Merinero apretaba los dientes.

—Si mata usted ahora a Irma Gulch lo lamentará. Tal vez no ahora, ni hoy ni mañana, pero más tarde. Toda la vida.

Elsa Braumann giró el rostro hacia Josiño Merinero; también ella lo encontró más joven, tenía los ojos de un muchacho asustado. En los de ella, sin embargo, nadaba la amargura de quien lo ha perdido todo.

—Ya no puede usted salvarme —musitó.

Y él sonrió.

—¿No? —dijo triste.

Elsa negó con la cabeza. Lo repitió en un susurro mudo.

—Ya no puede salvarme.

Y Josiño Merinero alzó el Astra y le voló la cabeza a Irma Gulch.

El agujero que le apareció en la frente resonó en un estampido que rebotó por las esquinas de metal de la nave.

Elsa quedó congelada; también él, con el arma en alto todavía y humeando el cañón del Astra.

Fräulein Gulch se mantuvo de pie un momento, con gesto sorprendido, retrocedió a punto de venirse abajo, perdió pie y cayó hacia el abismo; abajo la esperaba la boca con metal incandescente, tropezó con la cabeza en el borde, sonó un ¡clanc! y allí dejó estampado el lado bueno de la cara, se volteó como un pelele en el vacío y siguió camino hacia abajo, hacia abajo, hasta el infierno, donde terminó estrellándose su bello cuerpo entre hierros y tuberías y levantó un gran estruendo.

Allí quedó su cuerpo, inmóvil, una pierna por aquí, una pierna por allá, como si estuviera hecho de trapo.

El barón extendió la mano hacia ella; era socorro y no venganza lo que imploraba con aquel gesto; persistían los tosidos y con cada uno de ellos expelía una nubecita amarilla que, al cabo de uno, dos instantes, se tiñó de rojo oscuro.

—¡Ana! —gritaba—. ¡Ana!

Perdió las fuerzas y cayó de espaldas, pataleando como Gregorio Samsa boca arriba; el polvo amarillo se lo estaba comiendo por dentro. Hendrick Reiniger empezó a quedarse ciego, ya apenas podía respirar.

—¡Ana!

—¿Qué, Hendrick? —respondió ella muy serena—. ¿Necesitas algo?, ¿quieres que llame al servicio? No, espera, qué tonta; si todavía faltan horas para que lleguen, tú mismo lo organizaste así, ¿te acuerdas, querido? «*Das Feld überlassen*».

Al contemplarla desde abajo, al barón no le pareció la misma mujercilla flaca, sino un coloso.

—¿Ana?

Ya más en aquel mundo que en este, el barón dio por bueno que se trataba de la más bella diosa de los guerreros nazis.

—*Ostara* —dijo al reconocerla. Hablaba como si tuviera un polvorón en la boca; un polvorón amarillo y venenoso—. *Ostara, llévame contigo. Sálvame de esta loca.*

Se fue quedando tieso, tieso, el brazo del saludo romano extendido hacia el techo de madera; los músculos se le estaban transformando en piedra y se escuchaba a sí mismo un estertor ronco; creyó imposible que aquel gruñido fuera suyo.

Nada expresaba el rostro de la baronesa, contemplando su agonía. Recordaba a la araña cuando ha cazado una presa y se sienta a esperar junto al insecto envuelto; no muestra prisa, tiene todo el tiempo del mundo.

—*Mein Gott!* —gritó el barón al darse cuenta de que estaba ciego e inmóvil—. *Mein Gott!*

Su esposa se agachó a su lado, despacito. Acercó los labios. Todavía creyó el mastuerzo que ella iba a darle un beso. Ana Castro se aproximó hasta el oído de su esposo, para susurrar una despedida. Él ya no se movía, acaso ya estaba muerto. La baronesa, sin embargo, había oído decir que aun unos instantes después de morir el espíritu permanece todavía.

—*Yo te quería, Hendrick* —le dijo en alemán—. *Te adoraba el día que nos casamos. Y tú te empeñaste en destrozar aquel amor mío hasta convertirlo en lo que es hoy, un puñado de odio, un terreno seco y baldío, un descampado. Yo te amaba.*

Ella observó los ojos vacíos de vida de él, el aliento le apestaba a veneno. Ana Castro acarició el rostro de su marido y murmuró:

—*Parece mentira, con todo lo que te amaba. Tú ahora estás muerto y yo soy feliz.*

—Si te mueves —dijo el padre Sapo—, vas a desear no haber nacido.

Se quedó la niña muy quieta, en efecto. Las lágrimas se le agolpaban en la garganta.

Su padre le había dicho en cierta ocasión: «*Non chores, cuchiña; non chores.* Mejor ocúpate del problema».

Rebuscó Brasilina donde podía nacer una lucecita, porque si algo había aprendido en los años de la guerra es que siempre la había.

Y la lucecita que encontró resultó ser un farol: un farol más grande que el de la calle Urzaiz.

—Vamos a la policía —dijo muy tranquila—. Bueno. Vamos, sí. Pero que no solo miren en el despacho del señor Merinero.

—¿Qué?

—Eso. Que ya que vienen, que miren también en su cajón, padre.

Sonó un tamborileo bajo la sotana: gloglogloglo…

—Qué cajón.

—Ese de ahí abajo —dijo Brasilina señalando—. Les voy a pedir que no se olviden de registrarlo.

Gloglogloglo…

—Con quién te crees que hablas, asquerosa. A mí la policía no me puede investigar nada, soy un hombre de Dios.

—Claro que sí, padre. Estoy segura de que no hay que preocuparse. —Se le había vuelto a soltar el mechón desafiante.

El padre Pascual alzó la papada y la observó desde arriba. Las miradas de ambos se retaron.

—Te crees muy lista.

—Muy lista, padre —dijo Brasilina.

El cura colgó el teléfono y, entre dientes, dijo:

—Tú, serpiente, no eres una niña.

Nada respondió Brasilina, por no darle la razón.

Ante la furiosa mirada del padre Sapo extendió la manita para recuperar el manuscrito. Don Pascual se dejó llevar por el automatismo y estuvo a punto de darle un palmetazo en la mano.

—¡Sst! —dijo la niña señalando el cajón.

El padre Sapo replegó velas y la dejó hacer. Brasilina recuperó *El enjambre*.

—Ahora me voy a ir —dijo.

—Cierra al salir, bandida —replicó el padre Sapo; ardía en la frente la coliflor asquerosa.

Con *El enjambre* todavía aplastado contra el pecho, la niña retrocedió hasta dar con la espalda en el aire fresco del pasillo.

Medio minuto más tarde abandonaba el edificio con su tesoro bien apretado. Y otro medio más tarde se había perdido entre los amantes de los bares que todavía circulaban por la calle del Príncipe.

Sentado todavía en el mismo lugar donde la niña lo dejara, el padre Pascual contemplaba con ojos vacíos el cajón. Aquel cajón.

Asomó la traductora desde la viga, en lo alto, y contempló el cadáver de Irma Gulch. Al descubrirla así, ya sin vida, Elsa lanzó el fusil, como si le quemara, hacia la cuba de metal ardiendo.

A su espalda, Merinero permaneció quieto, no quiso mirar; para qué, si ya sabía el resultado.

El censor dejó caer el Astra, también; le pesaba en la mano; quedó a sus pies.

Elsa le observó asombrada, todavía estaba confusa.

—Qué ha hecho —dijo. No había reproche en su tono, sino algo indeterminado; admiración, a lo mejor.

Parecía cansado Merinero; daba la impresión de que si uno lo tocaba se desarmaría como una pirámide de naipes.

—Vamos a bajar, todavía nos caeremos uno de los dos y menudo final.

Bajaron. Con cuidado y muy despacio, primero de la estructura de vigas, hasta acceder a las pasarelas, y luego por las escalerillas hasta suelo firme, por fin.

Caminaron hasta la entrada de la nave; asomaba desde el exterior la luz azulada de la noche.

Encontraron una vieja furgoneta, dispuesta para la carga.

—Vámonos de aquí —dijo Elsa rodeando el vehículo.

Merinero señaló la carpeta con el mentón.

—Elsa —dijo con aire ensimismado.

Ella se detuvo.

Él todavía parecía desfallecido. Le quemaban las letras de sus palabras, tenía que decirlas para sacárselas de la boca.

—Ese banquero, Juan March; me reuní con él antes de verla a usted, por el asunto de mi esposa. El tipo se codea con lo más alto, los de muy arriba. Quizás los tenga a sueldo a todos ellos, no lo sé, o quizás le teman más que a Franco, pero me dio la impresión de que en este país él podía hacer y deshacer. Me dijo que, si yo le conseguía esas notas, él me encontraría los restos de Emilia.

Los ojos de Elsa Braumann, libres ahora del pelo que antes le caía por la cara, se llenaron de piedad.

—Ay, Merinero…

Él no la dejó seguir; asintió.

—Sé que son su única oportunidad para intercambiarlas por su madre.

Era Josiño de nuevo, no había más que contemplarle; era el joven enamorado que, en los márgenes de un libro de Galdós, dibujó un corazón con aquellas iniciales.

—Sé que su madre está viva —añadió— y que mi esposa… Que mi esposa ya está muerta. Que ya no queda nada de mi Emiliña y que no son más que un montón de huesos; yo lo sé.

Separados uno y otro por la furgoneta que tenían en medio, él adelantó un paso hacia ella.

—No puedo dejar a mi esposa enterrada a saber dónde, olvidada en cualquier sitio mientras le cae encima la lluvia y pasan los años y desaparece. No puedo abandonarla así.

Quién lo habría dicho de Scorpione, que tenía corazón; difícil conciliar la idea de que un desalmado como él pudiera tener sentimientos hacia alguien. Y debía tenerlos, porque le temblaba la barbilla igual que si fuera a llorar. Apretaba la mandíbula con fuerza, sin embargo; determinado a no soltar una lágrima.

—Yo le pediría, Elsa… Si usted pudiera encontrar una manera

para salvar a su madre… Yo la ayudaría, le doy mi palabra; haría lo que fuera para ayudarla.

Ahí ya sabía Elsa Braumann lo que iba a hacer, llevada quizás por su naturaleza. Pidió perdón para sus adentros a su padre, por haberle fallado; a su hermana, a su madre. Pidió perdón a todos los que la conocieron un día y depositaron en ella sus esperanzas.

Ella ya se había decidido, a pesar de que Merinero proseguía.

—Pero si usted…, si usted quisiera, por favor, entregarme sus notas… Eso…

Balbuceaba él frases inconexas, incapaz de añadir más, cuando, sin quitar la vista de Merinero, Elsa Braumann depositó la carpeta sobre el capó del vehículo, despacio, como para no hacer ruido. Se quedó él muy sorprendido.

Elsa Braumann extendió la mano y, muy despacio también, empujó la carpeta hacia él; sonó el cartón sobre el acero del capó.

La carpeta quedó ante Josiño Merinero. No supo él qué hacer, solo clavaba los ojos en ella. Era a su Emilia a quien contemplaba, libre al fin de la fosa en donde la habían enterrado; no eran unos simples huesos, sino ella, dormida, desnuda y como hecha de mármol, joven y espléndida; la única persona a la que había amado y amaría.

—No sé qué decir —musitó.

—No diga nada —dijo Elsa.

Tuvo miedo de arrepentirse y echarse atrás: se puso en marcha.

—Le deseo que la encuentre, por fin, Merinero. De corazón se lo deseo.

Entró en la furgoneta y la arrancó. Puso en movimiento el trasto y Merinero atrapó la carpeta del capó, la aferró contra su pecho.

La baronesa dejó atrás el cadáver de su marido y se aproximó hasta la puerta del desván. Qué momento, el de cruzar aquel dintel, después de tantos meses. Dio un paso y salió al pasillo, creyó que rompería a llorar, pero ya estaba llorando.

Era una sensación de lo más ligera verse libre, poder caminar más allá del hueco del *faiado*. Sus pies descalzos resultaban torpes al bajar las escaleras.

Encontró muy poco cambiada su antigua habitación.

Desvistió su cuerpo de aquellos harapos malolientes y los metió en la estufa; ardieron de golpe, como ya debía arder el alma de su marido en el infierno, y en cuestión de segundos quedaron reducidos a un mal recuerdo.

Disponía aún de muchas horas antes de que llegasen los criados, así que abrió los grifos y decidió darse el más dulce baño de su vida. Un baño que se llevara para siempre aquel olor acumulado, que aclarara el estropajo grasiento en que se había convertido su pelo.

Dentro del agua caliente comenzaron a diluirse los espantos vividos aquella noche, todas aquellas noches, arrastrados por esa misma agua que le iba arrancando la suciedad.

Al salir desnuda al pasillo su cuerpo le olía a limpio, el agua ardiendo le había dejado la piel enrojecida.

Tomó asiento ante el espejo de su dormitorio, como solía hace siglos. Cogió su querido peine de concha y se lo pasó hasta no dejar un solo nudo. Recordó la frase que siempre decía su madre, en esas ocasiones: «Sufre cuchura por hermosura».

Aquello le hizo gracia y, después de tantos meses llorando, se sorprendió al oír su propia risa. «No sonrías tanto, Anita, que los hombres pensarán que eres boba y encima te saldrán arrugas». Abrió el frasco. La crema la hacían *ex profeso* para ella, en Rubira y Boehme; «Esto le dejará el cutis insuperable, señora baronesa».

Se contempló desnuda en el espejo: siempre había sido pequeña, pero en estos meses se había quedado en nada. Los grandes pechos, que habían sido turgentes, colgaban sobre su ombligo, desinflados y tristones.

Al vestirse cambió la cosa, los cierres de la lencería parisina pusieron todo en su sitio. Seleccionó un traje de hilo claro y, sobre él, a juego, un conjunto de falda abierta con torera. Buscó entre varios broches hasta elegir uno de alas. De nuevo ante el espejo se encontró perfecta, hubiera podido ilustrar una de esas revistas de moda: «Este modelo sencillo, queridas mujeres de España, será vuestro compañero inseparable este verano».

Bajó las escaleras de la mansión como si actuara en el plano final de una película de Hollywood: despacio, egregia.

No había nadie en los alrededores de la mansión Reiniger; el barón la había construido apartada de todo. Ana Castro enfrentó el jardín con sus camelias, el caminito hacia el faro, el azul inacabable del mar.

Caminó junto a las camelias jaspeadas de rosa, caminó hasta cruzar el jardín. Traspasó la verja de la entrada, allí donde la esperaba la libertad.

Y se perdió camino abajo, hacia el horizonte.

Junto al tallo nudoso del camelio había quedado, caído en la tierra, el alambicado sombrero de paja de Ana Castro, baronesa de casamiento y española de nacimiento: hacía ya meses que era patria de las hormigas.

—Su madre le ha hecho un regalo inestimable, comandante —dijo el padre Albino—. Le ha evitado tener que enfrentar las pesadillas. ¿Es usted consciente de la suerte que ha tenido? La de ojos compañeros que a esta hora esperarían al pie de su cama, por las noches, y que usted nunca conocerá. Un gran regalo.

La juventud y la soberbia del muchacho solo le permitían vislumbrarlo un poquito, esto es cierto; apenas distinguía algo de aquella suerte, y como si la contemplara en la distancia.

—No soy tonto, sé que usted y ese otro hombre, el flaco, se traían algo entre manos.

—¿Eso cree?

—Y me parece que ya sé lo que es.

El cura tenía tan poco miedo, estaba tan sereno que parecía un buda con sotana.

—¿Y qué es, Isidoro?

—Vivo en el mundo y sé que hay gente así: admiradores que pagarían cualquier cosa por ver a doña Carmen de cerca.

Sonrió el padre Albino, enternecido.

—¿Cree usted que mi amigo y yo…?

—¿Que han organizado el pitote este de traer la pila para ver a doña Carmen? Pues a lo mejor lo creo, sí.

El cura puso su mano sobre el hombro del muchacho.

—Usted es muy listo.

Se hinchó el pavito como un globo.

—¿Tengo razón?

—A lo mejor lo hicimos de una manera inconsciente —concedió el cura—. A quién no le gusta tener delante a una celebridad…

El chico suspiraba.

—Pues a mí es que…, como es casi mi tía, no me dice gran cosa.

—¿Doña Carmen? ¡No!

—Psá. Del montón.

—Ah, pero qué montón, muchacho —dijo el cura con un silbidito—. Qué montón. ¿No tendrá usted algo de beber por aquí?

El comandante aplastó el cigarrillo contra el verde, se le iluminó el rostro.

—Mire ahí atrás, en el bolsillo del asiento.

No hubo que decírselo dos veces al cura. Albino se alegró al comprobar que era brandi.

—Y de buena calidad —dijo sacando la botella—. ¿Le importa?

—Espere —respondió el muchacho—, que guardo unos vasos en el maletero.

La traductora comenzó a alejarse en el vehículo, en dirección a la carretera que, allá, junto a los maizales, asomaba al fondo. Quedó él atrás, aferrando la carpeta ante el portalón de la fundición. Estaba a punto de romper a llover.

Merinero echó la vista arriba y entre nubarrones y estrellas buscó a Mizar y a Alcor. Allí estaban, donde Benetnasch y Alioth, junto a Dubhe, junto a Alkaid y las otras.

Le temblaba la carpeta, apretada contra su corazón; temblaba todo él.

La furgoneta en la que se alejaba Elsa Braumann era ya un puntito que se perdía entre maizales; nunca más volverían a verse.

Empezó a caer sobre la fundición una lluvia ligera, pero, embebido en abrir la carpeta, Merinero ni siquiera advirtió el *orballo* que ya estaba empapándolo.

Extrajo de la carpeta las notas amarillentas, arrugadas, y tragó saliva. No le daba la cabeza para comprender por qué entre su puño, ahora que los apretaba, se amontonaban un montón de albaranes de la fundición.

Alzó la vista; ya no se divisaba la furgoneta.

—Ay, Elsa, no —dijo el censor, estremecido.

Y pasado el camino a la fábrica, lejos ya y aferrada al volante, lloraba Elsa Braumann sus más amargas lágrimas. A aquello, ahora la traductora lo sabía, debía referirse Lancaster cuando en cierto momento le dijo: «Cuando todo esto acabe, Margaretha Wagner, procure usted no salir muy maltrecha». A esto se refería, y no a su integridad física. Elsa pedía perdón para sus adentros a su padre, por haberle fallado; a su hermana, a su madre, que estaría tan decepcionada con ella que apenas podría creerlo. Pidió perdón a Merinero y a todos los que la conocieron un día y depositaron en ella sus esperanzas en un mundo mejor: en su regazo se amontonaban las notas que copió del cuaderno Von Harbou. Caían sobre esas notas los lagrimones de la muy mentirosa.

CATARSIS

1

Nada encabronaba más al ministro de Exteriores que lo llamaran «cuñadísimo». Ramón Serrano Suñer había demostrado su valía con creces, a su entender: no solo era filonazi convencido, un imprescindible en los tiempos que corrían, sino que le avalaban los meses que estuvo encerrado por los rojos en la cárcel Modelo de Madrid, cuando la guerra. Allí había salvado el pellejo en varias ocasiones, pues fueron muchas las purgas de las que se escabulló y muchos los amigos a los que vio morir a causa de sus ideales. Por cierto que Serrano siempre procuraba ocultar el final de este episodio, pues había tenido que escapar disfrazado de mujer; «En la guerra todo vale», se decía a sí mismo por las noches, al mirarse en el espejo.

Los pasos del cuñadísimo resonaban a través de corredores y salones, mientras avanzaba tras el jefe de servicio del palacio de El Pardo.

—¿No estará durmiendo la siesta su excelencia?

—Dejó ordenado que le hicieran pasar a usted en cuanto llegara.

¿No habían sido suyas las negociaciones con falangistas y carlistas para aunar fuerzas?, se decía Serrano en esos momentos del espejo. ¿No habían ido de su mano las negociaciones con los alemanes para congraciarse con el tarado de Hitler? Lo llamaban Cuñadísimo, como si no se hubiera ganado a pulso el poder que ahora detentaba.

—Tirando de inteligencia —murmuró ensimismado.

—¿Perdón? —dijo el militar.

—Nada. Que espero que su excelencia no esté durmiendo la siesta.

Fue conducido hasta una de las terrazas, en donde el caudillo solía sentarse a echar una cabezadita. Sonaban las cigarras por ahí, a aquella hora de la tarde.

Les daba la espalda el generalísimo Francisco Franco, sentado en una silla ancha y con los pies apoyados sobre una otomana que se había traído de África. Desde donde ellos estaban, se escuchaba el ronroneo del caudillo en el más placentero de los sueños.

El militar jefe de servicio de la casa dio un taconazo detrás del caudillo y, cumplida su misión de conducir hasta allí al ministro, se retiró sin decir ni mu dejando a Serrano Suñer la comprometida labor de sacar de la siesta a su excelencia.

¿Acaso no había sido él, pensó para cargarse de valor, quien había institucionalizado el incipiente régimen franquista? ¿Acaso no había ido metiendo la cabeza en cuanta organización resultara relevante? Sin ser nadie. Sin ser nada. «Tirando de inteligencia», decía ensimismado en la cama. «Qué dices, Ramón», replicaba su mujer. «Que buenas noches, Zita; buenas noches». ¿Acaso no había sido él quien dejara expedito el camino para que pasara su cuñado y se hiciera con el poder?

Serrano Suñer adelantó unos pasos hasta situarse ante un parterre que exhibía las hortensias de su cuñada. Aspiró el aroma y, como quien no quiere la cosa, dijo en voz muy alta:

—¡Me habían dicho que en El Pardo no se daban bien las flores!

A su espalda, Franco dio un respingo.

—Quién dijo esa memez —preguntó disimulando.

Serrano Suñer giró la cabeza hacia su cuñado y sonrió.

¿Acaso no había sido él quien, aprovechando las victorias nazis en media Europa, había presionado para que fueran perseguidos y extraditados a España los cobardes rojos que habían huido?

—En la nueva España, todo florece mejor.

Le gustó la frase y se la apuntó en la cabeza para usarla en algún discurso.

Franco tomó aire en la silla, procurando evitar un bostezo.

—Me alegro de que hayas venido, Ramón, tengo que hablar contigo de una cosa.

—Y yo contigo de otra, Paco.

*

—Pero tú dirás —dijo el cuñadísimo.

—No, no, tú primero. Lo mío no es importante.

No había asiento para él y Serrano permaneció de pie. Evitó, eso sí, acercarse mucho al caudillo para no mirarlo desde arriba.

—¿Tú te acuerdas, Paco, de la muchacha aquella traductora que nos organizó aquel pitote en el tren de Hendaya?

Franco arrugó la boquita.

—Vagamente.

—Pues ha aparecido de nuevo.

—Espera —replicó el caudillo—, no sigas.

Fue a levantarse, pero dio la impresión de estar relleno de piedras, pataleó un poquito y se quedó en el amago; Serrano Suñer tuvo que ayudarle. Soltaron un gruñido los dos con el esfuerzo y al encontrarse al fin de pie alzaron la barbilla muy dignos y miraron cada uno para un lado.

—Vamos a dar un paseo —dijo Franco.

Los jardines de palacio se correspondían con el gusto del general y hacían honor a su forma de amueblarse la cabeza: eran pertinaces en su ordenación maniática, milimétrica. Los dos hombres se cruzaron con pinos piñoneros, con pinsapos y cedros. Franco iba señalando aquí y allá, comentando detalles curiosos; que si esa avenida, que si ese parterre… Iban dejando atrás el palacio y a Serrano Suñer le dio la impresión de que, precisamente, estaban alejándose para no ser escuchados.

Llegados a cierto punto que el caudillo consideró prudente se detuvo al fin y dijo:

—Ahora. Di.

—Pues eso, que la traductora esta…, Elsa Braumann, se llama. Pensábamos que estaba muerta, pero el otro día, en Vigo, se puso en contacto con J. M.

—¿J. M.?, ¿qué es eso?

497

—Coño, Juan March.

—Déjate de imbecilidades —dijo Franco—, aquí no escucha nadie. Y qué quería de Juan esa mujer.

*

Desde lo alto del acantilado se difuminaba la línea del horizonte con la del mar y pareciera que, de abajo hasta arriba, era todo cielo. El imponente faro y su edificio dibujaban sombras sobre el suelo de rocas. A sus pies, lejos, se estremecía de un imprevisto frío la costa de cabo Silleiro, desierta y pedregosa, adornada de ese aire misterioso que tienen las playas gallegas. El viento agitaba la melena de Elsa Braumann.

Pasaban diez minutos de la hora convenida y, por entretener la cabeza, ojeó de nuevo sus notas. Daba la impresión de que hiciera diez años que las hubiera copiado de aquel cuaderno; y otros diez que un submarino norteamericano se la hubiera llevado del Quanza.

Quedaba poco, al fin, para terminar con esta historia y en cada rato de inquietud o de remordimiento acudía al recuerdo de su madre; confió en que la vería más pronto que tarde.

El ronroneo de un vehículo aproximándose la hizo volver al acantilado; se dio la vuelta para enfrentar la llegada. Aferraba las notas contra su muslo.

El inmenso Chrysler Royal Sedan del 39 se detuvo en el camino, a escasos veinte metros.

Bajó del vehículo un chófer de uniforme y abrió la puerta trasera, de la que descendió aquella sombra vestida de gris; el abrigo largo pasaba de la rodilla; llamaba la atención el elegantísimo sombrero adquirido en Medrano, el más caro que había confeccionado la sombrerería en toda su historia.

No se lo retiró para aproximarse a ella: lo trajo calado hasta las orejas, barbilla al pecho, por culpa del viento; caminaba despacio, con esa seguridad en el andar que traen los hombres adinerados.

Al llegar a donde le esperaba Elsa Braumann, Juan March sonrió.

—Volvemos a vernos, señorita intérprete. Ya me decía el instinto que no era usted quien decía.

—No se eche faroles, señor March, usted se refería a otra cosa.

—Pudiera ser, pudiera ser —dijo él riéndose. Señaló las notas y se retiró los guantes de cuero negro—. ¿Son esas?

—Estas son —dijo ella. Se lo pensó un instante antes de entregárselas.

—Por favor —dijo él—, estamos entre gente civilizada.

Elsa Braumann alzó las cejas no muy convencida y acabó por entregarle las notas. El hombrecillo las ojeó con viva curiosidad.

—Están en alemán.

—Tuve que copiarlas a la carrera, no me daba tiempo a transcribirlas al inglés.

—¿Qué pone aquí?

Elsa se aproximó y leyó uno de los párrafos:

—«*Forma óptima del reactor: esférica… Rodear de un material reflector de neutrones: grafito, plomo, acero, berilio… Mejor moderador de neutrones: Grafito…*». Se supone que esa información lo cambiará todo.

—Eso me han dicho —dijo March asintiendo—. Ya sabe que ese tipo de cosas no nos convence a algunas personas; lo de que cambie todo, digo. Pero, bueno, yo solo hago de intermediario.

—No se preocupe —replicó ella—; sea como sea usted caerá de pie, siempre ocurre así.

El tipo se reía por lo bajo.

—Oh, por favor, qué sarta de clichés, esperaba más de una *connaisseur* de las palabras como usted.

El señor Juan March se disponía a meterse las notas en el abrigo cuando ella echó mano al bolsillo y, aferrando lo que había dentro, adelantó un paso. El hombrecillo no perdía la sonrisa.

—¿Se ha traído una pistola?

—A lo mejor. No me fiaba mucho de que fuera usted a cumplir su parte del trato.

—Mi parte del trato…

—Mi madre —dijo Elsa Braumann.

—Ah, sí, la famosa Hilandera.

—La quiero fuera del campo de concentración de Arnao ahora mismo. La quiero conmigo. A eso se comprometió usted cuando hablamos por teléfono.

Juan March se adelantó también, igual que si no le tuviera miedo a nada, y se aproximó hasta Elsa, tan cerca que ella estuvo a punto de retroceder para no olerle el aliento.

—Allí, detrás de esa colina —susurró él como quien le cuenta un secreto—, hay apostado un coche negro. Junto a él esperan mis órdenes tres hombres armados. Si se le ocurre tirar del arma, Elsa Braumann, es probable que me mate, eso se lo concedo, pero le juro que cuando ellos acaben con usted no la reconocerán ni los gusanos que se coman su carne.

Ella le observó. Él le mantuvo la mirada.

Ella sonrió.

—No le creo.

—Hace bien, siempre miento. Menos cuando digo la verdad.

—Usted miente hasta cuando dice la verdad.

—Persiste en sus clichés. Haga lo que quiera, arriésguese.

*

Elsa relajó el gesto.

También él tenía la mano en el bolsillo, allí donde había guardado las notas.

—Su madre —dijo Juan March— no está en el campo de concentración de Arnao.

—¿Qué?

—Su madre no está en el…

—Ya le he oído —protestó ella, alarmada—. A qué se refiere. ¿Me mintieron los americanos?

—Oh, mentir, mentir… Esa es una palabra muy gruesa.

Elsa creyó que perdería la fuerza de las piernas y se vendría abajo. Ya había despertado el recelo de la traductora algo que había visto en los ojos de Lancaster, aunque entonces ella apartara el pensamiento.

Se lamentaba: no debía haber caminado de la mano de Lancaster, a ciegas; después de todo, qué sabía ella de él.

—Dios mío… —murmuraba con la mano en la frente—. Me mintieron… Dios mío…

¿Acaso había pecado de estúpida vanidad al creer que una novata

500

podía manejarse entre los oscuros pactos de los insidiosos gobiernos, entre aquellas redes inacabables en que los espías se movían tan seguros como arañas? Había sido la pura desesperación lo que la había entregado a su confianza, a causa de no tener a nadie más; qué sabía ella de él; qué sabía ella de él…

Alzó los ojos encendidos, hacia el banquero.

—Todo lo que he hecho, para nada. Todo lo que he hecho…, sin sentido. Mi madre está muerta, ¿verdad? Era todo mentira.

Juan March se rio y asomaron unos dientecillos diminutos, amarillos.

—No, no, sería imperdonable. En eso le dijeron la verdad. Es cierta toda la historia, todo lo de la Hilandera, la falsa muerte, su captura hace unos meses. Solo que su madre, señorita, no estuvo nunca en el campo de concentración de Arnao.

—Pero yo vi la filmación.

—Usted la vio en *un* campo de concentración.

Desesperada, avanzó hacia él.

—Dónde está. En qué condenado campo la tienen.

—«Estuvo», he dicho —insistió el banquero—. La buena de su madre estaba presa en otro campo muy diferente y…

Se detuvo, sabedor de la importancia que tenían las palabras siguientes.

—Su labor estos meses, Elsa… ¿Para nada, dice usted?, ¿sin sentido? *Au contraire*, mi querida Abeja. Fueron precisamente sus laboriosos tejemanejes los que concitaron el interés de mucha mucha *gente*, y les hicieron moverse. Moverse rápido y moverse bien.

—Qué…, qué gente —murmuró Elsa Braumann.

—*La gente que mueve todos los hilos.*

Se abrió el cielo por encima de ellos y, en diagonal, cayó sobre el cabo Silleiro un tajo de luz dorada.

—Gracias a su labor, Elsa, su madre consiguió escapar hace unos días.

*

Francisco Franco se sacó un pañuelo de la guerrera y se lo pasó por la boca.

—¿Le contó Juan a la chica en qué campo de concentración había estado la Hilandera?

—Se lo dijo a cambio de los papeles —dijo Serrano Suñer—. Pero a ella le resultará imposible ir a por su madre; imposible localizarla o reencontrarse. Viva, pero tan inalcanzable para Elsa Braumann como si la pobre diabla estuviera muerta.

El generalísimo contempló un magnolio y Serrano pensó que iba a comentar alguna curiosidad de tipo paisajístico.

—Una mujer notable —murmuró Francisco Franco.

—¿La Hilandera?

—También, pero ahora me refería a la traductora. ¿Crees que no será capaz?

—¿De reunirse con su madre? —dijo el cuñado—. Tendría que cruzar literalmente el mundo; un mundo en guerra, además. Le llevaría años.

Franco suspiró.

—Quiera Dios que no se le ponga entre ceja y ceja, porque, si es así, lo conseguirá.

—Carajo, ¿tú crees?

—¿Te dio Juan las famosas notas?

—Sí —dijo Serrano.

Las sacó del portafolios que traía y se las entregó a su cuñado. Franco las ojeó por encima.

No quiso encariñarse con ellas, sabía que medio mundo andaba detrás de esas notas y que Dios no las había destinado para España.

—Para mí como si estuvieran en chino —dijo Serrano—. Cuando me digas me reúno con Von Ribbentrop y se las doy.

Franco no pestañeó.

—¿Con Von Ribbentropp? —preguntó con aire inocente.

El cuñado se quedó frío.

—Por qué lo dices así, como si hubiera hablado de entregárselas a los guatemaltecos.

—No. Que por qué les vamos a entregar a los nazis esta información valiosísima. A cambio de nada, además.

Serrano Suñer se rascó el bigote.

—Pero a qué te refieres, ¿quieres pedirles Gibraltar a cambio o algo así?

—No digas memeces, Ramón —replicó Franco tomándole del brazo.

Así, juntos, emprendieron camino por el paseo en dirección a la avenida principal de los jardines.

—A los nazis ya los tenemos de nuestra parte. ¿Con quién nos vendría bien congraciarnos?, piensa. ¿Quién se pasa el día amenazándonos con retirarnos su combustible?

El ábaco que Serrano Suñer tenía en la cabeza estaba ya sumando dos y dos.

—Coño, ¿te refieres a entregarle las notas en secreto a…?

Franco no dijo ni que sí ni que no, porque nunca decía nada.

A Serrano Suñer le hacía poca gracia escamoteárselas a los nazis, pero algo en su interior le encontraba cierto gusto a engañar por el mero hecho de engañar, y sonrió.

—Primero dejas esperando a Hitler en Hendaya durante ocho minutos y ahora le haces el juego del trilero. Brillante, Paco, brillante; parece una cosa pensada por mí.

—Pero lo he pensado yo, Ramón —dijo Franco levantando un dedito. Y añadió—: Por cierto, acerca de eso que tenía que hablar contigo…

—Sí, dime.

—Carmen se ha enterado de lo de tu amante y se ha puesto hecha una furia; que cómo has podido hacerle eso, dice.

—Bueno, en todo caso a su hermana.

—De la manera que sea, Ramón —dijo el generalísimo Franco—. Me tienes que presentar la dimisión el lunes y abandonar todos tus cargos.

—¿Y ahora, Elsa? —preguntó el padre Albino—. ¿Cuáles son sus planes?

Ella sonrió, cansada.

Los años en desuso habían desdibujado las lindes de la vieja pista de tierra y la traductora y el sacerdote se habían pasado las últimas horas desbrozándola para hacerla visible de nuevo. La pista destacaba ahora en el claro, rodeada de árboles. La habían usado mucho en la guerra, a fin de recibir suministros; y a Albino le constaba que incluso antes, los contrabandistas, para entrar alcohol en Galicia.

Elsa consultó el reloj de su madre; no debía faltar mucho para que en el horizonte de la pista de aterrizaje comenzaran a despuntar los primeros rayos. El negro del vehículo se confundía de momento con la oscuridad. A su alrededor nada se escuchaba, ni los pájaros.

—No había pensado mucho en eso, la verdad —respondió.

—¿No piensa viajar a la Argentina para reunirse con su hermana Melita?

—Sí —dijo Elsa—. Puede ser.

Lo cierto es que no sabía muy bien cuáles serían sus pasos. Hacía días que de puro desbordada era incapaz de actuar y decidió darse un respiro por primera vez en mucho tiempo; no pensar sino en sí misma y rendirse a no hacer nada.

Un sonido llamó la atención de los dos y, elevando el hocico, observaron el cielo.

En el horizonte acababan de aparecer las primeras luces del alba. La avioneta asomó como un punto en la distancia; ya se distinguía el motor de su hélice, zumbando, zumbando. Elsa echó un vistazo a la hora y alabó la puntualidad del piloto.

—¿No estará muy cansado ese amigo suyo para salir enseguida? Son muchas horas y las que le quedan todavía, hasta el sur de Portugal.

—Es un carro de combate y además muy capaz de dormir pilotando, no se preocupe. Llegará usted a su hora y mañana estará durmiendo en el hotel; mi amigo le indicará dónde puede alojarse.

El aparato bajaba bamboleando las alas hacia un lado, hacia otro. Al tomar tierra se levantó una buena polvareda, el avión iba dando saltos.

Llegaba la hora de separarse y Elsa tomó la mano del sacerdote.

—No sé cómo agradecerle todo lo que ha hecho por mí, Albino.

—Qué tontería —dijo él encogiéndose de hombros—. No he hecho nada que no hubiera hecho cualquier cura.

—Cualquier cura, no —replicó Elsa—. Hay quienes tomaron partido; y ni en mil años hubiera sido el mío.

—Peor para ellos. Cristo no elige bandos, amiga: socorre a todo el mundo por igual.

A medida que la avioneta iba deteniéndose, la nube de polvo fue tomando asiento. Antes de terminar la pista y acabar estrellándose contra la arboleda, el Piper de una hélice se detuvo al fin.

—Debería ayudarle a repostar —dijo Elsa señalando el aparato—, voy a ir yendo para allá.

*

Caminaron hasta el final de la pista. El piloto había descendido del aparato y se afanaba con el bidón de combustible que ellos habían dispuesto allí, a fin de que repostara.

El cura, de lo más teatral, hizo las presentaciones:

—Elsa Braumann, le presento al capitán Luzón, gran amigo, compañero de aventuras y de bebercios, el mayor canalla que conocerán sus ojos y el mejor piloto, también.

El tal Luzón era un joven de mirada limpia, barba de varios días y bigotes con puntas retorcidas. Vestía chamarra de piloto con piel de borrego, botas altas y pantalones de pijama. Era tan franca su sonrisa cuando se dieron la mano que a ella le recordó enseguida la de otro hombre, militar también y parecido a Erroll Flynn, a quien confiaba en reencontrar un día.

—Señorita —dijo el capitán Luzón estrechando su mano—, ya me han contado de sus aventuras; es un honor para mí.

—Aparta tu manaza de ella, truhan.

El joven y el cura se dieron un abrazo con sonoras palmadas.

—¿Qué tal el vuelo? ¿Y por Francia?

—El vuelo movido y sin novedades —dijo el capitán Luzón—. En Francia, más movido todavía; los nazis nos están dando una paliza, pero ahí seguimos luchando. Y seguiremos, no te quepa ninguna duda, Albino.

El piloto se giró hacia Elsa.

—¿Lo lleva todo?

—Sí.

—Aproveche si quiere hacer pis o tendrá que hacer como yo y hacérselo encima durante el viaje —dijo con aquella frescura suya, de boca grande y dientes blancos—. Es broma; aproveche que estoy terminando de repostar y despídase del cura.

Elsa y el padre Albino se dieron un abrazo.

—Lo de mearse encima no es broma —musitó el sacerdote.

Se rieron una última vez.

Albino apretó entre las suyas la mano de la traductora.

—Ha sido una aventura maravillosa conocerla, Elsa Braumann. No me lo habría perdido por nada del mundo.

Elsa acarició la cara regordeta del sacerdote y se permitió incluso darle un beso en el moflete. El padre Albino se puso rojo.

—Váyase ya —dijo, y alzó la voz hacia su amigo—: Cuida de ella, Luzón; respondes con tu vida.

—¡Será como si en el avión llevase a mi abuela!

Elsa retrocedió hacia el aparato. Apenas llevaba consigo un exiguo bolso de mano: el espacio en el Piper no daba para más.

—Adiós, Albino —dijo—. Vuelva a despedirme de la cría, ¿quiere? No le dé importancia a lo del abrazo, que no se sienta mal.

A última hora y viendo que su amiga la *pombiña* se marchaba, la niña se bloqueó, se encerró en un cuarto de la casa del cura y fue imposible que saliera para despedirse. «Que me voy, criatura —decía Elsa llamando a la puerta—. ¿No vas a salir para darme un abrazo?». Nada respondió la criatura, hecha un ovillo, incapaz de manejar tantas y tan intensas emociones. Elsa depositó un libro sobre la mesa de la cocina; un libro de esos del Oeste, cuyas portadas coloridas tanto llamaban la atención de la cría. En la página de cortesía, la traductora había escrito:

«Para mi querida salvadora. Confío en que descubras que no ocurre solo en la portada: también por dentro de los libros, si los lees, tienen colores las palabras».

La traductora se giró en la puerta de la cocina, pensando que la niña saldría en el último instante. «Adiós, Brasilina», dijo, pero la cría no apareció. Solo cuando el coche se alejaba ya de la casa irrumpió en el exterior la niña que había inspirado la creación de Brasilina Lalín, con sus botazas y su pelo despeinado, sus cicatrices en las rodillas. Alzó las manos a la carrera para que el cura detuviera el vehículo, pero ni Albino ni Elsa advirtieron su presencia, el coche terminó alejándose hasta perderse. La cría rompió a llorar de impotencia, pensando que nunca más vería a su amiga. Sin detenerse, a la carrera, gritaba: «*¡Pombiñaa! ¡Pombiñaa!*».

El capitán Luzón le hizo una seña a Albino desde lo alto del biplaza para indicar que estaba todo dispuesto.

Dijo el cura a Elsa:

—No se preocupe, que ya haré porque no tenga pena de no haberse despedido. Y la cuidaré, señorita, pierda usted cuidado; le echaré un ojo de cuando en cuando y le doy mi palabra de que nunca le faltará de nada.

—Gracias, Albino. Es importante para mí.

El capitán Luzón le dio vuelta a la hélice una vez, dos, tres... El Piper se puso a rugir, olía a queroseno y a algas, como aquella primera noche en que Elsa y su hermana partían de Oporto en el Quanza.

—Albino, una última cosa —dijo la traductora.

507

El cura sonrió.

—Hablaré con *él*, no se preocupe. Tampoco le perderé de vista.

—Por favor, dígale que lo siento.

—Se lo diré, Elsa. Puede usted irse tranquila. No resultó mal tipo, después de todo; seguro que ya la ha perdonado.

Ella agachó la mirada.

—Ojalá —dijo.

Atrás comenzó a maniobrar el capitán Luzón, a fin de encarar la pista. Fue alzando con él una brisa de polvo y tierra.

A Elsa la habían avisado para que se abrigase. Se cerró el abrigo y el pañuelo alrededor de la cabeza; también la bufanda, protegiendo el rostro de la nariz para abajo.

El sacerdote la acompañó hasta el aparato y la ayudó a subir. Luzón tiró de ella desde arriba. Elsa Braumann se encajó en el hueco del pasajero, detrás; puso el bolso a sus pies, no sin antes sacar los guantes que habría de llevar durante todo el vuelo a riesgo de que el frío se le comiera los dedos.

El capitán la miró de soslayo y con un gesto le indicó que se pusiera las gafas. Ella las encontró colgadas de una alcayata clavada en el hierro, a la altura de sus rodillas. Se encajó aquellas gafas de aviador que le ocupaban media cara.

El aparato, bramando el motor, encaraba ya la pista.

—¡Espero que disfrute del vuelo, señorita! —gritó el joven desde delante.

—¡Seguro que sí! —gritó ella desde atrás.

El capitán Leónidas Luzón le metió gas a su viejo Piper y rugió el biplaza. Iban comiéndose metros y metros, cada vez más rápido. Al fondo los esperaba la arboleda; Elsa pensó que estaba demasiado cerca y que acabarían estrellándose.

Dejaron atrás al cura, que alzó la mano para decirles adiós. Sonreía con su expresión de niño; ni siquiera los horrores que había vivido en la guerra, socorriendo a unos y a otros, a quien hiciera falta, le habían borrado ese gesto de muchacho, esa mirada inocente.

El avión había alcanzado ya una velocidad considerable y apenas les quedaban veinte metros para estamparse contra los árboles.

—Vuela, Ícaro —musitó ella.

El capitán Luzón tiró de la palanca y el viejo dinosaurio con alas rugió orgulloso y alzó el vuelo poco a poco; sin prisa, sin pausa; hacia arriba, hacia arriba; notaba Elsa que desde los cielos las estrellas tiraban del avión y les hacían ascender; arriba, arriba.

En tierra, el padre Albino se despedía saludando con la mano.

Ya se perdía el avión hacia el infinito, hasta convertirse primero en un punto y desaparecer después.

El cura sintió un pellizco en el corazón. Ella acababa de marcharse y ya sentía él un vacío.

—Adiós, Elsa Braumann —dijo.

*

A los pocos minutos de despegar atravesaron el techo de nubes. Al salir por encima, daba la impresión de que volaran sobre una explanada hecha de algodón.

El capitán Luzón fue estabilizando la nave y adquirieron poco a poco la horizontal.

Luzón se giró hacia ella como pudo; el hueco en el que iban encajados tampoco daba para muchas expansiones. El ruido del motor era ensordecedor y para comunicarse debían bajarse las bufandas y hablar a gritos.

—¡Qué le parece! —preguntó el joven, encantado de compartir con ella sus dominios.

—¡Impresionante!

Dejaron atrás el banco de nubes: sobrevolaban una marisma y los seguía el reflejo del sol, emitiendo destellos. Aves de largo pico que daban la impresión de andar sobre el agua se asustaron al oír el fragor y emprendieron el vuelo en un revoloteo de graznidos.

A grito pelado, preguntó el capitán Luzón:

—¿Conoce Portugal, Elsa?

—¡Pasé unas semanas en Oporto!, ¡pero apenas salí!, ¡estaba escondiéndome!

—¡Ahora tendremos que escondernos también, en Carrapateira!, ¡no veremos mucho, pero saldremos enseguida! Eso sí, ¡mañana, en Casablanca, dormirá usted en sábanas de seda!

—¡Estoy deseándolo! —gritó ella—. ¿Es bonito?

—¿Qué?

Elsa hizo pantalla con la mano.

—¡Que si Casablanca es bonito!

Luzón se echó a reír.

—¡Bonito no es, la verdad! ¡Pero interesante! ¡La llevaré a cenar a un café muy famoso, que lleva un amigo mío, americano! ¡Luchó en la guerra junto a los republicanos, se llama…!

Elsa se señaló el oído varias veces.

—¡No le oigo!

Decidió Luzón que ya hablarían luego y, con una sonrisa, se giró para retomar su puesto al control del aparato.

Allá abajo las carreteras se extendían como arterias; en los extremos se multiplicaban en pequeñas venas que alimentaban el esplendor verde.

Elsa Braumann tuvo la impresión de que aquellos largos kilómetros que tenía por delante representaban su existencia misma: una explanada vastísima, desierta todavía, que habría de cruzar entre penas y alegrías, descubrimientos gozosos e infortunios; un camino lleno de felices posibilidades. Acudían a ella sus palabras nada más abandonar Oporto a bordo del Quanza, cuando dijo que tenía la impresión de que estaba a punto de pasar algo malo. En esta ocasión, sin embargo, Elsa sentía que ya podía diluviar y tronar, ya podía soplar de frente el viento, que estaba a punto de pasar algo bueno. Ocurriera lo que ocurriera, estaba preparada.

Sucesivos golpes de aire doblaban las copas de los árboles, haciéndolos parecer verdaderas olas que fueran a morir en la orilla.

Había decidido no pensar nada todavía, descansar, pero algo tendría que hacer, era consciente, con la información que le había dado el señor March:

«La Hilandera —le había dicho— nunca estuvo recluida en el campo de concentración de Arnao, sino en otro campo, más lejos; mucho más lejos, por desgracia; al otro lado del mundo. Creo conocerla a usted, Elsa, y sé que, más pronto que tarde, acabará por encontrar la forma de reencontrarse con su madre». «Dónde —había musitado ella antes de entregarle la carpeta—. Deme un hilo del que tirar, señor March. Deme un lugar».

La traductora recordó el nombre que el banquero le había dado, que ni le dijo nada entonces, por desconocido, ni le decía nada ahora, que lo tenía grabado en su memoria junto a aquellas palabras últimas de Juan March. «Le deseo los más favorables vientos y la mejor de las suertes, aunque sé bien que no le va a hacer falta porque la fortuna, Elsa, favorece a los valientes».

Elsa Braumann contempló el infinito a su alrededor, el vasto cielo. Brillaba el sol allí arriba: sobre las nubes nunca llovía.

La traductora Elsa Braumann inspiró y expiró una vez, dos veces, igual que si fuera a emprender un largo esfuerzo. Pensó en el nombre de esa localidad que había mencionado el banquero, el último sitio en donde se había visto con vida a su madre. Repetía el nombre como si se lanzara al vacío; lo repetía, lo repetía:

—Hiroshima. Hiroshima. Hiroshima.

EPÍLOGO

1

Tras la ceremonia fueron retirándose los pocos amigos y familiares que habían acudido, gente cercana solamente, que la querían mucho. Pasaban a darles el pésame a Adela y a Merinero, como si Emilia acabara de morirse.

Se quedaron por fin solos Josiño Merinero y su suegra, contemplando cómo los operarios iban aplicando cemento al mármol del nicho para cerrarlo. Habían elegido los dos las palabras que lo adornaban:

«Emilia Valterra (1900-1939) - Hija y esposa muy amada».

Sobrevolaron unas gaviotas blancas el cementerio de Pereiró y, al echar la vista arriba, Merinero descubrió que se abrían por fin los nubarrones: ya no llovería. Cerraron sus paraguas.

Acababan su labor los operarios del cementerio. Merinero fue a sacar unas monedas y Adela lo detuvo. Buscó en su bolso y le entregó a Merinero una propina para que él se la diera a los dos hombres.

—Agradecido, señor —dijo el más viejo, tocándose la punta de la gorra—. Señora. Los acompaño en el sentimiento.

Al marcharse los operarios cementerio arriba le descubrió Merinero, apostado allá al fondo, junto a un árbol, vestido de negro de pies a cabeza y bajo un paraguas con mango dorado.

—¿Vienes el martes a comer? —preguntó Adela.

—Sí —dijo él observando al individuo—. Me paso por su tienda y la recojo. ¿No le importa coger un taxi, Adela?, me voy a quedar un ratito.

Adela le dio un beso a su yerno y se dispuso a retirarse.

—No te quedes mucho, que ella no querría verte triste. Gracias por todo, Josiño.

—A usted, suegra.

Se marchó la mujer, elegantosa y digna como pocas.

Merinero fue aproximándose hasta el individuo que los observaba a cierta distancia.

—Una ceremonia bonita —dijo Juan March.

*

—A usted se la debemos —respondió Merinero. Llegó hasta él y se apostó a su lado para contemplar el nicho desde allí—. Le doy las gracias otra vez.

El señor March rebuscó en el bolsillo de su carísimo gabán negro.

—La gente cree que es el dinero lo que le hace feliz a uno, pero están equivocados. No es el dinero, sino el poder. No hay mayor felicidad que ejercer el poder en sus infinitas posibilidades, ya sea para obtener más dinero y, por añadidura, más poder; o como en este caso, por pura vanidad.

—¿Vanidad? —preguntó Merinero.

El banquero sacó del bolsillo una pitillera grande, de plata.

—Saber que mi paso por el mundo hizo feliz a una persona. A usted, en este caso. Si le he hecho el favor ha sido por pura vanidad.

Sacó un puro.

—Es un gran día, por fin encontró usted a su esposa, amigo: esto hay que celebrarlo. He sabido que ha dejado usted la Oficina de Censura Previa.

Le ofreció otro puro a Merinero, que lo aceptó sin apenas darse cuenta. Lo contempló ensimismado.

—Usted siempre tan enterado de todo.

—Lo que me sorprende es su nueva ocupación; no le pega mucho, a mi entender. ¿Escritor?

Merinero se encogió de hombros.

—Me gusta escribir y me ronda la cabeza una historia que creo que merece ser contada.

El banquero se valió de una pequeña herramienta que traía la propia pitillera y decapitó la punta del puro.

—Fantástico. Pero son justo esas historias las difíciles de contar. Mi vida, sin ir más lejos. Me consta que Edgar Neville está interesado en adaptar mi biografía y convertirla en una película. Por desgracia habría que ocultar todas las sombras, sería muy aburrida.

Le ofreció a Merinero la herramienta y este le devolvió el puro.

—En otra ocasión. Cuídese, señor March. Le doy las gracias otra vez.

Comenzó a alejarse; sentía, como había sentido Elsa en su novela, los ojillos clavados en su espalda.

—Le deseo una larga y próspera vida, amigo mío —dijo el banquero—. Y mucha suerte con su libro. ¿Me dedicará un ejemplar cuando lo publique?

—Seguramente no —respondió Josiño Merinero con una sonrisa.

También Juan March se rio. Había sacado una cajita de cerillas egipcias, adornada en azules y dorados. Se encendió el puro y, dando caladas, dijo:

—Merinero.

—Qué.

Juan March alzó los ojos desde el puro; le cruzaban la cara las sombras del árbol que tenía encima, era más que nunca un pájaro negro.

—Algún día… —dijo—, y puede que ese día nunca llegue, le pediré un servicio.

Josiño Merinero era muy consciente. Lo había sabido en cuanto Juan March se puso en contacto con él para decirle que tenía información acerca de dónde estaba enterrada Emilia. Lo supo desde que rescataron aquellos pobres huesos en el margen de una carretera de Ponteareas. Ahora estaba feliz, pese a que había firmado un pacto con el diablo: descansaba al fin en paz su esposa querida, su amante, su amiga del alma. Josiño Merinero lo hubiera hecho una y mil veces, bajar hasta los infiernos para traerla de vuelta.

Nada más sentarse ante la hoja en blanco sonó el teléfono. Merinero descolgó el auricular.

—Qué —dijo de mal humor.

—Hijo, menudo saludo —replicó al otro lado una voz de mujer.

—Perdone, Espinona, es que estaba a punto de ponerme y no hay manera.

—Ah —dijo la editora de Centauro—, ¿cómo marcha la novelita?

—La novelita avanza viento en popa: ya he escrito el título y mi nombre en la portada.

Entraba la luz anaranjada por un lado de su estudio, en casa. Alrededor de Merinero se hallaban vacías las estanterías, pero ya se había encargado de conseguir un libro que empezara a llenarlas. Para ello había tenido que volver a pasarse por el *infierno* de Coruña y, mientras el caballero mutilado ojeaba el billete estampado con la cara barbuda de Menéndez Pelayo, meter una mano rápida en medio de la «DUR».

—Ha avanzado mucho, caramba —dijo Espinona. Pensaba en sus lectores y tenía sus dudas—. ¿Es la idea aquella que me contó? Eso de que la protagonista sea una mujer…, no sé yo.

—Ana Karenina era una mujer. Y *madame* Bovary.

—No me joda, Merinero, nada de Kareninas; quiero una novelita de espionaje; entretenida y sin pretensiones.

A Merinero le hizo gracia.

—Lo haré lo mejor que pueda. Si cuando la termine considera usted que se tiene que limpiar el culo con ella, no hay problema.

—No sea vulgar, yo para eso uso papel francés. Si acaso la usaría para alimentar el fuego de mi chimenea. Oiga, una cosa, le llamaba por el manuscrito aquel que me hizo llegar…

—Sí.

—Lo tengo delante. *La sonrisa muerta*, de Ezequiel Pombo. Soy una editora muy importante, ¿sabe?, y no puedo leer toda la morralla que me llega. ¿Me asegura usted que esto está bien?

Merinero recordó la novela en cuestión, una primera obra pretenciosa e insegura, pero tan llena de ilusión y de trabajo. De pocas cosas había estado más seguro:

—La novela está bien.

—Bueno, pues me la leeré. Le dejo que trabaje. Hasta pronto, Merinero.

—Hasta pronto, Espinona.

Colgaron.

Merinero suspiró contemplando la hoja que tenía ante él, inmaculada.

Observó el busto de Galdós, que presidía la esquina del escritorio de casa igual que antes lo había hecho en su mesa de la oficina. Merinero había frotado a conciencia para retirar la tinta con que lo había embadurnado el padre Sapo. El fardón de don Benito tenía calado el sombrero y ladeado, en plan galán; al viejo le habría gustado.

—No sea demasiado severo conmigo: lo voy a intentar de la mejor manera que sepa.

Merinero tuvo la impresión de que el busto sonreía, habría podido jurarlo.

Nada más hizo falta para terminar de animar a Josiño Merinero: inspiró y expiró una vez, dos veces, igual que si fuera a emprender un largo esfuerzo.

No le había costado mucho perdonarla, para su sorpresa. Le había perdonado la traición antes incluso de encontrar los restos de Emilia. Acaso se había hecho viejo y ablandado con la edad, pero lo cierto es que Josiño Merinero había perdonado a Elsa Braumann nada más descubrir que no le había entregado las notas. Comprendía demasiado bien su desesperación como para tenerle rencor. Y su dolor.

—Un jodido blando —dijo riéndose—. Se acabaron las distracciones. A escribir.

Tomó entre sus dedos la Parker con Vacumatic, se apoyó en la mesa y, como si se lanzara al vacío, comenzó su novela.

«Elsa Braumann estaba perdida en un bosque de adverbios y pronombres la noche en que la muerte llamó a la puerta. El reloj marcaba las cuatro de la mañana».

El 24 de junio de 1941, pocos días después de que Elsa Braumann abandonara España en dirección a Casablanca, Adolf Hitler rompió los acuerdos que había firmado con Stalin y ordenó invadir Rusia por sorpresa.

Aproximadamente en esas mismas fechas y previendo la derrota nazi, el Gobierno español cedió a los Estados Unidos y en secreto ciertas notas robadas a una científica alemana. En estas notas se recogía importante información relativa a la fusión nuclear.

El Gobierno norteamericano puso estas notas en manos del prestigioso científico Robert Oppenheimer y le encomendó el denominado Proyecto Manhattan.

Cuatro años después y gracias a la información contenida en aquellas notas, el ejército norteamericano arrojó la primera bomba atómica sobre la ciudad japonesa de Hiroshima.

AGRADECIMIENTOS

Por habernos ayudado con algún detalle, por habernos ayudado en todo; por darnos una o muchas claves; por conseguir que nuestros personajes hablaran en inglés o en alemán, en portugués o gallego; por haber estado ahí un ratito o todo el tiempo..., los autores desean expresar su agradecimiento a Noelia Berlanga, Paco Alcázar, Henar Lanza, Javier Irisarri Castro; Aurora, Juan y Maite Vázquez; Erin Ploss-Campoamor, Roberto Martínez Fariña, Tere Irisarri Castro, Ramón Manuel García Valado, Araceli Sáez, Jan Scheithauer; Fabiola, Teresa, Javier, Gabriela, Maruxa y Ana Irisarri Vázquez; Julia Pérez, Fernando Franco, Daria Sapronova, Feliciano González Álvarez, Xose M. Núñez Seixas, Marta Fernández-Pedrera, Rüdiger Kysella, Pablo Zapata; y en especial a nuestras editoras, Elena García-Aranda y María Eugenia Rivera; a Fernando Contreras y a Carmen Blázquez; y a la siempre incombustible Alicia González Sterling.

Queremos hacer mención de varios autores cuyas estupendas obras nos han sido muy útiles en la documentación de esta novela: Pablo Alcántara (*La secreta de Franco*) y Daniel Antomil (*Vigo 360*, crucial para situar la odonimia de las calles viguesas de la época); Jaime Garrido (*El origen de Vigo. El monte de O Castro y su castillo*); Albino Mallo (*Algo máis que un café. O Derby de Vigo*); Manuel L. Abellán (*Censura y creación literaria en España (1939-1976)*). Gracias también a la fundación Penzol por conservar el *Anuario de Vigo* de 1939 y 1940; y por su generosa ayuda a Ana Martínez Rus (*Libros al fuego y lecturas prohibidas: el bibliocausto franquista (1936-1948)*); a José Gómez, a través de las crónicas de la web vigoempresa.com; y a Antonio Giraldez Lomba (*Vigo y su colonia alemana durante la Segunda Guerra Mundial* y *1939. La guerra ha terminado*).

SEPTIEMBRE DE 2022

CANCIÓN ÚLTIMA

Pintada, no vacía:
pintada está mi casa
del color de las grandes
pasiones y desgracias.

Regresará del llanto
adonde fue llevada
con su desierta mesa
con su ruinosa cama.

Florecerán los besos
sobre las almohadas.
Y en torno de los cuerpos
elevará la sábana
su intensa enredadera
nocturna, perfumada.

El odio se amortigua
detrás de la ventana.

Será la garra suave.

Dejadme la esperanza.

MIGUEL HERNÁNDEZ, 1939
El hombre acecha